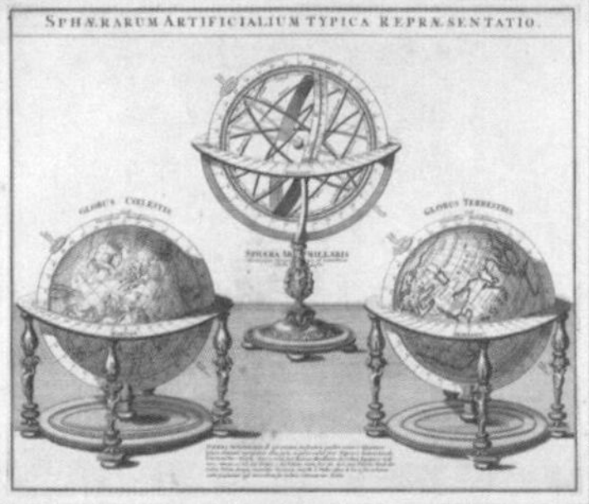

Sphaerarum artificialium typica repraesentatio (1712) by Johann Baptista Homann © Rijksmuseum

LE DI FIRENZE

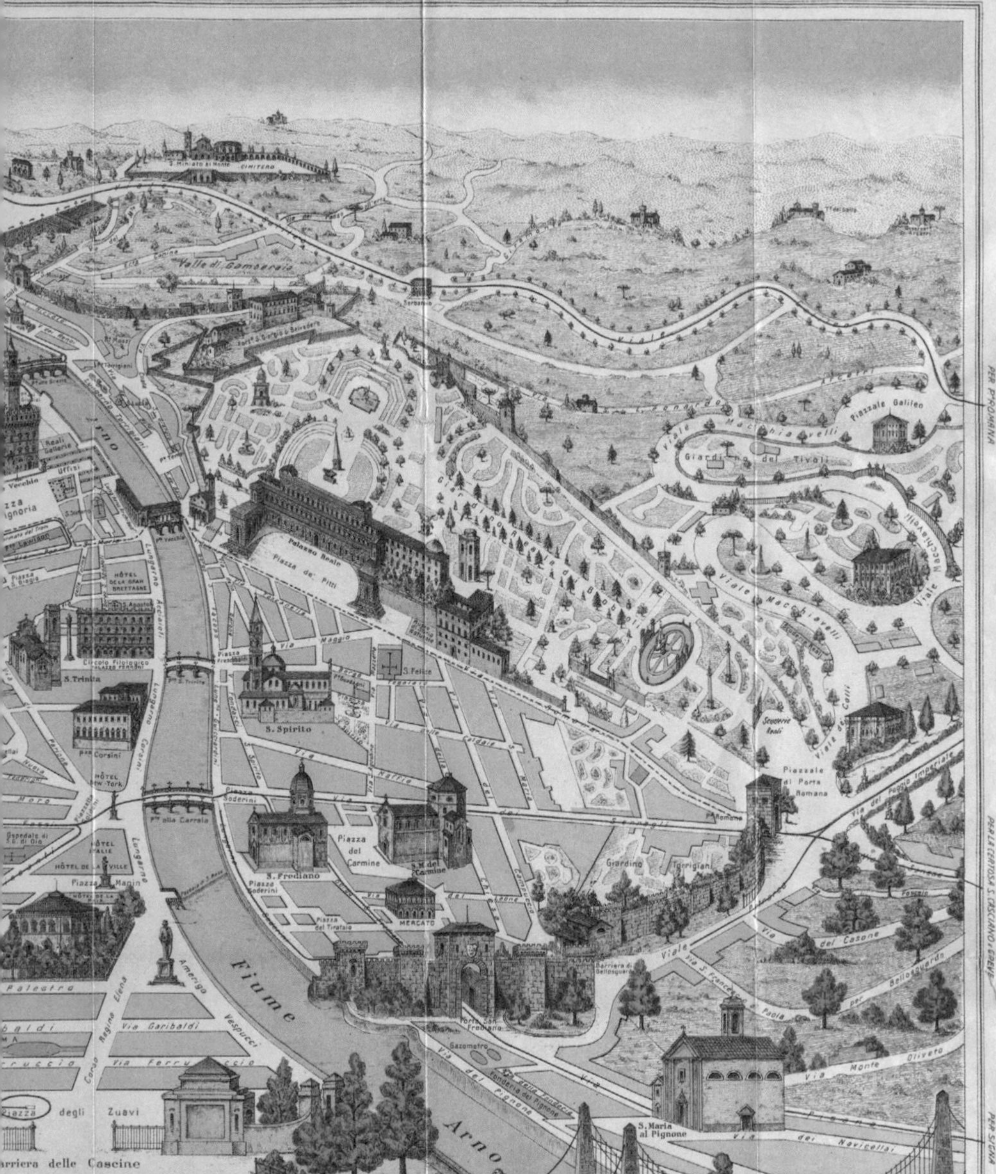

Società editrice Fiorentina

PIANTA MONU

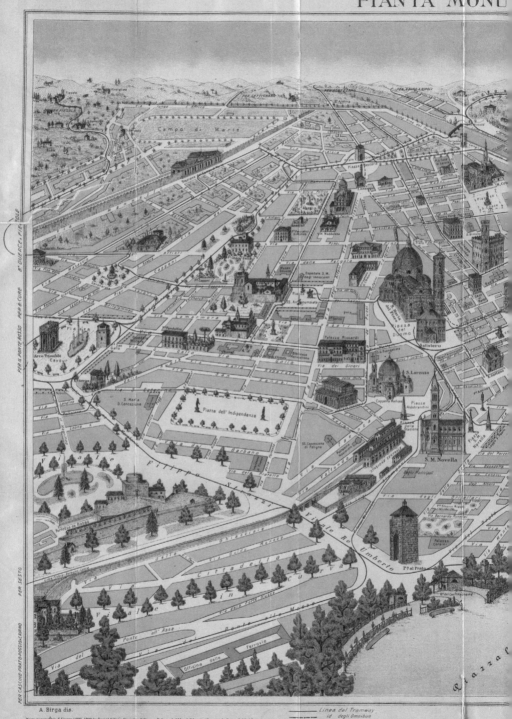

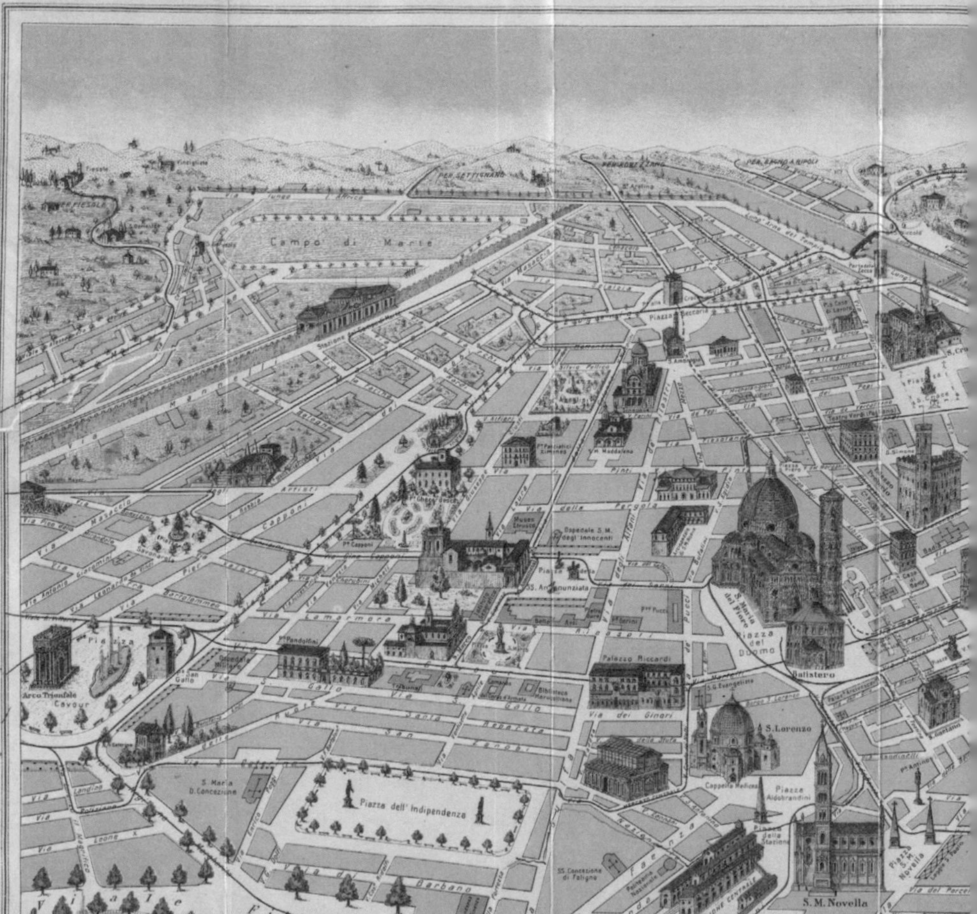

A. Birga dis.

Linea del Tramway
id degli Omnibus

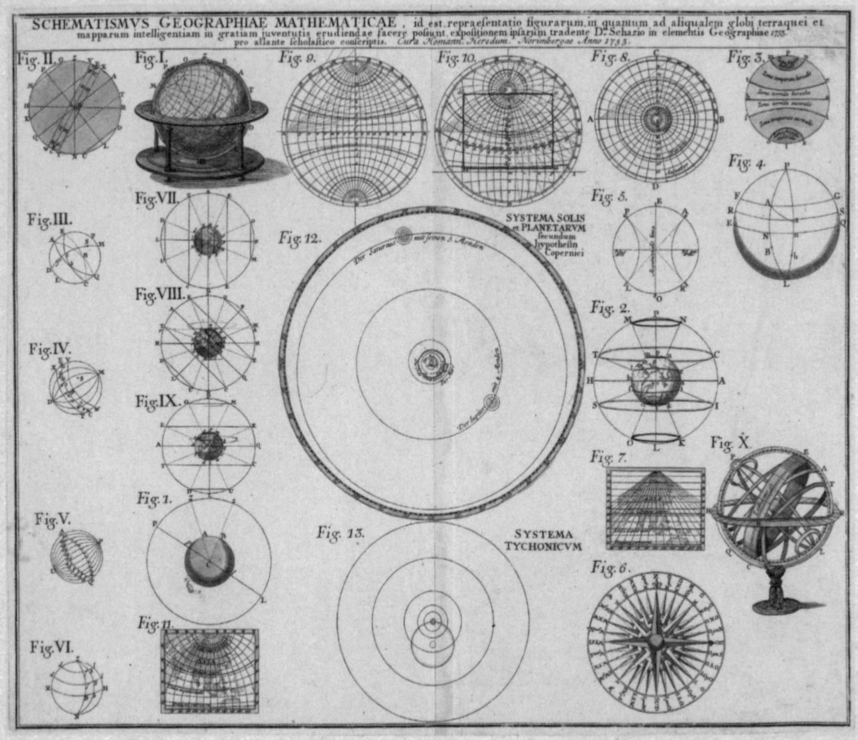

Schematismus geographiae mathematicae, id est repraesentatio (1753) by Johann Baptista Homann © Rijksmuseum

SARAH WINMAN

靜物畫

STILL LIFE

莎拉·溫曼——著　鄭煥昇——譯

野人

故事盒子 75

靜物畫
Still Life

作者　莎拉・溫曼 Sarah Winman
譯者　鄭煥昇

野人文化股份有限公司
社長　張瑩瑩
總 編 輯　蔡麗真
副總編輯　陳瑾璇
責任編輯　李怡庭
專業校對　林昌榮
行銷經理　林麗紅
行銷企劃　李映柔
封面設計　萬勝安
內頁排版　洪素貞

出版　野人文化股份有限公司
發行　遠足文化事業股份有限公司（讀書共和國出版集團）
地址：231 新北市新店區民權路 108-2 號 9 樓
電話：（02）2218-1417　傳真：（02）8667-1065
電子信箱：service@bookrep.com.tw
網址：www.bookrep.com.tw
郵撥帳號：19504465 遠足文化事業股份有限公司
客服專線：0800-221-029
法律顧問　華洋法律事務所　蘇文生律師
印製　博客斯彩藝股份有限公司
初版首刷　2024 年 2 月

國家圖書館出版品預行編目（CIP）資料

靜物畫 / 莎拉・溫曼 (Sarah Winman) 著 ; 鄭煥昇譯 -- 初版 . -- 新北市 : 野人文化股份有限公司出版 : 遠足文化事業股份有限公司發行 , 2024.02
面；　公分 . -- (故事盒子 75)
譯自 : Still life
ISBN 978-626-7428-07-8(平裝)
ISBN 978-626-7428-06-1(PDF)
ISBN 978-626-7428-05-4(EPUB)

873.57　112022214

獻給媽

獻給帕曦

也獻給
史黛拉・魯道夫（1942-2020）

「只有一種主題讓我覺得值得寫作，那就是兩個人相互把彼此拉進救贖之中。」

——E・M・佛斯特《讀書札記》（*Commonplace Book*）

「有見地的旅人來到義大利，一大目標往往會是去結識其藝術寶藏。即使是那些素日裡的愛好再平庸無奇不過的人，也會因為置身於義大利，而在不知不覺裡仰慕起詩賦與藝術。行旅至此，人會發現自己與日常生活的場景緊緊交纏，每跨出一步，他都避不開那些場景在他身上產生作用，終至他會不由自主地，為它們的力量心生悸動。」

——卡爾・貝戴克《義大利：遊客手冊》（*ITALY: Handbook for Travellers*），一八九九年

人，是萬事萬物的尺度

1944年

丘陵起伏的托斯卡尼某處，兩名年紀不小卻仍未出嫁的英國女人，艾芙琳·史金納和瑪格麗特某某，正抓著午餐時間的尾巴在用餐，兩人所在的露台屬於一間不起眼的義式客棧。時間來到八月的第二天，這是個美麗的夏日，前提是你能忘得掉有場戰爭正處於進行式。她們一個坐在涼蔭裡，另一個在陽光中，那是日照角度，還有頭頂散落著葡萄藤的棚架所造就。她們給送上的菜色被打了折扣，但兩人慶賀盟軍的推進，用的是大杯的奇揚地紅酒。上空一架轟炸機低飛掠過，一時間讓她們陷入了陰影中。她們拿起自備的雙筒望遠鏡，對著機身標誌一番研究。自己人，她們說，揮起了手。

眞好吃這兔肉，艾芙琳說，和老闆對上了眼，抽著菸的他站在門口。她用義大利語說，Coniglio buonissimo, signore!（兔肉真美味，老闆！）

老闆把菸放進了嘴裡，抬了抬手——像在致意，又像在揮動，看上去著實難說。

你覺得他是法西斯分子嗎？瑪格麗特壓低了聲音。

不，我想應該不是，艾芙琳說，只不過義大利人在政治上頗沒個準，他們向來如此。

我聽說他們開始對他們開槍了，對法西斯分子。

這年頭誰不是在對著誰開槍，艾芙琳說。

一顆炮彈呼嘯而過，落在她們的右側，炸開在遠處的一處山丘，連根拔起了一處小柏樹叢。是敵方的人，瑪格麗特說著按住了桌子，好在震波中護住她的相機和酒杯。

我聽說他們找著了波提切利[1]，艾芙琳說。

哪一幅？瑪格麗特問道。

〈春〉。

噢，感謝上帝，瑪格麗特說。

還有喬托[2]原本放在烏菲茲[3]的〈聖母〉[4]。魯本斯[5]的〈仙女與羊神〉，還有一幅是——艾芙琳苦思了起來——啊，對了，她說。〈以馬忤斯的晚餐〉[6]。

彭托莫[7]！他的〈卸下聖體〉有消息嗎？

沒，還沒，艾芙琳說著，從嘴裡抽出了一小根骨頭。

遠遠地，天際突然閃出一道炮火。艾芙琳抬頭看了一眼說，我從來沒想過都這把年紀了，還能看到這種事情。

我們不是同歲嗎？

沒有，我大一點。

是嗎？

是的。我大八歲，快六十四了。

此話**當真**？

當眞，她說著添了些酒。我可憐那些燕子就是了，她補了一句。

---

1 Sandro Botticelli，文藝復興時期佛羅倫斯畫家，〈春〉（*Primavera*）是其代表作，與〈維納斯的誕生〉（*The Birth of Venus*）齊名。

2 Giotto di Bondone，義大利畫家暨建築師，文藝復興早期開創者。

3 此指烏菲茲美術館（Galleria degli Uffizi），佛羅倫斯歷史悠久且最為著名的美術館，以義大利文藝復興時期的作品為主要收藏，其中許多為梅第奇家族的收藏品。

4 全名為〈聖母登極〉（*Ognissanti Madonna*）。

5 Peter Paul Rubens，巴洛克畫派早期代表畫家，出身佛萊明地區（Flanders，今比利時）。其作品〈仙女與羊神〉（*Nymphs and Satyrs*）描繪一群飲酒狂歡的裸身仙女，以及受到引誘的羊神和潘神（Pan）。

6 *The Supper at Emmaus*，義大利畫家卡拉瓦喬（Caravaggio）的兩幅作品，描繪耶穌復活後現身以馬忤斯。

7 Jacopo da Pontormo，義大利畫家，為矯飾主義（Mannerism）的代表人物。其作品〈卸下聖體〉（*Deposition*）描繪眾人將死去的耶穌從悲傷的聖母懷中移開。

牠們是雨燕，瑪格麗特說。

你確定嗎？

確定，瑪格麗特說。叫聲尖銳的那些是雨燕，說著她往後一靠，拙劣地學了起來，聲音聽來和雨燕談不上有一丁點像。

雨燕，瑪格麗特說道，再次強調她用叫聲想表達的重點。燕子，不用多說，自然是佛羅倫斯的鳥，她說。燕子屬於雀形目，是一種樹棲的鳥類，但雨燕不是。關鍵在牠們的腿。牠們的腳短，而翼展長。牠們屬於雨燕目，希臘文叫 *Apodiformes*，意思就是「沒腳」。毛腳燕，順道一提，倒確實**是**雀形目的一員。

我的天，艾芙琳心想。有完沒完？

燕子，瑪格麗特繼續說道，尾巴分叉，並有紅色的頭羽，平均壽命在八歲左右。

還眞讓人洩氣，連雙位數都活不到。你覺得燕子的年齡算法和狗一樣嗎？艾芙琳問。

不，我不覺得，聽都沒聽過。雨燕是深棕色的鳥，但飛行時顯黑。牠們又來了！瑪格麗特大叫。在那邊！

哪邊？

那邊！你得跟上，牠們不是一般的敏捷。所有的事情都是邊飛邊做！

一瞬間，從層層雲朵之間，兩隻隼鷹俯衝而下，將雨燕狠狠地撕成兩半。

瑪格麗特倒抽了口氣。

生前所有事都是邊飛邊做，艾芙琳邊這麼說，邊目送隼鷹消失在樹叢後。這古典奇揚地[8]眞是佳釀，她說，我是不是已經說過了？

你還眞說過了，瑪格麗特不太給面子。

喔，好吧，那就容我再說一次。被占領了一年，其品質絲毫無損，說著她對上了老闆的眼眸，朝杯子指了指。Buonissimo, signore!（真好喝，老闆！）

老闆拿出嘴裡的香菸，帶著笑意再次揚起了手臂。

艾芙琳在座椅上往後一倒，餐巾放到了桌上。這兩位女士已經相識七載。她們初始當過短暫一陣子的戀人，後來慾望消退，取而代之的是一股不謀而合、對托斯卡尼文藝復興前期作品的興趣——這個轉折讓艾芙琳感到滿意，瑪格麗特某某則稍感委屈。於是，她朝著鳥類學一頭栽了進去。對艾芙琳而言算是走了運，戰端的開啓讓某人無法繼續窮追不捨，直到羅馬終結了這段清靜。在盟軍進城的兩週後，她打開她阿姨在馬眞托路上的別墅前門，迎面而來的場面殺得她措手不及。驚不驚喜！瑪格麗特說。你想擺脫我，哪有那麼容易！

驚喜，不是湧現在艾芙琳心上的用語。

艾芙琳站起身來伸展雙腿。坐太久了，她說著從亞麻褲子上拍掉麵包屑。完整身長的她是個非常搶眼的存在，附帶一對聰慧的雙眼，看破笑話快，看破難解的謎團也快。十年前，她把一頭漸灰的茅草染成金髮，然後便回不去了。她走向老闆，用無可挑剔的義大利語討了一根菸。她將菸放到雙唇間，然後穩住他的手，靠向了火焰。Grazie，她輕聲道了謝，而他則把整包菸堅定地壓進她的掌心，作勢要她收下。她再次謝過他，移駕回到桌邊。

別動，瑪格麗特說。

別動啥？

你臉上的神彩。你的眼睛也太綠了吧！稍微朝我轉過來。保持那樣。

8 Chianti Classico，又譯經典奇揚地，指產自佛羅倫斯與西恩納之間奇揚地產區的紅酒，以黑色公雞為標誌，釀酒歷史可上溯至羅馬時期，法定產地確立於一七一六年。

瑪格麗特，你太誇張了。

快照做。別動，接著只見瑪格麗特拿起她的相機，滿手撥弄著光圈設定。

艾芙琳煞有介事地吸了一口菸（喀嚓），把煙吐進了傍晚的天空（喀嚓），那讓她注意到天色的改變，日頭的西沉，一隻落單的雨燕張皇地盤旋。她撥開了一卷髮絲，露出鎖著的眉頭（喀嚓）。

什麼事惹你不開心了，親愛的吾友？

蚊子吧。

我怎麼聽著你是喝多了在發愁，瑪格麗特說。在想什麼？

什麼是老，你覺得？

你是悶壞了在說胡話吧，瑪格麗特說。我們不能挺進，我們只能撤退。

那就是老，艾芙琳說。

還有德軍的地雷，傻瓜！

我只是想進佛羅倫斯。**做**點什麼。派上點用場。

老闆過來收桌，清掉了她們的盤子。他用義語問她們要不要來杯咖啡和格拉帕[9]，對此她們說，怎麼這麼好，然後他叫她們別到處亂跑，又跟她們說他太太等會兒會上她們的房間關好百葉窗。喔，還有她們想不想來點無花果？

喔，sì，sì。Grazie。（好的，好的。謝謝。）

艾芙琳目送著老闆離開。

瑪格麗特說，我一直想問你。羅賓·麥特卡夫跟我說你見過佛斯特。

誰？

在窗邊看藍天那位[10]。

艾芙琳笑了。喔，這個好。

按照羅賓．麥特卡夫的說法，你和佛斯特是超好的朋友。

鬼扯！我見過他，但我跟你直說了吧，那是隔著餐桌，還有餐桌上的牛肉鍋，地點是在陰森森的西米民宿[11]。我們是淪落到阿諾河岸邊的一艘小船，拚了命想尋覓眞實的義大利。然而掌舵的卻是考克尼[12]出身的房東太太，願她安息主懷。

考克尼？

是的。

怎麼跑出個考克尼？

我不知道。

我是說，考克尼人跑來佛羅倫斯？

我沒多問。

現在的你就會問了吧，瑪格麗特說。

現在的我肯定會，艾芙琳說著取出一根菸，放在雙唇之間。

或許是過來當保母的，瑪格麗特說。

是啊，大概吧，艾芙琳說著打開了火柴盒。

---

9 Grappa，義大利國民烈酒，有義式白蘭地之稱。

10 此指英國小說家E．M．佛斯特（E. M. Forster），著有《窗外有藍天》（*A Room with a View*）、《墨利斯的情人》（*Maurice*）、《印度之旅》（*A Passage to India*）等六部小說。

11 Pensione Simi，據說是佛斯特與母親在一九〇一年住過的旅店，也是《窗外有藍天》中貝托里尼民宿（Bertolini pensione）的原型。

12 Cockney，指英國倫敦的工人階級，尤指倫敦城東居民，而他們的口音也被稱為考克尼口音，即倫敦的藍領方言口音。

或者是個女家教。應該就是這樣了，瑪格麗特說。

艾芙琳劃下一根火柴，吸了口菸。

你當時知道他在寫書嗎？瑪格麗特問。

喔天啊，我哪知道。他當時才剛脫離學生身分不久，如果我沒記錯的話。渾身都還裹著畢業的胎衣——羞赧、尷尬，那一型你知道。一點經驗都沒有就進入了這個世界。

我們不都是那樣嗎？

是啊，我想是吧，艾芙琳說著拿起了一顆無花果，用兩隻拇指壓上了那柔軟而只能退讓的果皮。我想我們都是吧，她靜靜地重複了一遍。

她把無花果撕成兩半，然後低頭瞥了一眼那鮮豔的果肉在視覺上帶來的肉慾。她臉紅了起來，並推託那是晚霞的光線遞嬗，是紅酒和格拉帕和香菸的效應使然，但在她心中，在她那不爲人所見、有著重重守衛的深處，有段記憶緩緩解開了她——非常緩慢地——就像她是條拉鍊一般。

莫名地有股魅力就是了……她說著，慢慢浮出記憶水面，回到了當下。

佛斯特嗎？瑪格麗特問。

他獨自一人的時候是如此。惟他母親在場時，他便顯得窒息。每道斥責都像是壓力施加在枕頭上。令人費解的關係。我印象最深就是這一點。他母親隨身帶著陽傘和嗅鹽[13]，他身上則有本被翻遍了的貝戴克[14]旅遊書，外加一套很不合身的西裝。

瑪格麗特伸手去拿艾芙琳的菸。

我記得他會現身在安靜的瞬間。你聽不見他，只能看見他。高眺而纖瘦的待在角落，或是在客廳裡拿著本筆記，信筆寫著什麼。單純地觀察著什麼。

事情不都是那樣開始的嗎？瑪格麗特說，遞回了香菸。

什麼事情？

一本書。
是，我想是吧。
那些沒有其他人會留意到的微小瞬間。小小的日常的神聖瞬間。她拿起了她的相機（喀嚓）。就像那個瞬間（喀嚓）。或是那個。
我的天，你歇會兒好不好，瑪格麗特？你是哪根筋不對？
瑪格麗特擱下了相機。你看不到我能看到的，她話說得挑逗。
你齒縫裡有東西。
你怎麼不早說？
我這不就說了嗎。現在。
瑪格麗特轉過頭，隻手遮住嘴巴。舌頭在門牙上來回掃過。
好點了嗎？她說，露出了牙齒。
好點了，艾芙琳說。
瑪格麗特突然掉換了菸灰缸與無花果與酒杯的位置。她調整光圈（喀嚓），又移走一只酒杯，還有那盒香菸（喀嚓）（喀嚓）（喀嚓）（喀嚓）。
第一次來到佛羅倫斯那年，我二十一歲，艾芙琳說。我講過嗎？講過，我想那事我們都知道，瑪格麗特說。
喔。

13 一種興奮劑，可用來治療輕度的頭痛或頭暈，在維多利亞時代的英國很受歡迎。
14 Baedeker，德國出版社，以出版一系列經專家修訂、尺寸方便攜帶的旅遊指南聞名，後來也成為旅遊書的代稱。

艾芙琳接著說：西米的房東太太有個女僕凡事都會幹一點。總是能看到她人在餐廳，我們吃飯的時候她就在角落，一直在那兒看著，等著伺候人，等著收拾。掂量著我們的心思。

（喀嚓）

她很引人注目，艾芙琳說。很精明。長得也標緻（喀嚓）。

瑪格麗特重新坐了下來。有多標緻？她問。

她是幅李奧納多[15]，艾芙琳說。

哪一幅。

〈抱著銀貂的女子〉（*Lady with an Ermie*）。

喔，瑪格麗特說著，挑起了眉頭。

穿著當然不像啦，想也知道——晚間大都是黑與白，送上早餐時是白色。釦子扣得密不透風，但那就是那個時代的作風，沒什麼好講的。我們都扣很緊，我想——但她的皮膚和眼睛。那在她額頭上垂成一片的髮簾。她雙頰上的紅暈。

怎麼聽著你挺中意人家？

誰不中意她，艾芙琳說。

包括佛斯特？

不，親愛的。他愛的是男人。

艾芙琳暫停了故事。她從香菸上撣掉菸灰，瑪格麗特專注地看著她。

我此刻所想的那個晚上，他不在場，艾芙琳接著說。我生日的那晚。他人還沒來。

她叫什麼來著？瑪格麗特打岔。

我不記……

喔，我們給她起個名字吧……

還是別吧……

像碧翠絲[16]之類的！

拜託，瑪格麗特！名字不是重點。重點是一個**瞬間**。如此而已。她叫什麼都無所謂。

對不齊啦，瑪格麗特用法國口音道歉，然後誇張地往後一倒，帶著她剩餘的格拉帕撤退。繼許，她說。

艾芙琳接續道：她知道我的生日快到了，因爲我們一群人已經好幾天都拿這個當話題，而她雖然英文幾乎不通，卻也明白我們在說什麼。那是一份讓人納悶的世故。什麼都不說，但卻什麼都懂。然後她跑去找考克尼老闆娘，詢問她能否負責那一晚的飯菜，她想招待我們大家——其實是招待**我**——一頓前所未見的大餐。老闆娘聞言自是喜出望外，早早就去歇著了。

但她還真沒損失什麼，瑪格麗特說。

一點都沒有，艾芙琳強調。我還記得走下樓梯時的那種興奮感，結果……

你當時沒個旅伴嗎？瑪格麗特插嘴。

沒有。到羅馬之前都是我一個人。

沒有大人陪著？怎麼會……？

瑪格麗特，行了吧。我們家不是個傳統的家庭。驚世駭俗是我們的成年禮。我可以往下講了嗎？

瑪格麗特示意她當然可以。

艾芙琳說，我早該意識到有什麼非比尋常的事情在醞釀。我走進客廳，現場傳出一聲噓。康絲坦

15 即達文西。

16 Beatrice，此指義大利詩人但丁的繆思。但丁以碧翠絲為靈感，創作了詩集《新生》（*La Vita Nuova*）。

斯．艾弗利看著我微笑，牽起了我的手，然後……

康絲坦斯．艾弗利？

是的。

那個詩人？

是的，就是詩人康絲坦斯．艾弗利，瑪格麗特。

艾芙琳重新坐下，她累了。她從來無法不被打斷，好好把故事說完。

然後呢？瑪格麗特問。

然後什麼？

康絲坦斯．艾弗利牽起你的手……？

然後、用力、握緊，艾芙琳說。

你幹麼用這種奇怪方式說話？

免得你又想要打斷我啊。我只好先把間隔留好。隔開、字句，方便你插進來，但又不會干擾到我……

唉唷，快把天殺的故事說下去，艾芙琳。

艾芙琳笑了。她說，康絲坦斯領著我進了飯廳。每個平面都立起了蠟燭，連著的桌子中間有一排小盆的帕瑪香堇菜——那在剛換季的當時，算得上超級稀有——還有一株株的迷迭香，氣味令人迷醉。這個房間的布置顯然經過一番巧思，特定的效果已爲將走進的人備好。此外桌上有葡萄酒，裝在大大的陶製酒壺和草編瓶裡——玻璃瓶被稻草裹著——那無名的年輕女子倒了酒，招呼我坐下。然後其他賓客跟進並倒抽一口氣，詫異於那瞬間屬於我們的美麗，那喚作「bellezza」的**義式之美**。這一夜，我們總算享有了義大利的正宗與典雅。她爲我們送上一道簡單的寬帶麵佐某種義大利肉醬……

她多半用上了剩下的牛肉鍋，瑪格麗特說。

還有白腰豆燉兔肉，以及她肯定是從菲耶索萊或塞蒂尼亞諾的路邊採來，加進大蒜和食用油，然後先蒸再煸的義式回鍋炒苦菜。然後等菜都一一上完了，她會走出廚房，往角落一站，在陰影裡看著我們用餐。我們吃得開心，她就開心。而我無法從她身上挪開我的眼睛。二十一歲的我，看著那瞬間被呈現在我面前。那是一份超乎我理解的禮物。我直到後來才慢慢明白了她要獻給我的是什麼。

喔？她要獻給你的是什麼？

一扇進入她世界的門。無價。

瑪格麗特又倒了一杯格拉帕，啜飲了一口。她緊抿著嘴。她說，你從來沒和我說過這事。

我沒有嗎？

有的話我會記得。怎麼突然想講？

嗯，怎麼這麼突然？艾芙琳這麼一想，然後給出了答案：兔肉。

兔肉？

是的。

你後來都沒再吃過兔肉嗎？

還有音樂。

什麼音樂？

斯龐蒂尼[17]的《爐神貞女》序曲。

老闆今早放了這首曲子，讓我回憶起威爾第劇院。

17 Gaspare Spontini，義大利作曲家、指揮家，活躍於法國。《爐神貞女》（*La Vestale*）是他一八〇七年首演於巴黎的代表作，內容講述羅馬將軍凱旋歸來，卻發現愛人已成為守護爐神的貞女，在為愛私奔或為神守貞之間掙扎的故事。

那晚就這樣告一段落了，是吧？

幾乎是，艾芙琳說。晚餐後，賓客照例去歇著了。某處傳來微弱的鋼琴樂音。我對康絲坦斯說想要留下來跟那名年輕女子致謝，於是她自顧去了吸菸室。就這樣我佇立在那兒，左邊是酒杯的墓園，右邊是只剩殘株的蠟燭正在凋零。不一會兒女僕走了出來。我不覺得她一開始有注意到我。她似乎覺得熱，略顯心不在焉。但總歸她看見了我。她挑起一朵香堇菜紫花，遞給了我。Per voi，她說，給我。這一晚是獻給我的，如我所想。我謝過了她，從她手中接過花，離開了餐廳。後來，我將之壓在了我的貝戴克旅遊書裡。

還留著嗎？

那本貝戴……

那朵花。

我不認爲。畢竟事隔這麼多年，瑪格麗特。我犯得著嗎？艾芙琳點了根菸，兩人坐在原地一語不發。她可以感覺到瑪格麗特的目光纏著她不放。她的嫉妒心就像鈍掉的刀刃。

你冒過的險還眞不少啊，瑪格麗特冷冷地說道。

太陽開始西下，日影漸漸拉長。氣溫有幾分屈服於微風。某台縫紉機的聲響傳自於室內——老闆娘補著床單。收音機靜靜地播放著。一個神祕的頻道維繫著盟軍與反抗軍之間的聯絡。

瑪格麗特說，我看我還是進屋讀點書吧。你呢？

我要在這兒多待一會兒。把這菸抽完，再來點格拉帕。

別亂跑。

我不會，我頂多走到旁邊那條路的邊上。我會在那兒乖乖地站著，盼著有馬拖著車子從我身上踏過去。

艾芙琳目送先走一步的瑪格麗特進了門。她可以感覺到肩上的張力不再。她起身，把格拉帕一飲而盡，然後朝著路側走去。突然自遠處傳來盟軍移動的嗡嗡聲，讓她看向了地平線。她舉起了雙筒望遠鏡。柏樹山丘已經陷入陰影。談不上天寒，但傾斜的日照與地景的淡紫色調讓她發顫。將近四十五年前，她愛上了一名年輕女僕，名叫莉薇亞。遠方的炮聲隆隆，聽來就像落雷在響。炮火的須臾閃光，劃開了穹蒼。想也知道，她留下了那該死的香堇菜紫花。

一片林子裡，在史塔吉亞·賽內斯與波吉邦西之間的某處，駐紮著等待進入佛羅倫斯的盟軍。黃昏開始漫天逼近，林間飄來樂音，來源是遭竊自里雅斯特附近一間工廠的手風琴。

站在吉普車旁，有張下半部都是肥皂的臉在朝著破鏡瞧，那張臉的主人是個年輕男人。他小心翼翼地讓刀刃滑過上唇，爲的是避開兩年前形成的傷疤。

他的一頭金髮，在剛入夜的薄暮中透著一縷紅。家中沒有人知道那縷紅是怎麼來的，畢竟他上一輩兩邊的家族都是深色的頭髮，爲此他父親常開玩笑說在懷上他兒子的那個冬天，他吃足了甜菜根。你被染色了，他爸老愛對他說。

他的五官承襲母親：直挺而纖細的鼻子，對於從髮線到山根，或從下巴到鼻尖，那彰顯臉龐完美對稱所需的長度比例，都顯得略長了些。微微上翹的雙眉，傳達著他善於傾聽的訊息，而他的耳朵，雖然並未招風得很誇張，但肯定十分敏銳。他動不動笑起來的時候，酒窩會同時出現在左右臉頰，看到的人都會當場卸下心防。

他的妻子小佩，看著繼承了母親所有優點的他，曾說他應該要更帥一點才對。她這話是在吹捧，但說出的字眼卻左右開弓，既熱又冷，既溫馨又殘酷，但那就是小佩的調調。當時還不爲人所知的是，他將於來日迎向巔峰。有朝一日他會成爲一名相當帥氣的中年男人。然後再變成一個讓人目不轉睛的老師哥。

頭頂上傳來鳥兒的尖銳叫聲，讓他感到很是欣喜。他和牠們都是克服了萬難，北行數百英里，方才及時抵達此地——雨燕趕在三月底，他則在六月——伴著他一路穿越非洲和西西里島、循亞得里亞海而上的是各式各樣的差點被打中，他每一次幸運逃過一劫的經過，說出來會讓神父和占星家一起百思不解。肯定有什麼東西在看顧著他。說不定就是雨燕？

他看了眼手錶，洗了把臉。他把背包與來福槍扔進吉普車時，李德婁中士正好從供餐帳篷出來。

你要去哪兒，小坦？

去接上尉，長官。

幫我們帶一兩瓶酒回來，好嗎？

尤里西斯轉動電門，老吉普一次就發動起來。他開進丘陵地，拋下了身後那些坦克和弟兄的剪影。他途經的盟軍分屬不同師，裡面都是和他一樣被磨舊了的年輕人。柔和的光線跟著他一起穿梭在樹林與草原間，直到天空殘存粉紅漣漪，黑夜從西方追進。他試過對這個國家欲迎還拒，但那只是徒勞。因爲義大利讓他驚豔無比。而那都是唐利上尉害的。他們一起北上義大利，大多是在偵察，但也偶爾只是在亂晃。晃過偏僻的村莊，找出浮雕與丘頂的小教堂。

一個月多一點之前，他們駕車來到了奧爾維耶托，這是一座建構在巨岩之上，俯瞰著帕格利亞河谷的城市。他們往吉普車的引擎蓋上一坐，用軍用水壺喝起紅酒，背景是轟炸機呼嘯飛過頭頂，朝托斯卡尼的界山切托納山而去。他們踩著蹣跚的步伐走進奧爾維耶托的主教座堂，進入了聖布里奇奧小教堂，那兒有盧卡．西諾萊利[18]的傑作〈最後的審判〉供人欣賞。他們倆都沒有信仰，但畫上的圖像仍舊讓他們接受審判。

唐利說西格蒙德．佛洛伊德曾於一八九九年來此一訪，但卻不知怎地忘掉了西諾萊利的名字。這現象被他稱爲壓抑機制，並成爲佛洛伊德在《夢的解析》（*Die Traumdeutung*）中的理論基石。天啊……但這你多半已經知道了吧，是不，小坦？問完也沒有等待回答，唐利就邁到了外頭，走進清爽的六月陽光，留下尤里西斯在新知的漩渦中，也在唐利對他堅定的信心中，感覺暈頭轉向。

道路慢慢轉直，而從遠處的樹林間，一閃光輝搖曳過他的面前。他放慢速度，終至把車停了下來，讓引擎怠轉。他從下方抓起雙筒望遠鏡，發現那是一個女人站在路邊看著自己，也看到了她的那只雙筒。

她揮動一枝沒點著的香菸，把他攔了下來，而等吉普車煞停之後，她喊出了一句，喔，感謝老天！第八軍？

恐怕只有第八軍的一丁點，讓你失望了，尤里西斯說，而她則伸出手。我是艾芙琳·史金納。二兵坦普，尤里西斯說。你是從哪兒過來的，史金納女士？不介意我問的話？

羅馬，她說。

眞假？就在剛才？

天啊，不是啦！我剛才從樹林後面的客棧過來的。一星期前我和一個朋友連袂北上，途經科爾托納，在那兒評估了弗朗西斯科·迪·喬治歐[19]的作品。宛若奇蹟，它們毫髮無損。那之後我們就一直在等。

等什麼？

我試著要聯繫同盟國軍政府。

你想這麼做的目的是什麼，史金納女士？

18 Luca Signorelli，文藝復興時期托斯卡尼地區代表性畫家，〈最後的審判〉（*Last Judgement*）為其大型濕壁畫作品。

19 Francesco di Giorgio，義大利建築師、畫家暨雕塑家，科爾托納近郊有他設計的聖母教堂。

跟紀念物、藝術品暨文獻部隊[20]的軍官搭上線。他們知道我在這裡，但好像拋棄我了。我是個藝術史學者。我想說等他們找到所有出自博物館與教堂的作品之後，我可以派上用場。它們就被扣在這片丘陵間。所有的傑作，各路好漢都到齊了——就連親愛的老契馬布埃[21]都沒缺席。但我想這些你都知道了，是吧？

尤里西斯笑了。我是聽過傳言，史金納女士。

你有火嗎？她問。

我看先不要吧。你看看我的下場，語畢他指了指自己嘴角的傷疤。狙擊手弄的，他說，差一點就打到了。

艾芙琳瞪著他。

但它確實**打中**你了。

但沒打到要命的地方，他說，點了點他的腦袋。差點把我的嘴唇打掉就是了。要是變成那樣，你該怎麼辦？

到時我發唇音要辛苦一點就是了，坦普二兵。現在幫我把菸點上吧，麻煩你。

尤里西斯俯身靠了過來，點了一根火柴。

感謝你，她說，吐出了一個完美的煙圈。她舉起手臂四周張望。你看？哪來的狙擊手。所以，你覺得你能幫我一把嗎？我不會給你添麻煩的。還有我的嘴唇，仍舊完美無缺的嘴唇，也會永世守口如瓶。你怎麼說？

你這是在爲難我，女士。

喔，我確信你對被爲難不會陌生吧。

你相信命運嗎，史金納女士？

命運？那是一份**禮物**。至少但丁[22]會這麼告訴你。

一份禮物？我喜歡這種說法，女士，上來吧。

喔，不要再說什麼女士了，我的天，艾芙琳說著在他身邊坐下。我的名字是艾芙琳。你呢？

尤里西斯。

尤里西斯！怎麼那麼好！那有個潘妮洛普[23]在等你回去嗎？

沒，只有一個佩姬。而且我不認爲她在等我，說著他轉動電門，吉普車頭一轉上了路。

午後時光那東一陣西一陣的炮轟停了下來，而溫柔到讓人難以置信的祥和攤開在林蔭山丘上和丘頂的避難所之間，也攤開在山坡上形成對稱梯田的深色葡萄藤間。

尤里西斯點了根菸。

所以，艾芙琳說，跟我說說……

倫敦。二十四。已婚。沒小孩。

艾芙琳笑了。你經驗豐富喔。

---

20 Monuments, Fine Arts and Archives（MFAA），二戰時期負責搜救藝術瑰寶的部隊。

21 Giovanni Cimabue，佛羅倫斯畫家、文藝復興先驅，被認為是最早跳脫拜占庭風格的義大利畫家之一。

22 Dante Alighieri，義大利詩人、文藝復興先驅，著有史詩《神曲》（*Divina Commedia*），與佩脫拉克、薄伽丘並稱「文壇三傑」。

23 Penelope，荷馬史詩《奧德賽》（*Odyssey*）中希臘英雄奧德修斯的妻子。《奧德賽》講述奧德修斯在攻陷特洛伊後返鄉，卻被迫漂泊了十年，才終於回到他身為國王的故鄉與妻子團圓。羅馬神話中稱奧德修斯為「尤里西斯」。

不快點不行，是吧？搞不好隔天就變死人了。你呢？

肯特。六十四。未婚。膝下無子。那這一切之前的生活呢？

地球儀，他說。我爸負責做，我負責賣。然後他死了，就變成我接著做。

你讓世界轉動！

拿到坦普父子牌地球儀，你可以在上面找找看我媽的名字被藏在哪裡。

有個鎮會叫做……？她問。

諾拉。

好浪漫喔。

我爸很會，對吧？

你和佩姬也會這樣嗎？

不，我和佩姬完全相反。要是讓我來做，我會用她爲星星命名。我們是酒喝著才結了婚，用別的辦法我們還眞成不了夫妻。她早上醒來看到戒指，一拳就打在了我的臉上。但，那是我這輩子最開心的一天。然後我就去從軍，我們又變回了陌生人。

你們不寫信嗎？

尤里西斯搖搖頭。我們都知道彼此心裡在想什麼，他說。重點是，其他人都散了，我們永遠是我們。燈滅了，火花永遠是火花。那算是愛嗎？

喔，別看我。我可沒在那匹馬上待過多久。

從來沒有？

也許一兩次吧。

一次就夠了。我們只需要知道人心的本事有多大，艾芙琳。

那心的本事，你現在知道了嗎？

知道，恩寵與怒火。
艾芙琳面露笑意，深深地吸了一口菸。
所以**那個**——她指了指尤里西斯的嘴唇——是小佩而不是狙擊手。
不，那千眞萬確是狙擊手。看，他說著舉起右臂，秀出手腕上的一條疤。流彈，他說。
他身子一傾，朝艾芙琳靠過去，一面分開自己的頭髮。狙擊手，他說。他拉起褲管。艾芙琳蜷縮了一下。炮火。這傷口還被感染了。然後就是這個，說著他解開了上衣的釦子。
我的天，艾芙琳說。又一次差點沒被打中？
是幸運逃過一劫，他說。那是有差別的。
怎麼說？
一切都是看你心裡怎麼想、在當下如何看待生命。這最後一道傷口是在里雅斯特烙下的，那之後就沒有了。現在我知道我死不了。同時我也快樂多了。
你說啥來著？艾芙琳說。
我是說，我不會死在這兒了。
這兒是說義大利？
這兒是說戰爭，他說。戰爭就像是有筆債懸在你的頭上。你知道欠債還錢天經地義，但怎麼個還法，那才是問題所在。我是說，有那麼多機會可以幹掉我，但我還在這裡。那不會是沒有原因的。
也許一個原因是敵人的準頭太差，艾芙琳說。
你很幽默耶，艾芙琳。
而你是個非常樂觀的年輕人。
我是啊，尤里西斯說。很高興你注意到了。而後他解釋了自己的樂觀遺傳自父親威爾布。父親那充滿智慧的建議——「人生是自己創造的，兒子」，從年少時就深植於他的內心。那人是個夢想家，尤里西斯說。那人有著輸家的運氣和贏家的笑容，唯有翻攪的腸胃告訴他有筆錢的輸贏繫於一個結果，他才會快樂。那種感覺，常被他比作是愛。

但有一天，愛眞的發生了。他走進酒館，往桌子上一站，宣布說他天旋地轉地陷入了愛河，所有人聞言都以爲她會是個漂亮小妞，但她不是。她比他年輕不了多少，眼看著就要年過半百，滑下分水嶺的另一端。疲憊而溫暖的臉龐，外加精明的一雙藍眼，但那雙藍眼看著他，就像他是一片開滿野花的草原。然後過了兩個月——勝算明明那麼低——她告訴他，他們要有孩子了，兩人都將是新手爸媽。

那是世界上最美麗的一句話，尤里西斯說。

要有孩子了？艾芙琳訝道。

勝算，明明，那麼低。

意識到這樣的雙喜臨門——妻子有了，孩子在孵——讓威爾布．坦普想起了一種熟悉的滋味，把錢幣含在嘴裡吸吮的滋味。

於是他手癢了，尤里西斯說，腳也癢了，他認得這種感覺，因爲那是會贏的感覺，而你絕對不可以讓會贏的感覺就這麼溜走，因爲那有違天理。所以他跑去找我媽，跟她解釋了他有件事不做不行。下不爲例，她說。下不爲例，他保證。

事情是這樣的，他的好兄弟老克跟他說了在埃塞克斯，有這麼個地下的靈猩犬賽跑，搞得神神祕祕但賭注很大，總之他們結伴走了一趟，研究了表格，然後他在筆記本裡刷刷刷寫下了由數字、減號、加號所組成的美麗星座，一道賭運的代數公式。最後一場賽事。全壓黑的就對了[24]。他以前老愛這麼說。一翻兩瞪眼。於是他拿全副身家和積蓄賭上一隻棕白花靈猩，花名叫「尤里西斯的男孩」，賠率是一百比一[25]。

剩下的就是鄉野奇聞了。狗兒跑了個第一，並因此確保了兩件事情：要開業做個中規中矩的手工地球儀生意，錢夠了；要給他的獨生子兼繼承人取一個叫人忘不掉的名字，點子也有了。

你叫尤里西斯是因爲一隻**靈猩**？艾芙琳問。

一隻**跑贏了的**靈猩，艾芙琳。跑贏了的。

大量的火炮和步兵早在別墅出現之前就映入眼簾。來到檢查哨，他們在手的揮動中長驅直入。沿著車道，他們能看到軍方的衛兵和義大利的平民放了「禁止進入」的標誌在華麗建築的每一處入口。唐利上尉在外頭迎接他們，正用上衣的衣角擦著眼鏡。他抬起頭來，瞇著眼望向發出聲響的吉普車。他的黑髮上有過早現身的薄薄一層灰髮落在兩鬢，讓他的視覺年齡感覺不止三十，而他那對望出黑眼眶的黑色眼眸，讓他臉上常駐一種揮之不去的悲傷。彷彿他是面對滅絕的最後一頭貓熊。他把眼鏡重新戴上，走近了吉普車。

小坦！他叫了出來。小坦！

尤里西斯停好吉普車，爬了出來。

什麼情況，長官？他問。

我們發現一個地窖，傑瑞一定是看走眼了。我們喝了天殺的一整天，我覺得我醉到人都醒了。

你還在醉啦，長官。長官，這是艾芙琳·史金納女士。史金納女士，這是唐利上尉。

---

24 來自紅黑輪盤博弈的一種說法，意指放手一搏。

25 每一百次失敗對上一次成功，或每一百〇一場賽事中會有一次勝出。

他們握了手。榮幸之至，史金納女士，唐利說。彼此彼此，上尉，艾芙琳說。

史金納女士是藝術史學家，尤里西斯說。她一直在想辦法透過同盟國軍政府聯繫上紀念物部隊的軍官。我在想他們有挺大的機會會在這裡，長官。

沒，他們還沒到，小坦，唐利如是說。但別怕，史金納女士，我們會幫你聯繫上窗口。而在那之前，請先跟著我。快點，小坦，你也一起來。

他領著兩人朝別墅走去，嘴裡說著這一次收穫頗豐。那是僅僅二十四小時前，熱騰騰的斬獲。而隨著他們穿越庭院、經過守衛，艾芙琳也開了口，你的意思，是我覺得你在說的意思嗎？唐利上尉？

在這裡，唐利說著推開了偌大的巴洛克風木門，進入會客廳。他們霎時遭到臭氣襲擊。

唉唷，我的老天！艾芙琳說著摀住了鼻子。

抱歉，史金納女士，唐利說，我忘了先警告你。德國人喜歡在撤退前到處拉屎。你走路要小心，這裡頭的汙水相當氾濫。

廳內光線昏暗，頂多能看到家具的深色輪廓。百葉窗被拉了起來，空氣凝滯，蒼蠅讓人眼花撩亂。腳底傳來碎玻璃和破磁磚的聲響，磚灰在空中打轉。在這兒等著，唐利說著穿越了會客廳，目的地是一盞燈。他彎下身子，點了根火柴，以華麗的動作把燈舉起。室內閃動起光芒，而在廳室的中央，從惡臭與晦暗中冒出頭來的，是一幅大而無損的祭壇畫[26]。

喔，不會吧，艾芙琳壓低了聲音說。

尤里西斯．坦普、艾芙琳．史金納女士，容我介紹彭托莫的〈卸下聖體〉。

唐利上尉，你覺得他們會讓我們直接把畫拿走，他們也省得麻煩嗎？艾芙琳問。

唐利笑著說，要不我們去問問？

這到底是什麼，長官？

這是描繪耶穌生平很偉大的一幅祭壇畫，小坦。我說對了嗎？史金納女士？

你說得沒錯，上尉。畫本來掛在聖芬莉堂[27]內，卡波尼禮拜堂的聖壇之上。約成畫於一五二八年，前後可能差個幾年。風格屬於我們所說的早期矯飾主義，尤里西斯——一種打破傳統的風格，你這麼想就行——其追求的是從文藝復興全盛期[28]的古典主義，乃至於與之相關的一切出走。你可以看得出來，它就是刻意要否定所有的寫實風格，就是要機關算盡，就是要斧鑿斑斑。那光線——你看——就像是來到了劇場。

然後她追加解釋卸下聖體與聖體入塚[29]的不同。那用色之夢幻，那圖案之素樸，那畫面的舞動。她說。那關乎的是感覺，尤里西斯，如此而已。人在嘗試理解自己無法理解的東西。

（微弱的訕笑聲入侵室內。）

那只是一名年輕人的遺體被呈現在他的母親面前，唐利說。

世間最古老的故事，艾芙琳說。

什麼故事？

哀慟，小坦。就只是一大堆該死的哀慟。

他們冒險進入別墅更深處。軍方的衛兵與義國的文物保管人從他們面前大步邁過，搬運著宗教的

26 鑲嵌在教堂聖壇上的宗教畫，在中世紀晚期至反宗教改革時期最為盛行，是重要基督教藝術形式。

27 Chiesa di Santa Felicità，位於阿諾河南岸老橋附近，內有卡波尼禮拜堂（Capponi chapel）。

28 High Renaissance，義大利文藝復興全盛時期約始於達文西〈最後的晚餐〉（*The Last Supper*）繪成、佛羅倫斯共和國掌權者羅倫佐．德梅第奇（Lorenzo de' Medici）辭世的一四九〇年代，終於拉斐爾去世、迎來羅馬之劫的一五二〇年代。

29 卸下聖體（deposition）與聖體入塚（entombment）同屬對聖殤的描繪，前者聚焦於將聖體由十字架上取下的過程，後者則聚焦於聖體取下後的安葬入墓，兩者都是基督受難作品常見主題。

遺物與雕像。他們往後退了一步，因爲菲利普．利比[30]的〈聖母領報〉正被七手八腳地搬動，彷彿那是張海灘椅似的。

唐利在一扇小巧木門前停下腳步。我們到了，他說。

托斯卡尼最不是祕密的祕密。走吧？

蠟燭把光線投向樓梯間依稀可見的邊緣。一股滿是濕氣的石磚與蠟脂味嗆鼻而來，氧氣含量隨著他們向下的步伐漸漸稀薄。樓梯最終回歸平地，通往一處以油燈照明的遼闊地窖。地板看似染了血，是因爲數十個橡木桶在此走到了生命盡頭。文件與書籍散落在四周，天花板全靠木頭撐起。一條被清出來的通道穿過了瓦礫，朝著一整面牆的架子而去，而那其實是令人嘆爲觀止的錯視畫法，也就是一種視覺陷阱。三人靠近之後，尤里西斯便能看出那接縫不協調處，其實是一扇門。

天靈靈地靈靈，唐利說。

你還有多少小白兔沒有變出來，上尉？

帽子空了啦，史金納女士。你先請。

唐利一把門打開，對話與音樂便傾瀉而出。門後的空間是一條長長的窄廊，卡拉瓦喬[31]式的陰影駐於角落，因爲燭光的投射實在羸弱到難以將之穿透。碎玻璃四散在地板上，兩面被劫掠一空的酒牆消失在遠方的盡頭。煙霧盤旋在由盟軍軍官和義籍警長盤據的一張張茶几上空，僅有的新鮮空氣來自天花板上的通風孔柵，煙霧瀰漫的熱風會從那兒被一陣一陣地吸出去。

你怎麼說，史金納女士？來點紅的？

給我個驚喜吧，艾芙琳說。

唐利回到架子邊上，躍躍欲試地舒展一下手指，然後把手伸向了一瓶酒。他低頭確認標籤，豎起大拇指比了個讚。

一九〇二年的小拉菲[32]。波雅克[33]！他驚呼了一聲。簡直天堂！（他很愛這麼說，但對於一個認爲人死後是一片虛空的人而言，這種口頭禪實在有點怪。）

他們坐在一張空茶几前，一名二等兵從陰影中出現，帶來了三只玻璃高腳杯、一支螺旋開瓶器，還有一小盤薄切佩科里諾羊奶起司。

你看，史金納女士。這和蓋瑞克紳士俱樂部[34]也差不多了嘛。

艾芙琳大笑出聲。

唐利享有了開瓶的榮幸。精巧的小小一聲啵，接著是軟木塞的氣味，最後是倒酒時那讓人心滿意足的咕嚕聲。

我們該敬什麼呢？唐利問。你有想法嗎，小坦？

敬這一刻，長官。

喔，如此甚好，艾芙琳說。

敬這一刻。

話題直轉到艾芙林與唐利對佛羅倫斯的愛。唐利解釋說他的父親曾經——至少在一段不算長的時間裡——在英國國教的聖馬可堂當過教區牧師。那是一段美好的時光，他說。烏菲茲美術館就是我受

---

30 Filippo Lippi，文藝復興時代早期的繪畫名家。〈聖母領報〉（*Annunciation*）又作〈天使報喜〉或〈受胎告知〉，描繪天使加百列告知聖母瑪利亞將受聖神降孕而誕下耶穌的《聖經》故事。

31 Caravaggio，義大利畫家，活躍於十六世紀末至十七世紀初，他獨創的戲劇性的明暗對照風靡當時的藝壇，對巴洛克畫派與現代繪畫皆有深遠影響。

32 Carruades de Lafite，拉菲堡珍寶二軍紅酒，暱稱「小拉菲」，是法國波爾多一級酒莊拉菲．羅斯柴爾德酒莊的副牌酒。

33 Pauillac，法國著名的葡萄酒產地，一八五五年官方評選出的五座一級酒莊中有三座位於此地。

34 Garrick Club，一八三一年成立於倫敦市中心的紳士俱樂部，僅限男性參與。

的教育。等我離開學校時，他說，我已經對藝術以外的事情都提不起興趣。在切爾西藝術學院待了一陣子，在皇家藝術學院也待了一陣子，然後就到這裡了。我走的路很老套，但老套得得天獨厚，史金納女士……

喔，那我想我們算是半斤八兩吧，上尉……

我有資格幹的也就是鳥類學，或是偶爾替藝品鑑定一下作者歸屬。

此時唐利把手伸進外套口袋裡，掏出一本斑駁的筆記本和一小節鉛筆。他問，你不介意吧？只是酒的筆記——留個回憶，你知道的。一點想法，沒什麼大不了的。

不會、不會，不用客氣，艾芙琳說。你盡量。

手指修長而纖瘦，散落的頭髮橫過眉頭。就像個孩子似的。他讓她想起了佛斯特，於是她前傾著身子靠向尤里西斯，對他這麼說。

佛斯特是誰來著，艾芙琳？

什麼是什麼來著？唐利說著抬起了頭。

我跟尤里西斯說你讓我想起了E．M．佛斯特。

你認識他嗎，史金納女士？

他人生中的第一個義式甜甜圈是我買給他的，我還把我的貝戴克旅遊書借給了他。

眞的假的！這已經夠有些人訂婚還有找了！說著唐利從盒中輕敲出一根菸，遞了過去。他是個什麼樣的人？他問。

挺可愛的，艾芙琳說。他不喜歡魯本斯，跟他媽媽滿親近的。

聽起來像是我的雙胞胎，唐利說著點起菸，灌下了杯中之物。

你有時間再來一杯嗎，史金納女士？

要多少有多少，艾芙琳說。

還有小坦，那個音樂？來點溫柔的東西配酒，麻煩你。

馬上來，長官。語畢尤里西斯前往留聲機，還順道徵用了一盤新的起司。

第二瓶酒是一九〇〇年分的瑪歌酒莊[35]，佐以瓊．麥瑞爾[36]唱的〈再也不會有第二個你〉。出類拔萃的組合，三人一致同意。唐利倒了酒。撲鼻而來的香氣有：菸草、松露、雪松、草莓。又到了舉杯之時。**敬這一刻！**

我那時才二十一歲。比現在的你年輕不了多少，尤里西斯。那是我的佛羅倫斯初體驗。無人監護的我獨自旅行，隨時都是可以戀愛的狀態。

所以你戀愛了嗎，艾芙琳？

艾芙琳開口前先嘗了一口酒。我還真愛了，她說。一次是和某人，一次是和這座城。那一切都在等著你，尤里西斯。把心敞開。只要你願意，那兒就會萌生出事物。美好的事物。

突然間，地窖斜向右邊，原因是上方的地面遭到炮轟。艾芙琳倒抽了一口氣。天花板成塊崩落，熄滅了蠟燭，眾人用手壓住桌面好穩住茶几，但也有人鑽進桌底。高腳杯與酒瓶被甩到了地上。

媽的，有完沒完啊這是！唐利扯著嗓門，懷裡護著一整瓶瑪歌。

尤里西斯把手伸向茶几另一頭，目標是艾芙琳的手。他開始跟她說話，甚至對她唱歌。唱到轟炸結束了都還沒停。留聲機轉盤那微弱的喀答聲緩緩走到了難以避免的終點。中場的沉默只見白色的灰塵徐徐落下。唐利笑了起來。

---

35 Château Margaux，波爾多葡萄酒的五大酒莊之一。

36 Joan Merrill，美國女歌手兼演員，其歌曲〈再也不會有第二個你〉（*There Will Never Be Another You*）發行於一九四二年。

走進外頭的夜色中，他們呼吸著歡迎三人的新鮮空氣。唐利在後頭坐定，艾芙琳待在前座，他們開走時身邊有一堆人敬禮，還有醉醺醺的士兵跑在他們的車側，大喊著他在佛羅倫斯見過他們！

道路的兩旁是整排的樹，璀璨的盈凸月光漏過樹隙，爲沒有頭燈的他們照亮去路。黑暗呑沒了三人。懸空的厚實樹木與下坡的彎路，連袂讓他們感覺車子已經不是行駛在地表，而是慢慢地朝著地球那泥濘而叢生著樹木的深處而去。空氣有著既沉重又蔥蘢的氣味。很快地唐利就帶著酒氣睡去，鼾聲隨著車輛顫抖，在風中鑽出齒孔。尤里西斯放開了油門，讓車子沿著黑夜的路肩緩緩滑行。

艾芙琳往後靠，看著唐利的臉龐。他滿滿不知哪兒來的自信，是不是？看看他。其實就是個孩子而已。你們都還是個孩子而已。你喜歡他，是吧？她問。

我喜歡他，艾芙琳。眞的喜歡，他說。說著他靠邊停下車，讓盟軍的一支車隊通過。噪音對他們發起攻勢，他們在座位上往後靠，看著車隊的卡車超車，士兵們如石像般的蒼白面孔回望著兩人。那感覺就像世界末日來了。

他們不久都會進城，是吧？她問。

最晚兩天後。紐西蘭先，接著南非。然後是我們。

會打得很激烈嗎？她問。

應該會吧，他說。我們一路打來都很激烈。

最後一輛卡車揚起的最後一陣塵埃落定。尤里西斯點了兩根菸。

他說，那幅畫？那個彭……

托莫，她說。彭托莫的〈卸下聖體〉？

嗯，說著他把菸遞給了她。唐利說他在這一切之前研究過那幅畫，而我說那有什麼好研究的？不過是一幅畫罷了，對嗎？

那就只是一幅畫。你說得沒錯，艾芙琳說。藝術史學家把人造成了神。

所以呢？

所以，艾芙琳說。

就有了這種種大驚小怪？

艾芙琳笑出聲。人的大驚小怪，如你所說，確實可以被渲染出來。但畫作眞正的意義所在，對我而言，永遠在於回應。那是一幅要求我們有所回應的畫作。所有一流的畫作都是如此。

什麼回應？

你說呢。

我不知道那是什麼意思。

你剛剛被畫上那朵雲弄得心神蕩漾。它將你吸近，讓你產生了興趣。

那朵雲看似與畫各自獨立，尤里西斯說。

也許是爲了點出在雲底下開展的那些劇情。那是天堂的象徵？是聖靈？又或者那雲只是單純作爲提醒，提醒你畫面外頭還有事件在發生。這種種念頭都是一種回應，尤里西斯。再複雜也不過就是這樣而已。當然，我們可以加進繪畫這門技藝的執行層面——畫家究竟畫得**好或不好**——還有這幅畫的歷史沿革、畫的起源，然後我們就可以給出一個價。但對我而言，畫的價值永遠在於回應。它如何感動一個人。

而那就讓一幅畫值得拯救了？

我是這麼想的。眞心這麼想。救了畫，就確保了它可以傳承給下一代。因爲那很要緊，尤里西斯。

比人還要緊嗎？

艾芙琳口吐出長長的一條煙流。她說，人與畫是一起的。我們一直都是這麼做的，將我們的標誌留在了洞穴裡，或在紙頁上。讓人看到我們是誰，分享我們的世界觀，我們不得不咬牙過下去的是什麼樣的生活。我們歷經的動盪被披露在那一張張被畫出的臉上——畫風偶爾溫柔，偶爾怪誕醜陋，但藝術成為了一面鏡子。所有的象徵與悖論，都要由我們來詮釋。藝術就是如此成為我們的一部分。而作為我們苦難的對位，我們擁有了美。美是我們青睞的，是不？某種美好落進眼裡，使我們歡愉。那美好在分子的層次上對我們產生作用，讓我們感覺活著，感覺充實。美麗的藝術讓我們開眼，讓我們看到世界之美，尤里西斯。藝術重新定位了我們的視覺與判斷力。它永遠捕捉住稍縱即逝的事物。我們不過是歷史長廊上一粒不起眼的汙點，一抹微不足道的磨痕。一百五十年前，拿破崙呼吸著和我們如今同樣的空氣。時間的營隊持續在行軍。藝術與人類孰輕孰重不是我們該問的問題，尤里西斯。少了彼此，它們誰也無法兀自存在。藝術是解藥。光這一點，還不能讓它變得要緊嗎？當然能，我覺得能。

隔著橄欖樹的空隙，客棧映入眼簾。我們到了，艾芙琳輕聲說，吉普車慢慢停了下來。剩下的只有引擎在冷卻時發出的答答聲，遠方一隻貓頭鷹的呼叫聲，唐利深重的呼吸聲。

你看那邊，尤里西斯說的是樓上一個房間亮起微光。

歡迎派對？他問。

噢，你想多了，說著艾芙琳爬出了吉普車。她彎身靠向唐利的耳畔，將手放上他的肩頭。唐利上尉，她輕輕呼喚著。

他醒了過來，醒得恍惚迷濛。

該道晚安了，她說。

史金納女士。

不、不，你別起來，她說，然後伸出了手。謝謝你今晚的招待，她說。把頭壓低，繼續在這世上存留，麻煩你了。

唐利笑了。保重，史金納女士。我深感榮幸。

彼此彼此。

我會跟同盟國軍政府打聲招呼，我保證。

謝謝你，然後艾芙琳看向尤里西斯。我不確定我能否跟你說再見，年輕人。

那就先別，艾芙琳。

尤里西斯下了車，伸出手。她握上去。

一份禮物，對嗎？他說。

一份禮物，沒錯，她說。但丁．阿利吉耶里。你會在佛羅倫斯遇見他，就在聖十字聖殿[37]外面。他看起來會有點悶悶不樂，但請替我向他致意。

我會的。

還有保持刀槍不入，她說。

他對她敬了禮，看著她跺著腳步穿越晒焦的草皮，朝著露台而去。

夜色黑得尤里西斯沒看到她轉頭回望，但她確實這麼做了。她看著他回到吉普車上，看著他連人帶車消失在路彎。她輕聲叨念著什麼，算不上真正的祈禱，只是一點心意，願他安全無虞。

---

37 Basilica di Santa Croce，義大利最大教派聖方濟會在佛羅倫斯的主要教堂，建於一二九四年，為米開朗基羅與伽利略等藝術與科學巨擘的長眠地。

在東倫敦，佩姬．坦普在頭痛欲裂中醒來。該去爲開店做準備的她已經晚了一小時，而這一小時大都被她拿去趴在水槽前，想要找回她昨晚的記憶。嘰嘰喳喳的運貨馬車伕就在窗戶外面，她拉開窗簾，被陽光弄得刺眼。她看著柯爾把一桶桶麥酒卸下來，而他則抬頭朝窗口瞥了一眼，她立刻向後閃，但他已經看見她了，她心裡有數。

她去到鏡子前，發出了呻吟。她沾濕手指，試著讓頭髮聽話地變出幾個卷，好讓她用霧狀髮膠定型。三兩下用法蘭絨毛巾洗個臉，加上噗哧一聲噴出的香水，讓她恢復成著裝的狀態，然後她抽了半根菸，讓腦袋不再是一團糨糊。

她踉蹌著下樓梯，店內氣氛瞬時緊張起來。進了酒館，她說，他媽的給我閉嘴，柯爾，於是他就眞的一個字都沒說，只是把一杯未摻水的純琴酒朝她推了過去。噠[38]，她謝過柯爾，一口乾掉了烈酒。喔，天啊，她說，而後柯爾把拖把用的水桶朝她踢了過去。

她是負債，但至少是筆賞心悅目的負債。她的臉和那張嘴讓店裡的阿兵哥絡繹不絕，就連嘔光整個胃時，她都能做得風姿綽約。她的翹臀隨著一舉一動擺扭，不時露出的甜美褲襪簡直美不勝收。柯爾感覺到勃起在他的三角褲裡蠢蠢欲動。他下到酒窖去取瓶蘭姆酒。等他上來時，給酒器[39]旁的她已經把酒杯握在手上。

狗毛[40]？

狗毛，她想，她恐怕需要天殺的整張狗皮才能撐過這個早上。去你媽的，她都在想什麼？

從我的小費裡扣，她說，然後坐下點了根菸。

他過來加入她。昨晚盡興嗎？他問。她看著他，笑了出來。

世上再沒有第二個你，佩姬，他說。然後她嫣然一笑，青鳥便引吭高歌。

柯爾？（喔，拜託，又怎麼了？她那張臉……）

怎樣，小佩？

這星期六。

免談，小佩。

我知道，我知道，但這次眞的很重要。

哪次不重要，然後柯爾乾掉了他的酒，站起身來。他說，你不缺韌性啦，這點我肯定你。

韌性是好事一樁，對吧？

而後佩姬也站起來，開始在他的面前跳舞。那是好事一樁，對吧，柯爾？

別這樣，小佩，我們要開店了。而且就是跟你說一聲，別踩著剛剛你拖著到處走、慘不忍睹的那些要命玩意兒。

佩姬停下來回望身後。什麼慘不忍睹的玩意兒？她問。

你的肝啊。現在給我去把該死的門打開。

38 ta，英語中表達感謝的一種說法。

39 從瓶頸處固定住倒置的酒瓶，以作為定量給酒之用，為酒吧必備的設備，也叫分酒器。

40 hair of the dog (that bit you)，解宿醉的酒。原指被狂犬病犬咬傷時的一種民俗療法，須取該病犬的毛來敷傷口或調製藥水。

早晨的暖風徐徐吹送，隨之帶來磚塊灰塵與柏油碎石路面的臭味。吉妮．佛米羅，她是柯爾的小孩，正從烘焙坊回來，胸前緊貼著她當嬰兒抱著的一整條麵包。吉妮朝她揮手。小佩也揮了回去。吉妮愛小佩，每天早上也都會用可愛的鼻音這麼告訴她。吉妮有著女人的身體，和孩子的心靈。她會在酒吧裡收拾杯子，偶爾倒個一品脫[41]酒，但大多還是收杯子和在夜晚的最後把銅板數出來。很甜、很甜的孩子，集奇怪的腦袋、她母親的雙腿，還有漂亮的花洋裝於一身。她看上去很像柯爾的妻子，而這一點在早年曾經傷透了柯爾的心。吉妮並不是生來就被撥回了時間，而是在發生某件事之後，最可能的是那場讓她差點沒命的高燒。柯爾的妻子離開他，說是因爲他酗酒，但其實背後有其他原因，她早在開戰前就離家出走了。她北上去了蘇格蘭，準確說是去外赫布里底群島找她務農的姊妹。沒有人把心底的想法說出來，因爲寧願淪落到北大西洋上的一塊花崗岩上去生活，那理由得糟到什麼程度啊？

柯爾從沒有因爲太太離開就把酒戒了，但他確實有少喝一點。此外在他的女兒身邊，他的怒氣會化作一灘爛泥。他變成了一個哭哭啼啼的酒鬼，唱不完的愛國歌曲與止不住的淚眼婆娑，只因爲那就是他的調調。

吉妮在路緣石邊停了下來。她左看右看左看右看，然後才過起馬路。佩姬！她叫了一聲。佩姬張開了雙臂，吉妮跑向她懷裡。愛你佩姬，她說。吉妮身上散發著濃濃的月經氣味，於是佩姬說，來吧，吉妮，我們去換個衣服。

午後的尾聲，小佩已經累到站不穩。酒館此時已變成了一處太平間，她於是去外頭歇會兒。她街頭巷尾地瞅了一遍整條街，街上有白淨的前階，還有夠把水溝填滿的八卦。她往一張椅子坐下，面對著太陽。最小才八歲的一群孩子騎著腳踏車經過，嘴裡還吹著口哨。你好嗎？小佩！她揚起手臂。嗯，我很好，小朋友，她學起他們的口氣。她眼睛沒闔多久，就遇到老克雷斯上門來。她知道是他遮住了太陽，爲的是引起她的注意。克雷斯是小佩堅定的磐石。一直是，也永遠會是。他覺得她是這個世上最美的女人，他願意爲她赴湯蹈火。甚至是把月亮摘給她，只要他有辦法的話（我拿月亮能幹麼，克雷斯？拿去換太陽啊。格局大點，這位小姐。）

你昨晚平安到家了嗎？他問。

是你把我帶回家的啊，你這笨蛋。別的我記不得，這點事我還是記得的。

克雷斯說，你要不要進店裡幫我裝個一品脫？

我下班了，她說著指向寫著「休息中」的牌子。柯爾在喝酒，而我在晒太陽，她說。

他走了之後，小佩把衣裙拉到膝蓋之上。陽光給了她的胯下溫暖，讓她感覺又濕又放蕩，就和她把目光停駐在美國男孩的身上時，一模一樣。

他的舞跳得很好。那是她首先注意到的事情。比他的朋友強就是了，只不過他們看上去說是兄弟也不爲過。他朋友脫隊去吧檯時，艾迪和她對上了彼此的視線。就像兩顆星星撞在一塊，他告訴她。那之後他們像天體一樣跳起舞來，直到他們的衣服都濕透，胃口都變得生猛，接著在老康普頓街上的一間咖啡廳裡，他們吃了一頓很抱歉的菜餚，裡面有不知名的肉和馬鈴薯。

艾迪生著一頭秀髮（又密、又亮、又黑），小佩在以手代梳順過之後，說那感覺像是蠶絲，艾迪聽完紅了臉頰，因爲他除了年齡以外，仍是個不折不扣的少年。艾迪對她說，他會在戰後去上大學，好接班他父親的事業，對此小佩問道，什麼事業？而他的回答是，柳丁。小佩說她已經兩年沒嘗過柳丁的滋味了，對此艾迪說這事他可不能坐視。艾迪問週六能不能見她，小佩說你敢不見我試試看，艾迪聽得都笑了。艾迪的牙齒也很漂亮。美國白。微微的暴牙可以在他吻她的時候感覺到，但那不是什麼不能靠練習去解決的問題。艾迪買了單，並問他能不能跟她回家，結果她說，今晚不行，我的陽光，

41 pint，英制容量單位，約等同六百毫升。

而他說，我喜歡你的口音，然後她說，今晚還是不行。就在這時，艾迪提到了週六晚上的飯店房間，那讓小佩的膝蓋幾乎要當場一軟。我會把你當成公主寵愛，他說。

店內唱片轉盤放送的音樂傳來。「有朝一日我的王子會來[42]。」

媽的一點也不好笑，柯爾！她大叫一聲，然後起身回到酒館裡，內心籠罩起一片黑色的情緒。

一整個星期，她都一早就去把桌子擦乾淨、檢查給酒器。她變得滴酒不沾、討人喜歡，但依舊讓所有人緊張兮兮。小佩怎麼了？幹，天曉得，柯爾說著繞過了她，活像她是座隨時會爆發的火山。但她沒有爆發，她只是冒著煙。她替客人算了帳，點了單，帶吉妮下到運河去找克雷斯聊那週剛出生的小貓崽。週四那晚，小佩爲流理台上了一層閃亮的巴素銅油，亮到柯爾說不輸水晶球。柯爾說，我看到週六晚上了。我看到你和神奇男孩出現在鎮上。

小佩先是愣了一下。什麼意思？她問。

你聽到了，柯爾說，而小佩則跳進了他的懷裡，用她強壯的美腿往他的腰上一夾，讓他又一次感覺到褲頭裡硬到不行。好了、好了，他說，心想他又得跑一趟地窖去解決了。

週六晚上轉眼即至，而且這一轉還轉出了溫暖，轉出了黃光，運河上閃爍著百萬顆瘋狂的星星，讓一隻隻狗兒不住吠叫。

喀啦喀啦喀啦喀啦，小佩踩著高跟鞋走下了樓梯。柯爾是先聞到她，才眞的見到她，而她讓他聞到的是法國，是花香，是各種魅惑。她帶進酒館的是藍眼、是紅唇、是金髮，是貼著裙身的曲線。

柯爾說，我希望他值得。而小佩說，他是美國人，柯爾。他值得。

柯爾遞給小佩一杯琴湯尼。

你別大意，小佩。別不小心陷進去。

敬陷入愛和被活逮，小佩說著舉起酒杯。

這個，柯爾說。凱瑟琳帶來給你的。

他把一枚信封推過了吧檯。小佩開了信，把錢放進了口袋。

他有說什麼嗎？柯爾問。

我們不來寫信那一套的，柯爾，你知道我們不會。那些錢就是在說他還活著，而我只需要知道這樣就夠了。其他的事情等他回來，我們自然會講清楚。

他是個好孩子。

這我知道。

今晚別等我了，親愛的，她補了一句。

小佩？

她轉過身。怎樣？她問。

他們沒有人配得上你。

42 *Someday My Prince Will Come*，迪士尼一九三七年動畫電影《白雪公主與七矮人》（*Snow White and the Seven Dwarfs*）插曲。

那是間很有格調的餐廳。小提琴的琴音流瀉，一名侍者抖開了餐巾，替她鋪在大腿上。甚至還尊稱她女士，那可眞是該死的上等檔次。艾迪朝她露出燦笑，牙齒刷得乾乾淨淨，呼吸有著薄荷香氣。他的帥度直衝她的內褲而去。

他把兩個盒子推過了桌面。

打開看看，他說。我希望你知道，我對你是認眞的。

小佩感覺到其他桌都在看她。她打開了比較大的那盒，拿出的是一顆柳丁。那是一顆完美到不行的柳丁。她閉上眼睛，嗅聞著外皮。她很想當場一口咬下去，但她聽到身旁有人在笑，氣氛差點全給毀了。

打開另一盒，他說，她已經準備好要對著小盒子演出一場驚喜，但當她打開盒蓋，裡面的胸針是眞的很美，所以她的演技毫無用武之地。艾迪從她手中接過胸針，舉到燈光下。

cameo[43]是貝殼。你知道嗎？

我當然知道，小佩說。（其實她不知道。）

我本來不知道，他說，然後把胸針舉到耳邊。

聽得到海浪聲嗎？她問。

他搖頭。聽不到，只有一點點聲音，他說著，皺起整張臉。

那聲音說什麼？

我們回你家吧。然後艾迪笑了。小佩笑不出來。

嗯，我們不能回我家，艾迪。我跟你說過了。我們說好了要去飯店。

買了胸針就沒有錢上飯店，他說。只能二選一，我以爲你會喜歡胸針多些。

小佩喝到超過浪漫的邊界，淪落到鐵路拱橋下，背靠著牆。那是個單色調的夜晚，碎片般的月光散落在黑色的石板路上，突顯出小佩白皙的膚肉。她的美國士兵正狠狠地吻著她，他答應過要給她一個房間，但最後卻買了個胸針給她，所以就有了橋下的他們，抵在牆上，廉價的花束橫躺在她的腳邊。

他上下其手，尋找著西部戰線，而她說他得再往南一點才能有所發現。

這就對了，她說，他則開始呻吟。

她喜歡聽他叫她寶貝。她喜歡聽他說，我從沒見過像你這樣的女孩，小佩。她喜歡他幹她的方式。但她此時滿腦子都只有一件事情，那就是他答應過要給她一個房間。她不是不想把這個念頭推開，但他愈是把她往牆上撞，那個房間就愈是跑回來招惹她，讓她放不下。

你答應過要給我個房間的，她說。

我知道，我知道，他說，仍忙得不可開交。下次，他說。

我不要什麼下次，她冒出這麼一句，放下了腿。

停下，她說。我不做了，說著她扯起了他年輕而茂密的頭髮。

老天，小佩！你幹麼？

我說了，停下來！

一列火車從他們頭上駛過，石橋跟著晃動起來。小佩拉下她的裙子，拔腿在路上跑了起來。

佩姬！她的名字迴響在磚牆間，後面緊跟著他的腳步聲。

爲什麼我們不能回你家？他問。難道你結婚了還是怎樣？

不。我不是「結婚了還是怎樣」。我住在一間酒吧的樓上，那是我工作的地方。我跟你說過上百次

43 有浮雕的貝殼或寶石飾品。

了。你答應我會有房間的，結果你突然變小氣了。

那胸針可不……

等你訂到床再打給我，艾迪。少這樣把人當婊子，你給我差不多一點。

她往下走到運河處，滿臉盡是板上釘釘的堅定表情，氣勢強到連鼠輩都很識相地靠邊閃。長椅空著，她坐下點了根菸。一名醉漢跌跌撞撞走在曳船道上，作勢要跟她搭話，但她撂下一句他媽的你敢就試試看，聲音像一把利刃，於是醉漢也知難而退。她可以照顧自己，她不曾靠過別人，城市從來嚇唬不了她，特別是在夜裡。運河吸引著寂寞的人和夢想家，這一刻她身兼二者。

她想逃離這裡，而美國男孩就是她的出路。加利福尼亞。新世界。新人生。她用雙手做杯捧著那個夢想，生怕灑出了哪怕一滴。

她開始揉腳。她慢慢也有了拇指外翻的毛病，就和她媽一樣。那女人的腳側腫得像個該死的大栗子，要是和母親的相似性從腳趾開始往上發展，那她可得求上帝保佑了。她點起一根火柴，看了眼手錶。一點十分。黑暗中浮現那張熟悉的臉孔。

常來這嗎？克雷斯問。

這好像變成我們的習慣了，她說。

想回家了嗎？

來吧，說著他拉起了小佩，她站在他旁邊可謂居高臨下。老克有次對她說，他曾夢想可以當個騎師，主要是考量他的身材，但最終他輾轉來到了碼頭。一次也好，他說過，就一次，他會希望能登上其中一艘船。

你不用環遊世界，也可以見多識廣，她說。

你覺得我見多識廣？

沒人比你廣。眞正有差的是這裡頭的東西，她指著他的肚子。我們是用五臟六腑裡的本能去愛，她當時說。

這會兒他們爬上階梯，回到了街上。

你愛這個美國小伙子嗎？他問，但小佩沒回答。別這樣，女孩，你不是三歲小孩了。

小佩停下腳步，套上鞋子。對，我愛他。愛到沒有他我會死。

我的老天，你病得不輕。

所以別問了。

你會和他說心裡話嗎？克雷斯問。

我不和他說那些。

跟他說點嘛。一兩句也好，小佩。難講他會在這裡待多久。

有人對你說了什麼嗎？

不太有。但對我這種半進棺材的老頭子來說，字句就和金粉一樣。

你才沒有半條腿進棺材，她說著打開皮包。來，吃個柳丁。

哇，看看這是什麼，他說著將之舉到夜幕中。你知道這玩意兒是怎麼誕生在這個世界上的嗎，小佩？

一些臍橙共度了一個淫穢的週末嗎？

他被逗笑了。

這傢伙是橘子和文旦的私生子。

文旦他媽的又是什麼東西？

Citrus maxima[44]。

你見過？

沒，只在書上看過。那就像一個大葡萄柚，有著厚皮和很多白髓[45]。

那不就跟柯爾一樣，她說。酒館的深色輪廓同時出現在視野內。

你再見他是何時？

後天。

那你和他說點什麼，小佩。你給他希望。

佛羅倫斯的奧特拉諾區解放一週後，尤里西斯與唐利來到彼提宮[46]後面的波波里花園，他們整個早上都在那兒處理一支運補車隊的事。唐利佇立在一面牆上俯瞰佛羅倫斯。炮火的聲響在阿諾河兩岸此起彼落，硝煙從下方的街道升起。尤里西斯藏身在樹叢後，瞄準鏡對準了美景堡[47]，那兒有個法西斯狙擊手雞飛狗跳地鬧了一早上。

這麼做你還可以嗎，長官？

沒問題，沒問題，唐利說。我死在這兒會很開心。我抽根菸行嗎？

你想幹麼都行。你就是個餌而已。

我是餌，唐利說。我是我自己的餌[48]，說著他笑出聲，隨即點起一根火柴。這景觀，他說，集合了天時地利的奇蹟。Luce intellettual, piena d'amore[49]。

什麼意思，長官？

心智之光，盈滿了愛。

說得眞好。

是不是？

你的手筆嗎，長官？

怎麼可能！是但丁啦。智與美的結合可以讓世界變成一個更好的地方，是這樣一種信念。你看到狙擊手了嗎？

還沒，長官，尤里西斯抹去流進眼裡的汗水。大概跑去吃午餐了。

大概吧，唐利吐出一縷長長的煙。他說，在那中心點就是這座城自帶的榮光……

你指哪裡，長官？

主教座堂，布魯內萊斯基穹頂[50]，文藝復興這一偉大人文主義時期的濫觴。建得如此宏偉，好讓坐於其下之人可以接收到神意。但在那之前，更重要的是那見證了宇宙的秩序與美麗，小坦。一個有所回應但不審判人良窳的宇宙，一個人在其中有一席之地的宇宙：人，是萬事萬物的尺度[51]。而詩人與藝術家都是秉持著這樣的信念奔馳。透視法的構圖圍繞著人的身形布局。方與圓成爲十五世紀建築的基石，而依循維特魯威[52]的精神，李奧納多將人放進了方與圓之中。科學與神學比鄰而居，小坦。智識與藝術成就的贈禮就和信仰一樣，都是上帝所賜。這些獨行俠一般的心靈能夠匯聚在一起，那是

44 柚子的學名。

45 果皮與果肉間白色海綿狀的部分。

46 Palazzo Pitti，文藝復興時期的建物，建於一四五八年，位於阿諾河南岸，規模宏大，原是銀行家彼提的住所，後由梅第奇家族的科西莫一世（Cosimo I de' Medici）買下。

47 Forte Belvedere，彼提宮的一部分，一譯觀景城堡或瞭望堡，由梅第奇家族第三代暨托斯卡尼大公費迪南多一世（Ferdinando I de' Medici）下令建於一五九〇至九五年間，位於波波里花園旁，用以保護彼提宮和阿諾河南岸。

48 A lure unto myself，雙關「我是我自己的法律」（A law unto myself），意即我行我素、自行其是。

49 出自但丁《神曲》〈天堂篇〉第三十章。

50 Brunelleschi's Dome，聖母百花大教堂的特色穹頂，也是史上最大的磚造穹頂，由菲利波．布魯內萊斯基（Filippo Brunelleschi）所建，他是義大利文藝復興早期頗負盛名的建築師與工程師。

何等難得的片刻。確實，那片刻稍縱即逝，但又如何？從那段時間中爆發出的能量，摧毀了各種迷思與謬信，揭露了天堂的本色。難免於傾頹，難免於突變，與我們如出一轍。

唐利彈掉了香菸。他說，我在想，等仗打完，我們可以……

我們不聊仗打完的事情，是吧，長官？

喔幹，我的天，不聊不聊，當然不聊。抱歉，都是這個景色害的。我又在作夢了。

再火大一點，長官，麻煩你。

再火大一點？

是的，拜託你了，尤里西斯說。而且盡量大聲一點，手臂也可以揮一揮。

像這樣？

完美，尤里西斯說。啊，來了來了，我看見他了……

我的命交在你手裡了，小坦……

沒問題，長官，說著他屏住呼吸。他將那人對準在瞄具裡，不急不徐扣下扳機。刺耳的槍響朝四面爆開，然後遠遠地，一具人體從高塔上跌落，接著沒一會兒，塔上又掉一個帕尼尼[53]下來。唐利歡呼一聲，從牆上跳下來。尤里西斯從樹叢裡爬出來，拍掉身上的灰土。

唐利問，你有沒有注意到一個味道，小坦？

我有，長官。我想那是死亡和沒洗澡合起來的味道。

標準答案，唐利邊說，兩人邊朝上方的海神噴泉走去。

外加一點這裡的日常，尤里西斯說。

他們來到噴泉，只見一群婦女在刷洗她們的小孩和衣物，用的是同一池臭水。

唐利搖了搖頭。我的天啊！他說。尼科洛．迪拉斐爾．迪尼科洛．戴佩里科利[54]應該在墳頭裡都躺不住了吧。

嗯，我很懷疑他在墳裡還動得了，畢竟那裡頭還得塞進那一大串名字。

這是**切膚之痛**，尤里西斯，唐利說。看著這些花園被這樣糟蹋。

確實如此，長官。

你懂？

我懂。

他們無所謂嗎？

要顧得了這麼許多，他們得先有麵包吃，長官。或得先有乾淨的水。

唐利嘆了口氣。

來吧，亞歷山大．聖約翰．唐利。我們找輛吉普車載你回去。

髒亂衍生的惡臭在他們踏進庭院的瞬間撲鼻而來。那地方擁擠到像是拿坡里的貧民窟。數千名深受打擊的民眾僅能共用一個水源，就好像一群突圍的士兵。尤里西斯與唐利費勁地通過那片昏暗，朝著補給的車隊而去。在他們的左手邊，一場口角在麵粉的配給現場爆發。床單與衣物在彼提宮的上層陽台上懸掛，而在柱廊下，遠離陽光的地方，人群癱坐在墊子上，緊抓著他們僅有的一點家當。急就

---

51 Man is the measure of all things，出自古希臘哲學家普羅泰哥拉（Protagoras），完整原句是「人是萬物的尺度：是存在者存在的尺度，也是不存在者不存在的尺度。」（Man is the measure of all things: of things which are, that they are, and of things which are not, that they are not.），指每個人感知的世界只能是透過自身得知，因此真理絕非絕對，甚至可能不存在。

52 Marcus Vitruvius Pollio，古羅馬建築師，有「西方建築之父」之稱，著作《建築十書》（*De Architectura*）中提及最美的建築比例即人體的比例。後世的達文西依此概念畫出〈維特魯威人〉，將人體放入代表宇宙秩序的方和圓之中。

53 義式三明治。

54 Niccolò di Raffaello di Niccolò dei Pericoli，佛羅倫斯雕刻家暨花園設計師，曾為科西莫一世服務。

章造出來的木炭爐冒著火，空氣瀰漫著刺鼻的煙霧。這些人原本是依阿諾河而生的居民，但被迫在撤退的德軍炸毀橋梁前撤離住處。惟凡事都有例外，橋也不例外。

老橋[55]能倖免於難，是因爲納粹元首竟也多愁善感，原來他曾在三八年造訪過佛羅倫斯，並對這座知名地標產生了感情。唐利說這證明那傢伙的品味他媽的爛透了。否則他怎麼會想入侵波蘭，尤里西斯說。

走吧，長官！尤里西斯喊道。唐利鑽進吉普車，兩人驅車進入熱浪，拋下前佛羅倫斯公爵府邸的宏偉門面。在山坡的底部，三十英尺高的瓦礫堆沿著圭洽迪尼路擋住了通往老橋的通道。尤里西斯將吉普車掉頭，朝西而去。破損的下水道與滲漏的煤氣管線所造就出的臭味，在八月的太陽下炙烤。空氣閃爍，宛若液態。

他們才開到卡爾米內廣場，就聽見唐利突然大喊一聲，停車！

長官？

停車，唐利又重複了一遍。

返家的佛羅倫斯民眾路過此處，一台台手推車拖在他們身後。

怎麼了，長官？

你得在這座城市待段時間，小坦。我答應過史金納女士的，不是嗎？去吧，快下車。天黑前回來就是了。

雙方沒有討價還價。尤里西斯抓起來福槍下了吉普車，唐利則移動到方向盤後。

尤里西斯看著他駕車離去，不確定剛剛發生了什麼。他轉開水壺喝了點水。頭頂的太陽晒得厲害。廣場在遼闊之餘沒能提供任何遮蔭，石地被烤得發白。尤里西斯從教堂所在地退開，跟著一名腳踏車騎士朝一條全然在陰影中的街道緩緩前進。

陰影提供的涼爽與接下來幾個小時的自由，讓他精神爲之一振。鄉親絡繹不絕地跑來跟他握手，儼然是他以一己之力解放了他們的城市，女性紛紛親了上來，在他兩頰上留下了鮮亮的唇印，但他並不介意。老家肯定沒有人能理解淪陷的生活會對人產生什麼樣的影響。那肉體與靈魂遭受的剝奪。每天爲了活下去得做出的抉擇，必須付出何種代價，必須讓他人付出何種代價。他後退一步，朝經過的盟軍坦克行禮。一名士兵示意他是個蠢蛋。他笑了。愚蠢才不是他最大的問題所在。

沿街前進，讓他來到一個樹木圍繞的廣場一隅，遠端還有一座教堂坐鎮。他穿過一群在某間咖啡廳前聚集起來的群眾，鐘聲正好響起。他在噴泉不遠處的樹蔭裡找了張長椅坐下，有些期望能聽到熟悉的水聲潺潺，但佛羅倫斯的供水早被切斷。他點了根菸，看著雨燕的飛行路徑先劃過鐘樓，再從陶瓦穹頂的上空掠過，完美地補全了蔚藍的天空。有狗兒長嚎。有人踩著腳踏車經過。一種鋪天蓋地的感覺告訴他有不好的事情剛發生在這兒，而就是那件事或某件事推高了現場的張力。

他注意到一群人開始瘋狂地集結。他起身加入他們，並追隨他們的視線看向一面在上方搖擺的百葉窗。在百葉窗外，是一道孤單的深色身影。有人可能會將之誤認爲雕像，但那人正輕晃著手臂保持平衡。他以龜速斜下屋頂，直到眼看著人就要掉下去，這才僵在了原地。那人的帽子被風輕輕一吹，盤旋著落了下來。尤里西斯不費吹灰之力就伸手抓住了那頂深灰色的波薩里諾淚滴紳士帽。

他衝向前去，驚訝地發現建物的門是鎖著的。他輪流試了左右的鄰房，果然讓他試開了一道門，並進到一處年代久遠的石造前廳。他兩階併作一階跑上樓去，啓動了一連串在地鄉親會在未來數日津津樂道、回味無窮的事件。

關於樓梯間的那段衝刺，事後在咖啡廳內會有眾說紛紜的各種版本，但只有咪咪先生與太太這對六十出頭卻仍如膠似漆的賢伉儷，因爲剛回到他們在頂樓的公寓，又恰好一開門就把那名 soldato（士

55 Ponte Vecchio，佛羅倫斯橫跨阿諾河的中世紀石造拱橋，橋上蓋有建物。不遠處即是聖芬莉堂。

兵）看在眼裡，所以格外有資格如實訴說這個故事，不用被那許多常在廣場上徘徊流連的「說書人」打斷或加料，那些人講話讓人根本信不過。

他猛捶著我們的門，咪咪夫婦異口同聲地說。但那感覺又不同於德國人來時的捶法，咪咪太太補充說。你可以演示一下嗎？神父提議。於是她把手握成拳頭，開始捶起櫃檯。眾人一致同意那種感覺不是生氣，而是透露著一種體貼的心情。喔，對了，咪咪太太說，他很有禮貌。他在我們的墊子上抹了抹鞋子。他說了聲Buongiorno（日安），但他的義大利語也就到此為止了。他是個慈眉善目的士兵，有著討人喜歡的眉毛和酒窩。他不斷比手劃腳地往上指，好像想讓我們明白什麼事。看他滿身是汗，但我們沒有水，所以我們就拿一大杯酒給他，而他也二話不說地乾了。我們領著他進到廚房，結果他一看到梯子就開始爬上露台，我老公在那兒種了兩棵無花果樹，也在那裡接些雨水。但因為老天爺已經旱了好幾個禮拜，無花果樹也枯死了。

我的也是，屠戶說。

就在這個點上，咪咪先生與太太對湊上來的街坊坦白了一件事，那就是從士兵爬上梯子到屋頂上之後，他們就沒看到他人了。你們不好奇他要幹麼嗎？賣蔬果的小販問。還好耶，他們說。我們比較想要做愛。

所以，當場只有尤里西斯。他帶著一分剛剛好的酒意在屋頂上，與一個素昧平生的男人一起待在離地一百英尺的高處。他們和屋頂邊緣近到隨時都會出狀況，而且對再無能的狙擊手來說也是個活靶。

signore（先生）？尤里西斯說，我好像撿到你的帽子了。說著尤里西斯一派稀鬆平常地遞出了紳士帽，生怕男人感受到威脅。以此破冰，他盤算著自己可以藉此確認這男人（a）能不能說話，以及（b）懂不懂英語。接續的沉默證明了那男人（a）（b）都做不到。尤里西斯把帽子留在露台上，一寸寸在屋頂的緩坡上推進。下方此起彼落地傳來倒抽一口氣的驚呼聲。慢慢靠近後，尤里西斯看到男人五十來歲，一身西裝領帶，打算正裝參加自己的葬禮。什麼事讓你想跑上來這裡啊？他一面這麼想，一面堆起了笑，因爲大家都說他一笑，旁人就會卸下心防。

在下方，咖啡廳老闆米歇奇蹟似地變出了一只雙筒望遠鏡，開始爲每分鐘都在變多的鄉親們實況轉播，大家都迫切想知道上面是什麼情形。

他在笑，他說。

阿圖洛在笑？

不是，是阿兵哥在笑。他現在點了根菸。

阿圖洛？

我的聖母啊，是阿兵哥啦！語畢，米歇開始瘋狂地比起手勢，並放下了雙筒望遠鏡。

在屋頂上，尤里西斯把菸往嘴上一擱，評估起形勢。這是個美麗的夏日午後。日頭在他的身後，把好似一張網的光亮撒開在一座座屋頂上，然後在貝洛斯瓜爾多塔[56]與百花聖母大教堂的穹頂上轉爲粉色，至於更遠的一座座山丘則閃爍在薄霧中。感激淹沒了他的內心。如果生命要結束在這裡，那就這樣吧。他感覺父親在他的身旁，還有他父親的父親。他就像電學裡的接地線一樣，連上了一長串的坦普家男人，一個個都是好脾氣又正直的男人，他們對生命從來不曾奢求，頂多偶爾渴望一點不錯的勝算。他在想坦普這個姓氏是否眞的起源自有著神父與戰士雙重身分的聖殿騎士團[57]，他們以信仰與愛之名而戰，也不管錯得多離譜。但只要行動，就一定會有後果，那是一定的……

56 Torre di Bellosguardo，字面意為美麗景觀之塔，位於阿諾河南岸近郊，興建時間可追溯至十三世紀，擁有者是詩人但丁的摯友吉多・卡瓦爾康蒂（Guido Cavalcanti）。

他就是在想著這些事情時，鬆動了腳下的一片屋瓦，他整個人順勢往下衝，飛到了空中。

下方的眾人發出了驚呼。我的天父啊！米歇的妻子茱莉亞高呼。我的天父啊！神父一連在胸前畫了好幾個十字架，一名有著法西斯主義傾向的非當地人交叉手指，盼著事情能以悲劇收場。

此刻的難題，就尤里西斯的目力所及，並不是他人一半在（而另一半不在）屋頂，而是他的長槍槍托被卡進了排水溝，以至於他被困在一個相當不舒服的姿勢裡，畢竟男人的睪丸並不是以能承重著稱。尤里西斯轉向男人，秉持著語言不同仍可能對話的樂觀開了口，那個，你聽我說，signore……尤里西斯解釋他也正身處於類似的處境，而除了身體上的（極度）不適以外，他仍對事情能圓滿解決懷抱著希望，前提是——這節骨眼上的他語氣仍舊冷靜，仍不失分寸，但就是流露著不只一丁點的哀求——前提是你能彎下腰，替我把槍托鬆開。

男人皺起了眉頭。

槍。尤里西斯用目光望著槍。砰、砰。你需要做的，他說，就是一組小小的動作。身體稍微前傾，微微蹲下去，把手伸出去。這組動作不難，只需要你把另一半的身體平衡好。就跟你，嗯，把小孩從池塘拉出來沒有兩樣。真的。

在屋頂下方，米歇對鄉親們解釋著狀況，阿兵哥的槍托被卡在排水溝裡了。

眾人不可置信地交頭接耳起來。

他們似乎在聊天，米歇說。

他們是要怎麼聊，一名年長的伯爵夫人說。阿圖洛不會英語，阿兵哥不會義大利語。這根本是災難一場。想想辦法，蠢男人。

米歇站了出來，用他濃厚的鄉音高喊，喔咿，阿圖洛！槍托卡住了！你得從排水溝把槍弄出來！

屋頂下的群眾開始跟著喊，槍，弄出來！槍，弄出來！槍，弄出來！

阿圖洛彎下了腰。

不，別閉眼，尤里西斯說。

阿圖洛看向他。

這就對了，si、si，就是這樣。快到了，快……

他鬆開了槍！米歇從下方大叫。父老們又是歡呼，又是鼓掌。幹得好，阿圖洛！他們如此喊著，漸漸把他的名字當口號喊。阿圖洛低頭看著大夥兒，感覺一頭霧水。他上屋頂是要找死，不是要出名。

尤里西斯豎起大拇指對他比了個讚，然後才快速評估起自己下一步該怎麼辦。他發現比起從屋頂上掉下去，自己的體重比較適合賭一把往屋頂上跳，於是他開始傾聽建築。傾聽其久經鍛鍊而增硬後的堅固。傾聽那已有數百歲的陶瓦。傾聽排水溝。傾聽那曾經在當中度過的生活。而就在這傾聽之舉中，存在著一個單純的提問：我能信得過你嗎？這是他在每一次的邂逅中，都會默默在頭幾分鐘內對每個人問出的問題。佩姬：冷酷但可以信任。艾芙琳·史金納：可以信任。唐利上尉：我願意追隨他到地獄。

他看著一隻昆蟲從他手臂上爬過，心想他能得到最好的答案，大概也就是這樣了。於是他開始擺盪懸空的那條腿，排水溝跟著晃動。先往後、再往前，直到這動作累積出足夠的能量供他把自己推出去——暫時起飛到屋頂與天空之間——而當他降落時，只有身體微微的向後晃動引發下方神父的一聲尖叫。他主要感覺到的仍是靴底的抓地力：那美好的摩擦力。他把自己拍乾淨，調整了卵蛋的位置，接著便聽見漸大的鼓掌聲自下方傳來。

57 Knights Templar，中世紀的天主教軍事修士會，位列三大騎士團之一，首創於第一次十字軍東征時期，主要由信奉天主教的法國騎士組成。

在這個時間點上，往旁邊數三棟房子，咪咪夫婦正望出窗外，但他們完全不曉得自己的頭上剛上演了怎樣的一齣好戲，須知兩人才剛在沙發上大戰一場，和一對青少年沒兩樣。

來吧，阿圖洛，尤里西斯說。沒事了，他把手伸向阿圖洛，而阿圖洛也回握，兩人就這樣一起回頭爬上屋頂，回到了帽子旁邊，回到了小露台上，也回到了下方的靜謐住家中。

騙過了死神的幸福感消散後，取而代之的是一股疲憊中的冷靜，尤里西斯於是留阿圖洛在廚房，出發尋找洗手間。馬桶散發著一股濃烈的阿摩尼亞味，他一面往裡加料一面後悔。

在外頭的走廊上，左手邊第一個房間是一間臥房。尤里西斯在床上躺下，上頭滿是刺繡的羽絨被涼爽而勾人。正上方是一幅濕壁畫，描繪著某種古典主題，無關乎宗教信仰，同時他還認出唐利這幾個月裡指出過的葉薊[58]裝飾。再往外是簷口[59]的錯視效果，能看見開闊的天空與飛翔的鳥兒。一陣微風吹過，百葉窗咿呀作響。他聽見男人在廚房的聲響，聽來孤單而悲傷。

從走廊延伸出去的還有另外三間臥房，其中兩間可以俯瞰教堂與廣場，另一間看出去則是屋子的庭院。它們共有的特色是裝飾上的素雅、品味與風格上一種奢侈的隨興自在，以及天花板上的濕壁畫——但褪色的只有藍與白、或白與粉紅的那些曲線與叢集葉飾，不知道是被歲月沖淡還是被一枝巧妙的畫筆刷淡。

在客廳，兩面書牆爲四周披上了一層隔音，陶磚地板上則鋪著小地毯。兩張大沙發椅增添一股歡樂氣氛，在漸淡的光線中呈現橘色；沒有防髒兼裝飾的椅背套，沒有佛羅倫斯家戶必備的厚重木椅。牆上亂無章法地掛著畫，畫中是水果與使用中的廚房桌面，四散的食材呈現不同程度的拆解，家常的平凡場景直讓他能將母親放入其中。

他坐在書桌前，面對一台打字機，然後一遍遍敲起了自己的名字，按鍵在一片安靜中發出厚重的敲擊聲。他拿起在打字機旁的書，瞄了一眼當中密密麻麻的文字，以及文字旁畫作的老照片。大大的「Il Restauro dei Dipinti」（繪畫的修復）字樣被印在封面上。他一頁頁翻過去，然後爲一幅圖畫停了下來。

在廚房門口處，他拿著翻開的書說，我看到了這幅畫。

阿圖洛轉過頭來。彭托莫的〈卸下聖體〉？

對，尤里西斯說。我看到了——然後他將一隻手指從眼睛移動到圖上，再從圖上移動到窗戶。

Dove l'ha visto？（你是在哪裡看到的？）阿圖洛問。

這裡的南邊，尤里西斯說，然後他拉來一張椅子，將背包擱在地上。他把書放在兩人之間說，那圖畫的是哀慟，是世界上最古老的故事。說著他把手按在阿圖洛的手臂上。

他說，他們在嘗試理解自己無法理解的東西。這些人在耶穌被卸下十字架的剎那被捕捉下來。那個剎那裡有能量和情緒。有點像是喊停一場舞會。你所剩下的只會是默然，與哀愁。還有你加速的脈搏。

阿圖洛瞪著他。最終阿圖洛站起身來，推開了自己的椅子，蹲進桌下。他拿掉幾片地磚，底下露出了一個宛若黑色深淵的儲物空間，一個默默維持了他一年生命的食物密室。他從中抽出一瓶酒、一根蠟燭，還有一小塊起司。

怎麼這麼豐盛，尤里西斯說，然後他東翻西找，從背包中拿出一個火腿罐頭，放到了桌上。

---

58 acanthus，常見於地中海區域的植物，以其作為基底的風格化葉形紋樣經常出現於西方建築與雕刻中。

59 cornice，建築用語，指環繞建築屋頂或牆面上方凸出的水平裝飾構造。

阿圖洛就這樣哭了起來。

這只是火腿啦，尤里西斯說。

之後的兩個小時發生了三件事，有人倒酒，有人切起司，有兩個男人在天南地北地聊。他們聊了什麼？天曉得？聊愛，聊戰爭，聊過往。重點是他們用來聽的不是耳朵，而是心，而在一座老宅的三樓燭光廚房裡，死亡被喊了個暫停。長度可能是一晚，可能是一天、一週，或一年。

尤里西斯離開時，黃昏正開始降臨在整座廣場上。門在他身後重重一關，引起某隻狗兒嚎叫。教堂那美不勝收的門牆閃耀著光輝，最後一批貪玩的雨燕趕在天黑前競速。除了零星脫隊者漫無目的地閒逛以外，廣場在入夜前基本上已淨空。他必須加快腳步，才能在宵禁前返回營區，爲此他跑過廣場而沒有往左，結果來到了河邊。水位很低，一支蚊子中隊在上空盤旋，巡航著找血。曾經高懸在河流上的老房子已經一棟都不剩。原本的陽台、拱門、塔樓，如今疊成了巨大的碎石堆，散落在堤岸邊，不然就是在河床上找到了新家。一座興建中的倍力橋[60]越過了三聖橋的殘破遺椿，城市北方偶爾的狙擊槍響讓他在至黑的陰影中緊貼著牆。在對岸，德軍坦克已推進到阿諾河濱。坦克龐大的車體在天色將暗未暗之際，看來像在水坑喝水的象群。火光發自抽在德軍嘴裡的德國香菸；那光沒道理看起來美，但它確實美，美得無畏。他退到黑暗的街道上西行，直到他再次來到卡爾米內廣場的遼闊空間，然後再繼續往西直到波波里花園回到他的左手邊。只要波波里花園保持在他的左側，尤里西斯就知道自己終究會抵達羅馬門[61]和一個盟軍單位，然後便可以緩緩歸營。

他聽到英語母音的聲音從前面傳來，便加快了步伐。聲音的主人是營部的脫隊者，重點是他們剛從妓院出來，而靠著數大就是安全，他們結伴通過了檢查哨，通過了軍法審判的威脅，跌跌撞撞地朝著作爲臨時住所的別墅爬去。這夜變得芬芳起來，長在萊姆樹上的花朵溢過了牆頭。花香披在他們身上，填滿了人群之間的空檔，讓他們像蜜蜂一樣暈頭轉向。

唐利等在果園裡，站在尤里西斯的帳篷邊上。熟悉的痀僂輪廓，悄悄把菸抬到嘴邊的舉動，被冷藍色月光照亮的緊皺眉頭。唐利聽見他的腳步聲，轉過了頭。帽子不錯喔，小坦，他說。

謝謝誇獎，長官，說著尤里西斯脫下帽子，讓唐利能看得清楚一點。唐利示意他跟上，接著兩人步行至樹林的邊緣，來到了花園最偏僻的角落，藉此避免隔牆有耳。

唐利說，我們要走了。

什麼？

明天。回亞得里亞海。第五軍不動。

幹。

確實。

這有點突然啊。你還好吧，長官？

不，不太好。說著唐利伸手摸上小帽的帽帶。我也不知道，他說。好像哪裡不太對勁。今晚是不是比較涼？還是只有我這麼覺得？

是有點涼，長官，尤里西斯說，雖然那是謊話。

我就說嘛，唐利說著把波薩里諾紳士帽放回尤里西斯的頭上。

我今天下午救了某個男人一命，長官。

你每天都在救我一命，小坦。你要進去了嗎？

我再等一下，長官。

那麼晚安，小坦，說著唐利——沒有多想——就用義式風格告別。只不過在那第二個吻之前，有

60 Bailey bridge，二戰時軍隊用來過河的組合式便橋。

61 Porta Romana，佛羅倫斯城南主門，修建於一三二六年，目前城牆已不存在，僅存門樓。

一瞬的暫停，而在那親密的空間裡，存在一瓶一九三七年的蒙塔奇諾布雷諾[62]。是醒過的酒。在那親密的空間裡，存在某樣沒說出口的東西。不再需要尊稱長官。而戰爭已然結束。

你看起來很是英俊，唐利這麼說完便消失在樹與樹之間，回到了上頭的別墅裡。

隔天是八月十一日，舊宮的人民之鐘不斷地響著，召喚著佛羅倫斯的其他鐘聲加入共鳴。那些鐘聲追趕著德軍後撤至菲耶索萊，或逃竄到周遭的山丘上。

同時，在不起眼的義式客棧中，艾芙琳．史金納、瑪格麗特某某與客棧老闆一起站在露台上，聆聽著一切。

Gloria，Gloriosus，Glorious[63]，艾芙琳一一唸出聲。

瑪格麗特沒有出聲，因爲她還在爲沒看到彭托莫的〈卸下聖體〉嘔氣，並在前一晚搬進了偏屋，住進一個略小一點，也涼爽一點的房間。

Liberazione！（解放了！）客棧老闆說。

在很多方面都是，艾芙琳心想。

她隨著老闆去找微氣泡酒，結果老闆在一早情緒的作祟下，在舊牛舍裡向她索吻（這不是委婉的說法，她有朝一日會這麼表示）。喔，不管了，她想，把雙唇對了上去。他出人意表地十分溫柔，但這一吻也坐實了她的看法，這男人眞的不合她的胃口，於是在她用完美的義大利語致謝，認證這會是他們的初吻和最後一吻之後，她一轉身，就看到瑪格麗特某某站在光線斑駁的門口，緊抿著好似有黃蜂在不經意間鑽進去的嘴巴。

你怎麼可以？瑪格麗特低聲說。

控制一下自己，艾芙琳說著便輕快地從她身邊經過，大步朝著露台邁去。

老闆砰的一聲打開了軟木塞，差點打中一隻沒在看路的燕子。

艾芙琳高聲敬酒，致自由，與在她當中揚帆的每個人！

鐘聲引領著唐利與尤里西斯離開了佛羅倫斯城，就像他們是兩名國王一樣。

唐利讓尤里西斯靠邊停在一處景色極其壯觀的路段，然後他起身點名目力所及的每一座教堂與碑塔。

尤里西斯看著他對佛羅倫斯行禮，這是他擁有過最爲長久、最爲投入的一段關係。

唐利說，來，小坦，我們走吧！於是吉普車再次上路，重新加入向東而去的車隊。太陽高掛在空中，陰影屈指可數。混雜的氣味中有灰塵和萊姆花香，還有人群。唐利滔滔不絕地說起一名沒沒無聞的雕刻家，他的作品被歸給了別人。

尤里西斯說，我覺得你在我認識的所有人裡，是最棒的那種人，長官。有史以來最棒的人，長官。

唐利轉頭看著他，露出了微笑。（喀嚓）剎那已成永恆。

---

62 Brunello di Montalcino，產於義大利托斯卡尼大區蒙達奇諾一帶的紅酒。

63 「榮耀」的拉丁文名詞、拉丁文陽性單數主格形容詞、英文形容詞。

唐利上尉陣亡在一九四四年九月九日的科里亞諾嶺[64]。差三天就是他的三十一歲生日。尤里西斯那天異常地沉默。他再提到那人已是多年之後。

64 Coriano Ridge，此處是二戰盟軍在亞得里亞海區域向北推進的最後一道阻礙，打通便能攻取濱海城鎮里米尼，進而揮軍北義。因此科里亞諾戰役可說是里米尼之戰（九月十三日到九月二十一日，以盟軍獲勝告終）的前哨戰。

在原子與恆星之間的某處

1946－1953年

一進入十一月，老克就盯著一棵觀賞用的小樹猛瞧。那是一棵*Prunus serrulata*，也就是山櫻花，或曰日本櫻花。沒人知道種的人是誰，因爲這一帶是懸鈴木的天下，惟某個鬼靈精某天冒出一個鬼點子，決定在這兒給它一個家，就當是好玩地叛逆一下。又或許是某隻鳥兒很久以前在這拉了一坨屎，屎裡的種子就此長成了如此令人驚豔的奇葩。但不論誰——或什麼——是那個原因，這櫻花樹對老克而言都已經成爲一切美好事物的象徵。

這棵樹最讓他感到神奇之處，就在於它活過了納粹的閃電戰，也活過了德國的V2火箭彈炮轟，要知道後者可是炸掉了皇家煤氣廠，而皇家煤氣廠的爆炸又炸掉了四周街道上的窗戶，讓煤炭四散且供人撿拾。就在淒厲的警報聲與高聳的火焰牆垣中，老克將手放在櫻花樹幹上，向它保證最壞的情形已經過去。因爲那一帶會讓人想炸的東西已經差不多沒了。畢竟連教堂都不在了。

就是在櫻花樹從這最後的毀滅活下來之後，老克便將照顧它的責任攬在身上。其起源，根據老克讀到的資料，是中亞的森林，而他覺得這稱得上是壯遊一場。克雷斯就是會想這麼深的人。所以他開始幫樹澆水，開始在經過的時候跟樹說話。樹結出的果不美味無妨，因爲他吃櫻桃原本就會礙胃，向來如此。那跟他有輕微的腸躁症有關。他吃蘋果比較有安全感。

每年四月，隨著花團錦簇的白色與粉紅櫻花沉甸甸地垂下，並成爲整條街的話題，老克會踩著有條不紊的步伐，充滿禪意地帶著一杯柯爾酒館的司陶特啤酒[1]在盛開的櫻花樹下坐定，然後煞有介事地進行日式的「花見」儀式——他在圖書館裡讀到過這種賞花之舉。路過的旁人會訕笑他，但克雷斯閉上雙眼，傾聽微風拂過花梢的樂音。他會無視當下以外的一切。櫻花配司陶特一杯。無敵。

老克雷斯從來不是年輕克雷斯變成的。他生來是阿弗列．克雷斯威爾，然後很快就因爲英年早禿的頭皮而變成了「雞蛋」。「雞蛋」後來又演變成三明治裡的天作之合「雞蛋與水芹菜」，原因是水芹菜的拼法跟克雷斯威爾中的克雷斯一樣[2]，但最後大家忘了雞蛋，只管他叫克雷斯。他沒有修不好或找不到的東西，所有人遇事都會找上他。克雷斯在三十歲之前都不識字。這點缺憾讓他充滿了自卑感。

小佩討厭冬天。

她討厭濕羊毛與煤炭煙的氣味。她討厭下午三點開始的黑夜，也討厭那幾乎不會把後腦杓從枕頭上抬起來的白天。她討厭冬天一來就千篇一律的那一套。她討厭轟炸的舊址，討厭匱乏，討厭不會說謊的鏡子。她討厭雜誌秀出美國生活中那寬廣的平原與豪華的車子，還有那讓人浮想聯翩的好萊塢招牌。她討厭一身古銅膚色的女人戴著大大的墨鏡站在有白色籬笆的大房子外頭，也討厭那些印著橫眉怒目的牛仔和紅唇美女的香菸廣告。她討厭艾迪．克雷頓在兩年前不告而別。她討厭吹過她的齒縫會發出哨聲的風，討厭夏天離此刻還有好久，也討厭要過完聖誕節才能迎來新的年頭。

下樓梯的時候她勾到了褲襪，然後在最後一階坐下來。佩姬從來不哭，因爲她這人就是沒眼淚，但沒眼淚不等於她沒感覺。有時她會想要去死，但誰會想聽這種事情呢？

喀啦喀啦喀啦，佩姬的主題曲沿街響著。

還好嗎？小佩？老克雷斯站在他的櫻樹下問。

小佩點點頭，繼續往下走。

再糟也糟不過……

今天該死的就是那麼糟，克雷斯，所以你少囉嗦。

---

1 stout，烈性黑啤酒，酒精含量為啤酒中較高的百分之七到八。

2 水芹菜（cress）與克雷斯（Cress）在英語中拼法相同。

柯爾站在酒館門口抽菸。天啊，他的靈魂之寂寞。那寂寞的體現是胃酸逆流，而冬天會爲他帶來長時間的食道燒灼，外加灰暗而起霧的日子，還有一股朦朧的渴望向著那曾是他妻子的女人。艾格妮絲·阿格紐，她那胡格諾派[3]的基因與姓氏於他都是一種高攀。他當年是什麼身分，今天的他又是何人？他對於自身存在的沉思中雖然有各種小路與翻越圍牆用的梯磴，但最遠也只能帶他來到這裡。他知道有什麼事情出了錯，但他就是拚上性命也不知道該如何讓這錯變成對。

艾格妮絲還在那裡，在某處。在一塊岩礁上牧養著綿羊，也可能是山羊。她今天要是死了，那大家還可能比較會同情他，而他還滿希望能得到那種待遇的——有多一點人可憐他。感謝老天，他還有吉妮讓他保持理智。啊，吉妮。她有著艾格妮絲年輕時的容貌。老克說她風情萬種，而她也眞就是風情萬種，但前提是她不能開口，一開口她內心的小孩就會跑出來讓一切破功。吉妮永遠都會從他的視線中跑開（他一想到她不知道跑哪兒去了，體內就開始翻攪起胃酸）。閃電戰期間就發生過一些烏龍，包括他曾逮到她擁吻一名水手。水手根本搞不懂柯爾爲什麼一邊對他飽以老拳，一邊不斷說著她才十歲你這個變態。水手剩下的上岸假期都住在醫院。

柯爾剝開一片薄荷口香糖。一陣凌利的強風像一口乾下的酒，轟隆穿過他的小腸，宛若一輛地下鐵列車。

這就是尤里西斯回去的那個倫敦。一九四六年冬，在大雪降下來的兩個月前。一座百般掙扎的灰色城市，就像傳教會外頭的老傢伙，風華仍在但氣數已過。

尤里西斯搭著巴士往東，在王土路站跳了下來，然後他跟在雜亂的車流後頭，去到曾是他父親工坊所在地的轟炸舊址。老克已經拿轟炸的事情警告過他。老克寄了封信到北非給他，而且還將之寫成了電報的模樣。

尤里西斯**停**[4]你父親的工坊被炸**停**就剩下一個地球儀跟那些銅版**停**沒人死**停**希望非洲好玩**停**克雷斯。

他老爸確實沒有死在轟炸中，他死在好幾年前，醫生診斷出一種罕見的血癌。

至少我的肺沒問題，他在他們一起走出倫敦醫院時說。

兩週後他被叫了回去。

你的肺出了問題，他們說。

他父親威爾布相信自己將能打敗他口中的「那個癌症」，就像他這輩子也曾用不知哪來的自信輸掉幾千英鎊，外加幾個信得過的朋友。我覺得運氣來了，兒子，這是他的說法。這若不叫災難的預告，什麼叫災難的預告。

那天是九月，他們一起走到塔比·佛爾蓋特家去賭最後一把，這局賭的是他爹能不能活到新的一年。塔比笑說他會給他們比較好的勝算賭白色聖誕節。

3 Huguenot，十六至十七世紀在法國信奉喀爾文思想的新教徒，意譯是結盟宗，俗稱法國新教，當中不少人因遭迫害而從法國向外移民，承襲其姓氏的後裔帶有法國血統。

4 標點符號中的句號在英式英語中是Full Stop，二戰期間由於電報不能發送標點符號，所以一句話的結尾經常用Stop來表示結束，以免產生誤會。

那天晚上他們坐在戶外一個磚砌的小院子。兩人都不知道該對彼此說什麼。艾胥莉太太自鄰近浴室升起的女高音，讓她算是也盡了一份力，使這對父子臨近訣別的場景又多添一分恰到好處的甜蜜。溫柔，不過如此。

威爾布取出筆記本，靜靜地說道，我都算過了，數字兜得起來。他虛弱的手指在頁面上移動著，追蹤著那鬼畫符的機率之謎。看到了嗎？他說著舉起手臂，指向了夜半的天際，而那也讓人驚異地看見他的皮膚有多麼透明。

你看，他說。

就在這時，霧氣突然散去，露出一片清朗，就像天堂的雪尼爾[5]窗簾布特地爲了他而拉開。同樣的虛弱手指在天體架構中移動著。挪移在星座之間，也挪移在它們所代表的所有限縮與希冀之間。從賭徒到哲學家，他說，我一直活在行星冒險般的多變動態中。我在防空警報響起時邂逅過漫長的黑夜。但只要星星一對齊，只要甜美風勢在某天早上的變換中與你說了聲嗨，原本的謎團就會被信心取代，命運就會變成了愛……

諾拉從前門探出頭來。

他在叨唸些什麼啊，親愛的？

不知道，媽。我想是嗎啡起作用了。

……還有那飛行的弧線，雙翅的溫熱與精通導航所帶來的安穩喜悅，讓一隻離家上千英里的小小鳥定下心來。

沒幾個月，威爾布變得形容枯槁。他的肺變得像操勞過度的鍋爐一樣答答作響，全身瘦得只剩下牙齒和骨頭和人的本質。全壓黑的就對了，是他說的最後一句話。他在半夜樓下的沙發床上離世。

尤里西斯在威爾布身邊的單人沙發上守著夜，一轉頭，他就看到他父親在床上發亮。街燈的炫光穿過窗簾潛進了屋內，照上了老少年，就像他是某位中世紀聖徒一樣。

告別式辦在柯爾的店裡。現場有司陶特啤酒和威士忌和茶。小佩爲三明治抹上奶油，但忘了放入餡料。吉妮哭了，因爲她一直是個小孩，也永遠會是個小孩。那是一場美好的送行。塔比．佛爾蓋特送來了花環，買花的錢來自他父親最後一賭的獎金，卡片上寫著：你之於我，是一百萬比一裡的那個一。

一個時代的結束，老克對尤里西斯說。接下來就看你的了，年輕人。

尤里西斯那年十七歲。這些宏大的話語壓在他單薄的肩膀上。

尤里西斯彎過轉角，柯爾的酒館進入視野。「白鼬與鸚鵡」是間創業於喬治時代[6]，從來不曾風光過的破酒館。屋頂的排水溝上懸著歐戰勝利紀念日留下的襤褸彩旗，磚塊上的鴿糞多到可以跟納爾遜紀念柱[7]一較輸贏。多年來這裡都是大家口中的白鼬酒館，直到店名中的鳥兒從煙囪飛下來後就不肯走，才促使店家在倉促中草草加上後半部的名字。

招牌在微風中來回晃蕩，不耐煩地發著懶散的咿呀聲。要麼來，要麼滾，要麼來，要麼滾。

尤里西斯推開店門，他右手邊的火焰散發著一股熟透了的老氣味，全都來自發酸又負著傷痛的身體。老客人圍在壁爐旁的模樣就和他離開時一模一樣：同一批面孔，只是牙齒又少了點。而在火焰上方的窄架上，是一隻白鼬的標本，牠的表情仍和死掉那天一樣：既生氣又充滿疑心。

在吧檯這一邊，大個頭的藍頂亞馬遜鸚鵡含著鬱悶，沒好氣地看守著收銀機。尤里西斯讓背包落在吧檯下方的置腳處旁，撫摸起鸚鵡的胸羽。哈囉，小德，他說。還記得我嗎，兄弟？但克勞德只是

5 chenille，布料名，常用作沙發布或窗簾布，以輕盈飽滿的絨毛著稱。
6 指英王喬治一至四世及威廉四世在位的一七一四至一八三七年，下接維多利亞時代。
7 Nelson's Column，位於倫敦市中心特拉法加廣場的石柱，紀念一八〇五年在海戰中退敵的英國海軍將領納爾遜。

瞪著他一聲不吭，呆滯的眼神像是創傷後壓力症候群患者。突然間克勞德壓低了身體，不停地用頭撞擊響鈴。柯爾於是從雅座中鑽了出來。

天哪，看是誰回來了！能見到你眞好，坦比。大家還以爲你忘了我們。

他們握了手。

小佩在嗎？尤里西斯一邊問，一邊脫掉帽子，對著吧檯後面的鏡子順了順頭髮。

不在。她已經不在這裡工作了，孩子。

小佩不幹了？

不，不幹一陣子了。人家已經往上爬了。打字員。一分鐘六十個字，而那還只是她的講法。你去過凱瑟琳家了嗎？

我爲什麼要去凱瑟琳家。

沒什麼。

（開始有人投來視線了。）

柯爾拉著拉把，幫他倒了一品脫酒。喝一杯，兄弟，他說。

謝了，柯爾，說著尤里西斯便喝起來。他看著鸚鵡說，我沒想到牠能活到現在，柯爾。

我也是，年輕人，我也是。鳥愈大隻，命就愈長——有人是這麼說的。而那隻鸚鵡是隻大肥鳥。我想牠現在應該有六十了吧。搞不好將來牠還可以送我一程。

牠不說話了嗎？

煤氣廠炸掉以後就不了。羽毛和聲音都是說沒就沒，超乾脆。爆炸造成的心理壓力吧。當時的牠醜不啦嘰，活像隻準備要進烤箱的雉雞。是吉妮把牠從喪命邊緣拉了回來，那女孩的手有股療癒力。我希望牠去死，想也知道。我一直覺得艾格妮絲會走跟牠脫不了關係。

眞的嗎？

牠是會選邊站的，小坦。這種事我會記一輩子。

柯爾讓給酒器流出一口杯份量的威士忌，然後舉起杯子。敬你，兄弟，他說。很高興你能平安歸來。

謝了，柯爾。

有件怪事你知道嗎？

你說。

那隻鳥在那次大脫毛之前說的最後一句話是：**慈悲這項特質，是勉強不來的**[8]。**勉強不來**，這種用詞對鸚鵡來說很怪，你不覺得嗎？你覺得牠這話是從哪裡學來的？

莎士比亞。

你認為是？

我知道是。

是喔。

他們默默喝著酒，兩眼直盯著鸚鵡。

尤里西斯看了看四下。你把鋸木屑[9]清掉了？

嗯，是時候了。不然老是引來一些瘟神。

壁紙還是老樣子。

是啊。但你知道那句老話是怎說的。東西沒壞[10]……

8 the quality of mercy is not strained，出自莎劇《威尼斯商人》（*The Merchant of Venice*）第四幕。

9 酒館會將鋸木屑撒在地上，目的是吸收灑出的飲料、吐痰等髒汙。

問題是壁紙就壞了啊，尤里西斯心想。這他媽的整個地方都壞了。壁紙在接縫處翹了起來，燈泡一閃一閃地活像是有暴風雨要來。鉛框凸窗的綠色玻璃更強化了這種錯覺，因爲午後透窗照入的陽光呈現出水漾的光輝。當然，一隻啞巴鸚鵡就更不用說了。

事實上，柯爾說。有件事變了。我經營的業務變多了，現在也兼賣阿斯匹靈跟郵票。一站購足。

有一套，柯爾。

我也是這麼想。你有計畫嗎？

這之後再續一杯，麻煩你。

馬上來，年輕人，柯爾隔著給酒器說。你看起來沒有斷胳臂少腿的。你都好嗎？

尤里西斯點了點頭。

這兒永遠有工作讓你做，你知道吧，說著他把新的一杯酒推向尤里西斯。店裡請客，他說。

尤里西斯拿起酒杯。

喔，天啊，柯爾說。不行了，我頭快炸了。你得跑一趟凱瑟琳家。我很抱歉，孩子，但……

尤里西斯放下啤酒，抹了抹嘴。我回來之前誰也不准碰這杯子，他說。

沒人會的，兄弟，柯爾說。尤里西斯隨即轉身，大步踏出了門口。

他朝著馬路的另一頭走去，接著左轉進入圍繞著哥德式別墅的廣場，然後右轉，站定在一整排掙扎光景中一棟驕氣十足的房子前面。

凱瑟琳！他又是扯嗓又是敲門。

凱瑟琳！

一名結實的紅髮中年女子開了門說，你看看，這是誰來了。

柯爾說我得見你。

她笑了。是他會做的事沒錯！

小佩呢？
不在這。
不在這是什麼意思？
你想進屋說嗎，親愛的？
我想知道這是怎麼回事。
六年過去了，就是這麼一回事。她沒有等你，坦比。
我從來沒有期待她會等我。我們在新月公園的那個地方還在嗎？
還在個頭。梅森家在被轟炸後需要那個地方。大家都在排隊。
天啊，他靜靜地說。
一個小小孩從凱絲[11]的身邊冒出頭來。你當奶奶了？
還沒啦，少自作聰明。
她叫什麼名字？他問。
你不知道嗎？
當然知道，我也會讀心術。跟小佩我說回來了。然後他便作勢要走。跟她說……
這孩子是小佩的，小坦。
他停下了腳步。
凱絲朝著孩子點點頭。

10 英文諺語，完整句子為「東西沒壞何必修」（if it ain't broke, don't fix it）。
11 Kath，凱瑟琳（Kathleen）的簡稱。

這孩子的媽媽是小佩。
我聽到了。
你看不出她們很像嗎？爸爸是美國人。
小佩還好嗎？
凱瑟琳聳了聳肩。這孩子叫艾莉絲，她說。
嗯。
五分鐘後，酒館的門打開，尤里西斯的身影再次出現。
去過凱瑟琳家了嗎？
去了。
好孩子。所以你現在需要一份工作跟一個住的地方囉，是吧？
柯爾把他的啤酒推過吧檯。
我的酒沒人碰過吧？
完全沒有，柯爾說。
尤里西斯喝了一口。他擦了嘴，然後對著鏡子調整了帽子。
帽子不錯喔，柯爾說。
尤里西斯取下帽子，好讓柯爾看個清楚。這是義大利貨。看到了嗎？這裡要是有人戴這帽子，你就知道他們是小偷。就這麼簡單。這是我的帽子。別人都不准碰。
就像沒有人可以碰你的酒？柯爾說。
沒錯。
你應該在上頭寫上名字，他說。
我說不定真的會。

你隨時可以找我談，年輕人，柯爾說著把鑰匙丟給了他，然後重新消失在雅座之中。

尤里西斯步行下到了運河處。那撲鼻而來的熟悉氣味，那冰冷煙霧中的引擎答答聲，那隆起的巨大煤氣槽。他坐在長椅上。一艘駁船緩緩漂過，隨後接續的是靜默。他看著幾乎靜止的世界。所以現在多了個孩子，他心想，還來不及進一步細想，抬頭就看見老克衝下階梯，一邊還喊著他的名字。尤里西斯站了起來。老克的頭聞著有兩種味道，煤灰和咳嗽糖漿。你沒少了哪裡吧，孩子？克雷斯說著捧住了他的臉。大致沒有，尤里西斯說。感謝上帝，克雷斯說著在他雙臂上輕捶了幾拳，是有點調皮的左右左右，主要是老人家有點哽咽。

他們坐了下來，老克舉起他手中的袋子。你看看，唯一一個活下來的，說著他小心地舉起一個足球大小的地球儀。他說，那晚很不得了，小坦。我聽說炸彈一落下來，地球儀全都射向了天空。盤旋在溫暖的上升氣流中，然後旋轉起來。一個被火焰照亮的迷你宇宙。那肯定是很壯觀的一幕吧？喔，對了，她在尼加拉瓜。

誰在尼加拉瓜？

你媽。找她花了我一個多月。但我找到了她，在尼加拉瓜，馬納瓜的旁邊。

小佩有了個孩子，克雷斯。

那些事不方便由我跟你說，孩子。

我知道，克雷斯，我知道。

尤里西斯拿出他的菸。

你認識那傢伙嗎？

一個美國佬。前一分鐘還在這裡，然後就不見了。
你見過他嗎？尤里西斯問，點起了菸。
沒人見過。她不讓他接近這裡，我說小佩。她考慮得很周全。
老克取了根菸。
他們是有感情的，孩子，他不是始亂終棄的那種人。
尤里西斯點了點頭。小佩受的打擊大嗎？
她死也不會這麼承認，說著克雷斯吐出一道煙，然後從舌頭上抽出一條菸絲。
我應該去找她嗎？
你就由她去吧。她拿著一手爛牌，然後一路唬人到現在。你跑去找她，就等於逼著她攤牌。但她要攤牌也會是按照她的條件，向來如此。她的作風你不記得了嗎？
他們看著一隻獨行的天鵝游過，消失在橋底。
聽著，克雷斯說著用手肘輕推尤里西斯。我說件事讓你思考思考。那是我讀到的一件事。
你說。
人的大小——按**宇宙尺度**來看——約莫落在**原子**與**恆星**之間[12]。
尤里西斯看著他，皺起眉頭。原子與恆星？他複述了一遍。
克雷斯點點頭。按宇宙尺度來看，他說。
這還眞讓人不知從何理解起。
是不是？我爲了這話一直連覺都睡不好。
嗯，你是會爲這事睡不著的人，是吧？
但書上又寫，說到原子與恆星之間，河馬或許是這個位置上更有力的候選者。
你覺得這話是什麼意思？

克雷斯思索了一下。

某種相互的連結吧，我想。

然後兩人同時點了頭。

他們同時因爲天鵝再度現身，而把注意力轉回了運河。

克雷斯說，既然你回來了，我想我今晚可以好好睡一覺了。

你看到誰回來了嗎？他們對從打字組回來的小佩這麼說。麵包師傅朗迪太太跟屠戶說，屠戶又跟開咖啡廳的克雷家說，而賣男裝的葛蘿莉亞・高斯福正好在咖啡廳喝茶，聽到了屠戶跟克雷一家的對話。她立馬跑去找開家具行的貝林漢先生。而當然了，貝林漢先生把事情告訴了我，琳達說，畢竟誰不曉得琳達是貝林漢先生的姘頭。

他們沿街走在小佩的身邊，邊走邊喋喋不休。好了好了，說多就沒意思了，小佩對他們每個人一一這麼說。把鑰匙插入鎖孔然後把門關上，讓她心裡十分快活。

接著，換凱絲喝著琴酒，一邊說尤里西斯看來還算通情達理。他一向都很他媽的通情達理，小佩說，然後凱絲說他看起來好像又更帥了一點，而她說那對尤里西斯有何難，對此凱絲說，眞會頂嘴，

12 此概念出自一九二六年出版的《恆星與原子》（*Stars and Atoms*），作者為英國物理學家亞瑟・愛丁頓（Arthur Eddington），其中提出從原子組成數目來看，人類正好大致介於原子與恆星中間，但若進一步從質量來考慮，河馬可能才是更合適的中間者。

而她其實很恨小佩是這樣的一個婊子，因爲尤里西斯究竟有哪點對不起她過？他之所以娶她，只是預防他不幸陣亡。所有的撫卹可以歸你，小佩——他是這麼說的。他無論做什麼都會替她著想。

她去到樓上屬於自己的房間，踢掉了高跟鞋。在打字板前活動了二十分鐘的手指。她打字愈來愈熟練了，並且連速記也愈來愈上手。等艾迪來接她，她就可以在美國自食其力。他不會回來了，凱絲說。她懂個屁？他買給她必門學會[13]的課程；他說她想要什麼都可以，他以爲她會說要毛皮大衣或閃閃發亮的某樣東西，但她說她要打字課程，而她發現從那天開始，他看她的眼神不一樣了，就彷彿他發現了她也有夢想，她不是一文不值。他會回來是因爲他愛我，她說，而凱絲說，我從來沒說過他不愛你。

你也看到了，對不對？小佩問。

我看到了，凱絲說。

那孩子在她身邊扭動著。那孩子長得像他。同樣充滿光澤而濃密的深色頭髮，同樣明亮的雙眼。在某些晚上，他們父女的神似會讓她撕心裂肺。她從來沒想過要有孩子，就像她母親也從來沒想要過她。眞該死，這些粗心又愚蠢的母牛。而現在坦比又回來了。

來到鏡子前面，她看起來一塌糊塗。她母親肯定會很開心看到她這副落魄模樣。現在你知道我是什麼感覺了吧，她會說。你以爲你把一切都搞清楚了，對吧？你覺得你比我了不起，是不是？

你們男人就是這樣對待我們女人的，小佩心想。你讓我們恨起我們自己。但明明搞失蹤的是你們，說謊的是你們，施暴的也是你們。

她起身去到窗邊。我還在這裡，艾迪。而我知道你在那裡。

足足一個星期，酒館的氣氛顯得戰戰兢兢，大家都在等佩姬化身快槍俠進城，用槍響劃破平靜。尤里西斯開了店門，常客穿著有樟腦丸氣味的大衣魚貫湧入，嘴裡爲自己等了那麼久而念念有詞。接著他們會停下來四處張望。她來了沒有？

沒，還沒，柯爾說。

她在搞什麼，那妹子？

在搞她一直在搞的東西？柯爾回答。

緊張感開始悶燒。酒館從來沒有安靜到這種程度過。有一回，梅森先生在等開門的時候心臟病發作，人還沒摔到地上就已經被死神帶走，但至少當時**發生了什麼**。

他們都知道小佩現身是遲早的事情，差別只在於她要**以何種方式**現身，那才是問題所在。四個晚上後，她也沒有讓人失望。在還有一小時又十分鐘可以喝酒、鋼琴彼特熱身完畢的時候，她推開了酒館的門，身後有格外明亮的街燈替她打出的背光。那完全就是眞人版的米高梅獅吼[14]。她把菸頭往地上一丟，用鞋底踩熄。

嘿，來啦，柯爾說。

尤里西斯從吧檯後抬起頭。冷靜，年輕人，柯爾低聲說。別衝動。

看著她搖擺的翹臀，聽著她踏過酒館地板那高跟鞋的腳步聲。愛搞笑的彼特配合她的步伐彈奏起降C大調，直到她轉頭看向他的方向，降C大調就降到什麼都聽不到了。她翻閱著樂譜，但其實早就

13 一家私人培訓機構，專門提供打字、速記、簿記等各類祕書訓練，創辦人為速記法先驅艾薩克・必門爵士（Sir Isaac Pitman）。

14 米高梅電影公司（Metro-Goldwyn-Mayer）著名的片頭獅子商標。

想好自己要唱啥。這首，她靜靜地說，然後把指示告知彼特。慢，她說起悄悄話。很慢。而彼特也照辦，在琴鍵上展現了靈活的指藝，菸灰從他濕潤的雙唇上掉落，煙霧刺激著他滿是血絲的眼睛。

尤里西斯看著她的一舉一動。他在義大利也有過女人，但沒一個像她那樣。他甚至愛過其中一些，但也都不像他愛她那樣。在拿坡里，他看過女人直奔美國軍營。美國佬要錢有錢，要魅力有魅力，而那些女人既傷心又美麗。這組合太強了，他心想，我一點勝算都沒有。

他感覺到柯爾的手放到了他的背上。柯爾知道他一點勝算都沒有。

小佩——你只消看她一眼，就能明白她生來便値得更好的生活。她知道，而他則是看到了。她是個逆流而上的泳者，奮力對抗著一股可鄙的潮流，但天地可鑑她拚了命在試。她的歌不是爲誰而唱。她不曾與誰四目相交。她只是專注在室內一個空蕩的角落，那兒有一縷鬼魂會糾纏她到人生的盡頭。酒被晾著無人享用，雙頰被淚水上了一層光亮的釉。她令人著迷，因爲那就是名爲佩姬的魔咒。她有一股格調。也許是偷來的，但她就是有。而她也在歌聲中對你這麼說，因爲她唱的是她的生活，也是你的生活，因爲這世界從來都不會照我們的意思去做。這世界只是自顧自地轉動，而你只能撐在那兒苟活。

最後幾枚音符響起。她的聲音沙啞。鋼琴彼特熱淚盈眶。酒館裡眾人起立鼓掌，吹哨者有之，歡呼者有之，而天曉得她看上去有多內斂自持，那表情她已經充分練習過。老克送來一杯琴酒，她藉此朝他舉杯，而他也朝她舉起自己的杯子，她一飲而盡。接著她轉身面對吧檯。現場傳來三十顆頭跟隨的聲音。喀啦喀啦喀啦，脖子應聲轉動。搖曳的蜜臀，揮舞的玉臂，青天可鑑那些牌已經攤開在桌上，老克說她拿著一手爛牌，但大家有目共睹的是她手握所有的ace。

控制好那匹馬，柯爾說完消失在雅座中。

尤里西斯與小佩四目相交，那熟悉的眼神裡有兩人的過去，也有休兵。

她朝吧檯走去。酒館霎時安靜得連針掉在地上都聽得到。

嘿士兵，她說著摸上他的臉頰。

嘿你，他說著摸上了她的手。

我——他們異口同聲。

你先請，她說。不你先，他說。那好，她說。

我想離婚，坦比。

天哪，他說。

現場傳來三十張嘴巴的呼氣聲，還有克勞德瘋狂啄著響鈴的聲音。

隔天早上，小佩在他的床上醒來，因爲他們做了在床上能做的事情。她大聲呻吟，用大腿緊夾住他，直到他軟掉爲止。她從他身邊滾了開來說，還好你沒死。

（這是她再浪漫也沒有了的情話。）

她爬出床單，他則坐起來望著她。她的翹臀沐浴在清早的晨光中，月亮與太陽在此合爲一體。她的手臂橫在肚子上，掩蓋著那道他走後她才添上的疤。

跟我說件沒有人跟我說過的事，她說。

你是個完美的女人，他說。

她笑著穿回了衣服，他在一旁看著。

他說，孩子的事我可以幫你……

那不是你的責任，小坦。（她此時來到鏡子前整理頭髮。）

但我們還是可以相互照顧。當彼此的後……

你人太好了。（她擦起了口紅。）

他露出微笑。

不，小坦。你人眞的**好過頭了**。我這不是在誇你。準備好出發的她一手握在門把上，邊轉動邊說，回見。

明天同一時間？

我們不會再做了。

再看吧，他說著送出了一個飛吻。

他聽著她咚咚咚下了樓梯。接著是前門開了又關的聲音。吉妮從後方呼喊著她。他起身打開電暖器，又往身上裹了一張床單，然後站到窗邊，看著她過馬路。他納悶起若不是爲了她，自己回來幹麼。

吉妮此時跑了出來，大衣也沒穿，小佩揉著吉妮的手臂，這女孩是她甜蜜的煩惱。老克拖著一大棵松樹在身後，從轉角繞了出來。一面生鏽的酒館招牌在十二月的沙啞風聲中搖晃，一隻滿懷創傷的鸚鵡身在家鄉千里之外。這就是他如今的世界。在原子與恆星之間。

一九四七年二月，天空開始降雪。

阻塞城市的風吹雪大量積累，運河結起冰面。尤里西斯整天都在盡其所能地清理通道，讓火保持燃燒。煤炭取得不易，窗戶生出了冰。街上一片寂靜，夜晚白雪成堤。

愛斯基摩人有五十個單字形容雪，老克望著廚房窗外。

我形容白痴只需要一個字，柯爾說。而且我正看著他。我以爲你在燉東西？我有九隻兔子在冷箱子裡跳來跳去，就等著進鍋變成明天的午餐。

尤里西斯聞了聞牛奶，將之倒入他的那杯茶裡。

你在笑什麼？柯爾問。

沒什麼，尤里西斯說。

你就跟那些猴子沒兩樣。

獼猴，老克說。

什麼猴？

獼猴。他就像隻獼猴。

不要再他媽的說什麼獼猴了。夠了。成千上萬的人需要工作，我卻落到得雇用你們兩個。

你今天是床下錯邊，諸事不順嗎，柯爾？

不，小坦，其實正好相反。

是有了新的女性朋友，克雷斯低聲說。

尤里西斯做起鬼臉。

今天是我餘生的頭一天，柯爾說。

那明天呢，柯爾？明天會又是新的第一天，還是變成第二天呢？尤里西斯問。

柯爾想了想，打了個嗝。有道理，他說。

天啊，柯爾。你臭死了。

肝腸，他說著舉起了手上的三明治。便宜買到的。

你這傢伙，狗都要被你臭瘋了吧？

你們有看到吉妮嗎？柯爾問。

不在樓上嗎？尤里西斯問。

要是在，我還會問嗎？柯爾說著用手一把捧住胃，因爲一陣酸液湧了上來。

尤里西斯說，我去看看，說著他喝光了茶，抓起大衣跟靴子就出了門。

他第一站去了朗迪太太的麵包店，而她說吉妮有來買一條麵包，就跟平日一樣。他繞到了老克的樹下，但吉妮也不在那兒。他進一步下到運河邊，即使她理論上不應該一個人去那裡。

運河畔很安靜。兩條駁船噗噗冒著煙，鴨群在冰面上安歇。他朝雙手呵氣，然後把手塞進口袋裡。

吉妮！他叫著。

他走在曳船道上，跟著一堆新雪上的新鮮腳印前進。一艘緩慢的駁船載著煤炭經過，一路破著冰。同樣的重量，煤炭現在比黃金還貴。至少那是柯爾的說法。

吉妮！

她赫然出現在前方，在一張長椅上。

吉妮，尤里西斯喊道。他在她身邊坐下，一手將她擁入懷中。很冷，是不是？他問。你的衣服夠暖嗎？

麵包很暖，尤里，她用有點奇怪的鼻音說，麵包被抱在胸前。

你跑下來這裡做什麼？

餵鴨子。

麵包的一頭已經被扒光了。

你是好人，他說著親上了她的頭。你在這裡有和誰講話嗎？

我不能和陌生人講話。

眞乖，他說著點了根菸。他吐出煙，然後發現吉妮在學他。

我喜歡下來這裡，她說。

我也是。
她用手指按上他嘴唇上的疤。
會痛嗎？
不太會。
騙人。
他握住她的手指笑了。你什麼都知道，是不是？
小佩腳（教）我的。
什麼爛老師，他心想，彈掉了香菸。
吉妮問，你愛小佩嗎？
當然愛。
你是她男朋友嗎？
這說來話長，吉妮。
因爲你去打仗？
不只。
你看起來很悲傷，她說。
是啊。
腳好冷，尤里……
我想也是。來吧，吉吉我們上去。上去把你變暖。
幫我拿麵包。
沒問題，他說。嘿？
吉妮轉過頭。

謝謝你陪我聊天。
不客氣，尤里。我隨時洗兒（耳）恭聽。
他笑著把她拉近了點。

那天距離大融雪還有一週。常客之夜，老屁股們拖著腳進店，大家的目標都是火爐邊的好位子。他們膽子愈來愈大，現在都帶上了自己的三明治，勒維爾太太甚至偷渡用鋁箔包好的烤肉大餐。他們像冷血的蜥蜴一樣吸收著溫熱，讓剩下的人只能在大衣下發抖。柯爾等不及他們都去死一死。

在雅座那頭，幾位警察大人逞著官威，讓大家的嘴巴都只能放乾淨一點。柯爾倒酒時拉手把拉得比較久，酒給得大方可以讓酒館在法定時間後把門拉下來繼續營業，順便出清把櫃檯熏臭的一堆肝腸三明治。

鋼琴彼特在熱身，彈了一點貝多芬。他整個下午都在替一堆笨手笨腳的踢踏舞新生伴奏。那些課程在他廢棄的人生中宛若腐爛的膿瘡。彼特原本可以去上皇家音樂學院，這一點眾所皆知。他無縫地轉向了華格納，顯然他這一晚正變得憤世嫉俗。

來點開心的捷格舞曲[15]吧，彼特，柯爾這麼說是因為他發現氣氛愈來愈不對。而他此話一出，彼特便晃起身體帶動音樂搖擺，酒館也從槁木死灰變得飢渴難耐。

音樂的風格突變，帶動了所有人，但改變最明顯的還得是克勞德。他飛射出去，做出極為罕見的空中表演，那麼軸的繁複非對稱盤旋，更是在平日難伺候的酒客間引爆了哄堂喝采。

那隻鳥在炫技，老克雷斯說。那隻鳥戀愛了。

說什麼屁話呢，柯爾說。

但老克對鳥是研究過的。而克勞德最終在鏡子前降落，拚命磨蹭著一瓶蘭姆酒。
噁心死了，柯爾說。
他在幹麼？吉妮問。
讓他腫脹的泄殖腔獲得一點紓解，克雷斯說。
這個詞平時還眞聽不太到，尤里西斯說。
你一定要這樣嗎？柯爾說。

十一點一到，閉門營業正式開始，兩個條子帶著口袋裡的兩英鎊，拍拍屁股走人。這是那種人定勝天的夜晚，尤里西斯下到地窖去取來一箱蠟燭。
鋼琴彼特坐在角落，猛灌著一瓶威士忌。
你還好嗎，彼特？
不壞，小坦，你呢？
不壞。你想讓我對人說不知道你在哪兒嗎？
你不介意的話，小坦。我突然一點自信都沒了。
尤里西斯微笑起來。他喜歡彼特，一直都是如此。彼特這人說來像個謎。可能出身富有，也可能出身貧困。可能生在城堡中，也可能自小在橋下長大。彼特是個良心拒服兵役者，也稍微坐過牢。彼

15 Jig，英國的三拍子傳統舞曲，風格歡快。

特渾身是傷，但彼特內心善良。

這給你，彼特，尤里西斯說著幫他蓋上公發的軍毯，順便放了一根點燃的蠟燭在他身邊。

我一會兒就起來，彼特說。

你就待著無妨，尤里西斯說。

上帝保佑你，彼特說。

在樓上，尤里西斯把蠟燭都放到碟子上，一碟一燭。他關掉了燈，老客人抱怨起怎麼沒電了，但尤里西斯並未搭理他們。他把克雷斯給他的唱片放到唱盤上。克雷斯說，我想這張唱片應該還挺不錯的，你知道……算是有點特別，而他是對的。錄音中的女人唱著義大利語，她的歌聲帶著他回到了一幅畫、一個異國，還有另一個版本的自我。柯爾出了雅座，來到吧檯，就爲了拿那女人的歌聲加以嘲諷。他那晚的模仿火力全開，拚命把音調拉得老高加發顫。柯爾會這麼做，往往是在他弄不懂某種人事物的時候——他將之變得荒謬，好拉低到他可以接受的水準，那通常是胯下的水準，以便他可以往上頭撒泡尿。小佩也有點這種傾向，而他早該預料到會這樣的，但他自己也變得有點瘋瘋癲癲，還有點恍惚，而那問題就出在音樂，出在蠟燭的光線，也出在打在窗上的輕柔降雪。

小佩早已喝得酩酊大醉，變得渾身帶刺，眼神裡流露出某種殘忍意味。在像這樣的夜晚，美貌令她覺得渾身不對勁，因爲那感覺就像現場只容得下她一個人的姿色。她揮手喚他過來，而他一坐下，她就說起了艾迪如何如何。她告訴他等艾迪來接她，她有什麼打算。我是那男人的一切，而他也是我的一切。她全力進入了挑釁模式。尤里西斯喝著他的啤酒，任由她想說什麼就說什麼。然後她蹭了他一下說，你有認識新對象嗎？他想了想這個問題，想了想以這個問題爲起點的兩條路，一邊有，一邊沒有，而那引來的可能是同情，也可能是鄙夷。他說他還眞有。然後他就不以爲意地聊起了艾芙琳。這下子佩姬在一旁笑起了他，邊笑還邊推他，拿阿姨這、阿姨那的挖苦他，但他說事情不是她想的那樣，他說重點是她是什麼樣的人，是她說了什麼話，還有她擁有的知識。尤里西斯知道他應該要忍住的，但他還是全說了，因爲那音樂提供了一扇天窗，通往了另一個黎明。他說起了藝術與繪畫與義大利的種種，說起了艾芙琳告訴他的事情，說起了他常在夜裡相互矛盾的聲音中想起的東西。

然後小佩就爆炸了。

她說，湯米・布拉斯金沒有回來。米克・道茲沒有回來。約翰・貝恩斯缺了條腿。蓋瑞・卡索他媽的徹底瘋掉了。結果你滿嘴聊的都是藝術？你是打的哪門子仗？你打的仗很爽喔，是不是，坦比？他媽的超爽的一場仗？

這下子所有人都看向了他們倆。大家心裡想的都是：這還差不多，有煙火秀看，誰要聽奏鳴曲。

尤里西斯緩緩放下了杯子。他頭一抬，開口說的是，我躲了六年子彈，小佩，你歷經的戰爭對我來說就是一泡尿。

咚咚咚，她把杯子砸在門上。

那你得賠喔，兄弟，柯爾說著，但沒忘了笑。

我賠，尤里西斯說，音樂的播送不曾停歇。

隔天早上，尤里西斯鏟著雪，而柯爾與克雷斯則在檢查他把門修得怎麼樣了。突然間從屋子內側冒出一道高眺的影子隔著彩繪玻璃慢慢靠近。

搞屁啊！柯爾說著拿起鐵鎚並將之舉高。

那是彼特正要從門口走出去，模樣簡直像極了拉撒路[16]。我感覺我失去了一切，小坦。好幾天，好幾個星期……

你嚇死我了，彼特，柯爾說。看著我。

她笑了，還賞了他一拳，他則扔下了鏟子，擒抱住她。小佩，他說，我他媽的想死你了，結果你

對不起。

再一次？

對不起，她像在說悄悄話。

不，我沒有。你繼續，再說一次。

你聽見了，她說。

你說啥？他問。

他接著往下鏟雪，而她則出乎他意料地用嘴型，塑出了那個「對」開頭的詞。

喔，你知道的。（駝著的肩膀，插進口袋的雙手，眉宇之間大大的皺溝）。

他知道那是她在道歉。他說，不壞。你呢？

小佩神情困窘，渾身發抖，顯然有點冷，而且宿醉很嚴重。她對尤里西斯說，你還好吧？

滾開中，柯爾說，同時往溫暖的地方退去。

滾開，柯爾，小佩說，然後不斷逼近。

了。

柯爾看著他們離去。瞎子在給瞎子領路，他說。你們高興就好，他邊說邊吐出一縷濃煙。她來

來吧，彼特，克雷斯說。我送你回家。靠我身上，孩子。

那只是威士忌在發散，柯爾說。你過一個小時就會覺得好多了。讓它繼續跑就是了。

彼特不是很能理解這句話的邏輯，於是哭了起來。

還有記住，柯爾說，今天是你餘生的頭一天。

你去好好睡一覺就沒事了，尤里西斯說。

彼特看著他，眼睛和嘴巴都有乾掉的一層口水。

一來就給我苦頭吃——我知道，我知道，她說——說什麼我回來了但一堆人沒回來——我知道，我知道，她說——有東西拉了我一把，他說。同時我學到了一些東西，認識了一些人，我對於我認識的新事物很是驕傲——我知道，我知道，她說——然後他開始與她共舞，她愈笑愈燦爛，而他早忘了能讓她笑是世界上最棒的事情。他們停下了舞步，開始找回呼吸。小佩看起來溫暖了些，她的臉頰紅潤了起來。

你還想離婚嗎？他問。

你介意嗎？

不介意。

所以，他們就離婚了。他們離了婚，變成了更好的朋友。他們甚至一起養育那個叫做艾莉絲的小孩。小佩保留坦普這個夫姓，因爲要她改回本姓帕茲，門都沒有。歲月開始在他們前方一週又一週、一月又一月地開展，生活慢慢回歸常態。雪開始融消，陽光重新閃耀，大家開始抱怨天熱，還是冬天比較好。名叫艾莉絲的孩子慢慢長大，柯爾的新女性友人叫做丹尼絲。小佩找到一份打字工作，替一間在圖騰罕法庭路旁的保險公司服務，而尤里西斯則慢慢適應了尋常百姓的日子。

時間來到一九四八年的夏天，倫敦準備迎接奧運會。柯爾很欣慰日本和德國都沒有受邀參加，丹尼絲也有同感，她說英國這下子應該會在射擊項目比較有勝算。

16 Lazarus，《約翰福音》中在死後四天被耶穌復活的門徒暨友人。

柯爾想要在賽會的那兩週拚一下來客數，於是老克提議裝台電視。他說他認識某人認識的某人有管道拿到一些從卡車屁股掉下來的東西，其實也就是贓品，然後過沒多久，一台小電視機就被搬進酒館的雅座並蓋上一塊布，看上去就像是個鳥籠，裡頭是九英寸派伊牌電視機的甜美聲音。溫布利體育館從沒看起來這麼嬌小過。

奧運開幕典禮前一週，克雷斯走進酒館，一副迷迷糊糊、眼神空洞的模樣，對此柯爾說，你看著有點不太正常。

我是不太正常，克雷斯說。

來，坐下，尤里西斯說著拉出一張椅子，遞給他一小杯啤酒。

所以是怎麼回事？柯爾問。

我開了天眼。

我的耶穌基督，柯爾說。

我看到的不是祂。是芬妮．布蘭克斯—柯恩。

誰？

荷蘭運動員，尤里西斯說，一邊在餵克勞德吃巴西堅果。

她在做家務，克雷斯說。

然後她出現在你的天眼中？阿弗列．克雷斯威爾？全世界那麼多人，單單給你看到？

她看著我說，Four。

四？

其實她說的是vier。荷蘭文的「四」不是four，而是vier。反正不是vier就是four。然後她讓我看了一只婚戒。於是我去了一趟塔比那兒，把注給下了。

你賭她會結四次婚？柯爾邊說邊笑。

我賭她會拿下四面金牌。

你在她身上賭了什麼?尤里西斯問。

全身家。

天啊,克雷斯。

所以,也沒有很多嘛,柯爾說著,消失在雅座間。

這把我贏定了,坦比。你爸就在我的前後左右。我可以感覺到他。我可以聞得到他……

整個口袋的零錢?

沒錯。你下注要量力而爲,孩子。這一把很穩的。相信我。「全壓黑的就對了」續集要上演了。

於是尤里西斯信了。他利用休息時間跑去找塔比,然後賭上了他皮夾裡有的,加上他在鐵罐裡存的所有錢。

然後在後續的日子裡,雅座的群眾愈來愈多,主要是老克的賭注傳了開來。街上有人會攔住他祝他好運。但這跟好運完全無關,他很清楚。這是命定之事。

八月二日下午四點四十五分又十二秒,芬妮衝過終點線,贏得一百公尺短跑金牌。吉妮和那孩子跳上跳下,彼特鬼吼鬼叫到以爲自己咳出了扁桃腺。那有可能嗎,小坦?我不覺得,彼特。

在黑板上,尤里西斯寫著:一面有了,還差三面。

柯爾說,你作夢,兄弟。天底下沒這種事。除非我死。

不要慫恿我,小佩說。

八月四日下午四點又十一點二秒,芬妮衝過終點線,拿下八十公尺跨欄金牌。圍觀群眾沒有前一場比賽多,主要是開賽時間較早,對此柯爾說,是啦,但誰會眞的對女子跨欄有興趣?我就有啊,丹妮絲說著撩起裙子,重重坐在吧檯凳子上。尤里西斯拿起了粉筆。

「兩面有了,還差兩面」的字跡出現在黑板上。

你好像變安靜了，柯爾，尤里西斯說。

滾開啦，小鳥腦。

八月六日星期五下午四點三十分又二十四點四秒，芬妮贏下了兩百公尺金牌，克雷斯讓雅座觀眾安靜下來，號召大家一起爲芬妮舉杯。敬她行雲流水的跨欄與求勝的決心。敬她這三十年的生命。敬她曖曖內含光的美麗。敬她的一心一意。敬她……

他跟這個女的是怎麼回事？柯爾問。

你考倒我了，尤里西斯說。

……的勇氣，克雷斯說。

眾人舉起酒杯。

敬芬妮，他們異口同聲。

「三面有了，還差一面」的字跡出現在黑板上。

那天晚上，大家經過都會跟老克握手。他們都祝他明天的大賽好運，簡直像他也是接力賽的其中一棒似的。《哈克尼公報》的一名記者跑來採訪他，一開始感覺很好。尤里西斯送了兩杯啤酒到他們桌上，剛好聽到老克說，她已經錯過兩屆奧運，都是因爲戰爭，而且大部分人都叫她待在家顧小孩。你告訴我那種想法究竟有何是處。

尤里西斯站在外頭的街上。那是一個陰沉的夜晚，夏季予人的憧憬已洩了氣。要是贏了錢，他在想也許他可以出門走走，或是拿錢幫小佩一把，後者好像比較可能。也許替那孩子做點什麼，買一週份的陽光。克雷斯跟記者走出酒館，在街上吵了起來。

我對布蘭克斯－柯恩女士的支持自然沒有任何不愛國之處！老克叫了起來。才華就是才華。你根本就是在犯傻！

這則報導就這樣胎死腹中。尤里西斯回到店內去更換酒桶。

隔天是週六。雲層已經滾遠到漢默史密斯[17]，留給他們的是蔚藍的天空與銳利的太陽，但那陽光儘管耀眼卻不甚溫暖。街坊聚集到酒館外，彷彿這裡有婚禮要辦。電視已經熱好機，柯爾覺得他收入場費是神來一筆。但大家都不介意，而當老克雷斯現身時，雅座區的所有人齊聲歡呼，大家領著他到前方的椅子坐下。

尤里西斯四處張望，尋找著小佩。他問柯爾有沒有看到她，柯爾搖著頭說他是個老牌大傻瓜，又問他到現在還不明白嗎？前門喀啦打了開來，小佩和吉妮和那孩子衝進酒館，三人都一副慌慌張張、悔恨交加的模樣，而接力隊伍也於此時站定起跑線位置。酒館一時間鴉雀無聲。在午後四點四十分，你唯一能聽到的只剩下歷史的寫成。

砰！

等到芬妮．布蘭克斯—柯恩接下棒子時，她距離前方的澳洲隊只剩四公尺就能追上。柯爾不斷說著她做不到、她做不到，而尤里西斯則幾乎不敢看。小佩和彼特大叫著，那孩子則跑上跑下，克勞德也突然拉起屎來。但老克，嗯，老克倒是老神在在，臉上連滴汗都沒流。芬妮．布蘭克斯—柯恩首先衝過了終點線——就在鳴槍起跑的四十七點五秒後。那是芬妮的第四面金牌。老克像國王一樣被眾人拋向天空，而在五條街外，塔比則咒罵起來，並一拳招呼在他大兒子的臉上，認為都是這兔崽子當初接受下注惹的禍。

柯爾側身來到尤里西斯旁邊，小聲問道，你覺得他贏了多少？

相當該死的不少，尤里西斯這麼說，只是為了氣死他。

17 Hammersmith，倫敦西區的濱河區域。

老克雷斯究竟贏了多少成爲民間傳說，而且會在酒館不復存在之後許久仍爲人津津樂道。確切數字還眞沒人知道，但捕風捉影的人著實不少。克雷斯在市場裡向一名退伍老兵買了件沙漠迷彩短褲，那又大又膨的咖啡色玩意兒被他拿去搭配西裝外套和領帶，還有偶爾的無袖毛衣，而無論旁人怎麼東瞧西看，這短褲都是他在大贏一筆後唯一添購的東西。沒有人不納悶剩下的錢到哪兒去了。那些幾個月前還在幫他加油打氣的人，一下子都忍不住酸言酸語起來。這就是人性，是吧？

當然，塔比心裡有數自己賠了多少。塔比每天醒著都能感覺到輸掉這一回的痛，而有朝一日非得有人爲此付出代價。老塔比遣人帶著魔術鑰匙去打探老克的家，但克雷斯每次都能料敵於先，因爲他可以看見空氣被陌生人擾動。

克雷斯不明白的是他爲什麼會在人生的這個節骨眼得到這麼一大筆錢。事實上他覺得這遲了點，他覺得自己已經無法做出那些年輕時或許能做出的改變。但他坐在他的櫻樹下傾聽。他欣賞著自己從沙漠短褲中冒出來的雙腿，他知道那是他最大的優點，因爲那是他承襲自母親的雙腿。想到母親，讓他泫然欲泣。

一九五〇年倍受眾人的歡迎，大家都迫不急待想迎來下一輪十年。四〇年代去死吧，你對我們究竟有過什麼好處？柯爾點燃壓箱底的煙火，爲的是迎來新一輪充滿希望的十年。我說新的十年能壞到哪裡去呢？他說，對著爆炸中的天空懇求。是呀，我們等著瞧。

英國的義務役士兵很快就被送去打韓戰，缺席與心碎再次重返生命的選單。尤里西斯跟著鋼琴彼特去參加反戰遊行，然後在蘇活區的酒館喝得爛醉，在無言中展現哀慟。那孩子長成了一個很能聊的小傢伙，而且一嘴美國人的牙口，她管尤里西斯叫尤里西斯，他管她叫孩子。在打字組被升職的小佩故作鎮靜，但尤里西斯看得出她很興奮。即使只是在梯子上爬高一格，空氣聞起來也更鮮活，視野也更加開闊。老克幫著吉妮種起了胡蘿蔔和馬鈴薯，地點在酒館後頭的院子，而她把第一批收成給了開便利商店的考爾太太，只因爲她喜歡考爾太太，也喜歡考爾太太的膚色。鋼琴彼特在倫敦城西的一場表演中走了運。他演出一個戲不多但很搶眼的角色，一個有著酗酒問題的邊境鋼琴師。只有第一幕的戲分意味著他仍能不耽誤在酒館的義務。但初學者的踢踏舞課還是可以去吃屎。柯爾把丹妮絲換成了伊蓮，但到了最後，伊蓮也沒能撐多久。失戀的他看上了一輛一九三〇年代的救護車，只因爲他向來想要一輛。所謂向來，是從他看著母親在救護車上被載走的那天算起。天哪，小佩說，我只是問問而已。

熱浪襲來於嶄新十年的第一個夏天。老人家被搞得搖搖欲墜，狗兒也來到發瘋邊緣。想進游泳池的人龍堵塞了惠斯頓街，但下到運河旁，孩子們不負孩子本色地躥入水中，順便喝了滿肚子的老鼠尿，但那很值得，只要能在弄濕的皮膚上感覺到微微的涼風，那就值得。

小佩呼喚著尤里西斯。他抬起頭來揮了揮手。她喀啦喀啦下了樓梯，跟他一起坐上長椅。他們看著身上只有內衣褲的孩子們揮舞著細瘦的手腳，又是尖叫，又是打鬧，一波波的水花拍上曳船道，打在他們的腿上、鞋上，但他們既不退縮也毫無煩憂。

我們也那樣做過，他說，順便調整了帽子。

沒有很久之前，他說。

小佩嘆了口氣。

恍如隔世，他說。

十來歲時，他們會在左手邊的樹叢裡親熱，完全無視於臭氣沖天的狗屎和被人用完亂丟的「法國信」[18]。她是他的第一次，他不是她的，但所有的青少年都會借用彼此的身體增進技巧，也順便圖個爽快。月光下的蒼白皮膚。小佩是他們歷史的守護者。她知道那些死了很久的人有何姓名，知道誰做了什麼，也知道誰愛過誰。

眞是無憂無慮，尤里西斯說。

這話說得還眞怪，小佩心想。她來到這世上從來沒有無憂無慮過。那個年紀沒有過，這個年紀也沒有。宛若瘋狂輸出高壓的渦輪發電機，那就是她，一直是她，血液與脂質就這樣在她遭上帝遺棄、永無止境的身體循環中不斷被推著跑。她記憶中的他是個少年。結實但不高大，無比明亮的眼神，永遠在爲烏雲邊緣的一線銀絲拋光。她曾幫他口交，只爲了看他那副感激的神情。時間荏苒，他的骨架獲得塡滿。他有了所有女孩都爲之瘋狂的前臂。而他的眼睛從藍變得更藍，他的父母都死了，同時他會做地球儀，能用中指把地球耍得團團轉。然後他說了，我希望有朝一日能成爲一號人物，小佩。你怎麼說？

但她能怎麼說呢？有朝一日實在太過遙遠。

她彎下腰喬了喬鞋子。她說，我有了個新對象。

尤里西斯轉向她。他說，喔，是嗎？又轉回去看著孩子們。

我感覺這次是認眞的。

他點點頭。

我想慢慢來。我只是希望你能從我口中聽到。

謝了，小佩。

她站起身來，端詳著他。還是那個他。他們不能再繼續上床了，她告訴他。那樣對泰德不公平。泰德是你的新男人，是吧？她點了點頭。那好，他說，但他知道他們是不會停下來的。

我明天可以帶艾莉絲去畫廊嗎？他問。

當然。

早上成嗎？

你想要一整天也行。

他笑了起來，但他知道她是認眞的。

你是個好媽媽，小佩。

不，我不是，但你這麼說我很高興。你媽是個好媽媽，小坦。好媽媽就應該像那個樣子。我媽根本望塵莫及。

隔天，白教堂畫廊因爲晒不到太陽而十分涼爽。艾莉絲逕自跑在前方，掃視著一幅幅畫，因爲她知道她要找的是什麼。最終她在一處不會被人打擾的區域駐足。她打開素描簿，從襪子裡掏出小削鉛筆器。尤里西斯跪坐下來。他用手收集好被削下來的鉛筆皮，放進口袋裡，因爲那是他的職責所在。而在接下來長達一個半小時的時間裡，他用眼角餘光看著那孩子創作出她對於瓊．埃德利[19]畫作的個

18 保險套的別稱。

人詮釋：孩子們坐在人行道上讀著漫畫。那是一個她能理解的世界。

她才五歲。她會和看著這一切的他一樣，完整地記得這個瞬間嗎？多半不會。但她會記得這一天，因爲多年之後，她會對某人說起這件事。光腿坐在地板上的涼意，她在素描本上畫出的線條。她會記得早晨是如何變成午後，也會記得旁人如何用嚴肅口吻對著牆上的畫作侃侃而談。她記得那些輕柔的交談聲是如何化作讓她心情平靜的白噪音，尤里西斯的凝視如何讓她覺得自己挺了不起，或夠了不起。她是如何因能暫時離開母親而感到高興，如何看著一個女人穿得像男人而覺得人生竟可以、可能如此有趣。這天正是讓她看到自己的盡頭，也看到世界之開端的那種日子。

尤里西斯放著那孩子在原地畫畫，獨自在滿是作品的畫廊漫遊。席拉．費爾[20]、伊娃．法蘭克福特[21]、桃樂絲．康寧漢。

自從他在那趟漫長漆黑的行車中送艾芙琳回到客棧，並在途中與她交談之後，他就經常想著要去畫廊。他想著艾芙琳是如何嘲笑藝術的裝模作樣，如何說起人若有幸受老天眷顧，其責任就是要提攜其他人。此刻站在其中，他將身處的空間與那場對話畫上等號。當地學童的繪畫被展示在對面的牆上，而他在想或許這就是她一直在談的東西。不遠處，一名畫家開始談論她自身的作品。

從身後看過去，那名女畫家簡直就像是個男人，那是因爲她集結了短髮、捲起的袖子和高腰長褲於一身，但她的嗓音毫無疑問屬於一名女性。她被稱爲康寧漢女士——桃樂絲．康寧漢，他很自然地想。讓他深受吸引的，是她對自身畫藝那面面俱到的說明，是她坦然直面眼前所有疑問、聰穎慧黠的眉宇。從深思熟慮到自然率眞，是她對自身新作的評語。他讓這些話在自己的舌尖上滾來滾去。

尤里西斯望了一眼那孩子。她仍靜靜地浸淫在自己的世界裡，用嘴吸吮著鉛筆。

他的耳朵捕捉到一對夫婦經過時的對話，提到西班牙的隻字片語推著他回到一九三八年——他雙親去世的一年後，也是畢卡索的〈格爾尼卡〉[22]進駐畫廊的那年。當時那幅畫已經周遊世界各地，爲與佛朗哥將軍敵對的反抗軍募款。事實上尤里西斯也是為此才去看畫——他人生中的第一場畫展——那股引力來自對戰爭浪漫而謬誤的幻想。那間畫廊算是某種反抗軍總部，而對於無力負擔入場費的人，可以改交一雙靴子替代。他隔天又回到了畫廊，在玄關處擱下一雙他父親的靴子。他在皮質的鞋舌上寫了幾個字：祝好運。

桃樂絲·康寧漢的聲音將他引至念頭與時間同步的匯流處，她說，我確實看過〈格爾尼卡〉。

一道電擊啪啪啪地由下而上，貫穿了他的背脊。

我同意，她說。我們學到了痛苦的一課。那就是面對法西斯的進逼，我們永遠必須在道德上確立能與之對抗的論述。

尤里西斯不禁納悶他現在要是看到那幅畫，會有什麼反應。

完全沒有，桃樂絲·康寧漢說。畢卡索對戰爭的描述完全不含任何英雄之舉。沒有勝利，只有恐怖。

刻意在市集日對平民百姓進行轟炸，尤里西斯說。

桃樂絲·康寧漢轉身看向他。

我們也無法倖免，他說。不擇手段的不只是他們。我們也曾無所不用其極。

所有人都看向了他。那孩子也看了過來。

---

19 Joan Eardley，蘇格蘭畫家，以描繪格拉斯哥街頭兒童與蘇格蘭東北漁村一帶風景聞名，一九六三年因乳腺癌英年早逝。

20 Sheila Fell，英國畫家，作品以坎伯蘭地區的風景為主。

21 Eva Frankfurter，英國畫家，以描繪一九五〇年代東倫敦移民聞名。

22 *Guernica*，畢卡索的名畫，創作於西班牙內戰時期，當時由德國、義大利支持佛朗哥將軍領導的法西斯國民軍，對上蘇聯、法國支持的西班牙左派共和政府。一九三七年，德、義空軍對格爾尼卡城發動史無前例的無差別空襲。

而她會記得的將是這個：他的聲音迴響在寂靜中。眾人聽著他說話，不帶一絲嘲笑。她站起身來，大步邁向他，然後握住他的手。她在那獨一無二的瞬間認可了他。從那天起他便屬於她。

他們離開了平靜祥和的畫展，隨即被人聲鼎沸的商業街吞噬。尤里西斯買了檸檬水給她，然後兩人一同搭上巴士。這是我的人生到現在為止最棒的一天，她說。

未來還會有更棒的。

我知道，我才五歲。

那天晚上，小佩看著那孩子睡下。她的臉仍因為跟著小坦出門一天而紅通通的。小坦拿她很有一套，但小佩就差遠了。她坐在床邊，翻閱著那孩子的畫簿。這麼做讓她感覺很糟，就像那是本日記一樣，但還沒有糟到讓她把畫簿放下。一幅小坦的畫像，他嘴唇上的傷疤像個數字似的。那孩子有天分，但她這天分並非遺傳自小佩。而是來自艾迪，當然了。所有她不知道的事情。包括他是死是活，或是他究竟有沒有想過她、想過他們在一起的夜晚。克雷斯曾對她說，她應該和艾迪說些事情。字句是金粉，他是這麼說的。所以她就和艾迪說了些什麼，一些如今會讓她蜷縮起腳趾的什麼。攤開她的心在床上，讓心被一刀切開，一場完整的愛之解剖。那就是身在飯店房間會讓女孩做出的事情。在軟軟的床單裡纏綿加上客房服務。讓她規畫起未來。而從頭到尾戰爭都在一旁偷聽……

小佩站起身來，灑了幾滴琴酒在床褥上。有時候看著那孩子令她難以忍受。那孩子會不斷讓她想起自己失去了什麼樣的生活。

一九五二年四月，老克人在他的*Prunus serrulata*下，也就是日本櫻花下。將晚時分，花團錦簇的白色與粉紅櫻花沉甸甸地壓低了枝枒，映照著倫敦城東落日的烈焰金黃。老克在一杯柯爾酒館的司陶特陪伴下坐著，聆聽著大地之母蓋亞的祕密。

吉妮的聲音讓他露出一抹微笑。

你在幹什麼，老克？

我在進行日式的花見儀式，親愛的。

你這個時候會摺紙嗎？

那倒不會，小甜心，來陪我坐著吧。說著他站起身來，把椅子讓給她。

下雨了，她說。

剛要下而已，老克這麼說，望向了四周。雨不會下太久，我們坐著等雨停，好嗎？

吉妮點了點頭。那氣味，她說。

Petrichor。

吉妮複述著這個單字，一遍又一遍。

雨落在乾燥土地上的氣味，克雷斯說著喝了口司陶特。

它不會不見耶，她說。

等下就會，親愛的，他說。

這個。

什麼？說著克雷斯轉向她。她扯開自己的襯衫領口，顯露出一個小小的吻痕，就像個拇指印的大小，漂浮在她的鎖骨與胸部之間。

都不會不見，老克。

老克微笑著。它會不見的，親愛的，只要你把它蓋好，別給任何人看。你給你爸爸看過了嗎？

吉妮搖了搖頭。

那先不要。最好不要。他沒看到的話，那個會不見得比較快。

謝謝你，老克，她說。那我不怕了。

他彎下腰捧著她的臉頰。很好，他說，不需要怕。

但克雷斯其實很害怕。他閉上雙眼，感覺到鞋底下的樹根向下延伸到那黑暗而潮濕的泥土裡，經過死者，經過古羅馬的瓶罐，直達那些低沉的呢喃。

雨停了，吉妮說。

看到克雷斯與吉妮進到酒館裡，尤里西斯抬起頭來說，艾莉絲在樓上，吉兒，於是吉妮就縮著頭來到天花板的活門處，消失無蹤。

你們怎麼這麼快就回來了，尤里西斯說。你還好吧，克雷斯？

克雷斯點了點頭，把空酒杯放到吧檯上。明天早上去樹邊找我，孩子。老樣子。帶上小佩。

隔天，尤里西斯站在酒館外一邊享受陽光，一邊等待小佩。他舉起手，是爲了剛彎過轉角的她，而胃裡那熟悉的、小小的刺痛是爲了她搖曳的步伐。

所以你想見我幹麼，坦比？她問，但他還來不及回答，一輛掛著紅十字、標配一應俱全的綠色救護車就轟隆駛過街道。

我的天，她說。

他從斯文敦[23]把那玩意兒帶了回來。

那裡不是專門報廢垃圾的地方嗎？她說。

柯爾把救護車停在酒館外，正要從車裡爬出來時，警笛突然慘叫起來。

去你媽的混帳王八蛋！柯爾大喊，然後一拳重重打在儀表板上。

不愧是老柯爾，尤里西斯心想。

警笛停了下來。柯爾輕輕關上身後的車門，躡手躡腳來到他們面前。

你們覺得如何？他問。

我無言，尤里西斯說。

小佩？

我寧死也不要被看到人在那輛車裡，柯爾。沒有不敬之意。但你弄來的這東西是魅力的閹割機。

柯爾看起來很受傷，但沒有說出來。他說，我明天要帶費奧努拉去艾坪森林裡過一夜。對此小佩說，你開這玩意兒出現在她家，她會以爲你要在林子裡埋了她。

好啦、好啦，他說，我聽到了。我下午晚點會請她過來看車。眞是蛋疼，他說著跺步走回酒館。

小佩把手臂往尤里西斯的臂彎裡一擺，兩人就這樣散起步來。你注意到了嗎，柯爾的對象是按字母順序排的？他說。

你約我出來就是爲了說這個？小佩問，然後停下了腳步。天哪，還眞的是，她說。丹尼斯是D、伊蓮是E、費奧努拉是F。

23 Swindon，倫敦西部城市，曾以廢鐵買賣著稱。

再來就輪到G了，他說。

他們在櫻花構成的天篷下找到了克雷斯，一股突然湧上的親密感圍繞著他們。克雷斯看起來烏雲罩頂。他壓低聲音說，吉妮有了個男人，然後他跟他們說了吻痕的事，對此小佩說，老天，別又來了。而尤里西斯說，你確定那不是小孩子在鬧著玩嗎，克雷斯？克雷斯聳了聳肩。我不知道，孩子。我只知道她需要有人扮演一下她的母親。然後兩個男人看向了小佩，因爲爲人母是她的領域。

吉妮的遭遇讓小佩的心情跌到谷底，搞得她一整個下午都對那孩子兇巴巴，這個不行、那個也不行，那孩子於是開始對她保持距離。嗯，正常人這狀況都會躲得遠遠的，你說是吧？那天夜裡，那孩子想讓小佩給自己說個故事，於是她拿出了《小王子》，那是尤里西斯上週拿給她的書。

所以說，這事我該怎麼做才對？小佩收下書時曾問過他。而他說，很簡單，小佩。你就往床上一坐，然後大聲唸出來。

於是她往床上一坐，她的聲音聽起來既笨拙又沒有說服力，但那孩子聽得入迷，最後就這麼睡著了。小佩繼續讀著。童年，讓人他媽的心碎。

隔天晚上，救護車朝著艾坪森林出發，車後飄著一縷柯爾的鬍後水香氣。他在車廂後頭鋪了床，另外備妥一小台瓦斯爐和兩個湯罐頭——番茄口味——還有爲早餐準備的茶和牛奶。早餐是他的重頭戲，而他的卵蛋就和煤袋一樣沉重。距離他上一次得到一個活生生的女人，而且還不覺得他可憐兮兮，已經事隔不曉得多久了。

救護車才開到老克的櫻花樹旁，警笛就開始鬼哭神號。老克從櫻花下探出頭來，看到的是臉色發紫的柯爾。費奧努拉兩眼瞪出車窗，表情木然得像是被綁架的人質。

晚間的燈光映照出某條船駛過運河的航跡，海鷗在煤氣槽頂盤旋。小佩與吉妮手牽手走在曳船道上，在不明就裡的外人眼裡，她們看上去完全就是一對好姊妹，並沒有什麼差別。但一隻鴨子打破了這個幻象，只見吉妮往前直衝，手臂在空中恣意擺動，直到鴨子重新躍回水中。小佩笑了起來。過來，吉妮，陪我坐一下。

吉妮坐下來。

你最近還好嗎，吉兒？

很開心。你呢，佩姬？

佩姬點著頭。嗯，我也很開心。

她從包裡掏出一包洋芋片，吉妮將之打開，同時噓走了一隻探頭探腦的鴿子。

你會在這裡跟誰見面嗎，吉妮？

我不可以下來這裡的。

這我知道，但我也知道你會下來，說著小佩朝她湊過去，蹭了她一下。我們以前都會跑下來這裡。我交過一個惹人嫌的男朋友，我會跟他約在這裡，然後我們會一路散步到伊斯林頓。橋底下暗到不行。只有他和我。有時候我會跟他約在夜裡，吉妮，那種感覺眞是棒到極點，因爲我逃開了所有的規矩，而那個傢伙，我的男朋友，他的年紀比我大，因爲他是一個大人，也讓我感覺自己變成大人了。就好像我終於也變成這世界的一分子。只因爲他看著我的眼神。

吉妮聆聽著。

我想讓他幹麼都可以，吉兒。他被一個學生妹迷得糊里糊塗。他從沒跟我說過他有個老婆。

小佩從吉妮手中拿了一片洋芋片。我知道你也有個男朋友，吉妮。

吉妮搖頭。

有吧，你有。他們都會說不能告訴別人，但我們都經歷過那是怎麼回事。他對你好嗎，吉兒？他是好人嗎？

吉妮點點頭。

他的名字是不是崔維斯？（崔維斯？她爲什麼又想起這個名字？）

不是啦，傻瓜，吉妮說著從長椅上起身，對著經過的一艘駁船揮手。她說了些小佩沒能聽清楚的話語，而後小佩說，戴維？你是不是說戴維？戴維在那上面嗎？她說著指向駁船。

吉妮看起來一頭霧水。不在。

戴維長得什麼模樣，吉妮？他像你爸爸，還是像尤里西斯？

都不像。

完全都不像他們嗎？

她搖搖頭。

不一樣。

多不一樣？

停。佩姬，太累了。

吉妮往前一倒，歇在了佩姬的大腿上。小佩撫摸著她的頭髮。

已經不流血了，小佩，她說。

不流血多久了，吉兒？

很久了，她說。

小佩把手往下伸，摸上了吉妮的肚子。稍稍隆起的部分在她被風吹鼓的衣服下繃得很緊。

那一夜，小佩睡在酒館。她隔天早上就在那兒和老克與尤里西斯一起看著救護車彎過轉角，警笛一路哭號。柯爾隻身一人坐在前座。

他停好車，摔上車門。警笛隨著引擎一起戛然而止。

還順利嗎？尤里西斯問。

滾開，柯爾說著走進了酒館。

其他三人跟著他走進店裡。

柯爾逕自走向給酒器。兩拳擊出的琴酒頓時下肚。

有那麼慘？小佩問。

我不想多談，柯爾說。

嗯，我覺得你想，她說。

我忘了帶開罐器，他說。點滴架倒在她身上，當時我們正要躺上床……

哪裡來的點滴架？小佩問。

而且還剛好打在她這裡，柯爾說著指向眼角。而且三更半夜，她以爲是我腳趾的東西，其實是一隻大老鼠。

天啊，小佩說。

但眞正的問題出在她看我的眼神，小佩。那才是最要命的。我在她眼裡彷彿是最低等的生命體。

多孔動物門，克雷斯說。

啥？

生物分類上的一個**門**。**多孔**……

不要再說他媽的什麼門不門的了！

那是最低等的生命形式，克雷斯說。**海綿**。

我覺得我不可能比現在感覺更糟了，柯爾說。

不，你可以的，小佩說。吉妮懷孕了。

酒館因家有
無從預見的變故
暫停營業

尤里西斯在一片殘骸中掃出一條路來。他腳底下是嘎吱作響的碎玻璃，左手邊則是一堆被砸爛在壁爐旁的破椅子。

這波攻擊來得又急又猛，但出手者也手下留情地沒有趕盡殺絕，畢竟柯爾的體力不太行，又有高血壓的毛病。他雙膝軟倒下跪，喘息和打嗝混在一起，胃中的海灣拍打著一波接一波的酸液。在門口的吉妮瞪著雙眼，突然領悟到她母親離開的可能原因。

尤里西斯拾起一張桌子，將之擺正。交錯的灰塵與藍羽在一道氣流中升起。克勞德又承受了一次突然的脫羽，全身上下只有翅膀和尾巴的羽毛殘存。牠無辜遭到波及，已成標本的白鼬也不走運。菸灰缸的一擊讓白鼬的下頜骨命懸一線——這不是比喻——就靠一條棕線懸著。

尤里西斯點了根菸。

酒館外頭，交頭接耳的聲音愈來愈大。大多是隨身帶著強烈渴求的老酒客。他看著手錶。酒館平日的開門時間早就過了。而眾所周知這些人若要暴動，這點理由已經太過足夠。

他聽到勒維爾太太說，無從預見的意思就是意想不到。然後他又聽到：意想不到？什麼事情意想不到？死人了嗎？柯爾才不會因爲死了個人就不開門。除非死的是柯爾本人。什麼？柯爾死了？

謠言就是這樣一生二，二生三。

突然間，門上傳來幾聲叩叩叩。那是鋼琴師才敲得出的手感：得宜的節奏、輕盈的觸碰。彼特的長臉透過彩繪玻璃往裡瞅。

尤里西斯開了門，招呼彼特進來。他從門縫中把勒維爾太太與她的烤肉大餐推了回去。我們今晚會開門，勒維爾太太，他說。我保證。

柯爾死了嗎？她問，發言人的角色讓她欲罷不能。

我上回查看時他還活著，尤里西斯說，然後他關上門，拉上了門栓。彼特瞠目結舌地看著四周。他說，我只是剛好經過，沒想到外面擠了一大群人。柯爾老毛病又犯了嗎？

你內行的。你最近還好吧，彼特？

不壞，小坦，你呢？

不壞，彼特。然後彼特用腳尖走路，跟隨尤里西斯走進酒館內部。我不想碰到任何東西，免得造成更大的破壞，他說。

尤里西斯扛著天鵝絨凳子，將之放回鋼琴前。

我不得不問一聲，彼特說。

奇蹟般地毫髮無傷，尤里西斯說。小佩用肉身擋在他與鋼琴之間。他把壁爐的火鉗舉在頭上。你敢，柯爾！她叫了起來。你敢你試試看！說著她趴上了鍵盤。

眞是聖女要死了的貞德，彼特說。後來呢？

後來他就好像被催眠了一樣。他放下火鉗，開始眨眼，然後捧住肚子。

再來呢？彼特問。

他跌在地上，氣力全失。

小佩踢了他？

沒有，彼特，她沒有。她現在在樓上陪他。

他鎮定點了嗎？

睡得像匹馬。

克雷斯在哪兒？

在地窖找庫存。大部分的酒都受到重創。

彼特點點頭，看了眼四下的慘狀。他在凳子上坐下來，掀開了琴鍵的蓋子。他的手指在那十二大調音階上舞動。

那麼，他說著扣響指節。我可以幫你什麼，小坦？

來點聽了會舒服點的東西，彼特。

好咧，我知道這時候該彈什麼。然後他點燃全新二十四根菸裡的頭一根。

尤里西斯在轉身時說了一句，對了，外套很好看喔，彼特。

這老東西？我有它好些年了。

一整個下午，白鼬與鸚鵡酒館都在受人照料，而它絕對是世上最心懷感激的病人。蕭邦的〈夜曲〉引領著酒館改頭換面，彼特用他在倫敦城西試鏡的熱情演奏著。桌子被敲回可以使用的狀態，畫作也掛回到牆上。火焰吞噬變成碎片的木頭，很快地溫暖的光輝就滲進周遭的空間，將之從鬼門關帶回。尤里西斯出門去添置不足的椅子，結果一共跑了四趟，每次四把。他取下老爸的地球儀放到吧檯上，給克勞德用作落腳的地方。克雷斯做了馬鈴薯燉牛肉，份量大到夠晚上的客人一起享用。彼特說克雷斯可謂是理想的人生伴侶，這點大家都沒有異議。克雷斯帶小佩和吉妮和那孩子出門，然後他們抱了一大堆櫻花回來。克雷斯一定頗心疼，但他沒有表現出來。他肯定跟樹談好了。那孩子和吉妮用裝著粉色與白色花朵的瓶子妝點起架子，小佩則用繃帶包好了白鼬的下巴，然後到了晚上六點半，他們不禁對著眼前情景讚嘆起來。他們做到了。酒館做好了開門的準備。重生的酒館看得出虛弱，但也看得出倍受關愛，而它可是從來沒被這樣愛過。

肩上站著克勞德且懷中躺著白鼬的尤里西斯·坦普邁步向前，打開了酒館的門，時間比平日晚間遲了五分鐘。勒維爾太太第一個出現在門口。她上下打量著他，評估著局面。

我們摔了一跤，但沒有一蹶不振，勒維爾太太，尤里西斯說。

你們湊合著還行，她說著邁入酒館。

望向門外，尤里西斯瞥見塔比·佛爾蓋特的黑色捷豹五號駛過，看來是嗅出了麻煩的氣味，過來掂量一下賭注的勝算。果然消息一下就傳到了他那兒，尤里西斯心想。

小佩坐在柯爾的房間裡看顧他，她的感受卡在憤怒與憐憫之間的某個點上——但大部分女人在柯爾的身邊，都不外乎混合著這兩種感覺就是了。感謝老天，她認識他這麼多年，從來沒有落得跟他上了床。不幸中的大幸。

小佩？柯爾動了一下，推開了毯子。

柯爾。

我在這兒躺多久了？

好幾天，她說。

他立刻坐了起來。

開玩笑的啦，她說，然後幫他點了根菸。酒館開了。多虧你什麼忙都沒幫上。

我應該要下去。

還不行，你還不該下去。

（樓下傳來聲響。）

我不知道發生了什麼事，他說，於是小佩跟他說了來龍去脈。

吉妮還好嗎？

我不知道，柯爾，她還好嗎？

小佩……

她是懷孕了，還是她爛到你想把她關起來？想讓她覺得羞愧……

小佩。

還是讓她被嚇壞？你還記得嗎？你是怎麼嚇壞她的？

別說了，柯爾說，用手摀住了臉。

有點似曾相識，是不是，柯爾？我以爲我們已經繞過那個彎了。

我只是想知道眞相。我還是想，他說。

她不會告訴你的。

她很怕他，他說。

她很怕的是**你**。這一切就跟當初的艾格妮絲一樣。

（艾格妮絲說他毀了一切他愛的東西。艾格妮絲說他會是他自己的絆腳石。艾格妮絲說，艾格妮絲說……）

所以，你告訴我她是不是還好，小佩說。

柯爾重新躺了回去，氣力放盡。她還好，他說。

那就再愛她一遍。她只有你了。

我該怎麼做才好，小佩？

首先，你下樓去告訴他們。直接告訴他們，這種事你沒得藏的。然後你冷靜地問有沒有人知道些什麼。

要是他們沒線索呢？

那你就放手，什麼傻事都別做。

你殺了我吧，小佩。

嗯，我考慮考慮。但你也只有我了。

小佩沒有馬上踏入酒館，而是先從門口看著。她需要某種喘息的空間，讓壓力賀爾蒙的濃度降下來一點。他拉動給酒器倒出一品脫啤酒的動作，很能給人安慰。他與他的鸚鵡。多年來，她始終看著坦普家特有的酒窩、眉毛、耳朵，還有他們認爲生命會在最意想不到的時刻分你一點好運的信念，覺得坦普一家都是笨蛋。她什麼都願意做，只要能換得一個像諾拉一樣的母親。諾拉全身上下都沒有稜角，有的只是溫暖。小佩偶爾也可以溫暖，但她沒有暖到可以日常保持那個狀態。溫暖就像是她的薪水，總是會在星期四用完。

她走上前到尤里西斯的身後，抱住他的雙臂，但他沒有轉過身，因爲他知道是她。他們就像是一對燕尾榫的接頭。他們就是合得起來。她會把他像空氣一樣吸進體內，而他甚至感覺不到她的吻落在他背上之輕盈。但，克勞德看到了。克勞德張開了鳥喙，像是要說點什麼。小佩把手指架在嘴唇上。這是我們的祕密，她眨眨眼。

晚上八點，大家引頸期盼的那件事發生了。柯爾拖著腳走進酒館，有點病懨懨，又有點像從《舊約聖經》走出來的人物，一條毯子披在肩上，還有一隻蛾在頭頂飛來飛去。他分開了沉默，就像分開古代的一片海。他灌下一杯琴酒，揉了揉額頭，接著往前走到酒館的中心，所有人的目光都在他身上。照著草稿講，柯爾，小佩這麼說，而他點點頭。他清了清喉嚨，然後說，生命用許多方式考驗我們。（停頓。）吉妮懷孕了。

眾人面面相覷。他們異口同聲地倒抽一口氣，東一個西一個皺起眉頭，但整體而言他們只是靜靜吸收這填滿了全室的資訊。不多，也不少。

我只是想要知道是誰在亂來，柯爾說。

一片沉默。

你們可以現在告訴我，也可以之後再告訴我。可以面對面告訴我，也可以匿名這麼做。

仍是一片沉默。

有人嗎？柯爾問著，拉高了音量。

你先坐下，柯爾，小佩說。

柯爾！小佩厲聲說道。**坐**、**下**。

柯爾坐了下來。這裡就像個他媽的太平間，他說。

而那應該要怪誰？小佩問。

彼特人呢？柯爾問。

在廁所。

要不來首歌，小佩？

抱歉，我現在沒那個興致。

小坦……那你那個魔術呢？用雞蛋變的那個。

你說的不是我，柯爾。

彼特走回了酒館，正在擦乾雙手。

要死了，彼特，做點什麼，柯爾說。我們在這兒快尷尬死了。

如果關於觀眾有什麼彼特不知道的東西，那就代表那東西沒什麼好知道的。他閉上眼睛，汲取繆思女神的氣息。**團結**是她提點他的關鍵字。怪的是她用上了北愛爾蘭口音。

麥克風爆出了雜音。鋼琴被包圍在濃厚的藍色煙霾裡。

我想把這首歌獻給愛，彼特說。我是在南斯拉夫寫成這首歌的。

彼特什麼時候待過南斯拉夫？尤里西斯說著靠向了小佩。

這首歌講的是後悔，彼特說。歌名叫〈要是我早知道現在知道的事〉。

後見之明，克雷斯低聲說。

什麼？柯爾問，抽搐了一下。

後見之明，克雷斯說，要是我早知道我現在知道的事，那就是後見之明。

閉上你的鳥嘴，柯爾說。彼特唱將起來。

以一種最出人意表的方式，一款名為原諒的酊劑流進了黑夜，瀰漫酒館。從灰濛的各個角落看出去，錯失良機凝成的鬼魂、包藏在心的忿恨、沒有說出口的字句，都一一得到了安息。眾人打直了腰桿，鬆開了關節，輕快了一顆心。老克雷斯去到自己內心的某個深處、某個祕境，某個枝繁葉茂的地方。尤里西斯越過吧檯望向小佩，而她也轉頭看著他，他們的目光就像一段良緣似地鎖定了彼此，也擁抱了彼此，且一切都在慢動作中完成。柯爾瞥見了開闊大道上的生活，他的胃安頓了下來。小佩朝著門口看去，那兒站著泰德，又名保險先生、風險趨避先生，可能有、也可能沒有太太的一個男人。

小佩與泰德在此時跳起舞來。克勞德站在尤里西斯的肩上，磨蹭著他的耳朵。克雷斯在吧檯前轉著地球儀，彷彿那是賭桌上的輪盤。前門猶如無力抵擋風勢似的敞開。塔比．佛爾蓋特站在門口處，活像是一幅羅夏墨漬圖[24]，他點了根方頭雪茄、打量著現場，隨著彼特演奏的醇厚曲調搖曳。

歌曲畫下了句點，在那之後怎能不是全場起立鼓掌？彼特的演出毫無保留。小佩歡呼著，泰德放不太開地拍著手，柯爾吹著口哨，但此時就像骨牌說倒就倒一樣，眾人的注意力轉移到了塔比身上，掌聲慢慢消退，於是塔比說道，別管我，別管我。但眾人根本做不到不管他，全場也因此陷入了靜默。

太美了，塔比說。他的喉塞音[25]就像刀刃一樣銳利。塔比一跛一跛地走入酒館內。那步伐中有滿滿的惡人感。他左腳上厚重的特製強化靴出自一名親戚之手——家族裡一支代代相傳的鞋匠家族，相較之下是比他更討人喜歡的一群人。塔比站到柯爾的桌前，毫不費力地滑進了柯爾的痛處，他的存在本身就是一大把不用錢的鹽巴。他呼出了煙，並用他沒壞的那隻眼睛瞅著柯爾，多年前的那支吊貨勾只弄瞎了他其中一眼。

我聽說你遇上了一點麻煩，佛米羅先生？他開口道。你需要跟人聊聊嗎，我的朋友？

要聊也不是跟你，你這混蛋。

柯爾、小佩與塔比看向了吧檯。對於一隻找回聲音的鸚鵡而言，沒有比這一刻更讓人搖頭的時機了。

和秋日一起回歸的是較短的白日、較早的夜晚，還有無止境的炭火一陣一陣爬向天空。吉妮被送去柯爾在布里斯托的姊妹家生小孩，而酒館少了她就是少了一味。艾莉絲搬來跟尤里西斯住，而小佩則開始與泰德同居。每個星期，塔比都會跑來和柯爾低調地聊兩句。你跟他混在一起幹麼？小佩問。他一定在打什麼壞主意，尤里西斯說。那不會有什麼好結果的，克雷斯則這麼講。

但柯爾聽不進去。柯爾靜靜地搜尋著戴維。

然後事情就這樣發生了。

一個週五。十二月初。就天氣而言是有點詭異的一天。感覺不到風，冷空氣被困在暖空氣的下面，而隨著這天往前推進，濃厚的黃棕色霧氣如一道面紗落了下來，而且堅定不移。到了晚間，倫敦已經臭得像顆壞掉的雞蛋，整座城市失去一切動靜，街道空空蕩蕩。

泰晤士河上看不見交通，小佩通報說車掌拿著手電筒走在巴士前方。只有三名老客人順利抵達酒館，而他們都只因為走這麼短短一段路就開始哮喘，而且臉還黑得像煤礦礦工一樣。他們八點就離開了，空掉的酒館變得像瑪麗·賽勒斯特號[26]似的。

老克與尤里西斯站在酒館外，腳底下的人行道顯得油膩。克雷斯說，你這樣看得到我嗎？

還行，尤里西斯說。那這樣呢？

勉強。

這樣呢？

看不見。

兩碼，克雷斯說，然後走回尤里西斯的視野內。這也算得上異象了，他說。

頭燈的光束彎過了轉角。克雷斯與尤里西斯看著車子的黑色輪廓駛過，然後出了視野之外。那輛車在一片朦朧中停了下來。引擎怠轉的聲音傳來。一扇門打開又關上。另一扇門也同樣如此。接著是兩組腳步聲與壓低的交談聲。肉眼可以辨識的跛腳。又是一扇門打開關上，然後是疑似一袋馬鈴薯掉到地上的聲音。

---

24 Rorschach inkblot，一種人格測驗的圖卡，以受試者對墨水圖案的聯想作為人格傾向或心理狀態的判斷參考。

25 glottal stop，此指子音t因為喉部聲門塞住而消失。這是考克尼口音的一大特色，例如：butter讀為bu'er，beautiful讀為beau'iful。

26 Mary Celeste，著名的幽靈船，一八七二年被目擊時船身大致完好，但船上空無一人。

尤里西斯低聲說，你先走，克雷斯。有需要我會找你。

我哪兒也不去，小子。

你非走不可，快。

克雷斯轉過身。他才走三步就已經像鬼魂一樣，飄到不知哪兒去了。

尤里西斯躺在床上，任由收音機開著。耳邊是大型樂團低盪的樂音，手裡握著一小杯蘇格蘭威士忌。電暖器緩緩釋放著暖意，樓下迴響著若有似無的低語。柯爾稍早一看見塔比在門口，便跟尤里西斯說今晚生意不做了，他於是照辦。如今他關上收音機，去到了門邊。他豎起耳朵，一顆心爲了樓下的密謀而搏動。

突然間，某輛車子的引擎啓動。尤里西斯飛奔到窗邊，掀起窗戶。街燈在黑霧中有和沒有差不多，紅色的尾燈就此消失無蹤。他迅速關上窗戶，但硫磺的臭味還是竄進了屋內。

小坦！（柯爾的聲音。）小坦，快下來，兄弟！

尤里西斯穿上鞋，套上長袖上衣，沿樓梯下到沒點燈的酒館。

柯爾？

他只能看見搖曳的火光，還有在柯爾嘴裡一明一滅的菸頭。

柯爾？兄弟？

搞定了，小坦。在這個不祥之夜，正義得到了伸張。說著柯爾用香菸指向壁爐，還有壁爐裡那具深色的形體。

要死了，柯爾！你該死的都幹了什麼？

沒什麼。我的心就如同無人踏過的積雪一般冰清玉潔。我不過是在為世間掃除垃圾，如此而已。而那是戴維。

或**曾是**戴維，因為戴維肯定已然死透，一顆頭探出髒兮兮的油布。

尤里西斯繞著屍體走。你怎麼知道這是戴維？

因為塔比說這是戴維，那這就他媽的是戴維，說著柯爾又倒了一杯酒。

克勞德呢？

牠在附近。

尤里西斯跑去廚房。不在這兒，他喊道。然後他又走到前門，拾起一根藍色羽毛。他將羽毛舉高。牠在哪裡，柯爾？

一定是跟著塔比跑出去了。你對牠做了什麼？

我什麼都沒做。

你做了什麼？

清白即是汙濁，汙濁即是清白[27]。

你說什麼？

牠是這麼跟我說。然後牠又說，我們且從濁氣中飛越[28]。**濁氣**。我是說，牠怎麼知道這些的？那隻鳥老是會用一堆屁話惹毛我。

---

27 Fair is foul and foul is fair，出自莎劇《馬克白》（*Macbeth*）第一幕，為三女巫之一的台詞，謂善惡之難辨，一切取決於立場。

28 Hovers through the filthy air，接續「清白即是黑暗，黑暗即是清白」的下一句台詞。

突然在門口冒出一張大臉，兩個男人尖叫了一聲。

是我啦，老克透過彩繪玻璃說。

別進來，尤里西斯說。

讓他進來，柯爾大喊。

讓我進來，克雷斯說，然後克雷斯就逕自進了酒館。他往尤里西斯和柯爾身邊一站，低頭望向屍體。

那是打哪兒來的？他問。

塔比，尤里西斯說。很顯然，這是戴維。

你加上一句「很顯然」是什麼意思？柯爾問。顯然你個頭。

要我說，他看起來不像是個戴維，克雷斯說。

不會吧，柯爾說。

突然間，火滅了。

清白即是汙濁，汙濁即是清白，尤里西斯說。

天啊，柯爾說。這玩意兒不能留在這裡。

柯爾、尤里西斯與克雷斯坐在救護車的前面，引擎發動著，頭燈勉強能在濃稠的黑暗中照出一點前路。

我來，尤里西斯說，然後他圍住口鼻綁上手帕，打開手電筒。他走到車前，指引車子通過尼可斯廣場，直到他們來到哈克尼路，他才又重新爬進救護車。偶爾會有轎車經過他們，有時則是卡車。柯爾等了一會兒，成功跟在一輛要前往萊頓的無軌電車後方。三人這才放鬆下來。

克雷斯打破了沉默。他說。死亡，最終的邊疆。

那可不是開玩笑的，愛因斯坦，柯爾說。

如果你就要吃人生的最後一頓飯，小坦，克雷斯說。你會想吃什麼？

好問題，克雷斯，說著尤里西斯想了一會兒。牛腩，他說。想都不用想。但在義大利時，有個女人替我煮了義式直麵條，那是我從來沒有嘗過的味道。有點辣，有濃厚的番茄醬。當時那盤麵對我的意義大於一切。也許那是因爲我當時確實覺得那會是我人生的最後一餐。我覺得自己是全世界最走運的傢伙。

柯爾和克雷斯點點頭，納悶起全世界最走運的傢伙當起來是什麼感受。然後他們往前凝視著未知，雙眼乘著兩束微弱而不知所向的光線。

柯爾說，我的最後一餐會在女人的兩腿之間。

我覺得你錯過轉彎了，尤里西斯說。

柯爾咒罵了一聲。他緊急靠邊，開始倒車。

他們在大約凌晨兩點多抵達艾坪森林外圍，嚇得小動物四下奔逃。樹木過濾掉大量油汙，讓霧氣變得白皙了些，顯得較爲空靈，並以薄薄的散射光芒妝點著樹幹。柯爾熄了火，讓三人陷入黑夜中。現場只聽見一隻貓頭鷹的叫聲、引擎發出的答答聲，還有柯爾肚子的哀鳴聲。

我和費奧努拉就是來這裡，他說。就是這同一個地點。感覺好像是上輩子的事了。

你和費奧努拉來這裡？尤里西斯問。

對，就這兒。方圓幾英里都沒半個人。當時我就覺得這裡超適合埋屍。

誰敢說你不浪漫，我第一個不同意，克雷斯說。

尤里西斯又一次用手帕圍綁住臉，然後說，好，我來起頭，柯爾……你告訴我確切的位置。

此話一出，柯爾和克雷斯也用圍巾圍住嘴巴，接著三人一起下車，並打開手電筒。柯爾繞到車後，打開了車門。

他沒有活過來吧？克雷斯問。

白痴喔，柯爾說，然後把整綑東西從救護車上拉出來，使之重重落在森林的地面上。柯爾就像在探勘礦脈般來回走著，感受著地面的質感，同時踢著腳下的土壤。

這裡，他對尤里西斯說，就是這裡了。於是尤里西斯率先挖起了第一塊草皮。

土壤十分濕潤，大致上由累積數百年的腐葉土與毛毛蟲組成，那是一個緩慢但絕非靜止的有機世界。

我媽很怕牛腩，柯爾說。

眞遺憾聽你這麼說，尤里西斯說。

大部分的事情都會讓她感到焦慮。圖書館、暴風雨、**牛腩**。這個世界對她來說，太刺激了點。她親手了結了自己的生命。

柯爾？尤里西斯說著突然抬起頭。還記得你說過這裡是完美的埋屍地嗎？

是啊，我是說了。

有人搶先了我們一步。這裡已經有具屍體了。柯爾用手電筒照向土坑，低頭往下看。

我最好會信……幹，柯爾說。把他扔下去就是了。

他們就這麼幹了。

克雷斯撒了一把土，嘴裡念念有詞。

你認眞？柯爾問。

怎麼說，他也是某人的寶貝兒子啊。

怎麼說，我們也比較像是在亂搞某人的兒子吧，說著柯爾朝救護車走回去。

他們在日出時回到了酒館。倒也不是說他們能看見太陽出來，因為此時的霧又比之前更濃、更黃，也更黏稠。

他們停車的時候沒有和任何人打照面，進入酒館的時候也一樣。

柯爾為每個人倒了一大杯威士忌，然後舉杯說道，發生在艾坪森林的事情，就留在艾坪森林。

接著他們碰杯，重複了一遍敬酒的內容。

尤里西斯在這之後把自己關在了房間裡，一關就是兩天。他誰也不想見，變得有點自閉，至少克雷斯是這麼對小佩形容的。他沒多說什麼，但小佩也不笨，她知道無風不起浪。你們沒有做什麼傻……？不，我們清清白白，我向你保證，小佩，老克說。那孩子太敏感了，如此而已。我還以為他已經把那些胡思亂想都拋到腦後了。

一九五三年二月，吉妮回歸。她是一個人回來的，沒帶上寶寶，因為她已經將之送給別人，成全了他人的幸福。吉妮口中給出的版本就是這樣，沒有人知道該對此說些什麼，於是大部分人只是抱了抱她說，你回來了就好，小可愛。

柯爾準備了一個娃娃要給她，但小佩說，你敢你試試看，所以他退縮了。她看著他的眼神就像他是至為低等的生物，於是**海綿**一詞又開始陰魂不散。塔比又繼續在雅座間重操舊業，這下子就連柯爾也開始納悶要怎麼把他甩開。

克勞德始終沒有回到酒館，尤里西斯只好爬上階梯，把招牌上的字樣改回「白鼬酒館」。把原本是鳥的地方漆上樹，柯爾說，尤里西斯照做了。他畫了一棵大橡樹。

隨著這年的第一道東風吹來，酒館的招牌開始來回搖晃，重複著那熟悉的二選一：要麼滾，要麼來。

時間來到三月一日，不過分地說，酒館已經回歸常態。

不過，到了三月五日，克勞德也回歸酒館。牠從尤里西斯的房間窗戶飛進屋內，停在了他的胸前。那是又一次的一見鍾情。尤里西斯再開心不過了。他帶著克勞德回到樓下，柯爾一開口就是，欸，搞什麼鬼。

午後時分，尤里西斯又爬回到梯子上，重新用一隻大大的亞馬遜藍鸚鵡蓋過了英國橡樹。就在他爬下梯子的同時，一名員警轉過了街角。

請用，警察先生，尤里西斯說著朝他推過去一杯檸檬香迪[29]。

警察從口袋中掏出一張照片說，你在這一帶見過他嗎？失蹤三個月了。

尤里西斯看著那張臉，一顆心怦怦跳。

老實講，我才懶得管他是不是被埋在六尺之下，警察這麼說。這貨不是什麼好東西。

沒見過這人，尤里西斯說，他是誰來著？

瑞吉和羅尼一個朋友的兄弟，所以事情才鬧這麼大。他打著艾瑞克·戴維的名號行走江湖。

這時克雷斯走了進來。怎麼了嗎？他問，尤里西斯把照片遞過去。你見過這傢伙嗎，克雷斯？

克雷斯研究了一下照片。完全沒見過，他說。

柯爾也走了進來。

你見過這傢伙嗎，柯爾？尤里西斯說著遞過照片。艾瑞克·戴維，他說。失蹤三個月了，說是瑞吉和羅尼的朋友的兄弟。

柯爾看了一眼照片。他的臉色頓時失去幾分血色，上唇抽動一下，一隻手按住了胃。

沒見過，柯爾說著拆開一片薄荷口香糖，但他還沒來得及把句子講完，塔比就從雅座那頭走過來。柯爾把照片遞給他說，名字叫**艾瑞克·戴維**。你見過他嗎，塔比？**艾瑞克·戴維**？

塔比瞥了眼照片，露出微笑。喔，對了，我認識他。瑞吉和羅尼一個朋友的兄弟。下三濫的蠢蛋，十足下流，欠我一屁股債。

是喔？柯爾說。

是的。難道說，他死了？

我們還不知道，員警說著乾掉了檸檬香迪。

這世界不會掉一滴眼淚，塔比說。

嗯，你要是聽到什麼風聲，給我帶個話，員警說，然後他拿起照片離開，正好與進門的小佩擦身而過。

遵命，長官，塔比說，換有任務在身的女人來了。

但小佩沒有搭理他，只是逕自走向柯爾。有件事得讓你知道，她說。

接著講，他說。

你要在這裡聽？

有何不可？在這裡的都是朋友。

你確定？

柯爾笑了起來。

戴維回來了，她說。

（定格畫面：）柯爾尖叫著朝塔比飛撲過去，抓住他的衣領。塔比的奸笑如今變成痛苦表情。塔比往後倒，將強化靴舉到腰部高度抵禦柯爾的攻擊。柯爾的膝蓋架在塔比的兩腿之間，就在一綑鈔票旁

29 lemonade shandy，含檸檬汁的啤酒。

邊。一道水柱從左手邊噴來。老克雷斯操控著蘇打槍[30]，就像那是迫擊炮似的。克勞德飛在半空中，翼展令人驚豔，這回牠沒有脫羽，只有一輪鳥屎轟炸。尤里西斯撲在柯爾的背上，試著將他拉開。小佩手拿一只菸灰缸，菸灰全往塔比的嘴裡倒。

突然間，前門開啓，一名紳士現身。

我想找一位尤里西斯．坦普先生！他喊道，接著抓起一張椅子，砰的一聲放在地上。尤里西斯．坦普先生！有人知道嗎？

扭打停了下來。呻吟和喘氣聲從眾人擠成一團的混亂中傳來，五顆頭通通朝紳士的方向看去。他說，羅蘭．波吉斯在此爲你服務，然後舉起帽子。

尤里西斯站起身，伸出了手。我就是尤里西斯．坦普，他說。

波吉斯先生笑著從肩上撥掉一根藍色羽毛。坦普先生，他說，你不會知道我有多榮幸認識你。

尤里西斯領著波吉斯先生走上兩節髒兮兮的階梯，來到他的房間。他關上身後的門，示意波吉斯先生在桌前坐下。

抱歉，剛剛的場面讓你見笑了，波吉斯先生，尤里西斯說。

有什麼麻煩嗎？

沒什麼，說來話長。尤里西斯在他對面坐下。所以，我有什麼能爲你效勞的嗎，先生？

這是我的名片，波吉斯先生說著打開了公事包。

律師？

你是一段漫長追蹤的一部分，而這段追蹤最後來到了克勒肯維爾的義大利教堂，坦普先生。

你說我？

是的。我常替那一帶的社群服務，特別是在戰後。那段時間很混亂，你應該不難想像。所以他們找上我來進行這場小小的冒險，而我找到了你。

波吉斯先生，你說找到我？

是的。阿圖洛·伯納迪尼，有印象了嗎？

尤里西斯搖搖頭。我不認識他，律師先生。我也不上義大利教堂。我是說我去過，在有婚喪喜慶時去過，但平常……

不不，是我讓你混淆了。我說的是佛羅倫斯桑托史披里托[31]的阿圖洛·伯納迪尼先生，而不是說在倫敦克拉肯維爾的聖伯多祿教堂裡有這麼個人。不知道這名字你記不記……

等等，尤里西斯說。你是說那個阿圖洛嗎？

我想你說的八成就是他了。阿圖洛·伯納迪尼在一年前去世了——波吉斯先生說著從公事包中抽出一綑文件——找到了，就是這個。坦普先生，這份文件是阿圖洛·伯納迪尼先生的遺囑，他邊說邊將紙張轉向，讓尤里西斯能看得清楚。

這跟我有什麼關係，波吉斯先生？

喔，關係可大了，坦普先生，關係非常大，說著他讀起文件：我把我在俗世間的全數財產留給英國陸軍的尤里西斯·坦普先生。

---

30 soda syphon，在飲品中打入氣泡的工具。

31 Santo Spirito，位於佛羅倫斯阿諾河南岸的街區，意譯為「聖靈」，是著名的聖靈大殿（Basilica di Santa Maria del Santo Spirito）與聖靈廣場（Piazza Santo Spirito）所在地。

尤里西斯瞪著他。

你是他所有遺產的唯一繼承者，坦普先生。所以，你懂了吧，爲什麼我非找到你不可。

現場一陣沉默。

我不知道該說什麼，尤里西斯說。

我不覺得會有人知道這時候該說什麼。

尤里西斯站起身，走到一瓶蘇格蘭威士忌旁。俗世間的財產指的是？他問。

一筆房產，還有裡頭的各種內裝。此外還有一筆錢存在銀行戶頭。

尤里西斯遞給波吉斯先生一杯威士忌。

你相信命運嗎，坦普先生？

那是一份禮物，對嗎？我的一個朋友這麼告訴我。

禮物？我喜歡這種說法。那麼，就讓我們爲命運舉杯吧。對了，在我忘記前，波吉斯先生說，這兒還有一封信，說著他翻找起公事包，然後把信交到尤里西斯手中。

尤里西斯打開那封信。這上面寫的是義大利文，他說。

要不我幫你翻譯？

那就麻煩你了，律師先生。波吉斯先生接過信，大聲念了起來。

親愛的尤里西斯：

當你讀到這封信，就代表我已經死了。

當年的一面之緣，一晃眼已經九年。你與我隔桌而坐的畫面，年復一年地陪我度過了這數年時光。

我是否好好改變了自己的人生，是否對得起當年那個奇怪的八月午後你對我展現的溫情呢？我不知道，只希望我有做到。以我不起眼的方式，我覺得也許我做到了。沒有任何慷慨的善行會孤立獨存，善舉會掀起許許多多的漣漪。

而這些年帶給了你何種際遇呢？我希望是幸福。

把這個家贈予你，我既是給了你機遇，也讓你陷入難題，這點我心知肚明。但這些房間曾經是我母親和我溫暖的家，這裡曾經發生過很多好事，而你的出現就是其中之一。

你應該已被告知旅費有錢足夠支應，你想要如何重返故地都可以。你有很多選項。我想這些錢都夠你帶太太一起來，當然也可以把孩子帶來，因為我想像中的你擁有圓滿的人生。

不論你的選擇為何，我都尊重。

以上，我言盡於此。

願你長命百歲，一生美滿充實，尤里西斯．坦普。同時我也很感謝你的雙親給你取了這樣的名字。要不是有他們這麼叫你，我永遠也找不到你。

（中肯，波吉斯先生說。）

你的朋友，

阿圖洛

於桑托史披里托，佛羅倫斯

已然低垂的夕陽，用燦亮的粉紅與金色火焰燃燒著運河。白冠水雞與鴨子掠過河面，兩個男人坐在長椅上，深陷於思緒之中。

他所有在俗世的身外之物？克雷斯訝道。

是的，所有的一切。

眞是想不到。

尤里西斯站起身，作勢打出水漂。我該怎麼辦才好，克雷斯？

你想怎麼辦？

我不知道，我不知道。他重新坐了下來，把手擱在後腦杓上枕著。我可以授權波吉斯先生把東西全賣了。

那是你要的嗎？錢？

錢有人不要嗎？可以過得舒服點。

克雷斯點了根菸。錢這種東西，來來去去。

你在想什麼？尤里西斯問。

克雷斯把袖子推高，手伸到前方。既是機遇，也是難題——他是這麼說的，對吧？你得親眼去看看那是怎麼回事。

所以那是怎麼回事？

一場叫牌與回應的賭局。你叫了牌。你可能沒有意會到，但你叫了。你要了牌，也拿到了牌。只有你知道自己當初要的是什麼。

尤里西斯站了起來，踢著路邊的草。

問題出在小佩和那孩子，是不？克雷斯問。

還有你，尤里西斯說。

沒有什麼會永垂不朽，克雷斯說，說著他吐出一道煙。

所以，這個叫佛羅倫斯的地方是什麼模樣？他問。

尤里西斯說，像那樣——然後指向映照在運河中的五顏六色，那閃閃發亮的祥和，那虹彩斑斕的光芒。

那你被交託的房產呢？克雷斯問。

一堆臥房，很大的空間，有一處露台。

語畢，兩個男人一陣默然。

換作是我爸會怎麼做？克雷斯？

那還用說，孩子。全壓黑的就對了，說著他彈掉了菸蒂。天哪，我一定會很想念你，他說。

跟我一起去，克雷斯。

我太老了。全壓黑的，孩子。

接下來的日子裡，繼承的話題傳了出去，有關吉妮懷孕和戴維行蹤的流言蜚語被搶去了僅存的鋒頭。

勒維爾太太走進酒館，對尤里西斯說，半品脫的司陶特兩杯，還有，你打算怎麼辦？

我不知道，勒維爾太太。你會怎麼辦？

我會把錢拿了，然後叫那些義大利佬去死一死。

嗯，那確實也是一個選項。勒維爾太太，你的酒，說著尤里西斯推過兩杯司陶特到吧檯的另一邊。

小佩與那孩子突然從門口闖進了酒館。一縷悲傷緩緩流過他的胸膛。

總算來了，你們可眞是讓人望穿秋水啊，他說。

那孩子露出微笑。吉妮呢？

樓上，他說，於是她縮著頭來到天花板的活門下，消失無蹤。
小佩問，你決定好了嗎？
他搖搖頭。我們可以聊聊嗎？
現在不行，小坦……
不，不是現在。找個時間，但只有我們兩個。
你還好嗎？
尤里西斯聳了聳肩。
謝謝你幫忙照顧她。
我愛她。
我知道你愛她，小佩說。星期五呢？
星期五？你不是要出門嗎？
我會盡早回來，說著小佩乾掉了她的酒。我們星期五聊，她說，就我們兩個。
在星期五到來之前，這一週都過得非常緩慢。柯爾天天口沫橫飛。
你得了解，他們和我們不一樣（柯爾在打烊後滔滔不絕起來）。想想那些外國食物。
克雷斯和彼特一起站在吧檯邊。彼特正為一絲陰鬱所苦，表情比前幾個月都更悶悶不樂。
我覺得你有點太嚴苛了，彼特說。我的樂譜都是和一個可愛的波蘭人買的。
我們住在不同的星球，彼特。我們在這裡，他們在那裡。
柯爾用上了地球儀當道具。
歐洲大陸，還有不列顛。還有這之間的英吉利海峽。海峽隔在那裡是有原因的，那是條上帝賜予的壕溝。我們把吊橋拉起來，叫他們滾蛋，然後我們過著自己的日子。看看他們捅出來的那些妻子。
你比誰都清楚，小坦，你去過那兒。除了一整桶讓人頭痛欲裂的麻煩，他們究竟還給過我們什麼？

柯爾愛死了他發言完之後緊接而來的沉默。他可以將之幹翻兩遍再煮成早餐吃掉。

時鐘，克雷斯說。

啥？柯爾問。

你問他們還給過我們什麼？我的回答是他們給過我們機械鐘。

一個爛鐘有什麼了不起。

嗯，其實還挺了不起，彼特說。那可是**時間**。

干邑白蘭地，尤里西斯說，還有大提琴。

眼鏡，克雷斯說。

好啦，好啦，但你們都沒說到重點。

重點來了，彼特說，攝影術，並突然因爲自己有貢獻而勇氣大增。

你給我閉嘴喔，彼特。

電影，克雷斯說。

潛水艇，尤里西斯說。

豎笛。

電視機。

我要去睡了，說著柯爾跺著腳步悻悻然離開。

降落傘，克勞德說。

柯爾去而復返，死瞪著鸚鵡。你剛剛跟我說什麼？

降、落、傘，克勞德說，鳥嘴對著人鼻。

還有一種望遠鏡，克雷斯說。

等星期五晚上終於到來，尤里西斯才總算鬆了一口氣，並在九點下班。

誰說你可以九點下班的？柯爾說。

你說的啊，尤里西斯說。

他在對房間進行最後的布置時，小佩到了。在門口，他和她一起看著眼前的一切——他精心的付出。桌上點著蠟燭，擺著一瓶凝結著水滴的氣泡酒、一碗洋芋片，還有插在牛奶罐裡的水仙。空氣中除了香甜，還飄散著他雙頰的氣味。床單是新的而且燙過。

但無論如何，這仍不脫是一間酒館樓上的房間。一套可憐兮兮的復員西裝[32]就掛在一旁，被人看個精光。窗戶每兩天就會被煤灰燻黑一回。在這裡，不論是酒館內外的爭執他都可以聽見。那些故事裡的掙扎，三更半夜亂跑的吉妮，爲了胃酸呻吟的柯爾。

你弄得很漂亮，小佩說著關上了門。

她逕自來到鏡子前，把一縷捲髮從額頭上撥開。三十三歲，她說。誰想得到？

尤里西斯搞定了軟木塞。悶著的一聲砰。

那是眞貨嗎？她問。

他點點頭，很慶幸自己砸了錢。他朝她遞過酒杯說，敬下一個三十三年，生日快樂，小佩。

這是我的禮物？

尤里西斯點頭。

小佩感到有點不自在，於是搖晃著信封說，這裡頭是什麼？對此尤里西斯回答，打開看看。

小佩抽出的是一張地圖。其中一面有張照片，照片上有一條河，還有一座上方蓋著若干建物的橋，一名船夫消失在橋下。金色的光芒，天空上橫印著「FIRENZE[33]」字樣。

跟我一起走，尤里西斯說。
小佩小心地把地圖放到桌上。
跟我走，他重複了一遍。
她拿起杯子喝了口酒。
跟我走，小佩。
她靜靜地說——我沒辦法，我已經跟泰德在一起了。
你不愛他。
我不需要愛他。
跟我走。你、我、艾莉絲。我們可以在那兒過日子。那該有多美，小佩。我們可以重新開始。
從頭學義大利語？
有何不可？一天到晚有人學新語言。考爾太太不也得學說英語，瓦西里太太也是——她們都做到了，我們也可以。我們和她們沒什麼不同。
你在作夢。
不是作夢。這是我們一個實實在在的機會。
尤里西斯坐下並攤開地圖。小佩——他把手伸向了她，他很溫柔而她在軟化——你看，這裡的這個門，他說。這是南側，這是我們在戰時進城的地方。再進來就是這座宮，還有這些庭園。很大，它們很大。有噴泉，還有……

32 軍方贈予復員軍人的西服。
33 佛羅倫斯的義大利文，又譯為翡冷翠。

她看著他的神采飛揚，他少年時的神采依然無恙，明亮的雙眼、捲高的袖子，能幹的雙手沒有抓不住的東西——一顆球、一顆流星——而她是多麼希望自己可以答應他，只不過她的想像力已經去不到，也伸不開那麼遠了，自從艾迪離開之後……

……他們都紮營在那兒，他說，所有人。還有沿著這裡，看得出來嗎？是個廣場。有座教堂，還有這兒，是我們要住的地方，高高的樓上。房子有露台，我們可以拿來種東西。一早望出去，還可以看到群山——你想想那畫面！——還有那裡的空氣，小佩。那裡的空氣之乾淨，而且……

帶艾莉絲走。

什麼？

帶艾莉絲走，她說。

不。

把你想要給我的生活給她。

她需要媽媽。

她需要一個愛她的人，一個她愛的人。

小佩。（他喊著她的名字，語氣是如此悲傷。）

我曾經和她一模一樣，她說。她在你身邊的模樣，我都看在眼裡。如果那裡的生活眞的有那麼好，就給她吧。這裡對她來說已經什麼都沒有了。

說著小佩握住了他的手，吻了他。要我求你也行，只要你——別說了，小佩。

拜託帶她走。讓她見見世面，教她學會一切。那就是你給我的禮物了。答應我。

小佩清醒地躺在床上，置身於夜晚與早晨的粗糙縫線之間。她身體的曲線挨著他身體的曲線。她榨乾了他，她有這樣的自覺。爲此她並不覺得自豪，只感到空虛。她將自己從他身上剝下來，滾到了床邊。短短四個小時之間，她的人生已經改變。就像四四年的重演。不知多少個四與多少閒話又將迎面而來。她撫平上衫與裙子上的皺痕，然後拎起鞋子和大衣，他並無動靜，而她也不打算把他叫醒。他答應會帶那孩子走。她感覺到頭輕飄飄地不太舒服，亟需新鮮空氣。她關上門，悄悄來到樓下。

在走廊上，一聲帶著微微鼻音的嗓音從黑暗中傳來。

吉妮……你不睡覺在幹什麼，親愛的？

你看起來很悲傷。

小佩從不悲傷，來吧，說著她牽起吉妮的手，帶著她走進酒館。克勞德睜開了眼睛，小佩對牠說，回去睡覺，克勞德，然後她把酒杯舉向給酒器，又拿起柯爾放在收銀機旁的香菸。她坐在長椅上，吉妮依偎在她身旁。酒館內很冷，但吉妮的身體很暖。愛吉妮很容易。愛吉妮比愛像她這種人容易。天空撕裂的邊緣逐漸亮起，透進了窗內。烏鶇與馬車的微弱聲音傳來，但大體上清晨時分帶來的是靜默，既讓人反思也讓人抗拒。為什麼你不能愛你自己的小孩，哎，小佩？她從盒中甩出一根菸，塞進嘴裡。因為她太像我了。

吉妮點了根火柴，遞向小佩。你在喝什麼？她問。

母親的毀滅[34]。

為什麼這會叫做母親的毀滅？

你不會想知道的，說著小佩吻了她的頭頂。

小佩哭了，吉妮說。

我只是被香菸燻到了而已，吉吉。

一陣濛濛細雨在外頭迎接小佩。這雨不冷且撫慰人心，月光照亮落在她髮上的雨滴。現在她終於

34 琴酒在英國的別名，舊時琴酒飲用者以女性居多，許多酗酒的母親因此忽略孩子，甚至為買酒而賣淫。

可以呼吸了。她把頭往後一甩，豪邁地張開了雙臂。她一邊輕輕唱起歌來，一邊呼吸，歌聲裡帶點菸嗓。

佩姬．坦普抬頭挺胸，自豪地走在屬於她地盤的街上。如鞭的手腕一甩，就將那痛苦甩進了水溝，加入上千個令人心酸的故事中。右左右左，她的雙臂搖擺，像是個汙穢的夢想，橘色的餘燼閃爍在她未曾上色的嘴上。你可以把自己懸吊在她的字字句句上，事實上很多男人都這麼嘗試過。她穿越街巷的腳步聲、煤氣槽的黑色輪廓、揮之不去的煤塵氣味，還有刺鼻的運河漣漪，這些都是構成她家鄉的元素。她知道她永遠不會離開這兒。因為她在等，你知道的，**艾迪**。

開車，老克雷斯說。

此時是四月中，尤里西斯和克雷斯坐在櫻花樹下，試著擬定離開的計畫。波吉斯先生正在替他們處理護照與艾莉絲的法律監護問題，現在就等尤里西斯決定兩人要怎麼前往義大利。

開車，老克雷斯說了第二遍。

叩叩，在神奇櫻花天篷外的鋼琴彼特說。

請進，彼特，克雷斯說，然後彼特便帶著三小杯啤酒進到天篷下。這給你們兩位。

領帶很帥喔，彼特。

謝了，小坦。法國蠶絲。

我叫他開車去義大利，老克雷斯說。

好主意，克雷斯。這樣一來，你們的情緒就能夠慢慢與地景調和。從多佛到加萊、迪戎、波利尼、聖塞爾格、里昂、日內瓦——或許可以繞日內瓦湖一圈——再到米蘭、波隆那。這不就搞定了嗎？

尤里西斯和老克雷斯望向他，怔在原地。

你說得好像滿精確的，彼特，尤里西斯說。

以前的女友在四八年跑過差不多的一遭。風景很有看頭的一段路。你會需要車子嗎？

可能派得上用場。

那我去看看她的老貝琪賣不賣。她這些年已經變成摩托車愛好者，那種自由感更合她心意。

於是兩週後，彼特把貝琪停在酒館外——那是一輛喬維特．布拉福德多用途廂型車，有迷人的藍色烤漆。

尤里西斯掀起了引擎蓋。果然是個美人胚子，開個價，彼特？

錢的事你就別操心了，克雷斯說。芬妮已經幫你把錢付了。總之……我已經把她徹底檢查過一遍，各處也調校了一番。一加侖可跑三十英里，極速每小時五十英里。她五歲了，但仍非常可靠。她會把你們載到那兒的。

而且她知道路怎麼走，那是當然的，彼特說。

尤里西斯還來不及多說些什麼，柯爾就開著他的救護車靠過來，還猛按喇叭索討車位。讓開，叛徒！他大喊著。

到了五月中，大部分人的心思都已經不在尤里西斯即將出發的事情上，他們關心的事情變成了女王伊莉莎白二世即將舉辦加冕典禮的喜事。愛國飾品妝點在酒館的外頭，而費此心思的是柯爾的新任女友葛妮絲。她既是花藝家，又很熱中擺設。吉妮在考爾太太的店裡學會操作收銀機，考爾太太稱讚吉妮對她生意愈做愈大的便利商店是寶貴的資產。小佩默默承受著即將失去摯友和孩子的痛苦，她把一切發洩在喝酒上，然後默默在夜裡讓泰德把暴力發洩在她身上。尤里西斯開始慌張起來，他對克雷斯說他不曉得如何照顧一個孩子，甚至也不知該如何從頭來過。他說他在戰後的酒館裡根本沒有重新開始什麼，只是順勢滑回了一種靜止狀態，並由此獲得支撐，只因爲他需要有什麼將他撐住。太陽升起，太陽落下，啤酒桶需要更換。克雷斯靠張嘴讓他冷靜了下來，可想而知。眞希望你也能來，克雷斯，但克雷斯已經哽咽到一個字都說不出來。最終，在啓程的一週前，波吉斯先生再次來訪，這次他帶來監護權的文件和一大疊義大利里拉。

星期天晚間。那孩子在尤里西斯樓上的房間裡，吃著一碗義式直麵條。

這代表我是你的了嗎？那孩子問。

不。我們有點算是互相借用吧，他說。

那孩子想了想這句話。

你就想成是互相照顧吧，尤里西斯補了一句。先試看看一段時間，看這樣行不行得通。只要你想媽媽了，我們隨時可以回來。

我才不會想她。

（說得還眞板上釘釘，他心想。）

這裡呢？

我什麼都不會想。

連吉妮或克雷斯都不想嗎？他問。

他們可以來玩。還有彼特會來過聖誕節。

是嗎？尤里西斯笑了。暫時就是你跟我相依爲命了，你覺得你可以嗎？

可以得不得了，那孩子說。

出發當天的早上天氣陰沉而帶著寒意，一小群準備揮手道別的人聚集在酒館外。

尤里西斯身穿他的復員西裝，把他父親的蝕刻銅版一綑綑小心放在後車廂。兩個睡袋則隨意往後座一扔。

柯爾？你有看到老克嗎？

他大概是不想看到你吧。感覺你讓他失望了……

噢，我的天，柯爾，你夠了沒。

最後一個袋子進了廂型車。彼特拿著尤里西斯的地球儀走出酒館，將之放進後車廂。

謝了，彼特。

我不是很擅長道別，小坦。向來如此──說著他緊緊抱住尤里西斯，眼淚開始不聽使喚。我聖誕節會過去，小坦，如果我沒拿到倫敦守護神劇院[35]的工作的話。

蘿絲瑪麗·克隆尼[36]，我聽說是她？

是啊，大場面。我得聚精會神準備這次面試。

35 Palladium，一譯帕拉丁劇院，是倫敦西區著名的表演場所。

他一定會跟平常一樣吃屎。

你把克勞德怎麼了?尤里西斯問。

不要看我,柯爾說。

怎麼著,我現在就看著你。我想跟牠說聲再見。

對一隻該死的鳥說再見?柯爾邊說邊搖頭,口吐一些不得體的話語,然後走回了酒館內。

尤里西斯轉頭說道,嘿嘿,她們來了。吉妮和那孩子朝他跑了過來。小佩喀啦喀啦喀啦地走在她們身後,一面嚼著嘴唇。

他從小佩手中接過了行李箱,將之放上廂型車。

都準備好了?她問。

對的。

你有看到克雷斯嗎?他問。

他不在這兒嗎?

尤里西斯看了眼手錶。我們得走了。

再等他一分鐘,她說。

你怎麼還沒走,柯爾說著又走了出來。我有廠商要來送貨,你這樣會擋到他們。

柯爾?

怎樣?

夠了。

什麼夠了?

就是夠了。跟我握手,快握,眞要命。

柯爾握了手。

自己保重，兄弟，尤里西斯說。柯爾回他，謝了，小坦，然後他想要說些友誼和距離如何如何之類的話，但滿滿的情緒與逆流的胃酸讓他心有餘而力不足，從他鼻子逃逸出的只有痰一般的可怕聲響。他跌跌撞撞地回到酒館內，手抓著胃，那當中是一團難以言喻、外殼扭曲，且不斷在成長的悔恨。

尤里西斯四處張望，尋找著克雷斯的身影。他說，小佩，我得走了，跟克雷斯說……

我會跟他說。

他們相互擁抱。他低聲說，我們該說的都說了嗎？當然都說了，她說。

我會照顧好她。

我知道你會。

小佩把手指架在他嘴上。噓，到此爲止。

快點，尤里西斯！那孩子拉著他的外套。走吧。

去吧，小佩說。要走就是現在了，不是嗎？

拜，吉妮！

拜，尤里！

車門砰的一聲關起。深呼吸加上一陣安靜。尤里西斯轉頭看著那孩子。準備好了嗎？

好了，她說著朝他豎起拇指。他點頭並扭轉電門裡的車鑰匙，引擎立刻發動起來。就連廂型車都等不急要他媽的離開這兒。

36 Rosemary Clooney，美國歌手暨演員，崛起於一九五〇年，代表作眾多，曾獲頒葛萊美終身成就獎。她也是好萊塢男星喬治・克隆尼的姑姑。

他繞了一圈街區，盡可能把僅有的時間彈性延伸到極限，他就是不相信自己的老朋友會在能祝他們一路順風的場子裡缺席。小佩似乎不太擔心，只說他可能無法面對現實，你知道他那個人。小佩稍晚會去看看他的狀況，但那感覺就是不對。尤里西斯再次繞經櫻花樹，它是樸素而無語的目擊者，見證著這個世間小角落的來來去去。在未來的年月中，櫻花樹會因落錘的擺動而畏怯，一如它之前的許多樹木面對自身的消滅，但也會在人類那目中無人的老毛病之前，展現出同樣的優雅與自謙。

尤里西斯開始駛離酒館，駛離那因鏽蝕而嘎吱作響的招牌，也駛離那已然鬆脫、宛若蕾絲從縫線處脫落的加冕彩旗。他讓車子往上進了一檔，從他爸媽老家曾矗立的台地上愈開愈遠，離運河則愈來愈近。過橋南行前，是他們最後可以用雙眼搜尋老克的機會。

人生中總有些瞬間，是那樣重大而靜謐，以至於那回憶一被勾起，你就會不自覺哽咽起來，心跳就會不自主漏掉一拍。你永遠無法在喚醒那回憶時，不同時感受到轟隆中的惴惴不安，只因爲你會想起只差那麼一點，就差那麼一點，那個瞬間便從來不曾發生。

當老克出現在後照鏡裡時，對尤里西斯就是這樣一個瞬間。他踩下了煞車，隨即甩開車門。

老克！他大叫。

老克！那孩子大叫。

老克帶著不止一個行李箱，跑向了他們，沙漠短褲在風中飛振。等等我，他大叫著。等等我！我改變主意了！

夢想的素材

1953－1954年

隨著貝琪朝海邊疾馳，克雷斯格擋著各種朝他襲來的「爲什麼」和「怎麼會」，用他自己的故事版本解釋事情的來龍去脈，讓尤里西斯和那孩子聽得笑出聲，或者倒抽一口氣。只不過比起娛樂效果，那當中的眞相要來得安靜許多。那眞相中夾雜著更多**思考**，老傢伙或許會這麼說。

而這個版本的故事，要從三個月前說起，當時老克雷斯和尤里西斯一起坐在長椅上，俯瞰著運河。夕陽已經低垂，用燦亮的粉色與金色火焰燃燒著運河。尤里西斯剛表達了對離開倫敦的恐懼，而對此克雷斯說，問題出在小佩和那孩子，是不？而尤里西斯則說，還有你。

還有**你**。

這句話把克雷斯搞迷糊了，因爲從來就少有愛會衝著他來。突然聽到這句話所帶來的深深滿足，再加上他以往從沒聽人這麼說過的悲傷，混合成一種讓他感到十分彆扭的同盟感，促使他說出了，沒有什麼會永垂不朽——一句老生常談、陳腔濫調的回應，專治年輕人的公開關懷。

所以，這個叫佛羅倫斯的地方是什麼模樣？他問。

像那樣，尤里西斯說，然後指向映照在運河中的五顏六色，那閃閃發亮的祥和，那虹彩斑斕的光芒。然後尤里西斯說了，換作是我爸會怎麼做？克雷斯？

對此克雷斯說，那還用說，孩子。全壓黑的就對了，說著他彈掉了菸蒂。

然後尤里西斯說了那句話。

跟我一起去，克雷斯。

我太老了，克雷斯說。

這麼多愛我一天消化不了。我太老了。就這樣。

這場對話後的好幾個晚上，克雷斯都沒怎麼睡。太多的萬一進駐了枕頭，而那些萬一都太刁鑽，也太困難，推著老傢伙只能到外頭尋求答案。

太老？櫻樹訝道。這話有點過分了吧，我有位祖先已經一千多歲了，但他們還不是花招一堆。你對時間的概念太愚蠢了。

你這麼覺得嗎？克雷斯問。

我就是提醒你一下。

一陣風溜過樹枝，讓日本櫻花發起抖來。我超愛它這麼做，櫻樹說。還有件事——我一直覺得你想要本護照？你嚷嚷著這事兒已經好幾年了。

那倒是眞的，老克確實惦記著這件事。

於是，老克便提出申請，兩個月後——那是在五月初——他在郵件中收到了一本護照，那小冊在被打開的瞬間響亮地咿呀了一聲。

但做不成的那個決定仍沒有停止嘟囔。

櫻樹說，你還有時間，也還有錢。

克雷斯點點頭——這都是實話，他確實還未油盡燈枯。

而且這些年你都想著要有所改變。

我是。

問題出在那個小佩，是不是？櫻樹終於說了。

這時老克的雙肩一垮。是啦，他說。是她。

克雷斯兩天後在運河邊上遇見她。喀啦喀啦喀啦，她從階梯上走下。

你決定好了嗎？她問，而他搖了搖頭。你要我幫你決定嗎？她說，然後他點點頭。去吧，她說。你一直想要看看這個世界，也替我去照顧他們，讓他們一切都好好的。

此時克雷斯握住她的手說，我年紀大了。我一想到再也見不到你，就無法承受。

那是義大利，克雷斯，不是天殺的月球好嗎。說著她站起身來，在他頭上親了一下，然後頭也不回地走了。

隔天，克雷斯去到倫敦城西的湯瑪斯・庫克旅行社買他的船票。他在一張便條上寫下尤里西斯要搭的渡輪出發時間，將之推向櫃檯另一頭的年輕小姐。多佛到加萊，他說。單程票，他說。單程票？年輕的小姐微笑著問。克雷斯點了點頭。人生開展的方式還眞是頗具巧思。

所以你何時出發？櫻樹問。

後天，克雷斯說。

喔，糟糕，這麼快。

克雷斯點點頭，喝了一口司陶特。

你有很多事要做嗎？

一兩件吧。

櫻樹說，謝謝你這段時間的照顧，認識你是我的榮幸。

彼此彼此，克雷斯說，你會好好的吧？

我可是一棵樹，這種事我做過上千次了。

什麼事？

道別啊。

眞的嗎？

你想想看，**那些樹葉**。

多佛在接近午餐時分時進入視野，他們的喬維特・布拉福德廂型車駛進了空氣中帶著柴油和海鹽味的東碼頭。在諸多起重機與突堤之外，開放的海域召喚著他們，水面有著相當的波瀾起伏。這是個冷天，氣溫拿出了對十一月最棒的模仿。

他們把車子停進海關的棚子下，伸展一下兩腿。尤里西斯叫克雷斯把小行李箱拿去和其餘的行李放在一起，但克雷斯堅持要放在身邊。而或許是因爲老克不尋常的服裝，也可能是因爲他們全都拿著從英國離境的單程票，總之在其他車輛上草草帶過的海關，到他們這邊就變成徹頭徹尾的全面清查。那孩子爲此興奮得不得了，跑在沒好氣的海關官員身後當跟屁蟲，官員先生自是不堪其擾。

這裡你看過了嗎？她問。這裡呢？說不定輪胎裡有藏東西？

最後被查的是老克的大行李箱，當中只放著爲數不多的衣服——兩件開領襯衫、幾件內著和背心、一套法蘭絨西裝、一組刮鬍用具、牙刷和牙膏、鉤針和羊毛線、外用軟膏、一雙舊靴子，還有三本書：一八九九年版的貝戴克《義大利：遊客手冊》、《布萊德蕭英義對照片語大全》，還有一本小說——對克雷斯這個實事求是的男人而言是很難得的選擇——E．M．佛斯特的《窗外有藍天》。那是初版，但缺了封底。

克雷斯？尤里西斯喊道。

克雷斯還在對海關官員解釋他是如何在最後關頭衝到了車上。

克雷斯？尤里西斯又喊了一次。檢查結束了，你可以把東西收起來了，人家根本沒興趣。

克雷斯闔上他的大行李箱，把扣件一一扣好。藏著幾百鎊芬妮賭局獎金的夾層完好無缺。而更重要的是，他手中的小行李箱沒被檢查到，算是逃過一劫。

你爲什麼一臉得意？尤里西斯問。

克雷斯聳了聳肩，禪意十足地朝著車子走去。那孩子爬進後座，而克雷斯則抱著小行李箱坐下，心想自己花在閱讀心理學魔法上的時間果然沒有白費。讓人對近在眼前的東西視若無睹，成爲他的一大長才。

尤里西斯上了車，發動引擎。加萊，我們來了！他說著把帽子往後座一扔，望向身邊的克雷斯。

他沒辦法確定，但他總覺得克雷斯抱著那小行李箱，就像在抱嬰兒似的。

在甲板上，喇叭發出刺耳的聲響，風勢掀起某種腐敗的氣息。他們揮別了白色的絕壁。再見了，英格蘭！永別了！尤里西斯想起了小佩，克雷斯也想起了小佩，而那孩子則想起了午餐。他們從甲板下到溫暖處，吃了火腿三明治跟洋芋片，與此同時灰色的海水正挨著船側狠狠滾過。那孩子的視線黏在角落一個嘔吐的男人身上，克雷斯則緊抓著茶杯，好像那將是他人生最後一杯英國茶似的。

他們在下午四點駛近法國的邊境，此時天空陰暗一片，並開始下起雨來。不熟悉的標誌從他們身旁閃過，路上的車子也行駛在與英國相反方向的車道上。等貝琪離開碼頭後，克雷斯請尤里西斯盡快找個地方停車，尤里西斯心想他可能是內急，立刻往路緣的草皮上急煞。但克雷斯並沒有衝下車。車流在他們身邊駛過，雨絲打上擋風玻璃。你沒事吧，克雷斯？但克雷斯保持沉默，專注得像個僧侶。他接著活動了一下手指，大聲地用嘴巴呼吸。他彈開小行李箱上的扣件，打開箱蓋。最上方是件橘色的謝德蘭[1]毛衣，首先被他小心翼翼地拎了起來。底下也不知道是睡著還是死了，赫然是一隻龐大的藍色亞馬遜鸚鵡。

克勞德！那孩子喊道。

天啊，克雷斯，你是怎麼……？

噓，克雷斯說。我們還站在死神的大門邊，說著克雷斯摸著鸚鵡的脈搏。什麼都沒有，他一臉嚴肅地說。他把鸚鵡抬到自己耳邊。很微弱，但牠有在呼吸，說著他開始按摩鳥兒的胸部。你能看到盒子裡有根含水的滴管嗎，小坦？

我看到了。給你，尤里西斯說，然後克雷斯便把滴管滑進克勞德的嘴喙裡。牠在喝了，他說，好現象。

但你到底是怎麼……？

我讀了一本跟用藥劑量有關的獸醫書，克雷斯說，主要是在講雞隻的運送，但我想光就體重而言，我要處理的應該是跟雞差不多的基因結構物。我賭了一把，小坦。我總不能丟下牠獨自去面對柯爾，對嗎？再來一次受驚脫羽牠肯定會掛掉。所以既然我要來，牠就要跟著來。我會遲到就是這個原因，牠不肯乖乖就範。

我可以抱牠嗎，老克？那孩子問。

當然可以，說著克雷斯把鳥兒包在他的毛衣裡，小心遞往後座。

輕輕的，他說。讓牠保持垂直，然後餵牠喝水。就是這樣。偶爾輕輕揉一下牠的胸部。你做得很好。

克勞德睜開眼睛眨了眨，感到一頭霧水。牠慢慢意識到自己根本沒有拍半下翅膀，卻已經身在距離酒館大約一百二十英里的地方。而這個事實對一隻鸚鵡來說，需要好好消化一下。我們差不多快要到了嗎？牠問，逗得另外三個人都笑了，尤里西斯還在後照鏡裡朝牠眨眨眼。克勞德覺得被愛，情緒高漲起來，以至於突然有股想要磨蹭的衝動。牠突然回想起自己和一票鸚鵡兄弟在亞馬遜森林時會去吸食到醉的發酵種子。那真是段美好的時光，牠想。克勞德睡了回去，想像自己被裹在一團輕柔的粉紅色迷霧中。

他們穿越皮卡第平原[2]，一共開了三個小時。快要到拉昂[3]的時候，尤里西斯叫克雷斯和那孩子留

1 Shetland，蘇格蘭的群島，以出產粗厚保暖的羊毛聞名。
2 plains of Picardy，巴黎以北的開闊平原。

意一個叫做蘇蒂尼的村子，那是彼特保證不會讓他們失望的地方。但等他們抵達那不起眼的法國村莊外圍時，雨勢毫無紓緩的跡象，杳無人煙的街道變得像水鄉澤國，怎麼看這裡都一定會讓人失望。尤里西斯靠邊停車，從雨刷來回擺動的前檔往外瞧。

彼特的原話是怎麼說的？克雷斯問。

他說「在主廣場上的一處私房瑰寶中度過了許多快樂的夜晚」。

克雷斯閉上眼睛，開始通靈。主廣場主廣場主廣場主廣場。直走，他說著睜開了眼睛。你確定？確定，他說。

隨著八點的鐘聲響起，喬維特．布拉福德廂型車也緩緩駛進那主要的——老實說也是唯一的——廣場，停在一家有著成排白燈的餐酒館前，面向閃著「Chambres」（住宿）字樣的紅色霓虹燈。

我們找到那瑰寶了，尤里西斯說。

在前台，克勞德啄了一下響鈴，年長的女主人便從積灰的門簾後出現，就好像是一齣魔術秀的絢麗結尾。Bienvenue，歡迎！她用法語和英語親切地招呼（她沒說Wilkommen，因爲德國人要在這個村莊受到歡迎，現在還不是時候）。她說還剩一間房，可以幫那孩子安排一張行軍床，並爲鸚鵡準備一些報紙。她撥動桌子後方的開關，紅色的住宿燈號瞬間熄滅。客滿了，她驕傲地說。

她領著一行人進入煙霧瀰漫的餐室，裡頭幾位業務員正閒聊。牆面裝飾著照片，上頭是她的許多愛人和丈夫，她解釋道。至少他們覺得她是這樣說的，畢竟他們只能靠耳朵努力理解她那支離破碎的英語。勃艮第紅酒燉牛肉和薯條可以嗎？她問。可以，麻煩了，他們點點頭。她安排他們在一張桌前坐下，從上方俯視他們的是要死不活的丹尼，一名在地的大鬍子滾球冠軍，照片裡的他捧著一個傲人的獎盃。

她拿出卡拉夫壺[4]裝的紅酒和爲perroquet（鸚鵡）準備的葵花子，順便對老克使了個眼色，讓他只恨自己的短褲不能再長一點。

等她離開後，克雷斯倒了杯紅酒，結果那孩子也舉著杯子說，幫我倒滿，克雷斯。

克雷斯說，你還太小了，等你長大再說。

結果那孩子說，所以我們之後都要這樣搞嗎？

什麼東西都要這樣搞？

因爲這種東西我在家都弄得到，說著那孩子往後一靠，擺出臭臉。

那是小佩上身嗎？尤里西斯心想。

半個小時後，那孩子已經在一盤薯條上睡著。

他們是最後一組離開餐室的客人。女主人拿出免費招待的白蘭地，結果尤里西斯告訴克雷斯說，因爲有他在，他們才得以完滿。克雷斯還是不知道該拿這種告白怎麼辦，畢竟一扯到愛他就沒轍。尤里西斯買了單，抱起那孩子但沒有弄醒她。

在離開餐室的半途，他突然駐足在門邊的照片旁。這個，克雷斯，你看這個，他說。

克雷斯瞇起眼。老天，那人該不會就是我們認識的……？

是的，尤里西斯微笑著。

天底下竟有這種事。

3 Laon，位於巴黎東北方的法國城市。

4 carafe，餐酒館常用的寬底闊口玻璃瓶。

那是彼特在鋼琴旁和女主人抱在一起，頭上還戴著一頂貝雷帽。這差不多就是全部了。

我從來沒有見過他戴帽子，克雷斯說。

我也沒有，尤里西斯說。帽子戴在他頭上變得更好看了。

那孩子被放到了床上，尤里西斯那晚感覺到一股分外的珍惜，一種比平常更想看好她的衝動。克雷斯從洗手間返回時，睡衣的前面都是濕的。開熱水出冷水，開冷水出熱水，管線裡的壓力非常大，想說最好警告你一聲，他低聲說道。

謝了，克雷斯。

害我差點休克……

嗯，要是你沒有心理準備的話……這所有新的人事物……

會拓展你的心靈。

克雷斯選擇睡在床的左側。我還是個孩子的時候，他說，我曾經像這樣躺著，想像外面有一整個遼闊世界。而如今我人已經在那個世界裡了，小坦。

感覺很好，對嗎？

感覺好得不像話。

我們明天得一早出發，克雷斯。

別擔心，我會在。

八天，是他們最後花的時間。

八天，讓他們穿越了三個國家與無數地景。他們不時會查看地圖，但大部分時候都瀰漫著一種度假氣氛，一種想到什麼就做什麼的氛圍，而那都是因爲克雷斯。克雷斯的加入改變了一切。他望出窗外，默默地意識到他要是到死都沒有看過地球的另一個角落，那他度過的將會是一段不那麼充實的人生。那孩子只會在一種情況下從畫簿中抬起頭，那就是當農場其臭無比的氣味塡滿車中的時候。

他們睡在星空下的睡袋中，悶燒營火的下風處位置可以替他們趕走蚊蟲。太陽一出來他們就會起床，去沁涼的河邊盥洗。開車進到最近的村落中，麵包與果醬與咖啡就能到手，那孩子第一次嘗到咖啡的滋味，並成爲加牛奶派的一員。他們午餐會選擇熱食，晚餐則是麵包和起司和葡萄酒，外加一大堆核果[5]，因爲途中的水果都既甜美又多產。克雷斯拉了肚子，所以隔天他們的行程有所延誤。克雷斯在侏儸山四處挖洞的過程，讓他們損失了一點時間。黑暗森林與湍急的銀溪，再加上一方方的僻靜角落，堪稱最不適合人擦屁股的環境。而也就是在這一天，他們發現了關於戴維的祕密。

那孩子把一張明信片貼在她的畫簿裡。當作到此一遊的紀錄，那是她母親的主意。她翻頁時，有一張圖畫引起了尤里西斯的注意，於是他說，那是吉妮，對嗎？

那孩子點點頭。

在圖畫中，吉妮和一個戴眼鏡的男孩手牽著手。同樣的笑容，同樣的身高，男孩有較深的膚色。

那個是你？尤里西斯問，指著旁邊一個較小的身影。

是啊，而那是吉妮的……那孩子突然停了下來。

我知道她有男朋友，尤里西斯說，克雷斯也知道。

那是什麼？走回來的克雷斯加入了對話中。

吉妮的男朋友，尤里西斯說。

5 stone fruit，內含單一硬核的果實，如桃、杏、棗。

喔對，戴維嘛，克雷斯說。

那孩子翻了個白眼。**德維**，她說。

德維？克雷斯和尤里西斯異口同聲。

德維安。他和吉妮一樣，外表是大人但內心是小孩。他住在別的地方，考爾太太是他阿姨。

考爾太太是他阿姨？尤里西斯說。（最後一片拼圖在此拼上了。）

怎麼了嗎？那孩子問。

這張圖可以給我嗎？尤里西斯說。

你要這張圖幹麼？那孩子又問。

我要寄給小佩。

你覺得她會喜歡？

我知道她會喜歡。我們會把圖畫連同明信片放到信封裡，讓她知道我們走多遠了。

他們都在明信片上寫了些話，都寫了眞希望你也在這兒。而尤里西斯還多寫了一些解說那張圖畫的文字。在瑞士，尤里西斯把信寄給在倫敦的小佩，而那孩子則得到人生第一副墨鏡當謝禮。那墨鏡對她而言太大了，但她哪會在乎？克雷斯說他可以爲墨鏡加上掛繩，而那孩子說，繩子最好是美美的。然後他們優游在步道上，看著蒸汽船在湖面來回穿梭。那兒的空氣聞起來清新而昂貴，山頂投射下穿透力十足的光線，衣著時尚的遊客駐足拍照留念。

（喀嚓）兩個男人——其中一個穿著短褲——加上一名女孩和一隻鸚鵡。顯然是張有故事的照片。

行程來到第九天，他們從艾米利亞–羅馬涅[6]進入托斯卡尼。橄欖樹開滿了白花，燕子與雨燕盤踞天際。青草透著焦味，放眼皆是罌粟花。路邊的迷迭香和薰衣草偶爾送來一縷香氣，聞著更添幾許陶醉。對尤里西斯來說，每種氣味都是一隻鬼魅。

他們往南開，脫離柏樹匯聚成的一片黑暗薄霧之後，佛羅倫斯赫然出現在阿諾河谷中，在金色的六月陽光下顯得燦爛輝煌。尤里西斯停好車子，走了下來。他舉起帽子向城市致敬，一如當時的唐利。克勞德振翅起飛，一身藍羽與陶瓦屋頂交相輝映，形成一幅觸動人心的光景。

他們將再前進逾一千英里，再嗑掉二十盤義式直麵條、九鍋燉菜、十七條長棍麵包、一批杏桃，還有一整輪起司。此前他們已經喝掉了四十杯咖啡和八瓶葡萄酒和七罐啤酒，還有兩瓶白蘭地。在床上過夜：一晚，也就是第一晚。他們見過野豬、遊隼，還有流星劃過阿爾卑斯的天際。他們還學會了相依爲命，因爲他們都已經是彼此的唯一。

他們安排好要前往的公證人事務所，義大利語是notaio，地點在市區的北部，根據克雷斯那本貝戴克旅遊書上的地圖，事務所就在聖母領報廣場[7]後面兩條街處。尤里西斯在那璀璨的廣場上停妥車子，位置就在一座騎馬雕像旁，老克說騎馬的人是費迪南多一世。費迪南多一世是誰？那孩子問道，而克雷斯回說他是個把很多根手指插進很多派裡[8]的男人。他們把克勞德留下來顧車。

狹窄的街道上滿是腳踏車和行人，路面電車會突然喀啦作響地駛過，上頭堆滿一箱箱葡萄酒或蔬菜。空氣裡混雜著大蒜、咖啡與下水道的濃烈氣味。好多東西可以看！可以聞！可以聽！這邊走，克雷斯一邊大喊，一邊拿著地圖在前面帶路。五點鐘時，他們來到「馬西默．布昂塔連提先生辦公室」

6 Emilia-Romagna，北義的行政大區，南邊與托斯卡尼大區相鄰。

7 Piazza della Santissima Annunziata，得名於廣場東北的同名教堂——聖母領報大殿（Basilica della Santissima Annunziata）。

8 意指插手或干涉許多領域，此處是更誇張的說法，變化自英文片語have a finger in many pies。

的外頭。孩子按下銅牌上的電鈴，那棟平凡十八世紀建築的門便應聲而開。

辦公室位於二樓，而布昂塔連提先生已經用托盤端著咖啡在樓梯口恭候。他們當場就喜歡上他。他是個很時尚的瘦小男人，粗估四十歲，有著和藹的笑容和一頭宛若雜草叢生的狂野黑髮，看著好像剛受到電擊一樣。不過，他倒是說著一口絕佳的英文。Signor Temper（坦普先生）！他說道，你們總算來了，我一直在等著！我已經苦等兩天了。

我們在阿爾卑斯山區耽擱了，signore——尤里西斯這輩子從沒想過自己有天會說出這麼一句話。

那是筆直截了當的交易，三兩下雙方就簽完了文件，也完成了房地契的過戶。馬西默先生過幾天會陪尤里西斯去銀行開戶，好把剩下的錢存進去。他把筆蓋蓋回鋼筆上——伴隨一聲獨特而貴氣的喀答——然後把鋼筆收進西裝口袋。他面露微笑說，Allora?（再來呢？）

克雷斯心想融入當地語言不用挑日子，於是也回了句Allora?

那麼，你還有什麼想要知道的事情嗎，坦普先生？

而尤里西斯說，我列了一張清單，先生，然後將之遞給了馬西默。

馬西默掃視著紙條。Lavanderia——洗衣店，是了，這我推薦曼弗雷迪。（一陣咕噥。）學校？

誰說有人要上學了？那孩子嘟囔著。

噓，這事我們等會兒再談，尤里西斯說。

我來這兒可不是爲了上學，她說，要上學我在老家就好。

你喜歡冰淇淋嗎，小姐？

有人不喜歡嗎？那孩子說。

冰淇淋在這裡是一種生活方式。

往下講，她說。

推薦你兩個地方：Perché no!（為什麼不）和 Vivoli（維沃利）。

那孩子看向尤里西斯。你記下了嗎？

記下了，尤里西斯說。

馬西默接著說：阿圖洛下葬的墓園？我想那是在聖米尼亞托大殿[9]上吧——他翻閱著文件——沒錯沒錯，是在那裡，在聖門公墓[10]的家族墓室中。還有什麼？啊，電話是吧，這簡單，你可以用代幣——gettoni——打公共電話，去郵局可以打電話到英國。你現在想打電話到英國嗎？

我們可以嗎？

你需要什麼吩咐一聲就是。於是，等咖啡喝完了，馬西默就帶著三人下樓到一間辦公室，請一名小姐撥出號碼並接通電話。Un momento（請稍候），她說完便將話筒交給尤里西斯。

接電話的是柯爾。屋恩摩曼托個鬼？

柯爾嗎？是我。

我知道是你，感謝上帝是你。老克失蹤了，我叫警察去運河打撈了。可憐的老傢伙。

老克和我在一起。

啥？你做了什麼？你把他綁走了？

---

9 San Miniato al Monte，羅馬天主教堂，坐落在阿諾河南岸一處制高點，被譽為托斯卡尼最棒的羅馬式建築、義大利景色最美的教堂之一。聖米尼亞托是西元三世紀效命於羅馬帝國軍隊的亞美尼亞王孫，遭指控為基督徒而蒙難，成為佛羅倫斯歷史上第一名殉教者。

10 Cimitero delle Porte Sante，建於一八三七年的紀念公墓，位在聖米尼亞托大殿園區內。

沒有，我沒有綁架他。

克雷斯挨近了話筒說，柯爾，我是自願來的，我過得很開心。

叛徒，兩個叛徒，你把那隻該死的鸚鵡也帶走了嗎？

（一陣沉默。）

你怎麼會覺得鸚鵡在我這邊？尤里西斯說。

我不覺得啊，只是開玩笑。彼特以爲塔比吃了牠。

誰會吃鸚鵡啊？

可能有人想證明自己啊？

證明什麼？證明自己夠雜食嗎？

那吃起來大概跟雞肉差不多，克雷斯說。

他說啥？柯爾問。

克雷斯說鸚鵡吃起來應該跟雞肉差不多。

眞是夠了，柯爾說。

天竺鼠吃起來像鴨子，克雷斯說。

他又在說什麼？柯爾問。

好像跟天竺鼠有關係。

我的天啊，我才剛開始想念那老傢伙耶，塔比眞應該先把他給吃了。總之，你要幹麼？我想你不是打電話來和我分享天氣的吧。

這裡很熱，太陽很大。

你給我滾吧。

跟小佩說我們到了。

讓我拿筆記一下：告訴……小佩……坦普……

哇，眞好笑。別忘了替我照顧她。

我什麼時候不照顧她了？

吉妮還好嗎？

（尤里西斯可以聽到薄荷口香糖被拆開的聲音。）

她還好，柯爾說，她在考爾太太那兒，也不知道那女人有什麼魔力，但她好像讓吉妮很開心。

柯爾，我得掛了。你自己保重，好嗎？還有不要忘記小佩。

我忘什麼也不會忘記小佩。

尤里西斯掛回了話筒。

馬西默拿起一組鑰匙說，我們走吧？然後領著三人出了門口。你可以在車裡跟我說說鸚鵡還有天竺鼠的事情，他補了一句。

雖然馬西默是這樣一副外表，但他完全不是一個老套的人，一直都不是。眼下，坐在一輛叫做貝琪的英國車的副駕駛座，肩膀上還停著一隻鸚鵡，對他來說簡直是人生的巔峰。他給出清晰的指示，帶著一行人來到城市南端：這裡左轉。注意電車，坦普先生。這裡右轉。電車。坦普先生！然後他用點頭加微笑向瞪著他的行人致意，那些行人像是不相信自己的眼睛，但沒錯，眞的是他，頗孚人望的公證人暨樣樣精通的法律專家馬西默．布昂塔連提，正在展露他一直鎖在內心，波希米亞的一面。

他們在行將入夜前越過了阿諾河。水中閃耀著色彩，建築物將倒影獻給了平靜無擾的河面。一名形單影隻的船夫鑽過橋底，而那幅景象讓老克發出驚嘆。你們看，他說。那邊，他說，怎麼那麼神奇。

迷宮般的窄街帶著喬維特・布拉福德廂型車來到一處林木圍繞的廣場，並在廣場東北角的一座教堂前停下。最後的一批contadini（當地小農）已經散去，每日市場僅剩稻草和驢屎，再就是讓蒼蠅失心瘋的瑕疵水果。在廣場另一頭，民眾開始在咖啡廳外聚集，如同九年前的場面重現。開了門的尤里西斯爬到車外，然後倚著引擎蓋將這幅景象盡收眼底。面對回憶他顯得戰戰兢兢。一輛自行車從鋪石路上壓過，龍頭上高疊著許多鍍金畫框。

就是那邊的那棟建築，馬西默說著指向了廣場南端鶴立雞群的一棟乳白與棕色相間建物。

準備好了嗎，帥哥？老克說。

準備好了。

那我們還等什麼？那孩子撂下這麼一句，戴上了她的墨鏡。來吧，她說著便拎起地球儀和自己的行李箱。

他們盡可能拿齊自己搬得動的行李穿過廣場，並在不知不覺中按身高排序。石椅上的幾名老婦人原本在織著東西，此時也抬起頭來看著他們通過。噴泉邊上的幾名少年笑著指向克勞德，嘴裡說著pappagallo（鸚鵡）。一群男人從咖啡廳裡跑了出來，從他們口中尤里西斯聽懂了兩個單字，一個是soldato（士兵），另一個是arrivato（來了）。

走這裡，馬西默說著用腳替他們打開一扇大木門。門廳裡十分涼爽，空氣中飄盪著久久不散的石地與水溝氣味，馬西默介紹說那是佛羅倫斯的兩名臭氣守護神。在他們身後，有一扇典雅的玻璃門通往晾衣繩縱橫交錯的庭院。而這就是你的郵筒，坦普先生，說著他指向上頭尚缺戶名的郵筒。現在我們上樓吧，他說。

他領著三人來到一處明亮的樓梯平台，上頭有黑白相間的地磚和看起來無精打采的盆栽。他等著三人到齊，才把手按到門上說，那麼，就是這裡了，你們的新家。

我們新生活的起點，克雷斯說。

他們在短短的一瞬間接受了這個說法——主要是靠挑眉來確認——然後馬西默把鑰匙插進鎖孔，一下子就消失在空氣滯悶的黑暗門廊中。

三人像大戰留下的盲人一樣跟著馬西默走。隨著眼睛慢慢適應黑暗，他們也開始能辨識出散落各處的白布，還有覆蓋在白布下的家具輪廓。蜿蜒曲折的孱弱日光從偶有的板條破損處爬了進來。馬西默先生拍了拍手，然後按下開關，走廊與客廳頓時明亮起來。克雷斯在此時放下行李。

我的媽啊，小坦！這裡有夠大。

接著是窗戶打開，百葉窗拉起，來自廣場的聲音一擁而入。尤里西斯環顧著四周。這裡幾乎分毫未變，時間的序列逆轉起來，他又變回了那個天不怕地不怕的年輕人，而面前就是那台敲出他名字的打字機。

那孩子尖叫著和克勞德一起跑來跑去，尋找著她的房間，而克雷斯則繼續品評著這地方的寬敞與雅致。你看看那些藏書和繪畫，小坦！馬西默見到三人如此滿意，露出了欣慰的笑容。馬西默作爲他們生命中的一名贈予者，很快也會成爲一名朋友。屋內還有一台直立式鋼琴被當成邊桌使用，這一點可以從擺在鋼琴頂端的飾品與燭台看出。坦普先生？馬西默說著輕推了一下身陷回憶的尤里西斯。我們繼續？接著他們一起掀起兩張天鵝絨沙發上的防塵布，戰時那褪色的橘，已經被更換爲充滿張力而鮮明的藍。

陶磚鋪設在他們的腳下，而在他們頭頂上的則是濕壁畫，畫裡有深淺不一的淡粉與淡藍，有葉薊裝飾，有飛翔的鳥兒，還有在對的時分和對的光線下，看起來就像夜幕的星空，上頭有各式各樣的星座。臥室有四間，而非尤里西斯記憶中的三間，其中兩間可以俯瞰前方的廣場，另外兩間看出去是另一邊的庭院。洗手間也同樣拂逆了尤里西斯的記憶，因爲空間比他印象中大了很多，當然也可能是在他不在這裡的時候變大的。

再來是廚房。

有台冰箱！克雷斯大叫起來。誰家有冰箱啊？我們！那孩子喊著，繼續在新家裡跑來跑去。兩台烤箱，一台燒瓦斯，另一台閒置的舊烤箱燒煤，而老克的心思已經開始勾勒一個新系統的運作。保險絲盒在這裡，馬西默先生說。鍋爐在地窖。其實都很直觀，一目了然。馬西默扭開止水栓，管路與馬桶蓄水槽便當場轟隆復活。他走出房間，那孩子則跑進來說她發現一個望遠鏡。過來看，老克。然後老克就去看了。

再來是寂靜。

尤里西斯隻身一人。他站在廚房的門口，憶起自己曾手握一本打開的繪畫之書，用一段跌跌撞撞的解釋說明了悲慟與舞蹈，也就是艾芙琳和唐利曾那麼口若懸河——那麼信手拈來地——解釋過的東西。如果你問他當時是否覺得他們都能毫髮無傷地度過一切，他會願意拿命去賭。他會把成爲籌碼的身體和靈魂推過那鋪著綠呢的檯面，任由輪盤轉啊轉。

他蹲到桌子底下，開始摸索某片地磚突起的邊緣。顆粒狀的粗糙塵土卡進了他的指甲縫，他撬著那突起直到出現一絲鬆動。他將手伸進儲物空間的開口處，納悶著這些年下來，那裡是否已經成爲大小鼠輩的家園。但這些念頭瞬間消散，因爲他的手降落在葡萄酒瓶身光滑冷冽的邊緣。他將酒瓶提至光線下，瓶身側邊黏著從書上撕下的圖片——彭托莫的〈卸下聖體〉。你料到了我會來，他心想。

他來到外頭的露台上。他和一棵凋萎的苦橙樹，都等待著某位老人家的照顧。雨燕在頭頂尖聲叫喊，柏樹山丘則慢慢起霧變暗。烹煮的氣味從四周的廚房飄來。紫色的光線灑落城市，將之拋入了永恆。他爬過欄杆，踏上屋頂往下斜走。在樓下咖啡廳的外面，一個身穿圍裙的高大男子正盯著他瞧。

屋頂似乎沒有他回憶中的那麼陡，但他還是半途就停在了其中一處煙囪旁，因爲他知道自己已不再是不死之身了。

你還好嗎？坦普先生？馬西默從他身後的露台呼喚他。

尤里西斯點點頭。
那就別讓我人生中難得的一回大冒險在這裡劃下句點。請進屋裡來吧。馬上。
就在太陽西沉，最後一批陰影切過地面的同時，他們重新在門廊處集合。尤里西斯伸出手，謝過了馬西默提供的種種幫助。我的榮幸，馬西默說。但我們在做完正事前，還不能說再見。我們還得到樓下一趟。
樓下？
是的。下面那層樓，坦普先生。你不知道嗎？樓下也是你的。

時間已晚，那孩子已經入睡，而克雷斯與尤里西斯則坐在廚房桌邊，身陷馬西默離開後留下的寂靜中。兩個男人都被財富搞得精疲力盡。
如果這就是有錢人的感受，克雷斯說，那也難怪他們看起來會那麼慘了。
樓下的公寓也是熟悉的格局，但有著比頂樓來得簡單些的裝潢。樓下直到一年前都還有租戶，而馬西默說如果尤里西斯也想當房東，或是想把樓下賣掉的話，他可以幫忙。我不知道我應該做些什麼，尤里西斯對他說，而馬西默則笑著拍上他的肩膀。再打給我，他說。他踏在階梯上的腳步聲漸漸遠離。
尤里西斯點了根菸，遞給了克雷斯。
我們和構成夢想的，是同一種素材[11]，克勞德說。
他們同時看向了鸚鵡。
牠是**從哪裡**聽來這玩意兒？尤里西斯問。

克雷斯聳肩。我怎麼曉得。

他們抽著菸，靜靜聽著水在管線中流動，聽著冰箱的低語。尤里西斯回頭去確認孩子的狀況，而回來時他說，我們怎麼辦，克雷斯？

現在？一個月後？還是……？

現在。

克雷斯想了想。觀察和學習吧，我想。但你先去開一瓶酒，我去拿我爲緊急狀況預留的起司和香腸。

尤里西斯起身去找開瓶器。

克雷斯說，我們登上了一個有著新語言和新系統的世界。這個世界裡會有各種側目、誤會與羞辱，而我們將一樣一樣體驗到，孩子。但我們絕不能因爲自己一時搞不清楚東西南北，就自覺矮人一截。因爲我們一不小心就會掉入那樣的陷阱。我們必須保持好奇，保持開放。兩個字送你：奇徑[12]。

奇徑？

電磁能量的直線在地表於特定的場址交會，吸引男男女女——還有各種概念——來到他們神祕的脈動處。我們是被吸引到這兒的，小坦，錯不了。就像之前的許多人也是被吸引過來。記得那本貝戴克旅遊書？你知道上頭是怎麼說的嗎？

你說。

上頭說「即使是那些素日裡的愛好**再平庸無奇不過**的人，也會因爲置身於義大利，而在不知不覺裡仰慕起詩歌與藝術」。那會是件多壞的事情嗎？成爲詩歌與藝術的崇拜者？然後慢慢對詩歌與藝術變得熟門熟路。

是不會，克雷斯。

想想看，浸淫在這個城市所能給予，也已經給予好幾世紀的一切裡頭？我們存在的意義將會漸漸展露出來，就像鳶尾花綻放那樣。

尤里西斯露齒一笑。那已經開始了，克雷斯。

什麼開始了。

詩歌。

克雷斯紅著臉站起來。我去拿起司，他說。

隔天早上，廣場鬧哄哄的。你看到誰回來了嗎？他們七嘴八舌地進入米歇的咖啡廳。麵包師克拉拉告訴了屠戶，屠戶又在告解時告訴了神父。賣男裝與配件的葛蘿莉亞．卡迪納爾在教堂裡點蠟燭，不小心聽到了屠戶和神父的對話。她立刻告訴了賣牛肚的鄰居，鄰居又告訴了賣起司的馬爾法蒂先生。想也知道，馬爾法蒂先生又立刻就把事情告訴了我，老伯爵夫人說，當時兩人正爲了一整球瑞可塔起司[13]有多重進行非常公開的爭論。

他是怎麼樣？她問道，同時倚著米歇的吧檯喝著這天的第一杯義式咖啡。有個小孩，但沒有太太？

11 We are such stuff as dreams are made on，出自莎劇《暴風雨》（*The Tempest*）第四幕，下接「而我們渺小的一生，就是一場酣睡」（and our little life is rounded with a sleep）。

12 ley lines，又譯能量線、地脈或龍脈，此概念源自二十世紀初，相信古代刻意將重要地標依此直線建造，後來也有人認為這是大地能量聚集之處。

13 ricotta，義大利傳統乳製品，以起司製程中的乳清重新煮過凝成，字面意即是「再煮一次」。

你想要我拿這事怎麼樣？米歇問。

我就是說說而已，伯爵夫人說著用湯匙舀出咖啡裡最後的渣滓。還有一隻鸚鵡，她補了一句，以及那件短褲。

鸚鵡穿短褲？茱莉亞問，她是米歇的太太。

伯爵夫人對她擺了個臭臉。

咪咪太太也走進咖啡廳，而她還來不及開口，茱莉亞就搶先說道，我們知道——他回來了！

他看起來沒有那麼孩子氣了，對嗎？咪咪太太說。這裡有點垮下來了，說著她用手滑過自己的雙頰。但他的酒窩還在。還有跟他在一起的那位，是他父親嗎？他父親有一種說不出來的……

神父衝了進來。你們看到是誰回來了嗎？

我的聖母啊，米歇靜靜地說，仰頭乾掉了他今天的第四杯義式咖啡。

那天早上，老伯爵夫人是那群睡眼惺忪的英國人遇到的第一位當地居民。他們從樓梯下來的時候，夫人正要上去。克勞德尖叫了一聲，她頓時停下腳步，張大嘴看著眼前的新鄰居。

Buongiomo（日安），克雷斯說著向她微微鞠躬。

這日還能安嗎？伯爵夫人說，並連忙進到她在二樓的公寓。

她人感覺很好，克雷斯說。

隨著九點的鐘聲響起，他們來到屋外眺望由各方出入口圍起的廣場，感覺就像劇中場景。炫目的太陽照耀著，一束束光芒打在教堂那淺乳白色的灰泥牆上。天空映著藍，屋頂顯著紅，樹木透著綠。好些年，這三者都在只有灰色的匱乏調色盤中游移。所幸如今……

空氣中滿溢著市場的聲音與氣息，一縷縷蒸氣自賣牛肚的小攤販飄出，徐徐彎過轉角，像重拳一樣擊向他們的肚子。克勞德飛向科西莫．里多菲[14]的白色大理石像，落腳在雕像頭頂。牠在那兒停了一早上，也在人家頭上拉了一早上。

他們在鋪石路上走到哪兒，眾人的目光就跟到哪兒，而尤里西斯又聽到了有人喊他soldato。那孩子跑向了一頭驢子，克雷斯則為各種各樣的農作物驚嘆——「令人欣喜的豐饒」是他的原話，典型的老克風格。尤里西斯直直走向米歇咖啡廳外的一張桌子，在那兒坐了下來。他點了根菸，心裡納悶著他要怎麼把另一個男人的生活變成他自己的。

這裡！尤里西斯在咖啡送來的時候喊了一聲。

來了！克雷斯說，顯然他剛從市場裡買到一顆和他的頭一樣大的西瓜。

就在米歇咖啡廳外的那張桌子旁，他們慢慢融入了義大利人的生活。廣受在地人和觀光客歡迎的點唱機日夜不停地播放，電影明星的照片與金巴利[15]的海報為被尼古丁燻黑的牆壁增添了一絲絢麗風華。每盤餐點都在茱莉亞的審視目光下來來去去——她的身影無疑也為咖啡廳增添幾分風情——而菜名他們也慢慢能認得了，比方說faraona——是珠雞，克雷斯說。而fiori di zucca fritti——是酥炸櫛瓜花，那孩子說。

14 Cosimo Ridolfi，佛羅倫斯農學家暨儲蓄銀行創辦者，被譽為義大利現代農業的倡導者。其位於聖靈廣場的雕像於一八九八年舉行揭幕儀式，是雕塑家羅曼尼利（Raffaello Romanelli）的作品。

他們還得知，只要名爲卡賓槍騎兵隊的國家憲兵前腳一走，無所不在的「卡車屁股」後腳就會出現在市場中，運來一大堆教會聖物箱和山寨收音機。看來和老家沒什麼不同。從樓上窗戶垂吊下來的籃子，是爲了收修鞋店關門後才送來的鞋子。在烏菲茲美術館，他們學會了如何區分波提切利與李奧納多。誰的作品？克雷斯問。波提切利，尤里西斯說。錯，那孩子說。此外，他們也得知了老太太們會每天聚集在廣場的石椅上打毛線，順便交流各方八卦。

那孩子很快就學會了一百五十二個義大利語單字，外加一點俚語，也學會像本地人一樣齜牙咧嘴地擺起臭臉了。她嘗試了人生的第一個coccoli，也就是比薩麵團球，並宣布那是她人生第二棒的一天。citrus aurantium——在陰影中凋萎的觀賞用苦橙樹——得以恢復生機，靠的不過是尺寸大一點的花盆和幾句噓寒問暖。在二十四日的晚間，一道道煙火劃過天際，但沒有人知道那是爲了什麼。聖喬凡尼節[16]，苦橙樹這麼告訴克雷斯。

然後某天午後，在地窖找到一輛腳踏車的尤里西斯就這樣踩著踏板，從東邊的聖尼各老騎到了西邊的聖弗雷迪亞諾。他見識到各式各樣的工坊：古董家具的維修者、雕刻師、鍍金師、木工師傅，但就是沒有人做地球儀。他注意到義大利男人穿鞋不穿襪子，穿長褲不蓋住腳踝。至於女人則都很美，但美不過小佩。再來就是無所不在的注視目光。

那些注視並沒有惡意，馬西默解釋道，此時已是尤里西斯開好義大利銀行戶頭的一個月後。他們一起走在卡察優利大道[17]上，而對馬西默而言，肩上再一次站著鸚鵡，讓平日一成不變的他略感走路有風。他所到之處，眾人無不回頭。事實上，他能如此鮮明地感受到自己活著，全都是因爲尤里西斯進入了他的生命。

他對尤里西斯解釋說他會開始在桑托史披里托走動，純粹是想來這兒當個順風耳，藉此評估尤里西斯的到來對鄰里造成的影響。聖奧斯汀路上的公共澡堂是一個很好的情報集散地，他摸著頭髮這麼說。

他們轉出主幹道，來到一間外頭沒放座椅的小咖啡廳。這裡的空氣很難聞，七月的酷熱讓孢子不斷增生。他們在櫃檯領了義式咖啡，便在無可挑剔的陰涼角落坐下。接著，馬西默繼續解釋。

他們是聖弗雷迪亞諾人，有很強的宗族觀念。

你不會那樣吧，尤里西斯說。

不會。但我的家族來自艾米利亞—羅馬涅。佛羅倫斯的每一個街區都是不一樣的，而每個街區都有各自的風土民情。聖塔克羅切和桑托史披里托完全不同，桑托史披里托和聖塔瑪利亞諾維拉又不一樣，依此類推。但是，他說——先啜飲一口咖啡——有些人眼紅你的好運。

我要怎麼改變這一點？尤里西斯問。

你改變不了，要改變只能靠時間。有天你醒來會發現一切都不同了，說著他打了個不太響的響指，因為他的手早被汗水浸濕。

他點了根菸，此時克勞德尖叫一聲。

而且你有台冰箱，他隨即補充說。

所以問題出在冰箱？

---

15 Campari，義大利利口酒，以多種草藥及水果釀造而成，色澤鮮紅，帶有苦味。

16 Feast of San Giovanni，慶祝聖喬凡尼誕辰的節日，聖喬凡尼又稱聖約翰，是佛羅倫斯的守護者，六月二十四日是他的誕辰。

17 Via dei Calzaiuoli，有佛羅倫斯最優雅街道之稱，位於聖母百花大教堂與領主廣場之間。

你要知道，在米歇的吧檯有一台約定俗成的社區冷藏箱。大家會把他們的牛奶或週日烤肉存放在他的冰淇淋旁邊。而你——你大搖大擺走進廣場，然後就擁有一台冰箱。是**阿圖洛**擁有一台冰箱。

忍耐一下，我的朋友，說著馬西默喝掉咖啡並站了起來。我們走吧？

他們掉頭回到卡察優利大道上。

你想好自己想做什麼了嗎？馬西默問。

還沒，尤里西斯說著駐足在一家裁縫的櫥窗之前。

我想重新開始做地球儀，他說，但被櫥窗內的樂福鞋[18]和時尚單品勾得心不在焉。

啊，Mappamondi! Bellissimi!（地球儀！真美！）馬西默說。你中意那件長褲嗎？

嗯，還有那件襯衫，和那雙鞋子，尤里西斯說。他轉頭望向馬西默。我首先得找到一間工坊，用來當地球儀的廠房。還需要取得合法的文件。

那還不容易，我的朋友。

我也需要有人幫我印刷三角地圖。

我們會找到人的。月球還是地球？

我都只做地球。

卡斯提拉尼宮[19]，馬西默說，也就是科學史研究所，那裡會有你要的天體儀和地球儀。你會看到**精雕細琢**之美。你想進去看看那件長褲嗎？

你不介意的話？

怎麼可能介意？逛街購物可是我的另一項摯愛。

僅次於？

跳舞。

馬西默把街上一個小孩拉到牆角，就克勞德的問題進行了一番熱烈的商討。最終他們握手成交，馬西默轉頭對尤里西斯說，我讓他在這和鸚鵡一起等我們，事成後有重賞。要是他開溜，我告訴他說你會追殺他，向他索命。那麼，我們進去吧。

尤里西斯跟在馬西默的身後，踏上一節帶有皮革和芳香煙霧味道的窄梯。在樓梯頂端等著他們的是皮可羅．尼柯這個瘦小（人如其名）[20]且滿臉皺紋的裁縫，他的脖子上掛著一條皮尺，嘴角含著一根短雪茄。

馬西默解釋了尤里西斯想要的樣式，然後三兩下，裁縫就量好所需尺寸，足可讓他做出一套西裝，外加一件長褲和兩件襯衫。然後尼柯皺起眉頭，Un momento，說完這句便消失在工坊裡。

等他回來時，手裡握著一件乳白色的棉質長褲，說是「夏季輕薄款」，兩個月前他替一名年輕人做了這褲子，但對方突然說死就死。顯然尺寸與你一模一樣，馬西默轉述道。你要是不忌諱，這件可以便宜賣你。

只要合身就行，我不忌諱，尤里西斯說著便拿著褲子走進試衣間。

試穿的結果很合身。再搭上軟質棕皮的樂福鞋，不穿襪子，整個人感覺煥然一新。

算你走運，那年輕人的品味好但基因差，馬西默說。

算我走運，尤里西斯說。我要了，signore。褲子和鞋子一起。

二十分鐘後他走出店外，一身打扮就是個義大利人，舊衣服用棕色紙張捆成一團，夾在腋下，西

18 loafer，休閒皮鞋，不用綁鞋帶，又稱懶人鞋。

19 Palazzo Castellani，歷史可追溯至十一世紀，一九三〇年起成為科學史研究所和伽利略博物館所在地。

20 皮可羅（piccolo）在義語中有「小」之意。

裝和兩件襯衫預定九月交貨。

他們走過老橋，克勞德逕自飛到前頭，此時尤里西斯說，我在想，馬西默，要不來支電話？

馬西默停下步伐說，什麼電話？

要不我們來裝支電話？

喔，不行不行，太早了。

太早？

相信我，太早了。你那台冰箱的風頭都還沒過去。

他們趕在餐前酒的時段回到廣場，克勞德在樹木間飛來飛去，即興表演起空中秀，觀眾是一群剛從布蘭卡契小教堂回來的美國遊客。兩人在米歇咖啡廳占了張桌子，茱莉亞走出來接待他們。她向來待人和氣，向來優雅有型，那天她穿的是一件黑綠相間的家居服，剪裁十分突顯她寬闊的倫巴電臀，馬西默說她二十三年前就是靠著這對豐臀，舞出了兩個女兒到這世界上。她的頭髮盤了起來，用的是她最愛的祖母用過的琥珀梳子。你怎麼知道這麼多？尤里西斯問，但馬西默還沒來得及回答，就被茱莉亞說的話給逗笑了。兩人點了金巴利蘇打，她收單後便走回吧檯。

等她走遠之後，馬西默靠向桌子另一頭說，她覺得你穿新衣服看起來很英俊。

尤里西斯紅著臉，點了根菸。他把最後一根菸遞給馬西默。

謝了，馬西默說。而你**的確**看起來很英俊。

街坊鄰居開始加入他們。老太太們在石椅上就定位，叫上服務生，點了一托盤的苦艾酒。馬西默說，你看到左手邊那個女人嗎？你認得她嗎？

不認得。

那是咪咪太太，她可是一下子就認出你來。她和她先生在戰時替你開過門，你上屋頂時經過的那個廚房，是他們家的。

是喔？

馬西默點點頭，把香菸舉到嘴邊。她丈夫在那之後沒多久就死了。在她旁邊的是老伯爵夫人。她們當年都在這裡，你知道的。當年你在上頭的時候——馬西默指了指屋頂——是米歇帶領著大家呼口號，要阿圖洛幫你把卡住的槍托弄出來。還有那邊的那位神父，他曾為你禱告。看看這些人，尤里西[21]。郵差、麵包師、麵包師她老公，他們都在你認識他們之前就先認識你了。你可能感覺不到，但你在這裡有一席之地。讓事情沉澱一下，電話的事情過陣子再講。

我每次打電話給你，大家都在聽。

馬西默笑了。那就是這裡的大眾傳播，也是大家認識你的方式。這個社會就是這麼回事，我跟你說過了。

有人問我，你母親的腎結石怎麼樣了。

你跟他們說結石已經排出來了嗎？

那不是重點，馬西默。而且我需要打電話回英國，我希望能有點隱私。

我的辦公室隨時歡迎你。

茱莉亞把他們的飲料放到桌上。

Grazie, signora（謝謝，女士），尤里西斯說。他不敢正眼看她。

Prego, Signor Temper（請用，坦普先生）。

尤里西斯笑了。他喜歡她說出「坦普」的感覺，特別是她用義語的彈舌去發字尾 r。怎麼了？尤里西斯問。你幹麼那樣看我？

21 Ulisse，尤里西斯（Ulysses）的義語說法。

隱私要留給告解室，馬西默說。

Salute!（乾杯！）他們碰杯。

說起來，馬西默說，這讓我想起大家都在問的一個問題——教會。

教會？尤里西斯笑著說，不可能，然後他起身走向咖啡廳。

到了咖啡廳，他和米歇向彼此打招呼。尤里西斯要了一包駱駝牌香菸，米歇便將香菸扔過大理石櫃檯。尤里西斯撂下幾枚銅板，接著轉身離開。他拿起帽子，擦了擦額頭，天氣已經非常炎熱，偏偏天花板的電風扇又再次罷工。他挺著大蒜和人群的臭味前進，室外的新鮮空氣像記重拳來襲。

我是個白痴，尤里西！馬西默說著把手伸進西裝外套口袋。眞的很對不起！你有一封信，今天早上送到辦公室，來吧……

尤里西斯看了眼信封，盼著那是小佩寄來的。但那不是她的筆跡，而且信封還透著一股濃濃的香菸味。

親愛的小坦：

我現在住在酒館，樓上鄰居造成的淹水讓我在原本的地方住不下去。那可憐的傢伙死了，而且一死就是三遍，沒騙你。柯爾說沒有人可以死三遍，而我說我的鄰居就是反證：那傢伙在浴缸裡心臟病發，伸手去抓浴缸邊緣，結果被熱水器電擊後彈回水裡溺斃。如果真有上帝——當然我百分百覺得有——那我會覺得祂出手重了點。那傢伙才剛搬來想重啟新人生。葬禮倒是備極哀榮，小喇叭演奏稱得上神來之筆。

昨天，柯爾派我帶著油漆刷爬上梯子，然後酒館又變回「白鼬酒館」了，但葛妮絲扔掉了白鼬，而且沒和柯爾說就開始重新裝飾店內。她替店裡添了一些明亮的坐墊，只不過她管那些坐墊叫「軟裝潰」。柯爾氣得大叫，沒了該死的白鼬，我們要怎麼自稱是白鼬酒館？要不我們改名叫女王頭[22]？葛妮絲說。我還女王腿呢！柯爾說，二十四小時開門。你噁心死我了，柯林．佛米羅，她說。出去！柯爾大喊，把那些他媽的坐墊也給我拿走。而她也照做了，你知道的，小坦。她把墊子都塞進懷裡，一個接著一個，甚至還從貝爾頓太太的屁股下面抽出一個，而大家都知道她的生瘡之痛。

如果只是這樣就算了，小佩還在那天晚上跑來。我能從她臉上看出事情不對勁。她直奔鋼琴旁，我當時想說，完了——她只說了一句：蓋希文[23]。我的天啊，小坦，我沒見過像她這樣的人。三小節下去，酒館內就沒有人不熱淚盈眶。然後泰德的老婆走進來。小佩並沒有停止歌唱，她反而更加豁出去。歌聲之外，室內安靜得彷彿能聽見遠在盧頓[24]的一根針落地。而那名元配——她聽懂了——開始啜泣。然後換泰德走進來，元配轉頭看著泰德——最讓人想不到的事情發生了——她用臉上的表情說著，你贏了，我放棄。於是她就走了。小佩一唱完，整副肩膀都放鬆下來，渾身散發著星光。小佩伸手去拿酒時，泰德朝她走來，而她只是說了句，你敢。然後她就轉向我說，你準備好帶我回家了嗎，彼特？那還用說，我這麼回答。

那是英格蘭少有的一個，不那麼糟糕的夏夜。她和我下到運河旁高唱〈我心為你哭泣〉[25]。但我的心在為她哭泣。那個叫艾迪的傢伙，他傷了她的心。我知道和你聊艾迪有點尷尬，但他一去不返讓她的內心缺了一塊，斷了那道通往幸福的橋。

22 早年英國酒館會在招牌上放上國王或女王的頭像，並以「國王頭」或「女王頭」為名。
23 George Gershwin，美國作曲家，〈藍色狂想曲〉（*Rhapsody in Blue*）是其代表作之一。
24 Luton，倫敦北方的城鎮。
25 *My Heart Cries for You*，改編自十八世紀法國曲調的流行歌曲，歷經多人翻唱，最著名的是一九五一年的蓋．米歇爾（Guy Mitchell）版本。

老克的櫻樹仍是那老傢伙的驕傲，有股撫慰人心的能量從樹根處生起，就像它想要聊聊。一日早晨我坐在那兒，譜了一首新曲——〈對不起只是一個詞〉。寫歌的不是我，是歌曲自己。

我去參加了《安妮拿了你的槍》[26]巡迴演出的試鏡，但他們不喜歡我詮釋的〈沒有事業比得上演藝事業〉[27]，而我想我那天的狀況也不是太好。真苦悶，他們是這麼說的。所以我又回到踢踏舞入門班當伴奏了。順帶一提我找到了白鼬，牠被丟在酒館後面垃圾桶的旁邊。後腿沒了，剩下的只有軀幹和包著繃帶的下巴。我想是老鼠幹的好事。我將之帶回酒吧，嵌在一瓶芙內布蘭卡[28]旁邊。有時候，你很難不在那拼裝的生命中看到自己。

這兒的日子在你走後變得不一樣了，但你別來蹚混水是好的。要是我沒拿到蘿絲瑪麗．克隆尼的工作，那我們就十二月見了。先替我多喝一兩杯bicicletta[29]。

保重，小坦。

你的朋友，

彼特

PS：背後最好長眼。八月的熱浪長有毒牙。我在巴勒摩[30]時幾乎被扒了一層皮。

八月來臨，還是沒有小佩捎來的消息。熱浪一如彼特說的升溫，引出人沒洗澡的濃烈氣味。炎熱的夜晚讓人難以成眠，昏昏欲睡變成一種揮之不去的感覺。做愛的聲音沒了，因爲沒人想再靠得那麼近。冰淇淋還到不了嘴邊就已經融化，觀光客咒罵著他們爲什麼不在五月時過來。馬西默消失在他位於吉廖島[31]的老家，讓人十分想念。克勞德悶悶不樂，在日夜焚燒的蚊香中哮喘。男人吼女人，女人吼小孩，小孩踹小狗，但大家都沒有什麼深仇大恨，只是被熱浪弄得血氣方剛。然後每隔幾天，雲層就會如巨浪般翻過山丘，眾人興高采烈舉起手臂，歡迎席捲而來的暴風雨。接著就會有一陣空檔讓熱壞的眾人歇一口氣。

隨著八月慢慢爬向中點，尤里西斯變得不耐煩起來。熱氣開始讓他吃不消，克雷斯和那孩子都看得出來，同時他每天都會去確認有沒有小佩寄來的信。他甚至寄了一封明信片給小佩說：記得我們嗎？克雷斯說他不應該這麼做，而他也知道自己不應該這麼做，事實上他一這麼做完就後悔了，但他又能如何呢？克雷斯說問題大概出在義大利那靠不住的郵政系統。尤里西斯說他是顧慮到那孩子，而克雷斯說那孩子感覺挺好，她需要什麼會告訴我們。你這麼覺得嗎？我知道是這樣，克雷斯說。

一日午後在米歇的咖啡廳外，尤里西斯脫口而出，不知道老家是不是和這裡一樣熱。此時克雷斯放下了手中的貝戴克旅遊書，注意到尤里西斯說出**老家**二字的弦外之音。這是他溫順盔甲上出現的第一處裂痕。

來吧，克雷斯說著撫平短褲褲管上的皺痕。我們去散個步吧。他在桌上留下了一把里拉，而尤里西斯呼喚起那孩子。她正在噴泉邊跟一個少年講話。

那當然是我的鸚鵡！她說著往地上吐了口口水。克勞德飛了下來，降落到她的手臂上。

那孩子在去彼提宮的一路上都說個不停。她說茱莉亞太太想知道他們晚上都在幹麼。

26 *Annie Get Your Gun*，一九四六年出品的百老匯音樂劇，講述神槍手安妮·歐克利（Annie Oakley）的生平。
27 *There's No Business Like Show Business*，《安妮拿了你的槍》劇中插曲。
28 Fernet-Branca，義大利苦味利口酒，以多種香料與草藥釀成。
29 腳踏車的義語，此指一款同名調酒，常被當作餐前酒。
30 Palermo，義大利西西里島西北部小鎮。
31 Giglio，托斯卡尼外海島嶼。

你怎麼說？尤里西斯問。

我說我們在唱歌和打牌賭錢。

你這樣跟她說？尤里西斯訝道。

還有我們偶爾會聊到人生，聊到好的與壞的時光，然後我們會喝烈酒。

這些東西的義語單字你都會？克雷斯問，語帶幾分羨慕。

是啊。

那孩子接著把路邊的護欄當成平衡木走著。我說你們很乾淨、很寂寞。

克雷斯和尤里西斯一起停了下來。哪個是哪個？

那孩子指著尤里西斯。寂寞，她說。

你這樣跟她說？

是啊，她走到護欄的盡頭，從上頭跳下來。

你爲什麼要跟她說這些？尤里西斯問。

因爲你就眞的寂寞啊，她說。

一名觀光客路過，朝他們丟了幾枚銅板。

Grazie! 那孩子說著便彎下身子，撿起了里拉。

穿過彼提宮的庭院，在石階的頂端，他們邂逅了微風。燕子與雨燕與鐘響在風中飛翔迴盪。佛羅倫斯人一群群跑了出來——他們在夏月裡就是會這麼做，要麼跑來這兒，要麼跑去卡西納公園[32]。遠離街道，遠離塵埃、氣味與雞毛蒜皮的爭吵，就是這個瞬間的一切。時間在這裡有不同的流速，彷彿時間也禁不起熱浪而形變，將過去與現在扭成一場性感而不屈不撓的舞蹈。

他們爬坡上到位於最高點的瓷器博物館，同時烏雲在頭頂聚積，尚未化爲雨滴。那光線眞是美極了！在他們的左手邊，外圍的舊城牆切穿橄欖樹叢，天空是若有所思的紫灰。放眼四下，藝術與生活彼此交纏。克雷斯舉起了宛若門擋的旅遊書說，貝戴克！好像那是某種宗教似的。而隨著他們的視線受到整片市景吸引，他說，下面那裡就是我們的家，小坦，誰會相信？

至少我是不信，那孩子說。快捏我，我是在作夢吧？

看吧？克雷斯用唇語說著，她沒事。

金色的光芒勾勒出深灰色雲朵的邊緣，克雷斯以「不合情理的美麗」形容那片花園。克雷斯正在變成詩歌。下坡的途中，他在檸檬屋[33]要另外兩人先走，想要一個人待在枸櫞[34]和思緒的包圍下。這話說得很好，很有克雷斯的風格。他說晚點跟他們在廣場碰面。

克雷斯在一張木椅上坐了下來，克勞德則喝著一旁花盆裡的水。就在那裡，老克把根深深扎入那迷宮般的黑暗，向下直抵古老的採石場與早已逝去之生命的「趨小的描繪[35]」。他感覺到逝者的湧動。詩人白朗寧[36]、艾弗利、雪萊[37]。假以時日，克雷斯希望能擺脫對於詩的恐懼，特別是那些不押韻的。克雷斯是個實事求是的男人，而事實是石頭。惟詩，是沙粒。向來因爲其無限的顆數而被比喻成星星，向來不斷徙變。

---

32 Parco delle Cascine，佛羅倫斯最大的公園，位於阿諾河北岸。

33 Limonaia（Lemon House），首建於一七七七至七八年，擴建於一八一六年，為柑橘屬植物的冬季庇護所，收藏、種植約五百種柑橘屬植物，屋前有花園。

34 citron，柑橘屬植物，外型近似檸檬，又稱香櫞、香水檸檬。

35 rhopography，美術術語，指對日常中微不足道的瑣碎事務的描繪與關注，例如靜物畫。

36 Robert Browning，英國詩人、劇作家，與其妻伊莉莎白・布朗寧（Elizabeth Barrett Browning）同為維多利亞時代的重要詩人。

37 Percy Bysshe Shelley，英國浪漫主義詩人。

那孩子拖著尤里西斯到柏樹大道玩捉迷藏，而她一躲就是半小時。一種原始恐懼如雷擊般攫住了他，他意識到這種恐懼如今端坐在他生命的核心，且會一直待在那裡。他拚盡全力地找，卻怎麼都找不到她。明明她就近在眼前，卻又好像遠在天邊。那是他最害怕的夢魘，而最終是她的竊笑聲將他從噩夢中喚醒。她像隻鳥兒似的爬進了一處樹叢，然後就一聲不吭地待著。那孩子得意到不行，害他只好拚命恭喜她以壓抑哽咽。

那孩子的小手牽著他都是汗的大手，兩人一起走到了伊索洛托，站在柏修斯[38]騎馬在水中躍起的雕像前。

我也想那樣做，她說。

我也是，他說。

然後尤里西斯想道，他們對這個夏天的準備眞是太不周到了，並發誓這會是他們最後一次犯這種錯誤。我會去給我們找個游泳池，他說。你保證？她問。我保證，他說。接著他們坐在陰影中看鴨子，分享他在口袋裡找到的一片口香糖。

我在想，你媽應該會喜歡這裡，他說。

我不確定她會，她說。

（說得還眞板上釘釘，他想。）

我長得像她嗎？

還好。笑起來比較像。

那我長得像誰？

艾迪吧，我想。

你認識他嗎？

不認識。

我也不認識，她說。
你確定你沒事嗎？
確定，那孩子說，今天是個好日子。
我希望每一天都是好日子，尤里西斯說。
那太不切實際了。你不欠小佩什麼。
他笑出聲。你覺得我做的一切是在補償小佩嗎？
這事你別急，慢慢上手就好，我會建議你。
還有什麼高見嗎？
也許交個女朋友。
認眞？
像茱莉亞太太那種，或茱莉亞太太本人。
她已經和米歇在一起了。
他有高血壓跟心絞痛，什麼時候死都不奇怪。
你是怎麼知道這些有的沒的？
那孩子點了點她的鼻子。
還有什麼意見嗎？
你表現得還不錯，她說。
謝了。

38 Perseus，希臘神話中斬殺蛇髮女妖梅杜莎的半人半神。

其他地方我哪兒都不想去。

那我就放心了，他說。

他們趕在大門就要關上的時候離開。咖啡廳外的人聞起來有肥皂味，晚間的氣息讓人感覺清新。在廣場上，他們停下來聽一個男人在教堂階梯上彈奏吉他。我有一天也要那樣，那孩子說。我知道，尤里西斯說，你想要快快長大。

快快長大不好嗎？

對我來說是不太好。

那是老克！那孩子說，手指著露台。老克一直在用望遠鏡看他們回來了沒有。那孩子揮揮手。

克雷斯懂很多事情，對嗎，尤里西斯？

克雷斯什麼都懂。

克雷斯沒上過學。

我知道，要是上過學還得了。

兩天後，郵差踩著腳踏車經過米歇咖啡廳，甩了一張明信片到他們的桌上。明信片落下時是圖片那面朝上，上頭能看到堡壘和有圍牆的托斯卡尼鄉村景色。尤里西斯將之翻面，來信的人是馬西默。

主要的新聞是馬西默剪了頭髮，而這一剪就讓他矮了三英寸，也讓他陷入自卑的大坑內。他之所以不得不剪，是因為他被外甥感染了頭蝨。他說他母親的腎結石又復發了。但那能怪誰呢？誰叫她都不喝水。馬西默說他很想念他的新朋友，並叫尤里西斯立刻打電話給他，就用明信片下方留的電話號碼。

茱莉亞把新一輪的咖啡和餅乾放到桌上。那孩子用義語說明信片是馬西默寄來的，然後給她看了圖片。啊，吉廖島！茱莉亞說，然後問起馬西默的媽媽怎麼樣。

腎結石復發了，那孩子說。但她就不喝水，事情還能怎麼著？說著那孩子一臉看不慣地聳了聳肩，啜飲起她的咖啡。

尤里西斯拿起明信片走到店內。廚房逸出了不少熱氣，頭頂上的電風扇又再度停擺。尤里西斯來到電話旁，撥打了那一串號碼。馬西默立刻接起電話，就像他一上午都在電話旁守株待兔一樣。而事實也眞是如此。

他把話說得又快又精準，免得通話突然斷掉。他說他母親因爲下半身不適已經回到義大利本土，並且帶上了他姊妹和他感染頭蝨的外甥。他的一個兄弟決定去趟艾爾巴島，另一個幾天後才回來。所以——這才是這段話眞正的重點——屋子空下來了，過來一起過Ferragosto（八月節[39]）吧！

過什麼東西？去哪裡……？

吉廖島。開車往南朝格羅塞托的方向去，然後是聖托……

米歇遞了一枝筆和一張紙給尤里西斯。聖托什麼？尤里西斯邊說邊向米歇點頭致意。

聖托斯特凡諾港，馬西默說。車子留在那裡，搭早上的渡輪到吉廖島。

尤里西斯把這些資訊通通記了下來。

你明天就得啓程，因爲這是Ferragosto的週末。

費拉什麼？尤里西斯問。

---

39 義大利國定假日，訂於每年八月十五，此節日源自「奧古斯都休息日」，原為農忙後的休憩日，後與天主教「聖母升天節」合併慶祝。

國定假期。你明天不走，就會被困在……

連線斷了，然後是代幣被吞掉的聲音。尤里西斯掛回話筒，轉過身面對的是一片安靜的晚間酒吧。所有人都看著他，而且當中不乏凌厲的眼神。這時有人說了，**你現在要去吉廖島？**

他們依言在隔日一早動身。踏出屋外時，太陽才剛剛點亮東方的天空。他們走過廣場，手裡抓著背包和瓶裝水，克勞德搶先飛到了貝琪身邊。

他們往南穿越托斯卡尼，太陽也慢慢升起，然後丘陵村鎮的地景終於讓位給濃密的栗樹林和開滿向日葵的田野，那景色真是壯觀。老克探出了車窗外，而那孩子嚷著看誰先看到海，但海早就先偷偷看到了她。那孩子脫得只剩下新泳衣在身上，把臉貼近玻璃窗，一點細節都不肯輕放。駛離奧爾貝泰洛[40]後，他們越過潟湖，開進了狂野的銀山[41]，那是四面環繞著第勒尼安海的岩質岬角。道路間蔓生著樹林，空氣中飄散著海鹽與草的氣味，而在巨大斷崖的底部不時能瞥見海灣與沙灘。

隨著深綠色的樹冠層慢慢變得稀疏，道路也開始朝著港口偏移，戰時轟炸的殘跡在那兒依舊清晰可見。尤里西斯把車停在離大路有些距離的地方，然後他們抓起背包，跑向前方的渡輪。一行人趕在隊伍最後上了船，警報用的高音喇叭尖嘯一聲，引擎便突突突地動起來，將雲一般的黑煙吐進清朗的天空。海水如此透明而碧綠，是他們見過之最。克勞德自由自在地飛翔著，迎面而來的輕風把太陽的光束送到他們的鼻頭與前額上，於是那孩子戴上了墨鏡。從來沒有去過任何島嶼的她突然站起身，喜不自勝地揮舞著拳頭。

吉廖島一進入視野，首先映入眼簾的是宛若羊皮紙、既長且燙的沙灘。崎嶇的花崗岩峭壁上除了幾簇地中海灌木以外，基本上什麼都沒有。隨著大船駛進港口，高音喇叭再度響起，半月形的明亮沙灘正式進入視線，再就是漁夫的小木屋，以及等著背起行李踏上島嶼陡坡的驢子。那感覺就像是走入了時光隧道，所有場景都覆著一層棕褐色。隨著渡輪被繫妥在港邊的牆上，他們也尋找起馬西默，但最後是克勞德第一個發現他站在一艘小船上，正死命地揮手。

你們成功了！他大叫著。我的天啊！你們辦到了。

你氣色眞好／這個熱度是怎麼回事／我喜歡你的髮型／你還有頭蝨嗎／沒有沒有都沒了／我有新泳衣／老克會監看廣場上的石椅，先生。

準備好了嗎？馬西默這麼問，順道讓自己緩口氣。準備好了，他們異口同聲地說，並也緩過了氣，接著馬西默一拉動繩索，所有落定在港口內的平靜，以及所有蓄勢待發的對話，就這樣通通被二衝程引擎那刺耳的呻吟給吞下。

小船沿著島嶼的曲線前進，讓躍躍欲試的訪客又窺得幾許小島風貌——山丘上的葡萄園和長滿梨果的仙人掌和可以一路走去游泳的花崗岩石階。那孩子彎身到船外，試著捕捉每一道拍打在船身上的浪頭。最終引擎慢慢平穩下來，小船向右駛向一望無際的鵝卵石海灘。他們瞥見一間靠後的房屋，屋前有著原生松樹與尤加利樹的保護。馬西默讓引擎一斜，淺淺的船身不費吹灰之力就滑上了岸邊。

老克搶先登上小島，只差沒有插上旗子當作標誌。他環顧四下那豐盈的存在，感受到許多意識自他的腳底傳來。

這邊走！馬西默喊道。

波浪的韻律與鴿子的呼喚交疊，圍繞整片鵝卵石海灘。馬西默大步向前邁進，並以一種極不自然

40 Orbetello，格羅塞托南方的濱海城鎮，西邊不遠處就是聖托斯特凡諾港。

41 Monte Argentario，為奧爾貝泰洛外海的半島，兩者以潟湖相連。

的方式揮舞著他的手臂。集緊張與害羞於一身的他從不曾有朋友來訪——老實說，他也不曾邀請過任何人——而他很感激鵝卵石海灘終於來到盡頭，房子以其頗具魅力的不協調感出現在眼前。那是棟半房舍、半棚寮的房子。

就是這裡了，他說。你們去認領臥房，我去準備午飯，說著他抱起一個裝滿食材的帆布袋。

這下子他們與爲期三天的假期之間，已經沒有任何隔閡了。

那孩子在海灘上奔跑起來，鵝卵石在她的赤腳下發燙，尤里西斯在後方不遠處跟著。她此生還沒有在海裡游過泳，至少絕沒有在魚兒和她一樣身上有條紋的地方游過泳。此時的她已來到水深及腰處。一點都不冷！她大喊著。

那孩子捏住鼻子，潛了下去，然後水花四濺地跳出水面。再一次，她說。

我會在這兒，尤里西斯說。

她潛了下去。

他潛了下去。

他們同時一躍而起，打破水面的平靜。

馬西默叫喚著午餐好了。

我不需要吃午餐，那孩子說。

喔，你需要，尤里西斯說，走吧。然後兩人就涉水穿過淺灘，回到毛巾的環抱中。

大家看鏡頭！馬西默大喊，然後設定好計時器，跑回了拍照的陣容中。

（喀嚓）剎那成永恆。

從左邊開始，老克雷斯站在馬西默的旁邊，接著是尤里西斯站在最右邊。他們相互搭著彼此的肩。那孩子站在馬西默的前面，手抱克勞德。克勞德擺出了全翼展的姿勢。在他們身後是露台的一角：幾盆天竺葵，長桌上有吃剩的番茄義大利麵、馬鈴薯與鹽漬鱈魚，還有兩瓶產於島上的爽口安索妮卡[42]白酒，其中一瓶仍有三分之二滿。他們頭上的葡萄藤投下一整片涼蔭，還有一串串葡萄低垂。那孩子仍穿戴著泳衣和墨鏡，這兩樣是她擁有過最棒的東西。泳衣剛泡過海水還濕答答的，到晚上就會把她的屁股磨痛了。不舒服歸不舒服，但就是值得。克雷斯穿著淺藍襯衫配沙漠短褲，他光著腳丫，並很是在意自己好像有點太長的腳趾甲。除了沒算到這一點以外，他感覺自己既完整又無畏。他知道自己在彌補年輕時的遺憾。馬西默的穿搭是成套的海軍藍，棉麻混紡的百慕達短褲和熨平的短線襯衫有著類似的藍。在朋友到來前，他曾爲了自己的髮型和累積在腰上的幾寸肉而略感羞赧。但尤里西斯說他看起來一表人才——你是個帥哥，馬斯，是尤里西斯的原話——而有時候這一句話，就能讓人恢復一點身高。馬西默自此就沒再留過長髮了。尤里西斯穿著下緣剛好在膝上的白色短褲，他的膝蓋很好看，下墜的縫線只是更突顯出這一點。他上身穿著一件白色背心，就跟馬龍·白蘭度在《慾望街車》[43]裡的穿法沒什麼兩樣。尤里西斯還沒看過那部電影就是了。那件背心因爲縮水，變得有點緊身。他的笑容就和以往一樣讓人卸下心防，眉宇因爲陽光太強而微微上斜，耳朵的尖端則愈來愈紅。

經年累月，在吉廖島上拍攝的照片會愈積愈多，這只不過是第一張。這張照片會被掛在牆壁上兩扇窗戶的中間，而窗戶上的白色窗簾會因爲帶著鹹味的微風而鼓起。尤加利樹會散發一股刺鼻氣味，滲透進窗內。

---

42 Ansonica（Inzolia），釀酒用的葡萄品種名。

43 *A Streetcar Named Desire*，一九五一年上映的美國電影，改編自田納西·威廉斯（Tennessee Williams）同名劇作。

他們此時在島上已經待了大約二十六小時又三十七分鐘。時間不算長，但克雷斯肯定已經將這段時間分解並統計出一千個瞬間，因爲克雷斯就是這樣的人。

隨著最後一天愈來愈近，克雷斯身上發生了一點小插曲，而這插曲發生得並不算不是時候。

馬西默剛泡了一壺咖啡，並問尤里西斯對於樓下的公寓該如何使用有沒有什麼想法，而克雷斯就在這時踉踉蹌蹌，走到外頭的露台上說，我知道我們該拿樓下公寓怎麼辦了。

太好了，馬西默說，他很常突然知道嗎？

滿常的，那孩子說。

克雷斯喝了一口水，東倒西歪地晃到椅子上坐下。我剛剛開了一次天眼，他說，然後仔細講述起沒多久前發生的事。

我剛喝完咖啡——順道一提好喝極了，馬西默，他說著自己打斷了自己——然後我在那張可愛的單人沙發上坐了下來，準備要開始讀我從英國帶來的小說。虛構作品對我來說是全新的領域，這你們應該都知道。（克雷斯又喝了一口水。）他說，我打開小說並開始閱讀，而那就像是有隻天國的食指從天上伸出來，直指著我阿弗列·克雷斯威爾本人；就像米開朗基羅的〈創造亞當〉[44]，上帝用手指一點便賦予——這次是這樣的——一個點子。

然後呢？尤里西斯問。

克雷斯舉起了那本《窗外有藍天》。先例已經有人立下了，小坦。（他翻開內頁。）書裡寫的是，「而且還是個考克尼！」

（一陣沉默。）

什麼東西還是個考克尼？尤里西斯問。

在貝托里尼的房東太太還是個考克尼。

貝托里尼又是什麼東西？

民宿，克雷斯說，就是供人住宿的地方。主要收的是英國人，說起來是糟糕透頂的英國人。而且，老實講，那裡的食物眞不怎麼樣，但總歸是個落腳處。

尤里西斯伸手接過了書，匆匆掃過幾頁。

五十多年前一個考克尼的房東太太在佛羅倫斯經營過一間民宿，我們知道這樣就夠了。我們也可以是那個故事，克雷斯說。讓那些房間派上用場，換得一些意義。

也賺點錢，那孩子說。

pensione! 馬西默說，這點子也太棒了吧！

算我一份，那孩子說。

小坦？你怎麼想？

想什麼？他說，做就是了。

馬西默說他會在八月節後聯繫一名同事以討論執照申請和登記事宜，而克雷斯會去問旅館之神。尤里西斯趕忙拿筆記下諸多細節：裝門鎖，加買寢具、毛巾、肥皂，提供洗衣服務——也許添一台洗衣機？買洗衣機會太過分嗎，馬西默？馬西默說等他回去後會去街上探聽風聲。我要跟你去澡堂！那孩子說，結果馬西默臉紅起來，伸手順了順——當然已不存在的——頭髮。

---

44 *Creation of Adam*，此畫為米開朗基羅所作的西斯汀小教堂穹頂畫〈創世紀〉（*Genesis*）其中一幅，成畫於文藝復興全盛時期。

他們那天下午出門覓食，目標是無花果和杏桃和酸豆果實，期間尤里西斯無意間提到他向來覺得擺一盆大家都可以取用的水果，能給人一種好客的感覺。

這個妙，馬西默說。

克雷斯寫下了水果盆三個字。

還有花，馬西默說。

花，克雷斯也記了下來。

放一台自助式的飲料推車如何？

自助式！語氣愈來愈像柯爾的克勞德怒吼了一聲。

放輕鬆，克勞德，尤里西斯說，我們這裡不來柯爾的酒館那套。為此克勞德道了歉，一副很愧疚的模樣。

還有，廣告怎麼辦？馬西默問。

克雷斯吹了聲表示頭大的口哨，因為廣告工程之浩大讓他卻步。我們不能在火車站舉牌，然後等著火車開進來嗎？接著用那台喬維特載客人回來？

這任務可以交給我，那孩子說，誰能對可愛的小孩和一隻鸚鵡說不？

沒有人，馬西默說，一個都沒有。然後你打算餵飽他們嗎，我是說你的客人？

克雷斯一臉不知所措。餵他們什麼？

在廚房瀰漫的蒸氣中，馬西默說，如果我在你有生之年只能教你一件事，那就是這個了。請你學會沸水、鹽巴和義大利麵的正確比例，何時加鹽——大量的鹽，何時讓義大利麵離火。把這幾樣搞定，你就永遠能吃得像個國王。

要是搞不定，那孩子說，我們就會淪落到吃那團叫做pappa al pomodoro（番茄麵包濃湯）的東西。對吧，克雷斯？

馬西默說，簡單加點大蒜和橄欖油和辣椒——像這樣，你嘗嘗。你感覺到義式直麵條的阻力了嗎？那就是你每一次都要追求的目標。

克雷斯與尤里西斯退後做起筆記。那孩子只負責吃。

你們倆會了嗎？她問。

也許我們可以發餐券給客人，讓他們上米歇店裡吃飯？克雷斯提議。

你這想法還差不多，克勞德說。

夜幕降臨在整座露台上。遠處的載客渡輪在一片沉穩的光線中，劃穿了黝黑的海洋。明天換我們，那孩子說，在一堆海膽中潛水讓她興奮到現在。尤里西斯把蠟燭挪到自己面前，點燃一根香菸。桌上散落著核桃殼和空沙拉盤。馬西默倒了酒，克勞德想著要說點什麼，但時機眨眼即過。月亮與蝙蝠與溫順海洋的脈動與友誼與一段新冒險的開端。除此外也沒什麼可說的了。

不過……

你會需要一個名字，克勞德嚼著一片西瓜說。貝托里尼如何？那孩子說，東西沒壞何必修？

他們都笑了，那孩子感到超級得意，但也有點累了。

於是「貝托里尼民宿（二代）」就這麼誕生了。克雷斯日後會對每個願意聽的客人都講上一遍這個故事，讓他們可以帶走一點歷史當紀念品。或者應該說是，一點點的他。

他那晚發著滋滋滋的聲音上了床，明亮得從太空中都看得到他。

一行人神清氣爽地回到城市裡。吉廖島使出了渾身解數，讓他們更腳踏實地，也讓他們認識到一種即將成為他們歸處、令人憧憬的生活方式。克雷斯修好了米歇咖啡廳的天花板電風扇，強勁的氣流在吧檯上穩定吹送，所有人都忍不住歡呼。米歇開心到把克雷斯抱得離地，在旁人看來就像一頭熊正悶死一隻小山羊。尤里西斯走訪了卡斯提拉尼宮的科學史研究所，花了點時間研究柯羅內利[45]的地球儀。它們比他想像中的更美，然後他想起了他父親創造的那些世界，明亮而繽紛的球體上有粉色的大英帝國。他繪製世界的方式自然將有所不同。綠色是森林、白色是冰、棕色是土地、藍色是海洋。他將調整邊界，把名字還給世上的國家。

然後，就在那孩子生日當天，在老家那麼多人之中，是小佩一口氣寄來了三封信。寫於六月的那封信中，小佩寫上了她的新電話號碼在頁底，於是尤里西斯和那孩子拔腿跑到馬西默的辦公室。Un momento，負責接通電話的年輕小姐說。

我都八歲了，那孩子說著把劉海推到一旁。你能相信嗎？然後她告訴小佩說尤里西斯和克雷斯買了吉他給她，馬西默送了她潛水面罩，茱莉亞太太幫她做了卡諾里卷[46]。她出身西西里島，她說。總的來說，是次大豐收。那孩子摀住了話筒，轉頭看著尤里西斯。小佩說她寄了錢給我。那孩子看起來喜不自勝。

尤里西斯聽著小佩唱起了生日快樂歌，便起身離開房間，好給那孩子一點隱私，但事實是他待不下去，那他媽的傷透了他的心。他在走廊上等著，直到那孩子叫喚他的名字。

小佩想和你講話，她說著把話筒交給他。那孩子跟著年輕小姐去到房外，準備學習怎麼沖泡義式咖啡。

我很抱歉，他說。

抱歉什麼？小佩問。

記得我們嗎？

如果你最壞也就那樣，那我眞的不痛不癢。

工作還好嗎？他問。

泰德要我別做了。

你不會眞的不幹吧？

他要我嫁給他。

別，他說。

啥？別辭職還是別嫁？

都不要，小佩，說著尤里西斯點了根菸。

艾莉絲聽起來很開心。

她是很開心，不信你自己來看看。她有跟你說pensione的事嗎？

他媽的什麼是pensione？

他笑出聲。就是小旅館。

45 Vincenzo Maria Coronelli，義大利方濟會修士，同時也是宇宙學家、製圖師、出版商和百科全書作者，以地圖集與地球儀聞名。

46 cannoli，西西里島的傳統甜點，夾有瑞可塔起司，義語字面為「小管子」之意。

你有那麼多房間？

很誇張，對吧？聽著，小佩，你有筆嗎？把這個號碼記下來……這是間咖啡廳。你隨時可以打來留話……你記下了嗎？

記下了。

對了，吉妮的狀況如何？

你沒有看我的信嗎，小坦？

我們一回來就直接跑來打電話，還沒時間看信。

我跟考爾太太說了她和德維的事。

你說了？

我必須說。但我相信她，她讓我感覺很像你媽媽。她既和藹又冷靜，而且把吉妮當家人對待。她和兩個年輕人的相處眞的很溫暖。那男孩也很溫暖。我會等柯爾聽得下去的時候再告訴他。

我們愛你，小佩。

你說什麼？

我說……

你還在嗎，小坦？小坦？

隨著時序進入九月，迎來的是涼爽的天氣和燕子們的漫長道別。尤里西斯也失去蹤影，但只有白天。這是他年復一年開始養成的一種慣例，到後來克雷斯與那孩子也不再問他去了哪裡。那孩子和克雷斯合力做了一個彩色燈籠加入燈籠節[47]，也就是慶祝聖母瑪利亞誕辰的遊行。那孩子說，聖母瑪利亞是處女，但人沒辦法既是處女又生小孩，是吧，克雷斯？對此克雷斯說，不，人沒辦法。我只是確認一下我沒有漏掉什麼細節，那孩子說。在托斯卡尼的葡萄園裡，葡萄的收成已經展開，麵包店裡開始出現一種傳統甜麵餅：托斯卡尼葡萄鹹餅[48]。八月關門休息的餐廳也挾著新菜單裡受到重用的牛肝菌，重新開張大吉。

而最後，雖然那孩子拚了命隻字不提，但九月就是開學季。

開學的前一晚，她緊張到不肯上床睡覺。她發現老克坐在露台上，享受著樹的陪伴。

你在幹麼，克雷斯？

我在跟這個小傢伙講話。

那孩子坐在他身邊聽著。

它話不多，對不對？

所有的動靜都在根部，他說，根部會把消息告訴其他的樹。

像是什麼消息？

像是哪裡可以找到水，哪裡可以喝到好喝的咖啡。

覺得不好笑的那孩子嘖了一聲。

它們也會用根部警告彼此，克雷斯說。

警告什麼？

生命、問題、危險。它們有一點像我們——也有社會性。它們會感覺到被忽視，會感覺到痛苦。

47 Festa della Rificolona，訂於每年九月七日，以燈籠慶祝九月八日聖母誕辰的到來。

48 schiacciata all'uva，即葡萄佛卡夏，schiacciata 是佛卡夏在托斯卡尼的別稱。

我有根部嗎？

你有很強壯的根。所以，你準備好明天去上學了嗎？

要是我都交不到朋友呢？

你還有我們，克雷斯說，和馬西默，這樣就三個了。還有茱莉亞跟克勞德，而且你看，一整個果園都是你的。

克雷斯伸手拿起啤酒。

我可以喝一小口嗎？她問。

沒問題，他這麼說，因爲他知道那孩子很討厭啤酒。

你抬頭看看，克雷斯說。這是太陽系，在四十六億年前形成，而我們倆現在在這裡，加起來一共七十七歲，我們眞是超級年輕的！地球自轉的速度是每小時一千英里，每二十四小時繞自轉軸一周。我們就是被這些東西支配著，艾莉絲。空間、時間和運動。小時、日子、四季。我們的生命被區隔成一系列的片刻。你看得到那邊，那淡淡的一片光嗎？那是仙女座星雲。看著它，我們看到的其實是九十萬年前的過去。

好大的數字，克雷斯。

這些數字確實很大，親愛的。所以說上學上個十年，一眨眼就過去了。

我知道你在幹麼，她說。

我也想說你應該聽得出來。

八年，那孩子說，最多八年。

好吧，克雷斯說，最多八年，然後他假裝吐口水在手上，兩人握手成交。

隔天一早迎來的是低垂的雲層、涼爽的空氣，那孩子穿上了所有孩子都穿的深色罩衫，上頭有大得過分的領子和蝴蝶結，對此她說她看起來像個小丑。是挺像的，尤里西斯說。在廣場上她對克雷斯和茱莉亞說了再見，接著爬上尤里西斯腳踏車的橫桿。你想改變心意還來得及，知道吧，她說。知道、知道，他說，然後踩起腳踏車，加入朝聖弗雷迪亞諾而去的西行車流。這次他沒有在手推車或摩托車之間鑽進鑽出，並且在路面電車後面保持著安全距離。他們途經賣牛肚的小販，準備離去的燕子們在晾衣繩上蓄勢待發。拜拜，鳥兒們！明年見囉！那孩子高喊。

在前方，孩子們聚集在學校的大門口，於是尤里西斯放慢速度，那孩子順勢跳了下來。他牽著腳踏車來到她的身邊。

你沒問題吧？他說著把書包交給她。

那還用說，她說。

一名老師走出來搖鈴，孩子們便紛紛朝著門內走去。

我們晚點見，他說著彎身要親那孩子一下，但她躲了開來。

很多人在看，她說。

他走到那孩子看不到的地方，遠遠看著她走進學校。結實的小不點挺著胸膛，皺著一道彷彿在說給我滾開的眉頭。其他孩子彼此聊著天，但她不這麼幹，她完全是小佩上身。為了她，要他殺人都可以。他有這點自知已經有段時間了。他在門口處鬼鬼祟祟，和柯爾完全是同一副德性。他繞了遠路回家，中途走訪了美術社和古董店，盼著能找到地球儀的模具。

回到家，他煮了杯咖啡，也打開一包義大利脆餅。他將沙發推到客廳邊緣，打開了收音機，然後進到自己的臥室拿出銅版，並將銅版一片片相互靠著，排在地板上。一共六片銅版，寬長大約是十六乘五十五英寸，展示著他老爸數百個小時一絲不苟的工作成果。

在離家去打仗前，尤里西斯曾經清理過這些銅版，爲它們拋光，並輕輕裹上一層凡士林作爲防護。他當時用紙張和紙板包起銅版，並在外面各貼上一張印刷的單張，上頭依序是十二張蝕刻三角地圖——地球儀曲面上的各部分被壓平後的模樣。最後他拿舊毯子綁在最外層，畢竟這些銅版對他來說是無價之寶。

他跪在離自己最近的一片銅版旁，揭開布料，拿起了銅版。他沿著切穿每一張三角地圖最寬處的赤道線——那穩定的存在——移動著手指，將南北走向的子午線一分爲二。主要的緯度線——北極圈、南北回歸線和南極圈——以穩定的延展彎過地球儀曲面。他挨近了地圖。上頭寫著波斯而非伊朗，寫著君士坦丁堡而非伊斯坦堡，惟俄羅斯還是俄羅斯。他會將之定年在一九二〇年代尾聲。

他父親威爾布時常描繪世界全圖，而那就是一切的起點。城市、國家、山脈、河流、海洋，任何令他著迷的事物，以及永遠藏在某處的諾拉之名。當他描繪完全世界之後，威爾布會將紙張翻面，好讓世界與上頭的書寫由正變反。他會在紙上標示出一個格狀系統，而從這個範本出發，每一個方塊內的資訊都會被轉移到同樣分成格狀的三角地圖上，且這個過程會在地表的十二個區塊內重複。那當中蘊含著對於化平面爲曲面，本能而藝術性的理解。

賽道上所有的咆哮在那些瞬間安靜下來，賭注的刺激感消失無蹤。老傢伙的手穩定地移動，然後只見相反的圖案從描圖紙轉移到銅版之上。

他父親過世的短短數月前，尤里西斯完成了屬於他的描繪與蝕刻。有國家與經緯度線，但沒有任何名字。他記得看著單張從印刷機上慢慢脫離時感受到的成就感，以及父親用點頭傳達的認可；記得三角地圖的裁切與其順序的標示，畫上海洋與陸塊的過程、膠水的氣味，還有如何爲第一片三角圖定位——赤道線對準畫在球體上的圓周線。他也記得當紙張延伸過度而撕碎時，心也碎了的感覺。

他坐起來並把手伸向咖啡。咖啡已經涼了，但他不在意。他又想起了模具的事，思考著該如何取得它們。他父親用的是電木[49]製成的模型，那是不折不扣可以獨當一面的藝術品。他點了根菸，往後靠坐。喔，天啊！他說，突然記起了時間。

那孩子形單影隻地在校門邊等候，他在尖銳的煞車聲中抵達校門口。

你說這叫做什麼時候？她邊說邊輕點著手腕。

對不起，他說著彎身親吻了她。

是女人嗎？

是蝕刻銅版。

真沒創意。

上學怎麼樣？他問。

我想我會慢慢習慣吧。

餓嗎？

你有什麼想法？

他們停在賣牛肚的小販前，吃了個lampredotto[50]餡的三明治。那孩子偷喝了一口他的葡萄酒——在我那天嘗過酒味之後，你能怪我嗎？她說。

等兩人吃飽喝足，他便把她抱到腳踏車的鞍座上，推著車沿路前進。

你該剪頭髮了，她說，彈了一下他的耳朵。

謝了，他說。

---

49 Bakelite，又稱膠木，是一種熱固性酚醛樹脂，也是世上最早的人工合成塑膠。

學校爲那孩子的生活賦予了一種他不曾料想到的條理。她在她該睡覺的時候睡覺，早上跟著太陽神清氣爽地醒來。她因爲語言的關係留級一年，但那會在夏季學期的尾聲被導正回來。她的咖啡攝取量被限制在早上讀書或唸義語文法時來一杯加牛奶的咖啡。身爲班上的老大姐，她的照顧欲全落在那些沒她能幹或環境沒她幸運的同學身上，而這樣的孩子還不在少數。她在算數、畫畫與詩歌的學習上都名列前茅，寫故事也難她不倒。她在學校所向無敵，她自己也知道，但她有什麼好在乎的嗎？

她的深色頭髮讓她能隱藏在一幫同樣擁有深色頭髮的孩子之中。她只希望自己不要被誰注意到，特別是男孩子，但他們偶爾會開她玩笑來吸引她的注意，所以她只好學著用俚語咒罵，將他們趕走。偶爾她會遭到責罵，偶爾她會受到稱讚。不算太壞，她應該會這麼說。

開學的第一週來到星期五，尤里西斯、克雷斯與馬西默跟她在學校碰頭，然後就直接帶她到電影院看費里尼[51]的《小牛》。這部片會讓他聞名全球，那孩子在中場時宣告。

隨著秋季往前推移，馬西默來訪的伴手禮是一瓶極受歡迎的當季橄欖油。此外，他還爲他們帶來一個消息：申請手續已經完成，民宿可以開張營業了。隔週，他領著一名神父來爲未來的民宿賜福，爲此尤里西斯備妥上好的蒙塔奇諾紅酒恭候。一直待到酒瓶空掉才走的神父替在場所有人都賜了福，包括克勞德，而且賜了兩次。

天氣愈來愈寒涼，克雷斯重新穿起了長褲，尤里西斯則在馬奇奧路附近找到一處工坊。在寄回英國的信中，他形容這個時期是一段神奇的時間，一切都漸漸安頓妥當。我覺得我們已經繞過了那個彎，他寫道。

聽說艾莉絲的母親去世了，我很遺憾，老師說。

那是十月底的事情，在學校的大門外，降雨連綿不斷。

尤里西斯臉上的震驚看起來肯定像是哀慟，因爲那讓老師泛起了淚光。她對獨力拉拔孩子的他表達了由衷的敬佩，並將一塊她前一晚做好的巧克力蛋糕送給他。心慌意亂的他拒絕收下蛋糕，但她完全不接受他的拒絕。他跌跌撞撞地走向等在腳踏車旁的那孩子，此時的他與其說是年輕力壯的單身漢，感覺更像是個聽聞噩耗的鰥夫。你臉色好糟糕，那孩子說，然後她爬上了腳踏車的橫桿，躊躇滿志地接過蛋糕。

他載著那孩子，一路上油布雨衣在風中拍振，一回到廣場就直奔米歇的店裡喝茶。店裡很溫暖，大衣衣架下方積了一灘水。米歇向尤里西斯點頭打招呼，說起外頭的天氣。尤里西斯附和著表示同意，他的義大利語已經到了能對話的程度。他跟著那孩子到咖啡廳後方，把哀悼用的巧克力蛋糕放到兩人之間的桌上。那孩子點了一盤寬帶麵佐義式牛肉肉醬，還有用來配麵的一杯奇諾托[52]。

50 牛的第四個胃，即皺胃。前三個胃（瘤胃、網胃、瓣胃）則合稱為trippa。

51 Federico Fellini，義大利藝術電影導演、演員暨作家，曾先後五次獲頒奧斯卡金像獎。《小牛》（*I Vitelloni*）是其執導的黑白喜劇電影，一九五三年上映，同年獲得威尼斯影展銀獅獎。

所以呢？她過了一會兒後開口。你看起來好像有話要說，親愛的。

他不太確定該從何說起。小佩沒死，他說。（一臉沮喪。）

我知道，那孩子說完便吃起麵來。

那你為什麼要到處跟人說她死了？艾莉絲，看著我，他說。為什麼你要說你媽死了？

那孩子露出了不服氣的表情。不折不扣的小小佩。艾莉絲？我們可以在這裡坐一整晚，你說對嗎……

因為那比眞相好。

眞相是？

她送走了我。

說著那孩子的臉突然漲紅，她感到憤怒，也感到羞恥，然後她哭了起來，因為她完全不知道如何解釋這一切。她還太小，小到不知道那情緒有多深。她滿腦子不停想著的只有操場上那個沒有鞋穿的女孩。所以，艾莉絲跟她說她沒有媽媽。有什麼不一樣？鞋子和媽媽，沒有就是沒有，會痛就是會痛。

別這樣，拜託別這樣，尤里西斯說著想給她個擁抱，但她跑向了茱莉亞。而那就是我給不了的，他心想。我給不了柔軟的觸感，給不了知道該怎麼做才對的懷抱。他點了根菸。他怎麼會不知道？他該死的怎麼會不知道她腦子裡在想些什麼？都已經過了這麼久？他對上了茱莉亞的視線，她用微笑告訴他沒事的。但這怎麼可能會沒事，他心想。

過了一會兒，那孩子坐回了他旁邊。我有大麻煩了嗎？她問。

放心。

那我可以吃點蛋糕嗎？

不行。

這個蛋糕是因爲誤會收到的，我們明天要把它還回去。

那會很尷尬。

我會負責還。（他還了，而那場面也確實尷尬。）

那孩子問說蛋糕不能吃的話，那她可不可以來一點budino（布丁），他說當然。

他給了她一枚硬幣去投點唱機。於是她一邊吃著卡士達布丁，一邊聽著艾爾．馬丁諾[53]高唱〈在我心中〉。

那晚，尤里西斯躺在那孩子身邊，直到她睡著。他環顧她的房間。她之所以選擇這個房間，爲的是紅綠相間的壁紙上有金剛鸚鵡和樹木的圖案，那是一整片標準的叢林。這是她身爲一個八歲的小孩所做的決定，那是她心靈運作的方式，是她感興趣的東西。在那房裡，一個掛鉤上吊著她的泳衣和潛水面罩，邊桌上放著她的墨鏡和畫簿，乾掉的海膽外殼則被她擱在梳妝桌上。她的吉他靠在床尾，有個招牌是他們一起做來宣傳民宿用的廣告工具。這些東西是她如今生活的總和。而她會長大，會離開，他想。然後她會走出自己的路，不會把她的想法丟回給他。生命會用全副的欣喜與複雜呑噬她。她將會深陷愛中，眼裡再容不下其他事物。而他想要在那天來臨前知曉她的一切，但又納悶人是否能眞正了解另外一個人。

尤里西斯可以聽到克雷斯那沉重的呼吸聲從走廊的另一頭傳來，他想他應該熟睡著。

但其實那老傢伙在哭泣。

---

52 Chinotto，義大利碳酸飲料，以柑橘果汁製成，顏色較深，滋味帶苦，類似可樂與沙士。

53 Al Martino，義大利裔美國歌手，活躍於一九五〇至七〇年代。〈在我心中〉（*Here in My Heart*）是其發行於一九五二年的歌曲。

克雷斯剛讀完佛斯特的小說，有很多東西需要沉澱和消化。理智對決感受，而克雷斯渾身都是感受與愛。這也代表與貝戴克旅遊書的仳離，因爲那從佛斯特的眼中看去已變得荒誕無稽。隔天早上克雷斯會拋棄它，將它扔到客廳地板上當稱職的門擋，一擋就是許多年。克雷斯會穿著他的背心與短褲站在鏡子前，一而再、再而三地重複著：我很重要。

隔天，克雷斯放下了望遠鏡，一手抹了抹額頭。

所以，老傢伙，觀賞用的苦橙樹說，你打算怎麼辦？過了這村就沒有那店。

是嗎？

去吧——擦點古龍水在你那光滑的雙頰上，讓眾人看看他們都錯過了什麼。我會在這裡爲你加油。

（一陣沉默。）

那是玩笑話，跟你說一聲。

我知道，克雷斯說。

克雷斯回到他的房間，照著樹的意思做了。他爲新買的巴拿馬帽喬出了一個騷包的角度，也換了一雙鞋子。不同於尤里西斯，他仍舊是襪子的忠實用戶。

他戰戰兢兢地走下樓梯，正巧遇到購物回來的老伯爵夫人要上樓，狼狽地提著一大袋東西。他試著伸出援手，但她用一聲侮辱性極強的idiota（白痴）噓開他，而這個詞即使是對克雷斯而言，也不太需要翻譯。

他對在雕像邊閒晃的孩子們說了聲buongiorno，而孩子們也回了聲日安，而且還錦上添花地尊稱他克雷斯先生。

克雷斯**先生**，他想，簡直像是從文學作品中走出來的角色。

尤里西斯在米歐咖啡廳叫喚著他，但像在打禪的克雷斯已進入純然的入定狀態。茱莉亞站在尤里西斯的桌邊看著，甚至穿越廣場到半路的神父都停下來劃了個十字架。

克雷斯可以感覺到張力在他胸膛生起。他走向石椅，而老太太們紛紛抬起頭，中斷了閒聊。他輕觸一下帽緣，使出練習已久的花稍寒暄，讓老太太們嚇了一跳。他在石椅的邊角坐下，半邊屁股危險地懸空，然後從包包裡拿出了他的織物，那是看不出有什麼特別、織了四排毛線的深棕色衣邊。老太太們用手肘推了推彼此，竊竊私語起來。

克雷斯舉起了他的鉤針說：Sto lavorando a maglia un maglione senza maniche——這句話讓他一頭栽進了義語發音的眾多陷阱，以至於他完全沒能讓老太太們知道他正在織一件無袖毛衣，反倒告訴她們這是一顆沒有袖子的西瓜。但他要的效果達到了。些許的笑聲混著某種東西，而就是那某種東西讓咪咪太太挪出一點位置，讓他能坐得更有餘裕。那當中的善意是無價的。那天下午他在石椅上待了兩小時，單純當個聽眾，也享受她們的氣味，還有她們說起故事的活力四射。他甚至用搖搖欲墜的義大利語告訴她們說，作爲海上部落民族的莫肯人[54]沒有語言可以表達「我想要」、「拿取」或者「我的」等概念。此話一出，現場鴉雀無聲。但那是一種感受到世界之奇妙的鴉雀無聲。想像那會是怎樣一個世界，他說。可不是嗎！她們說，然後咪咪太太舉手向米歐咖啡廳點了一托盤的苦艾酒。

54 Moken，意譯即「海人」，泰緬外海群島上的南島部落民族。

貝托里尼民宿
房間美麗
價格優惠
地點無敵

尤里西斯和那孩子已經在車站穿堂等了三小時，正準備收工，此時從威尼斯出發的列車恰好進站。車廂裡跳出一對（他們後來得知）來自曼徹斯特的老夫婦，看起來在歐洲的混亂中頗如魚得水。他們是班布里奇先生與太太（叫我們德斯和帕比就好）。

德斯是一名商人，人生中從來沒有對好價錢視而不見過。他站到招牌前面問，有多優惠？

你要多優惠都可以，尤里西斯說。

生意不是這樣做的，年輕人。

我們就沒做過啊，那孩子說。

來吧，帕比，這兩個小傢伙需要我們幫忙。我會打電話給班尼托旅館取消訂房。

你們這間風景很好，克雷斯一邊說，一邊煞有介事地打開了他們的房間門。

來自聖靈廣場的鐘聲響徹雲霄，丁骨大牛排的神仙香味從米歇咖啡廳飄了上來，向晚的光線是一種柔軟的黃光。德斯和帕比因著迷而出神。

班尼托相形之下像個屎坑，德斯說。

你看天花板上那幅小愛神邱比特的壁畫，德斯！

還有這寢具的品質！太驚人了。

克雷斯說起他準備好的介紹詞。毛巾、備用的毯子和枕頭都在裡面，他說。洗手間在走廊另一頭，熱水什麼的都很充足。您安頓好之後在客廳有迎賓飲品招待，我就把鑰匙留在這裡，他說，然後微微鞠躬，退了出去。

德斯和帕比一住就是一星期。

一星期來到尾聲，這場相遇的奇妙之處慢慢清晰了起來。

尤里西斯在工坊忙了一天後回家，正要爬上樓梯時，德斯從前門探出頭說：小子，要一起喝杯啤酒嗎？

尤里西斯在客廳加入德斯的行列，一旁的飲料推車上有克雷斯不久前放上的幾瓶冰啤酒。

德斯說，帕比在房間裡爲我們的最後一晚梳妝打扮。我們要去米歇咖啡廳吃野豬香腸，非常好的推薦。謝謝你，年輕人，他說。

謝了，德斯。也謝謝你選擇我們家下榻。

他們噹的一聲互碰了酒瓶。

榮幸的是我們。

然後德斯說了，你一個年輕男人獨自扶養小孩，是戰爭的關係嗎？

嗯，也算是吧，尤里西斯說，但我們過得還行。

看得出來，但我想幫忙。要說做生意還有我不懂的事情，你儘管寫在蚊子的屁股上。我四十歲時就已經白手起家成爲百萬富翁。

尤里西斯用一聲口哨表達讚嘆。

塑膠，德斯說，四個字：果凍模子。

尤里西斯的耳朵不禁豎直。

你什麼都可以開模嗎？
什麼都可以，比方說你的頭，或者我的鞋子。
那如果是兩個半球體合成一個完美的球體呢？
沒問題，你想要多少個？五十？一百？
一個。
先做一個原型，合理。
直徑三十六公分。
英寸的話是多少，年輕人。
十四點一七。
夠精準，看來你我是同道中人。

啓程離開的早上，德斯和帕比遞給他們一枚滿是現金的信封。克雷斯瞥向內裡，說了聲我的老天爺，德斯。

這錢花得很值得，德斯說，而且我已經替你們擬好一個基本的營運企劃，拆解了你們該有的收費，就以轉角的那間班迪尼旅館爲基準。

德斯昨天去打探了一下，帕比說，他假裝有興趣買下旅館。

當然啦，他們有附設的餐廳這個加分項。

我們還沒準備好提供餐點。

看得出來，年輕人，所以我們都列在這裡面了。不同的房間有不同的費率，隨著季節做調整。多去了解你們的市場，口碑是很強大的工具，我回去以後也會多多幫你們宣傳。做生意沒有別的，就是要有個人特色。保持現在這個樣子，可以的時候拉條電話線——然後他一臉嚴肅地看著尤里西斯——裝一台像樣的咖啡機。光是氣味這一樣小事就可以抵得過一百萬條大事。你們可以提供過夜加上供應早餐的服務，這對提高知名度有幫助。我和帕比會樂見一早有咖啡和糕點等著我們。

我們會照辦的，德斯。

這是我的電話。模具什麼時候做好、你們什麼時候可以收貨，我會通知米歇。現在告訴我們訪客留言簿在哪兒，我們要在上面寫篇作文。

在德斯與帕比之後，民宿迎來了新婚燕爾的威勒比夫婦，他們來自賓夕法尼亞。克雷斯大手筆撒了過多的玫瑰花瓣。新年的新客人有兩名紳士是瑞克蕭先生與克魯先生，風趣的兩人很受眾人喜愛。艾胥利夫婦接棒而來。然後是葛溫多琳·弗利普沃斯和她的姪女，她們是爲了新一季的蘆筍與豌豆而專程前來。

就這樣，在至少一年左右的時間裡，這就是第一批客人前來住宿的模式。他們就這樣慢慢融入了複雜的餐旅世界，克雷斯是這麼形容的。隨著口碑傳播出去，三月到十月房間幾乎都能住滿，而這也爲他們帶來了不算差的收益，足夠滿足生活所需。神父每年都會來爲民宿賜福，至於他每次來會待多久，就要看他們當天手邊有什麼等級的葡萄酒。上好的布魯奈羅可以爭取到四個小時。

最終尤里西斯會開始期待十一月，因爲這時大部分的客人都會離去，當地會展開爲期三個月的英國式天氣：大量雨水，偶爾雨雪夾雜，還有霧氣籠罩的星夜。這時還會來住的，就只剩下獨旅者和藝術愛好者，基本上都不麻煩。

但這話還是說得太早了。

時間還是一九五三年。十二月，樹葉已經徹底脫離樹身，偶爾雪塵會從亞平寧山脈飛來。佛羅倫斯的女性披上了毛皮，白松露的氣味混著烤栗子的芬芳。義大利語說的 presepio，也就是耶穌降生的場景，出現在教堂的外頭，演奏吉他的樂手從曲目中抽掉了藍調。在聖母無染原罪瞻禮[55]之後，這座城市便改頭換面，運轉著所有系統全力衝刺，一切都狂奔向聖誕節。

帕帕加洛民宿——民宿的新名字，意思是「鸚鵡民宿」——此時最大的新聞是德斯的模具已經送達。六組，而不是原本說的一組，因爲德斯就是那樣的人（他做事向來都是全力以赴，寧多勿少，帕比說著秀出她的兩枚訂婚戒指）。不到幾小時，工坊裡的尤里西斯便已將兩隻手肘都插在熟石膏和一條條粗麻布裡頭。他手腳很快，一會兒將液體塗抹在模具的表面，一會兒加入粗麻來增加強度，然後再覆上更多層石膏。他初步的嘗試都比較粗糙，成品全拿來當作貼三角地圖的練習用球體。哪種膠在哪種紙上黏得最牢，哪種紙的延展性太過頭，哪種紙的形狀保持得剛剛好，哪種紙將水彩顏料和膠水吸收得恰到好處。這個過程既緩慢又辛苦。他的審美直覺已經因爲十年的荒廢而變得有點使不上勁，工坊的地板變成了廢棄地球的墳場。但事隔兩週，兩個半球已經成爲趨近完美的單一球體。他花了一天的工夫裁掉厚厚的接縫處，再用砂紙進行打磨——他沒辦法將視線從地球儀上移開，但他應該移開的。他又遲到了。

對不起，馬斯！對不起，克雷斯！尤里西斯跑過了廣場。

茱莉亞端著托盤將咖啡送到咖啡廳外。她身上裹著一件綠色羊毛衫，頭髮盤得高高的，脖子上則是一條海軍藍絲巾。她在尤里西斯面前站定，把咖啡放到桌上，然後把一絲散落的捲髮從額頭上撥開，說道，你來這裡已經六個月了，坦普先生。

這麼久了嗎？（他還是不太敢正眼看她。）

是眞的，馬西默說，算到今天差不多。

六個月了，克雷斯。你怎麼想？再六個月？

我哪兒都不去，小子。我死也要埋在這裡。

確定茱莉亞走遠到聽不見以後，尤里西斯向前傾身說，你對心絞痛知道多少，馬西默？

不太清楚，我叔叔有過這毛病。

他還活著？

死了，死在野豬手裡。

野豬？克雷斯訝道。

這種事沒有你想得稀奇。

所以他的死和心絞痛無關？

心絞痛有可能讓他的行動變慢了一點。你有心絞痛，尤里西？

沒有，沒有。我只是……

沒事，我是在逗你玩。我知道你是在講米歇。

你怎麼會知道米歇的事？尤里西斯問。

艾莉絲跟我說的。

我也是她跟我說的。

怎麼什麼事都沒人告訴我，克雷斯說。

郵差騎著腳踏車經過，甩了張明信片到桌上，正面朝上。照片上是大笨鐘。

倫敦呼叫中，馬西默說。

55 Feast of the Immaculate Conception，天主教節日，每年十二月八日慶祝聖母瑪利亞獲得無原罪的恩賜。

尤里西斯將明信片翻了過來。

老天！他說，是彼特。蘿絲瑪麗．克隆尼此行只是去取消那該死的表演，所以他要來找我們了。

在彼特這麼宣告後，迎來的是一連串熱鬧的活動。克雷斯和那孩子上市場買樹，結果一買就是兩棵，因爲民宿也需要一棵。他們在地窖找到一盒阿圖洛留下的裝飾品，而雖然那擺起來的效果有點樸素，但垂落至兩層公寓地板上的銀珠與金珠串在簡單中也自有一種優雅。樓下的那棵樹有一顆星星在頂端，而樓上的那棵上頭則有一隻偶爾會摔倒、龐大的藍色金剛鸚鵡。克雷斯和那孩子爲樹增添了一抹自然的氛圍——加上冬青與尤加利樹的小花束——那香氣聞起來簡直天堂！克雷斯說。

簡直天堂！這說法嚇到了尤里西斯。他是第一次聽到克雷斯這麼說，而這說法一直只存活在專屬於唐利的領域裡。尤里西斯一整個下午都甩不掉對那個男人的回憶。你還好嗎，孩子？克雷斯反覆問著。克雷斯知道他鑽入了自己的牛角尖，就像他在望遠鏡的另外一頭定居了下來。我沒事，尤里西斯說，但那孩子說，他就算有事也不會告訴我們。

夜深人靜時，他一個人走到露台上。教堂那還是半成品的蒼白門面閃耀得像是一面巨石碑，他納悶唐利會如何看待這一切。

嘿，小坦，他可以聽見唐利說，這一切本不該如此的。

我知道。

（唐利深吸了口菸。）

我是說這個廣場，這不是布魯內萊斯基的本意。廣場原本應該建於另外一頭，然後一路延伸到河邊，這樣你就可以搭船抵達教堂。那樣豈不是簡直天堂？就像是水都威尼斯。

沒去過，長官。

沒去過威尼斯？那我們一起去。就這麼說定了。喔，還有小坦啊——你，就叫我亞歷克斯吧。

聖誕節只剩三天了，彼特那邊還是沒有消息。天氣開始變得惡劣，尤里西斯在工坊只有兩個陶製小火盆保暖，而他就這樣在受凍一整天後，在沙發上打起了盹。克勞德站在樹頂哼歌給自己聽，而聖誕組曲和海上船歌的旋律並不討人厭。只不過很快地，有另外一個聲音蓋過了克勞德，那是尤里西斯覺得，或者應該說希望，他這輩子或任何一輩子都最好不要再聽到第二次的聲音。

外面是在幹什……？

他一躍而起，來到窗邊，正好看到那輛一九三〇年代的綠色英國救護車抖動著開進了廣場，鬼哭神號得像是座移動屠宰場。克勞德飛了過來，降落在他的肩膀上。牠開始掉羽毛。

放輕鬆，大傢伙。我們還不能確定那究竟是不是他。

但等尤里西斯來到樓下，柯爾的那輛破銅爛鐵已經吸引了左鄰右舍的注意。老伯爵夫人看著他大喊，跟你有關係嗎？

可能有，尤里西斯說。

不意外，她臭著臉轉過頭去。

彼特從乘客座位上連滾帶爬地掉出車外，臉色比平日更蒼白。他跌跌撞撞地栽進尤里西斯的懷抱說，他把我綁在椅子上，小坦。除非我同意讓他跟來，不然他根本不放我走。我在那點小空間裡和他相處了整整一星期。

天啊，彼特，那有點太刺激了。

柯爾大喊著捶打儀表板的聲音傳來。
他來這裡幹麼？
吉妮不肯離開考爾太太那兒。小佩在跟泰德鬧彆扭，柯爾和他姊妹吵了一架。而我要來這裡。
那酒館的生意誰顧？
海莉・麥納斯，他的新女人。她曾以鐵腕經營過勝利酒館。
大衣很帥喔，順帶一提。
這舊東西，小坦？我穿好幾年了。
突然間警笛聲停了下來。柯爾從駕駛座爬出來，輕輕地關上車門。
你跑來幹麼，柯爾？
這時候不是該說歡迎嗎？
你知道我的意思。
只是想看看這是怎麼一回事。那犯法了嗎？
自然沒有。
犯法的是在米蘭把那個人打趴，彼特說。
你有完沒完啊？我不過是輕輕碰他一下，柯爾說著來到廂型車的後方。柯爾的背上被貼了一張告示，上頭用三種語言寫著：踹我。尤里西斯踹了他一腳。
你他媽的這是在幹麼？
尤里西斯撕下了告示讓他過目。
柯爾轉頭望向彼特。你今晚最好睜著眼睡覺，他說。
我已經一星期都沒闔眼了，彼特說。
有行李嗎？尤里西斯問。

彼特舉起了他的大提包。我的一些內衣褲和襪子，他說。
柯爾打開了救護車後面的車門鎖。一件行李，三個紙箱。
紙箱裡是什麼，柯爾？
午餐肉[56]，彼特說，他一直吃個不停，我一路就像躺在個死掉的東西旁邊一樣。
尤里西斯把柯爾塞進了樓下的民宿，而彼特則和他們一起住到樓上。這樣他才能就近彈奏鋼琴，那是他們的託辭，但實際上彼特連一分鐘都受不了再和柯爾共處一室。而等彼特走進客廳，看到了克勞德，他驚呼一聲說，我真沒想到還能再見到牠，牠到底是怎麼……？
跟我可沒關係喔，彼特，尤里西斯說，全都是克雷斯那個鬼靈精。
確實一看就是克雷斯的手筆，小坦。
什麼東西一看就是我的手筆？克雷斯說著走進了房間。
放這裡，老克，彼特說，然後兩人握起了手。
彼特！那孩子大喊。
哈囉，小可愛。
你看我有什麼！她說著把吉他朝他扔了過去。我想彈藍調，她說，而彼特拉著她的手指放到了琴格上——藍調的經典領域是E調。就從這裡開始吧，他說。
克勞德起飛並進行了一小段空中表演。去你的守護神劇院！牠跳針似地呼喊著。
你看看，彼特說。
牠總是這樣讓人驚奇，尤里西斯說。

56 Spam，一九三七年由美國荷美爾（Hormel）公司推出的調味肉罐頭，價格低廉，於二戰期間隨著美軍流通至世界各地。

你會以爲牠這麼重，應該做不了這種特技，克雷斯說。此時柯爾突然走了進來。我就知道！他喊道。那隻該死的鳥！我就說誰會想吃那玩意兒?!

克勞德嚇得直直撞上了窗戶，然後像一袋核桃似地掉到地板上。

克勞德！那孩子叫出聲。

你幹麼做那種事？克雷斯責問道。

做哪種事？柯爾反問。

沒人能從那種事活下來，彼特說。

但克勞德活下來了。

後來歡樂氣氛能從這小小不幸中一口氣復活，都要歸功於有人提議去米歐咖啡廳吃晚餐。那孩子當起了領隊。

這裡感覺挺好的，彼特一邊說，一邊開門走進了溫暖和氣味之中，也走進了義大利的氛圍。

我還是不明白，柯爾說，他低頭看著趴在尤里西斯懷裡的鸚鵡。牠是怎麼跑來這兒的？

牠跟著我們。

跟著你們？

就像能自動導航的信鴿那樣，尤里西斯說。

但信鴿的自動導航不是專門用來回家的嗎？

不一定，克雷斯說。

喔，要開始了，杜立德醫生[57]。

自我導航雖然寫作「homing」，但那也可以指一種返回自身領域的能力。由此可證……

由此可證？由此可他媽的證明什麼？

由此可證，我們是牠的領域，克雷斯說。

茱莉亞領著他們到後頭的一張桌子，尤里西斯向她解釋懷中的鳥剛歷經了「concussione」（他不會腦震盪的義大利語，這是他亂編的）。爲此她驚呼了一聲，把手按在胸口。一瞬間他好想告訴她自己也腦震盪了。他問她今天的特餐是什麼，於是她傾身貼近他的耳朵。義式清湯餃，她發出貓咪般的呢喃。那是他幾年來情慾最高漲的瞬間了。他感覺到頭重腳輕，結果絆到了椅子。

抓住鳥！克雷斯大叫。抓住鳥，彼特！

彼特朝鳥兒撲了過去，在釀成大禍的幾英寸前抓住了牠。

你是我所知道最可靠的一雙手了，克雷斯說。

那第一天晚上的義式清湯餃，將成爲被他們傳誦許多個年頭的一道餐點。喔，那碗湯餃是如何滋養了他們、取悅了他們，給了他們韌性去面對那之後所有的人生無常！

那鹹香中既像豬肉又像雞肉的口感，柯爾少見地化身爲辯才無礙的美食家說道。

還有那漂浮在湯裡一顆顆包餡的義式麵食，至爲溫柔的嚼勁，彼特說。

Al dente，克雷斯說。

艾爾丹提是哪位？柯爾問。

那是義語的「會碰到牙齒」，克雷斯說，**彈牙**的意思，也就是咬起來口感扎實。Al dente。

不要再他媽的丹提來丹提去了，柯爾說著用一塊麵包拭著碗。我好不容易才重新開始喜歡你。

尤里西斯給了那孩子一枚硬幣去投點唱機。這是要點給彼特的，她說。艾拉．費茲傑羅[58]的〈我的唯一〉。

彼特點了根菸，要大家注意聽歌曲的鋼琴伴奏。聽見了嗎？這就是艾利斯．拉金司[59]，他說著便

57 Dr. Dolittle，英國作家休．洛夫廷（Hugh Lofting）的兒童小說《杜立德醫生》中能和動物說話的醫師。

一鍵一鍵地彈奏著空氣鋼琴。此時米歇從吧檯後面走了出來。

坦普先生，他輕聲說道，有電話打來。

找我的？尤里西斯說著便側身離席，跟著米歇去到吧檯。

過了一會兒，他又回到座位上。

怎麼回事？克雷斯問。

小佩打來。

小佩？眾人異口同聲。

她要過來，尤里西斯說。

過來？過來哪裡？

這裡。

這裡？

就在明天，他們已經到羅馬了。

他們？

她和泰德。

喔，不要是那個該死的泰德，柯爾說。

他們的目的地是威尼斯。

你要表現得酷一點，彼特說。

我一向酷不太起來，彼特。

我也酷不起來，小坦。我也不知道我為什麼會說這種話。我去拿飲料。然後他就起身去點了一輪腳踏車雞尾酒。

那孩子一臉憂心忡忡。她挨向尤里西斯說，小佩來幹麼，尤里？他回答說，那還用說，來看你啊！那孩子笑得燦爛。她會住我們家嗎，尤里？不，小不點，這次不會。（他故做輕鬆，但不敢直視她的眼睛。）

你會住我們這裡嗎，小佩？

不會。泰德想要住角落那間旅館。

班迪尼？

對，就那間。一個朋友的朋友的朋友住過那兒。

這推薦也隔太遠了吧，小佩。

她笑出聲。

（沉默。）

真希望你能來跟我們住，他補了一句。

是啊，但你也認識泰德。

我也不算真的認識，尤里西斯說。我們幫你準備了房間，小佩。

我又不知道。

你應該要問一聲的。你要是過來，那孩子一定會很開心。

她見到我會高興嗎？

高興到你不會相信。

---

58 Ella Fitzgerald，美國歌手，公認為二十世紀的最偉大爵士歌手之一。〈我的唯一〉（*My One and Only*）是她發行於一九五九年的歌曲。

59 Ellis Larkins，美國爵士鋼琴演奏家，曾與同為非裔的艾拉・費茲傑羅合作過兩張知名專輯。

隔天下午，氣溫降了下來，天空透著黃色調且一副要下雪的模樣。尤里西斯對著雙手呼氣，拉妥了圍巾，就這樣在漸暗的光線中等在噴泉旁，活像個大傻蛋。最後這句是柯爾說的，想也知道。但他就是忍不住想當個傻子。老實說，他很高興能見到小佩，而讓他不至於陷入宿醉帶來的昏沉之中的，也就只有這股興奮了。他看著手錶。應該快到了，他確信。前門忽然打開，那孩子跑了出來。我改變心意了，她說。

法蘭基．連恩[60]的〈我相信〉響亮地從米歇的店內傳出，那孩子和尤里西斯跟著唱了起來。一輛汽車出現在廣場上，其排出的混濁廢氣在冷冽的空氣中看起來格外明顯。尤里西斯緊握著那孩子的手，但那輛車並不是計程車，而且一路穿過廣場，駛進了馬澤塔路。

我以爲那是她，她說。

我也以爲，他說。

眞好笑，我們竟然有相同想法。

那孩子開始爲了取暖而跳起舞來。你也應該試試，她說。好，我會的，他說。

小佩與泰德在計程車裡幾乎無話可說。他們怎麼可以去了羅馬和威尼斯，卻跳過佛羅倫斯？這是泰德的小心機。你看那燈光，小佩在他們過河時說道。那不就只是燈光嗎？泰德邊說邊重讀著手裡那份三天前的報紙。

十分鐘後計程車滑進了聖靈廣場，停在瓜達尼宮[61]外。眼前是光禿樹木與聖誕節彩燈與輝煌教堂與建物的完美對稱。而在那當中，有個男人和一個小孩在噴泉旁跳著舞，背景是溫暖的紅霞餘暉。男人與孩子笑個不停，周遭的白霧是兩人呼出的熱氣。他們看上去很幸福，而那一幕看在小佩眼裡已然足夠。她可以安心入睡了，說不定還終於可以原諒自己了。早知道她就應該要到此爲止的，她應該叫計程車司機接著往下開的，但突然之間，那孩子和男人停下了舞步，轉頭望向了她。那男人指了指孩子，拚命揮著手。泰德付了計程車資後說，我們今晚不跟他們吃飯喔。小佩打開了車門。你聽到我說的話了嗎？泰德問。好啦好啦，她說。

空氣銳利地灌進她的鼻腔。聞著有柴煙與大蒜與某種髒東西的氣味。她撫平自己的褲襪，接著鑽出車外，用毛皮大衣裹住自己。她揮揮手，那孩子便朝她跑了過來，而且完全是艾迪的模樣，那嘴巴、那頭髮。小佩單膝跪地迎接她，但那其實是爲了不讓自己崩塌。

喀啦喀啦喀啦地穿過廣場，那是小佩的主題曲。她朝著他走去，搖曳著雙臀，擺動著手臂，一根菸叼在嫣紅的嘴裡。她用一隻手勾著那孩子。熟悉的抽動在尤里西斯的胃裡浮現。泰德連同行李箱被晾在人行道上，小佩（沒請示他）就逕自離開讓他氣不打一處來。尤里西斯也朝她走了過去。她扔開了香菸。聖靈大殿的鐘聲開始在廣場上迴響。

這鐘是爲了我而響嗎？她說。

不然呢？他說。爲了設計這橋段我可是**費了一番手腳**，截肢的地方還在痛著呢。

小佩笑了。他們看著彼此，熟悉感還在，那些歷史也還在。他的臉能感覺到她溫暖的呼吸，那氣

---

60 Frankie Lane，美國歌手，〈我相信〉（*I Believe*）是其發行於一九五三年的歌曲。

61 Palazzo Guadagni，建於十六世紀，現作為飯店之用，位於聖靈廣場旁馬澤塔路一角，屋頂有花園可俯瞰佛羅倫斯的山丘。

息有些走味，但仍不失魅力。

過來，他說。

兩人就這樣陷入了彼此的懷抱。（旁人都看著。老伯爵夫人在二樓的窗邊，米歇和茱莉亞在咖啡廳的門口。）

你看起來很義大利，她說。

那是我穿西裝褲的關係。

你的髮色也變深了。

在你看來是這樣嗎？

她的手指滑過了他的頭頂。

很適合你，她說。

而你看起來很你。

他握住她的手，拉開了距離，好將她整個人看仔細。他吹了聲口哨。

嘿！那孩子打斷了他們。那棟房子是我們家，那是我們的咖啡廳，站在那邊的是米歇先生和茱莉亞太太。快向他們揮揮手！然後那是我們的噴泉。

小佩笑了。泰德正在叫她。

我該走了——她開始回頭。

然後那是我們的老克。

小佩轉過身，心酸地看著他。

老傢伙對她露出笑容，他紅著眼睛，喉頭哽咽。

快打電話報警，他說。Qualcuno ha rubato tutta la bellezza，這裡有一個美貌大盜。

字句是金粉，克雷斯？

難道還能是別的？他說。來，吃個柳丁。

他遞過一顆西西里島血橙。她接住，然後用指甲刺穿果皮，整顆舉到鼻子前。回憶突然鋒利。

來吧，克雷斯說，那兒有台鋼琴，有杯氣泡酒，還有一隻昏迷不醒的鸚鵡在等你。

聽起來挺合我意，她說。

泰德還在叫著她。小佩不耐煩起來。

去吧，尤里西斯說，你們三個先走，我去幫泰德拿行李。

等他們走了，尤里西斯便匆匆跑過鋪石路。你好嗎，泰德？兩個男人握了手，雙方禮數都算周到。尤里西斯說，那孩子想給小佩看一下她的房間。我就知道你不會介意的，說著他拿起了其中一個行李箱。一路上還好玩嗎？他問。（泰德一陣抱怨。）嗯，這個嘛，每年這個時節就是這樣，供你參考。

佩姬·坦普踏著石階往上走，就像在拍電影似的。找到你的光，小佩，找到你的光。她高跟鞋的回聲，一階接著一階。她褲襪上那一豎魅惑的縫線，就像一根琴弦撩撥著，答答、答答、答答。二樓一個老女人在門縫後偷瞄。小佩露出了笑容，而那眞是他媽的迷人——那老婦人四年來第一次咧嘴笑。那孩子乖巧地走在前面，話匣子全開地說東說西，揮灑著義式的滔滔不絕。冰雪聰明的小傢伙。各方面都來自於艾迪，她的媽肯定會這麼說。**沒有你的事**。氣氛之凝滯，有點像來到博物館。小佩脫離了她的舒適圈，但她已經分不清這舒適圈是在何處終結。怎麼了？她問。停下腳步的克雷斯看著她。說實話，他說，好或壞？她知道他的意思。還行，她說。她的大腿因爲爬樓梯而感覺更強壯，一顆心怦怦狂跳。我說過我會嫁給泰德。克雷斯搖著頭往前走去。

到了，艾莉絲說，我家。這兩個字實在不該讓她心生波瀾，但浪就是湧了上來。往這裡，那孩子說。小佩解開了大衣。熱紅酒與香料與柳丁與丁香散發著種種讓人陶醉的氣味。門廊上巧妙地布置著提供隱私的屏障，一扇扇門通往精美的刺繡寢具與床鋪。燒煤產生的微弱熱氣自廚房傳來。她翩然走進客廳，褪去了毛皮，彷彿春天已然降臨。她的新內衣突顯了一對傲人雙峰，經典的小佩風格。來到樹旁，她身上的香水融入了迷人的松樹香。彼特人在燭光照亮的鋼琴邊上。柯爾叨念著他在米蘭用車撞下去的那個白痴。一切都沒變。只不過……

有些事就是會變。她站在窗邊，窗外是無數的黃色燈泡從百葉窗延伸出去，是鐘樓，是耶穌降生的場景，是一群鳥兒的黑影從海軍藍與紫紅交融的天空掠過。小坦與那孩子，她已經失去了他們倆，就在這一切當中。她的耳裡傳來如巨浪打來的鳴響。克雷斯遞給她一杯氣泡酒。她一飲而盡，那鳴響隨之消失無蹤。音樂與笑聲重啓。那孩子把被包在床單裡的鸚鵡交給了她。彼特說，那簡直就像襁褓中的嬰兒耶穌被瑪利亞抱著。那你們就是三賢者囉，是不是？小佩說。小迷糊、生氣鬼、愛睡蟲[62]？克勞德睜開了眼睛。小佩，牠靜靜地說道。你說什麼，親愛的？然後她挨近鳥兒。你想說什麼？（她的耳朵已貼到鳥喙邊上。）什麼？

別嫁給泰德。

有誰看到小佩嗎？尤里西斯問。

時值平安夜這天，他們在米歐咖啡廳享用著休店兩天前最後的烈酒咖啡[63]。她在那兒！克雷斯指著窗外說。尤里西斯注意到她戴著墨鏡。但沒看到泰德！柯爾說。泰德在那兒，尤里西斯說。喔，媽的，柯爾說。那孩子送給茱莉亞與米歐一份禮物：英格麗褒曼[64]的簽名照。他們很是開心。我簽的，那孩子說。

計畫中的佛羅倫斯巡遊是一趟散步之旅，但小佩只帶了高跟鞋來，所以尤里西斯說他會開貝琪載所有人上到聖米尼亞托大殿。泰德敬謝不敏。喔，那太可惜了，柯爾說。

尤里西斯載著他們沿阿諾河濱向東而去。伴隨著在左手邊流過的阿諾河，那孩子和克雷斯指出了一處處名勝。烏菲茲、國立圖書館、舊宮、科學史研究所。人類最早的計時學裝置就在那裡頭，克雷斯說，還有最早的望遠鏡、星盤、航海器具，包含夜空最早的可攜帶圖示；當然，可不能落下——克雷斯先喘了口氣——伽利略，他老人家可是現代物理學之父。

小佩轉頭看向尤里西斯，對他眨眨眼。這就是我想念的，她悄聲說。

克雷斯說，伽利略並沒有如大家以爲的發明了望遠鏡，他發明的是望遠鏡的用法。他實驗，他觀察，他演繹。就因爲他發現了木星的衛星，哥白尼認爲地球其實是太陽衛星的觀點才獲得證實。

日心說，彼特表示。

還有那隨之而來的大麻煩，克雷斯說。

我寫了首歌就是在講這個，彼特說，〈你不再是宇宙的中心〉。

彼特哼著副歌的同時，貝琪切穿高低起伏的米開朗基羅大道，然後——就那麼巧——接入了伽利略大道[65]。

站在聖米尼亞托大殿的制高點，他們一行人瞭望著整座佛羅倫斯城。小佩拿下了墨鏡，爲的是撥去掉進眼裡的一點睫毛膏屑，而尤里西斯則如釋重負地看到她的墨鏡下只是稍稍哭紅的眼睛，而不是被打到瘀傷的黑青。克雷斯接著開始聊起阿諾福·迪坎比奧[66]。他是建築師、雕刻家、設計師，也是

---

62 Dopey、Grumpy、Sleepy，《白雪公主與七矮人》中的三位小矮人。
63 caffè corretto，又稱卡瑞托咖啡，結合義式咖啡和渣釀白蘭地的飲品。
64 Ingrid Bergman，著名瑞典女星，曾三度榮獲奧斯卡金像獎，代表作為《北非諜影》（*Casablanca*）。
65 米開朗基羅於一五六四年去世時，伽利略剛出生三天。

城市規劃師，他說。

但他做得出培根三明治嗎？柯爾問。

閉嘴，柯爾，小佩說。

克雷斯無視了他，接著往下講。他說，都是因爲阿諾福在一二八四年所展現的眼界，才有我們今天眼前的這一切。那邊的輪廓就是他設計的那圈城牆。（你們看到了嗎？我們看到了，他們說。）這道新的城市邊界不僅突顯出阿諾河與諸多橋梁的重要性，而且還把屬於托缽修會[67]的大小教堂納入牆內。羅盤的固定點——也可以說是十字架的四個固定點：北邊是聖母領報大殿，南邊是聖靈廣場旁的聖靈大殿，西邊是新聖母大殿，東邊則是聖十字聖殿。至於在正中央，集莊嚴雄偉於一身且最爲人矚目者，則是作爲佛羅倫斯主教座堂的聖母百花大教堂和那穹頂，代表著城市本身的榮光。

小佩在墓園找到了尤里西斯。

這就是他？她問。

是的，阿圖洛·博納迪尼。

她在尤里西斯旁邊坐下。你常來這裡嗎？

不常。三不五時會來圖個內心平靜。他改變了我的生命，小佩。

但你救了他的。

我不是很確定我是否救了他一命，他說。

但你讓他記住了你，在所有人當中他最記得你。那就是你對人產生的影響，坦比。

哎，我不知道，他說著點了根菸。謝謝你這次過來，他補了一句，我知道這花了你不少錢。

小佩沒說話。她把香菸拿了過來，然後說，你比誰都了解我。

那是什麼感覺？

小佩沒回答。

明天就是聖誕節了，他說，我希望天空可以作美下點雪。

泰德討厭下雪，她說。

她傾身靠向了墳頭。讓雪降下來吧，阿圖洛，讓雪爲了這個少年降下來吧。

把小佩和柯爾載回民宿的是克雷斯。彼特想走走路，而那孩子想陪著彼特，於是尤里西斯帶他們循階梯往下進入聖尼各老。佛羅倫斯城正在爲聖誕節進行最後衝刺，最後一波購物者揣著大包小包的食材匆匆奔走。那孩子正在向彼特介紹貝法娜，她是義大利民間傳說中會送禮物給小朋友的老太太。只不過她送禮不是在聖誕節，彼特，而是在一月六日的主顯節。但我的禮物會在聖誕節收到，我說得沒錯吧，尤里西斯？——你說得沒錯——而如果義大利的小孩不乖，她說，他們收到的就不會是禮物，而是一堆煤炭。那好像有點太狠了，彼特說，太直接了點。

他們在堤岸處停下腳步，靠在城牆上。老橋就在前方，下方的河水正緩慢流動，圍繞著城市的丘陵在黑暗中亮起了點點燈光，有音樂從某處傳來。尤里西斯點了兩根菸，一根遞給彼特。他喜歡和彼特共處的時光。彼特在話與話之間的沉默片刻，總是寧靜而安穩。

他們轉進了圭洽迪尼路，此時彼特說道，小坦，你不介意我進去點幾根蠟燭吧？一年到頭我也就這個時候不和教堂鬧彆扭。

---

66 Arnolfo di Cambio，聖母百花大教堂一二九六年始建時的設計者。

67 mendicant orders，指完全仰賴捐助的天主教修會，其成員皆以貧窮誓願投身宗教工作。

當然不介意，尤里西斯說，然後他們就偏離了大馬路，走向教堂開放的大門並經過有如哨兵的聖誕樹，進入陰暗的室內。教堂裡感覺得到人體散發的溫暖，也嗅得到縈繞在空氣中的濃重乳香。彼特把手指蘸進聖水，點了點自己的額頭。賜福不能貪多，他說。我也要那樣，那孩子說，於是尤里西斯把她舉了起來，讓她把手伸進聖水盆。她把水彈向尤里西斯，他則試著閃躲，而就在這麼做的同時，他瞥見她身後的一幅畫，讓他心跳漏了一拍。原來它在這兒！經過了這麼些年。那孩子從他手中滑了下來，溜到了彼特身旁。尤里西斯從口袋裡挖出一枚硬幣，鐵桿門後的小教堂立時閃耀起光芒和鮮明的色彩。唐利開口說道——

尤里西斯．坦普、艾芙琳．史金納女士，容我介紹彭托莫的〈卸下聖體〉。

唐利上尉，你覺得他們會讓我們直接把畫拿走，他們也省得麻煩嗎？

尤里西斯往前抵住了鐵桿。哈囉，又見面了，艾芙琳。記得我嗎？

那孩子來到他身後。我喜歡這幅畫，她說。

我也喜歡，他笑道。我喜歡那雲。

你想要點根蠟燭嗎？那孩子問。彼特教會我了，你必須想著你喜歡的某人。你覺得你做得到嗎？

我覺得我可以。

他們走到了一座聖壇前。

這些都是彼特點的，那孩子說。

（那肯定至少有五十根蠟燭。）

不會吧，尤里西斯說。

給他交往過的所有女人，那孩子說。是說什麼叫做彌補？

就是把錯事變成對的，尤里西斯說著拿起一枝蠟燭，朝箱子裡投下一枚硬幣。

你想到人選了嗎？那孩子說。

想到了。

是個女人嗎？

他微笑。是，是女的。

很好，她說。現在點蠟燭，就是這樣，然後用力想著對方。你在做了嗎？

在做了。

有用力嗎？

嗯哼。

現在你可以把蠟燭放到架子上了。那邊那根是我的，你想要的話可以把蠟燭放到我那根旁邊。

你覺得對方會知道我在想著她嗎？尤里西斯說。

彼特說這就像是一種特別的電話，他們就算不在家也接得到。

是這樣嗎？

輪得到我說不是嗎？

黑夜早早降臨。那孩子和彼特先行返回民宿，尤里西斯則右轉彎進銳角路，目的地是他的工坊。他步行穿過薩比提廣場，並聽見一把小提琴在那一整片聖誕節燈光中以樂音訴說寂寞之情。他把鑰匙插進鎖孔，推開了沉重的木門，接著打開燈，灰塵在頭頂燈泡的炫光中翻滾。三個石膏球體位在架上高處，看起來就像月亮。那幅畫還在他上次離開時擺放的地方。有天載那孩子去上學後，他在聖弗雷迪亞諾找到一間印刷店，並在那裡用他父親的銅版印出了那幅版畫。十二張三角地圖，一九二〇年代初期。紙質以地球儀而言不太對，但以版畫來說則是完美。他在當地為那幅畫裱框，畫框簡單而悅目。他拿一條乾淨抹布拭淨玻璃，並用一點蠟擦亮外框，然後用棕色牛皮紙包起整幅畫，再拿綁線捆好。致馬西默，他寫道。

他趕在馬吉奧路的店家關門前買了一瓶氣泡酒，接著走進廣場，只見幾名觀光客抬頭望著他所居住的那棟建築。家裡的窗戶敞開著，他瞥見克雷斯站在聖誕樹旁，而彼特和小佩正把歌聲獻給今夜。他想，換作是自己站在廣場往上看，應該也會想跟那群人在一起，想成爲那當中的一員吧。

他兩階一步地跑上樓梯，停在了二樓的平台。他把那瓶氣泡酒留在老伯爵夫人的門外，按了門鈴但沒有停下來等。

沒有人聽到他進門。他站在客廳門口褪下了圍巾。小佩正在唱〈就這樣〉[68]，彼特嘴裡叼著菸，埋首於琴鍵，將它們愛撫到另外一個維度。沙發上的柯爾與他身邊的克雷斯默契十足——以手就口是爲了抽菸，以杯就口是爲了喝酒——那孩子席地而坐，撫摸著鸚鵡。泰德站在窗邊做他自己，半融入半疏離，尷尬、僵硬而富裕。他們是一群該死的怪胎，但他在乎這群怪胎。他拿著要給馬西默的禮物回到自己的房間，將大衣扔到床上。小佩的歌聲透過屋瓦的共振傳進了房間，廚房那頭飄來鼠尾草烤魚的香味。他倒了一杯酒，又回到剛剛在客廳門口的位置。他沒辦法從她身上移開視線，也永遠不會這麼做。如此徹底地愛一個人，是一種詛咒與福氣，克雷斯這麼說，而那也許真是實情。尤里西斯拿起酒杯喝了一口。他早就放棄去深究小佩看上其他男人的理由是什麼。歌曲來到尾聲，她看向了他，露出專屬於他的微笑。沒有誰經歷過他們共同歷經的一切，沒有一樣的。他舉杯敬她。最後幾個小節屬於彼特，那是柔軟的炫技，也是滿溢的情緒。

午夜鐘聲響起，迴盪在黑暗肅穆的山丘間。他們從露台上看著教眾魚貫走出聖靈大殿，聚集在廣場上。克雷斯解釋著慶祝會在彌撒後展開，然後就是盛宴、拆禮物，以及——

聖誕節還眞的是件大事，對嗎？彼特說。

那還眞是百年來的大新聞啊，柯爾說。

我的意思是說在義大利啦。
佛羅倫斯，泰德說，然後便低頭喝起杯中的酒。
佛羅倫斯怎樣？柯爾問。
沒什麼，泰德說，只是我們現在都在佛羅倫斯。
柯爾摀住了肚子，打開他最後一片薄荷口香糖。
尤里西斯拿著一杯新的氣泡酒和幾片潘芙蕾[69]進了客廳。
誰想吃點心？
我什麼都吃不下了，彼特說。
她怎麼樣？小佩問。
睡熟了，尤里西斯說。你要去看看嗎？
泰德開了口，佛羅倫斯當然不是羅馬了。
眞的不是嗎？柯爾問。
這可讓小佩都憋不住笑了。
她跟著尤里西斯走進廚房。他把幾個咖啡壺放到了爐子上。
往這邊走，他說。
他們穿過廚房沿著走廊前進，露台上的交談聲愈來愈模糊。
他們看著那孩子熟睡的樣子，掛在床尾的枕頭套裡塞了滿滿的禮物。尤里西斯替她將毯子拉妥。

---

68 *That's All*，寫成於一九五二年的一首歌曲，許多爵士與藍調歌手都翻唱過。
69 panforte，又稱義式硬蛋糕，內含多種堅果和水果乾，是著名的聖誕節甜點。

我們去你的房間吧，小佩說。

他靜靜地拴上了身後的門。小佩拉起了他的襯衫，這是那種沒必要穿內褲的夜晚。他們抵著牆大戰起來，而當咖啡壺冒起泡來時，他們已經打完收工。

小佩捧著他的臉。

怎麼了？他問。

咖啡！克雷斯在外頭大叫。

你先進去，他氣喘吁吁地說。但他這晚都沒有再出去。他任由其他人在露台上聽著鐘聲、喝著酒，也讓柯爾與泰德繼續誰也不讓誰。他鑽進了被窩，閉上雙眼。他聽著小佩與泰德告辭。泰德的聲音藏不住尖酸，而小佩面對男人一聲不吭則是件新鮮事。等所有人都睡了，他走到浴室沖洗。他知道自己一早就得面對那孩子興沖沖地跑來找他。

聖誕節當天，克雷斯在露台上喝著咖啡。

你在這兒啊！馬西默說著出現在門口。

馬斯，你從你媽手裡逃出來了？克雷斯問。

她以爲我還在廁所。Buon Natale（聖誕快樂），我的朋友。

聖誕快樂，馬斯。

來吧，馬西默說著遞過一個小包裹。

這是什麼？克雷斯問。

對一個實事求是的男人而言，這又是一個他未曾踏足過的領域。

克雷斯撕開了包裝紙。哇，眞沒想到，他說。

詩集，馬西默說，講的是這座城市裡的一段情事。

克雷斯讀出讓他背脊一陣戰慄的詩集標題：《萬物》。康絲坦斯．艾弗利，他唸著作者名，然後翻開內頁，停在某處。他朗誦了起來：

他們找到了一片夠好的獨處之地。
在某座橋的陰影裡爬上了灘頭，
雙手觸碰臉頰，指頭摸上雙唇，
他們當場吻上
因為城市的一雙雙眼睛不在他們身上。
鐘聲縹緲，宣報著時刻。
惟今時何時？時間已然消逝。
在空中的某處有人悄悄拋出了誘餌
觸動了水面而送出漣漪到他們的腳邊。

深情又宿醉的彼特緩緩從沙發移動到鋼琴前。他拉開了凳子，喝了一小口格拉帕。他跟著繆思女神一同醒來，充滿敬意地呵護著她。他靠向鍵盤，並用左手創作出一段柔軟的主旋律，一系列反覆的和弦在一段時間後自然而然出現。右手負責的是輕巧的即興，方向任由指尖決定。一首揭示靈魂的美麗歌曲是彼特那天繳出的作品。至於命名爲〈老克之歌〉，是因爲它讓那老傢伙自他習以爲常的生活路徑中停了下來。

那音樂帶著克雷斯回到了母親身旁。六個孩子，身無分文，唯一的風景是洗碗槽前的那片景色。

聖誕節只是一個平凡的日子。從他得知她也有夢想的那天起，一直無法與其帶來的痛楚達成和解。他花了一輩子，卻仍不曉得何處是終點。

小佩在露台上和她的孩子待在一起，看著孩子與艾迪如出一轍的臉孔。九年前的事了，小佩心想。而她就是那幾個月眞的存在過的證據。

那孩子看著小佩。有那麼多東西需要探索。我喜歡你唱歌的樣子，她說。小佩微笑起來。女人的那種微笑會成爲那孩子一輩子的追尋。

而彼特仍繼續彈著。

柯爾在窗邊俯視著廣場。吉妮肯定會喜歡這一幕的，但吉妮正和考爾太太，也和考爾太太的姪子待在一起。柯爾現在已經什麼都知道了。（他的胃一緊。）但就這樣由她去，我會落得什麼處境？

馬西默打開了那由十二片三角地圖組成的世界。尤里西斯靠過去解釋自己母親的名字被藏在俄羅斯的某處。太美了，馬西默說。他絕對不想失去這個朋友，但他們之間還有該說的話沒說。或許可以改天再說，甚至可以改年再說。

而彼特仍繼續彈著。

尤里西斯在走廊上前進。他看到柯爾在客廳的窗邊，克雷斯則在客廳門口看著彼特。要去洗手間的泰德從他面前經過。他打開冰箱，拿出一瓶氣泡酒，倒滿一整杯，然後去到露台。那兒有小佩和那孩子，還有自由飛翔的克勞德。他把酒杯遞給小佩，悄聲對她說，我會幫你找到艾迪。既然馬西默能找到我，我相信我們……

那不是他的名字，小坦。不是他的眞名，我試過了，她說。

彼特停下了彈奏。

黃昏讓房內變得黯淡，天花板上那些白天幾乎看不見的星座在漸趨幽暗的光線中慢慢浮現。彼特起身開了燈。

嘿，下雪了，他說。

他們全都聚集到窗前。

哇，如我所願，尤里西斯說。

我討厭雪，泰德說。

雪也不太喜歡你，柯爾說。

小佩忍不住微笑。

樓下的廣場上，咪咪太太正在等人。

是咪咪太太！克雷斯喊道。話說她會是在等誰呢？

等你啊！眾人說道。

但我完全沒有她要的東西啊，他說。

她要你！眾人說道。

他抓起手邊最近的大衣——那正好是小佩的毛皮大衣——就要往外跑的時候，突然間只聽得一句——

我的詩集呢？他問。

從樓上的窗邊，尤里西斯與小佩肩並著肩看著克雷斯走入空蕩的廣場。他與咪咪太太手牽手朝著一張長椅走去。克雷斯撥掉了上面的雪，他們面對面坐了下來。克雷斯打開了那本詩集，他的話語化成了霧氣。

一九五三年的聖誕節是訪客留言簿上很精采的一天。他們寫下了各種版本的「我們會回來的！」但他們不會的，至少不會像他們說的那樣回來。

他們在隔天離開，小佩與泰德在勉強不算失禮的時間點早早離去，那面子可以說給得非常之薄。小佩尷尬地抱了抱那孩子，尤里西斯根本看不下去。泰德先去計程車旁放行李。記得我說過的話嗎？克勞德問。小佩記得那句話，但她不會照辦。泰德與小佩會在六月結婚並變成哈洛威夫婦，他們會在巴黎度蜜月。（巴黎真的是無與倫比，泰德會說。）

柯爾是第二批離開的人。你可以不用走，尤里西斯說。不，我得走，柯爾說。老實說，他想念吉妮，也想念英國。

我這人擺在任何地方都怪怪的，只有倫敦那一個小小的角落例外，柯爾說。我是那種需要知道什麼是什麼的傢伙。星期二吃午餐肉，星期五是魚。

我們在這裡也是那樣啊，尤里西斯說，我們沒有那麼不一樣。

柯爾伸出了手。別了，小坦，保持聯絡喔。

後會有期，柯爾。

克雷斯，老傢伙。

謝謝你來這一趟。

我眞的說服不了你改變主意嗎？柯爾說著望向彼特。

我心領了，柯爾。這次我得一個人闖闖看。

柯爾爬進了駕駛座。鑰匙一轉動，救護車的鬼叫聲便響徹整個廣場。柯爾將頭探出了車窗外。午餐肉都在地窖，跟你說一聲。

得了得了。然後他就走了。

你要怎麼回家，彼特？尤里西斯問。

我會搭便車，小坦。我需要一點時間思考，像是開闊大道與自由之類的事。我最起碼可以寫出首歌來。

（〈開闊大道的自由〉會在一年之後成爲風靡各酒館的金曲。）

這裡永遠是你的家，彼特。我們需要你。

彼特倒向尤里西斯的懷抱。他說，會有那天的，小坦。你就像是我眞正的兄弟。我從來沒有過哥哥或弟弟，但我們從沒有好好地……

我知道你的意思，彼特。

彼特把大背包扛到肩上，豎起了大拇指。一分鐘後他就攔到了便車，搭著酒商的車子往波隆那的方向前進。

然後他們就又恢復到原班人馬：兩個男人、一個孩子，還有一隻鸚鵡。

聽著，克雷斯說。

他們聽著。

這份寧靜，克雷斯說。

感覺很好，對吧？克雷斯說。

我們會好好的，是吧？尤里西斯說。就我們？

他們一起走到米歇店頭剛亮起的燈光旁。

就這樣，又是新的一年，克雷斯說。

眞好奇新的一年會有哪些改變，尤里西斯說。

還是老樣子吧，那孩子說。誰請客？

所以說，一九五四年怎麼了？還是老樣子？不，怎麼可能。

克雷斯入手了一輛紅色的摩托古奇隼鷹[70]，而且連邊車都一應俱全。他已經愈來愈信不過貝琪。他需要夠實用的交通工具，才能把愈來愈重的衣服送到曼弗雷迪去洗，但也得靈活又吸睛。他挪用一部分靠芬妮贏來的錢買下隼鷹，而賣家之所以割愛是因爲不久前剛失去一隻手臂。他談到一個好價錢。

老克把車騎到廣場上的那個午後，一小群人聚集了過來。眾人駐足與他攀談的同時，老克的笑容在安全帽底下閃耀著光芒。他大部分時候都對當地人在說些什麼一頭霧水，但靠著諸神賜予的好運，溝通起來竟沒什麼大問題。他就是有點這種先知的體質。

至於那孩子呢？她生出了強韌的根部和一股你可以用來點火的憤怒。她練習著吉他，並開始唱歌，而她唱出來的正是小佩的歌聲。她在學校交到了朋友，但出了校門還是獨來獨往。她以一個月一封的頻率與小佩通信，但偶爾她會用一幅畫代替言語。小佩寄了一張艾迪的照片給她。那是小佩僅有的一張，爲此她要那孩子將之好好保存。那孩子藏著照片不讓尤里西斯看到，因爲她不希望他受到傷害。

而尤里西斯則累積起愈來愈多字彙，但說起義大利語還是不改東倫敦腔。他的舌頭彈不出 r 音，現在不行，以後也不會行。對某些人來說，他還是那個英國士兵，雖然他並不喜歡 soldato 這樣的稱呼，但始終對此保持寬容。

三月，有兩件事値得一提。他將最後一張三角地圖黏上球體，完成了一個地球儀，於是開始接洽能爲地球儀製作支架的木工師傅。他在理毛工廣場[71]旁的某間飯店裡跟一名美國遊客上了床。那是一次極好的經驗，而且與前一次相隔許久。他在清晨時分與她道別，回程時在空蕩的城市中漫遊。街角的花販正在架設攤位，爲黎明注滿了花香，那香氣簡直無敵。站在寬廣的聖十字廣場上，第一道曙光降臨於一家咖啡廳，驢子拉著貨車輪走過成爲第一道聲響，帶著新一天的農產穿行在路上。太陽自卡森蒂諾谷地後方某處升起，月亮這美麗的地球衛星則閃耀著白光，看起來圓滿而富有魔力。而他意識到了整個宇宙，那是由機會與驚奇交織而成，無窮無盡的天篷。他倚靠著但丁．阿利吉耶里的雕像，點了根菸。他說，我早就該代替某人來向你打聲招呼，現在我終於來了。她的名字是艾芙琳，艾芙琳．史金納。

70 Moto Guzzi Falcone，摩托古奇是義大利的老牌摩托車廠，隼鷹是當年的熱賣車款。

71 Piazza dei Ciompi，命名自一三七八年的理毛工起義（Tumulto dei Ciompi），該起義由佛羅倫斯共和國的羊毛理毛工所發起。

最不登對的一對

1954－1959年

艾芙琳．史金納，自一九四四年在那不起眼的義式客棧外的最後一眼後，如今依然健在，而且還十分活躍。而她會說自己如此精神矍鑠，得歸功於在冷水裡游泳與每天一劑鱈魚肝油。她早在一九五四年起就重拾在斯萊德美術學院[1]兼差的教職，並自那之後開心地把週間在肯特的日子換成在布魯姆斯伯里的套房生活（不過鄉間還是能在大多數的週末迎回她）。她高齡七十有三，但視覺年齡可以減掉十年。她的心思敏捷，好奇心未曾稍歇。她在教師聯誼會中是大家的最愛，在學生之間也如偶像一般。她在領著學生進入藝術之門的過程中，展現出迥異於前人的手腕——

不，費茲本先生，那不太對吧。是哥雅[2]接續維拉斯奎茲[3]的衣缽並將之發揚光大。

岡納斯雷克先生，羅馬是十八世紀所有重要會面的首都。而在羅馬的魯本斯更是改變了一切。

我還想補充一點，蕭小姐，藝術裡存在一種直觀性。人會赫然發現自己面對著一個狂喜瞬間。這就是藝術產生作用之處。藝術永久地捕捉到了……

每學期來到尾聲，她都會帶學生去貝佩咖啡廳共進午餐，那兒短短散個步就能到。他們師生共十一個人，占據了後面的四張桌子。艾芙琳的座位被盡可能安排在正中間。他們享用了當日特餐——通常是一道由貝佩的母親掌杓的義大利麵——配上一杯杯濃茶。

往裡瞧，艾芙琳說著用紙巾點了點嘴唇。往你們的四周瞧，這一切是如此和諧，她說。這就可以是一幅畫，緋紅與乳白麵條與樹木，素色打扮的大家，良好的儀態和滿溢的喜悅，午餐與友誼。我會說還有完美。然後她舉起了自己的那杯茶。

Incipit vita nuova，她說，由此開始了新生[4]。

艾芙琳從戰場回來時，生活曾經完全談不上和諧。她曾經深陷於嚇人的孤寂中，而那股孤寂推著她去到巴特西狗狗之家，領養了一隻過重的老巴吉度公獵犬，名叫貝瑞。或者，若是依照後來的人狗相處來看，該說是牠領養了她？但她總是喜歡把這個故事講得像是首打油詩（從前從前有隻巴吉度來自巴特西之家／遇見了布魯姆斯伯里的老奶奶……）貝瑞陪伴她度過了美好的五年。懶得理直氣壯的老狗幾乎不曾要求以出門散步來保持犬族天性，而牠的「犯案手法」是坐在壁爐的火光前，喝著摻了威士忌的煉乳。偶爾在夜裡陪伴她去進行藝品的歸屬鑑定時，牠也喜歡在出發之前先放個屁，艾芙琳和友人說自己遲早也會養成這種行徑。他們算得上天作之合，那段日子過得很快樂。她在斯萊德美術學院的教室裡上課時，牠會窩在講桌下的毯子上睡覺，完全不理會頭頂上講解文藝復興全盛期的投影片正依序播放著。牠在一場又臭又長的課堂演講中安詳辭世，演講主題是喬吉歐．瓦薩里[5]。艾芙琳驚訝的是只犧牲了一隻狗。我那天的表現有失水準，她說過。畢竟，演講到一半時，連她都不禁摸了摸自己的脈搏。

三月底的一個午後，艾芙琳站在講台前，一條淡藍色亞麻休閒褲搭配白色襯衫，切削出她俐落的身形。

喔不不，她說，米開朗基羅是**地震**一場。他以出於自己手中的各種姿態，硬是闖進了矯飾主義之中。幾乎算得上故弄玄虛，甚至令人深感惱怒，畢竟我們對他的性格可說是知之甚詳。我們繼續來看

---

1 Slade School of Fine Art，英國一流的藝術學院，隸屬於倫敦大學學院（UCL）。
2 Francisco José de Goya y Lucientes，十七世紀西班牙皇室宮廷畫家，屬於浪漫主義畫派。
3 Diego Rodríguez de Silva y Velázquez，文藝復興後期暨西班牙黃金時代畫家，對後世影響深遠。
4 出自但丁詩集《新生》。
5 Giorgio Vasari，義大利文藝復興時期畫家暨建築師，受雇於梅第奇家族，著有《藝術家列傳》（*Le Vite*），是藝術史的寫作先驅。

瓦薩里《藝術家列傳》的架構。可以想見，瓦薩里肯定很歡迎像米開朗基羅這樣的人。

她的學生聽得如痴如醉。他們的臉龐被她身後的投影螢幕照亮。

所以，她拉長了尾音說道，我們剛剛講到哪裡？

她又一次做到了。又一次精采地從皮耶羅·德拉·法蘭切斯卡[6]〈基督的洗禮〉（*The Baptism of Christ*）脫稿演出，一直到她瞄了眼門口好確定比爾·柯史鈞[7]沒有在門口盯著她。她看了眼手錶。內容又被截短了，又一次被時間的鐮刀砍斷。

我得讓你們下課了，親愛的同學們。但還是總結一下今天講的東西。美與和諧的數學基礎，皮耶羅對集合的熱愛，以及他在文藝復興早期展現出的獨特風格。神聖的瞬間同樣是試探的瞬間。這對你們所有人都是這學期的美好收尾。去闖、去學、去愛！

燈光亮了起來，耶穌基督消失不見，興奮的歡呼聲在教室中湧現。書本被拋進了包包裡，椅子被朝著門口移動的學子們擦撞著。

此起彼落的「再見，史金納老師！」迴盪在走廊上。再見，艾芙琳說。你也是，親愛的。我推薦你去研究一下羅伯托·隆吉[8]。或是卡洛·盧多維科·拉吉迪[9]。喔，是的，我也有此打算，她說。謝謝你，康瓦里斯先生，我肯定會試試看。再見。

然後剩下的是沉靜，而那沉靜甚是別致。她閉上了眼睛，用瑜伽的呼吸接納學期告一段落的事實。在足足五分鐘之後，另一人的存在感充斥於空氣之中。她張開了雙眼，開心地發現傑姆·岡納斯雷克人還在座位上。那個一頭無序亂髮、舉止彬彬有禮的男孩。

傑姆，她說。（只有對喜歡的人，她才直呼其名。）

史金納老師。

你還好嗎？

我很好，他說著站了起來。我有樣東西要給你，他說。我在查令十字路上的一家店裡找到的。我知道她對你有多大的意義。

艾芙琳從他手中接過了棕色的牛皮紙袋。袋子裡是一本酒紅色布質封面的書，書背上的金色字體寫著義英並陳的書名：*Niente/Nothing*（無物）。

這是初版，他補充道。

喔，我的天！這太棒了，她說著便翻閱起書頁，直到在一首詩的面前停了下來——那首詩講的是路面電車與阿諾河上的燈光與平底船——一瞬間她回到了二十一歲，正準備要和一座城市陷入一場一輩子的愛戀。她用手指在康絲坦斯·艾弗利那褪色的名字上劃過，嘴裡說著，她對我就是有這樣的影響力，傑姆。

就像你對我們就是有這樣的影響力，史金納老師。傑姆看向她，露出了微笑。平日他很少笑，主要是他覺得自己有一口暴牙。

嗯，我會好好珍藏它的，艾芙琳說著抱住書，將之貼在胸前。我自己的那本在南下到羅馬的火車上弄丟了。便宜了某個同路的旅者，我當時想。

現在呢？

是我太不小心，而且爲了初戀而分心。你知道初戀是怎麼回事。

但傑姆·岡納斯雷克並不了解。他的初戀還得再等等。

---

6 Piero della Francesca，文藝復興早期畫家、理論家。

7 Sir William Coldstream，英國寫實主義畫家，曾為斯萊德美術學院學生，於一九四九年返回母校擔任院長暨教授，該校校譽在他的任內達到國際級水準。比爾（Bill）是威廉的小名。

8 Roberto Longhi，義大利藝術史學家暨策展人，專研畫家包括卡拉瓦喬、皮耶羅·德拉·法蘭切斯卡等。

9 Carlo Ludovico Ragghianti，義大利藝術評論家。

他們一起離開了教室，並在石階上罕見地撞見當紅的藝術家兼偶爾的助教。

晚安啊，路西恩，艾芙琳說道。你好嗎？

喔，是的，史金納老師！說著他在熱切中衝過了兩人。

等路西恩走遠之後，艾芙琳說，我聽說他在女孩子之間挺吃得開。有點討人厭喔。

你讀過《夢的解析》嗎？傑姆問道。

我還眞讀過，艾芙琳說。在我的首次佛羅倫斯之旅中，我的朋友柯林斯先生推薦過我應該讀讀看。那時我們坐在領主廣場[10]上，我記得非常清楚——喝著苦艾酒，那是我當時的飲料——討論著詹博洛尼亞[11]的〈薩賓婦女〉，而我相當清楚地記得，他是如何描述這本書會帶著我們走向未來。

艾芙琳在前門邊停下。她說。教會並沒有提供足以描述人性各種變化的語言，我們必須看向佛洛伊德來補足這點，精神分析會帶我們走向未來。他是這麼對我說的，傑姆。而我確信他是對的，我讀了第一版的英文譯本。

他們離開了亞麻仁油[12]那令人感到安慰的臭味，一起踏出校門外。春天的空氣中帶著一絲草本氣味，割草機在四面建築圍出的方形地中緩慢而有條理地滾動。這是開花與長葉的季節，光禿的枝條對樹間新綠帶來的朝氣感到不解。

一聲狼嚎般的搭訕口哨貫穿了空氣。

不是給我的啦，岡納斯雷克先生。那是青春的呼聲。

傑姆環顧四周。但接著一名頗爲帥氣的中年女性從一棵樹後冒了出來，艾芙琳於是揮了揮手。

我的天，傑姆說，那該不會就是那位吧？

是的，艾芙琳說，就是。

又稱道蒂的桃樂絲．康寧漢，著名的抽象畫家。

藝術的各個圈子有相互重疊的傾向，就像文學的圈子也是，而道蒂和艾芙琳認識在三十多年前，當時牽線的是她有畫家身分的父親H．W．史金納與他當時的情婦兼繆思女神蓋布芮拉．柯蒂斯。年紀足以當道蒂母親的艾芙琳指引著她的年輕後進，讓其得以在女同志生活的湍急支流中前進。從來不是戀人，但始終都是朋友。她們在初次見面時對彼此說，我感覺好像認識你幾輩子了。而在歷經了一輩子後，現在的她們眞就像那樣。

道蒂靠著樹，抱著胸，一點也不害臊地歪著頭，而那姿勢所代表的肢體語言，根據場合與一日中時刻的不同，可以是「跟我多說一點」，也可以是「把你的衣服脫掉」。她除了畫作出名，男性裝扮與短髮也是一大特色。那天下午，她一身已經不新的燈芯絨長褲、風吹來會鼓起的亞麻襯衫，還有那種吊兒郎當、令人聯想到收穫季農場工人的圓點領巾。諷刺的是，道蒂十分厭惡鄉村。漢普斯特德荒野[13]對她而言，已是眞正鳥不生蛋的荒野。

準備好去游泳了嗎，達令？她呼喊著艾芙琳。

我哪次沒準備好過，艾芙琳說。

她們熟絡地擁抱了一下，而等她們一分開，傑姆．岡納斯雷克就從兩人之間探出頭來，對著道蒂說他有多崇拜她的畫作。他迅速發表了自己完全能夠勝任的三篇畫評，分別對應道蒂最爲人所知的三幅作品：〈女性旅人〉、〈瑪利亞〉與〈凍結的時間〉。

10 Piazza della Signoria，佛羅倫斯領主宮前廣場，領主宮又稱為舊宮，建於十四世紀，是佛羅倫斯共和國要地。
11 Giambologna，文藝復興晚期雕塑家。其作品〈薩賓婦女〉，全稱〈強擄薩賓婦女〉（*Ratto delle Sabine*），為高十四英尺的大理石雕塑，自一五八二年起矗立於領主廣場，毗鄰烏菲茲美術館的傭兵涼廊（Loggia dei Lanzi）。
12 油畫常用的乾性油。
13 Hampstead Heath，倫敦外圍著名的自然景觀公園，占地約三百二十公頃，從市中心前往可搭乘二十分鐘的地鐵，再步行十分鐘抵達。

道蒂謝過了他，用手指梳過頭髮，她的指縫還殘存著最近工作時留下的色彩。希望能再見到你，他說，那語氣中的自信彷彿來自即將展開人生第一次外遇的中年男性。

春假愉快，史金納老師。

彼此彼此，傑姆。還有謝謝你，她說著舉起了裝著初版詩集的牛皮紙袋。

她們目送他消失在大門外，朝著地鐵站而去，也朝著要開往諾森伯蘭的列車而去。他將在諾森伯蘭替他媽媽修剪一星期的月桂。

道蒂滿臉疑惑地看著她的友人。

他是傑姆·岡納斯雷克，艾芙琳說，迷失，但善良到不可思議的靈魂。是那種不忍心比其他人更早上救生艇的人。我很喜歡他，我可以想像他有一天棄藝從醫。

那也跳太多了吧。雖然李奧納多算是成功一半了。

他還很沉迷於我古早的故事。

你的故事誰不沉迷啊，達令，道蒂說著拉住了她的手臂。來吧，她說，我們來去把自己弄濕吧。

她們在高爾街找到一輛計程車，然後兩人剛碰面的滔滔不絕就安定下來，變成闊別數週以來的沉靜摘要。

岡納斯雷克？道蒂訝道。不會跟那個美國劇場評論家有關係吧？

誰？

傑姆。她不會是他的母親吧？

誰不會是他的母親吧？

潘妮洛普。他們看著有點母子臉。
我不知道你說的是誰。
你怎麼會不知道，潘妮洛普·岡納斯雷克啊。我們一起去看過那齣戲。
哪齣戲？
在城西看的，四年前的事了吧。查理帶我們去的。
魏瑟羅？
對，查理·魏瑟羅帶我們去看的那齣，酗酒邊境鋼琴師超惹眼的劇。
天啊，沒錯！一個戲不多但很搶眼的角色。他超棒的，超眞實。
潘妮洛普·岡納斯雷克就是那個跟我們坐在一起的女人，道蒂說。
紅頭髮戴珍珠？
紅頭髮戴珍珠，道蒂說。
空氣冷卻了下來，因爲計程車開始駛進NW3[14]的陰涼紮營地。
快到了，艾芙琳說。
她在床上也戴著，你知道，那些珍珠。
那個劇場評論家會這樣？
我那時候和你說過。
你才沒有咧，艾芙琳說著打開提包，拿出了皮夾。她轉頭對著道蒂說，她有評論過你嗎，達令？
事實上，她說了滿多好話，道蒂說。

14 倫敦的郵遞區號，其範圍涵蓋漢普斯特德荒野。NW指西北部。

計程車在高門西丘[15]停下。艾芙琳付了車資並關上車門。

她沒有說，尾聲的花稍噱頭並不怎麼能彌補乏善可陳的開場嗎？艾芙琳調侃道。

喔，你行，道蒂笑著說。

劇情的推動力在第二幕就消了氣？

很高興你酸得這麼樂在其中，道蒂說。

喔，我可樂著呢，艾芙琳說。謝三次幕是哪招，一次就夠了吧？

她們穿過荒野來到邊緣的小徑，沿著被踩踏得硬實的路面朝著大門而去，身邊的植被在和煦的午後高溫中發出濃烈的氣息。

我昨晚去了「殖民地」[16]，道蒂說。穆芮兒要我替她說哈囉。

啊，穆芮兒，艾芙琳叫得甚是深情。

她們把隨身物品安放在鄰近水邊的草地上，然後去小屋換衣服。艾芙琳穿著她那件可靠的黑色泳衣配短褲現身，並調整了肩帶。她的身材這些年都沒什麼變，唯肚子中間多了一圈，那是由每天晚上六點準確如大笨鐘的雞尾酒儀式積累而成。道蒂的泳衣相形之下就顯得有點滑稽。能用就好，她說。

她們小心翼翼地步行通過潮濕的棧板，在階梯旁扔下毛巾。道蒂在入水前先做了伸展，那是她向來的習慣。她在胸前伸展著手臂，並為了熱身而拍了拍大腿。接著道蒂用手肘推了下艾芙琳，要艾芙琳循著她的目光看去。一名女子在池塘邊緣顯得猶豫不決。道蒂始終相信一個人怎麼下池，就會怎麼做愛，她認為這兩者直接相關。胡說八道，艾芙琳說，我通常都是捏著鼻子掉進水裡。

舉例來說，道蒂說完便以優雅的燕子式入水，濺起的水花少之又少。

熟悉的冷冽衝擊襲向艾芙琳。十三度的水溫對比外頭近三十度的氣溫，引發的是內心的驚呼與棄守。她讓游泳時的視線保持在綠水的水面，同時間天上有被微風煩擾的雲朵，眼前有乘著日光的小小波浪。

這種日子是艾芙琳的最愛，屬於她的春季覺醒。（又一次游過了睡蓮，然後是蘆葦。）斑駁的光線照在高懸的樹幹上，讓靜止的巨木有了動靜，而楊柳則低垂到與自己鮮明的映影相遇。她穩定地以鼻腔呼吸，而鴨群也拿出了和她的蛙泳相同的笨拙與愜意。岸邊一隻蒼鷺氣勢十足地升空，低飛掠過她的面前。她正置身天堂。

一夥二十來歲的年輕人帶著墨鏡與紅唇聚集在浮橋上，看起來就像是一群水上芭蕾舞者。他們的出現帶來了一種喜悅。道蒂一注意到他們，艾芙琳就知道她會原路折返，然後為了他們的加入而心神蕩漾起來，結果不出她所料。年輕人一同潛入水中的當下，道蒂就忍不住看向艾芙琳，揚起了眉頭。喔，道蒂，**plus ça change**（改變的永遠只有外表）。

艾芙琳爬出了水面，對於自己的臂肌還有幾分力感激涕零。她拾起毛巾披在肩上，謹慎地往回穿過泥土地，回到可以讓人躺著晒太陽的草地。

她躺在烏鶇的鳴唱中、林鴿的呼叫中，還有在苜蓿花間工作的蜜蜂中。她覺得這一派田園幻境中的所有存在，都是一首詩。永恆、堅定、普世。那幅光景會在幾十年間不斷反覆：尋求慰藉的女人、一個安全的處所，一絲不掛的軀體為大自然所擁抱。所有她在意過的女性都在某個時間點上和她來過這裡。當然，不包括莉薇亞：那一頭飄逸亂髮的美麗馬勃菌，她把初戀的種子植入了艾芙琳的整段生命。

她頭一回來這裡，是在池塘正式開放時和康絲坦斯一起來的。她那時四十五歲，康絲坦斯則早已年屆七旬，她想，大概跟此刻的自己差不多年紀。當時的康絲坦斯已經靠著詩集《萬物》——《無物》

---

15 Highgate West Hill，北倫敦郊外的區域名。

16 The Colony，倫敦梅菲爾區的高級俱樂部。

的續篇——闖出了一點名堂。至於第三本詩集《某物》則永不會出世。她在理應是人生最後一趟佛羅倫斯之行的聖哥達列車[17]上心臟病發。穿越瑞士科斯特蘭河高架橋的路程常被形容爲令人屏息，沒想到在康絲坦斯身上一語成讖。車上的乘客發現她離開時，她手上還握著筆。她最後的思緒終究是關於愛：「我將永遠驚嘆。」

她有一批戰意十足的女性追隨者希望把這句話放到她的墓碑上，一切就等她獲准葬在佛羅倫斯的英國公墓中，並離巴雷特．布朗寧愈近愈好。當然了，這兩件事都沒有發生。只有艾芙琳知道她的遺願。火化。一早搭著renaioli，也就是俗稱「挖砂船」的平底船，航行在阿諾河上。陽光、薄霧、回憶。她被傾入一座宮殿那睡眼惺忪的倒影中，漣漪不興。歸於一體，歸於平和，歸於她的家。

艾芙琳抬起頭，用手遮住刺眼的陽光。道蒂揮著手朝她走來，看似若有所思。去喝杯日落酒吧，達令？她提議道。

已經這麼晚了嗎？艾芙琳說著把手伸向手錶。

時間好像走得快了點。

那好吧，我去換衣服。

諸神派遣了一輛戰車到海格特西丘，那輛黑色的奧斯汀FX3[18]往南疾馳，直到綠意讓位給布魯姆斯伯里的白色邊緣，還有費茲洛維亞的紅磚公寓街區。

艾芙琳注意到一整個下午，道蒂都好像在糾結著某件心事。她拉起道蒂的手，在上頭吻了一下。你在想什麼，親愛的？

道蒂嘆了口氣。我的顏料又在造反了，我過敏。

哪一種顏料？

鈦白，最愛惹麻煩的就它。我有點被打敗了，琳琳。

喔，道蒂。

她們穿過牛津街，進入蘇活廣場，聖派翠克教堂正好響起了迎接她們的鐘聲。劇場演員紛紛朝著沙夫茨伯里大街而去，妓女們則在一整夜的工作累垮她們前在傍晚時分散步。咖啡香爬進了窗口，朝著蒸氣瀰漫的廚房門而去的蔬菜推車發出衝刺時的喀答聲。義大利人與馬爾他人在咖啡廳外面抽菸，點唱機的音樂將生氣賦予了他們的腳趾。酷兒身分在黑暗街道的陰影中被隱去，而這兩名女性都曾於某個時間點在某張陌生的床上留下身體的印記和補遺般的承諾，說的是一生但指的是一夜。

計程車轉進了迪恩街，停在了里歐尼[19]的考瓦蒂斯餐廳外。距離開店還有半小時，但店經理認出了他兩名熟客的燦笑，便開門與她們寒暄起來。他爲她們安排了畫牆邊上位置最好的那張桌子，坐在那裡可以自由地觀察所有進門的客人。五分鐘後，托盤上的兩杯尼格羅尼[20]和一碗橄欖朝著她們而來。艾芙琳起身說道，我最親愛的，你眞是帥呆了！

這會讓你的胸膛長出毛，說這話的酒保帶著軟軟的凱爾特腔調。

正合我意，道蒂說著伸出手去拿酒，一副她的才華就靠這杯酒的模樣。

兩個女人互敬對方，而在重新坐下來之前，道蒂拿出了眼鏡，仔細端詳桌子上方的其中一幅畫。

17 Gotthard Railway，瑞士的跨阿爾卑斯山鐵路，為連接北歐與南歐的重要國際鐵路線。

18 一九五〇年代英國常見的計程車車款，以黑色為大宗。

19 Peppino Leoni，一九二六年創立考瓦蒂斯餐廳的老闆。考瓦蒂斯（Quo Vadis）為拉丁文，意為：你要去哪？

20 Negroni，一種起源於義大利、被當成開胃酒的雞尾酒，內含藥草。

她對艾芙琳說，我抓住你的神髓了，是不是？當時你是什麼樣的人，你正在變成什麼樣的人。我會說這幅肖像是我唯一一幅眞正成功的作品。

就沒有別幅了嗎？

這幅不一樣，道蒂說著把畫從牆上拿了下來。這幅不一樣。

這幅畫成畫於她們初識——也許是一九二四年？——後的夏天，一幅艾芙琳在羅馬枕頭上宛若沉船般悲涼的習作。心痛的她，面向著觀看者。白色的衣著、白色的床單，晒成古銅色的明曜臉龐。她一手遮著雙眼，好阻擋刺眼的炫光。道蒂當時跳過畫筆，直接拿一管水彩畫出了陽光。

我當時爲什麼那麼悲傷？艾芙琳問。你還記得嗎？

因爲莉薇亞？

喔不，莉薇亞當時早不在心上了。心這東西眞讓人摸不透。

你聽聽這個，道蒂說。

在畫布的背面，她曾寫下對那一天的描述，如今的她將之讀出：「聲景：鐘聲、雨燕的叫聲、瑪麗亞阿姨在誦唸《玫瑰經》[21]。時間：上午。天氣：熾烈的太陽不曾稍歇，沒有雲層，惹人喘息。」

她們當時住在艾芙琳的義大利阿姨家，而阿姨的慢性疾病和守身如玉，還有她富裕的財力，都確保了她與天主教會之間不曾中斷的關係。她不分日夜享有上帝的垂聽，同時還擁有一棟高牆足以阻絕城市凝視的美麗別墅。因著這一點，瑪麗亞阿姨家一直是她們兩個喜愛造訪的目的地，直到她身體每下愈況，並在一九四三年冬天去世爲止。事實上，替老阿姨闔上眼皮的正是艾芙琳。那棟別墅不出所料被留給一支隱修教派的修女，對此道蒂只覺得隱修修女聽起來非常性感。至於那些價值遭到低估且作者歸屬也鑑定錯誤的靜物畫收藏，則落到了艾芙琳手上。

起碼你得到了家族的果實，道蒂當年是這麼寫的。

再跟我說一次，你爲什麼打仗的時候人在義大利？道蒂說著喝光了最後的尼格羅尼。艾芙琳在戰時倫敦的缺席讓道蒂只要想挖苦她，都不愁沒話題。

我在照顧我阿姨，艾芙琳說。我跟你說過無數次了，你這不知羞愧的女人。哪裡需要我，我就去哪裡，向來如此。被體弱多病又愛批評的母親養大，就是這種結果。

你是你父親養大的好嗎。

她就在短如臍帶的車程之外。

你是間諜，道蒂說著露齒一笑。

滿口廢話。

間諜、間諜、間諜，道蒂愈說愈得意，並加點了一輪雞尾酒。間諜，她做出嘴型，並以手為槍朝麵包籃射擊。

這兩名女人的慘烈打扮完全未達晚餐該有的正式程度，更別說她們身上還微微飄著一抹池塘臭，但老闆帕皮諾還是說什麼也不肯依她們的意思讓兩人走。他堅持要她們留下，並為此開了一瓶風騷的巴多利諾[22]紅酒，同時壓低聲音向廚房交代了一些可口的建議。等他走後，艾芙琳說，我看起來和我感覺到的一樣醉嗎？

你問錯人了，親愛的，道蒂說，我過去這一小時都是在跟兩個你聊天。乾杯，小可愛。

當然，她們得接受來自劇場開演前用餐饕客的質疑眼神，直到道蒂的身分終於在口耳相傳間為眾人所知。她的惡名在外蓋掉了客人對主廚特餐的一丁點興趣，而那些一身優雅且戴著珍珠的女性更是格外急於得到道蒂的注目。為此她們擺出一副自己是道蒂下一個繆思女神、下一個作畫目標、下一個

21 rosary，天主教徒讚頌、致敬聖母瑪利亞的經文。

22 Bardolino，義大利一處葡萄酒產區。

征服對象的架式。道蒂吸入了這些關注，畢竟如今留出了空間。

我離開她了，她說，讓一枚橄欖啪地掉進嘴裡。

啊，我**才在**想，艾芙琳說，然後大聲地呼出一口氣。

卡洛琳．畢佛—坎蒂是女主角的名字。這當然不是她的眞名，想也知道，注重隱私的道蒂才不會把她情人的身分一個個公諸於世。但當中的故事倒是遵循著一個令人再熟悉不過的模式——那模式裡的道蒂永遠鍾情於年輕的有夫之婦。這種情事中的花招詭計，特別能爲停經後靈感陷入重複的創作腹地提供推進的能量。不論道蒂如何對年齡上（往往很顯著）的差距作出嚴正聲明，她最終還是會忍不住愛上愛情，也愛上愛情能夠帶來的啓發。看著一個美麗的女人在自己身下的高潮中蠕動，可以讓她變得無比地有創造力，畫布在那段肉慾的早年中一張接著一張，射穿了科克街[23]的保險箱。艾芙琳常納悶友人那些認識不完的情人是不是畫廊請來的暗樁，爲的是保證身爲畫家的她不會變得和寫不出東西的作家一樣，也遇上創作出現瓶頸的窘況。

通常經過六個月，欲求不滿的丈夫和腸絞痛的小孩就會變成不可避免的現實，就像燠熱的九月出現缺口時的第一片落葉。玫瑰色澤會開始讓位給普魯士綠或藍黑色，而大片的末日海景會在畫布上蓋掉〈淌著夏日汗水的肢體〉。

道蒂又瞅了一眼友人的肖像。這是我畫過最好的一幅畫，她說著把畫作掛回牆上。她喝掉了一杯格拉帕，就像那只是白開水，然後繼續洩氣得有如被刺破的肺臟。

艾芙琳知道有什麼事需要她去做。也知道這件事除了她以外，沒有人做得到。她伸手到桌子的另一頭，抓住了道蒂的手。她說，佛羅倫斯如何？

帶著木然眼神和一點點醉意，道蒂說，我會喜歡她嗎？

隔天她們就來到了庫克開在梅菲爾的旅行社。

拜託，我親愛的道蒂，你就配合一下我這位老小姐吧。換個風景對你絕對有好處。

道蒂點了根宿醉菸，咳了一聲。然後就這樣，她們的迷你假期敲定了：火車從加萊出發，接著換乘瑞士的聖哥達鐵道，穿過阿爾卑斯山脈。三天在佛羅倫斯，三天在羅馬，然後搭機飛回倫敦機場。還能有比這更好的安排嗎？收銀機唱起了歌。

當晚，電話響起。艾芙琳爬下了床。

我要帶上我的畫架，道蒂說。

道蒂在康復期，艾芙琳心想。那太令人期待了，她說。

只有炭筆和鉛筆，回歸基本。你覺得如何？

很棒的主意。

你不介意嗎？

我要是覺得你會聽我的，我早就這麼建議你了。

（話筒另一頭傳來的沙啞的笑聲。）

道蒂？那個你都還在，你知道吧。當年畫我的那個你。

謝了，達令。

快去睡吧。

---

23 Cork Street，倫敦西區梅菲爾一帶的畫廊街。

艾芙琳掛回了話筒。她再次徹底醒了。她回到床上，喝了一杯水，接著拿起伊蓮諾·克拉克[24]的《羅馬與一棟別墅》（*Rome and a Villa*）。她一邊讀，一邊聽著打在窗上的雨聲。

五天後，艾芙琳與道蒂啓程前往歐洲，是看起來最不登對的一對：一個穿著拖網漁民的工作服，另一個身上是白色披風與頭巾。她們在英格蘭的福克斯通登上渡輪，在海天一色的蔚藍與白頂海鷗的陪伴下，愉快地穿過海峽。

在巴黎，她們爲了轉車而從巴黎北站往南移動到里昂車站，並考量到畫架的搬運而搭了計程車，然後落腳在附近一間艾芙琳在戰時得知的餐酒館。「儒勒」在車站附近走路就能到的距離，而且在南行的富裕家庭中相當受歡迎。扎實的酒單是儒勒的脊幹，沒有誰能在登上普曼臥鋪列車時還是清醒的狀態。

三小時的轉車等候時間過得很快。向晚的陽光慢慢變成晚霞，然後便是黑夜降臨，期間有一碟碟的巨海扇蛤與生蠔被高漲的食慾吞噬，並搭配道蒂發誓是普依芙美[25]的清爽餐酒。在最後的雙殼綱食材被道蒂吞下肚後，她開口說的是，瑪格麗特某某。

對此艾芙琳說，喔，天啊，她怎麼了？

你還有在見她嗎？

沒有，完全沒有，還好沒有，艾芙琳說。自從在佛羅倫斯搞得一團糟之後，就再也沒有了。你是哪根筋不對，怎麼會突然想起她？

別轉頭，但你身後有一個女人像極了她。我說不要轉頭！

喔，我的老天，天啊！看看這是誰來著！瑪格麗特某某隔著露台尖叫了起來，而光那一聲尖叫就讓法國人又更恨英國人一點。

艾芙琳的微笑頓時變得猙獰。

你看起來像是中風了一樣，道蒂說。

搞不好我是真的中風，艾芙琳小聲說。

瑪格麗特拉出一張椅子，不是很俐落地靠向桌子的另一頭，而這讓卡拉夫壺裡的葡萄酒受到了極大的威脅。（遇到這種時候，道蒂的反射動作便會如剃刀般犀利。）

瑪格麗特說，艾芙琳．史金納，多久沒見了？十年？你看起來完全沒變。

這位是道蒂，你應該認識吧？艾芙琳話說得好像她才剛學會說話似的。

喔對。還在玩那些老把戲嗎？

這個嘛，你知道他們是怎麼說老狗的。

你不乖喔，佛羅倫斯一別就沒再連絡我了，瑪格麗特說，並轉頭面向艾芙琳。但我不是個會記仇的人。說起來，你不是要回那裡去吧？

喔沒有，艾芙琳與道蒂異口同聲。沒有沒有沒有。

嗯，我剛去完一趟小旅行，現在算是**回程**中，瑪格麗特說。委羅基奧[26]展太精采了，你們沒聽說嗎？我這段時間的旅伴是一個新（停頓）**朋友**。

說著她轉回自己的桌子，對著一名甜美而拘謹的金髮小綿羊微笑。大屠殺一詞浮現在艾芙琳的腦

---

24 Eleanor Clark，美國作家，一九六五年曾獲美國國家圖書獎。

25 Pouilly-Fumé，產自法國羅亞爾河流域的白酒。

26 Andrea del Verrocchio，義大利文藝復興時期雕塑家、畫家暨金匠，達文西與波堤切利曾是他的學生。

中。

什麼?瑪格麗特問。

什麼?艾芙琳反問。

你剛剛說大屠殺,瑪格麗特說。

我有說嗎?

有,你有。

喔,我是說,那不是梅芮迪絲·達杜莎吧?

不是不是。是梅托·傅爾布萊,我們同樣熱愛鳥類學。梅芮迪絲·達杜莎是誰?

我不知道,艾芙琳說。

但你剛剛才提到她。

艾芙琳覺得她要中風了,道蒂說著在桌子底下碰了艾芙琳一下。

真的嗎?瑪格麗特問。

艾芙琳點了點頭。

那不是很嚴重嗎?瑪格麗特說。

小中風就還好,道蒂說著喝掉了她那杯酒,又點了根菸。

我們是不是該做點什麼?瑪格麗特問。

多半吧,道蒂說著呼出了長長的一縷煙。她轉頭看著艾芙琳,挑逗地將菸伸到艾芙琳搆得到的地方。你要不……?她說。

然後艾芙琳伸手接過菸,也吸了一口。

她不會有事的,道蒂說。

呼,瑪格麗特說,我們剛剛說到哪兒?

嗯，我不太確定你說到哪兒，道蒂看著手錶說。但我們有火車要趕。你保重，瑪格麗特！平安回家。

九點整，火車緩緩穿過黑暗，拋下巴黎的萬家燈火，一路奔向瑞士。

在臥鋪中，道蒂循階梯爬到上鋪，穿著絲質睡衣滑來滑去。艾芙琳檢查了床上有沒有跳蚤，並很高興在兩腿以上之生物的搜尋上一無所獲。趕在熄燈前，她倒了兩杯白蘭地。

瑪格麗特某某是怎麼回事？道蒂問。你到底在想什麼？她說著把焦點轉移到艾芙琳和瑪格莉特不算太成功的情事身上，算是改變一下話題。

我什麼都沒想，艾芙琳說。我們認識是在蓋布芮拉死後不久，一場枯燥乏味的慕斯卡德[27]與鑑定晚會上。我那晚軟弱得不可思議，而瑪格麗特她……她……嗯，她……

她是個小鉗子？道蒂問。

嗯，可以這麼說。她做起愛來相當帶勁，那有一點讓我醒了過來。

醒過來是眞的醒過來，還是一種比喩？

都有一點吧，我想。我當時還在哀慟中。

這我知道。

現在說起來已經是陳年往事了。她曾經買花期很長的花給我。

27 Muscadet，白酒名。

康乃馨？

是的。

嗯，那就當作是一個教訓吧。晚安，達令。瑞士見。

睡意快速席捲了艾芙琳，隨之落到枕頭上的不是夢境，而是一段鮮明的回憶：在考瓦蒂斯和她父親共進晚餐的過程。氣氛一如往常地歡樂，只不過原本父女歡聚的基調有些變質，主要是爸的情婦兼繆思女神蓋布芮拉·柯蒂斯已經對艾芙琳產生無法自拔的依戀。艾芙琳在此一新聯盟中展現了不輸過往的樂意與熱情。她此前不曾體驗過這樣的快樂。父親與女兒互敬對方一杯，而到了晚餐的尾聲，艾芙琳遞給父親一封她二十五年前寫於佛羅倫斯的信。她無法解釋自己為什麼事隔這麼久才拿信給他。大概是她東西亂擺找不到吧。就像他們父女倆也在這些年迷失了彼此的位置。信裡講的是愛。他當場讀了信，而後陷入沉默和思索。接著他執起女兒的手親吻了一下，便再也沒有多言。

隔天他開車載她去到蓋布芮拉的小公寓，並將她的一袋袋行李也載了過去。

你們可以得到我的祝福，H·W說。但拜託……我有兩個條件。

第一個是？她問。

你們不能討論我這個男人，你們只能討論我這個畫家。

她笑著翻了個白眼。那第二個呢？

讓我畫你們兩個。

正在幹壞事的時候不行，她厲聲說道。

那幹完之後呢？他問。

兩個條件達到，成畫也名揚各界，並在成為一名勛爵死後慷慨的遺贈後，被英國國家美術館買了下來。

艾芙琳與蓋布芮拉在一起十年。她們裝潢得很漂亮的愛巢位在布魯姆斯伯里邊緣，而艾芙琳如今也還住在那兒。一九三七年，蓋布芮拉·柯蒂斯死於與佛朗哥的奮戰中[28]。她將是艾芙琳最後的摯愛。葬禮後不久的一個五月週末，在熙來攘往的國家美術館裡，艾芙琳站在一幅畫前啜泣，而道蒂就陪在她身邊。

夜半，醒來的艾芙琳意識到火車是靜止的。她隔著百葉窗往外探看，目光跟著一盞提燈沿月台移動，直到兩個男人發現了彼此。她想著他們應該是警衛。她認不出他們所處的城鎮——深夜裡的小車站看起來都一樣——但那並不是最刺激的部分。臥鋪內突然飄來一陣寒意，讓她把毯子拉高，並用道蒂的長袖上衣包住了頭。然後她在友人的熟睡聲中安定下來。她知道等她再次醒來，瑞士會隔著窗與她相望。

火車準時抵達各站，並不出所料地在隔天早上六點穿越了國界。山上清新的空氣中還聞得到咖啡香與蛋香與……

那是香腸嗎？艾芙琳從下鋪問道。

絕對跟豬肉有關，道蒂說。

在曾多年不知肉味的驅使下，這兩名女子起床盥洗、著衣完畢，趕上了在黑掉的煎鍋上滋滋作響的第二輪肉。

高山與溪谷與草原景色在窗外如萬花筒流轉，不斷地讓她們驚豔，也將她們拉進日後會——在佛羅倫斯，或者在羅馬——向彼此分享的內心世界。在阿爾卑斯山的壯闊面前，也在工程切穿聖哥達隘口的鬼斧神工面前，啞口無言的道蒂退到無人的車廂角落，手裡拿著素描簿和若干炭筆，以小時計數

28 Francisco Franco，西班牙在一九三六年爆發內戰，佛朗哥是主要人物之一。他在一九三九年內戰勝利後統一西班牙，成立法西斯獨裁政權，並統治到一九七五年為止。

的時間就這樣在一系列仔細雕琢的線條與明暗中消逝，勾勒出各種抽象版本的岩石結構與銳利的降伏，而透過她精熟的畫藝，微觀細節往往以一張臉或一枚貝殼的形式出現。

艾芙琳任由心思飄移，讓事實與想像交融發酵，須知她對這趟旅程是如此熟悉。她能預期到所有的高低起伏或速度快慢，無須等到實際發生。火車喀啦喀啦地進入聖哥達隧道，艾芙琳閉起眼睛，用黑暗迎接黑暗。在她想像的中點上，路易斯．法夫爾[29]這個名字浮現腦海，此人的公司是在一八七二年開始建設這條九英里長的隧道，也就是她出生前八年。兩組人員分別從山的兩頭對著岩層又是鑽又是炸，意圖在地底四點五英里處會合，而當他們終於完成這項工程時，雙方的誤差竟只有區區十三英寸。法夫爾當時已經去世四個月了。壓力與破產害死了他。但在合龍的當下，印有法夫爾照片的骨灰罈被送過了縫隙，因爲他們答應過他，他會是第一個通過聖哥達隧道的人類。

艾芙琳還在爲了隧道的巧奪天工不能自已時，一陣晃動與震盪讓她踉蹌了一下，陽光重新灑落在她的眼皮上。火車通過了隧道。她從深色長袖上衣上撥掉薄薄一層煤屑，轉頭向道蒂揮了揮手，接著扭開一瓶Evian礦泉水喝了起來。她感覺到無比興奮，無比充滿活力。冒險，可以治百病。

那天下午大約五點，火車駛入了新聖母車站。艾芙琳搶先多數人踏上月台，並一如往常用義大利語喊了一聲：翡冷翠！我的愛！而這座城市當然也用鐘聲回應了她。

午後五點十五分，兩個女人搭上計程車，朝著皮西民宿小家碧玉的魅力而去，那是科爾西尼濱河路上一間小小的賓館，而到了五點四十五分，兩人便已入住景觀雙人房，裡面還附有新安裝的套房衛浴。（你想想那有多棒，道蒂說。）

到了六點半，她們已經拿出所有行李；七點鐘，她們早已坐在舒服的藤椅上，看著雲朵漫不經心地飄過聖弗雷迪亞諾堂[30]的穹頂，也聽著樓下路面電車與偉士牌摩托車呼嘯而過的聲音。

她們開始感覺到舟車勞頓的疲倦，而隨著持續西沉的夕陽爲四周投下陰影並在水面畫出五顏六色，她們也開始啜飲民宿免費招待給每位回頭客、那冷藏得恰到好處的斯普曼特[31]。

因爲我們知道你們不是沒得選，老闆恩佐用他粗獷的佛羅倫斯口音說。

以這個價錢我們還眞沒得選，艾芙琳說。

隔天，早起的艾芙琳將百葉窗一把拉開，然後讚美起日光。道蒂從枕頭上舉起手說，我的天啊！那是什麼！

這個叫做早上，艾芙琳說。

她們不慌不忙地展開了這一天，結果就是等她們下得樓去，早餐只能去別的地方解決了。原來是自助餐桌旁的一場糾紛讓水煮蛋一顆不剩。艾芙琳知道在西米民宿的附近有一間社區咖啡廳，只可惜民宿本身已經關門很久了。而在咖啡的召喚下，她們沿著河道出發，朝著烏菲茲美術館和道蒂首日的素描行程而去。畫架輕盈地在道蒂的肩頭上取得平衡，不時蹭到她去阿爾罕布拉宮[32]時撿到的一頂破巴拿馬帽。艾芙琳抱在胸前的是釣魚用的折凳。她不住抱怨著那聞起來有鯉魚的臭味。

在烏菲茲的柱廊內，道蒂在伽利略與皮耶·安東尼奧·米歇利[33]的雕像旁一隅擺好了畫具，而艾

---

29 Louis Favre，瑞士商人，自學成為工程師，一八七九年於聖哥達隧道中過世。

30 San Frediano in Cestello，羅馬天主教堂，名稱中的Cestello代表熙篤會，其穹頂與鐘樓增建於一六八九年。

31 Spumante，義大利氣泡白酒。

32 Alhambra，西班牙南部的古代宮殿遺址，又名「紅宮」，以伊斯蘭教世俗建築、庭園及阿拉伯宮殿為特色，一九八四年列入聯合國世界遺產名錄。

33 Pier Antonio Micheli，佛羅倫斯植物學家、蘑菇孢子的發現者，為植物學史上的隱花植物大家。

芙琳則去找可以賄賂的卡賓槍騎兵，好讓道蒂這天不用爲了被找麻煩而擔心。

艾芙琳回來時，畫架已經立好，大本的素描簿也已放在上頭，而道蒂靠著壓低的巴拿馬帽，完全沒人認得出來。她打算把肖像畫免費送出去。爲了藝術而藝術，她說：一種結合了喜悅、技藝與無私的義舉。

當然，我不會落款，她說。

當然了，艾芙琳說。她草草用義大利文與英文寫下整個過程的說明，爲的是鼓勵第一批模特兒過來排隊坐下，然而有人免費作畫的消息最終一定會傳出去就是了。

艾芙琳看著道蒂畫起她的第一幅肖像，對象是來自康乃狄克州的一對中年美國夫婦（漢克與葛雯），他們前一天才慘遭一名似漫畫家的茶毒。

她走出杜廊來到陽光下，突然間不確定自己未來幾個小時要幹麼。猶豫一會兒後，她決定往左走。但要是她往右走，她就會撞見那瞬間心裡正在想著的男人。因爲尤里西斯·坦普就站在老橋不遠處的咖啡廳裡喝著義式咖啡，等候老克騎著那台摩托古奇隼鷹前來。

艾芙琳步行穿過了法官廣場，那兒曾經矗立著一座tiratoio，也就是一種可供潮濕羊毛拉開晒乾的廣大棚子。艾芙琳從來沒有親眼看過這種文藝復興時期留下來、現已失傳的時間膠囊，但康絲坦斯在小時候看過——她還爲此寫過一首詩——那棚子直至十九世紀中期才爲了騰出地方蓋佛羅倫斯商會而遭毀。但就是階梯還在，能從羊毛棚通往河邊，在當時洗羊毛、沖羊毛、染羊毛的工序都必須在河畔進行。羊毛產業給了佛羅倫斯財富，名氣最鼎盛時有四分之一的人口都是這產業的一員。洗毛的、理毛的、梳毛的、織毛的、染毛的、紡毛的。當然他們全員都領著很可憐的薪水，直到大起義在一三七八年爆發。

艾芙琳左轉進入了班琪路。

這些工人曾經被塞進搭建在骯髒的沼澤地上，一處惡名昭彰的貧民窟。就在這裡，艾芙琳心想，就在我此刻走著的這裡。不令人意外地，方濟會的會眾——作爲新抵達佛羅倫斯的其中一支托缽修會——選擇落腳在這裡，並建立了一座教會來幫助窮人。而就這樣，就像她正展開一趟步行巡禮似的，聖十字聖殿出現在她的右手邊。這時機也太剛好，她想。她轉向並穿過聖十字廣場，穿過了停在那兒的車輛，然後前往但丁的雕像。她一直有種但丁會很樂於見到她的感覺。

她找到了聖西滿廣場旁的那間草藥店，那兒有超多乾燥鼠尾草，她於是買了不算小的一把要給道蒂。道蒂喜歡在工作室裡燒這東西，爲的是替繆思女神清出一條路徑。

在聖安博廣場，要是她嘴饞一點，那她就會買點上午專用的點心——牛皺胃（大排長龍就是品質保證），但她最後買的是幾顆（托斯卡尼特產的）法蘭切斯卡蘋果，這種古老的小蘋果有著一聞就覺得很可口的香氣。她當場就在某工坊門口嗑起了一顆，同時看著匠人雕切出一把小提琴的主體。一離開那區域，她就從一名乞討的婦人處得到了一枚她的羊毛衫可用的鈕扣。那與另外四枚綠色的鈕扣並不相配，但卻十分顯眼。

道蒂正在收拾畫架時，艾芙琳繞過了轉角。

有人看起來很開心喔，她說。

這個早上太棒了，道蒂說。七幅習作，有沒有嚇到！而且其中兩幅還挺不錯的。你呢？

基本上就是到處逛。重建的速度讓我有點驚喜——這城市在輝煌之餘看起來完好無損。我買了些明信片，你挑幾張喜歡的。喔，還有這個……說著艾芙琳拿出了那把鼠尾草。道蒂頓時停下手邊的動作。

你眞是我的寶貝！她說。

艾芙琳環顧四周那些占據著壁龕的雕像說，tre corone fiorentine，佛羅倫斯的三頂王冠。都是詩人，當然了。但丁在這裡，佩脫拉克[34]在那裡，還有薄伽丘[35]。但丁在哪裡格格不入？

這是個陷阱題嗎，琳琳？

完全不是。
繼續講，我洗耳恭聽。
名字拼錯了[36]。
那是粗心而已，道蒂說。
還有他頭頂的桂冠。
他是沒當過桂冠詩人嗎？
沒有，薄伽丘本來要封他爲桂冠詩人，但佩脫拉克不依。
混蛋咪噢，道蒂用義大利口音罵道，並同時把腳凳遞給友人。
她們接著朝領主廣場而去，此時道蒂說道，你絕對猜不到我看到誰了。
誰？艾芙琳問。
哈特利．蘭姆斯登[37]和瑪歌．伊茨[38]。
我的天，他們有認出你來嗎？
沒有，感謝老天。喔，還有薇．崔弗西斯[39]也和他們在一起，她補充道。
薇？跟哈特利與瑪歌一起？
道蒂點點頭。
我不信！這太讓人想不到了。
他們聊著一些有的沒的屁話，跟契馬布埃的〈耶穌受難像〉[40]有關。要不是來自諾里奇[41]的年輕小姐那妙不可言的側臉讓我全神貫注，我早就一頭跳進河裡了。

午餐的餐桌可以俯瞰傭兵涼廊與舊宮，午餐的菜色則包括第一流的義式直麵條佐朝鮮薊，再來是牛肚與馬鈴薯與一卡拉夫壺的紅酒，甜點是義式冰淇淋——巧克力和奶油口味——收尾是必不可少的義式咖啡。

艾芙琳將注意力轉到了桌上：太陽的光線如何投射下來，又是如何逼迫陰影覆上午餐的殘羹剩肴。壺中酒、菸灰缸、菸屁股與上頭淡淡的一圈紅色唇印。花瓶裡一叢叢的紫藤，義式咖啡杯緣那圈液體沾黏的潮痕，那讓景觀像蒙上霧霾而模糊、從臨時棚架上飄落之灰塵。這是一個午餐的故事沒錯，但同時也是她們的故事。

她們是最後走的客人。艾芙琳在碟子上留了幾張小鈔後起身。Andiamo, cara!（走吧，親愛的！）

喔，我們別走好不，道蒂說。馬上就是雞尾酒時間了。

那我們就更是走定了，艾芙琳說。來吧，道蒂。起來起來起來。

道蒂拿起畫架，走時順帶撂倒兩束插花。

---

34 Francesco Petrarca，十四世紀義大利學者、詩人暨人文主義先驅，因主張以人的學問替代神的學問，而被視為人文主義之父。

35 Giovanni Boccaccio，文藝復興時期的佛羅倫斯共和國作家、詩人暨人文主義者，代表作為《十日談》（*Decameron*）。

36 佛羅倫斯雕像上刻的是「DANTE ALLIGHIERI」，姓氏中多了一個L。

37 Hartley Ramsden，藝術史家、策展人、評論家與譯者。

38 Margot Eates，英國藝術史家和策展人，與哈特利．蘭姆斯登是親密伴侶。

39 Violet Trefusis，即薇奧蕾特．崔弗西斯，英國作家暨社交名媛。

40 *Crucifix*，大型彩繪木十字架作品，歷史可追溯至十三世紀，藏於聖塔克羅切的聖十字聖殿中。

41 Norwich，英格蘭東部古城，位於倫敦東北部。

繼續走，艾芙琳說。我留的小費不錯。

她們沒走太遠，就有一個小小孩停在艾芙琳面前，大叫了一聲，皮諾丘！

我的天，在哪裡？艾芙琳的語氣充滿了恐懼。

他在你後面，進入童話劇模式的道蒂說。

艾芙琳轉過身。店家陳列的擺飾中有作各色打扮的小木偶。

不合你胃口？道蒂在她們離去時問。

從小就不合，毫無疑問，艾芙琳說。我覺得他是個瘋子。看到他殺死會說話的蟋蟀，把我嚇得半死。對我來說那就是在讓眞相噤聲[42]，當然，這是就政治的角度去看。

當然了，道蒂說。

而我們都知道那會導致什麼。

你那時候幾歲？

大概九歲吧。

那你根本沒當過小孩嘛，是不是，琳琳？

嚴格說起來是沒有，道蒂。我那時就已經在讀瓦薩里的《藝術家列傳》了。

阿諾河進入了視野。道蒂說，但那總歸是一部可愛的小電影，是吧？

艾芙琳停下腳步。

你不喜歡？道蒂問。

不，我不喜歡，艾芙琳說。皮諾丘是托斯卡尼一個貧困的鄉下孩子，他被迫丟掉屬於自己身分的衣服，好能夠戴上和米老鼠一樣的白手套。**白手套**，道蒂。有時候我覺得這些事只有我一個人會注意到。

那是因爲眞的只有你注意到，道蒂說著勾住了友人的手臂，領著她朝西去向她們的民宿。

你有看到剛剛那個女人是怎麼看我的嗎？道蒂問。

我看到了。

我的魅力還在。

你的魅力本來就沒少。

我覺得有少。一點點。

但也就是一陣子而已。

嗯，一陣子而已。

午夜時分她們方才熄燈。火柴被一聲劃響，道蒂的臉龐在黑暗中映著黃光。她坐起身，將手伸向了菸灰缸。她說，我有件事想問你，琳琳。早先我在等你的時候，我去了傭兵涼廊素描雕像，主要是畫詹博洛尼亞的作品。

他的哪一座雕像？艾芙琳問。〈海克力士〉[43]還是〈強擄〉？

〈強擄〉……

很偉大的作品……

是不是？我感覺被撩到了。

---

42 原著中的蟋蟀表示小木偶不該違抗父親，結果被小木偶一鎚砸死。

43 *Hercules Slaying the Centaur Nessus*，全稱為〈海克力士與半人馬涅索斯的戰鬥〉。

你是該被撩到。

我確實感到驚豔。但這也讓我有點煩惱。

艾芙琳說，詹博洛尼亞完全知道自己在幹麼，道蒂。他明白那情慾之舞，就像他明白那會產生何種回應。理想化的男人與肉骨凡胎之間的拚搏。那就像是他在看著我們注視他的雕像。事實上，那是必要之外的大膽表現。但脈絡就是一切——宗教那隻伸長的大手隨處可見。這尊雕像的過人之處，就在於它代表了文藝復興時代的藝術自由。藝術家可以在教會之外**自由**思考，**自由**感受。正是憑藉這種偉大古典傳統——各種古典時代主題——的復興，藝術家才得以掙脫基督信仰的綁縛，以自由之身呈現善惡之間的敘事。血腥而崇高，刺激而——沒錯——撩人。

道蒂在黑暗中將香菸遞給艾芙琳，香菸的尖端燃著橘色的光芒。艾芙琳說，我覺得話說到這個份上，便還有件事也值得一提，那就是沒有詹博洛尼亞，貝尼尼[44]就當不成我們知道的貝尼尼了。

當不成嗎？

當不成。而屆時我們又該何去何從？

確實不知何去何從，道蒂說。話說這世上就沒有你不知道的事情嗎，琳琳？

喔，多的是，艾芙琳說著捻熄了菸頭。我對賽車就所知不多。

那不是什麼天大的損失就是了，道蒂說。晚安，甜心。

隔天這兩個女人起了個大早。道蒂這天拋棄畫架，用腳凳與大畫板換得更好的機動性。她們走出民宿時塞了兩顆水煮蛋在口袋裡，然後去尼里街一間滿是時髦年輕男女的熱鬧咖啡廳喝咖啡。艾芙琳猶豫著要不要到卡爾米內廣場看馬薩喬[45]的濕壁畫，但最終放棄了這個念頭。要是她聽取了內心那輕輕推著她的想法，隨著衝動往南走，那她就會和要前往工坊的尤里西斯同時穿越聖靈廣場。他們會停下腳步，不可置信地看著彼此，然後她的台詞會是，是你，沒錯吧？而他會說，沒錯，是我。她會走向他，擁抱他。他們會一時間無言於命運再一次使兩人相遇的方式。他們會勾著肩走向米歐的店點杯咖啡，而尤里西斯會用他東倒西歪的義大利語向米歐解釋艾芙琳是誰，他們爲什麼會認識，還有爲什麼他這輩子沒有這麼開心見到一個人過。她會評論起他的義語能力，而最後她會來上一句，所以告訴我，尤里西斯——那個好上尉還好嗎？

只要艾芙琳往南走，事情的發展就會是這個版本。

但她那天早上做的事情是向附近的攤販買了份《共和國報》，然後搭公車上到了菲耶索萊。正在開花的扁桃樹在她登上聖方濟各修道院的路途中一路相伴。樹籬上的粉紅玫瑰散發著芬芳，馬格農河谷的整片風景令人心曠神怡。她坐下並開始閱讀報紙，同時俯瞰著下方的橄欖樹林，但內心總有股揮之不去的感覺啃咬著她，彷彿她應該要在別的地方，見別的人。

她返回杜廊，看到道蒂正爲兩名英俊的長者畫像——他們顯然是長年伴侶。那幅畫極其肖似眼前人，色紙上有著濃淡不同的四層鉛筆痕。他們沒有要求簽名，但從她手中接過捲起的畫時，其中一人彎腰低聲說，我們知道你是誰——謝謝你。

艾芙琳帶著道蒂去彼提宮旁吃午餐，那家義式小館附近就是詩人布朗寧伉儷的故居「古依迪之家」（Casa Guidi）。她們在那兒共享了一份佛羅倫斯丁骨大牛排，而後事實證明，比起再來一壺卡拉夫壺裝的紅酒，午後在波波里花園散步才是明智的選擇。

44 Giovanni Lorenzo Bernini，十七世紀義大利雕刻家、建築師、畫家。
45 Masaccio，義大利文藝復興時期的偉大畫家，其壁畫是人文主義早期的里程碑。

她們緩緩往上穿過了圓形劇場，那裡曾是一座採石場，負責供應石材給領主彼提的宏偉宮殿。再往上經過海神噴泉與一座座露台，兩人便抵達制高點，佛羅倫斯在此展現了她的璀璨光華。作爲黃昏前兆的金色光芒爲她們加冕，讓兩人一副激昂又幸福的模樣。艾芙琳倚著牆坐下，闔上了雙眼，而道蒂則在那瞬間捕捉下她的神態，讓她化身爲一幅人像，一幅相較於她們萌生此行計畫時掛在餐廳牆上的那幅畫，富含溫柔與心魂之程度都毫不遜色的肖像。

她們回到民宿，沐浴後便睡下。有一個小時的時間，艾芙琳看著亞麻窗簾隨風鼓起又消下，然後以呼吸和著那脈搏般的起伏。外頭傳來路面電車與鳥兒的聲音，還有來自樓下的爆笑聲，而此時她的心思落到了那些已經不在的人們上頭，但並非傷心感懷，而是回想著往事中的愛，她忘不了那些讓她成爲**她**的人、他們曾帶給她的榮寵與自由。美好與感激，永世交纏成一匹織得細密的布疋，那當中有一個個與她心意相通的名字：康絲坦斯、道蒂、賽德斯．柯林斯、H．W、蓋布芮拉、莉薇亞，還有——不在話下的——她母親。她母親是讓這匹布不會繼續脫線的那個結。只不過她是後來才知道這一點，而且知道得太痛，也太晚，晚到她來不及開口說一聲眞的謝謝你。這個女人的義大利血統和她初識的那個充滿批判的蒼白社會，形成了強烈的對比。直到那一夜她邂逅了H．W．史金納，她從未見過如此悖於傳統的男人，而他曾把心給過無數的女人——這傳言她應該要當眞的——因爲她最終跟隨的是一個其藝術靈魂永遠不屬於她，而她也從來不是其繆思女神的丈夫。她受困於教會強加的宮廷之愛，身體哭喊著想要一對羽翼。他日復一日地遞過羽毛與蠟，但她做不到，她躍不起。因爲她只看得見自己沒有的一切。

她能流通的貨幣，最終只剩下金錢。她把無法爲自己取得的自由給了他人，爲女兒買了那第一張鐵路車票，讓她由此去，進入人生那精采的第二十二個年頭。

艾芙琳猶記得從火車站到西米民宿的那趟車程，過程中她是如何進入盈滿生命力與氣味的黑暗街道，如何穿越義語叫 trecento 的一個個十四世紀廣場，並在那裡看到雕像活了過來，聽到鐘聲呼喚著中世紀的死者復生。四下都是美，正被密謀著。那座城市拋開斗篷讓她認識自己，而她所回報的是瞪大的雙眼、怦怦的心跳，還有闔不起來的嘴巴。她笨拙地爬出計程車，踉蹌著走進民宿的門廳。她一時啞口無言，但那並不是因為美的本質讓她震驚到說不出話，而是因為她體認到如果世間存在著這等美麗，其反面也必然不會缺席。而在那短暫的一瞬間，她感覺到的是後者。

艾芙琳爬下床，道蒂動了一下。她說，早啊，達令，而艾芙琳說，現在還是晚上，道蒂。

艾芙琳打開櫃子，換上一件長版黑色洋裝，寬鬆的剪裁帶著七分袖，裙襬向著她腳上的希臘式涼鞋。她夾妥頭髮，把嘴唇塗成鮮明的橘色，而後立於窗前，看著城市在黃昏的優雅中運行。天空看似一片海洋，雲朵就是波浪，一種遍及四下的沉靜已翩然落定，下落的夕陽看似一派黎明升起。

比較沒那麼優雅的是在她身後，只著內衣的道蒂正靠著牆抬腳。你看看這個，道蒂說著拍向大腿。誰能對這腿說不？

艾芙琳說，我們快接近「當蒼蠅讓位給蚊子」的時候了，Come la mosca cede a la zanzara[46]，說著她關上了百葉窗，讓房間陷入陰影與涼爽中。

這話說得不錯，道蒂說。

當然不錯，那是但丁的〈地獄〉。

道蒂瞅了一眼時鐘。我們接近的其實是「當開水讓位給雞尾酒」的時候，Come l'acqua cede a la cocktaila，說著她從牆邊滾向床緣，但不小心沒算好重力，砰的一聲從床上摔到地上。

46 出自但丁《神曲》〈地獄篇〉第二十六章。

哈利的酒吧藏在科爾西尼宮後方，與威尼斯那間名聲較響亮的哈利酒吧沒有關係，而是前一年由叫做恩立可的男人開設，哈利或亨利是恩立可在他說英語的朋友之間的小名。他在戰時顧過怡東飯店的酒吧，也是見過艾芙琳陷入最低潮的男人。而站在門口，朝著黑暗的內裡望進去，艾芙琳在自身過去的面前感覺到近鄉情怯。

但她的緊張並不必要。恩立可立刻就注意到她，說她一點都沒變，還伸出手來，煞有介事地拉起她的手吻了一下。我早就想知道我最愛的史金納小姐怎麼樣了，他邊說邊領著她和道蒂來到角落的一張桌前，隱私與整個酒吧的景觀在那兒一應俱全。他爲她們送來他一向爲艾芙琳送來的東西——腳踏車雞尾酒！——你是匹黑馬，琳琳！

Cin cin![47] 玻璃杯發出了相碰的聲響。

艾芙琳告訴道蒂說，回想四四年，她曾經等上一個月，才得以跟著同盟國軍進城，而當好不容易進城後，她哭了。曾經聳立在河邊的一棟棟建築消失了，古城、中世紀塔樓也全都不見了。她可以一眼望到河對岸的聖彌額爾教堂和聖母百花大教堂的穹頂，這條不受阻礙的走廊曾被認爲不可能出現。但丁的佛羅倫斯中心，一夜之間化爲一堆堆冒著煙的瓦礫山。這樣的破壞之舉純粹是爲了阻擋盟軍的推進，而其效果當然是零。這麼做在軍事考量上毫無正當性，艾芙琳說。她記得街坊百姓一臉恍惚地在這片焦土之間踉蹌前行，無法置信他們溫柔的城市被施加了這樣的暴力。

當時她立刻就投入已轉移至彼提宮的管理總部工作。管理總部首先監督了藝術品的疏散，而她則爲找到的作品、被掠奪的藝術品、遭破壞的藝術品進行記錄。此外，她也著手將雕像和繪畫送回到它們神聖的原址。偶爾她會與藝術史學者貝倫森[48]還有他的小隊合作，但多數時候她都是一個人作業。當時的她，或者該說是她的靈魂，已經承受了某種創傷。她遭到戰爭的侵蝕，一種消耗著一切的疲憊讓她回不到原本的狀態。夜裡她靜靜地在怡東飯店裡喝酒，身邊只有恩立可看著，他會早在她意識到自己需要再來一杯之前，就先爲她送上一杯新酒。

道蒂爲她們倆各點了根菸，然後說，你遇到的那個士兵。

尤里西斯？

對，關於他是怎麼回事？

艾芙琳想了一下。

我也不知道。我常會問自己這個問題。是因爲他的溫厚？他嘴唇上的傷疤？他的眉毛？他的笑容？

你聽起來有點像愛上人家了，我的達令。

記住你說的話，艾芙琳說著舉杯喝了口酒。蓋布芮拉去世兩年後，我人在羅馬照顧瑪麗亞阿姨。瑪麗亞阿姨去世時，那感覺就像蓋比又重新死了一遍。尤里西斯對生命的熱忱是一帖靈藥。他的樂觀、他確信自己死不了的信心，讓人感覺彷彿每一樣重要的人事物，他都能設法在戰爭中保護下來似的。那怎麼可能？他是無敵的，道蒂，奇蹟似的無敵。但我不是。我逃離了瑪格麗特，並在路邊等待著什麼？死亡吧，我想。一個出口，不論那是多麼沒得轉圜的出口。而就在此時前來的，是生命。那伴隨著一幅文藝復興傑作而出現的改變生命的無價瞬間，要不是有他和那位好上尉，其實也什麼都不是。那關乎的是一個完整的瞬間。我愛上他了嗎？也許有一點吧。當炸彈從頭頂上掉下來時，他握著我的手，頂著一片騷動大喊著，不是今天，艾芙琳！今天不會是我們的死期。他的信心充滿了說服

47 Cin cin，義語的乾杯，一說源自中文的「請請」，經由水手與商人傳至歐洲。

48 Bernard Berenson，專精文藝復興時期作品的美籍藝術史學者，其鑑定在歐美藝術界深具影響力，長住於佛羅倫斯附近的別墅。

力，道蒂。一瞬間我又年輕了一回，我**感覺到**那份年輕。爲此我將永遠懷著感激。

你可以去找他啊，道蒂說。

他有什麼天大的理由，要記住像我這樣一個老太太？

因爲你很讓人難忘啊，艾芙琳·史金納。

隔天是預定離開的日子。道蒂一整個上午都在畫素描，十二點時她已精疲力盡，所以回到民宿睡了個午覺。艾芙琳留道蒂在房裡睡著，只在梳妝桌上放了一張用蘋果壓住的字條。艾芙琳已經打包好行李，只是想在火車之行朝著羅馬那亂無章法的擴散與喧鬧的心臟地帶而去之前，最後再看佛羅倫斯一眼。

她走入外頭耀眼的光線中，戴上了墨鏡。她並不急著前往目的地，反倒任由私人別墅牆上層疊而過的紫藤和即將盛放、美麗而羞赧的木蘭花樹，成爲她分心繞路的理由。藝術與生活相互交纏。藍紫色花朵在城市中心與外圍的強勢讓她感到詫異，在二到五月接連綻放讓人不得不服氣。香堇菜、紫藤花、鳶尾花……別忘了還有夏日的矢車菊，那經常是她與某另一個她高貴的花床，就在某片僻靜的草原上，也在某個僻靜的十年間。藍色映襯著一面燒焦的棕土或赭石牆，藍色映襯著青翠的綠草，映襯著解開釦子的白色亞麻襯衫，一種強度高到讓人站不穩的藍色，那回憶即使在模糊的過往也能輕鬆寫意地尋得。那始終與藍色爲伍的肉體與情愛。

如此早熟的春日即景。

艾芙琳知道自己正往何處去。她永遠在旅行計畫好的那一瞬間，就知道自己會去到何方——那兩名從未眞正遠離她腦海的士兵。她偶爾會納悶他們如今是死是活，並總是堅定地告訴自己他們活著。

另一種可能性讓她無法想像。

在教堂的涼爽陰暗中，乳香刺激著她的鼻腔，她的皮膚則對溫度的下降起了反應。在她的右手邊，卡波尼小教堂和繪畫抹去了這些年的痕跡。那兩個男人的臉龐就在她的身旁，而唐利說道，尤里西斯．坦普、艾芙琳．史金納女士，容我介紹彭托莫的《卸下聖……

你要進去嗎？

艾芙琳轉過身，為聽到發問者用的是英語而深感驚訝。她身後站著一名頭戴鐵道員帽的小女孩。九歲嗎？也許十歲？深色頭髮，短劉海，還有一張甜美而充滿問號的熱切臉蛋。她的墨鏡像鉤子一樣掛在T恤領口，而且她手上還握著一卷讓艾芙琳覺得非常面熟的繪紙。

你怎麼會知道我是英國人？艾芙琳問。

因為你進來的時候沒有劃十字架，那女孩說。

喔，真是觀察入微！

所以你怎麼說？我有鑰匙。

我真走運，艾芙琳說。那你剛好也有個名字嗎？

有時候叫那孩子，有時候叫艾莉絲。你呢？

任何時候都叫艾芙琳。

艾莉絲張望了一下四周後為大門解鎖。來吧，她說，跟緊點。而艾芙琳也照辦了。她朝著畫作而去，然後閉上了眼睛。

你根本沒看畫，艾莉絲說。

嗯，我現在是在聞畫，艾芙琳說。嗅球[49]會把氣味傳送到杏仁核與海馬迴附近，而大腦這兩個地方負責的是情緒與記憶。

這我倒是第一次聽說，艾莉絲說。

艾芙琳退了一步，與畫作拉遠距離，然後問道，你常來這裡嗎，守門人？

偶爾，你呢？

不太常來。我上次見到這幅畫，這裡還在打仗。

哪一場？

問得好，孩子，艾芙琳說。

我是仗快打完時出生的。

那就是那一場了，我就是在當時看到這幅畫。不是在這裡看的就是了，她補充道。

那這樣也沒有隔很久啊。

嗯，沒隔很久。

說起來你手上那是什麼啊？艾芙琳問道，儘管她明知那卷畫打開之後會是什麼。

一張畫。我今天早上讓人畫的，說著艾莉絲打開了畫卷，將之舉到臉旁。這是我，她說。

喔，毫無疑問。

然後艾芙琳注意到了，在右方的角落有個簽名。那可是道蒂**真正的**簽名。她給了那孩子一份價值不菲的禮物。

是我讓她簽的，艾莉絲說。她原本不願意，但後來還是簽了。那不見得是她的眞名。

喔，我確定那是眞的。

你覺得這畫値點錢嗎？

喔，那當然。

値很多錢嗎？

你最好把畫收好。

那我要去把畫裱起來。

這就對了，說著艾芙琳低頭看了看手錶。

你要去哪裡嗎，艾芙琳？

嗯，我跟羅馬有個約會。

現在？

過陣子。

那我把門鎖起來囉，艾莉絲說著拉起門，將之鎖上。她把鑰匙擱在聖水盆的邊緣。

我喜歡那雲，那孩子說。

艾芙琳停了下來。

那雲，那孩子指向畫作。

是嗎？艾芙琳說，我以前認識一個人也喜歡那雲。說著她端詳起這孩子，尋找著她和記憶中那名士兵的神似之處。她將這個念頭從腦海中揮開。不可能。然後她拉開厚重的木門，踏進外頭的陽光之中。她戴上墨鏡，那孩子也這麼做。她們走向了老橋，邁著同樣的大步，艾芙琳說她很是喜歡那孩子的帽子。

我看完費里尼的《小牛》後買的。

你喜歡那部電影嗎？

嗯，我喜歡。看太多新寫實主義[50]，換換口味挺好。

受夠了嗎？

它有它存在的意義啦。

49 olfactory bulb，人類前腦中負責嗅覺感知的部分。

像是？

它徹底改變了電影製作的規則。我覺得《單車失竊記》[51]會成爲青史留名的佳作，艾莉絲說。

我覺得你有機會說對，艾芙琳說。

《小牛》收尾的那場戲，你知道，就是莫拉斗人在火車上，而鏡頭在他朋友們的臥房間移動的那場戲？人生就是如此，是不是？說再見。所有人最終都會被我們拋下。

你有不得不說再見過嗎？

就那麼一回。

她們在橋上被一群磨磨蹭蹭的遊客短暫地拆散了，艾莉絲得用跑的繞過她們才能跟上艾芙琳。她說，你懂很多嗎，艾芙琳？

我懂一些事情。

你看起來就像很懂的樣子。

那是因爲我戴著白頭巾的關係吧。

爲什麼雕像都是男的？

艾芙琳笑了。啊，沒錯，那是有點令人費解。你要簡答還是詳答？

你搭幾點的火車？

說得也是，那簡答好了。因爲它們的雕刻者、鑄造者、冶煉者，都是男人。文藝復興時期的義大利是個屬於男人，也爲了男人存在的世界。那個世界所倡議的，就是女人矮男人一截。

老天。

眞的是老天。艾芙琳在橋中央停下。這邊，她說。

那孩子去到她的身邊，朝河對岸的深色丘陵望了過去。艾芙琳用手指了起來。

那裡——國立圖書館，男人的秀場。那裡——舊宮，男人的秀場。那裡——科學史研究所，男人的秀場。那裡——烏菲茲美術館，男人的秀場。歷史抹去了那些不被看見的東西，艾芙琳說，而我們永遠不會知道女人對那段獨特的時期做出了哪些貢獻。

那她們當時人在哪裡呢？那孩子問。

艾芙琳低頭看著她的年輕弟子。你到底幾歲啊？她問。

快九歲了。但他們說我的年輕肩膀上有顆老腦袋。

是喔？嗯，我跟你剛好相反。

那孩子笑了起來。你很幽默，她說。

那麼女人都在哪裡呢？要看階級。大部分都在家裡，如果你出身有錢人家而且已經嫁作人婦的話，相當多的時間都在產房度過，爲的是看能否產下男性繼承人。從你十幾歲到你四十幾歲，生活就是一連串的懷孕。你受到的另外一項期待是持家，把僕役組織起來，做女紅、烘焙麵包、生火。這就是女人的生活，孩子。或是去修道院當修女——這是女性唯一能從事的職涯，就看你怎麼選。

你不是在對我推銷這種生活吧，艾芙琳。

不，我不是，對吧？艾芙琳笑道。

當時的女性也能畫畫嗎？

女性是不准畫畫的。參與藝術創作和科學研究，對女性而言都是遭到嚴格禁止的事項。當然有種情況例外，那就是你有一個畫家父親，那樣你便能就近接觸到畫材與工坊。但認眞說來，只有在修道

50 neo-realism，此指活躍於一九四二至五一年間的義大利新寫實主義，此時期也被稱為義大利電影的黃金年代。新寫實主義電影以講述窮人與工人階級的故事為特色，旨在針砭戰後社會，展露義大利人的心靈與生活樣貌。

51 *Ladri di biciclette*，義大利新寫實主義電影，改編自同名小說，於一九四八年上映。

院，你才能擁有空間進行自我表達。來自佛羅倫斯好人家的女性創作者往往會爲了自我表達而慢慢走上這條路。記住一個名字，孩子：普洛蒂拉・內利（Plautilla Nelli）。她是文藝復興第一位女性畫家，而且成就很高。事實上，她經營了一所女性繪畫學校。她無從銷售自己的作品，但修道院可以。她特立獨行，抗拒她所屬時代的各種傳統，如今卻沒有人知道她是誰。

我現在就知道啦。

是啊，你現在知道了。那邊以前不是有座橋嗎？艾芙琳說著指了指。

恩寵橋[52]？

嗯，很久很久以前，它在俯瞰阿諾河的橋柱上附設有小型的起居處與祈禱室，作爲獨居隱修禱告之用。有種虔信的修女被稱爲穆拉特[53]——被牆圍起來的人——會終其一生住在這些起居處的窄室裡，永遠不離開。

永遠？那孩子訝道。

永遠。她們會爲這座城市祈禱。她們的吃食會從只有在河床上架梯子才搆得著的窗口送進去。每個主日的聖餐[54]也是以同樣的方式送到她們手裡。她們一輩子都在禁錮中度過——也就是隱修，看你用什麼角度去看。那座橋最終獲得重建，穆拉特修女則被轉移到一間修道院，那是一四二四年的事。

要消化的東西好多。

是嗎？艾芙琳接著說，後來修道院變成了一座監獄，到現在都還是。有其象徵性，也有點諷刺。

那孩子靜默不語，陷入了思考中。

我們永遠不會知道在牆內的人活出了怎樣的內心生活，有怎樣的心路歷程，艾芙琳說。我們比起前人享有多不知道多少的自由，而你又會比我享有多不知道多少的自由。

艾芙琳又看了一眼手錶。我親愛的孩子，我得去搭計程車了，我的火車是五點。

那我們握個手，互道珍重吧？那孩子說。

就這麼辦。艾芙琳伸出了她的手。喔，再跟你說一個名字：阿特蜜希雅·真蒂萊希[55]，你會喜歡她的，是個滿腔怒火的女子。謝謝你囉，好心的守門人，我玩得很開心。後會有期！說著她轉過身，愈走愈遠。

艾芙琳！那孩子大喊。

艾芙琳停下了腳步。

修道院或婚姻？

喔，修道院！艾芙琳說。

我也是！

再會了，孩子，艾芙琳說著揮了最後一次手，然後走向一輛停在路邊的計程車。

再會，艾芙琳，那孩子說著把那卷畫紙當成望遠鏡舉到眼前，看著計程車消失在視野外。

尤里西斯從一週前的英文報紙中抬起頭來，因爲他聽到艾莉絲如野馬般跑在鋪石路上響起的啪啪啪聲。他看著她擠過一群觀光客，那些人正對著科西莫·里多菲雕像頂端的鸚鵡指指點點。等她來到他身邊時，已經變得氣喘吁吁。他把她拉近身邊，親了一下她的頭頂。頭髮聞起來是汗水和陽光的味道。

你還好嗎？他問，而她點了點頭坐下。隨著露台與陰影一寸寸靠近，他把自己的毛衣遞給了她，

---

52 Ponte alle Grazie，佛羅倫斯最古老、最長的橋梁，橫跨阿諾河。

53 le Murate，義語字面上是牆壁的意思。

54 Holy Communion，又稱聖餐禮或聖體聖事，以麵包與葡萄酒紀念耶穌之犧牲。

55 Artemisia Gentileschi，義大利巴洛克畫家，佛羅倫斯繪畫藝術學院首位女性成員，並受到梅第奇家族贊助。其父奧拉齊奧（Orazio Lomi Gentileschi）是卡拉瓦喬的追隨者、著名的矯飾主義畫家，其工坊是阿特蜜希雅接觸繪畫的起點。

而她則一如往常將之蒙在鼻子上。有一天她將不會再這麼做。但在那之前他屬於她，而她也屬於他。

米歇從店裡走出來，把兩杯啤酒放在桌上，並問起老克。尤里西斯說他馬上下來。

那孩子拿起了尤里西斯的啤酒舉到唇邊。她還是不喜歡那味道，她只是想趕快長大。她把一塊麵包撕成兩半，狼吞虎嚥地吃了起來。她想離開學校，想把那些嘲笑她的男生痛打一頓。她想說得一口流利的義語，想找份工作，想跟艾芙琳一樣搭火車，擁有無數多英里的深夜與冒險可以回望。她沒辦法想像自己變老，但她可以想像自己不再年輕。

她放下酒杯，擦了擦嘴。尤里西斯看著她，好像也能看出她的那些想法。

你拿著什麼？

她舉起那卷紙說，我要等老克來再給你看。你不會白等的，她補了一句。

老克從鋪石路的另一頭發出喊聲走來。尤里西斯替他拉了張椅子，克雷斯還沒坐下就先把手伸向了啤酒。修好了，他說。

喔，老克……

花了我一下午，但……

那孩子用頭頂了他一下。在跳蚤市場把老式槓桿義式咖啡機找出來的人是她。

這又是什麼？老克說著點了點艾莉絲放在大腿上的紙卷。

她說要等你下來才給我看，尤里西斯說。

這個，她說——解開了綁繩，攤開了紙張——是我。一毛錢都沒花。

老克吹了聲口哨。嗯，這畫得還真漂亮。

尤里西斯皺起眉頭。D．康寧漢？

我們得把這拿去裱框，老克說著從她手中接下那幅畫，小心地重新捲起。

這是**那個**桃樂絲．康寧漢嗎？尤里西斯問。

我不知道她是不是有名到可以在名字前面加上**那個**，但簽名是眞的，那孩子說。有個女士跟我說這是……

桃樂絲．康寧漢在城裡？

在柱廊那裡……

哪個女士跟你說的？尤里西斯問。

我在教堂遇到的女士。

哪間教堂？

問題還眞多，那孩子說，假裝喝起老克的啤酒。她擦了擦嘴巴說，有一幅畫是粉紅和藍色的那間教堂，我們跟彼特進去過。我跟著一名上了年紀的女士進到那裡，因爲她看起來很有趣，她穿著一身白色的衣服。

也許她是個修女？克雷斯說。

那麼也許不是，克雷斯說。

她頭上包著白頭巾。

我給她看了我的畫。然後她說她得走了，因爲她跟羅馬有個約會。

跟羅馬有約會？老克說，眞難想像。

搭五點鐘的火車。我跟她說我喜歡那雲，然後艾芙琳——那是她的名字——她就說……

尤里西斯沒等她把話說完就從椅子上跳起來。你們吃吧，不用等我！他邊喊邊跑過廣場，朝著河的方向而去。在阿諾河濱的圭洽迪尼路上，人群停下腳步注視著他。他躲開車子與腳踏車騎士，在卡拉伊亞橋上與路面電車千鈞一髮地擦肩而過。他跑到肺快爆炸，腿快燒起來。Scusi, Scusi（抱歉、抱歉），他一路叫著通過哥爾多尼廣場，再跑上佛西街。他進入新聖母廣場，穿越電車路線、閃開工人，也不管身邊的人如何側目或喊叫。

我來了，艾芙琳，我知道那是你。

他跑向火車站，三階併作一階，然後在列車發車表前彎下身子，喘得像隻老狗。他確認了月台號碼，向著目標奔馳，旁人又是大叫又是比手劃腳，而他則在群眾中變得十分礙事。在月台門邊，他看到列車緩緩地動了起來，而當他懇求著進到月台，火車已開始加速，這迫使他再度行動起來。儘管雙腿是如此疲憊，他還是設法展開最後衝刺，他覺得自己說不定可以趕上，說不定可以——

他跑到了月台的盡頭。

而火車已然遠走。

他坐了下來。一名員警居高臨下看著喘不過氣的他。

在火車上，道蒂一直在窗邊看著事態發展。等艾芙琳回到車廂內，道蒂對她說，我剛剛看到了一件不尋常的事情。一個年輕人追著火車跑，好像命都不要了似的。

難道還能是別的？道蒂說。

是愛，艾芙琳說。

艾芙琳越過友人看向窗外。我什麼都沒看到，她說。

太遲了，道蒂說，而她則坐回原位，打開摩塔德拉香腸[56]三明治。給你咬一口？

不用了，謝謝。

你看起來有點落寞，道蒂說。

我感覺我遺落了某種東西，艾芙琳說，有種缺了什麼的感覺。

你會回來的。

嗯，我想是吧。

但即使知道自己會再回來，她還是感到無法釋懷。她把手伸向了摩塔德拉香腸三明治。

不然我還是咬一口好了，她說。

你咬，盡量咬，道蒂說。那裡面有朝鮮薊。

好吃，艾芙琳說。可以提味，是不是？

我一直想告訴你，艾芙琳在咀嚼完後開口，我遇見了你畫的那個小女孩。

道蒂笑了。帽子加黑劉海？

感覺是號人物，艾芙琳說。

我有點被她煞到了。

但你不是不喜歡小孩嗎？

是不喜歡，我很清楚我不喜歡。但她比較像是穿童裝的大人。她說她開了間民宿

民宿？

艾芙琳在三明治上又咬了一口。

你簽了名，道蒂，她說。

我知道，但我不簽不行。總要讓她有錢把店開下去。你要知道，經營民宿可不便宜。

將近一年後，在一九五五年一月，艾芙琳計畫了新一趟的佛羅倫斯之旅，但一場要命的流感讓她不得不取消計畫。她在床上好幾天下不來，下來之後也走得一拐一拐，為此感到非常挫敗。

傑姆．岡納斯雷克帶著花來拜訪，艾芙琳很開心見到他。他承認了他母親就是劇評家潘妮洛普。

56 Mortadella，一種內含開心果的義式熟肉腸。

何來此問？他說。

沒什麼，艾芙琳說。她等不及要告訴道蒂了。

傑姆站在一張照片前——那是三V（維吉尼亞[57]、薇奧蕾特、薇塔[58]）鮮少有過的一次合體。她們看起來頗爲難受，但十分有趣。道蒂那天也在，你可以看到她在背景裡手持獵槍。影像有些模糊，但站姿毫無疑問是她。

傑姆說，我想再見康寧漢小姐一面。

對此艾芙琳微笑著心想，等她發現你母親是誰，你想不見都不行。

那天晚上，道蒂跑過來煮湯。

要是我四十五歲，這流感病毒根本動不了我一根寒毛，艾芙琳說。不會動你，那病毒株肯定是男人，道蒂說。

艾芙琳笑得咳了起來。

道蒂把湯拿過來，並承認她忘了放骨頭進去熬。

味道還是很好，艾芙琳說。

你病得不輕，道蒂說。

我想給你看樣東西，道蒂說著拉開了畫袋的拉鏈，掏出一張又一張畫作。

是光線，艾芙琳說。

是你，道蒂說。

還有你對城市的觀察。

還有你，道蒂說。

以前那些男人怎麼能在佛羅倫斯還畫不出個名堂？道蒂說。那座城市把一切都給了他們，是不是？那座城市就是他們的一切所需。

喔，沒錯。米開朗基羅要是生在波隆那，搞不好局面就會完全不同，艾芙琳說著，突然間來了精神。

一九五六年，艾芙琳確實回到了佛羅倫斯，但這一次沒有道蒂同行。她從威尼斯搭火車南下，暫時離開友人展出佛羅倫斯畫作的威尼斯雙年展稍作歇息。她花了一整個早上欣賞三聖橋的重建，然後從那兒出發，她的漫遊帶著她穿過一條窄街，而窄街又帶她進入聖靈廣場。市場仍開張著，場面既嘈雜又魔幻。她從北端沿著教堂外牆進入了廣場，不可能知道尤里西斯正帶著那孩子從南邊開出去，但有輛喬維特．布拉福德廂型車確實不知怎地吸引了她的目光。尤里西斯是要送地球儀到聖吉米尼亞諾[59]附近的一棟別墅。對方沒有討價還價，地球儀維持高價賣出。這次出的貨是他比較高檔的成品。艾芙琳在米歇咖啡廳吃了一頓較早的午餐，而從她用餐的桌前，她注意到有個老先生帶著一隻鸚鵡和老太太們一起坐在石椅上，共享著苦艾酒。她沒有對這樣的一幕心懷批判，因爲桑托史披里托一直都是佛羅倫斯各區中比較**出格**的一區。她到底是爲什麼沒有下榻在佛羅倫斯的這一側？她想。她的同事都下榻在瓜達尼宮德國藝術研究所[60]樓上的班迪尼旅館，但她總覺得那裡對她來講太過男性化。大家都住班迪尼又怎樣？她想。等下次重返佛羅倫斯，也許她就來這裡試試看。她的義式咖啡被送出了咖啡

57 Virginia Woolf，即維吉尼亞．吳爾芙，英國作家、二十世紀現代主義與女性主義先驅，代表作包括小說《奧蘭多》（*Orlando*）與散文集《自己的房間》（*A Room of One's Own*）等。

58 Vita Sackville-West，即薇塔．薩克維爾—韋斯特，英國作家暨園藝家，著有多部詩集和小說，兩度獲得豪森登獎（Hawthornden Prize）。她與薇奧蕾特和吳爾芙都曾是戀人，也是吳爾芙在小說作品《奧蘭多》中的主角原型。

59 San Gimignano，位於托斯卡尼大區西恩納省、城牆環繞的中世紀小城，也是白葡萄酒產地。

60 Kunsthistorisches Institut in Florenz，佛羅倫斯藝術史研究所，成立於一八九七年，為德國最早建在外國土地上的藝術研究機構。

廳，爲她服務的是一名身繫圍裙的高壯男人。他們恣意談論著這一帶在經濟上出現的巨大變化。要是她在這時候想到要請對方推薦這附近一家舒適的民宿就好了。但她沒有。他爲她送來帳單，然後她就緩緩地散步回到火車站。她搭最後一班火車去了威尼斯，偕同道蒂在佩琪・古根漢[61]家參加了一場宴會。佩琪的眼光獨到，她們聊到了傑克森・波洛克[62]。艾芙琳與她分享哪裡買得到最棒的沙丁魚罐頭，讓她十分開心。這裡永遠歡迎你，佩琪說。

一九五八年，艾芙琳與尤里西斯在老橋上實實在在地擦肩而過（這會在日後被兩人拿來說笑）。當時兩人都在和人對話——艾芙琳伴同一名年輕的藝術修復師，尤里西斯則是和馬西默在一起。艾芙琳的視線朝著下游的三聖橋而去，那座橋已在前一年重建完成。喔，眞是開心的一天，她說了類似這樣的話，儘管三聖橋上的春神頭像還會再失蹤三年。傳言說春神的頭被偷了／綁了／賣給了美國一名億萬富翁。派克鋼筆公司甚至爲此懸賞三千美元，眞是沒必要的噱頭。最終是清淤團隊從河床上把春神的首級撈了起來。

至於尤里西斯與馬西默則是在橋中央停了下來，朝著卡森蒂諾河谷的方向望向了阿諾河上游。馬西默說他最近愛上了一個人，但對方其實是男人。他把雙手插在口袋裡，等著受到憐憫，或是失去一段珍貴的友誼，因爲他以前出櫃都大抵不出這兩種下場。但尤里西斯只說了一句，他最好沒有虧待你。他們下了橋，進入屬於尼格羅尼雞尾酒的沉靜夜晚。我眞的鬆了口氣。在我身邊你永遠不用在意這種事情，尤里西斯說。他在兩個月後認識了他的男友，一名年長的美國學者，名叫菲爾，文靜、穩重、風趣。這樣的男人你無可挑剔。

這就是艾芙琳和尤里西斯所跳的雙人舞，而這舞他們一跳就是許多年。他們只靠思緒配合著節拍。由捷格舞發展出來的優雅雙步舞，就這樣在托斯卡尼的馬路邊跳著。他去到一間畫廊，想起了她。她看到地球儀，想起了他。她和道蒂去到一間爵士俱樂部，見到了兩人覺得可能是在倫敦城西演出中見過的那名邊境鋼琴師。不可能有這麼巧的事情吧？他彈了一首自稱鮮少演出的作品。〈老克之歌〉，他是這麼介紹的。

然後在一九五九年十二月，艾芙琳坐在位於布魯姆斯伯里的公寓中，望著筆記本出神。她嘗試構思出一篇引言來介紹內含女性空間概念的靜物畫，但突然之間她感覺到冷。她前去爐邊添了塊木柴，又把披在肩上的羊毛衫拉妥，然後被五年前在聖安博廣場獲得的橘色鈕扣勾住了目光。那鈕扣的他者性十分顯眼。就像她記憶中那個九歲的小女孩，有時候叫做艾莉絲，有時候叫做那孩子。艾芙琳伸手拿起她那杯克拉雷[63]，佇立在壁爐前。有些活動崇高激越，有些則被揚棄爲低等卑微瑣碎，她想。那麼這一切是由誰來取決？說到底就是特權與男性凝視，無非如此。

她重新斟滿酒，坐了下來。

靈性的生命對比肉體的生命，她寫道。神聖對比粗鄙，受過教育對比目不識丁，一個外在與內在始終相互對立的世界。

家中廚房的世界是屬於女性的世界（她在此加上了底線）。那個世界屬於例行公事，屬於身體與其功能。那個世界裡有血液，有屍骸，有苦役。男人可以進得廚房，但他們不會在廚房操勞，所有的操勞都由女人包辦。偶爾在這類繪畫中，男性的物品會出現在桌上——菸斗、錶、地圖——往往有著至

61 Peggy Guggenheim（此為別名，原名Marguerite Guggenheim），美國藝術收藏家，是紐約市富裕的古根漢家族一員。一九三八至四六年，她在歐美蒐集大量藝品，於一九四九年展出，並自同年起定居威尼斯。

62 Jackson Pollock，美國畫家、抽象表現主義運動的代表人物，以其獨創滴畫技法聞名，一生毀譽參半。

63 Claret，泛指作為餐酒的波爾多紅酒。

爲可笑的構圖，但它們都成功達成其意圖——召喚出女性的空間。男性以勝利者之姿，君臨了這場景的無謂瑣碎。

她舉杯喝了口酒，接著往下寫。

靜物畫的力量，恰恰存在於這種瑣碎性。因爲那是屬於可靠性的世界，是在場的物體與不在場的人之間相互關聯的世界，是在缺席的鬼魅中暫停的時間。準備了那些食物的，是誰？清理了魚內臟的，是誰？把廚房刷乾淨的，是誰？這些都是讓生活得以維繫的行爲。代表尋常生活的物品居於畫面中的空間——盤、碗、罐、壺、牡蠣刀。這些物體的形狀始終未變，正如它們的功能也始終未變。它們在這個屬於習慣的世界裡變得固定，變得不值一提。我們視之爲理所當然。然而就在這些形式當中，某種強大的東西被保存了下來：持續性、記憶、家庭。

她放下了筆。那孩子不會還是九歲了，是吧？至少十四歲了。十四歲，一個新的十年即將來臨。眞好。

生活的甜蜜

1960年

兩個十年之交在歡迎聲中到來。別了，五〇年代——你都爲我們做了些什麼？

其實還做了不少，馬西默說著點了根菸，準備要發表一篇見多識廣的演講。容我說明一下，他說。這個國家正身處於一場經濟奇蹟中，而這場奇蹟又在不算小的程度上肇因於馬歇爾計畫——正式名稱是歐洲復興計畫——在歷經戰火與法西斯主義的摧殘之後，如今有一股濃濃的舒緩與樂觀氣氛。

我感覺得到，彼特說。

我也是，克雷斯。

重建工作達到了史上最高峰，大規模的移民從深陷匱乏的南部鄉村往富足的北方都會移動。而這麼一來，繁榮便覓得蹊徑進入工薪階級，一個嶄新的消費社群也因此興起。飛雅特、倍耐力、愛快羅密歐、偉士牌……

古馳，尤里西斯說。

古馳，馬西默重複了一遍。這些品牌讓義大利登上了世界舞台。時尚成爲一種親民的存在——說著他秀出在成衣店購得的外套之標籤——而洗衣機與電冰箱，以及更重要的**罐頭番茄**，都讓女性的生活歷經了空前的質變。汽車取代了驢子與馬車，一如摩托車取代了腳踏車。還有嗎？

電視，克雷斯說。

啊，電視，克雷斯說得對。無所不在的電視！我們的貝托里尼民宿甚至有支電話，但大家也不以爲意。眞是好年頭，馬西默說著呼出了長長一道煙。他們坐在米歇的店外，頭上那頂大大的遮陽棚是金巴利集團致贈的禮物，主要是感謝店家長年傲人的酒類業績。整家店高朋滿座，尤里西斯看著茱莉亞端出了祝好運的一盤盤扁豆與寇特奇諾香腸[1]。

乾杯，克勞德說，爲的是想在今晚留下自己的印記。哈囉，六〇年代！再接再厲，麻煩了！

男人們一同舉杯。哈囉，六〇年代，再接再厲，麻煩了！

那孩子一個人在附近的教堂階梯上撥弄著吉他。當然，她這時已經不叫那孩子，她是艾莉絲。整整十四歲又四個月大的她，是一個還不知道什麼是披頭族的小披頭族[2]，一身鐵道員帽加釣魚毛衣加刻意截短的牛仔褲。她對廣場另一頭的彼特和克雷斯揮手，尤里西斯與馬西默則在彼特和克雷斯身後聊得入迷。她和尤里西斯變得有點距離，她想修正卻不知問題出在哪裡。

事情的改變只在一夕之間。那種世人以眼神嘲笑她的感覺——嗯，她現在無時無刻不帶著這種感受，因爲現在的她想要親吻女孩。她固然感覺有點不太對勁，但教會並無法給她任何幫助，學校那些只會八卦與冷嘲熱諷的同學就更不用說了。她讓那些基多[3]碰她剛剛發育的胸部，只是爲了破除謠言。那天晚上回到家，她根本不敢正眼看尤里西斯，飯也沒吃就直接跑去睡覺。也許那就是問題的開端？她指的是跟尤里西斯之間的距離感。想用一種羞恥去削弱另外一種羞恥，根本是緣木求魚，但她哪懂得那麼多，她才十四歲又四個月大，渾身都是賀爾蒙與問題，但還沒有月經來潮的跡象。那群男人安靜了下來，艾莉絲露出微笑，青鳥唱起了歌。

活脫脫就是小佩，克雷斯說。

第一首歌叫做〈羅瑟希德[4]之塔〉，是她自己的創作。彼特在作曲上幫了點忙，但作詞完全是她憑一己之力完成。這首歌說的是一個女人設法用歌聲把某個男人從戰爭中帶回來，歌裡提到愛的字句有力量扛著他沿泰晤士河逆流而上。「我可愛的男孩／我們的河」在歌詞裡反覆出現——我可愛的男孩／我們的河／靠近一點／往這裡靠來／跟著這些你從風中聽到的字句／它們永遠會引導你／它們會

---

1 Cotechino，傳統的義式豬皮香腸，為傳統年菜。

2 Beatnik，指一九五〇、六〇年代不接受社會常規，以長髮與邋遢衣著展現此種態度的年輕人，又稱為「垮掉的一代」，其基底是二戰後反物質主義的文化運動。

3 Guido，義大利常見的男子名。

4 Rotherhithe，位於倫敦泰晤士河南岸的地區，「羅瑟希德斜塔」為當地地標。

治癒你／它們會餵飽你／只要記得回來，然後給我你的手印。那名士兵自始至終沒有回來，而羅瑟希德之塔也在承平時代崩塌。

那有一種愛爾蘭的感性，彼特低聲說。尤里西斯知道這首歌講的是小佩。

小佩這時已經放棄了她的工作，隨泰德搬到了倫敦城東的郊區。他們住在一棟哥德風的大房子裡，並在倫敦地鐵中央線的尾巴附近有條讓人滾遠點的車道。怎麼看都是懷著祕密的中產階級風格，但那就是標準的泰德。沒有人知道小佩爲什麼這麼做。克雷斯尤其不懂，他覺得她是出於自我破壞與絕望才這麼做。克雷斯盼著尤里西斯可以回倫敦去把她帶回家。問題是家在哪裡，克雷斯？當然是跟我們在一起，他說。我不確定她會這麼想，尤里西斯說。那是他們第一次爲了這件事爭論，而艾莉絲說，看吧？隨便兩個人都能爲她產生心結。這話算是成功讓他們閉上嘴，只是也談不上善了。

小佩家附近沒有鋼琴酒吧，所以她也封嗓不唱了，那條陪她久經磨難的救生索就這樣從她的手中溜走。雞尾酒時光逐漸成爲她的日常，而老泰德——保險先生、風險趨避先生——會把雞尾酒搖得高，搖得乾[5]，不忘加上橄欖。這當然是因爲小佩喜歡檸檬[6]。別這麼愛當個王八蛋，她會說，然後他們會接吻，而她會咬他的嘴唇，按他喜歡的方式咬到他流血。他會檢查帳單，所以他知道她何時打電話到義大利。我們得量入爲出，他說。量入爲出？從何時開始的？從你不工作之後啊。是你希望我別工作的。這話我可從來沒說過。喔，小佩，克勞德在某個時空裡這樣說。

如今會打電話的，變成了尤里西斯，所以他才在民宿裡拉了電話線。每當小佩說只有站位，那就是一個暗號，意思是要他改天再打來。他已經好幾個月沒跟她說話了，她寄來的信也都是不冷不熱的流水帳。我做了個蛋糕！小佩何時做過什麼該死的蛋糕？彼特是最不愛罵髒話的人，但就連他也被這種信**惹到了山羊**[7]。

小佩在那第一個聖誕節後答應過會重遊佛羅倫斯，但她始終沒有兌現這個承諾。當然，她會把這件事掛在嘴上，但這時的小佩把很多事掛在嘴上。艾莉絲倒是大部分的年頭都會回倫敦，只不過就連那麼做都變得他媽的有點勉強。回到家的她會悶悶不樂，會心情低沉，並在最終會透露出她不喜歡泰德。你爲什麼不喜歡泰德？尤里西斯問。我就是不喜歡，她說。你得跟我說清楚一點，他說。他對你怎麼樣了嗎？沒有，不是那樣，她說。是他說話的方式。他說了什麼？尤里西斯問。她跟小佩說我比她強。

克雷斯對尤里西斯說他得更有創意一點，得跳脫框架去思考，於是他照做了。他每年夏天都安排小佩與艾莉絲去柯爾那裡待個兩週，不受泰德的打擾。他知道泰德不敢去催柯爾，因爲柯爾會殺了他。就等你一句話，柯爾說。

那第一個夏天，柯爾變成了老柯爾，開始爲他身邊的所有女人做主。吉妮和艾莉絲形影不離，並會在水銀球碰到華氏八十度[8]時去運河游泳，然後朝那些指著勃起褲襠的男生咆哮。但改變最明顯的是小佩。吉妮的存在讓她爲母的怒氣變得柔軟，僵硬的下巴也放鬆下來。彼特演奏起鋼琴，而小佩則唱得掏心掏肺。就像以前那樣，勒維爾太太吃著她的烤肉大餐說。小佩甚至在某首歌的開頭提到了艾迪，因爲女人一旦有了安全感就會這樣。柯爾說，小佩深愛的東西，她會放在自己內心深處，但艾莉絲對此感到疑惑，因爲她並不覺得自己被放在那麼深的位置。艾莉絲預定在七月回義大利，但她弄丟了那張艾迪的照片，並擔心自己可能會被小佩罵。你有過艾迪的照片？尤里西斯訝道。何時的事？從小就有，她說。

---

5 馬丁尼的主體是琴酒（或伏特加）混以苦艾酒，比例按個人喜好各有不同，其中「高」（high）指基酒的比例高，「乾」（dry）指使用不甜的苦艾酒或降低苦艾酒的比例，減少整杯酒的甜味。

6 橄欖或檸檬是馬丁尼傳統上二選一的搭配。

7 get someone's goat，英國俚語，指激怒某人。

8 約攝氏二十七度。

觀眾的歡呼聲讓尤里西斯回到了現實中。彼特轉身對他說，她做得很好，小坦。她餓不死的。我餓過，但她不會的。說著他伸手去拿尤里西斯的香菸，狠狠地吸了一口。

艾莉絲認眞地環顧著群眾，看進了每一張臉，直到她的雙眼鎖定在金髮的蘿米·沛勒身上，那花了十五年長成的清秀面容，說有多美國就有多美國。她就是艾莉絲一小時前在某個陰暗而散發著尿騷味的門前親吻的女孩，兩張嘴以月光與銀絲般的唾液相連。那個當下的艾莉絲想說我愛你，但夜未央，她的人生也才剛要開始。

她們是兩個月前在電影院前認識的，坐在彼此旁邊幾乎沒有動靜，也幾乎沒有呼吸。蘿米有一台偉士牌摩托車，艾莉絲坐在後座，緊抱著蘿米的腰，她緊緊地挨著只爲吸進蘿米頭上的洗髮精香味。蘿米的爸爸向大學請了七年一次的學術休假，爲的是以亨利·詹姆斯[9]爲題寫本書，而蘿米在這裡只有兩件事能做，一件是學義大利語，另一件是和女生接吻，而她兩件事都很拿手。所有人都以爲她們只是好閨密，但克雷斯在那晚注意到了各種蛛絲馬跡，並循著艾莉絲的明亮眼神看向一個走到群眾旁的少年，然後發現那是個少女。

是了是了，他想道，有人在戀愛了。

但時間來到五〇年代的尾聲，還有人沒在戀愛嗎？不是連你都不例外嗎，克雷斯？

這六年是他人生至今最快樂的六年。他對咪咪太太充滿儀式感的追求能有更親密的進展，是因爲她告訴克雷斯她的本名叫做寶拉。他們每星期會一起吃一頓飯，有時在他家，有時則在她家，期間他們會依循阿圖西[10]的《廚房裡的科學與吃好的藝術》把菜做出來。寶拉在前一年的聖誕節送了他這本書，頁面上頭的每一塊汙漬與每一處油痕，都相當於在沙灘上留下的一步步足跡。有時候他們會跳上摩托古奇騎上丘陵，來到一處不起眼的義式客棧，在露台上午餐。克雷斯告訴寶拉說她戴著墨鏡和絲巾，看起來就像個電影明星。馬西默替她拍了照，後來照片被掛在米歇的酒館裡，大家還以爲那是安娜·麥蘭妮[11]。有時候寶拉會聊起她的丈夫，但老克並不介意。畢竟在讓他神魂顚倒之前，她可是已經跟人家過了一輩子。我在想，你心中還有沒有空間留給我？他問。

深夜獨處時，克雷斯無法相信如此美麗的人會想和他在一起。克雷斯漸漸能放下他母親，或者是他母親漸漸能放下他。也許那是因爲終於有雙手能好好照顧他。

艾莉絲喊道，這第二首歌是由我們的好朋友彼特所寫！然後她指向彼特，眾人也隨之望向他。對彼特來說，那就像重新回到了五六年的《赫蒂韓——傲慢的姑娘》一樣。他那個夏天算是變成了小名人，甚至還有群追星族一路從地鐵站跟著他回家。但通往全新十年的那些年，就和以往同樣地難以預料且禍福相倚。他在倫敦城西的一齣驚悚劇中拿到一份負責尖叫的工作，柯爾說那齣戲簡直是爲他所寫，而就很多方面而言，這話也沒說錯。甚至還有演員合約，所以待遇還算是可以。彼特只需要做一件事，那就是每次有人遇害而舞台陷入黑暗，他就從舞台兩廂發出尖叫。原本一切都很順利，但過了一個月，彼特失去專注力並陷入慌亂。他沒來由地尖叫，嚇到了女主角，結果女主角跌到前排座位上而摔斷了手臂。彼特當場遭到解雇。柯爾在皮卡迪利圓環找到在賣藝的他。假裝你不認識我，彼特說。我一直都假裝不認識你啊，柯爾說。柯爾告訴尤里西斯說彼特這些日子求職無門。他的負面口碑不僅走在他前面，而且身上還穿著一件胸前印著「笨死了」的T恤。

這首歌叫做〈開闊大道的自由〉，艾莉絲說。

你往前，走向低垂的天空

---

9 Henry James，美國作家，寫實主義文學代表人物，二十世紀現代主義小說先驅，曾三度獲諾貝爾文學獎提名。

10 Pellegrino Artusi，義大利商人暨作家，代表作是一八九一年的《廚房裡的科學與吃好的藝術》（*La scienza in cucina e l'arte di mangiar bene*）。

11 Anna Magnani，義大利舞台劇及電影演員，曾獲頒奧斯卡最佳女主角。

前途黯淡，但那當中一片坦然
只因為……
如今你知道，風正往哪兒吹
帝國的起落了然於胸
只是那感覺日漸稀薄
你對此從來隻字不提
我問但你說那是迷思
你對此從來隻字不提
你說富人才擁有幸福
但我看到就在那兒
清清楚楚就在那兒
在那開闊的大道上
看——我知道方向！
喔，我知道方向！
別懷疑我背負的重任
大道上的自由
去你的，你把時間全然搞錯
那是你擅自那麼想而不是我
你怎麼能搞錯？

（我從來沒說過「去你的」，彼特小聲說道。

尤里西斯露齒一笑。我知道你沒有，彼特。）

強大之墜落，如何用以平息
一顆搏動的心，
一個以美德分裂的世界
不去試就不會失敗
專制暴君那他媽的聖杯
讓人供他使喚
靠著傾頹的城牆提供的掩護
他才能對你開槍
但我看到就在那兒
清清楚楚就在那兒

所有人都加入了大合唱。現場有一百人——或兩百人？——的聲音，他們全都因爲彼特的歌而興致高昂，所有人串聯在一起，只願新的十年裡有和平、有革命，有做愛而不作戰，老天。馬西默轉頭面向彼特，頂著現場的喧鬧聲喊著，這就是你的歌詞的力量，彼特！

你很有才華，尤里西斯說。不要理會那些不看好你的人，包括柯爾，包括所有人。你聽到了嗎？我聽到了，小坦，然後彼特把手放到胸前說，Namaste[12]。在對神聖力量鞠躬致意之後，三個男人

12 印度問候語，梵語意為「向你鞠躬致意」，問候時會在胸前雙手合十並點頭致意。

退出了教會的舞台，留下艾莉絲繼續召喚年輕與樂觀。

可以的話，尤里西斯會想再多留一會兒，但他們談好就是兩首歌，不能再多了。她在他身邊會變得害羞，會變得不自在，他不知道這是從何時悄悄開始的，但這種失去她的感覺有如刀割。她愈來愈少向他分享自己的生活，所以每當她在某處唱歌或伴同其他年輕人在廣場上彈吉他的時候，他都會來碰碰運氣。有時候他會衝到窗邊，甩開百葉窗，只為了多了解她——什麼讓她感興趣、什麼能感動她、什麼會讓她憤怒。最近很多事都和愛脫不了關係，他得拚了命才能跟上。他只希望她能把書念完。

父親與女兒，克雷斯這麼說道，彷彿能讀到尤里西斯的心聲。那當中實在有太多的……太多的什麼，克雷斯？尤里西斯問。

幫我一下，彼特。

幫你什麼？

幫我想一個詞，用來形容父親與女兒之間的尷尬。

彼特想了一下。尷尬就很好了啊，克雷斯。

嗯，但那就不是那個詞啊，是不，彼特？

難以啓齒？馬西默說。

難以啓齒似乎好一點，但還是沒打到點上。

她就是不希望你知道她的太多事情，彼特說。隱私中自有其樂趣，算是為你上了青春期的一課。你需要搞懂的事情可多了。

有道理，但這不是一個詞，是不，彼特？克雷斯說。

隱私中自有其樂趣？尤里西斯問。

我不記得隱私有帶給我什麼樂趣過，馬西默說。

她也害怕會讓你失望，彼特說。和小佩有關的那些有的沒的。

別忘了我還在找那個對的詞，克雷斯說，但老克要的詞始終沒有現身，幾個男人就在來到石椅處時解散了。克雷斯要等寶拉，而馬西默要去他的辦公室打電話給還在美國的菲爾。鞭炮炸開的聲音打斷了夜晚的漫漫。

尤里西斯說，我們早點開始這一晚你覺得如何，彼特？

我還以爲你不打算問了呢，小坦。

前門在他們身後關上，疲憊的腳步在樓梯間一次次盪起沉重的聲響。

我眞的很喜歡那件外套，跟你說一聲，尤里西斯說。

這老東西，小坦？我在華沙買的。

有張臉從他們左方的門口探出來，上下打量著兩人。新年快樂，老伯爵夫人說，她其實並不眞的那麼老，只是單純脾氣暴躁。

也祝你新年快樂，伯爵夫人，他們說。

至於艾莉絲呢？她的夜晚結束在這一夜開始的同一個地方，在同一個潮濕的門口，但就是多了蘿米的拇指在她的嘴中。她嘗到的鹹味來自她們不久前吃的洋芋片。她可以感覺到手指甲的粗糙邊緣。吸我，蘿米說，艾莉絲也照辦了，而當卡賓槍騎兵駕車經過時，她們朝彼此挨得更緊密。艾莉絲看了眼手錶。她已經在時間上得到很大的寬限了，於是告訴蘿米她得走了。他們在河邊分開，一個往北，另一個往南。

凌晨兩點，她進入了自家大宅，輕輕地對世界關上大門。她小心翼翼脫下鞋子，以免吵醒房門半掩的老克。在前往廚房的途中，客廳的一盞燈引她走了進去。

你不用等我的，她說。

我當然要等，尤里西斯說著從書中抬起頭。我永遠都會等。

等我二十歲了，你也等？
我等。
五十歲呢？
照等。
她笑了起來。你沒救了。
你看起來好開心，他說。
我可能要去睡了。
好。
來到門口的時候她說，你剛才說什麼？
我說你永遠不會讓我失望的，艾莉絲。我以你的每一寸為榮，以你每一丁點的存在為榮。以你所有的想法和喜悅和憤怒為榮。你唱的歌，還有你是如何在這個往往被上帝遺棄的世界裡尋找——
我愛上一個女生。
（沉默。）
喔，那女孩還眞幸運——尋找方向。
他們互望了一眼，兩人之間的距離就此減去一半。在這新的一年，艾莉絲，我希望你能過得充實。
晚安，尤里。
晚安，孩子。

一月緩緩地滾過，革命坐到了後座。雨雪夾雜著從山丘上吹來，空氣挾著一絲刺骨寒意長出了鋒芒。雲層依舊低垂，讓人心情隨之低盪。血橙成為每一餐最後的固定班底。艾莉絲蹺課，只為了不讓蘿米感到冷。克雷斯學會了怎麼做gnocchi，也就是義式麵疙瘩——很簡單，眞的，他說：馬鈴薯加麵粉加靈巧的手指就夠了。彼特陷入一陣憂鬱，因為尤里西斯又問了一回他要不要來跟他們住。彼特在他房間裡悶了一整天，克勞德就在門外等待，邊等邊吃掉了一整袋葵花子。尤里西斯開始描繪一組新的三角地圖，這是為了製作一個直徑五十公分的地球儀，算是他迄今最大膽的挑戰。而在一月八日的下午四點，電話鈴聲響起。他接起電話，話筒裡傳來的是接線員的聲音。Si、Si，他說。一陣沉默，然後——

小佩？是你嗎？

他放下了咖啡，從菸盒裡搖出一根菸。

小坦？我沒想到電話能接通。

（沉默。）

現在都一九六〇年啦，小佩！你都跑去哪兒了？

好啦好啦，克雷斯還好嗎？

他這輩子沒這麼好過。

小佩點了根菸。艾莉絲？

戀愛中。

喔幹，坦比。這是你他媽的能給我最爛的消息了……

小佩，別對她那麼嚴……

別讓她他媽的被搞大肚子，拜託……

她不會的。

你怎麼知道？

我就是知道。

行了，別跟我來天眞無邪那套。我們都以爲我們……

小佩，停一下。是女生。（沉默。）她戀愛的對象是女生。

小佩笑了起來。那是我這幾年聽到過最他媽好的消息了。

冷靜，小佩，厚道一點。

我知道。我會的。（小佩把菸吸進肺裡的聲音。）哇喔，我眞不敢相信，她說。這在我們家是頭一回。

泰德呢？尤里西斯問。

他被睡神擊到，睡死了。他今天工作到很晚。我要去倒杯酒，你會在線上吧？

當然會。

她的腳步聲開始變遠。能聽見冰箱門開了又關、冰塊的碰撞聲，然後是小佩朝著電話走回來。

你還在嗎？她問。

我在，他說。

女生來著，是吧？

是啊。

他在菸灰缸上點了點香菸。

新年快樂，小佩。

你覺得今年會快樂嗎？

差不多該輪到你了吧？

我沒什麼好抱怨的。

埃塞克斯如何？
我們有個大花園。
我不知道你想要大花園。
我不想啊。
小佩說完笑出聲。（沒什麼比這更好的事了，聽到她笑。）
你說了算，尤里西斯說。來了來了，我們最棒的傢伙終於出來了。
彼特走進了房間，後頭跟著克勞德。尤里西斯蓋住話筒。你還好嗎，彼特？
好多了，謝謝，小坦。
是小佩，尤里西斯舉高話筒說。
哈囉，小佩！彼特叫出聲。
彼特走到鋼琴旁演奏起來。跟她說這首曲子是獻給她的。
彼特說這首曲子是獻給你的，說著尤里西斯將話筒拿低，對著鍵盤收音。小佩開始在電話另一頭唱起歌來，「我傻了才會想要你[13]」。
彼特高喊著，你一直都是個明星，天仙般的女孩。
小佩在電話線上待滿了整首歌。這對她來說不便宜，但她可以再當一回小佩，無價。曲子在彼特指間的華麗演出中結束，也在一仰而盡的一杯酒中、在冰塊的叮噹碰撞聲中結束。尤里西斯把話筒拿回耳邊。他的呼吸與她的呼吸，那煙霧繚繞的乾柴烈火。
世上再沒有第二個你，小佩。

13 *I am A Fool to Want You*，法蘭克·辛納屈一九五一年的歌曲，著名的演唱者還有比莉·哈勒戴（Billie Holiday）。

得走了，她說，然後他們掛上了電話。

彼特待在尤里西斯大宅的最後一晚轉眼即至。夜已深，他們滿肚子都是老克的義式麵疙瘩，他的版本加入了鼠尾草和奶油和起司，外加吹雪般的帕馬森乳酪撒在上頭。艾莉絲去了蘿米家，而彼特則在鋼琴邊將思緒彈成樂曲。數十枝蠟燭爲這個夜晚增添了一個維度的內省空間，而在強尼．麥西斯[14]的嗓音中跟唱是一切的起點。

彼特說，你有沒有過一種自己來過這裡的感覺，小坦？

尤里西斯從沙發上抬起了頭說，彼特，你說的「這裡」，指的是此生還是……

這個城市，佛羅倫斯。

我來過這裡，克雷斯說，他像被車輪輾過的動物一樣，四肢攤開在地板上。我是個托缽修士。

托缽修士？

我相當確定，兄弟。

你從來沒跟我說過這一節，克雷斯。

我眞正確定是在前幾天，在聖馬爾谷大殿。我強烈地感覺到似曾相識，就在安傑利科[15]修士畫了〈聖母領報圖〉的其中一個小廳裡。那感覺就像我正看著他作畫一樣。

你在幫他嗎，克雷斯？

不，我沒有，彼特。我只是看著他，看著光線流瀉而入，看著他神聖的心。那感覺相當超驗。

這詞很棒，克雷斯。

超驗，超乎人類的肉體經驗，超乎語言的平靜。

尤里西斯爲自己添了酒。

你在鏡子前做過那種事嗎，小坦？

你是說用鏡子做哪種事，彼特？

我是說直直望進自己的眼裡，直到再沒有什麼感覺合理，而你的心靈也鬆手放掉了現實——或是放掉你原本僅剩的那一點點對現實的掌握——而此時顯現出來的，就是前世的你。

尤里西斯瞪著他。他說，沒，我沒這麼幹過，彼特。

我有試過一次。

結果？克雷斯問。

結果我上輩子是女的。

眞好，克雷斯說。

就像烏菲茲裡的某幅肖像，珍珠掛在我的脖子上。白皙的妝容，高高的額頭，極盡尊貴之能事。華麗的紅色禮服從肩上滑落。我生得一副香肩。頭髮是這樣的分法——彼特說著示範了起來。

聽起來像是你前世很有錢，克雷斯說。

有錢有差。

只有有錢人才有辦法請人畫自己的肖像。珍珠多半是你的男人在你生完孩子後送的，它們象徵著生生不息，克雷斯說。你多半生了一大堆小孩，彼特。

14 Johnny Mathis，美國流行歌手，曾有數十首歌曲進入告示牌排行榜，並獲頒葛萊美終身成就獎。

15 Fra Angelico，義大利早期文藝復興時期畫家，藝術史學家瓦薩里在《藝術家列傳》中稱其為「不世出的天才」。〈聖母領報圖〉是系列作，分屬不同廳室。

我是有這種感覺，他說。

但你是不得不爲，克雷斯說，考慮到新生兒的高夭折率。而且你活下來的孩子馬上就會被送去給奶娘養。

那感覺不太對，彼特說。

當然不對，但讓孩子離乳可以讓月經早點恢復。

你怎麼懂得這麼多，克雷斯？尤里西斯問。

讀到的。必須繁衍後代的壓力極大，特別是在一三四八年的黑死病之後。疫情抹滅了歐洲半數的人口。

前世的我看起來確實壓力有點大，彼特說。老實說，我不覺得那是幸福的生活。

肯定不是，那時的女人談不上什麼幸福，克雷斯說。

但那成就了現在的你，尤里西斯說。感性、敏銳、深刻。

謝了，小坦。我當時以此寫了一首歌：〈愛不該有嫁妝〉。旋律有點像這樣，說著他在鍵盤上優雅地舞動起手指，香菸的煙霧熏著他滿是血絲的雙眼。

尤里西斯起身打開又一瓶新酒，然後彎下腰親吻了彼特的頭。上帝保佑你，彼特說。克勞德尖聲說道，世界是舞台，男男女女不過是演員而已；他們會登場，也會下場，一個人一生中得扮演許多角色[16]。

尤里西斯、彼特與克雷斯都看向鳥兒。

牠到底是從哪裡學會這些？克雷斯低聲說。

問倒我了，尤里西斯說。

也許牠是莎士比亞，彼特說。

你說什麼？尤里西斯問。

也許嘛，也許牠眞是。莎士比亞，彼特無聲地做著嘴型，手指著克勞德。

那隻鸚鵡？克雷斯訝道，是人類有史以來最偉大的劇作家來著？

彼特聳了聳肩。我沒有說牠一定是，但是……

抱我，克勞德說。

他們轉頭看著鳥兒。克勞德姿勢嬌嬈地躺在枕頭上，一邊長長的翅膀——像羽毛筆一樣——指向他們。抱我，牠話說得趾高氣揚、理所應當。

彼特在隔天離去。天空大致上是一片藍，外加一顆發射著空包彈的太陽。他決定一路搭便車回倫敦，而克雷斯替他打包了麵包和起司和一罐算是驚喜的酸豆果實，希望在某個寂寞夜晚可以提振他的精神。彼特打算沿途都睡青年旅館。他說青年旅館的數目在這十年間翻了一倍，爲的是鼓勵年輕人踏上旅程，多和其他國家交流。這是爲了讓戰爭造成的裂痕癒合，他說，我們並沒有那麼不同。

他們走過了廣場，一道道再會的呼喊聲在空中迴盪。老克、艾莉絲、尤里西斯與彼特，還有（應牠要求）躺在尤里西斯懷裡的克勞德。

他們路經社區新增的部分，包括明明剛開張，但已經沒有人記得它們不存在時是什麼模樣的義式小館與菸草店。他們路經貝琪身邊——充滿愛意地瞅了她一眼——接著走過教堂，上到阿諾河濱。彼

16 All the world's a stage, And all the men and women merely players; They have their exits and their entrances, And one man in his time plays many parts，出自莎劇《皆大歡喜》（*As You Like It*）第二幕。

特拿出了他的看板，上頭簡單寫著「North/Nord」（北上）。他點了根菸，然後才短短一分鐘，就有一輛飛雅特一千一[17]停了下來：車上是一名要去米蘭的古董商，是個開朗的傢伙。

彼特把他的大背包扛到肩上。

過來，尤里西斯說。兩個男人擁抱了一下。

拜，彼特！拜，愛你喔。

早點回來，孩子。保重，克雷斯。

彼特大步邁向飛雅特，一手把大背包舉得老高。袖子滑下他細瘦的手臂，身後有一縷熟悉的煙霧飄過。彼特爬進副駕駛座，車子就此開走，朝著北方而去。留下的是沒有空氣的泡泡，是缺席。

二月帶來的是春日的呢喃低語。克雷斯整理了民宿，好迎接新的一季。大門上有一點補丁和一層新漆——這兩項工作都不算太費力——每週菜單也新增兩樣新菜色。民宿附設的餐室開幕已經三年，餐桌邊鮮少同時有超過六名客人用餐，所以他們完全忙得過來。德斯與帕比就是這樣在五七年認識了來自澳洲的夫妻檔雷與珍。一輩子的友誼就是這樣在一碗瑞波利塔麵包湯[18]之中鑄成。在家的瑞波利塔是什麼模樣？珍問。走味的老麵包，德斯答。你不說我還真不知道，珍說。

尤里西斯趁蘿米還沒把艾莉絲偷走，拉著她去看了一晚電影。費里尼的作品《生活的甜蜜》（*La Dolce Vita*）剛在鎮上開演，馬西默也一起來了，一切就像以前一樣。片尾名單滾過螢幕時，座位上仍沒有人敢妄動，而艾莉絲宣告這是一部傑作。他們後來聚集在米歇店內的一張桌前。克雷斯說起了安妮塔·艾克伯格[19]是如何在特雷維噴泉[20]裡耍寶，逗得大家都笑了，因爲耍寶不是克雷斯平日會用的字眼。茱莉亞說她想看這部電影，但米歇不想，而尤里西斯——因爲夜晚而興致高昂——說那我帶你去，然後他和茱莉亞都臉紅起來，因爲那是他們之間與一場約會最近的距離。當然那純粹是說說而已，但想像一下感覺還是不錯，還是可以做爲美好月夜的完美句點。

艾莉絲陪蘿米看了第二次電影。她告訴蘿米自從看完《小牛》之後，她就一直想像著這將是費里尼會走上的軌道。蘿米對此其實並不眞的那麼感興趣，那是愛的閃亮盔甲上一個小小的罩門。但艾莉絲把這破綻補好，然後在一日放學午後素描蘿米的裸體。她用炭筆與白色粉筆畫在黑紙上，讓蘿米看起來就像一尊雕像。

三月，燕子回歸。

艾莉絲率先在鐘樓看到牠們的身影。克雷斯說，牠們今年來早了，而艾莉絲說，我也這麼覺得。三月也讓人看到了住客的回籠。第一個推門進來的是來自桑德蘭的席爾茲太太。她熱愛米開朗基羅，常會一連幾小時飽覽〈大衛像〉[21]的魅力。她還對有保溫功能的上菜推車毫無抵抗力，並曾因此在某天晚上喝掉大半瓶的金巴利酒。來自波士頓的一個藝術鑑賞班要了三個房間並住了兩星期，期間他們對一切都非常滿意，而這並不是一天到晚都能遇到的事情。總之，旅遊季節有了一個好的開始，他們想充實家庭財政的努力看來十分順利。甚至連德斯都跑來了，雖然只住一晚，但有總比沒有好。他在剛

17 Fiat Millecento，飛雅特一九五三年起生產的小型家庭用車，於一九六九年停產。

18 ribollita，托斯卡尼特產的麵包湯，材料可以是前一餐剩下的各類麵包、豆類與蔬菜。字面原意是「重新煮沸」，通常使用陶罐做為容器。

19 Anita Ekberg，瑞典模特兒、演員，在當時被視為性感的象徵。

20 Fontana di Trevi，義大利羅馬市區的著名景點，也是世界最大的巴洛克式噴泉，建於十八世紀。

21 *David*，米開朗基羅在文藝復興時期的傑作，於一五〇一至〇四年間完成，是以白色大理石雕刻出《聖經》中的猶太人英雄大衛王裸體像。

開完一場討論塑膠未來的產業研討會後，從米蘭南下。

就是你眼前看到的這個了，我是這麼跟他們說的，德斯說。

所以生意不錯囉，德斯。

一言以蔽之：電話機。我賺錢就和拉屎一樣，小坦。你要來一台紅色的嗎？

我還好，德斯。

那你是要繼續用經典黑了，我喜歡，有自己的風格。

德斯與尤里西斯坐在薩比提廣場的長椅上，喝著咖啡。看來這裡是你會來獨處的地方？你爲自己找個女人沒？

還沒。

沒有與眾不同一點的？

她們都很與眾不同，德斯。通常是遊客。

這種模式適合你？

我想是吧。怎麼說我也還有那孩子和小佩，你知道的，還有……

你也有幸福的權利，年輕人。我確定總有個女人——或是男人，我們要跟得上時代——會想要陪在你身邊。我也是在我老婆身邊，才學會擁抱自己眞正的男子氣概。

你這樣對她說？

沒有說得這麼詳細啦，我會買東西給她。你缺錢嗎？德斯問。

不缺，我們還過得去。克雷斯在倫敦奧運時贏過一筆錢，我們還在花。

他賭了什麼？

芬妮・布蘭克斯—柯恩。

不會是賭那四面金牌吧？

尤里西斯點頭。

眞有眼光，德斯說。

德斯匆匆喝了一口卡布奇諾。一隻鴿子飛過，落下一大坨鳥屎。

現在讓我看看那些地球儀吧，他說。

尤里西斯推開了門，濕氣與顏料與黏膠的味道衝進鼻腔。地板上鋪滿廢棄的紙張與巴黎石膏剩下的邊料。在橫跨房間的繩索上晾乾的，是上好顏料的三角地圖。

那麼，就是這裡嗎？德斯問。魔法成眞的地方。

你站後面這裡，尤里西斯說著往前走去，點亮好幾根蠟燭，然後布置好陳設。

六個直徑三十六公分的地球儀，緩緩在軸上轉動起來，每一個都立在核桃木與黃銅製成的基座上。每一個都有風格各異的彩繪，有些看上去有古老的年代感。他將深度賦予了海洋，將輕盈感賦予了淺灘，在土地著上了深淺不一的赭色與棕黃。

美極了，德斯說，而這些都誕生自我的模具？

沒有你，就沒有它們，尤里西斯說。從具有高毒性的人造樹脂化合物中生成了美麗，這不親眼見到誰會相信？德斯說，給我來四個。

德斯，你不用……

四個。我幾個兒子和我一人一個，你替我挑。

你來看看我手上的半成品，尤里西斯邊說邊領著德斯回到他在前窗邊的書桌前，那兒有一個還在繪製的地球儀棲息在一堆繽紛的碎布當中。

此前我都是用我父親的銅版在製作地球儀，全都是三十六公分製品，全都標有日期。但桌上的這一個，是出自於我親手進行的蝕刻，我原創的第一號作品。上面只有國界的輪廓，加上經線與緯線。沒有名字。

還沒有。但你看：我會以手工把名字放上去，用筆與墨。還有，不時會有繪畫在這裡或那裡。海中的怪物，德斯呵呵笑著。還有群山、袋鼠，這我喜歡。

是啊，而且這些地球儀都會定期更新資料，各個國家會有正確的名號、正確的邊界。

我帶兩個。

德斯……

我替你賣，讓你進軍藝廊。你不會想看到學校裡的小屁孩把它們當成衛生紙的。這是藝術，年輕人，身價不能太委屈。訂價交給我來處理。

我目前正在描的是一個五十公分——十九英寸——的地球儀。這邊這個。我用的地圖是這張。

你是這樣在做的？用格狀系統？

是啊。

然後再翻回到正面也是？

快完工了。我會做兩個版本，一個有名字，一個沒有。然後我會把描線轉移到銅版上。

那實在太耗精神，也太花時間了。沒有快一點的辦法嗎？

有朝一日會是平版印刷。但就目前而言，聖尼各老那裡有一位做藝術的仁兄——他是很厲害的凹版印刷師傅。他有個酸液池的大小足以蝕刻銅版，還有一面印刷台可以印那種尺寸。

你需要模具嗎？

我需要，德斯。

交給我。你能做到五十公分以上嗎？

也許六十五公分？

我多做幾種給你好了，免得你做起來太無聊。好吧，今天晚上吃什麼？

丁骨大牛排配白腰豆與菠菜。

德斯愣住了。丁骨大牛排？你可不能招待客人像丁骨牛排這種大餐，年輕人。我規劃的商業計畫可不是要讓餐點的利潤薄成這樣。你要餵他們吃便宜一點，我們說好了的。清湯、清湯，還是該死的清湯。不要捨不得番茄，要吃牛排去怡東飯店！

尤里西斯笑了。牛排是爲你準備的，德斯。你是今晚唯一的客人。

我是嗎？

我們今晚聚個餐。你、我、克雷斯，還有那孩子。

馬西默呢？

他晚一點會加入我們，跟菲爾一起。

他們還順利嗎？

就普通吧。有點距離感，而且……

想要的東西不一樣？

正是。

我和帕比也有像那樣過。我想要賓利，但她想要捷豹。

結果呢？

妥協囉，各買一台。我們今晚需要起司嗎？

尤里西斯還沒來得及發言，德斯已經消失在起司專賣店內，與老闆娘有來有回地寒暄，簡直像兩人是老友而且失散多年。

德斯走了，四月來了。四月帶來的是陽光與開花的紫藤，還有老克的短褲。他那雙婀娜多姿的長腿出現在世間，宣告春日正式展開第一天。他每經過廣場一遍，石椅上的老太太口哨就會吹響一遍。他假裝害羞，但心裡其實很是高興。感覺有點魅力，是他以七十六歲的年紀沒想過的事情。看看寶拉是如何用崇拜的眼光偷瞄他，側眼看著他邁過鋪石路去買滿袋的檸檬和朝鮮薊。老克那是稍微跳起舞來了嗎？正是如此！

老克在露台上坐定，身邊陪伴著他的是苦橙樹。一簇簇濃密的白花爲空氣增添了芳香，復活節的煙火自聖母百花大教堂的穹頂發射，由亮而暗延伸到阿諾河的上空。

你在讀什麼？苦橙樹問。

克雷斯舉起了手中的書。伊莉莎白・巴雷特・布朗寧的《奧蘿拉・雷》[22]，他說。

好看嗎？

各種聯想都有點偏離我的雷達，但時不時還是有些部分相當精采。於我不比康絲坦斯・艾弗利好下嚥……

但康絲坦斯是你不知道看什麼時的保底讀物，不是嗎？

她是。但你聽這個——說著克雷斯翻開內頁——找到了，他說。「我對這世界的想望就好比對母親的想望，而我仍在尋覓，就像一頭發出哀鳴的羔羊……」**對母親的想望**，他重複了一遍。是不是很有畫面。

那是你的感受嗎，老傢伙？

不，不是我，克雷斯說。但我擔心那會是艾莉絲的感受。

一日午後，空氣溫暖且飄著花粉，艾莉絲與蘿米在蘿米的臥室裡，兩人一同聽著音樂。她們身上褪到只剩下內衣褲，手臂搭在彼此的脖子上，緩緩地隨著節奏擺動。百葉窗已關起，望出去的河景裡有一名漁夫正費勁地把一頭大如幼熊的鯰魚拉上船。房門從裡頭鎖上了，音樂吵歸吵，但沒有吵到會讓蘿米的爸爸抱怨他在看書的進度上過於緩慢。他點了根菸，凝望窗外的翠綠河水。這個地點，正是在幾個月前打動他，讓他願意浪擲積蓄的原因。他原本打算隻身前來，但不知怎地把老婆和女兒都帶上了。他從打字機中拉出紙張，無聲地尖叫。他重新開始打字。答答答。I hate my wife（我恨我的妻子）。他瞪著那些字眼。他眞正想打的是I hate my life（我恨我的生活）。

他的妻子派蒂在露台上喝酒。她可以聽到微弱的音樂聲，但她並不介意。她心想女孩們多半是在抽菸、聊男孩的事，就像她自己在她們這年紀的時候一樣。她在做日光浴的躺椅上歇著，腦子裡想著馬切洛．馬斯楚安尼[23]。若非她並非獨自一人，她早就拿起冰塊往大腿內側滑上去，然後啵一聲塞進去了。

音樂來到了尾聲，蘿米提起唱針並將之放回起點。艾莉絲尷尬地站在房間中央。手抬起來，蘿米說，艾莉絲舉起雙臂，她的背心被拉到頭頂，能感覺到微風吹拂過皮膚。她並不需要胸罩，但她盼著自己能有一件。蘿米領著她到床上，而艾莉絲想說我愛你，但事情一件件發生得太快。蘿米把手滑進艾莉絲的內褲，讓艾莉絲所有的神經末梢都變得敏感，並很快就高潮，那感受十分驚奇。艾莉絲正要投桃報李，但蘿米的母親，在醉醺醺且想要人陪的情況下敲了房門，問她們想不想吃點東西。

---

22 *Aurora Leigh*，伊莉莎白．巴雷特．布朗寧創作於一八五六年的長篇史詩，分為九冊寫成，故事中的地點設於佛羅倫斯、英國與巴黎。

23 Marcello Mastroianni，義大利著名演員，曾獲威尼斯與坎城影展影帝殊榮，並多次入圍奧斯卡獎。

有什麼可以吃？蘿米大喊。

瑞可塔起司。喔，還有火腿。

就這樣，她們和蘿米媽媽吃起了瑞可塔起司和火腿，並在露台上欣賞晚霞施展色彩。蘿米的母親在滔滔不絕中度過了整段璀璨時光。艾莉絲心想換成小佩，應該也會是同一副德性。

艾莉絲在不久後離開。她與蘿米在破銅爛鐵般的下行電梯中舌吻，而艾莉絲也終於趁此說了我愛你。蘿米報以微笑。艾莉絲沿著河堤走回家，胯下還因為剛才的勞累而濕漉且帶著氣味。她突然希望蘿米有回她一聲我愛你，並納悶起她為什麼沒有。克勞德第一個看到她走進廣場，牠從科西莫．里多菲雕像上飛了下來，降落在她的手臂上。我愛你，克勞德，她說。我也愛你，牠回應。看吧？她心想，這很難嗎？

她兩天後來了月經，並把自己的內向性格隱藏在一包包的女性衛生產品後頭。她的身體開始有了自己的生活，而她能做的就是跟上，然後嘗試享受這趟旅行。尤里西斯問她想不想要個熱水瓶。她只希望自己能有個傾訴的對象。

一週後，逃家到菲耶索萊的計畫誕生。當時她們正在Vivoli吃冰淇淋，蘿米剛講完她爸的朋友們有棟別墅。她爸手裡有鑰匙，因為理論上他應該要偶爾去巡一巡，但他從來沒這麼做過。

所以，你怎麼說？蘿米問。

說什麼？艾莉絲反問。

你有時候真的遲鈍得可以。

是嗎？

有鑰匙。那把鑰匙我們唾手可得，蘿米說。我會說我和你在一起，你也說你和我在一起，然後我們就一起騎偉士牌走。離開我住的那間瘋人院兩晚，就你和我，小不點。怎麼樣？愛是明亮的夢想。

蘿米難得這麼有詩意，艾莉絲豈能辜負她的提議？

她在週五放學後揮別克雷斯和尤里西斯。她的小背包裡裝著泳衣和一件乾淨上衣，還有一瓶她從地窖拿來的酒。她的吉他綁在肩膀上，腰間繫著長袖上衣。她留下了蘿米爸媽的電話給他們。星期天見！她大喊著。她和蘿米在阿諾河濱的橋邊會合。偉士牌摩托車上的她讓人看著心裡嗡嗡發震。艾莉絲爬上後座，嗅著蘿米髮絲裡的陽光。

她們一下子就爬上了菲耶索萊。那兒的空氣較之城市顯得十分清新，蘿米把車停在廣場，兩人在一個市場攤位上選購補給品。蘿米不知道別墅裡有沒有瓦斯，所以她們買了麵包和甜甜圈和起司，因爲她們常常在親吻後覺得餓。從主廣場出發，蜿蜒的土石路帶著她們遠離文明，將她們甩進古老的橄欖樹林和長草叢中。最後蘿米停下腳步看著一張手繪地圖，並切掉引擎。就是這了，她說。她們抓起一袋袋行李，走向一棟圍繞著柏樹的石造別墅。

別墅內部十分涼爽但陰暗骯髒，裝潢樸實且屬於佛羅倫斯風格。難以久坐的厚重木椅散落四周。她們穿過屋子來到後方的廚房，開了門，並掀開百葉窗、拉起窗戶，如軍刀般穿入的陽光既朦朧又令人陶醉。

艾莉絲走出屋外來到了庭院，並繼續穿越草坪而來到這處房產的邊緣。她預期會在那兒看到屬於佛羅倫斯的景觀，卻只見一派鄉村風情——高低起伏的山丘、葡萄園、又稱義大利傘松的笠松，還有零星幾棟私人別墅——無邊無際連綿。好空曠啊，她想。離開城市來到這麼高的地方，就是有一種自由感，街道帶來的幽閉恐懼全都沒了。她感覺膽子大了起來，踢掉了帆布鞋，赤腳踩上沾著露水的草地。她脫掉了牛仔褲，任太陽把暖意灑上她的雙腿。蘿米叫起她的名字。她轉過身。聲音來自樓上的一處露台。蘿米揮著手。上來，她叫著。來了，艾莉絲說。

她們赤裸著身體躺在露台那溫暖的鋪石上，吃著柳丁配水。她們挪動位置，讓彼此一而再、再而三地靠近。艾莉絲來到了上方，一條腿在蘿米的兩條腿之間，手肘被鋪石用力地摩擦，但這點代價她根本不放在心上。她散發著甜香的嘴包覆著蘿米的乳頭，她的手在蘿米的雙腿間游移。她們在荒郊野外的這裡，不需要對保持安靜有所顧忌。她們被自己發出的聲音逗笑，還裝模作樣地學起了狼嚎。

夜幕降臨且帶來寒意，別墅陷入黑暗。供電已經切斷，蘿米又找不到手電筒。她們拿了兩根蠟燭放在彼此之間，共享有限的光線。爲了保暖她們喝著葡萄酒，抽著一根根菸。現蹤的群星數以億計，星光如針尖般點綴著漆黑的丘陵。飛鏢似的小點在她們的視線餘光中盤旋，艾莉絲說那是pipistrelle，蝙蝠。

好噁心喔，蘿米說。

艾莉絲不禁笑了。牠們很可愛，還會吃掉那些想咬我們的昆蟲。

你懂很多，是不是？

艾莉絲聳聳肩。我只是遇到了事情就會記住。

我猜你可以不靠工具生火。

你要我生火嗎？

沒有啦。但我知道你做得到，你就跟男生一樣。

我不是男生。

艾莉絲和蘿米在這之後就沒再多說什麼了。艾莉絲拿起吉他彈了起來。她最近正在爲一首詩的字句配上音樂，而彼特說那旋律極美。蘿米突然靠過來親了她一下。艾莉絲覺得那可能意味著一聲道歉，但她並不知道蘿米在爲什麼道歉。

她們在蠟燭燃盡後就寢。床鋪帶著濕氣，她們就著衣服睡了。她們睡得很久，也很沉，艾莉絲在黎明的曙光中醒來。她走到外頭的露台上，看著天空燒紅。世上再沒有什麼事情要緊，她寫出了她的歌曲。

她們前往菲耶索萊的市區，早早吃了午餐，並把摩托車停在主廣場。蘿米認眞打扮了一番，看起來至少二十一歲起跳。艾莉絲則穿著跟前一天相同的衣服，但嘴唇上多了口紅。她稍早請蘿米幫她塗上，蘿米不但照辦還誇她性感。艾莉絲問了蘿米她們要去哪裡，蘿米說要去她媽媽很喜歡的一家餐館。往這邊，她說。向下的台階通往一處綠樹成蔭的露台，服務生將她們安排在能夠飽覽佛羅倫斯美景的桌前。我們吃得起這裡嗎？艾莉絲問，而蘿米說，沒錢我就不會帶你來了。我們來就是要吃全套的，她說。麵、魚、沙拉、甜點、咖啡。蘿米還喝了酒，但艾莉絲沒喝。

蘿米跟她們身後的美國人一家聊了起來。他們當中的兒子叫查德，正在念大學，而蘿米說著嗯嗯嗯，還不時撩撥一下頭髮。艾莉絲感到不自在，但她以爲那是因爲餐點太貴的緣故。

突然間，對話爲她打開了一個空間，而她也把握機會說了句，切切里山。

所有人都朝她看了過來。

你確定嗎？查德問。

滿確定的。就在那裡，說著艾莉絲指了指。李奧納多·達文西測試飛行理論的地方。他在筆記本裡把構想畫成素描，只不過他畫下的機器沒有一架在他有生之年被造出來過，就算有，也沒有哪一架會成功。那些機器的設計大都是基於鳥類的解剖，上面有滑輪和連桿模擬翅膀的拍動……

她什麼都知道，蘿米說著打斷了她，發出了笑聲。

也不是什麼都知道，艾莉絲說著感到一陣尷尬，隨即用手抹過嘴唇，把剩下的那一點點唇膏去掉。

蘿米付了帳，艾莉絲說她要去圓形劇場畫畫。你要來嗎？

蘿米一動不動。我晚點過去找你，她說。

艾莉絲一個人包下了圓形劇場。她在台階上坐下，拿出牛仔褲屁股口袋裡的小筆記本和鉛筆。在她腳邊，開著花的雜草從古羅馬石材的裂縫中探出頭。她拿著鉛筆在紙頁上作畫，讓線條化身爲精巧的花朵。不喜歡蘿米，讓她感覺很奇怪。她喜歡她們在一起時做的事情，但跟她同床時的開心程度，遠勝過跟她隔著桌子聊天。也勝過跟她去畫廊，甚至勝過最近一起去看電影的時候。她在想是不是大部分人跟交往對象在一起都是這種狀況。小佩肯定是。小佩跟泰德會上床，但他們對彼此說話都很沒有愛。正當艾莉絲滿腦子這些想法時，蘿米沿著階梯走了下來。蘿米彎下腰吻了她。幹，她眞的把人搞得很亂。她們一起爬上石階，走到廣場上的偉士牌摩托車旁。蘿米叫她抱緊。

那天晚上，她們帶著彼此的氣味依偎在床上，蘿米突然轉頭對艾莉絲說，你覺得他可愛嗎？

誰？艾莉絲問。

查德。

我不知道。

眞的嗎？你不覺得他，嗯，是完美的男人嗎？

艾莉絲聳了聳肩，因爲她不知道蘿米口中「完美的男人」是什麼意思。

我要嫁他那種人，蘿米說。

短短七個字，就讓艾莉絲的人生丕變。

回到佛羅倫斯，還有一個人的人生也即將改變，而且這個改變還會對這對年輕戀人產生無可避免的影響。蘿米的父親剛放了一張白紙到打字機上，頭頂的吊燈就砸在了他身上。他連叫都來不及。那個算式並不困難，腐朽的橫梁加上重力，就等於等著發生的意外。

派蒂・沛勒人在露台上喝酒。她聽到砰的一聲，還以爲是下面的阿諾河濱出了什麼事情。她甚至把身子挨到了欄杆外頭查看。她去丈夫的書房，只是看看他想不想來個三明治，而等到警察和救護車抵達的時候，李德・沛勒已經在華麗的燈座下動彈不得至少一小時了。最終他們動用了三個男人，才將燈座從他的背上搬開。等他的臉終於被從可攜式的帝國貴族打字機上撬下來時，打字桿已深深插進他的肉裡，使他的臉頰變成血肉模糊的一團字母與數字。他的妻子正要隨擔架進入救護車，才突然想起自己還有一個女兒。她從救護車上爬了出來，然後花了半小時尋找蘿米草草寫給她的電話號碼。她點了根菸，撥出電話。

什麼？尤里西斯訝道。我以為她們在你那邊，沛勒太太。

我也以為她們在你那邊，坦普先生。

可以想見，這通電話很是簡短。

這是人生中第一次，尤里西斯不知道艾莉絲在哪裡。有如柏樹大道捉迷藏的重演，讓他只想放聲怒吼。克雷斯說，你只是看不見她，不代表她就離你很遠或不安全。

克雷斯讓他在沙發上先坐下，然後跟他說，我們得把這事想清楚。她在談戀愛。她是心甘情願出的門。隱私中自有其樂趣，還記得彼特說過的話嗎？可能是溜去了某家飯店……

飯店？

我是這麼想的啦。

那錢呢？

大概是從我抽屜裡摸了一些走吧。

克雷斯，她……

你那年紀都想著要幹麼，哎？一個人悶著頭、跟小佩在一起。你可是沒少變過花樣。

尤里西斯站了起來。我要去找她。

去哪兒找？

到處找，克雷斯。

你去吧，我留在這裡餵飽客人。

尤里西斯離開民宿後，克雷斯接著做晚餐。他並不如自己想像中的冷靜，只見義大利麵被煮得太爛，番茄莎莎醬則調味過淡。

夜幕降臨。

派蒂．沛勒坐在公寓的門廊，一手拿著一大杯酒，另一手握著話筒。她謝過醫生，放回話筒。她丈夫的預後不錯，原因是他的頭骨出奇的厚。這一點她也知道，不用醫生說。她瞪著電話，瞪著難看的玄關桌上堆著的雜亂照片與博物館票根，還有用來開這開那、開各種東西的鑰匙。她的女兒還是下落不明，而她有種感覺是某件擺明了的事情就在眼前——而她的感覺，自然是對的。她再喝一杯尼格羅尼就會把事情想明白。

艾莉絲睡不著，此前她從來沒有躺在誰身邊默默哭泣的經驗。整整一小時，她這會兒已經整整哭了一小時。眞是丟人，她竟然以爲蘿米會想要與她廝守一生，結果對方想要的根本是像查德那樣的男生。

她下了床，穿好衣服，接著拿起背包和吉他，悄悄下了樓梯。她順走一盒火柴，還有蘿米的手繪地圖。大門在她身後關上時，發出了一聲輕柔的喀答。

空氣中有著夜晚獨有的嗆鼻氣味，耳邊傳來貓頭鷹的叫聲。她不知道該往哪個方向走，突然湧現的驚慌讓她有點想吐。但等到雙眼適應黑暗，她便能看見夜空閃耀著滿天星星，蒼白如麵包屑的土路在林間發著光。她把吉他當長棍那樣揹著，往前走去。

在黑暗裡，恐懼慢慢消退，餘下的是靜靜溢出的傷悲。她不明白她們的戀愛怎麼會終於一個男孩。這會變成一種慣例嗎？她再次感到不對勁，然後錯過了轉彎處，來到一面鐵門前。她點了根火柴，舉到地圖旁。就在此時，她內心的那個小佩生起，叛逆而篤定。回頭走那條路，哪個有種的儘管對我說不。小佩領著她把這一夜走到底，一路抬頭挺胸，有如彈簧刀般銳利。去死吧那個蘿米他媽的沛勒，小佩說。十個她都配不上一個你。現在靠左走。這就對了，你就快到了。

五分鐘後廣場開展在她面前。街燈依舊亮著，極光別墅飯店也還亮著。艾莉絲走了進去，用三寸不爛之舌要到了一通電話。不過知道自己安全了，反而讓如今的她有點亂了方寸。

電話鈴聲在民宿裡響起，克雷斯將之接了起來。

你慢慢說，沛勒太太，他說。什麼鑰匙不見了？在哪裡？菲耶索萊的別墅？克雷斯把交通方式抄在記事本上。

不、不，我過去。你讓家裡的火燒著。不，我當然不是說眞的火，沛勒太太，說著克雷斯掛上電話。

他寫了張便條給尤里西斯，然後抓起他的安全帽。克勞德說，我也要去，老頭。而克雷斯回答，心領了。

克雷斯才走到門口，電話又響了。他立刻往回跑並接起電話。沛勒太太，我——艾莉絲？是你嗎，親愛的？克雷斯聽著。你就待在那兒，不要亂跑。我馬上過去。

克雷斯跨上摩托車並發動引擎。他拉下護目鏡時，克勞德跳上了邊車。克雷斯沿著馬澤塔路一路狂飆，一個急左轉騎上了馬吉奥路，然後再左轉來到阿諾河濱的圭洽迪尼路。他闖了一個紅燈，接著衝過一座橋。騎上諸聖村老街時，他低伏在龍頭上，壓低身體呈流線型，僅餘短褲鼓著風，人車一體地向前飛馳。突然間，警車的響笛在他身後響起。克勞德從邊車探出頭查看。喔，糟糕了，牠說。克雷斯沒有心情跟警察糾纏，於是他叫克勞德抓緊，嘗試甩掉警察。此時他來到了極速，幾根藍色羽毛被捲進車尾的氣流中。克雷斯設法騎上了普拉托路才被迫放慢速度，並在最終停下。克雷斯被一番追逐弄得暈頭轉向，在後照鏡裡看到了警察。車燈的閃爍在路幅間明滅有如脈搏。我們怎麼辦？克勞德問。話交給我來說，克雷斯說。

警察站到克雷斯面前，向他索討證件。當克雷斯將護目鏡與安全帽移開時，員警似乎沒想到操控摩托古奇隼鷹性能的會是這樣一個人，尤其不會想到邊車裡會有一隻藍色鸚鵡。

員警還沒來得及多說什麼，克雷斯就不耐煩地舉起一手，並用義語解釋道要開罰單的話，拜託員警快一點，他趕時間。

你趕什麼？警察問。

emergenza（緊急事件），克雷斯說。

哪一種 emergenza？

克雷斯沉默不語。

先生？

告訴他！克勞德叫著。

我孫女，她離家出走去體驗 le nascenti agitazioni dell'amore（初開情竇的蠢蠢欲動，克雷斯想起在一首詩中讀到過這種說法），而如今愛已經從她身邊遠走。她在山上某處——說著他指向了漆黑的山丘——撫慰著一顆破碎的心，試著理解人類情緒的複雜性。爲什麼人類的情緒會讓她感覺如此受貶低，明明不久前她還覺得自己所向披靡。而我在這兒想著有什麼話語可以賦予這種經驗價值，想著我要如何向她解釋愛這種讓人認爲能一生一世，但其實機率低到不行的東西，終有一日會再度閃耀光輝。我能用什麼字眼帶給她安慰？我該用什麼字眼向她保證即使沒有對象可以投射她的愛，她的人生也同樣值得活，同樣伸出手就歸她所有？

結論呢？警察問。

克勞德懷著期待望向克雷斯。

結論是沒有，沒有這樣的字眼，長官，唯一的辦法就是我到現場告訴她，她是多麼被愛著，也永遠會被愛。

警察擤了擤鼻子。我們的目的地是哪裡？他問。

我們？

警察點了點頭。

米諾廣場，菲耶索萊，克雷斯說。

跟我來，警察說。

克雷斯進入廣場後，艾莉絲覺得叫警察開路有點過頭，但從那之後事情的節奏就變快了。她從人行道上站起來，跑向了克雷斯，而警察蹣跚地下了車，跑向了她。警察向她分享了他的初戀茱莉耶塔，有那麼一下子主角變成了警察。一吐爲快之後，放下心中大石的警察驅車離開，臨走時還揮手說了聲，Ciao，老克！

老克把自己的手帕給了艾莉絲，說道，沒事了，親愛的。但我們得去接蘿米，你知道的。我們得跟她說她爸爸的狀況。

我才不要跟她講話，艾莉絲說著爬進了邊車。你不用說話，克雷斯說，而克勞德則說，真愛之路從來不是坦途[24]。閉嘴，克勞德，艾莉絲說。

老克敲門時，蘿米已經醒了。他說明了她父親的遭遇，而她說，那麼我想那本書就算是寫完了吧。這世界不會掉一滴眼淚。

蘿米緊跟著摩托古奇下了山，克雷斯在新聖母瑪利亞醫院[25]留下她，她母親正在那兒等著。蘿米揮手道別，但艾莉絲毫無反應。不曉得我都看上了她哪一點，艾莉絲說。

不論她在蘿米．沛勒身上看到過或沒看到過什麼，艾莉絲都還是在房間裡哭了好幾個鐘頭。午夜十二點、一點、兩點，時針緩緩往前轉動，正當克雷斯和尤里西斯以爲她淚已乾，一波新的潮浪又將她捲入了絕望的大海。尤里西斯端著一碗brodo di pollo（用雞熬成的清湯）進了她的房間，艾莉絲問她

24 The course of true love never did run smooth，出自莎劇《仲夏夜之夢》（*A Midsummer Night's Dream*）第一幕。

25 Ospedale Santa Maria Nuova，佛羅倫斯最古老的營運中醫院。

可不可以要一小杯紅酒來配。不行，他說。克雷斯在那之後帶著一杯熱巧克力進房，艾莉絲問她可不可以來根菸。不行，克雷斯說。艾莉絲最終睡著了，身上的衣服都還沒換下，克雷斯幫她蓋上了毯子。

尤里西斯看著睡著的她。他試著壓抑湧現的情緒，但情緒最終還是壓過了他，他於是扭過頭去。我只是鬆一口氣罷了，沒什麼，他說。我知道、我知道，克雷斯說。但他們都知道實情不止如此。他們一起看著那天的太陽升起。隨著白天慢慢有了顏色，他們身上並沒有餘下任何疲憊。在露台上，尤里西斯說，要不是有你，這一切我通通都做不來。

我就是爲了這樣的時刻而生的啊，他說。

不，克雷斯，我是說**這一切**——他示意自己指的是這整片周遭——還有關於艾莉絲的一切。

克雷斯一時語塞。那排山倒海的愛又來了。原本在屋內的寶拉來到露台上，朝他揮著手，而他也揮了回去。

今天的咖啡我來煮，尤里西斯說。晚餐也交給我，你去照亮某人的人生吧。

後續的震盪在所難免，而且來得很快。民宿將那孩子的自由時間全數收回，下午和晚上要麼洗東西，要麼清理房間，要麼換床單。

一週後，蘿米得知艾莉絲又開始上學，於是來了民宿一趟。

這封信可以幫我轉交給她嗎，坦普先生？

當然可以，尤里西斯說。對了，蘿米，你爸爸恢復得如何？

我想以他的傷勢而言算是很好。等他一適應支撐用的護具，我們就會離開。顯然戴著護具上飛機需要一點技巧。

艾莉絲當晚讀了信。

那封信的筆觸溫柔而達意，但大體上是封感謝信。這一點讓艾莉絲有點訝異。信裡寫著各種蘿米記得的事情。艾莉絲在岡布里努斯飯店的地下室秀了一手高竿撞球。在舊宮後面的那間寵物店，她們曾打算買下鳴禽放生。艾莉絲對於〈大衛像〉的評論——首先，這就是一座角色的雕像，而且也沒有什麼理想的身體比例，理想的比例是多那太羅[26]版才對。我還留著你畫在餐巾紙上的素描，她寫道。我會繼續留著它，因為我覺得它有朝一日會不只是一張普通的餐巾紙。

我不知道你那晚為什麼離開，蘿米寫道。我不怪你。我確信那跟我有某種關聯。好消息是，我爸媽要離婚了。我可能會去找個公社[27]住下。再會了，艾莉絲。然後蘿米在署名處寫下了「愛你」。

蘿米與雙親在信送來的幾天後啓程返美。

克雷斯對尤里西斯說，我不覺得我們會從此就失去蘿米·沛勒的音信，而尤里西斯說，天啊，克雷斯，不要烏鴉嘴，我累斃了。

我知道，孩子，我知道。

夏天在大張旗鼓的熱浪中到來。觀光客汗流浹背，而民宿則忙得不可開交。艾莉絲弄丟的那張艾迪照片在克勞德的籠子裡被找到，就在鏡子旁邊。尤里西斯覺得艾迪還挺帥的，但克勞德說他並沒有多性感。德斯的模具送抵，尤里西斯開始動手製作大尺寸的地球儀。艾莉絲回了一趟倫敦，而回來之

26 Donatello，文藝復興初期著名雕塑家，早年有兩座〈大衛像〉成品，分別以大理石及青銅製成，第三座受託製作的〈大衛像〉於一四六四年動工，但他只留下半成品，便在一四六六年與世長辭。後來這項工作轉託時年二十六歲的米開朗基羅。

27 commune，嬉皮的聚集地。

後她說起小佩，只說她好像變小隻了。柯爾很開心能見到小佩、艾莉絲與吉妮又同在一個屋簷下。自從包含酒館在內的區域都被置於強制徵收令的範圍內後，他就一直覺得壓力有點大。市議會想要拆除這一帶以騰出空間給新的重劃區。就連尼可斯廣場[28]都難以倖免，柯爾在信中寫道。柯爾的新女友是名字以I開頭的英格麗，她有一隻巴哥犬叫萊斯利，結果柯爾在停車時沒有看到牠，就這樣倒著壓了過去。然後事情就一發不可收拾了。英格麗說她永遠都不會對此釋懷，然後便離開了。柯爾並不介意恢復單身，反正他的女人們都回來了。柯爾很高興有小佩伴他左右，那種種蔑視與嘲弄讓他樂在其中。老實說，小佩也樂於待在柯爾身邊——但她不會說出口就是了。彼特出乎意料地走運，在城西一齣叫《孤雛淚》[29]的音樂劇裡軋上了一角。彼特說那是改編自查爾斯·狄更斯的一本小說，而柯爾說這部戲絕對紅不起來。彼特把《孤雛淚》的配樂帶進了酒館，而泰德也正是在那一夜現身。他對著一杯他始終沒喝的啤酒坐在門邊，看著小佩來來去去。活像個天殺的史塔西[30]，彼特說。沒有人看到泰德離開，這是當然。後來，小佩唱起了〈只要他需要我〉[31]，酒館內的眾人無一不熱淚盈眶。平日裡只要艾莉絲在附近，小佩就不會喝太多酒，但那晚她解放了。在解放模式全面開啓之下，百無禁忌的她沒有什麼事不能講，沒有什麼人不能碰。她對艾莉絲說，放輕鬆，孩子，去給自己找個男孩。艾莉絲那晚入睡時懷著滿心羞愧。但讓她感到羞愧的是自己，而不是小佩。

隔天一早，艾莉絲發現她母親大剌剌地攤躺在雅座。她尿了褲子，這事艾莉絲說什麼也不會與人分享。

艾莉絲，還有什麼新聞嗎？尤里西斯問。

喔，艾莉絲說，突然想了起來。勒維爾太太死了。

勒維爾太太死了？克雷斯說。怎麼死的？

老死的。臉蓋在她的烤肉大餐上。

但她還比我小耶，克雷斯說。他接下來的一整天都默不吭聲。

尤里西斯說，你說小佩感覺變小隻了……？

喔，你知道的，就是老了。

八月中，吉廖島讓所有人都迫不及待。

他們一如以往早早出發穿過了廣場，克勞德搶先飛向了貝琪，不過大肚子讓牠難以飛高。（你真的不能再繼續拖牠走路了，克雷斯說。）貝琪很乾脆地發動引擎，尤里西斯彎下腰親吻了方向盤。朝聖托斯特凡諾港去吧，貝琪！

向日葵與碧綠的大海一再映入眼簾，不平淡的空氣中聞得到海鹽和嗆鼻的青草味。車窗敞開著，艾莉絲的頭髮狂野地紛飛。她不時會把頭髮往後攏，露出大大的、像小佩一樣的笑容。尤里西斯從後照鏡看著她。要說光陰的飛逝在什麼地方最明顯，大概就是她那張臉了吧。七個年頭就這樣過去了，從孩子變成一個小女人。你得鬆手讓她走，是他揮之不去的念頭。

他們趕在最後上了渡輪。警報用的高音喇叭尖嘯一聲，船隻便進入廣闊水域，也迎向輕柔涼爽的微風。克勞德振翅起飛，遊客則紛紛舉起相機鏡頭。喀嚓！喀嚓！喀嚓！老克拉高短褲，讓太陽晒到

28 Nichols Square，東倫敦哈格斯頓（Haggerston）的一個開發區，最終於一九六三年被拆除。

29 *Oliver!*，一九六〇年於倫敦溫布頓劇院首演的音樂劇，改編自狄更斯小說《孤雛淚》（*Oliver Twist*）。此劇後來在倫敦城西劇院亦多次演出。

30 Stasi，東德在冷戰時期的國安局特務，也就是祕密警察，類似蘇聯的KGB。

31 *As Long As He Needs Me*，《孤雛淚》的插曲。

大腿根部。艾莉絲喝著瓶裝水，任由水從下巴滴下。尤里西斯則一派安靜祥和，耳尖已然晒紅。

尤里西斯在salotto（起居室）獨自站著。他能聽見馬西默在廚房的爐火前煮咖啡。午後光線朦朧，植物孢子盤旋在酣睡般的恍惚中。亞麻窗簾隨風鼓起又消退、鼓起又消退，緩和的節奏與海浪同步。涼意自腳下的地磚傳來，同時能感覺到腳趾間的沙粒。窗外有尤加利樹葉熟悉的沙沙聲，以及蟬兒的叫聲。

牆上，一張張照片是對他們的人生最好的陳述。七年分的海鹽、葡萄酒與友情。七年分的笑聲與脾氣。七年分的可能性與痛苦。年復一年地積累著，不曾停下過，直到他們再度乘上那艘渡輪，然後……

尤里西斯轉過身。馬西默向他遞過一杯義式咖啡。馬西默已經告別了菲爾，而雖然提出分手的是他，他還是有點過不去，克雷斯這麼表示。馬西默把下巴倚在尤里西斯的肩膀上說，你看我那時候多苗條，尤里西。不過就一年之前而已。

那是因爲你那時穿直條，特別顯瘦，馬斯。

你人眞好。

你知道克雷斯是怎麼說的嗎？

往下說。

他說我們在赤道的體重會比在兩極輕。

所以我要搬到厄瓜多嗎？

只是一個選項。

馬西默笑了。艾莉絲怎麼樣？

有點瘀傷。你呢？

我也是。但你一來我就好點了，說著馬西默在他背上親了一下。

你去跟她談談好嗎，馬斯？

艾莉絲再幾天就滿十五歲。她原本應該會賴床或暗自消沉，但太陽拉著她乖乖地從床上起來，把她送進了島上的腹地觀看其如火焰般從東方的地平線升起。她爬下了花崗岩塊，用游泳迎接新一天的展開。

在前來的渡輪上，尤里西斯跟她說，我們需要知道人心的本事有多大，艾莉絲。

你就知道人心的本事有多大嗎？

我想我知道，他說。

你爲什麼不跟誰在一起，尤里？她問。

這我沒辦法回答你，甚至也沒辦法回答自己。

是因爲小佩嗎？

不再是了。我們有過屬於我們的時候，但時機已經過了。時機來了要試著把握，艾莉絲。

他從來不曾用這樣的口吻說話，彷彿他知道她的感受，也彷彿他那沉默與冷靜的表象並非出於被動，而是一種無聲的反思，一種不足爲外人道、隱藏著的痛。

艾莉絲屏住呼吸，一頭鑽進了水裡。往下看去，一顆顆海膽有如黑色斑點，扭動的雙腿踢著水創造浮力。那雙腿在日初的天光中顯得如此白皙。

嘿，艾莉絲！（是馬西默。）

怎麼樣？他問。

超舒服，馬斯。

（一名中年男子展開了短暫的飛翔。）

馬西默浮出水面。外頭有個廣大的世界，艾莉絲，他說。那兒有像我們一樣的男男女女。離開這個國家，去見見他們。

八月中的午餐。陰影下的攝氏二十八度，還有在緩慢中十分簡省的動作。

大家看鏡頭！馬西默大喊著設下了定時器，然後跑回到定位。

（喀嚓）剎那已成永恆。

從左邊看起，艾莉絲旁邊是馬西默，尤里西斯在右邊。他們的手臂搭在彼此肩上，簡單的動作中帶著熟悉。克雷斯站在尤里西斯前面，手裡抱著克勞德。克勞德趴著，但臉蛋誘人地轉向了鏡頭。在他們身後，露台上是五彩繽紛的各種顏色。天竺葵當然在場，但薰衣草也沒缺席，還有明豔的橘色與紅色大理花。能瞥見餐桌上的炸鮮鯷魚和番茄，還有法吉奧利[32]麵湯佐蛤蠣等剩菜，那是由尤里西斯監修並烹調出的菜色。兩瓶產於島上、爽口的安索妮卡白酒，在馬西默的肩膀後面清晰可見，其中一瓶只剩半滿。在他們頭頂，葡萄藤厚實而穩固，葡萄則沉甸甸地低垂。那裡是克勞德最喜歡的棲息地。牠的夢中已經沒有亞馬遜，吉廖島才是唯一。牠想要永遠以此爲家，但還沒有把這樣的願景說出口。一條蜥蜴竄出來拍了個特寫。艾莉絲穿著被截切的短褲，上身是尤里西斯的舊襯衫。她帶著墨鏡，頂著一張古銅色臉蛋，看起來不止她實際的歲數。雖然只是感覺老了一兩歲，但那已經足夠讓躍躍欲試的她抓住成年若有似無的開端。游在那片晶瑩剔透的海水裡，一顆種子已然埋下：她要在兩年後離家。她要去上藝術學校，在倫敦生活。她會一而再、再而三地重新去愛，而且每一次都會和前一次一樣興高采烈，每一個人都會是她認定的眞命天女，因爲她會愛得很深，也會深深地被愛。她的笑容燦爛，因爲感覺到有什麼正在萌芽。她從來到島上後只想了蘿米十一回。克雷斯穿著寶拉親手縫製、能突顯他腿部線條的沙漠短褲。他的帶領上衣，材質是他十分信賴的多功能Aertex布料[33]。他光著腳，腳趾甲都經過修剪。每天都是一個新的開始，須知只因爲寶拉說她的人生因爲他而重新來過，他那天走起路來就抬頭挺胸，不用站在箱子上就可以採摘無花果。馬西默只因爲和朋友們待在一起，就感覺自己變得帥氣且幽默風趣，而他的穿著也反映了這一點：一件紅色的夏威夷衫，以及如同偉大的尼可拉．彼得蘭傑利[34]所穿的那種白色網球短褲，自從他跟菲爾分手之後，大腿上的「舒適坐墊」就看不見了，現在大腿有的是肌肉和精瘦。心碎很適合我，他在內心說。他甚至考慮以此控制體重。這念頭讓他發笑，那是發自喉嚨且源自內心的喜悅笑聲，在他身上少之又少。而也就是因爲那一聲笑，讓尤里西斯的頭在快門落下時轉了過去。尤里西斯身穿白色七分褲，還穿了一件白襯衫套在背心之外，因爲他的肩膀在下午釣魚時晒傷了。他沒穿鞋，腳是棕色的。被照到側身使他臉頰上的酒窩變得明顯，而他的頭髮散落在額頭上。喔，他看著馬西默的模樣！那眼神裡有著說來話長的老故事。那笑聲，你知道的——讓尤里西斯想起了唐利。

嘿，小坦——他可以聽到他這麼說。我在想，等仗打完，我們可以……

---

32 pasta e fagioli，義大利著名的湯品，又名麵豆湯，以豆子與圓形義大利麵煮湯。

33 英國服裝公司 Aertex 公司的獨家布料，該公司一八八八年成立於曼徹斯特。

34 Nicola Pietrangeli，義大利男網選手，曾獲法網冠軍。

我們可以幹麼，長官？

（唐利點了根菸。）

我們可以就這麼坐在這裡，看著海。那樣就夠了，是不是？夠到不能再夠，長官。

十月，尤里西斯滿四十歲。小佩發了一封電報，上頭寫著**幹。四十。好老**。尤里西斯為自己買了一副厚重的角框眼鏡，他現在是眞的需要眼鏡來看書或貼近地球儀確認東西。不過分地說，他已經蛻變爲一名相當英俊的中年男人。

那天晚上，大家一起去歐典影城[35]看了《賓漢》[36]。出來的時候大家都合不攏嘴，他們都被名叫CinemaScope[37]的寬螢幕鏡頭效果震撼到了。從來沒見過這樣的東西。還有那個服裝！平常我並沒有很喜歡卻爾登．希斯頓[38]。但那是卻爾登．希斯頓嗎？走了啦，老克！那場馬拉戰車的追逐戲，我不敢看，馬西默說。

電影後的晚餐還在米歇的店。晚間從共和廣場[39]漫步過了河，茱莉亞給足他們面子，爲他們送上筆管麵燴兔肉、義式牛肉卷佐四季豆醬，還有整整一公升的桑嬌維塞[40]。尤里西斯的生日蛋糕是Castagnaccio[41]，他心中第一名的栗子塔。就連米歇都從櫃檯後出來跟他握了手。稍後發生的事情算是有些尷尬，但不論是他或茱莉亞都說不清楚那是怎麼發生的，只是因爲一圈陰影中的私密空間突然在四周展開，而空間內也沒有其他人站著，於是他們就吻了彼此。沒有罪惡感。沒有哀嘆那一瞬間的瘋狂，只是純粹的歡愉在兩人臉上一閃而過。而那會始終就只是那樣——一個吻——沒別的了。但此後，在這樣溫柔的親密之舉後見到彼此，兩人的臉頰上還是會顯出一抹緋紅。她光是輕聲細語地唸出本日特餐的陣容，就會讓許多年不曾如此的他褲子變得緊繃。

然後突然之間，一九六〇年就這麼來到了終點。尤里西斯和馬西默一起在露台上，等待著新一年的展開。彼特爲了《孤雛淚》而得在倫敦蹲點，但他心中沒有委屈，因爲這齣戲給了很好的待遇，而他正好需要存錢。整整十五歲又四個月大的艾莉絲，在教堂台階上唱著歌，旁邊圍著一大群年輕人。這次她手邊多了一支麥克風，有時會發出刺耳噪音，但它做到了該做的事。而克雷斯和寶拉呢？他們依偎在長椅上彼此的懷中，手裡有杯暖暖的東西。那兒只有他們倆，他們的世界，他們的愛。

艾莉絲撥著弦，演奏起最初的幾個小節，群眾自發地安靜了下來。她挨近了麥克風說，這首歌叫做「恩寵與怒火」。

---

35 Odeon，著名的連鎖電影院。
36 *Ben Hur*，一九五九年上映的美國電影，榮獲奧斯卡最佳影片獎項。
37 由博士倫公司開發出的變形鏡頭，盛行於一九五三至六七年間。
38 Charlton Heston，美國演員，擅演軍人、英雄、偉人、聖人，代表作包括《十誡》（*The Ten Commandments*）與《賓漢》，以《賓漢》獲頒奧斯卡最佳男主角。
39 Piazza della Repubblica，佛羅倫斯一處市區廣場，為古羅馬時代的城鎮中心。
40 Sangiovese，產地是托斯卡尼，是義大利種植面積最廣的古老紅葡萄品種。此指以之釀造的紅酒。
41 托斯卡尼等地的傳統栗子麵粉蛋糕，是屬於秋季的點心。

人生在世就是如此

1962－1966年

一九六二年，在滿十七歲的夏天，艾莉絲離開了佛羅倫斯。她在點唱機上放了凱蒂・萊絲特[1]的〈情書〉，拿起吉他跟背包，說了Adieu（再見）。尤里西斯搭火車陪她到米蘭，塞了裝在信封裡的錢和一包茱莉亞做的午餐到她的背包裡。讓她走並沒有那麼困難。

她去柯爾那裡住了下來，開始在酒館裡打工。雖然理論上她應該還不能打工，但大家都認識她，包括在雅座裡混的警察。她整理了自己的作品集，並開始爲了藝術學校存錢，那是她的地平線上唯一的焦點。有些晚上她會和彼特一起唱歌，過程中發生了一件新鮮事，一件她此前從來不需要去應付的事情：跟她的媽媽比較。大家說她沒有小佩的容貌，但她確實有小佩的歌喉。這話著實使她受到影響。一點點的憤怒，一點點的醜陋。

艾莉絲在現場見證了第一階段拆除工作的展開，和柯爾與吉吉站在一旁看著落錘甩動。廣場上的哥德式別墅首當其衝。「他們說這叫貧民窟的清理，但我們這兒從來不是貧民窟啊，對吧？」她第一封寄回佛羅倫斯的信給了尤里西斯和克雷斯。「柯爾說他絕對不會賣掉酒館，他們要就把他連著棺材拖出去。吉妮在牆倒的時候哭了，因為她不明白是怎麼回事，還以為戰爭又來了。德維昨天來看她，柯爾沒說什麼。他煩心的事已經多到沒空再去開一條新戰線。德維帶了蛋糕來，並在上頭插了蠟燭來讓柯爾開心。那天並不是柯爾的生日，但柯爾確實感到開心。我想你們倆。永遠愛你們。」

在一九六三年一月展開的新學期，艾莉絲進了溫布頓藝術學院。她有時睡在柯爾那裡，有時睡在學院附近的某張沙發上。她活在一種不確定的狀態中，但她也意會到自己好像從來都是這樣活著。她一開始掙扎了一番，主要是她不知道該如何觀察事物，也不知道該如何把這些事物化爲紙張上的記號。但她還是天天準時出席，天天磨練自己的技藝，這點很了不起。後來她看到有人達成了她希望達成的目標，對此她想要表現得大方一點，惟偶爾她會害怕這些人的成功等於自己沒辦法成功。她急切地希望自己的作品能獲得肯定，畢竟她進藝術學院的初衷，就是想被人發掘爲**下一個大人物**，但結果卻是她得活在被無視的陰影中。她對母親的想望變成了對母親的討好，對老師的迷戀變成了有著炭筆與香水的晚間個別指導。她會一遍遍讀著智慧的言語，但當她一闔上書本，剩下的依舊是她，沒有改變，而那種失望之情會一連幾天陪著她入睡。

但後來在春天的某晚，她應一群朋友之邀去了霍本[2]的一處演講廳。吸太多大麻和搭錯巴士讓她喀答喀答地在一扇扇門和一道道台階間狂奔起來。她突然停下腳步。毫無疑問那是艾芙琳·史金納的聲音從主廳傳來。她笑了起來。

喔不不，我完全不同意，艾芙琳說。如果女人的生命不被記錄下來，那我們如何能說看到的是事情的全貌？我們框住了敘事。或者該說你和你的前人框住了敘事，狄克森先生。而哪裡有框定，哪裡就有排擠。

女性聽眾爆出了歡呼。艾莉絲三步併兩步走到樓上的包廂，從那裡她可以看到氣宇軒昂的艾芙琳·史金納站在台上。八十二歲依舊生龍活虎，是她如今給人的印象。視覺年齡小了十歲，那得歸功於鱈魚肝油、冷水游泳，還有頻繁和道蒂·康寧漢上考瓦蒂斯餐廳吃的晚餐。艾莉絲當時還不知道這些。她此時眼裡看到的，就是一位曾讓她留下難忘印象的女性。

煙霧瀰漫的包廂裡擠滿了學藝術的學生。艾莉絲四處張望，找尋著她的朋友，然後她看到了專注的瑪莎在前排倚著欄杆。艾莉絲下樓後朝著瑪莎走去。抱歉、抱歉，她邊說邊沿著前排緩緩移動。艾莉絲坐了下來，然後她與瑪莎來了個法式之吻。

（艾莉絲在一封給克雷斯和尤里西斯的信中交代了這一切。艾芙琳的模樣：優雅而充滿威嚴，亞麻長褲配上女性襯衫與亮色的絲巾。喔，她真的棒透了！）

---

1 Kitty Lester，美國黑人女歌手，一九六一年的〈情書〉（*Love Letters*）為其代表作。

2 Holborn，倫敦市中心的一區。

艾芙琳接著往下演講。她說，我們來看一個例子是眞蒂萊希的〈蘇撒拿與長老〉（*Susanna and the Elders*）。現在在我身後的螢幕上，請仔細看一看。這幅畫講的是一個《聖經》故事，一名沐浴中的年輕女子遭到一群想勒索她發生性關係但沒有成功的老男人偷窺。這在文藝復興和巴洛克繪畫中是很流行的主題，主要是這讓人有正當機會可以去畫裸露的女性膚肉。

觀眾們笑了起來。

你們儘管笑，艾芙琳說。但這就是我們在討論的選擇。在我身後眞蒂萊希所繪的版本中，我們得到的是一個女性的視角，而那也是一個非常不舒服的視角。蘇撒拿處於這幅畫的中央，而她的焦慮與壓力則是這幅作品的核心。這不是風趣詼諧的打情罵俏。這些男人是色胚，心懷詭計，而且威脅著弱點與肉體盡露的她。她的身體扭曲，他們在糟蹋著她。而畫家深諳這一點，因爲這就是她的經驗。

在康威廳[3]外，夜晚已經轉寒，微微的霧氣盤旋在車輛的頭燈與街燈前，甚至也在火柴擦出的閃光中。艾莉絲站在人行道上抽著菸。她的朋友們在附近閒晃，跳上速克達說要去蘇活區。要來嗎？馬上來，艾莉絲說。

一個小時過去，寒意滲進了室內，艾芙琳則已經通過另一個出口被祕密送走。艾莉絲轉身朝著蘇活區而去。沿著新牛津街，她內心突然湧上一陣罕有的、對母親的想望，然後她在街邊發現了一處電話亭，並在話機中塡滿了硬幣。

泰德嗎？我是艾莉絲。小佩在嗎？不，我……我只是想跟小佩講話，拜託。（幹，找她來就對了，很難嗎？）小佩？對，我很好。你呢？（小佩講話有些含糊不清，但依舊甜美。）

艾莉絲靠著電話亭的玻璃，告訴小佩自己晚上都做了些什麼。她提到了演講，提到了艾芙琳，也提到了她等了多久。小佩很善於處理等待的話題。小佩給人一種安心感。她要艾莉絲去買點薯條，然後去找她的朋友。小佩在銅板用完之前都表現得非常溫暖。

尤里西斯摺起信紙，直說很好很好很好。艾芙琳·史金納回到了他們的生活中。他說，今天是個好日子，克雷斯，然後把信放回了信封中。我去把咖啡端來，克雷斯說。

五月發生了一件大事，一件讓人意想不到，且讓佛羅倫斯的小世界震動了根本的事情。

在山上的米開朗基羅廣場旁邊有個鳶尾花園，在這一季剛開放不久，而克雷斯和寶拉是那天首先進入大門的其中兩個客人。一款奶油色與桃色的稀有品種吸引了寶拉的目光，她於是跪下來想看清楚一點。等克雷斯回頭時，他看見一群人站在她剛剛還在的地方，而且正低著頭往下看。

老克電告了米歐，米歐電告了在拉齊奧[4]的死黨，那個死黨又通知了寶拉的姊妹和兄弟，那之後寶拉的死就不在他的控制內了。她的遺體和丈夫一起埋在普拉托[5]市郊，一如他所預料。但他還是每天都坐到石椅上，茱莉亞會爲他送來咖啡，米歐則會拿《民族報》[6]來給他看，眾人會湊近用言語安慰他，因爲他們知道情況。老克與寶拉，他們關係不一般，對吧？廣場上的大家能懂，對克雷斯來說已經足夠。而他當然還有鳶尾花園。光是一整年只開放四週這一點，就讓那座花園不啻是一個最私密、也最完美的長眠之所。

---

3 Conway Hall，康威廳倫理學會（Conway Hall Ethical Society）的所在地，該學會倡議世俗人文主義，是歷史悠久的自由思想組織，也是英國碩果僅存的倫理學會，現為國際人文組織（Humanists International）會員。

4 Lazio，托斯卡尼以南、羅馬所屬的義大利大區。

5 Prato，托斯卡尼大區普拉托省首府，為托斯卡尼大區第二大城市、義大利中部第三大城市，僅次於羅馬和佛羅倫斯，位在佛羅倫斯西北方。

6 *La Nazione*，義大利歷史悠久的地方報，一八五九年創立於佛羅倫斯。

克雷斯那個夏天老得很快，但要傷腦筋的是你們——尤里西斯在打給柯爾和彼特和小佩的一通電話裡這麼說。他們三人擠在酒館的電話邊上，時間是七月的一個深夜。有什麼是我們能替老羅密歐做的嗎？柯爾問，而尤里西斯說，溫柔一點。此話一出柯爾就閉嘴了。柯爾甚至道了歉，如果他有時候太過分了的話。

我會讓你們知道最新狀況，尤里西斯說。我們這邊也會想想有什麼對策，小佩說。跟他說，他是我的基石。跟他說，你知道的……

我會的。字句是金粉，對嗎，小佩？

你內行。

她是那麼說的。

她眞的那麼說？克雷斯問。

克雷斯那天早上喝了咖啡，甚至還吃了塊餅。小佩的字句多有力量，你看看——那老傢伙就是那麼愛她。要說克雷斯已經回不來了，並不符合事實，因爲他是回得來的，只是需要時間。所以，尤里西斯接手了民宿的經營。咖啡在八點前倒進義式咖啡杯，鐘聲響起。糕餅放在盤子上，每扇門外都有一個托盤。輕輕地敲一下門，人走，門開啓，驚喜的聲音。尤里西斯也處理了民宿的改頭換面，開著車把厚重的桌布床單送到曼弗雷迪洗。艾莉絲甚至發了電報問尤里西斯需不需要她回去。你待著別動，親愛的，在那兒好好生長。他從來沒寫過這麼詩情畫意的東西。她會把那封電報當成一輩子的珍藏。

克雷斯待在露台上和苦橙樹待在一起，身邊圍繞著花香與花朵。樹沉默寡言，他們一起看著黎明那衝擊的閃耀、正午那熟悉的炫光、黃昏天空中的飄移。克雷斯睡得很久。他一直夢到蝴蝶。

場景：八月底，陰森幽微、令人昏昏欲睡的白日恍惚。熱氣沉降在整座城市裡，像是一座該死的火爐——這是柯爾的用語。百葉窗被牢牢拴緊以阻絕灼熱的霧氣，廣場上了無生機，只有幾隻營養不良的鴿子和零星的遊客在米歇店裡叉著一卷卷義式直麵到乾渴的嘴裡，心想剛剛應該點沙拉才對。突然之間：

一輛救護車的警笛鬼哭神號，聽著宛若愛爾蘭神話裡的報喪女妖。那聲音尤里西斯已經十年沒聽見過了。

搞什……？他說著從午睡中醒來。他從沙發上爬起，隨手打開百葉窗。老天，眞是見鬼了，他對克勞德說。克勞德飛到窗邊，連拉了好幾坨屎。

尤里西斯套上襯衫，衝下了樓梯。老伯爵夫人在樓梯口堵他。

你需要換批新朋友，她說。

Si、Si，我知道我知道，伯爵夫人，他說。

來到了門外的陽光下，尤里西斯一邊塞好襯衫，一邊護住眼睛以免被閃瞎。他看著綠色救護車出現在聖靈大殿的一側。柯爾又是大叫又是咒罵又是敲打儀表板，而彼特則勉強抓著僅存的後門，不讓門隨著凹凸不平的鋪石路顛簸晃蕩。廣場上東西南北的百葉窗都被掀開來看熱鬧。突然間，救護車急煞，彼特頭前腳後地飛出車外。警笛的慘叫戛然而止，打破這片厚實沉默的只剩下兩個氣勢洶洶滾進水溝的車輪蓋。

彼特爬向尤里西斯，嘴裡說著，沒有下一次了。

發生什麼事了，彼特？

我們在經過帕瑪[7]後掉了一扇後門，又在一條主幹道上引發連環追撞。柯爾踩下油門要逃，還好小佩腦筋動得快，才沒讓我落得被壓在愛快羅密歐的車底。

小佩？

對，彼特說。是她抓住我的腿，才讓柯爾能夠靠邊停下，並幫忙把我拖回車內。

小佩在這裡？

沒錯。嘿，小佩？

這不太是她期望的出場方式，但也只能這樣了。小佩風情萬種地下了車，先是光裸的腿和高跟鞋，再是綁著皮帶的翡翠綠短袖過膝洋裝。墨鏡遮住了這些年多出來的十歲，陽光則突顯了這些年她變得更金的頭髮。喔，我的天，尤里西斯說。

喀啦喀啦喀啦，她走過了鋪石路，扭著臀，擺著臂。小佩的主題曲，是吧？然後又來了，尤里西斯胃裡那微微的翻攪。

小佩？你這是……？

這是我這輩子最他媽慘的日子，小坦。別問了。**永遠**、**永遠**別問。

尤里西斯張開雙臂抱住她。我好想你，他低聲說道。

喔咿！都沒人對我有興趣喔？柯爾喊道。我算什麼？他媽的剁碎豬肝嗎？

彼特乾嘔了起來。

你給我閉嘴，柯爾，小佩說。

喔，你們對我真好啊。

嘴巴，小佩邊說邊指著嘴。

柯爾往合起的雙手吹氣，然後立刻往後彈。誰有薄荷口香糖？他問道。過來，尤里西斯說著把他拉過來抱緊。這還像話一點，柯爾說。

門扣拉開的聲音讓他們通通轉過頭去。那是老克，仍有點睡眼惺忪、迷迷糊糊。他依序看著他們，然後喊了小佩、柯爾、彼特。

看來還沒失憶，柯爾說。

閉嘴，柯爾，小佩說。

你們全都跑來這裡幹麼？克雷斯訝道。

我們來看你啊，克雷斯，彼特說。確保你一切都好。

我當然很好啊。（克雷斯哽咽了起來。喔，那雙淚汪汪的眼睛。）我哪裡不好了。

過來，小佩說。

克雷斯聽話地照做了，因爲小佩的懷抱是個待起來舒服的好地方。沒事了，小佩說。沒事了。

他們喀啦喀啦地上了階梯，接續著一夥人剛剛沒說完的言不及義和相互揶揄。他們經過了民宿的入口，裡頭剛由來自利明頓溫泉[8]的一個藝術史團體進駐，而克雷斯說他們這團體有派系問題，因爲成員對李奧納多與拉斐爾各有不同的觀點。等克雷斯用鑰匙開了門，並把眾人領進門廊，房間馬上就分配好了。小佩住艾莉絲的房間，彼特和尤里西斯一間，然後沒有人想跟柯爾一間。喔，你們對我還眞是好啊，眞好，柯爾說。

事隔這麼多年站在女兒的房間裡，小佩感覺有點怪。床被推到了角落，畫架和畫桌是僅有的家具。廢棄的番茄罐頭裡裝滿鉛筆，空酒瓶的頂端插著一根蠟燭，還有濺著顏料的陶磚地板，如今看上

7 Parma，義大利城鎮名，帕瑪森起司的原產地，位於米蘭的東南方、佛羅倫斯的西北方。

8 全稱為皇家利明頓溫泉（Royal Leamington Spa），英國一個溫泉小鎮。

去更像是磨石子地。艾迪的照片被用膠帶黏在牆上。小佩的雙腿間還殘存著那股渴望，喔，時間他媽的都跑到哪兒去了?小佩現在的年紀都可以當年輕艾迪的媽了，這想法有點把他們相愛的故事扭曲成某種奇怪的東西。二十年分的愛與希望已經打破了她，讓泰德有機會從縫隙鑽入，而逝去的光陰無法重來。我出賣了我的靈魂，艾迪，而我每天都能感覺到那股空虛。如今我們的孩子也長大成人了。她在念藝術學院!集你所有的才華於一身，你該有多驕傲啊，而且她長得也像你，艾迪。他們都說笑容像到我，但我只看到你。有時候看著她，看著她光滑的皮膚和在前頭等著她的年月，我會感到心痛，我會想搧她巴掌，艾迪，而那就是爲什麼我得把她推開，因爲有時候她會讓我變得刻薄，而我不想刻薄，因爲刻薄會擠掉愛的位置。我亂了方寸，不知道該怎麼辦。那就是我，艾迪。這就是我變成的人。我終究變成了我母親。

她移開腳步，站到一幅艾莉絲的肖像前，那是一幅有模有樣的畫作，白色的鉛筆線捕捉到她眼裡的光芒，如此兇猛而強烈，而小佩突然意識到她讓那孩子走的時候，她還那麼小。她感到體內一陣疼痛，但她還沒吃飯，也許只是餓得痛?她低下頭，湊近掛在欄杆上的幾件衣服。她不知道女兒身上是什麼氣味，但這些衣服已是最接近的一回。

小佩坐在床上，從門口望出去。外頭有某種騷動。柯爾正試著止住鼻頭的血，彼特保護性地抱著克勞德，克雷斯對柯爾說，這個嘛，不然你期待什麼?誰叫你要讓鸚鵡感覺被看扁成那樣?

老克，她是多麼想念他。他是多麼懂她，多麼可以撫慰她。來這裡是她的主意。她讓柯爾領了功勞，但其實提議的是她，因爲她知道海浪打來的時候會發生什麼事情——那讓人腳下站不穩的天搖地動，壓艙物通通滑到空無一物的地方，你傾斜到就要翻過去了，你會以爲船即將翻覆，以爲自己就要溺死。

小坦來到了她的房裡。他的那副笑容，跟他少年時代一模一樣。有點尷尬，也有點可愛。他挨著她坐在床邊。他握起她的手，而她並沒有將之抽走。她什麼話都可以跟他說，他都會原諒她，也絕對不會批判她。但你想說什麼呢，小佩？哎，小佩？說你厭倦了生活，說你落水又踩不到底嗎？但你什麼也不會說。你會繼續昂首闊步，滿懷怒吼與牢騷，只問誰要再來一杯。

我知道這是你的主意，他說。

英雄是柯爾。

我知道是你。

外頭在吵什麼？

柯爾對克勞德出言不遜，所以克勞德朝他臉上撲了過去。

他沒事吧？

柯爾還是克雷斯？

克雷斯。

你一來就好多了。你這趟待多久，小佩？

待到我們可以把輔助輪9拆掉。

謝了。

你氣色很好。（她把手滑過了他的臉頰與下巴。）你長成你自己了，對嗎？幹麼？你這表情好像想知道什麼事。

你怎麼從他身邊跑掉的？

別，小坦。

我擔心你。

9 新手學騎腳踏車時，加裝在後輪兩側保持平衡用的兩個小輪。

而我也擔心你。我們就是會擔心來擔心去，是吧？

他動手打你？

你嘴巴放乾淨點，今天可是個開心的日子。現在給我換個該死的話題。

你看，說著他把手伸進口袋，有點害羞地戴上了眼鏡。

我現在不戴眼鏡不行了，他說。戴著才能工作或看書。

很適合你。

眞的嗎？

你在床上也戴著嗎？

他臉紅著脫掉了眼鏡。她的手放到了他腿上。

這裡不行，小佩，這裡是……

我知道，我知道。

那天晚上，小佩加入在廚房的尤里西斯，幫著他準備客人的晚餐。柯爾、彼特與克雷斯逕自跑去米歇的店，小佩可以聽到他們經過樓梯間的聲音。柯爾說起輾過萊斯利的事情，而克雷斯說，該不是萊斯利·葛林納威吧？而柯爾說，不是，是叫萊斯利的巴哥犬，英格麗的巴哥。什麼巴哥？克雷斯問。我的老天啊，柯爾說。我好不容易才開始覺得你有點可憐。

小佩笑了起來。你笑什麼？尤里西斯問。沒什麼，就笑他們，她說。就像他們這群人從來沒有分開過一樣。

小佩毫無困難地聽令行事。她第一次用杵臼，也是第一次做青醬，而她說感覺很療癒。做完晚飯，她化身爲當晚的服務生，打斷了某段關於卡拉拉大理石[10]的對話，讓好幾個人爲了看她而轉頭。她甚至還成爲訪客留言簿上的評論主題，只不過那一頁必須撕掉。這些人是哪根筋不對勁？克雷斯會說。寫那樣的東西還想給全世界看。

但就在十點前，尤里西斯吹熄了蠟燭，關掉了燈。他以爲他們會去米歇的店加入其他人，但小佩牽起他的手，領著他上樓，進了他的房間。

小佩？

她把他推倒在床上。

在窗戶之外的，是一片黑與藍交錯的天空、一顆忽隱忽現的月亮，還有萬家燈火，再就是從米歇咖啡廳傳來、柯爾發出的笑聲。

戴上這個，她說著將手伸進他的長褲口袋，掏出了他的眼鏡。她拉開了他的拉鏈，撩起了她的洋裝，然後跨坐到他身上。他們好一會兒都沒有動。接著骨盆慢舞，直到感覺變得難以忍受。她的雙手覆上他的嘴，好讓他別再呻吟。十點半他們下到了廣場。小佩叫了一聲克雷斯，那老傢伙的臉隨即因爲她的現身而發亮。小佩在他的身邊坐下，握住他的手，尤里西斯則從鄰桌抓了張凳子坐在彼特旁邊。他把剩下的酒倒了出來，問道，我們打斷了什麼，克雷斯？

嗯，我正要跟他們說我的天眼有什麼新發現，克雷斯說。

這次是什麼？柯爾問。

英格蘭會贏下一九六六年的世界盃冠軍，克雷斯說。

你作夢，柯爾說。他們爛得跟屎一樣，以前就一直很爛，將來還會繼續爛。

10 Carrara marble，用於雕塑與建築的藍白色大理石材，自羅馬時代開採至今，卡拉拉是產地名，位於托斯卡尼。

但這天眼應該還有下文吧，尤里西斯說著抬了抬眼鏡。會有個奇蹟反轉。

柯爾轉頭看著克雷斯。喔，是這樣嗎，奇蹟先生？他說。

傑夫·赫斯特[11]會演出帽子戲法。

兩隻左腳先生？柯爾訝道。那位傑夫·「我從來沒有替英格蘭隊踢過球」·赫斯特先生？

他會從二月起替英格蘭隊踢球，克雷斯說。而且他會被選入世界盃代表隊。那就是我看到的未來，也是賭注的內容。英格蘭會贏，而且傑夫·赫斯特會演出帽子戲法。全壓黑的就對了。

算我一份，彼特說。

你回倫敦後要替我下注，彼特，因爲這裡的人不喜歡這種東西。我會給你一個有夾層的特製行李箱，好把錢帶回去。

彼特點了點自己的鼻子[12]。謝了，克雷斯。

你們不會再去小塔那兒走動了吧，我希望？柯爾說。

我心中的組頭人選是蘇活席德。

蘇活席德？柯爾嗤之以鼻。他還有地盤在？

滿大一片的，彼特說。藏在曼德雷克飯店[13]旁邊的隱密處。

我喜歡席德，小佩說。

我的賠率至少有十比一[14]，克雷斯說。

十比一！柯爾說。難道他覺得這是布蘭克斯—柯恩事件重演嗎？閃電是不會在同一個地方打第二次的，克雷斯·威爾先生！

但事實上還是會吧，不是嗎？彼特說。像是艾倫·畢恩特里。

艾倫……？

畢恩特里，彼特說。你記得他嗎？他常在外頭遛狗，一九三九年八月被閃電擊中。復元之後，他給所有人看了他的腳。

他的腳？

閃電流出他身體的地方。一年之後，他又在外頭遛狗，然後同樣的事情又發生了第二次。

他死了嗎？

希望是死了，尤里西斯說。因爲他們把他埋在了我媽和我爸的旁邊。

但這故事有什麼重點嗎？柯爾問。

重點就是閃電會不會在同一處打第二次，彼特說。我說會，因爲事實上就是會。

不過持平而論，彼特，克雷斯說。那兩次雷擊是不一樣的。

去你媽的咧，柯爾說。

第一次重創艾倫．畢恩特里的雷擊是一道「側擊」，電流是從一個高處的物體——在此例中是樹——跳到被電擊者的身上。艾倫．畢恩特里在閃電放電過程中，扮演的是部分能量的短路路徑。

他遛的狗怎麼了？小佩問。

Cinders。

你是說化爲**灰燼**死了？

不，那隻狗名字叫**辛德斯**[15]。

11 Geoff Hurst，英國職業足球員，是第一個在世界盃足球賽中演出帽子戲法（一場比賽進球三次）的人。

12 點鼻子的動作在歐洲各國意義不同，在此意為「有共同的祕密」。

13 Mandrake，蘇活區的精品飯店。

14 每十次失敗對上一次成功，或者每十一場賽事中會有一次勝出。

我受不了了，小坦，柯爾說。

那隻狗跑走了，彼特說，在堡區[16]找了個新家。

而那第二次雷擊，克雷斯說，是一次「直擊」。發生在空曠處，艾倫．畢恩特里根本還沒有走到樹邊。正值壯年的他就這樣被擊倒了。

克雷斯，他那時都七十了！小佩說。

所以說那是一次直擊，所有雷擊中最致命的一種，克雷斯說。被那種雷打到就回天乏術了。誰要再來一壺紅酒？

我要，眾人異口同聲。

小佩對尤里西斯眨了眨眼。「克雷斯會沒事的」是那一眼所包含的訊息。他在桌底下用自己的腿抵著她的，他們之間的小小能量也在釋放著。茱莉亞在送酒來的時候注意到了這點，那兒的靜電強到幾乎能舉起她的髮釵。有人很開心喔，她在走開前用方言撂下了這麼一句。

隨著日子一天天過去，老克的精神也慢慢從心的壁壘後方探出頭來，那情景讓人十分振奮。尤里西斯叫他帶所有人出門，好方便他大掃除。小佩想要留下來幫忙尤里西斯，但克雷斯最想帶在身邊的當然就是小佩。彼特想要一個人去晃晃，也許能寫出一兩首歌。我可以感覺到繆思女神就在此時此地的某處，他說。

那只是有人走在你的墓地上而已[17]。

於是，在後座的柯爾與邊車裡的小佩陪伴下，克雷斯得以排除萬難。他與寶拉共享的種種回憶也不再休眠，終於重獲新生。他油門一催，衝向了位於多那太羅廣場的英國公墓。那是一座綠色土丘，周遭有令人窒息的交通，但克雷斯稱那地方是一處海市蜃樓。

在九月的太陽下，高大的柏樹投下幾何形狀的陰影在死者身上，狀如拳頭的紅玫瑰在白色的大理石碑塔前格外顯眼。手擱在墳頭上，克雷斯誦唸了伊莉莎白・巴雷特・布朗寧的〈我是如何愛你〉[18]。喉嚨深處在一字不差的詩句尾聲稍稍哽咽，經典的老克。他等待著柯爾的嘲弄，但柯爾沒有這麼做。他說克雷斯的朗誦讓人深受感動。柯爾從來沒用過這類字眼，而就連小佩的眉頭都覺得這值得一下挑動。

走過林蔭小徑時，柯爾說他擔心拆除工作會讓老家那片台地一蹶不振。沒有人不知道柯爾就等於他的酒館，而沒有了酒館……那結果讓人想都不敢想。然後克雷斯說，我的櫻花樹會怎麼樣，柯爾？而柯爾說，有必要的話，我會把自己跟樹綁在一起，克雷斯。那樣的事我幹得出來。

話說隔天，克雷斯安排了一趟奇揚地之旅，但忘了告訴任何人。他原本希望尤里西斯可以開貝琪載他們到葡萄園，但一到早上，尤里西斯人就不見了。小佩在露台上做日光浴。你有看到什麼嗎，柯

15 灰燼（cinders）與辛德斯（Cinders）在英語中拼法相同。
16 Bow，位於倫敦維多利亞公園旁的熱鬧住宅區。
17 someone walking on your grave，英文俗諺，意指感到毛骨悚然，源自民間傳說人若無故發顫是因為自己將來的墓地被人踩上。
18 伊莉莎白・巴雷特・布朗寧的十四行詩名作，開頭是「我是如何愛你？容我細細數來」（How do I love thee? Let me count the ways）。

爾？她問。

柯爾用望遠鏡掃視著廣場。沒有，他說，他溜了。

你看見他了嗎？小佩對剛散步回來的彼特說。

沒看到他，小佩。說起來貝琪倒是不見了。

貝琪不見了？克雷斯訝道。那就是那個了，每年都會發生一次，大約同一個時間。他今天有地方要去。

去哪裡？柯爾問。

克雷斯聳了聳肩。就搞失蹤，有時還會過夜。

好傢伙，柯爾說，他一定有女人，也天殺的是時候了。然後他點了根菸。

小佩沉默不語。

我不確定那是女人，克雷斯說。

我覺得可能是耶，彼特說。每年耶，你說呢，克雷斯？

克雷斯點了點頭。

我不認爲我聽過比這更有毅力的事情，彼特說，當天稍晚他甚至還把這事寫成了一首歌。〈三百六十四天並還在數著〉，是那首歌的歌名。他寫得很快，快到尤里西斯那晚走進門口時，他已經寫完整首歌了。

嘿，小坦，你聽這個！

尤里西斯把帽子掛在衣帽架上，走進了客廳。輕柔的旋律，帶著輕柔的和聲，講述著用一天過完的一生。彼特拋棄了那老生常談的蜉蝣比喻。

小佩說，所以你今天都去哪兒了啦，甜心？她說的時候故意推推蹭蹭狂眨眼睛，但尤里西斯此刻沒有那個心情。他那晚早早上了床。若有所思，是老克拿來形容他的用語。

小佩把彼特叫到了廚房，跟他商量兩人換一下房間，彼特非常配合地答應小佩說，沒問題，他是個很棒的床伴。

小佩躡手躡腳走進尤里西斯的房間，褪去了洋裝，上了他的床。尤里西斯說，我眞的只想靜一靜，小佩。於是他們相擁在彼此的懷中，聽著人聲轉爲鐘聲，鐘聲又轉爲悄然無聲。小佩說，你有女人了嗎，小坦？對此尤里西斯說，我沒有什麼女人。他們滾離了彼此好各自入睡，但他們的腳丫仍一整夜碰著。

小佩、柯爾與彼特在隔天離開。幾經抗議，他們最終還是都進駐了在廂型車上被分配到的位置。克雷斯在車子後側釘上一面實心木板做爲臨時車門，柯爾則答應彼特會在回程中加一站蘇蒂尼。蘇蒂尼他媽的有什麼特別？他問。克勞德從雕像上飛了下來，拉在了擋風玻璃上。彼特拿起那個特製行李箱，心裡有數地拍了拍它。沒有誰受得了看尤里西斯和小佩說再見。

準備好了嗎？柯爾大喊。

可以出發了，小佩說。

救護車在抽搐中復活，號叫了起來。

拜，小坦！

拜，小佩！

走得好！伯爵夫人叫著。

然後他們就啓程了。

有生之年，克雷斯將永遠銘記他們爲了他專程來這一趟。又一回，那滿滿的愛朝他而來。克雷斯覺得他已經擁有了自己該得到與不該得到的愛，而那對克雷斯而言，就和什麼愛都沒得到過一樣糟。但樹說，那是不可能的，愛是明路。枝頭的葉子隨著自南方山丘吹來的微風顫動。樹說，某處的葡萄要開始收成了。

是嗎？克雷斯說。

而燕子正爲離去列隊。

我會想念他們，克雷斯說。

人生在世就是如此。

塞吉爾·李昂尼[19]在一九六四年策馬進入了歐典影城。那是「美元三部曲」[20]的開端。看完《荒野大鏢客》走出戲院，馬西默有感而發道，對我而言，顏尼歐·莫利克奈[21]徹底改寫了電影配樂的定義。

而克雷斯與尤里西斯則全心表示同意。

時隔一年，馬西默在看完《黃昏雙鏢客》後說了同樣的話。

柯爾定期發來傑夫·赫斯特的最新近況，爲此他會到訓練場進行情蒐。他在球場闖出了一點名聲，惟並不是好的那種，而小佩叫他把雙筒望遠鏡扔掉。柯爾說赫斯特比不上吉米·葛瑞夫斯[22]，而且他的胃酸逆流又發作了。他把這一切都怪到克雷斯身上，還有克雷斯賭博的方式。十月，艾莉絲與彼特在格羅夫納廣場[23]的美國大使館外被捕，他們在那裡抗議越戰。艾莉絲做的橫幅上寫著：**軍國主義無異於種族歧視**。他們當晚就在確定不起訴後獲釋，因爲派出所的警佐是柯爾的舊識。柯爾在派出所外等著他們。他說，這即使以你的標準而言，也是新的下限，彼特。上帝保佑你，彼特說。

傑夫·赫斯特確實被選入了英格蘭的世界盃代表隊，但柯爾說除非葛瑞夫斯出了什麼意外，否則赫斯特也只有坐板凳的份。

結果葛瑞夫斯還眞的出事了，腿傷讓他在四強準決賽中缺陣。

你爲什麼就是不信？克雷斯問。

我人不太舒服，柯爾說。

那就去睡吧，克雷斯說。

睡到何時？

睡到決賽開始，然後克雷斯便掛上了電話。

一九六六年七月三十日是決賽日，也是歷史被寫成的一日。

米歐的店外，烈日照在如今已然褪爲迷人粉色的金巴利遮陽棚上。一群人聚集在一面顫巍巍地裝

---

19 Sergio Leone，知名義大利導演、編劇暨製作人，代表作包含義式西部片「鏢客三部曲」和「美國三部曲」，對後世犯罪片、動作片影響深遠。

20 *Trilogia del Dollaro*，「鏢客三部曲」首部曲《荒野大鏢客》（*Per un pugno di dollari*）、二部曲《黄昏雙鏢客》（*Per qualche dollaro in più*）片名中都提到美元，因此又稱「美元三部曲」。

21 Ennio Morricone，義大利作曲家，曾為五百多部影視作品配樂，包括《荒野大鏢客》，二〇〇七年獲頒奧斯卡終身成就獎。

22 Jimmy Greaves，英國傳奇足球員、英格蘭贏得一九六六年世界盃冠軍的英雄之一，擁有出色的進球率，被稱為「白鹿巷之王」，白鹿巷為其所屬之熱刺球隊的主場。

23 Grosvenor Square，英國西敏公爵的世襲領地，位於倫敦梅菲爾區。美國駐英大使館自十八世紀以來長期設於此地，直至二〇一七年遷址。

設在街上的小黑白螢幕前。現場的氣氛像是通了電，與災難一場只有一杯酒的距離，這並非戲言。

就是從這樣的一目了然的地點，克雷斯、馬西默與尤里西斯波瀾不驚地見證了英格蘭贏得世界盃冠軍，而更重要的是，傑夫．赫斯特演出了帽子戲法。他們那晚在露台上進行了安靜且低調的慶祝，開了瓶等級稍高的酒。

傑夫．赫斯特舉世無雙！一個上了年紀且打著赤膊的過重男人在東倫敦某處的酒館裡唱著。傑夫．赫斯特舉世無雙！舉世無雙！

蘇活席德很有風度地付了錢。他已經賺了一大筆，又何必在意這點賭金？他們後來發現席德覺得這一注下得很妙，於是找上塔比．佛爾蓋特下了一模一樣的注。所以這回席德可說是獲利甚豐，而塔比只能重新痛一回。

那晚柯爾花了一小時才接通打到義大利的電話。

我們贏了多少？尤里西斯問。

相當該死的不少，柯爾說著拆開了一片薄荷口香糖。

他們一幫人湊齊了各自的賭金，接著在三天後，彼特按比例分發了贏到的錢，所有人都稱得上大豐收，心懷感激。柯爾先替小佩收著她的那一份，主要是要防著泰德。小佩終於有了離開的車票，但她得先知道自己要去哪裡。

艾莉絲在那個夏天回到佛羅倫斯，並迎來二十一歲。

她或許沒有遺傳到小佩的姿色，但她有些小佩沒有的東西。她會閱讀深奧的小眾作品，會按克雷斯行之有年的做法與大自然交流。她吸了一回迷幻藥，但就那一回。她在亞伯特音樂廳[24]看了巴布．狄倫[25]演出，然後就判定這人並非池中物。她有過許多戀人，當中不乏男人，只不過她偏好的始終是女人，因為親吻女人才能解放她的靈魂。她的藝術學校生涯並不順遂，但這段路給了她時間去探索與嘗試。從彩畫中歸來的她，在素描裡安頓了下來，而她的畫功堪稱一流，她只是不知道要用畫筆去表達什麼。

她走過新聖母車站的穿堂，一名搬運工拖著她的行李箱跟在後頭。她的短劉海高揚，其餘頭髮綁在後腦勺，身上是丹寧喇叭褲和一件薄紗襯衫。她的頸子上戴著必不可少的珠鍊，肩膀上的吻痕則源於臥鋪列車上的同行女子。這樣的她左手拎著一把吉他，右手提著藏了錢的夾層行李箱。她看著尤里西斯出現在前方，心臟一下子跳得好快。尤里！她叫了起來，引他轉過身。她是多麼想念他！

24 全稱為皇家亞伯特音樂廳（Royal Albert Hall），一八七一年開幕的倫敦藝術地標，是每年夏季舉辦的逍遙音樂節（The Proms）之主要場地。

25 Bob Dylan，美國創作歌手，一九六一年發表首張專輯，在六〇年代創作許多具反戰及平權精神的民謠，半世紀以來影響力遍及各界，二〇一六年獲頒諾貝爾文學獎。

泥天使

1966－1968年

秋天再次轉至，帶來了較短的白晝與較早的夜晚，還有一連六週的降雨，原來是有颶風出現在地中海上空。北義大利成了水鄉澤國。

時序進入十一月初，尤里西斯在工坊中看著外頭的大雨。他可以感覺到濕氣從地面升起。此刻已近黃昏，荒涼的廣場上不見任何生機。隔天是個假日，屆時佛羅倫斯將慶祝義大利在一戰中戰勝奧地利[1]。大家都已經出發去歡度週末，艾莉絲也載著克雷斯去羅馬，好讓對浪漫主義詩人[2]興致勃勃的老傢伙過過癮。民宿沒有客人，這是尤里西斯多年來第一次落單——一個讓人反胃的命題。他已經約了馬西默在當晚見面，場合是一個英國人的業界聚會，主題似乎與搖擺六〇[3]倫敦有關。但下雨讓晚上出門變得不太誘人。

在他面前，直徑五十公分的地球儀是他迄今最好的作品。此作已經售出，買家是一個歷史長達數百年的世族，而這種事在這座城市裡並不少見。他正在爲它添上細節，所以他現在一手畫筆，一手抹布，畫、擦、畫、擦，小心翼翼以免畫過頭。支架已委請附近的木匠製作，那是由橡木製成、配上黃銅子午線的獨立基座。他將傷心透頂地迎來要割愛的時候。

他捻熄了菸，決定今天的工作就此告一段落。他打開門，將陶製火盆裡燒熱的煤全倒到水溝裡，然後穿戴上帽子和防水風衣，關掉電燈。剩下的只有雨聲。

走到外頭的馬吉奧路上，各種食材的香味與光澤引誘著他走入店鋪。他選購了起司與肉與義大利麵，還有不一般的兩瓶酒，滿載而歸的結果是他還沒踏上聖靈廣場就已經淋得一身濕。

他沖了個長長的澡，接著躺在床上，聽著雨滴打在百葉窗上的鼓點。米歇咖啡廳的霓虹招牌在黑夜中閃動，彷彿紅色的脈搏，而點唱機上海灘男孩[4]正唱著〈別擔心寶貝〉，聲音遙遠而微弱。若非約的人是馬西默，他早就想辦法推掉了。這種夜晚就應該拿杯格拉帕窩在沙發上，讓一隻大鸚鵡陪伴左右。

他換上西裝，鬆鬆地繫上一條深色領帶，扔開皮鞋套上中意的威靈頓雨靴。他抓起一把雨傘，一頭鑽進風雨交加的夜晚。來到阿諾河濱的圭洽迪尼路時，雷聲在山丘間轟隆作響。街道淹起了水，途經的計程車和滿員公車濺起了一波波大水浪。狹隘的人行道塞滿一朵朵黑傘，在那之上，臨時爲隔日假期豎起的綠白紅彩旗已全然濕透。

不過，變化幅度最驚人的要屬阿諾河。平日漁夫站著的平坦草地，如今已被暴漲的湍流吞沒。三聖橋下湧過的怒濤距離石拱只有幾英寸。尋常時那道輕聲細語的綠水，如今怎麼會變成這副模樣？

馬西默在斯特羅齊宮[5]外等他，而在對他的優雅著裝一番品評後——威靈頓雨靴是吧，搭得好啊，尤里西——他說自己已經上去勘察過聚會的狀況，十分無趣，就是酒沒令人失望。所以說我們到別處吃晚飯吧。

馬西默提議去「克萊兒阿姨」，這是家藏在聖十字廣場巷內的私房小館。說是小館，但其實就是個家常客廳，裡面只擺著三張兩人座桌，沒有菜單。克萊兒阿姨那天幫樓上自家煮什麼，你就跟著吃什麼。尤里西斯知道那裡的菜是極品。這一晚總算開始反轉向上。

風勢已然稍歇，他們踏著頗爲輕快的步伐往東走。抵達克萊兒阿姨的他們身上相對乾爽，而且精神頗爲振奮。店內的牆上貼著或褐黃或褪色的照片，照片裡是他們一家子搬到北義都會區之前的務農

1 一戰中的義大利戰線由義大利對上奧匈帝國，戰事從一九一五年延續至一九一八年十一月初。

2 羅馬有濟慈故居，現為濟慈—雪萊紀念館（Keats–Shelley Memorial House），展示許多英國浪漫主義詩人的相關藏品。

3 Swinging Sixties，指一九六〇年代中晚期英國由青年發起的文化革命，以倫敦為中心城市，強調現代性與享樂主義，掀起一股藝術、音樂和時尚風潮，如披頭四就是當時具代表性的流行文化輸出。

4 The Beach Boys，一九六一年成立於美國加州的搖滾樂團，〈別擔心寶貝〉（*Don't Worry Baby*）是其一九六四年的作品。

5 Palazzo Strozzi，始建於一四八九年，所有者是銀行家老菲利浦．斯特羅齊（Filippo Strozzi），他是梅第奇家族的競爭對手，希望以此一宏偉宮殿鞏固其家族的聲勢與地位。

生活。十字架當然不會在牆面缺席，然後就是一張被當成寶的電影明星簽名照，上頭寫著：克萊兒阿姨，沒有人的手藝比你強。蘇菲・亞羅蘭[6] X[7]。

他們坐在一隻貓兒旁邊，牠對自家地盤上的夜襲者似乎不以爲意，在移駕到馬西默大腿上躺好前還不忘仔細清理自己一番。一壺紅酒和一籃家常麵包被擱在桌上，然後克萊兒阿姨就忘了他們，這一忘就是一小時。

他們的話題隨即轉到了艾莉絲與老克的羅馬朝聖之旅上。尤里西斯說克雷斯想要看看詩人濟慈與世長辭的地方，還說此行將有助於他透過一雙二十五歲的眼睛去感受城市的氣氛。

我在二十五歲那年訂了婚，馬西默說。

你訂過婚？

她叫做安鈕莉塔・柏林戈。在我打破婚約後，她嫁給了一個姓佛卡提[8]的人。

這反彈還眞大啊。

他不是本家的人，只是旁支中的旁支。你覺得他們會去奇尼奇塔製片廠[9]嗎？

那就要看艾莉絲走不走運了。

什麼紀念品都好，給我來一個。

尤里西斯笑了。她心裡有數。

馬西默邊倒酒邊說，對了，我媽現在有了一個仰慕者。

你媽有仰慕者？

很扯吧，我們送她去安養院就是圖個安全。她就像青少年一樣，情慾高漲。但你能拿她怎麼著呢？

等到牛肉被端上來時，兩個男人已經喝掉了不少酒，而壞天氣已成明日黃花。雨？什麼雨？馬西默說。在某個時間點，尤里西斯想起要提一下阿諾河剛剛的水位高度與威猛水勢。

馬西默說那多半是法爾特羅納峰[10]的融雪。或者他們可能開啟了水壩的水門洩洪？

馬西默站了起來。說到洩洪，他這麼說著，阿姨便指了指餐廳後方。

他們付了帳，並和阿姨互相祝賀佳節愉快，然後兩個男人便讓老太太去椅子上坐著闔眼休息了，而她的兄長正拖著腳步下樓梯，想找點起司。

聖十字廣場靜悄悄的，停著幾輛車，但缺少夜間遊蕩的人。在班琪路的轉角，他們相擁道別，並約好了星期六在雷克斯戲院[11]見，一起看重映的《八又二分之一》[12]。接著馬西默往北，尤里西斯往南，阿諾河的水聲隨著他接近而變大。

他走上老橋過河。橋身在他腳底下晃動，阿諾河摩擦著塔德奧．加迪[13]在一三四五年安下的舊石塊，將河水打在橋邊的矮牆上。漸虧的凸月隱身在雲層後，高掛在無星的夜幕上。

彼提宮旁的街道一片空蕩。尤里西斯橫過銳角路，進入薩比提廣場，並注意到有水從溝渠的狹縫中冒著泡溢出。他瞥向自己的工坊，看著那懸在黑暗中、既脆弱又純粹的地球儀。克雷斯說他捕捉到了這顆行星本身的精髓所在。

---

6 Sophia Loren，義大利女演員，曾獲奧斯卡影后及終身成就獎等重要獎項。

7 表親吻之意。

8 Frescobaldi，佛羅倫斯著名的貴族、歷史悠久的釀酒世家，領有伯爵頭銜，以貿易經商起家。

9 Cinecittà Studios，位於義大利羅馬的大型電影製片廠，面積廣達四十萬平方公尺，多部知名電影皆在此拍攝。

10 Monte Falterona，托斯卡尼大區的一座山峰，屬於亞平寧山脈，海拔一六五四公尺。

11 Cine-Teatro Rex，一九三六年在佛羅倫斯開幕的電影院，後改名為阿波羅戲院（Cinema Apollo），並在一九八六年歇業。

12 8½，義大利導演費里尼一九六三年的作品，獲獎無數，包括奧斯卡最佳外語片獎。

13 Taddeo Gaddi，義大利中世紀畫家暨建築師，老橋為其建築作品。

進入聖靈廣場，四下一派祥和平靜。一棟棟建築掩著百葉窗，這點不難想見；零星幾盞燈仍亮著，他看得出是哪些人睡不著。這裡也有水從溝渠裡冒出來。他進了自家那棟樓，但沒有馬上往上走。他心裡的那點疙瘩讓他朝著地窖而去。

他踩著石階往下走入深及腳踝的積水，一股預料中的下水道惡臭襲來。頭頂上的燈泡閃爍著但沒有熄滅。

最上層的袋裝煤炭還是乾的，它們首先被搬了上去。老伯爵夫人請他幫忙存放的一箱箱物品也得到了同等的優先待遇。用木板箱裝著的起司與葡萄酒是民宿的存貨，它們排在第二批離開地窖，再來就是裝在甕裡的自製番茄泥、罐裝食用油和瓶裝聖沛黎洛礦泉水。所有未受汙染或者他有辦法擦乾的東西，都被搬上了一樓。過程中他每回地窖一趟，都感覺到水位似乎還在上升。腳踏車排在最後離開地窖，前後輪都滴著水。他整個人甚是緊繃，而且精疲力盡，他最好的一套西裝也濕透了。凌晨兩點，他去到米歇的店。

米歇從頂樓的窗戶探出頭來：嘿，soldato！你知道現在是幾點嗎？

地窖出事了，米歇。

又是他媽的地窖！但米歇還是下來了。他的這一夜會很漫長。

尤里西斯煮了一壺咖啡，換了衣服。他帶著一股恐懼來回踱步，起初心想那是艾莉絲與老克造成的。他走到露台上透透氣。雨水已經緩和成濛濛細絲，城市困在一片薄霧中，顯得睏倦又陰森。距離黎明還有五個小時。問題到底出在哪兒？他始終想不出來。那股躁動感覺像是回到了戰時，四下都是埋伏著、看不見的敵人。他知道自己今晚不會睡得著。他喝掉剩下的咖啡，決定動手把煤炭和木板箱和袋子全搬到樓上，那感覺是當下做起來最合理的事情。他抓起手電筒，來到門外的樓梯間。

凌晨四點三十分，老伯爵夫人開了她的門。你現在是在偷我的東西嗎，坦普先生？

地窖淹了，伯爵夫人，說著他把最後一個箱子擱在她腳邊。東西要留要丟都隨你。（他現在沒心情包容她長期的刻薄敵意。）

Grazie，謝——但他人已經不知去向。

他安靜地關上了身後的木門，踏入黑夜中。米歇咖啡廳的燈光亮著，他可以看見櫃檯邊的高大男人在喝義式咖啡。他左轉進入馬奇奧路，手電筒的光領著他往河邊走去。

他根本還沒靠近就聽見了：那聲響簡直震耳欲聾。一股懾人的黑色洪流，幾乎與橋邊矮牆等高，正冒著泡並不斷呼號，同時將白沫灑到風中。突然之間，一棵從卡森蒂諾谷地被沖下來的巨大橡樹撞上了他面前的矮牆，激盪出一波波水浪。他被震得跌倒在地，與瘋狂的大自然如此撞個正著讓他的心怦怦跳。手電筒也滅了。

他站起身來。阿諾河如今開始層層翻越河堤的圍牆，黑浪逐漸形成漩渦迴轉。他拿著手電筒往腿上敲，一道光束射在了磚牆上。細微的裂縫已經開始顯現，從中噴發著河水。

他掉頭跑了起來。聖賈柯波村[14]的老街在他經過時已然被淹沒。警笛的呼號聲遠遠傳來，讓人有不祥之感。

米歇人在吧檯對著一群男人說話，而他還沒來得及告訴他們自己看到的狀況，米歇就朝他呼喊起來。什麼都停了，*soldato*！電力、電話——你得盡量去多接點水，不然等下水壓也沒了。

尤里西斯進了門廊，兩階作一階地跑上樓梯。他敲上了伯爵夫人的門板。

伯爵夫人，快拿容器裝水。浴缸、碗公，什麼都好。

又是你，她說。

你嚇壞我了，坦普先生。

14 Borgo San Jacopo，位於阿諾河南岸的老街區，歷史可回溯至十二世紀末，當地有許多美食與酒窖。

不要害怕，趕緊去做就是了，伯爵夫人。

發生什麼事了？

我也不清楚。

回到屋裡，他拿起電話想警告馬西默，但電話已經不通。浴缸、煮鍋、煎鍋，所有能裝水的東西都盛滿了，然後他跑下樓在民宿做了同樣的事。

接著他再一次跑下階梯，但這次他出了前門。一架直升機在頭頂盤旋，他的手電筒在淹水的街道上切出一條路徑。等他來到薩比提廣場時，那兒的水深已達兩英尺。一道光束照進窗戶，讓他看到紙張和塑膠模具在波瀾起伏的黑色水面上閃耀。木門已經膨脹起來，他得用上肩膀才能將之頂開。進到裡頭，顏料與汗水的味道混雜，水位每分鐘都在上升。降雨已經停止，他必須把地球儀帶走。他把手電筒插在口袋裡，舉起巨大的球體，然後開始朝著門口倒退。但也就在此時，他才注意到架子上層那三綑他父親的銅版。該死，事情已經太遲了。

黑暗籠罩在他的四周，偶有一抹月光。他的靴子浸滿了水，重得像石頭，而他的雙腿必須對抗水流，須知此時水深已及腰。他一邊把地球儀舉得更高，一邊慶幸雨勢暫停，否則地球儀早就毀了。來到外頭的馬吉奧路，流水扯動的力量就如同泥巴。

啪！（一道閃光。）

他轉過身。（喀嚓）剎那已成永恆。

攝影師舉起手，跋涉著朝彼提宮走去。

尤里西斯朝右轉去。街道在漸亮的天光中獲取顏色，路面的起伏讓水深變淺，他的腳步也踏得更穩。他已身在廣場，眼看就要抵達，儘管舉著地球儀的雙臂灼痛不已，但家就在前面了。那地球儀沐浴在紫色晨光下，美得令人心痛。米歇從頂樓的窗戶朝他叫喊著，尤里西斯朝上方點了點頭。突然間一道洶湧的棕波從他身後襲來，將他推入了洪水中。他感覺得到地球儀從手裡被扯掉的那瞬間、被打入噴泉裡的那股衝擊力，還有他耳中的那響怒吼。他用盡最後的力氣抓住噴泉邊緣，試圖撐過從他身邊沖進聖奧思定路的水勢。無奈水勢實在太強，他最終還是只能放手。於是他被水流帶到了廣場另一頭的雕像旁，終於能在此稍歇。等水流緩下並變得較淺後，他便站起身來。他四處張望，但地球儀已經不知去向。他趁著空檔回到自家大宅把門關上，才躲過了又一波挾著泡沫席捲廣場的大浪。他茫然地坐在階梯上，感到喘不過氣、渾身發抖。伯爵夫人從樓上朝著他喊叫。接著他緩緩爬上樓梯。

到了中午，市長巴吉里尼不得不來到廣播的麥克風前，對全市宣布洪水已經來到了聖母百花大教堂旁的主教座堂廣場。而在某些鄰里，水已經淹到了建築物的二樓。他要大家保持冷靜，並請家裡有船或獨木舟的人將之帶到舊宮集合。

就在尤里西斯換好衣服後不久，有人敲上了公寓的門。老伯爵夫人一定也聽到了廣播，因爲她站在門口說，坦普先生，我沒有電，沒有電燈，沒有瓦斯。我又冷又沒水，現在那個白痴卻說什麼有洪水。那他爲什麼不讓洪水停下來？

尤里西斯請她進到屋內，讓她在燒煤的暖爐旁坐下。

我以前也燒煤，她說，但他們逼著我換成瓦斯，害得我現在什麼都沒有。

午餐吃得很簡單，菜色是義式直麵條佐番茄泥。整段料理過程中，伯爵夫人都亦步亦趨地跟在尤利西斯身後。他在麵裡添了兩條之前吃剩的香腸，還有一些黑橄欖和一撮辣椒。他開了一瓶好酒，而她也肯定其滋味絕佳。自電晶體收音機中傳來的廣播示警城市的供水已遭汙染。還要多久？伯爵夫人問。他濾乾了麵條，但留下了鹽水給馬桶用。

爲什麼是馬桶？伯爵夫人問。

因爲我們現在沒辦法沖水，他說。

我的老天，跟打仗時一樣。

他們吃飯時就沒再多聊什麼了。用完餐後，伯爵夫人恭維起他的手藝。也許鹽可以再多一點，她說。

也許，他說。

他把咖啡壺放到爐子上。伯爵夫人說，那是最棒的一款咖啡壺，從來不會讓人失望。不像那個市長，她說。

尤里西斯拿著一杯咖啡來到露台上，順道帶上了克勞德。噴泉已經變成一座孤島，你得乘船才能抵達聖靈大殿。在天色暗下之前，積水隨著一片閃閃發亮的黃色浮垢變得腐臭，同時還能聞到十足嗆鼻的油耗味。紅色汽油桶在水面上載浮載沉，像個闖入者般與周遭的色彩格格不入。一輛車被掃進了廣場，在菸草店的金屬百葉窗上喀啦喀啦地磕碰。

放眼四周，狹窄的街道全成一片水澤，屋子的庭院皆遭淹沒。那一間間工坊、一樣樣生計，一個個讓鞋能穿、讓椅子修復、能刻出精巧藝品、能爲畫作做出金框的一樓魔術師，全部未能倖免。畫作開始隨著流水飄入，顯然有間古董店或者畫廊被水勢闖了空門。小天使在畫布沉沒前留下了驚鴻一瞥。

到了下午五點，全城陷入了一片黑暗。尤里西斯和伯爵夫人坐在爐邊，聽著燭火旁的義語新聞廣播。全托斯卡尼都成了水災災區。不論是通往南邊的羅馬或北邊的波隆那，佛羅倫斯包含鐵公路與電話的所有聯外交通與通訊都宣告中斷。

得有人下去確認一下狀況，伯爵夫人說，但我的鞋子不對。

尤里西斯打開手電筒，走過樓梯平台下樓。他進到民宿，打開克雷斯存放盒裝蠟燭的櫃子。他沒有立刻回到樓上，而是繼續沿著樓梯往下走到水線處。水深大約三到四英尺，離伯爵夫人家的樓梯平台還很遠，他起碼可以這麼向她保證。他坐在石階上，聞著汽油與汗水濃烈的氣味，聽著瓦礫打上前門的撞擊聲，而那聲音就像是緩緩下沉的船隻發出的喘息。他想起了馬西默，但他知道馬西默住在高處。他在想克雷斯和艾莉絲何時會回來。他需要知道所有人都沒事，因爲沒了他們，他什麼也不是。手電筒閃爍起來，他將之往腿上敲了下，微弱的光束再次掠過水面。一條受到驚擾的鯉魚倏地游走。水位還在上漲。

入夜後仍是一片漆黑。沒有星星，只有淡淡的煙霧盤旋。直升機對著黑壓壓的屋頂投射光線，螺旋槳則拍打著空氣，發出有節奏的突突聲。尤里西斯替伯爵夫人撐著傘，好讓她能用望遠鏡眺望。她說她在戰時很害怕。就像這種害怕，她說。她說大部分人都不喜歡阿圖洛·伯納迪尼，但她例外。她說他是個値得拯救的男人。她說她當年親眼看著尤里西斯爬上屋頂。她覺得他很勇敢。有點奇怪，但很勇敢。而且你那時候那麼年輕。我覺得直升機在從屋頂上救人，她加了一句。也許他們那邊也需要你。

他們在起居室裡露營。就著一只燭台，一瓶格拉帕在一位老太太手邊，還有一隻鸚鵡哼唱著音樂劇裡的歌曲。

牠經常這樣嗎？伯爵夫人問。

尤里西斯聳了聳肩。

那是什麼聲音？伯爵夫人又問。

你說哪裡？

那裡，她說，指了指窗外。

尤里西斯站起身，打開了窗戶。米歇在自家窗邊拿著蠟燭。廣場上出現叫喊名字的聲音。先生，布魯尼先生？米歇叫著。卡拉伊先生？

黑暗中出現了搖曳的燭光。Si, Oui!

你沒事吧，布昂納洛提女士？Si、Si。
康提先生？Si, Oui! 又一道燭光。
摩瑞提女士？
一枝接著一枝，蠟燭出現在窗邊，人類像星星一樣出現在被水包圍的這一夜。
然後尤里西斯聽到了。這回不是喊他soldato，也不是坦普先生，而是尤里西。他舉起了蠟燭大喊，我在這兒，我很好！他說伯爵夫人跟他在一起，而且她也平安無事。
廣場上突然有人喊了一聲：我是拉米先生，我沒有蠟燭！你在哪裡，先生？西邊的頂樓，米歇旁邊第五棟。
找個白色的東西揮一下，尤里西斯喊聲然後等著。
我看到你了！尤里西斯大喊。把兩扇窗都打開，先生，然後手繼續揮！
尤里西斯看向克勞德。來，小德，說著他把鳥兒舉了起來。看那裡，他說。你看到那扇窗戶有個白色東西嗎？看著我指的方向，克勞德。就在那裡對嗎？
克勞德叫了一聲。乖孩子。
尤里西斯從盒裡拿出一根蠟燭，握在鳥兒面前。這東西需要送到那裡，他說。你覺得你做得到嗎，克勞德？
此時伯爵夫人已經興味盎然地追蹤起事態發展。Che straordinario!（太不可思議了！）她不斷這麼說著。Che straordinario!
你覺得你可以嗎，克勞德？
克勞德又叫了一聲。
尤里西斯把蠟燭小心地放進鸚鵡的嘴喙裡，然後將牠轉向目標窗戶。就在那裡，他輕聲說道，直直飛過去。

繼續揮，拉米先生！他朝對面喊著。看到鸚鵡時請退後一點！

去吧，克勞德，快去！

咻！

藍黃相間的一閃劃過了夜空，牠那身影真是美不勝收！蠟燭的重量導致牠的高度驟降，伯爵夫人在克勞德的胸羽掠過黑色湖面的瞬間倒抽了一大口氣，但牠隨即爬升起來。喔，牠愈飛愈高的模樣是多麼華麗！牠在廣場上盤繞了兩圈，並利用這段時間研究出了飛行路徑，也計算出了降落區域：十英尺……九英尺……拉直、拉直……減速。

你可以的，尤里西斯低聲說。

你可以的，伯爵夫人低聲說。

尤里西斯大喊要拉米先生往後退，然後克勞德突然消失在打開的窗戶後。裡頭傳來玻璃破掉的聲音。接著便是令人焦急的幾秒鐘。

你確定那個男人有把窗戶打開嗎？伯爵夫人問。

（他有。他只是被眼前出現這麼大一隻鸚鵡嚇到而放掉了手中的酒瓶。）

你看！老伯爵夫人大喊。牠做到了！

而牠也真的做到了。原本受制於黑暗的地方，如今有了光亮。克勞德重新起飛升空。牠飛得很高，甚至到了鐘樓的高度，然後牠滑翔到一個彷彿一切都靜止的點上，氣流的呼嘯安靜而古老，牠第一次聽到那聲音是還在蛋殼裡的時候，那是要牠掙脫束縛的呼喚。蛋殼碎裂，那第一口無法形容的空氣。喔，能飛的感覺真的太好了！牠降落在漂流於阿諾海中的科西莫．里多菲頭上，在此見證了這個夜晚，也在此看顧著牠的家人，直到土地再度自那曾孕育生命的太初漩渦中現身。他們說不定會替牠立一尊雕像。那豈不是很了不起？

晚間十點的新聞廣播：

佛羅倫斯成爲一汪湖泊。主教座堂廣場水深達十英尺，許多人家從三樓窗戶向外呼救。整個下午直升機都忙著從屋頂搭救受困的民眾，但只限婦孺，男性會被留在屋頂上。所在地是一片平原的比薩在這場洪災中首當其衝，並已向佛羅倫斯求援。但佛羅倫斯也自身難保。

尤里西斯關掉了收音機。伯爵夫人說，我們還有漫漫長夜等在前頭。

（到了這節骨眼，尤里西斯才意識到這個女人沒有打算回家。）

他說，你想要的話可以留在這裡，伯爵夫人。

我很樂意，坦普先生。當然，我住客房。

而在她睡著前，她說以防萬一，得有人醒著。尤里西斯答應會站崗一整夜。

時值午夜，他讓門關著但沒鎖上，就這樣下了樓梯。在手電筒的光束照耀下，能看出水正在退，他知道他們算是被輕輕放過了。主教座堂廣場那兒可是淹了十英尺高。

他打開了臥房的百葉窗。雨已經徹底停了。他躺下並當即進入夢鄉。

早晨七點迎來了熾烈的日出。車胎呼嘯而過，發出了悅耳的聲響。他起身，望向外頭的滿目瘡痍。一尊聖母像渾身泥巴地矗立在廣場正中央。她的斷手指向了天空。

一個接著一個，餘悸猶存的居民在十一月五日早上走出大門，一臉茫然地看著恭候在前的慘況。

水已退去，但留下了難以想像的景況：厚厚一層臭不可聞的黑色泥巴把所有東西都裹了起來。那層光滑的合成物裡有暖爐用油，有土壤，也有汙水，它們共同構成飄在半空的一道浮浪，標出了建築被倒灌河流淹沒的高度，這條標高線並不平穩，沿著城市街道時起時落。店家與餐館的金屬百葉窗要麼凹陷，要麼掉落，內裝盡毀。兩輛車翻覆在噴泉不遠處，而在大殿的門口，老克的摩托古奇隼鷹側躺在地。做爲記憶載體的石椅，如今成爲淤泥的容器。路面的石板翻起，窗戶被砸碎，而身陷這泥濘之中的，是親暱的、日常的生活。鞋匠店鋪裡的鞋散落在黑色的地景中，給人一種稍稍挖開就能看見底下都是屍體的感受。這不是有朝一日能恢復的生活。

所有無法從一樓住家、店頭或咖啡廳救走的東西，紛紛在廣場上冒出頭來：嬰兒車、手風琴、坐墊、玩具車、食物罐頭、椅子、衣物、收音機、電視、行李箱、畫作、書信。那情景讓人心碎，但該做的事情你不能不做，不能不將它們和其餘廢棄物堆在一起。即使那是一台讓人不捨的點唱機。

米歇試著把那機器從吧檯裡拉出來，但始終不得法。他抬頭看向走近的尤里西斯。Che disastro（真是災難一場），他說。尤里西斯抓住了點唱機一角，幫忙將之搬到廣場上。在吧檯內側，水痕停在略超一公尺高的地方。架子上層的瓶裝酒、公共電話和一路從南部上來的古老咖啡機，是僅存的三樣未受汙泥染指的東西。

尤里西斯撿起椅子，將它們搬到外頭，放到了垃圾堆中。茱莉亞在廚房邊游移。這種事我只做一次，尤里西，她說著，淚滴了下來。他跟著她進到廚房，那兒的潮痕要來得更高。所有東西都覆上了一層穢物，強烈的氣味令人反胃。

我們要從哪裡開始呢？她泣訴。跟我說從哪裡？我們根本沒水能清洗——尤里西斯想擁抱她，但米歇正好經過並對她的眼淚說了一些重話。尤里西，他說，幫幫我。我們把東西通通搬出去，冰箱先來。

馬西默在廣場上找到了尤里西斯。兩個男人抱住彼此，直到雙方在無聲中交流了上百句話。

你那邊如何？尤里西斯問。

糟透了。馬西默描述了他看到和聽到的情形：堤岸被沖走了。國家圖書館徹底被洪水淹成孤島，聖塔克羅切完全沒人進得去。街道上都是翻倒的車輛和死去的牛隻。洗禮堂[15]的門被從門框上扯掉——市長和一組攝影人員正在那裡——天堂之門[16]的門板不見了。

我的聖母啊，茱莉亞低聲說，並回到了吧檯內。

沒人知道死了多少人，他說。

兩人抬頭望向一架直升機。

你聽說他們釋放了穆拉特監獄所有的囚犯嗎？米歇說。結果現在有人在打劫了！

尤里西斯穿過廣場去幫忙茱莉亞搬出一張桌子。

你去過你的工坊了嗎，尤里西？

還沒。

米歇轉過身。你在這邊幫忙，結果你還沒去過工坊？馬上帶他過去，布昂塔連提先生。

人行道十分濕滑是因為發臭的汙泥——義語叫 fango——走在上頭每一步都緩慢又危險。民眾紛紛來到家門外，在街上進行清理工作。比打仗的時候還慘，他們說。鐵青的面容、刷地的掃帚、刮泥的木耙，在沒有清潔劑與水的狀況下，清理根本是不可能的任務，但我們必須做點什麼，他們說。起司店、魚販、屠戶，全都沒了。所有的內容物都腐爛在路上。男裝店、玩具店、腳踏車店，全都沒了、沒了、沒了。

來到薩比提廣場，能看見激流在狹窄的街道匯合後，小小的廣場承受全力衝擊的痕跡。尤里西斯的工坊大門半掩著，內牆已成一片黑。地球儀做為放在架子最上層的寶貝，也被捲進了漩渦中，而他從來到這座城市起就蒐集到現在的老地圖集、德斯幫他做的模具、工具，還有他父親留下的銅版……

外頭一個女人哭號著：我什麼都沒有了，我什麼都沒有了。
尤里西斯感到天旋地轉。這個地方臭死了。那女人的聲音在驚恐中愈拉愈高。
尤里西？馬西默喊道。
尤里西斯感覺到馬西默的手在他背上。他把手伸進口袋要拿菸。
別在這抽，馬西默溫柔地說。這裡都是油，尤里西。
尤里西斯跌跌撞撞地走了出去，吐了起來。

來到阿諾河畔，他們走在一群默不作聲的佛羅倫斯鄰里間。水位已經下降了十五英尺，但奔流入海的聲勢依舊驚人。在老橋上，樹幹東倒西歪地朝各個方向突出，成叢的枝葉攀附其上，宛若巨大的鳥巢。金匠與珠寶店被劫掠一空，店主只能在爛泥裡搜尋哪怕一絲亮光來減少損失。圖書館外頭的水岸已經剝離，巨大的泥堤阻塞了入口。

在城市北側，他們第一次目擊船隻與獨木舟撐著篙在街道中前進，同時有水桶從窗口吊掛著降下，爲的是領取食物、水與各種讓日子還能過下去的物資。他們兩人被迫往回走。另外一條街道的光景是變黑的床墊與衣物在陽光與風勢中逐漸變得乾硬。一家寵物店裡滿是受困籠中而溺斃的鳴禽。La

15 Baptistery of St. John，全名為佛羅倫斯聖若望洗禮堂。
16 Porta del Paradiso，佛羅倫斯聖若望洗禮堂東面的正門，正對聖母百花大教堂，由羅倫佐・吉貝爾蒂（Lorenzo Ghiberti）於一四五二年雕成，為文藝復興時期的浮雕傑作。據說米開朗基羅在初次見到時便稱之為「天堂之門」，因而得名。

fine del mondo，一個男人說著。**世界末日**。

在聖十字廣場，他們站在短短兩天前才來過的地方。車輛相互交疊，半在水中，半在泥裡，而潮痕在但丁雕像上一目了然。這有二十英尺了吧？簡直難以想像。做爲窮人與老人的大本營，這裡的住家不是在地下室就是在一樓。走吧，馬西默說，然後他們就時滑時爬地穿過了這片發臭的荒原，同時還得相互攙扶以免失去平衡，但無論他們怎麼嘗試，都無法如願靠近克萊兒阿姨的小館。一條又一條泡在水裡的街道和卡賓槍騎兵隊逼著他們後退，維持秩序的士兵說目前地基還不穩，牆垣隨時可能倒塌。馬西默喊住一個男人，問他知不知道克萊兒阿姨和她的兄弟們去了哪裡，但那男人只是聳聳肩。目前看來，所有人都是一問三不知。大家甚至連那天的用餐問題要怎麼解決都沒有概念。

日光在四點鐘慢慢黯淡下來，清理工作就此告一段落。尤里西斯與馬西默把靴子與衣物拋在頂樓的樓梯平台。他們在露台上清洗了一番，用的是一碗雨水，洗下的渣滓就留在馬桶的儲水槽邊。剛過六點時，有人過來敲門。我沒有來得太早吧？老伯爵夫人問。

他們吃掉了剩下的最後一些冷肉和直麵條，用油、蒜與辣椒來烹調。伯爵夫人讚美馬西默，說他在滋味平衡上的造詣了得。也許可以再來點辣椒？

也許，他說。

尤里西斯起身把咖啡壺提到爐子上。

晚間的空氣中帶著一點霜寒，並可以聽見消防隊與仁慈義診[17]救護車發出的呼號聲。伯爵夫人說羅馬政府對佛羅倫斯的事情已經撒手不管了，並一反之前的態度，語出驚人地說市長巴吉里尼是唯一關心他們的人。

還有人民之家[18]，尤里西斯說。

你知道那些共產黨人的什麼？她問。

我知道他們在發放食物和藥品。

別忘了還有菲耶索萊的烘焙師傅，馬西默說，他們把麵包給了窮人。

沒錯，烘焙師傅都是好人，她說。烘焙師傅要我的臂都行。但推土機呢？軍隊呢？羅馬是覺得我們可以用湯匙把這些土石流清掉嗎？

伯爵夫人喝完了咖啡，宣布她要去休息了。她拉起尤里西斯的手，他便帶著她回到樓下的公寓。就在尤里西斯一去一回這沒多久的時間內，馬西默已在沙發上睡著。一股疲憊感頑固地抓著所有事物不放。他替馬西默蓋上毯子，關上了百葉窗。

尤里西斯躺在床上，身上的倦意消失無蹤。聽著一座又冷又孤立無援的城市在泥淖中發出絕望之聲，前方眼見是個漫漫長夜。也許沒有人知道，他想。也許沒有人真正知道我們多需要幫忙。

但他們知道。這個世界一直在聽，而且遠在他的想法安頓下來之前，來自世界各地的志工就已經開始動員，其中包含藝品修復專家、數以百計發自內心相信自己可以改變世界的學子。甚至有個來自曼徹斯特的男人爲了這次的洪災內心隱隱作痛，因爲他擁有在某座文藝復興宮殿內做愛的回憶。

德斯越過桌子，關掉了收音機。我得做點什麼，帕比。

我知道你非得做點什麼不可，德斯。那才像你的爲人。

我要開Land Rover到托斯卡尼，載點必需品過去，表示一下心意。你來嗎？

這次不了，德斯。（他們在等第一個孫子出生。）但你怎麼不去倫敦接鋼琴彼特一起呢？你不是一直想見他。

---

17 Misericordia，天主教院所提供的慈善醫療服務。

18 Casa del Popolo，義大利民眾發起的一種在地機構，以交誼和互助為主要目的，歷史悠久且帶有社會主義色彩，最早出現於義大利中部，一九五〇年代盛極一時，在全義大利共有四千家，會員人數破百萬。

好主意，德斯說。我想我可以在兩天後啓程。

你還需要一台Land Rover，德斯。

我這就去買。

而在布里斯托，現年三十歲並一如艾芙琳．史金納所料去學醫的傑姆．岡納斯雷克放下了手中的《觀察家報》，撥電話到大學說他需要請十天假處理家中危機。他帶上橡膠鞋套、K-Way[19]防雨夾克和一套換洗衣物就跳上了火車，然後在漸漸駛離英國的渡輪上眺望著。他要去佛羅倫斯拯救藝術。他徹頭徹尾是個六〇年代的男人，和平與愛跳動在他的肺動脈瓣與主動脈瓣之間。而且牙齒已矯正的他現在笑得非常燦爛。

一覺醒來，尤里西斯的這一天當中有著各種「第一」。第一輛載水卡車進到城內，水只供清洗而不能飲用，但總比什麼都沒有強。然後第一波年輕人聚集在國家圖書館外，形成清除入口淤泥的人龍。還有第一批電報開始接通，尤里西斯也收到了一封發自羅馬的電報，發出時間是前一日，交到他手中時他正在把泥巴鏟出庭院。

道路不通／明天會再試／很快到家愛你

眼淚湧了上來。他轉過身不讓其他人看見，因爲他的手不能停。

那天下午，緊跟在一輛由格羅塔費拉塔[20]僧侶包下的巴士後頭，貝琪滑進了聖靈廣場，車身泥濘且精疲力盡。艾莉絲挨近擋風玻璃，嘗試看清眼前那些破碎的生命。尤里西斯先看到了她。喔，他臉上那神情——還有她臉上那神情。（喀嚓）剎那已成永恆。他此前跟米歇與茱莉亞與老伯爵夫人一起站在咖啡廳外，老伯爵夫人說，是時候了，我希望他們有帶吃的回來。

他們當然有帶，也帶了酒和水。因此睽違數日，大家終於第一次能吃到雞蛋與麵包，也能喝到牛奶。艾莉絲爬出廂型車，尤里西斯朝她走去。緊緊抱住他的艾莉絲說，你要是出了什麼事……

點唱機放在那裡幹什麼，米歇？克雷斯問道。你把它從冷風中抬進來，我馬上把它清乾淨、修理好。茱莉亞說，你也可以這樣修好我的心嗎，克雷斯先生？

艾莉絲在火車站等著。全身沾滿泥巴的她身穿牛仔褲、長袖上衣和罩衫，配上盤起的頭髮、墨鏡和叼在嘴裡的菸。馬西默稱她爲酷的化身，當然沒忘記cool的雙母音要拉長音。

這是她在幾天內第三次來到火車站了，雖然下午會冷，但她並不討厭來這兒。在此能夠直接與外面的世界有所接觸，畢竟火車來來去去且有報紙，還是個囤菸的好機會。矗立在洪水最高水位之上，車站仍維持著平日裡的氣氛。當然前提是你得無視那滿是泥巴的地板，並對那提防傷寒與霍亂風險而呼籲「**務必把水煮開**」的一張張海報視而不見。發電機讓電報室得以維持運作，從中揮發出了一股柴油臭味。艾莉絲點了根菸，看著火車慢慢進站。

數以百計的學生日復一日到來，佛羅倫斯已經快要裝不下他們。青年旅館與宿舍全都滿了，鐵路機廠中空置的臥鋪與客車也已受到徵用。克雷斯和尤里西斯已經同意開放民宿給所有需要住宿的人使

19 一九六五年成立於巴黎的歐洲防水風衣品牌。

20 Territorial Abbacy of Santa Maria of Grottaferrata，即義大利—阿爾巴尼亞天主教格羅塔費拉塔聖母自治會院區，直屬教廷，是天主教會現存十一個自治會院區之一，行義大利—阿爾巴尼亞拜占庭禮，是唯一行非拉丁禮的自治會院區。

用，迄今成效都不錯。有些孩子甚至自告奮勇要幫米歇與茱莉亞清理店面。艾莉絲看著一名年輕女子從面前經過，毫不遮掩無法從對方身上移開的眼神。而當你有空房間這種籌碼在手時，調情就會變得容易許多。但那名女子並沒有停下腳步，隨後用手臂搭上了一名男子。啊，好吧，勝敗乃兵家常事，艾莉絲這麼想著，吸了口菸。然後她注意到他。有點迷惘，稍微比其他人年長，笑容很棒。

不好意思！她喊道，並朝他跑了過去。

他停下腳步。我嗎？

你是來幫忙清理的嗎？

是的，我正是爲此而來。

你需要一個地方住嗎？

我想我確實需要。

我叫艾莉絲，她伸出了手。

我是傑姆，傑姆．岡納斯雷克。

跟我來，傑姆。

然後他們就離開了車站的穿堂，下了階梯，來到被泥巴淹沒的廣場。覆蓋著油汙的車輛與堆積成山的廢棄物集結在外頭，水痕有六英尺高。

天啊，傑姆說。

下腳要小心，艾莉絲說。雖然看不出來，但很多鋪石都翹起來了。

其他地方的情況比這裡還糟糕嗎？

很難說。河邊的狀況非常慘，像是聖塔克羅切，迦維納納、聖尼各老也是。地窖都還淹著，因爲抽水機不夠，然後像剛剛那樣的車子你會看到幾千輛。他們叫了軍隊來把這些垃圾鏟掉，但除此之外，現在做了有差的事情眞的不多。

傑姆揉了揉鼻子。

那是氯，我已經習慣了，他們灑了滿城。

我有看到海報。

疫苗接種中心現在有開放。你需要去打一針嗎，傑姆？

我還好，他拍了拍肩膀上留疤的地方。

走過新聖母廣場時，艾莉絲說——手一邊指著教堂——要是需要蠟燭，你可以去那裡跟神父買，一根一百里拉。

我用得上嗎？

暫時用不上，我們家很多。但多多益善。

那要是我想打電話呢？

沒辦法，但電報可以。國際電報可以從中央郵局發出去，要有排好幾小時的心理準備就是了。我們現在沒有電燈，沒有暖氣，沒有供水。馬桶得用水桶沖，一天兩次——出門工作和睡覺之前，也就是非沖不可的時候。你懂的。

了解。

你早晚會各拿到盥洗用的一條毛巾和一碗冷水，沾了泥巴的衣服和靴子就放外頭的樓梯平台上。早餐是麵包配果醬，喝的以茶爲主，偶爾會是咖啡，我們有進就有。牛奶不定期……

也是你們有進就有。

她不禁微笑，又接著說下去。晚上會有一碗義大利麵，學院[21]有食堂，你想要的話也可以去那兒吃，但早上讓我們知道一下便是。你可能前一晚可以享受單人房，後一晚就得跟其他人擠一間。那會讓你起雞皮疙瘩嗎？

解剖大體才會讓我起雞皮疙瘩。

她大笑起來。這邊左轉，她說。讓我為你做一場遊客專屬的徒步導覽。

多少錢？傑姆問。

你是指導覽嗎？

我是指房間，他說。

房間免費，傑姆．岡納斯雷克。這是佛羅倫斯城給你的禮物，用以回饋那會讓腰斷掉的幾百小時勞動。

但是那要怎麼進行？他說——想起上她，讓他腳底滑了一下——我是說，我要怎麼開始工作？我想去哪兒就去哪兒嗎？

也可以啊。但烏菲茲美術館那裡有間辦公室，他們會指派你去需要人的地方。

一般來講，會需要人的都是什麼地方？

看情況。可能是一家飯店——看前面，岡納斯雷克，那就是聖母百花大教堂！——也可能要你送飯給老人家。目前大多去圖書館就是了。館內也滿可怕的，低樓層沾到的泥巴有二十二英尺高，還曾積水及腰，都是擺書的地方。沒有發電機，工作時只有手電筒跟蠟燭可以用。我們現在有幾百人在裡面，傑姆。泥巴和書本的接力。一桶桶的泥巴往外送，書則送到樓上沖洗或弄乾。

然後呢？

然後那些書會被送到彼提宮的美景堡，修復程序會在那裡啓動。

了解。

雕刻作品歸達萬紮蒂宮[22]，畫布畫會送到美術學院，木板畫[23]則會送到彼提宮內的檸檬屋。目前已經有十八座教堂和十五間博物館遭到洪水肆虐。

你知道得很多嘛。

你耳濡目染自然就會知道了，畢竟和你一起工作的每個人都去過別的地方。我的第一天工作其實是在烏菲茲美術館。

清理藝術名作嗎？

不是。名作早就被送走了，感謝上帝。他們只敢把被認爲不重要的作品交給我們處理。

怎麼個不重要法？

我旁邊的女人找到了一幅維拉斯奎茲。

最好是！

館方甚至不知道那幅畫在地下室。那就是這座城市最討厭的地方，傑姆。大家都搞不清楚什麼東西在哪裡。

那晚在民宿，上層的樓梯平台與樓梯扶手上都散落著有結塊泥巴的衣物與靴子。在屋內，門廊有一團亂七八糟的大衣與長袖上衣與圍巾，臥室則跟宿舍一樣，雙人床換成了單人床，一張折疊床上擠三個人。浴室地板滿是泥巴。有人忘了關收音機，從中不時發出靜電干擾的尖銳噪音，但偶爾又有旋律響起。

21 Accademia di Belle Arti di Firenze，佛羅倫斯美術學院，由科西莫一世創立於一五六三年，其附屬美術館現為米開朗基羅〈大衛像〉的收藏地。

22 Palazzo Davanzati，十四世紀由羊毛富商達萬齊（Davizzi）家族建成，現為老屋博物館。

23 panel painting，畫在平面木板上的畫，單板成畫或由多板拼成，在畫布於十六世紀流行起來前是常規作畫方式，與壁畫、羊皮紙插畫並行。

在樓上，煤爐噴發著熱度與蒸氣，餐桌上已經擺好了餐具。各位，這是傑姆！那是艾莉西亞、湯姆、艾爾多、詹姆斯、凱蘿……傑姆點頭致意，哈囉、哈囉，他打著招呼，但一個名字都沒記起來。（緊張過度。）艾莉絲說，你坐我旁邊，傑姆。謝謝，傑姆說。

七點鐘，尤里西斯和克雷斯端來了一碗碗義大利麵和麵包和沙拉。他們這麼進場時永遠都會引起歡呼，而你實在應該看看老克臉上的表情！老克每回都要大驚小怪一番。五分鐘後外頭傳來敲門聲：我來早了嗎？老伯爵夫人進門後多說了一句，所以你們都還在這兒。

好漂亮的毛皮，一位年輕小姐說道，她名叫妮雅。

我親手剝的，伯爵夫人說。

十點鐘，殘羹剩麵之間的晚餐蠟燭已經燒得快要見底。累壞的學生們紅著臉頰癱躺在椅子上、沙發上、地板上，把圍巾緊緊地裹在自己脖子上。香菸在菸灰缸裡悶燒著，也在有人說故事時被抬到嘴邊。酒被喝得一滴不剩。

在露台上，煤油燈閃爍著光芒。一條晾衣繩上夾著毛巾、衣物和抹布，而尤里西斯、克雷斯與老伯爵夫人聚在一起抵禦寒意。屋內的對話飄入了無憂無慮的氛圍中。克雷斯說，年輕人帶來了一些貼近根本的東西到這座城裡。你在講陰蝨對吧，老伯爵夫人說。我想的是活力與希望，克雷斯說。

（無意間能聽到）：

你是做什麼的，傑姆？我在念書，念醫科。那你可以幫我看一下腳嗎？（一陣笑聲。）你問怎麼了？痛好幾天了！我猜你一天到晚被這樣問吧，傑姆？也不至於一天到晚，而且我也很樂於幫人看一下。不過我專攻婦科就是了。（又一陣笑聲。）艾莉絲撥起了吉他的弦，對話戛然而止。那聽來熟悉的開頭幾小節，來自於後來成爲時代金曲的一首歌。〈只有神知道〉[24]被唱過一遍又一遍，歌聲像在遊行似地劃過了星光熠熠的黑夜。若說那歌聲沒讓聽到的人有點哽咽，絕對是騙人的。在街上巡邏的士兵、向上天禱告的無眠之人與躁動的心。純淨的旋律被一盞煤油燈那讓人難以忽視的光輝提攜著。彼特一定會說，人生至此，夫復何求。

隔天早上的天氣酷寒。孩子們早早出門前往河岸，而尤里西斯和克雷斯則開始整理石椅。一切至此都很正常。但突然之間，在這一派日常風景中闖入了一輛新得發亮、車廂滿載的Land Rover休旅車。

老天，這眞是見鬼了！克雷斯說。而就連克勞德都從科西莫．里多菲雕像上飛下來看個究竟。

那輛Land Rover急煞後停下。德斯從方向盤後爬了出來，拉了拉他的駕駛手套。

德斯！尤里西斯和克雷斯喊道。

哈囉，小子。哈囉，我的老友克雷斯。我應該是一路用百里時速飆過來的吧。

還有彼特！你們兩個怎麼會……？

說來話長，德斯說。

彼特投入了尤里西斯的懷抱。喔，這是一趟很愉快的旅行，小坦。當中完全沒有不必要的插曲。

你們倆跑來幹麼？尤里西斯問。

我們是自組的救災小組，德斯說。你沒辦法指望羅馬那個總統……

德斯和他在一場會議上有過一面之緣，彼特插了句話。

24 *God Only Knows*，海灘男孩一九六六年的歌曲。

混蛋一個，德斯說。所以我們就來了。

說罷他移動到車子的後面，甩開了車門。

我這兒有艙底泵[25]、防毒面具、雨具、威靈頓雨靴、青蛙裝[26]、煤油燈、蠟燭、毯子、羊毛襪、電晶體收音機加電池、女士用的潤膚乳液、奶粉、擦腳爛的藥膏、漂白水、海綿、鏟子、掃把……還有什麼來著，彼特？

TCP[27]，他說。

以加侖計的TCP，德斯說。另有一些急救箱，還有我們盡可能弄到手的食物和礦泉水。是吧，彼特？

彼特豎起了大拇指，他從來沒有看起來這麼開心過。

但沒能拿到疫苗我覺得有點遺憾就是了，德斯靜靜地說道。

什麼疫苗？尤里西斯問。

傷寒和破傷風的疫苗，德斯低聲說。聯絡人在邊境被逮了。

太遺憾了，德斯。

那麼，尤里西斯，有沒有可能給我來杯……

咖啡摻一點格拉帕？

你內行，德斯說。帶路吧，同志。

於是，彼特和尤里西斯當起了室友，而德斯則分到一間單獨的客房。我喜歡你們的新巧思，他這麼對克雷斯說。瓷磚絕對是未來的趨勢。

那之後他們輪流到地窖抽掉積水——這些青蛙裝算是用得夠本了，德斯說——而克雷斯則開始修理點唱機，畢竟他現在手中有了正規的工業級清潔液。

然後在河的另一頭，艾莉絲與傑姆走下圖書館的階梯，戴上防毒面具進入那毒氣瀰漫的陰暗地獄。雖說洪水已退，但他們周遭凝結的泥巴仍與靴子等高。他們在分配的位置上站定，艾莉絲對傑姆豎起了大拇指。第一桶泥巴傳了過來，接著是第二桶、第三桶，速度飛快。然後是一本被汙泥染黑的書籍。一本又一本又一本，盡是西方文明的筆墨遺產。而不時一道金色或藍色會從泥中一閃而過，讓他們屏住呼吸。那對古老與神聖的羞赧一瞥，使他們謙卑。

眞他媽該死的！德斯說。

天啊，小坦，彼特說。此時是德斯抵達兩天後，男人們來到了薩比堤廣場，洪水後堆起的腐爛廢棄物有五英尺高。發臭又泛油的家具、壞掉的地球儀、各式書籍與衣物聚成一團。

我設法搶救了兩只模具，尤里西斯說。嗯，那就是塑膠的好處，德斯說。刀槍不入。

太慘了，彼特說。他們愈是清理泥巴，就有愈多東西顯現出來。

這根本永無止境，德斯說。但人有人的堅忍，要是演化曾讓我們學到什麼……

有上千人無家可歸，尤里西斯說，很多都是老人。他們是歷史的守護者，彼特說。

那些匠人都消失了。

人事全非了，是不？德斯感嘆。社區的靈魂流失了。

25 bilge pump，用來清除船艙積水的抽水工具，使用時不會產生火花，可避免引燃油箱。

26 涉水用的連身服。

27 trichlorophenylmethyliodosalicyl的縮寫，輝瑞（Pfizer）藥廠旗下的消毒藥水，在英國是居家常備品，可用於初步處理開放性傷口、喉嚨痛和口腔潰瘍。

你們年輕人需要錢嗎？
不，我們還過得去，謝了，德斯。克雷斯此前又靈光一閃。
這次是什麼？
世界盃，彼特說。不光是英格蘭奪冠，而且……
傑夫．赫斯特還演出帽子戲法？德斯接話道。
兩個男人點了點頭。
有天眼的男人，德斯說。
才這麼說完，有天眼的男人當即現身。高到胸口的全新青蛙裝，閃亮的眼睛，因期待而輕顫的嘴唇。很顯然，克雷斯有重要的事情要宣布。
我有要事相告，他說。我們又可以沖馬桶了。
總算有個小小的恩典，彼特說。
而且……克雷斯說。
他作勢要大家跟著他。
他們站到岸邊，河流已經回到正常水位，但裡面都是垃圾——一派老式垃圾場的光景，盡是大家扔進河中的報廢車輛和床墊。但那並不是克雷斯要他們看的東西。你們看，他說。看那邊！
一條長長的卡車車陣正在進城，每一輛上頭都載了一台起重機或拖拉機或發電機，四周爆出的歡呼聲不絕於耳。轟隆聲與重重的哐啷聲自第一輛被拖走的車輛殘骸傳來。

夜晚寒冷而鋒利地降臨。克雷斯坐在餐桌前主持會議，身邊圍繞著蠟燭與學生。

我願稱之爲一場小小的miracolo（奇蹟）。摩托古奇被第一陣水浪甩到了亂局外，降落在階梯上，而這也保護了它不受後續的漏油和汙物襲擊。你們認爲這是怎麼回事？

上帝是摩托車愛好者？尤里西斯說著收拾起餐盤。

馬西默在窗邊看著克雷斯與學生，忽然問道，艾莉絲，穿綠色羊毛衫的那個年輕人是誰？

那是傑姆。他幾天前才到的，人很好。我跟他在圖書館一起工作，要我幫你介紹嗎？

不用，你們繼續吧。對。不，艾莉絲，眞的不用，我……

傑姆？

傑姆從桌邊抬起頭，露出了微笑。艾莉絲揮手要他過來。這是馬西默。馬西默，這是傑姆。

在沙發上，老伯爵夫人正瞪著克勞德，而克勞德也瞪著她，看誰先眨眼。

在門口的是彼特與德斯。德斯隔天就要踏上歸途，爲的是參加一場討論塑膠永續性的會議，他甚至會帶上一個沾滿焦油的模具過去說明。但彼特決定留下。

你不介意吧，德斯？彼特問。

我介意嗎？當然不介意。要不是我有專題演講要發表，我也會留下來。但我告訴你一個祕密，我會想念有你陪伴的駕駛艙。

小坦！

尤里西斯從廚房裡跑出來。怎麼了，彼特？

我想一陣子了，小坦，我不回家了。不跟德斯回去，再也不回去了。聽起來如何？

聽起來非常棒，彼特。你自己聽起來如何？

有點傻，老實講。我不知道自己待在這兒要幹麼。

你就繼續做你一直以來做的事，尤里西斯說著瞥向了鋼琴。

彼特低伏著身體，手指在鍵盤上靈巧地舞動，香菸的煙霧刺激著他滿是血絲的眼睛。這首歌叫

〈泥天使〉，Angeli del fango[28]，他說。

那是一首情歌，內容講的是來到這座城市的一對年輕男女、從匱乏中生起的善、愛的各種化身，還有人性的溫厚與相互照應。只有第三段歌詞提及藝術，但即使是那一段，重點也在於意義的弔詭。那是經典的彼特，帶你踏出一步又將你拉回，然後再給予重重一擊。一曲終了，他從鍵盤前直起身，把指節壓得喀喀作響。酥軟的大麻氣息從露台緩緩飄入。哈囉，哈囉，馬拉喀什[29]的感覺又回來了，他說。

這一晚就這麼告一段落，大家早早準備就寢。學生們打開了手電筒，下樓到民宿去睡覺。德斯也表示自己不行了，並遞給尤里西斯一個信封，託他轉交給米歇和茱莉亞。這裡面是我想的那樣東西嗎？尤里西斯問。你想得沒錯，德斯說。這錢給他們蓋個新廚房，順便看他們還需要什麼東西。裡面有短箋會說明一切。要是不能替人做點什麼，那我這麼有錢的意義是什麼？晚安，小伙子。

明早見，德斯。

這下子就只剩下在書架旁的傑姆了，他正低頭讀著手裡一本酒紅色的布面書。接著他抬起頭念道：

老婦點亮了門口的車廳[30]
小心翼翼將鐵門關閉
藉著那母性的輝光
她們為城市闔上了夜幕。
但就像孩子，對入睡提不起興趣，
整座城市從深淵中升起……

馬西默拍起手來——而且有點太熱烈。

這是康絲坦斯·艾弗利的《萬物》，克雷斯說。

是的，傑姆說著舉起了那本詩集。我買了另一本《無物》送給我以前的藝術課老師艾芙琳·史金納，她與康絲坦斯相交甚深。我想，那也是我來到這裡的其中一個理由吧，因爲艾芙琳的緣故。總之，夜深了，我話說得太……

喔不，艾莉絲說。站住，傑姆·岡納斯雷克。

康絲坦斯·艾弗利？克雷斯訝道。

艾芙琳·史金納？尤里西斯也不禁喊出聲。

怎麼了？傑姆問。

我想你得重新坐下來，把你知道的一切都告訴我們，克雷斯說。

馬西默取來了一瓶阿馬羅[31]，而傑姆也應眾人之邀，知無不言。

---

28 佛羅倫斯當地民眾將從歐陸各地前來的年輕人稱為「泥天使」，感謝他們在橫跨一九六六至六七年的冬天不遺餘力協助救災工作。

29 Marrakesh，摩洛哥第四大城，在古代作為首都的歷史悠久，因此歐洲國家往往以「馬拉喀什王國」稱呼摩洛哥，而該國是主要的大麻生產國之一。

30 porte-cochères，建築物出入口有屋頂的門廊，可供車輛暫停並為上下車乘客遮風擋雨。

31 Amaro，義語字面為「苦」之意，一種草本苦酒，常作為餐後酒。

此時——艾芙琳．史金納坐在布魯姆斯伯里的公寓裡，腿蹺在凳子上，右腳踝冰敷著。她的耳朵熱燙如火，已經這麼燒了二十四個小時，不過她不覺得這一冰一火的兩種折磨有什麼關聯就是了。她一直熱切地追蹤洪災相關報導，或許太熱切了些，因爲幾天前她就是爲此在漢普斯特德分心，結果從肯伍德女子池塘浴場爬出來的時候滑了一跤。這就是一個傻氣的扭傷，如此而已，並在當時造就了一個十分歡樂的現場，主要是活到八十六歲，她才發現自己原來可以劈腿。醫囑是要她好好休息，聽醫生的話。

週日午後，道蒂遞給她一大杯琴通寧[32]。給你配止痛藥，道蒂說。喔，還有這個，她突然想起報上消息而補了一句。佛羅倫斯洪災的報導在第五版，她說，向艾芙琳遞過《觀察家報》。

艾芙琳把內容唸了出來。「佛羅倫斯奮力拯救其過去。」嗯，那是佛羅倫斯一直都在做的事情。喔不，天啊！他們說契馬布埃的〈耶穌受難像〉已回天乏術。

那很要緊嗎？

老天，超要緊。眞的很要緊，道蒂。那是拜占庭帝國與文藝復興之間效應十分正面的一個連結，沒有契馬布埃就沒有喬托。

那要是沒有喬托呢？道蒂說。

那我們就都可以不用忙了，回家休息吧。艾芙琳低頭繼續唸報。她說，軍方使用火焰噴射器銷毀了馬匹的屍體，德爾．薩爾托[33]藏於聖薩爾維教堂的〈最後的晚餐〉也回天乏術了。穆拉特的囚犯被暫時釋放，如今都逃跑了。

嗯，是你也會逃跑吧，不是嗎？道蒂說。這哪算新聞。

有蛙人潛入下水道進行清理。

這種工作給再多錢都不爲過吧，道蒂說。

卡洛．拉吉安提[34]教授——艾芙琳說，以下引述自報紙——「認為對受到重創的佛羅倫斯而言，來自海外的援助比什麼都更能提振士氣，讓當地民眾更有面對未來漫長重建工作的力量」。

道蒂站起身說，想來點橄欖嗎？

有何不可，艾芙琳說著翻開下一頁。而她這一翻頁，便不禁大喊道蒂的名字。

道蒂立刻衝回房間。怎麼回事，達令？

艾芙琳將報紙遞給道蒂：上頭有張男人的照片，那男人腰部以下都泡在佛羅倫斯的洪水中，雙手抬著一個大型地球儀。標題寫著：聳立於水中的擎天神[35]。

那不是阿特拉斯，艾芙琳說著，全身發抖。那是……

你的士兵，是不？

艾芙琳點頭。我找到他了，道蒂。

五天後，她們邁步穿過了羅馬機場。庫克旅行社的可愛小姐表示鐵路系統在洪災中受創甚深，所以建議她們先搭飛機，然後再轉搭巴士到佛羅倫斯。巴士？道蒂訝道，口氣彷彿這輩子都沒搭過巴士。但她還眞沒有。

道蒂穿得像是要去海邊待一個月，艾芙琳則爲泥巴做了萬全準備。她穿上了橡膠鞋套，以及一件風華不再且從沒上過馬的騎馬用舊防水風衣。道蒂說她聞到濃濃的橡膠味。但那不全然是一件不愉快的事情，她補充道。

---

32 Gin & Tonic，一譯琴湯尼，為琴酒加通寧水的雞尾酒。
33 Andrea del Sarto，文藝復興時期的佛羅倫斯畫家。
34 Carlo Ludovico Ragghianti，義大利藝術評論家、藝術史學者。
35 Atlas，阿特拉斯，希臘神話中的泰坦神，被宙斯降罪後須以雙肩支撐蒼天，在繪畫中以扛著地球的形象呈現。

計程車載著她們到了巴士站，接著一名禮貌又熱情的行李員領著她們到朱塞佩．威爾第[36]廣場上吃午餐，這裡相當於義大利版的司機用餐處。廣場上人滿為患，這是個吉兆，而空桌只剩一張。

艾芙琳一開口，就又成為義大利人。她的魅力攻勢撞開了一名臭臉服務生的心門，門後是各式各樣的獨家料理，而且全是沒有用粉筆寫在黑板上的隱藏菜單。最終艾芙琳與道蒂達成共識，她們要點卡波納拉義大利麵[37]、麵包與一卡拉夫壺的私房葡萄酒——白酒。

艾芙琳環顧四周，嘆了口氣。

你到家了，道蒂說。

我們到家了。想起了我們跟瑪麗亞阿姨共度的那些年頭。

我們那時有點頑皮，道蒂說。你覺得她知道嗎？

她當然知道！她在去世——啊，grazie，艾芙琳在酒送來時說道——在去世前跟我說過。她說，我祈禱你們能找到對的人。她講到「對的人」，用的是陰性。

喔，不愧是優雅的瑪麗亞，道蒂邊說邊倒酒。來……

然後兩個女人各自舉杯。為找到尤里西斯敬一杯，她們說。

那白酒清爽而令人精神一振，卡波納拉麵也十分可口。道地得很，艾芙琳說。道地在哪兒？道蒂問。沒加一丁點奶油。沒加奶油？但吃起來明明這麼綿密！那種綿密感，艾芙琳說，純粹是蛋黃和少少的一點蛋白製成，另外再加上起司，包括帕瑪森和佩……

我就想說是佩科里諾！道蒂說。那麼這個培根就是培根，還是另有乾坤？

此培根非彼培根，我的達令。這是guanciale，鹽漬豬頸肉。

guanciale，道蒂複述了一遍。我真想念義大利！這種一口咬下的纖細脆感，然後是整張嘴氾濫著油滑的鹹香……

唯一的調味，艾芙琳說，或許就是一撮現磨胡椒。而最後把整個成品兜在一起的，是一點點的煮麵水。

難以置信。

她們拖著行李在巴士站內費力穿梭，直到有名年輕美國女性伸出了援手。在等候上車的隊伍中，道蒂說，嗯，這將會是一場冒險！那名年輕美國小姐說，你以前沒去過佛羅倫斯嗎，康寧漢女士？而艾芙琳說，她說的冒險是搭巴士。

一刻鐘後，道蒂說的是，我再也不坐這玩意兒了。

這巴士甚至還沒離開羅馬呢。

他們抵達新聖母車站後不久，四面便響起了五點整的鐘聲，而黃昏是其堅實的伴奏。艾芙琳與道蒂爬下巴士的階梯，前去領取她們的行李。柴油與汗水的氣味瀰漫，爲這場邂逅定下了灰鬱的基調。

喔，我的天，艾芙琳說。你發生什麼事了，翡冷翠，我的愛？

這裡的空氣有種中世紀的氣息，道蒂說。瀰漫著殘酷、暴力，當然還有疑心。

她們小心翼翼地走下斜坡，來到一處荒涼的廣場，照亮那裡的是刺眼的電弧燈。她們跟美國小姐說了再見，看著她差點因爲踩上油汙而摔跤。

---

36 Giuseppe Verdi，義大利作曲家，為十九世紀甚具影響力的歌劇創作者。

37 spaghetti alla carbonara，卡波納拉指的是醬料，傳統的四種原料是：雞蛋、黑胡椒、佩科里諾羅馬諾起司或帕瑪森起司，以及鹽漬豬頸肉或豬五花。

我不太看好我們遇到那攤油的下場，道蒂說。

幸好兩人算是走運，一輛罕見地有進城特許的計程車就在這時經過。道蒂揮手招車。

喔，他看到我們了！艾芙琳說。她報出地址，然後兩人爬進車內。

計程車繞遠路去到阿諾河，主因是很多道路仍無法通行。沒有路燈、沒有霓虹燈看板，唯有汽車頭燈掃過所捕捉到、起伏如波浪的破壞。偶爾可見陶製火盆的四周圍著一圈士兵或無家可歸的難民取暖。

下午五點半，艾芙琳與道蒂抵達皮西民宿外，這才注意到這間旅店建在河濱稍微高起的地方，使之逃過一劫。老闆恩佐在店外等著她們，手裡握著煤油燈。

我親愛的恩佐！你收到電報了！艾芙琳說，而恩佐說那封電報是他這一週最燦亮的遭遇。你們兩位是我們僅有的客人，他用粗獷的佛羅倫斯口音說。他接下她們的行李，領著兩人進到旅店。她們爬著樓梯，他則一面解釋每天都在發生的小奇蹟，包括這個城市每天達成的進步。電力與自來水已經恢復，而晚餐就算有點陽春，我也絕不會讓你們餓著，他說。

那鄉親們堅持得如何？艾芙琳問。

（最後一節樓梯，爬完就沒了。）

啊，街坊們！（深嘆了一口氣。）非常堅強，但也吃足了苦頭。幾千家鋪子毀於一夕，幾千個家庭現在只能以軍營爲家，有兩萬人得靠救援的接濟度日。但我們沒有停下，始終堅持。我們持續清理，想起來的時候也會持續歌唱。而有朝一日，我們一定會再次勝利。我們到了，他說。你們的房間，兩位女士。和你們上次離開時一模一樣。

房間裡，一台小電暖器在角落亮著橘光。恩佐把行李箱放在架子上。最後還有一件事，他說著人就消失了。五分鐘後，他敲了門，遞來一瓶冷藏得恰到好處的斯普曼特。我們知道你們不是沒得選，他說。

等他關上門後，道蒂便癱倒在床上，顯得十分悲傷。琳琳，看看這些人。

我知道，達令。

隔天早上，兩個女人小心地在低垂的灰色天空下動身。雖然情況最惡劣的廢棄物已經被拖走了——看起來是被拖進河中，道蒂說——但新一波的汙泥與油漬又在地窖抽乾之後現身。這座城市再一次泡在了厚厚一層發臭的棕色爛泥中，危如累卵。

紅十字會的帳篷如雨後春筍般四散在廣場上，木板桌和長椅也是。陶製火盆、救護車和消防車的警笛呼號聲，數量則是不斷增加。

沿著阿諾河，堤岸與橋的邊牆正在重建，地面在拖拉機與挖土機的轟隆聲中震動著。遠離河畔，店家漸漸重新現身，只不過還有點膽怯，供貨也不多。她們在一家水果店買了小柑橘與西洋梨。

兩人接著在一間那天早上剛恢復營業的咖啡廳駐足，老闆指出了水線的位置：六英尺高。他安排她們坐在陰暗的水線下，然後送來了卡布奇諾跟和糕點。艾芙琳瞅了一眼《民族報》。一萬三千件藝術作品受損或佚失，契馬布埃的〈耶穌受難像〉已徹底絕望，數百萬本書籍還陷在泥濘中。而我親愛的聖翡冷翠教堂[38]也受到重創，她說。

就沒有什麼好消息嗎？道蒂問。

38 church of San Firenze，十七世紀巴洛克式建築，是聖翡冷翠建築群（Complesso di San Firenze）的一部分，由聖斐理伯・內利創立的司鐸祈禱會（Oratory of Saint Philip Neri）委託興建。

艾芙琳掃視各版。喔，有了，這裡提到了一些。布蘭卡契小教堂的馬薩喬濕壁畫毫髮無傷，喬托在聖十字聖殿的濕壁畫也暫時沒有傳出災情，只不過水正沿著牆壁慢慢滲透上來，當中的鹽分難保不會讓顏料剝落。你覺得我們有辦法過去嗎，道蒂？

我想，慢慢來的話，我們搞不好有點機會，道蒂回答。

抵達聖塔克羅切花了她們兩小時。她們只能盡量走在車行留下的軌跡或其他人的足跡上，艾芙琳尤其因爲這趟路程而疲憊不堪。她的心臟受到雙重打擊，因爲她看到眼前的窄巷仍滿是積水，而搖搖欲墜的建築門面得由木材搭成的鷹架撐住。來到廣場上後，她們發現除了車子被移走之外，這十四天似乎沒什麼進展。廣場仍舊是一池腐爛的大沼澤。

歷史上只有一三三三年的大洪水能和這次的慘劇相提並論，她說。

她往後退一步，爲的是讓路給經過的推土機。靠著牆稍歇時，她納悶起自己到底在幹麼。一個八十六歲的老太太在一座需要幹勁、強壯手臂與良好平衡感的城市裡，究竟能派上什麼用場？你這個愚蠢的傻子。

抬起頭來，琳琳，道蒂像是能讀到她心思似的說道。重建才剛開始而已。

然後她們調頭，由道蒂帶路前往烏菲茲美術館。館外廣場上，數十名滿身泥巴塊的年輕人躺在地面上伸開四肢。一部分人戴著念珠，而所有人都顯得疲憊、雙眼無神且滿臉是泥。艾芙琳一看到他們，眼神就爲之一亮。長髮者、短髮者、蓄鬍者、嬉皮、穿著裙子或短褲或長褲的女子，空氣中有種昏昏欲睡的倦意和一點點的愛，而那當中的溫度來自火盆，來自由某位感激的佛羅倫斯市民捐贈而在眾人間傳遞的一瓶瓶葡萄酒，也來自一台曾經晶亮、如今已成殘燭的電晶體收音機，從中流瀉出一首首披頭四、海灘男孩、巴布和拜雅[39]的歌曲。大部分男生看起來都像艾倫．金斯伯格[40]，道蒂說。

他們代表著未來，她說。

上帝保佑，道蒂說。

那些修習藝術的學生當場認出了道蒂，並在湊合著的餐桌上爲她與艾芙琳騰出了位子。兩個女人分享了剛買的小柑橘和西洋梨，學生們則和她們分享葡萄酒。一名年輕女子問她們是不是來協助藝術品的修復工作，道蒂則回答，喔，那當然，但也是爲了這個——她輕輕推了一下艾芙琳，讓她把報紙上尤里西斯的照片秀出來。眾人七嘴八舌地評論起洪水的威力、男人臉上吃力的表情，還有那顆地球儀的美麗，但沒有人知道他是誰，也沒有人在附近見過他。

試一下無妨，道蒂低聲說。

可惜他們不知道在六百公尺外的地下室，傑姆．岡納斯雷克正在人龍裡遞書給一個以前叫那孩子而現在叫艾莉絲的年輕女人。但這些眞相的曝光得要再等等。此時此刻，一種心滿意足的氣氛在現場懸著。

數日過去。霜、霧、陰時多雲、藍天、陽光。

艾芙琳把照片秀給店家和路過的學生看，甚至還秀給聖母百花大教堂外的一群卡賓槍騎兵看。有位先生表示似乎聽說過聖弗雷迪亞諾有一名做地球儀的師傅，而艾芙琳也去了那兒一趟，但一無所獲。那趟旅程累壞了她，腳踝因爲過度使用而有點外翻，必須在民宿歇腳兩天。我們已經非常接近

39 Joan Baez，美國民謠女歌手，在一九六〇年代創作了許多涉及社會問題及政治時事的歌曲，並支持反戰與民權運動。

40 Allen Ginsberg，美國詩人、嬉皮先驅，是「垮掉的一代」（the Beat Generation）的核心人物，其寫作與抗議精神催生了美國六〇年代的諸多社會運動，對當代文化影響深遠。

了，我可以感覺得到，道蒂這麼安慰她。

但艾芙琳不是那麼確定。她睡得很長，那一點也不是她的作風。

國際資金開始湧入佛羅倫斯，爲的是拯救受到破壞的藝術文物，而道蒂也志工魂上身，捐出了一幅作品來響應「爲佛羅倫斯而畫[41]」。她發了一封電報給畫廊負責人喬伊絲，問一幅題名〈永遠都是新的開始〉的大型作品是否還名花無主。（回覆的電報說是。）艾芙琳說服道蒂投入她一直想做的事情，那就是重返聖塔克羅切並讓自己派上用場。

道蒂加入一條進入聖十字聖殿的學生人龍，並在那兒認出了來自維多利亞與亞伯特博物館的漢珀爾先生[42]，而漢珀爾先生也在同時認出了她。他們在一場忘記是爲了什麼而辦的募款活動上認識。身爲雕塑保存專家，他立刻派她去幫忙處理大理石碑塔。一層層溶劑再加上一層層滑石粉，爲的是去除上面的油汙。這項工作枯燥到不行，讓道蒂感覺一天像一個月，所幸她不光是被派去處理但丁的紀念碑——她等不及要拿這事向艾芙琳炫耀了！——還被分派到一名極其可愛的同事，是個出身斯德哥爾摩的年輕女子。

你可以幫我拿一下這個嗎，道蒂？

當然完全可以，英佳。

然後……

一天早上，十二月已經唾手可及，天空湛藍，凜冽的冰霜使心靈澄澈，艾芙琳扶著房間的牆，單腳站著，並把全身的重量壓在腳踝之上。她跳了一下，但沒有痛感。她復活了。親愛的，我這就來。

她重返剛恢復營業的那家咖啡廳，在水線下的位置喝著雙倍濃縮咖啡。咖啡因像啄木鳥一樣在她的胸腔裡不停鑿著。尤里西斯的照片就在面前的桌上。她感覺某種線索就擺在眼前，如此熟悉卻又難以捉摸。她沒辦法明確指出是什麼。一道陰影灑落在尤里西斯的身影上，她抬頭便看見老闆。

Chi è?（那是誰？）老闆問道。

一個朋友，艾芙琳說。但我找不到他在哪裡。我知道他在這裡，在佛羅倫斯的某個地方。但確切在哪裡？那就是問題了。

老闆拿起了剪報。在停頓一拍後，他開口說道，白帽宮[43]。

什麼？艾芙琳訝道。

馬吉奧路。你看到了嗎？你看這裡——這個角落，有很獨特的花樣。

喔，我的天啊，就是這個！我就是因爲這個花樣才覺得那裡很熟悉。謝謝你，謝謝你，親愛的朋友。

於是艾芙琳重新綁好絲巾，喝完咖啡就離開。

她越過了三聖橋，途中稍停，看著下方的工程師清理廢棄物堆積成山的河床。一台琴身破裂的鋼琴懸吊在空中，其琴弦轟然奏起淒厲的死亡之歌，讓人看了鼻酸。

來到三聖橋位於北岸的另一側，她仔細看清左右，便穿過聖賈柯波村老街，進入馬吉奧路。她放慢了腳步，好整以暇地瞅著一張張臉，並看進小巷弄間，因爲她知道自己距離目標已經不遠。她站在白帽宮外，重新看了一眼照片。沒錯，那一幕就是在此地拍下，在那個命運的時分。

一名正在清掃自家起司店門口的女人站在她身旁，指著照片說道，坦普先生。

Si，坦普先生，艾芙琳說。Dove?（在哪裡？）

41 Artists for Florence，佛羅倫斯洪災後發起的活動，超過兩百位當代藝術家捐贈作品以哀悼受災的珍貴藝術品、聲援其修復工作，並以之象徵佛羅倫斯的重生。響應者包括四十位女性藝術家，美國記者暨作家珍·弗琛（Jane Fortune）將她們稱為「洪水女士」（Flood Ladies）。

42 Kenneth Hempel，英國維多利亞與亞伯特博物館（Victoria and Albert Museum，簡稱V&A）的藝品保存主任。

43 Palazzo di Bianca Cappello，位於阿諾河南岸的馬吉奧路上，正面有獨特的圖案裝飾。

女人用手指了指。桑托史披里托，她說。

當然了，桑托史披里托！艾芙琳心想。

她往前走去，接著右轉途經聖靈大殿，小心地走過鋪石路，期間不斷停下、不斷觀望。她已經非常接近，她可以感覺到。她看到一名老先生刷洗著一台點唱機，還看到一隻龐大的藍色鸚鵡棲息在雕像上。就在此時——

是他，正清洗著一張石椅。

她靠了過去。尤里西斯？她喊道。

他抬起頭來，露出微笑。

是你，對不對？她說。

哈囉，艾芙琳。

二十二年的人生，你打算從哪兒講起？

或者應該說，你上次講到哪裡？

所以告訴我，尤里西斯，那個好上尉還好嗎？這之後的沉默，讓她有所警覺。那深長而平穩的深呼吸。

然後就在一棟老舊宅邸的廚房桌邊，尤里西斯訴說了他的故事。老實說，有些事連克雷斯都是第一次聽說，讓他聽著不禁有點哽咽。唐利、阿圖洛、小佩、名叫艾莉絲的那孩子，遺產、移居義大利、開民宿、道蒂為艾莉絲畫的肖像、朝著火車拔腿狂奔的那天。所以那是你？艾芙琳問。對，但**你**怎麼知道那是我？艾芙琳聽到這話笑了。她說，道蒂．康寧漢從火車上看到了你。道蒂．康寧漢？尤里西斯問。她是我最資深的朋友，艾芙琳說。這次她也跟我一起來了。他們兩人都不敢相信的是，有那麼多條人生之路要麼只有他踏上，要麼只有她踏上。對艾芙琳而言，聽到他們曾經如此靠近、如此伸手可及，那感覺一則以喜，一則以悲——要知道，時間是如此**寶貴**。

他們聽到了前門打開的聲音。快過來，艾莉絲！尤里西斯說。喔，我的天啊，艾莉絲說。哈囉，孩子，艾芙琳說。史金納老師？傑姆訝道。傑姆・岡納斯雷克？艾芙琳不禁也喊出聲。不過分地說，這場大團圓裡不乏幾分無厘頭。

兩天後，艾芙琳與道蒂搬進了客房。那是民宿最好的房間，迄今聞起來還有德斯的味道。琥珀調，沒錯吧？艾芙琳說。外加一點枸櫞味，道蒂說。很貴，她們異口同聲。

道蒂與艾芙琳的第一晚可說是雙喜臨門，因爲市內自來水可以飲用的消息終於公布了。那意味著不論泡澡與沖澡都可以洗個過癮了，雖然只能洗冷水。學生們容光煥發，彼特說他們聞起來清爽宜人，就像夏天的亞麻。他如往常般低伏在鋼琴前，以音樂劇組曲爲這一晚暖場。傑姆、艾莉絲與馬西默從旁跟唱，而克勞德則演出一場不對稱盤旋飛行秀。

道蒂轉頭對艾芙琳說，可能是我誤會了，但你覺得彼特是多年前在城西演出酗酒邊境鋼琴師的那個男人嗎？一個戲不多但很搶眼的小角色。

我覺得你是對的，艾芙琳說。

我感覺自己好像喝下了某種致幻劑，琳琳。

眞好，艾芙琳說。

外頭突然有人敲門。我來開！尤里西斯喊道。

我應該沒有太早來吧？老伯爵夫人說著便闖了進來。尤里西斯買了一座電爐送她，但她對那電爐東挑西揀，嫌棄半天之後還是更偏好有得吃又有人陪的民宿。但誰能怪她呢？

我們已經給你準備了平時的位子，夫人，尤里西斯說。還有我們今天多了兩個客人。

兩個客人？你是要給聖方濟各[44]一點顏色瞧瞧嗎？

十六個人一起坐下，共享那一夜的晚餐。酒沒有停過，一碗碗奶油松露義大利寬麵沒有停過，麵包與閒聊也沒有停過。彼特向克雷斯說起了柯爾的新女友，這次是J開頭的瓊恩。不會是瓊恩．「慘兮兮」．沃弗吧？就是她，彼特說。我不看好他們，克雷斯說。他需要更年長的對象，尤里西斯說。比沃弗還年長？比他自己年長，尤里西斯說。我一直都喜歡年紀比我大的，彼特說。他說什麼？老伯爵夫人問。彼特說他喜歡年紀大的女人，充當起譯者的艾莉絲說。我已經不在市場上了，老伯爵夫人說。馬西默和傑姆聊到了厄尼斯特．海明威，對此道蒂說她曾經在酒吧跟他有過一面之緣。來回講著什麼六字故事[45]，她說，無聊死了，超級大男人。傑姆說他母親還對道蒂教她畫畫的那個週末津津樂道。啊，潘妮洛普女神，道蒂說。你覺得她會想要追加一堂課嗎？無可救藥，艾芙琳低聲說。

一把刀敲上了湯匙。所有對話都安靜下來，尤里西斯順勢站起身。他唸了一段以感謝爲主的祈禱文，當中提到他們能在此時此刻相聚一堂，那一定有著某種意義，而且這意義將經年累月地延續下去。那當中有眞正的價值，他說。

於是他們一群人，有老有少，還有一些不老不少，在陰影與燭光交織下，完成了這個定格，共同舉起酒杯。

敬這一刻，他看著艾芙琳說道。她露出微笑。

敬這一刻，眾人異口同聲。

隨著聖誕節將至，學生們紛紛踏上歸途。傑姆在偕艾莉絲前往車站的途中，看到了等在穿堂的馬西默，但馬西默不是要去道別，而是要去說服傑姆留下。只要留到新學期開學前就好。結果馬西默並不需要多費唇舌。傑姆覺得馬西默很帥，而且比世界上任何一個男人都好聊。（他眞的那麼說？他眞的那麼說，艾莉絲說。）

他們三人穿越廣場，一路往回走。

眞不敢相信……克雷斯這麼說的同時，人正在露台上拿著望遠鏡遙望。傑姆回來了，他說。

不意外，艾芙琳說。我們不都回來了。

你要留下來跟我們過聖誕節嗎，道蒂？尤里西斯問。

我會留在這兒，小坦。我還要和瑞典繆思一起刷洗但丁。

音樂從另一個房間飄入，那是彼特和他的〈越南悲歌〉。大家都安靜了下來，化身聽眾。

聖誕夜有教宗在聖母百花大教堂主持午夜彌撒，但民宿一行人並沒有去湊熱鬧。他們走出了夜半的電影院，談論著「美元三部曲」的最後一部電影，《黃昏三鏢客》[46]。

還是那個顏尼歐．莫利克奈，馬西默說。

---

44 Saint Francis，一譯聖法蘭西斯，天主教苦行僧、方濟各會的創辦人，以濟貧著稱。

45 six-word story，六字故事的概念類同極短篇小說，據說源自海明威與友人的閒談，看能否只用六個單字交代一個完整故事，例如：For sale: Baby shoes. Never worn.（求售：嬰兒鞋，從未穿過）。

46 *Il buono, il brutto, il cattivo*，以美國南北戰爭中南軍政府的黃金寶藏為主軸，講述「好人、壞人、小人」的故事，於一九六六年十二月二十三日首映。

我覺得他徹底改寫了電影配樂的定義，傑姆說。

尤里西斯和彼特大笑起來。天作之合，克雷斯低聲說。

好整以暇的午夜漫步帶他們度過了阿諾河。河水烏黑而溫馴，城市燈光靜靜地在如茵草地上脈動。

開心嗎，琳琳？

艾芙琳點點頭，你呢？

我哪兒都不想去了。

很晚的晚餐在重新開幕的米歇咖啡廳吃。點唱機上是妮娜．西蒙[47]在歌唱，一張德斯的照片掛在咖啡機上方的牆上，那是店內最顯眼的地方。每人一杯腳踏車調酒，然後八人份的蛤蠣義大利麵，麻煩了。聖靈大殿已經清空，群眾聚集到廣場上迎接聖誕時分。艾莉絲帶著吉他越過鋪石路。就和以前一樣，茱莉亞說，她的手擦過了尤里西斯的手。儘管微弱，但那火光依舊閃爍。

洪災一周年讓大家依約團聚。就連德斯都帶著帕比回來了。那是我生命中極好的一段時光，他說。這話豈不也是所有人的心裡話？共同經歷的失去，成爲了共同擁有的聯繫。數千人秉燭遊行，從聖米尼亞托大殿走到恩寵橋。若有什麼叫做壯觀，那就是了。此時大家已經知道在佛羅倫斯洪災中，三十三人在洪水中罹難，五萬個家庭流離失所，一萬五千輛車子全毀，六千家商店化爲烏有，傳統匠人階級的大搬風由是啓動。洪水以每小時四十英里的速度移動，留下了六十萬噸的汙泥——平均一位居民一噸。一千五百件藝術作品遭毀或受破壞到難以修復，國家圖書館三分之一的藏書遇劫。許多作品一修復就是二十年，甚至還有歷時更久的。而這一切的根源是什麼？勒凡與拉潘納兩座水壩的大規模洩洪遭到究責，結果演變成相互推諉，多年來爭論未曾稍歇。眾多陰謀論紛然並起，在那關乎教派分裂的各執一詞中。

總之，在當時，眾人對一切都開始抱持質疑態度。罷工與抗議在義大利遍地開花，學生占領多座大學。再見了，威權主義。哈囉，人皆有之的民權。一種新的意識形態漸漸成形，年輕人為了解決問題開始無所不用其極：家庭、教會、共產主義、法西斯主義，你想得到的，他們都一一點名挑戰過。離婚與墮胎議題重新回歸，天主教主張的生命權卻步不前。

說點輕鬆的，米歇的店購入了一台鋼琴。這宗買賣將德斯捐助的最後一分錢用罄，但不買鋼琴就是買撞球台，而茱莉亞把底線踩得很死，尤其是在她知道彼特要永遠留下來之後。

47 Nina Simone，美國黑人爵士創作歌手兼鋼琴演奏家。

世上確實沒有什麼，
能讓我
像愛你一樣去愛

1968－1979年

在一九六八年的開端，彼特在米歇咖啡廳展開了新的工作人生。馬西默替他拍了公關照，而那些先行釋出的海報反映出屬於天才的憂鬱多思。煙霧瀰漫造成些微柔焦，但海報確實達到成效。他開始接到工作，到地下室的夜總會或偶爾到飯店表演，不乏有熟齡女子寧可排隊也要勾到彼特的手臂。她們是未來，他說。

馬西默暫停事務所的營業去了倫敦，爲的是跟傑姆作伴，此時的傑姆已經是倫敦大學學院醫院的資淺醫師。他依然擔心年齡的差距，但老伯爵夫人向他保證說，只要球場上還長著草[1]……柯爾仍監視著拆除團隊的動靜，並在過程中結識了老克的櫻樹，而樹對他說，是什麼讓你等到現在？——在不太遙遠的未來，有個女人也會對他說同樣一句話。泰德買了一輛新車，還有了一名情婦，小佩則趁他不在時，學會了開車。但那又是留待日後詳談的另一個故事了。艾莉絲開啓了地球儀學徒生涯，而事實證明她是個天生好手，尤里西斯爲此非常來勁。他們兩人會在薩比提廣場一起喝咖啡，日子再不能更甜美。到了三月，克雷斯又穿回了短褲，而他的短褲所受到的熱烈期待，並不亞於燕子的歸來——兩者都是在這個紛紛擾擾的世間，永遠不會讓你失望的事情。那一日，他正在爲阿波羅號第一次的繞月軌道飛行醞釀情緒，滿腦子都是豪情壯志。初聞馬丁·路德·金遇刺，克雷斯發出了痛苦的長嚎，原本在鐘樓裡的鳥兒振翅遠颺。

正當世界燃燒著、暴怒著、哀悼著之時，福克斯通的渡輪碼頭迎來一個靜謐的時刻。

那一天既溫暖又平靜，天空蔚藍，儼然不是個尋常的四月天。俯衝的海鷗徜徉在透著鹹味且預示著吉兆的海風中。道蒂闔上了她那輛Sunbeam Alpine雙門小跑車的後車箱。艾芙琳拿起她的行李箱，試了試重量。

不會太重吧？道蒂問。
一點也不會，艾芙琳說。我覺得萬一那裡沒有門房，我自己應該也拿得了。
那麼你東西都帶齊了？
都齊了。
你需要什麼我可以再寄去。
謝謝你，道蒂。
來根菸？
來吧，艾芙琳說，然後她們便靠上車子的引擎蓋。道蒂啪一聲扳開了打火機。
搬去佛羅倫斯的決定，並不如艾芙琳想像中的揪心。她去佛羅倫斯的次數愈來愈頻繁，每次待的時間也愈來愈長。容光煥發的道蒂正處於一段認真的關係中，對象是一個（疑似）單身、（疑似）年長、（疑似）蕾絲邊的女人，看上去頗爲幸福洋溢。她對於特定顏料的過敏奇蹟似地消退，與鈦白來了場大和解。事實上，最終說服艾芙琳揮別倫敦的，就是道蒂。道蒂看得出佛羅倫斯的吸引力，那兒有現成的家庭，那兒有人照應，那兒有她的回憶。
我會想念你的，道蒂說。
別想，艾芙琳說。來看我不就得了，也帶上漢娜。
海蓮娜。
我的天啊，對了，是海蓮娜。我老糊塗了，她說。

1 此處化用英文俚語「只要球場上長著草，你就能打球」（If there is grass on the pitch, you can play），以草比喻陰毛與性成熟，意指只要人還有性能力，就能在情場上遊戲。

你就當作是戰爭重來一遍，道蒂說。回歸你有各種陰謀詭計的諜報人生。

講什麼呢，艾芙琳說。

你怎麼不坐飛機，路程感覺很遠。

我知道。但這輩子我大概不會再有機會搭火車了，道蒂……

鐵道的魅力啊……

太多事情可以反思，太多事情可以回想。

鐵路旅行才是旅行，說眞的。

喔，那是事實。道蒂，鑰匙給你！艾芙琳說。

收到，道蒂在她面前揮動著鑰匙。

我跟傑姆說過了，要是他和馬西默哪天在倫敦需要有個地方住，可以說一聲。但你什麼都不用做，在肯特的貝德利一家會負責，他們辦事讓人放心。他們會繼續把房子租出去，直到所有人倒下爲止。所以一切都無須擔心。你只要專心畫畫，專心閃耀光芒。

了解，道蒂說。

還有，不准比我先死，艾芙琳補了一句。你先死，我不確定自己受不受得了。

那我就不先死，道蒂說。而你知道你是我的最愛。她們誰都比不上你。我一直最愛你，以後也會一直最愛你。

我知道。

道蒂看了看手錶。

時間差不多了嗎？艾芙琳問。

恐怕是。

我們要在這裡說再見嗎？

最好如此，道蒂說。

那我就跟著那些人走囉。我不會回頭的……

喔不，千萬別回頭。

道蒂突然撲進她的懷裡。

別哭，艾芙琳說。

你也別哭，道蒂說。

我先說的。

就這樣，艾芙琳．史金納多采多姿的人生翻開了新的篇章。八十七歲，但視覺年齡起碼年輕十歲，她站在甲板上，看著英格蘭愈變愈小。沒有拉扯，沒有悔恨，就像一塊擦得乾淨的石板。她張開雙臂大喊，**由此開始了新生！**

她在巴黎北站與里昂火車站之間給了自己充裕的時間。計程車載她抵達當地餐酒館「茱兒」時，還有兩小時可以揮霍。她在戶外遮棚下的完美位置享用稍遲的午餐，菜色是聖雅各扇貝、麵包、沙拉和一點葡萄酒，完全是長夜之前必要的補給。隨著陽光緩緩偏移，在酒杯上產生折射，她寫了張明信片給道蒂。她畫下自己都吃了些什麼，是一幅可愛的素描。道蒂收到後會將之放在廚房的咖啡壺邊。

天黑後是一個平靜的夜晚，艾芙琳一如往常在火車上睡得香甜，過程中僅模糊意識到上鋪的人翻來覆去地抱怨著一個叫做安托萬的男人。她眞正醒來，是因爲天光穿透了百葉窗。僅是一瞥山脈，歲月就盡數復返。

搭機從天上飛過是一回事，坐火車穿過阿爾卑斯山那不可褻瀆的莊嚴又完全是另外一回事。她在窗戶上看到自己的倒影，意識到自己已經比她母親過世時還老，也已經比她父親更老。她已經活過了他們倆。那是多麼奇怪的一種現象。彷彿這世間從來就只有艾芙琳．史金納，在某日破殼而生。

她在新聖母車站踏出列車，身上穿著淡色的鏽紅全套褲裝，圍著一條鮮亮絲巾（早年的愛馬仕），還戴著一副大大的玳瑁殼墨鏡。她站在一束既朦朧又催眠的陽光裡，那是一副無疑會讓道蒂衝去拿畫架的光景。然後她大喊出聲，一如每次來時：翡冷翠！我的愛！

艾芙琳！尤里西斯喊著，快步奔過穿堂。

我親愛的男孩。

你到家了，他說。

艾芙琳立刻加入了在民宿廚房裡的老克，原本只被視爲不尋常的一段友誼，迅速升級爲黃金般的關係。克雷斯說跟艾芙琳在一起，感覺就像跟佩萊格里諾·阿圖西本人在一起。看看那直接從書裡走出來的義大利餃子。克雷斯聊起了寶拉，而艾芙琳說她聽起來像是個至爲強悍的女子，而克雷斯說，她是，她是。有段時間，我成爲世界上最幸福的男人。

在得知巴比·甘迺迪[2]遭槍擊的那天，克雷斯與艾芙琳一起在石椅上坐著。克雷斯說他爲全人類感到憂心忡忡，然後他們在沉默中牽著手走回家。

克雷斯回房就寢，艾芙琳則窩在沙發上寫信給道蒂，信裡提到良善的終結，也提到六月發生的暴力。我們有過最好的人，而我不確定我們是不是還能看到同樣的人；曾瞥見過我們原本可以擁有的美好，是多麼殘酷的事情，她寫道。

前門被打開來。艾芙琳！艾芙琳！

進門的是艾莉絲。同一道甜美熱烈的眼神出現在她臉上，一如她們重逢的當天。

你聽說了嗎？她問。

我聽說了，艾芙琳說。過來這兒，她說著抬起了手臂，艾莉絲從下方一鑽，坐了下來。

彼特接著也進了門。我不是嘴巴不乾淨的人，艾芙琳，但眞是幹他媽的這一切，他說。

來這兒，艾芙琳說著抬起了另一隻手臂。

活到八十七歲的高齡，艾芙琳．史金納意想不到地當起了母親。而事實證明，她適合這個角色的程度遠超乎自己的想像。

動盪與心碎讓那一年的其他大小事件都失去了光彩，就連人類第一次繞月軌道運行也沒能像此前很多的科學成就一樣，將老克的精神提振到令人眩目的高點。

即使瀰漫著一股陰鬱的氣氛，聖誕夜還是照樣在米歇的店展開。這場宴席是爲了團聚，不爲更多，不爲更少——這是尤里西斯的原話。他站在窗邊俯瞰廣場，茱莉亞走向他問，老克要在那裡待多久啊，尤里西？而尤里西斯聳了聳肩說，直到他找著在尋找的東西吧。

一個老人家站在長椅上，手裡拿著一只望遠鏡瞄準了月亮。在他這充分表現出不屈與堅定的身姿中，蘊藏著爲全世界祈禱的心意。

而就在他往上看的同時，另一個人正往下瞧。

透過阿波羅八號的小舷窗，隔著離地二十五萬英里的距離，威廉．安德斯[3]將彩色底片裝進了哈蘇牌相機，拍下了一張照片。

（喀嚓。）

希望就在這裡，老克。

---

2 Bobby Kennedy，美國政治人物，曾任司法部長，支持民權運動。他也是美國總統約翰．甘迺迪（John F. Kennedy）之弟，兩人於同年遇刺身亡。

3 William Anders，執行阿波羅八號任務的太空人，在平安夜時自繞月軌道上拍下地球猶如日出般升起的畫面，此張照片被稱為〈地出〉（*Earthrise*）。

（喀嚓。）

對於你的祈禱之回應就在這裡。一張簡單的影像，這是從月亮上看見的：我們。

一顆彈珠般的藍色球體，在月平線的襯托下，珍貴、美麗、脆弱，漂浮在我們所有人都將面對的永恆黑暗中。那就是艾芙琳一邊凝視著老克的那本《生活》[4]雜誌封面，一邊對其做出的形容。老克覺得艾芙琳身上有一股詩人的氣質，但那年的每個人不都染上了點那樣的氣質嗎，克雷斯？失落與愛，詩人唯二需要的原料。

就這樣，一九六九年揭開了序幕，六〇年代的最後一年。這傢伙最好在袖子裡藏點好東西，要不然……喔，別唬人了。

倫敦的一月雨雪夾雜，下得像是老天在嘔吐似的。柯爾被電話鈴聲喚醒，在抱怨聲中下了床。搞什麼鬼……？

打來的是醫院。逆流的胃酸開始像維蘇威火山一樣噴發。

他打給了考爾太太，接著半小時內就來到了她的店外，把吉妮交給她。謝謝你，他說。眞的，謝謝你。

考爾太太的身影能使人平靜下來。我明天會把吉妮送回家，她說。我也會替小佩祈禱。還有，路上小心，佛米羅先生。

柯爾一邊把警笛大響的車子開進威普斯克羅斯醫院，一邊朝著儀表板猛捶，這讓在醫院外抽菸待命的正牌救護車司機感到一頭霧水。

沿著走廊前進，他可以感覺到自己的情緒在翻攪。在那一團糨糊裡，有他所有的恐懼與痛楚，有身為少年和成人的他。小佩跟醫生說他是她的緊急聯絡人，從來沒有人對他如此推心置腹，就連艾格妮絲都沒有。

他在櫃檯說要找佩姬·坦普。嗯，我是說佩姬·哈洛威，他說。

（他始終不習慣小佩換新的姓氏，就像他始終不習慣婚姻。）

往這邊走，護士長說。

她的腿現在像果凍一樣。

在二樓左手邊，護士長接著說。去吧，佛米羅先生，快進去，勇敢一點。

柯爾深吸一口氣，拉開了布簾。喔，小佩，他說著坐了下來。他握住她的手，但她並沒有醒來。他輕輕撥開她的頭髮。瘀青加上腦震盪，但人還算完整，感謝上帝。護士長說她是個長了腳的奇蹟。我知道的事情不用告訴我，他說。

哈洛威先生？一名警察從布簾後方探頭。

不，我姓佛米羅。我是她的朋友，老朋友。比她嫁的那個王八蛋更早認識她。

警察努力憋笑。

所以是喝了酒，對吧？柯爾問。

沒有。

沒有？（柯爾在那瞬間覺得自己超級該死。他平常太不關心她了，太輕信她看起來沒事的表象

---

4 *Life*，美國新聞攝影紀實雜誌，以大量高品質照片搭配文字報導，內容涵蓋層面廣泛，在一九五〇至六〇年代可謂家喻戶曉，曾經刊登的許多照片如今已成為經典攝影作品。

了。）

完全沒有測出酒精，警察說。遇到黑冰[5]加上霉運，車子全毀。

車在哪兒？

萊頓，她正往西行。

她是要來我這兒，柯爾心想。

她看起來是要離開，警察說。車子後面有好幾箱行李。

行李在你那兒？

在巡邏車上。

我馬上下去，他說。

柯爾把行李箱全都放到救護車的後面，關上了車門。他跟警察握了手，並提供自己的詳細聯絡方式。警笛聲劃破空氣，一堆車輛趕忙煞停。藍色燈光閃過柯爾的臉上。柯爾點了根菸。所以你做到了，小佩。你他媽的衝了。想去天涯海角我都會讓你如願。想到這裡他彈掉了菸蒂，回頭朝著病房而去。但他腦筋動得不夠快，沒有看懂年輕護士臉上的表情，結果布簾一拉開——

怎麼了嗎，柯爾？

說話的是泰德。

柯爾可以感覺到胃酸在翻湧，一手摀住了胃。

你看起來臉色有點蒼白，柯爾，要不要順便看個醫生。（泰德笑了。）你說，發生這種事的機率能有多高，哎？一個我認識的傢伙來看望他住院的老媽，而且就那麼剛好在小佩入院的同時走出醫院。遇到這種情況，一般都會先打電話給丈夫，對嗎？起碼要問清楚事情的來龍去脈嘛。丈夫是不清楚事情的來龍去脈，但那通電話會讓他感覺到上帝站在自己那一邊。

柯爾感覺有點站不太穩。

總之，如你所見——泰德往床上一坐——我人來了。這裡已經不需要你了。柯爾感覺手在刺痛，有點喘不過氣，血液在體內狂飆。柯爾這輩子都沒有這麼敏捷過，但這會兒他一手鎖住泰德的頭，另一手拿了把利器抵住泰德的喉嚨。他說，我對上帝發誓，如果你不馬上去找醫生看你有啥毛病，我就會把這把剪刀插進你脖子裡。現在給我滾。（他在泰德的耳朵上割了一小角，這才鬆開了手。）

噢，泰德慘叫一聲，手摸上耳朵，看到了血。你真的惹錯人了，他說。我可是有靠山的。

你有靠山，是吧，泰德？你這個要靠別人的傢伙？給我滾，柯爾說。別再讓我看到你。

柯爾接下來守了一整夜。被護士長趕走後，他又換了個地方繼續守夜。隔天又是一整夜，又被趕走。守夜。被趕。守夜。香菸和茶。他無意間聽到一名護士告訴另一名護士說他是小佩的男朋友，讓他不禁竊笑。能聽到這種話真是不錯，但他現在有別的事情要做。

一早天還沒亮，一名護士找到了他，告訴他小佩醒了。

柯爾隔著布簾看向小佩。還好嗎，親愛的？他問。

小佩轉過了頭。

她在回去的救護車上一句話都沒說。她挨著車窗，在名為佩姬的憂鬱中遙望遠方。柯爾握她的手，她也沒反應。快到了，他說。

他領著她走進酒館。她直直走過給酒器，看都不看一眼，就這麼上了樓梯，踢掉鞋子，坐在床上。

你要來杯熱巧克力嗎？

5 black ice，結在路面上的透明薄冰，因能看見下方的黑色柏油而得名，人車不易發現，容易造成事故。

柯爾等著被酸。你當我什麼，柯爾？九歲小孩嗎？但他沒有等到。小佩靜靜地讓人幫她脫掉了羊毛衫。然後她褪去裙子，鑽進了被子。一聲不吭，也不正眼看人。

他聽到樓下的後門開啓，然後是考爾太太和吉妮跑上來的聲音，趕忙起身去門口攔住了吉妮。

小佩的臉受傷了，親愛的。小佩在難過。

我來讓小佩好起來，吉妮說。我之前也讓克勞德好起來了，我能讓人好起來。

吉妮踮著腳尖走進房間。她坐在床邊，輕揉小佩的背。我愛你，佩姬。我眞的很愛你，佩姬。我永遠都會這麼愛你，佩姬。

小佩的臉皺成一團。小佩拉過一顆睡枕蒙在頭上，啜泣了起來。

柯爾離開了房間。

從廚房飄來咖哩的香味。

爐前站著身穿自家圍裙的考爾太太。她說，我想說你熬了一整夜，應該會需要吃點東西，佛米羅先生。

柯爾從來沒吃過咖哩，但在吉妮身上聞到過很多次。

這是薩森卡薩[6]，考爾太太說，那是達馬哈尼[7]，還有這是羅提[8]。

柯爾複述了這些菜名。

眞正吃起來之後，柯爾說起了其中各種滋味之豐富。這裡面沒有肉？

沒有肉，佛米羅先生。

眞不敢相信，這是不是因爲你的……你知道的，你的……？

錫克教徒身分？

柯爾點了點頭。

不，我們是有選擇的，我選擇不吃肉。

他們用完餐後，柯爾抽出一根菸要請考爾太太，並拿出了威士忌。
我不抽菸，也不喝酒，佛米羅先生。
爲什麼？
她聽到這話忍不住笑了。他也笑了，雖然他是認眞有此一問。
那你不介意我……？
不介意，你隨意就好，她說。
他留意到自己在她身邊是如此自在，並向她說了自己在病房裡對泰德做的事情。
非暴力的行動才是唯一正確的做法，考爾太太說。
我在這一點上差遠了，他說。我太太以前也很怕我。
你有讓她害怕的理由嗎？
我一次也沒打過她。
那不是我問的問題。
是啦，她是有理由害怕。
我不怕你，佛米羅先生。所以，你多少是有進步了。
柯爾喝了口威士忌。他說，我得把小佩送到克雷斯和小坦那裡一陣子。你覺得你能再照顧吉妮一回嗎，考爾太太？

---

6 sarson ka saag，芥菜香料咖哩，北印度的旁遮普鄉村料理。
7 dal makhani，黑扁豆黃油咖哩，北印度的旁遮普鄉村料理。
8 roti，一種印度烤餅，無發酵，口感較扎實。

多少回都是我的榮幸……

然後我會找人來顧酒館。

我可以顧酒館，考爾太太說。

你？

酒館和吉妮，一起顧，沒錯。

你不會忙不過來？

考爾太太瞪著他說道，我已經守寡二十五年了，佛米羅先生。在一個不是我老家的地方，我開了一家生意興隆的便利商店，在里茲另有一家分店，還打算在紹索爾[9]再開一家。我養活了我在老家的旁遮普家人。我禱告。我讓和我一樣來到這個國家幫忙像你這種人的其他人不至於露宿街頭。遵循蘭加爾[10]傳統，我經常一個晚上餵飽三十個人。我不喝酒，但也不歧視喝酒之人。所以一間酒館，佛米羅先生，應該難不倒我。

柯爾覺得她很了不起。他把備用的那組鑰匙給了她，便去打了電話。

天曉得柯爾是怎麼辦到的，但他在幾天內就抵達了義大利。油門一路踩到底，讓他的救護車成爲一台極好的老骨頭震動機，時速直上六十英里。小佩大部分時候都很安靜，頭倚在車窗上，中間有顆枕頭提供緩衝，雙眼直盯著風光明媚的外頭。她像是被陽光與雲朵與鳥兒的移動嚇住似的定格，只偶爾會聽到她長嘆一聲。此時柯爾就會問，你還好吧，小佩？而小佩則會說，嗯，我沒事，柯爾。

然後在大約下午四點，這輛一九三〇年代出廠的救護車最後一次進入聖靈廣場，警笛發出哭嚎，引擎蓋冒著蒸氣。柯爾熄掉了引擎，車子也慢慢停下，廣場歸於死寂。我們到了，柯爾說。

透過擋風玻璃，小佩可以看到在等待她的克雷斯與小坦。他們正經八百地站在廣場上，兩手緊握在身前，頭微微抬起，好似他們在等待的是靈車。而艾莉絲站在兩個男人身後。小佩在她們短暫對視後將視線移開。

你準備好了嗎？柯爾問。等我一下，小佩說。

好，說著他爬出車外，舒展著四肢。小佩聽到尤里西斯說，你好嗎，柯爾？然後她看到那兩個男人相擁。

她完全可以在這輛救護車內待一整天，就這麼看著世界從她身邊經過。不參與、不評論、不在乎，就只是保持距離。克雷斯總是說他們會是她最終的歸宿。「他們」指的是克雷斯與他的一條條奇徑。小佩拿出了粉盒，望向鏡中。她開始用粉蓋住臉上的瘀傷，讓主演這場小佩秀的自己準備好出場，但她突然注意到艾莉絲已經回到屋內，於是又收起了粉盒。突發狀況導致演出取消。她打開車門，搖搖晃晃地踏出車外。

她站在二月午後的冷淡光線下眨著眼。尤里西斯對她敞開了懷抱，一雙眼裡有溫柔與哀愁，而佩姬這回沒有了宛若主題曲的喀啦聲，只有提在手裡的高跟鞋和踩在鋪石路上的絲襪，外加那搖曳的臀部，因爲那就是她會有的樣子。喔，他聞起來好溫柔、好溫暖。克雷斯哽咽著朝她走來，但小佩打斷了他說，你敢對我濫情就試試看，老傢伙。我現在可沒有力氣顧自己還要顧你。

這些話爲克雷斯打了一劑強心針。

9 Southall，倫敦西部的一個區域，有小旁遮普或小印度之稱，是南亞裔居民的聚集地，有相關的香料市集。

10 langar，意譯是「施捨灶」，開設在錫克教謁師所（gurdwara）內部的社區廚房，為任何需要的人無償提供食膳，不因宗教、種姓、性別、地位與國家而有所區別。

你靠著我，小佩，我來帶路，他說。

柯爾與尤里西斯提著行李跟在後頭。

你氣色很好，柯爾，是小佩在上樓之前最後聽到的話語。

小佩直接走進她的房間，往床上一躺，聽著外頭的他們一個個躡手躡腳、輕聲細語地經過她房門口。時間隨著城內的鐘聲與光線遞嬗推移，而她就這樣一直睡著。

有一度她短暫意識到艾莉絲站在房門口。但她沒有動，丟臉的感覺讓她不想承認艾莉絲在場。兩人內心那有如翹翹板一般的拉扯，總是不放過她們。而男人們都躲得遠遠的。他們讓出了空間，讓她不禁想道是什麼讓他們的腦袋變得如此靈光。當然是小坦了。她幾乎可以聽到他在說，小佩現在需要的是女人，不是我們。甚至不是你，彼特，他補了一句。

睡睡醒醒，她在兩端游移，而她尋求的是昏迷。已經不需要止痛藥了，但那痛潛得非常深。那場名爲泰德的遊戲，她以爲自己已經把規則摸清。她倦了，而他變惡劣了。她縮水，而他變有錢了。有天她環顧四周，屋裡只剩下他。睡吧，小佩，睡吧。

艾莉絲在她母親房間的地上坐定，大腿上擱著一本素描簿。她的端詳並未大張旗鼓，鉛筆在紙張上的移動聲也如同輕拂。若是在清醒的生活中，小佩絕不會對入畫之事點頭，但這是艾莉絲的需求，而不是小佩的，要知道在藝術家與模特兒之間，存在著潛在的理解與諒解，說不定還有愛。

小佩聽到門開啓的聲音。來者是那名年邁的女士。氣宇不凡無礙於她的實事求是，讓人感覺既心安又和藹。她爲小佩拿來食物，坐在她身邊陪伴，甚至還不吝替她清洗。她不過擦拭了她的手臂、臉蛋和腳板，但那感覺是如此純粹、如此慷慨，令小佩淌下了淚來。老太太說出的吉言雋語，就跟古老的鐘聲一樣令人深信不疑。

到了第五天，小佩終於走出房間。時間早到市場都還沒開。她跑下樓梯，在城市裡像鬼魂一樣遊蕩。她把河流設爲自己的基準點，那是她一貫所爲，然後開始向東步行。

這一走，暴露出的是名爲孤寂的痛楚，那種痛不僅位居她人生的中央，也不曾缺席她母親的人生，以及她母親的母親的生命。沒學歷，沒積蓄，只有男人。那樣的往復循環是如此荒誕，再配上風琴樂音和幾隻塑膠馬就可以在遊樂場裡旋轉起來，而且完全不會出現意外。

她的美麗是她的貨幣，一直都是如此。但沒有人說起這種貨幣終究會枯竭。有那麼多她從來不曾讀過的書，那麼多被她棄如敝屣、認爲書呆子才會覺得有趣的博物館。老克說翻頁需要付出努力。需要耐性與用心，小佩。需要你拿出風度縱身一躍，說出這我不懂。

性，反過來說，是她之所長。她可以把一個二十歲的男孩變成男人，把一個中年男人變成一夜兩回的戰將。她母親是個欲罷不能的酒鬼。她母親交的是欲求不滿的男友。她一直以爲比爾是她父親，而等她發現喬治才是時已錯過時機。那不是你靠生活就能輕易沖淡的經歷。街頭在運河邊發掘了她，無神的雙眼，滿口的囂張氣焰，雙唇間叼著她向駁船上一個好人討來的香菸。帶我走，她對他說。等你長大，他說。看到了嗎？這就是好人，願意等的男人。

那艾迪呢？隨著雲層聚集在頭頂，晨光變得暗淡，她意識到戰時的倫敦是那場命運之秀的明星。愛與性來得又急又快，而且還與迫近的死亡成爲舞伴。老天啊，那眞是能將生活變得金光燦燦，變得飄飄然，變得說來就來。艾迪和她彼此依偎，是因爲生命已經對他們展現了本色，而那很簡單，那就是加州甜橙的樹林配上蜜蜂的聲音，還有花，還有和存在本身一樣讓人頭暈目眩的熱浪。艾迪看著她，眼神總像在說未來已經成熟。泰德看著她，就像在說果實已經掉落。

小佩坐下並褪去了鞋子，雙腳透著粉紫。她揉著兩隻腳，它們看起來已經不像是她的了。而隨著冷雨落下，在灘頭的泥巴中，她傷懷著一切。母親、泰德、艾迪、艾莉絲。那所有無以妥協的無可避免，那通往此時此地的單程車票。她哭得不是普通地慘。

找到她的人是艾芙琳。看著她黏在額頭上的劉海、在無聲痛苦中張開的嘴，艾芙琳說，我們會找回你的靈魂，小佩，然後將之送還給你。說著她用聞著有橡膠味、口袋裡裝著小柑橘的防水風衣，把小佩裹了起來。

柯爾臨行前的最後一晚，眾人聚在米歇的店裡，沒人覺得小佩會出席。但她緊握著艾芙琳的手臂，走進了店內。塗得到位的口紅，一絲絲的走路有風，這樣的她得到的歡迎聲轟隆有如獅吼。那讓小佩嚇了一跳，而她臉上也確實露出了驚訝的神情，但那就像是血液直接注入了心臟。那麼多的愛，換成克雷斯肯定會這麼說。那是假裝不出來的，小佩。艾莉絲幫忙騰出了位子，讓小佩坐在克雷斯與尤里西斯之間，而這兩個男人也一人牽起一邊，親吻了她的手。那之後就沒有人說太多了。小佩被當成了以前的小佩對待，而那一夜也一直維持著向前看的氣氛。

柯爾拋了根菸給小佩，尤里西斯為她倒了酒，彼特則起身來到鋼琴邊，因為他感覺到心中湧出了即興版本的〈情迷心煩又意亂〉[11]。他的演出讓餐廳安靜了下來，而演奏到最後一段時，大家都忍不住跟著哼唱。這就是那種特別的夜晚，艾芙琳在給道蒂的信中寫道。當有人獻身某項志業，那種美縈繞於心，難以言喻。

到了點單的時候，茱莉亞站在尤里西斯的面前，手中是待命的鉛筆，臉上是微微的笑意。現場所有人先來一輪 Polpettone？尤里西斯提議道。

好！大家異口同聲。

波佩托內是什麼鬼？柯爾問。

肉卷，克雷斯說。

我不吃肉，柯爾此話一出，惹得眾人哄堂大笑。

不，我是認眞的，他說。不吃肉。

你人不舒服嗎？彼特問。
我爲什麼非得生病才能把肉戒了？
因爲你向來是無肉不歡啊，尤里西斯說。
有時候就著包裝就吃起來了，克雷斯說。
那只有一次，就那麼一次。總之，我見到光了，柯爾說。
她叫什麼名字？
你別鬧喔，小坦。
我知道有個男人也把肉給戒了，克雷斯說。
這下可好，又來了，柯爾說。
班尼．費多拉，克雷斯說。
他不是市場裡那個吹口哨的人嗎？
就是他，你先記著這點，彼特。班尼．費多拉原本是個超級肉食主義者。班尼．費多拉……
我們知道他該死的名字了，克雷斯！柯爾說。班尼．費多拉、班尼．費多拉……
重點是，他開始不吃肉，是在做了一個夢之後，克雷斯說。
什麼夢？艾莉絲問。
他夢到他吃掉了自己的一條腿。他說那夢境太眞實，一醒來就吐了。
我們要吃飯了！誰想知道什麼又是嘔吐，又是把自己的腿給吃了的事情？
我只不過是把他告訴我的事情講出來而已，克雷斯說。

---

11 *Bewitched, Bothered and Bewildered*，一九四〇年音樂劇《酒綠花紅》（*Pal Joey*）插曲。

柯爾喝完了杯中的葡萄酒，又倒了些。尤里西斯扭頭對小佩眨了眨眼。能看到她的笑容眞好。

所以他戒了吃肉，彼特說。然後呢？

然後他的牙齒就掉光了。

天啊，柯爾說。

因爲不吃肉，他就不需要牙齒了。

所以他才能吹口哨啊，彼特說。

他牙齒還在的時候，一個音都吹不出來，克雷斯說。牙齒沒了後，就像隻會唱歌的小鳥。

幹，不會吧，柯爾說。

茱莉亞用她不太流利的英語說，那你要不要改點sformato ai carciofi[12]，佛米羅先生？

好啊，我改。**斯佛馬托**聽起來很不錯，柯爾說。Grazie，小姐。

你根本不知道那是什麼東西，克雷斯說。

只要不是誰的腿，我都可以。

隔天早上，柯爾看著他的救護車被拖進了普拉托市郊的報廢場。

要說下場，多的是比那裡更糟糕的地方，尤里西斯說。

就讓那些記憶和車子一起消失吧，哎？柯爾說。非暴力的行動才是唯一正確的做法，小坦。

這點我與你所見略同。

來吧，再不喝點咖啡我要殺人了。

小佩付了柯爾返程的機票錢。當然，他們都還有靠傑夫·赫斯特贏到的錢，但那是小佩的心意。

她想讓柯爾知道他對她有多重要，在她需要他的時候，他是如何爲了她挺身而出。她試著對柯爾說些什麼，但他阻止了她。無須多言，他說。緊急聯絡人的肯定對柯爾而言已經代表了一切。

尤里西斯開著貝琪，把柯爾送到了羅馬。途中他轉頭對著柯爾說，是考爾太太？

還有誰知道？

就我和小佩。

別和其他人說，柯爾說。這次不一樣，攸關我生命的那種不一樣。

春天一到，客人也開始回歸民宿。因爲多了彼特和小佩，所以只剩下兩房能接客，但克雷斯喜歡這樣，他覺得這樣比較忙得過來。一名班德宏恩小姐偕友人柯立芝小姐現身——她們來自美國堪薩斯州——還有一對史威普希爾斯父子來自英國艾希特。兩組人都要求晚餐不加辣。

艾莉絲獨自待在尤里西斯的工坊中，手裡握著筆，開著收音機。她正在把最後的筆觸加諸一個上頭只標有千年古城的地球儀，而這些古城連在一起便是古代的一條條商道。她的地球儀是純粹的藝術品，道蒂已經爲此事先通知畫廊老闆喬伊絲。她的前一個地球儀作品上是發光的朝聖步道，並且從那次的習作中衍生出從各個角度觀察一座橋的精細素描。在這座橋上，附帶著由支柱撐起、俯瞰著河面，用以祈禱的獨居隱修房——那是艾芙琳在很久以前描述過的世界。木板條、橋墩、一道爬梯。拉近某道窗戶，對窗內女人的特寫。而艾莉絲也慢慢理解何以女性會在橋上尋求安身之所，於是她畫出

12 用模具做成的圓形朝鮮薊鹹派。

了她們的青春、她們的痛苦，她們的年華老去。她們的存在與價值是由一名產下孩子的處女所賦予。她畫出了她們割捨掉的時光，而這種割捨換來的是對一朵花、一個瓶、一只杯、一個盤、一塊布料——一塊繁複而細緻的蕾絲——所進行的顯微習作。在某張床上看得到有補丁的床單，在一處角落有本素描簿，頁面之間藏著一撮嬰兒的細髮。就這樣一筆接著一筆，她描繪著那些不存在細節之生命的生活細節。在那些細節中活著的女性遭到了遺忘，但或許，她們一度也曾有過許許多多的嚮往。

她放下了筆，伸展一下脖頸。然後嚇了一跳，因爲她看到小佩正透過窗戶盯著自己。艾莉絲開了門。

小佩說，你看起來好投入，不想打擾你。我是來看你要不要咖啡，小坦說他們這兒的咖啡很棒。（小佩一緊張就變得多話。）我在這兒一定很奇怪吧。我就怕打擾到你。我想說的主要就是這些。

我等你來打擾我，已經等了二十年，艾莉絲說。

小佩不知道該怎麼回答。她不確定艾莉絲這句話意味著溫暖還是傷害，於是她點了點頭就離開。尤里西斯說艾莉絲是在送暖。小佩回去道了歉。她們一起喝了咖啡，過程中有些尷尬的瞬間，但那總歸是個起點。

七月帶來的是熱浪與更多的熱浪。蚊香沒日沒夜地焚燒著，英國幫去波蓋托[13]的一個游泳池避暑。（你需要一件新的泳衣，彼特。多謝提醒，小佩，這件是有點癟。）七月還見證了人類登月。二十七個小時不中斷的電視轉播讓在米歇店內的彼特與克雷斯看得如痴如醉。他們在閃爍不定的黑白畫面旁睡著，克勞德在一旁站崗。克雷斯試著模仿在無重力環境中走路的模樣，但小佩說他看起來像是卵蛋扭到。

入夜後，訂位已滿的米歐咖啡廳座無虛席。一大堆美國人在市區藉著愛國熱情大喝特喝。彼特成爲現場的氣氛大師，他移駕到天鵝絨坐凳上，傾盡一切音樂才華。

〈帶我飛上月球〉[14]、〈老惡魔月亮〉[15]、〈藍月〉[16]、〈那只是個紙月亮〉[17]，然後怎麼能少了——

〈月河〉[18]。

他彈奏了一段加長版前奏，期間不斷看向小佩，就像是在說：來嘛，小佩，不爲別的也爲了老朋友而唱。最終小佩站了起來，略顯羞赧，有點猶豫。她上次站在鋼琴旁，已經是好久以前的事了，這點在她的臉上一目了然，至少熟人都看得出來。在那瞬間，你會以前所未見的方式同情她、愛上她。彼特抬起頭，瞇眼看向小佩，然後叼著菸露出微笑，在眾目睽睽之下毫不遮掩自己的崇拜。小佩眨了眨眼，進入演出狀態。你絕對看得出來。身爲表演者的小佩，就這樣站到了人前。那存在於她的DNA裡，克雷斯這麼說。

---

13 Poggetto，位於佛羅倫斯西方約二十公里處的城鎮。

14 *Fly Me to the Moon*，原曲誕生於一九五四年，法蘭克・辛納屈（Frank Sinatra）在一九六四年乘著阿波羅登月計畫熱潮翻唱，大受歡迎。一九六九年，阿波羅十一號在登月艙中也播放了這首歌。

15 *Old Devil Moon*，音樂劇《菲尼安的彩虹》（*Finian's Rainbow*）中的歌曲，後來成為多人翻唱的流行歌曲，當中也包括法蘭克・辛納屈。

16 *Blue Moon*，多人翻唱或演奏過的一九四〇年代老歌，著名演唱者包含法蘭克・辛納屈、貓王、爵士小號演奏家路易斯・阿姆斯壯（Louis Armstrong）。

17 *It's Only a Paper Moon*，一九四〇年代老歌，二戰期間經多人翻唱而成為經典，演唱者包括艾拉・費茲傑羅（Ella Fitzgerald）等人。

18 *Moon River*，一九六一年電影《第凡內早餐》（*Breakfast at Tiffany's*）插曲，女主角奧黛麗・赫本（Audrey Hepburn）在片中親自獻聲演唱該曲，獲奧斯卡最佳電影歌曲獎肯定，後經眾多歌手翻唱。

而同時間在倫敦，隨著太空人尼爾．阿姆斯壯的腳踏上人類從未踏上過的月球表面，柯爾也跨出了屬於他自己的一大步，終於開口邀請坎米亞．考爾太太跟他來一場正式的約會。是什麼讓你等到現在？她對他說。

在入了秋的義大利，北部各地仍在持續延燒的工廠與工業中心罷工中動盪不已。學生還在示威遊行，與警方發生衝突也依然頻繁。共產主義、馬克思主義、法西斯主義都在爭奪政治檯面上的一席之地，對此馬西默寫道這三者正在沸騰著化作一種黑暗的凶兆，即基於民怨與動亂的邪惡聯盟。尤里西斯對朋友滿懷思念，而他也不吝於讓對方知道這一點。他在回信裡描述了廣場上的生活。「栗子、松露、雞肝等美味與滿口袋的醇厚果香，挾著這季節的溫暖與芬芳氣息飄進了廣場。葡萄已經開始採收，托斯卡尼葡萄鹹餅又回到麵包店中。有些事物還是始終如一，感謝上帝。」

九月的第二個星期，尤里西斯照舊一整天不見人影。小佩說他們應該跟蹤他，艾芙琳說她不確定那是個好主意，對此小佩說，喔，該死，只是開個小玩笑啦！這是艾芙琳第一次見識到小佩肘擊般的犀利言語。

十月中，燕子們還在佛羅倫斯好生待著。畢竟，誰會想走？克雷斯說。

以長扁麵做成的熱那亞青醬義大利麵，是克雷斯的招牌菜。小佩做了青醬，照著老克的做法一步步來。窗戶敞開著，小佩喜歡邊做菜邊聽收音機，但她會把音量調低。她用英語哼起了義語歌曲——胡亂唱的，歌詞現編——並用捷格舞步從爐邊跳到碗槽，身上的家居服沒扣釦子，還光著一雙腳丫。

怎麼了？她問。只是當個觀眾，克雷斯說。你一副有話要說的樣子，這位老人家，她說。

你好美，克雷斯說。

少來了，小佩轉過身去切麵包。

我們日子過得挺開心的，對嗎，小佩？而你也很適應了，對吧？我是指你的內心，還有在這裡的生活。

我還行，克雷斯。說著小佩抬起了他的臉，在他鼻子上親了一下。你是我的基石，她說。一路以來是，以後也永遠是。

等到住客歇下，他們也把碗盤洗好收妥後，小佩與克雷斯在露台上吃起了冰淇淋。他們倆站在那兒望著金紅色的日落，而詹尼・莫蘭地[19]在收音機裡唱著〈當雨降下來〉。然後他們跳起舞，直到天色變黑，山丘上的燈火一一熄滅，小佩回房就寢。克雷斯拿了本康絲坦斯・艾弗利的詩集給她作伴。我從來沒有讀過詩，她說。要是我看不懂怎麼辦？你會懂的，他說，你會懂的。

叩叩。

艾莉絲從工作桌前抬起頭來。你要去散步嗎，老克？你要人陪是嗎？

今晚不用，親愛的。只是想來說聲晚安，免得我回來你已經睡了。

艾莉絲起身親吻了他。怎麼了嗎？

這個給你——他給了她一張撕下來的《生活》雜誌封面，上頭是威廉・安德斯拍下的地球。大部分問題只要凝視一下這個，就都不是問題了，他說。

艾莉絲笑了。你這麼覺得嗎？

你等著瞧吧。

克雷斯接著在起居室門口徘徊了一會兒，然後說道，我在想啊，艾芙琳。你說我們去一趟阿西西

19 Gianni Morandi，義大利男歌手，〈當雨降下來〉（*Scende la pioggia*）是其於一九六八年發表的歌曲。

20

如何？

喔，好啊。下個月吧。阿西西的風景非常令人難忘。

我們就騎著摩托古奇……

那還不把道蒂羨慕死！

晚安，艾芙琳。

晚安，親愛的老克。別在外頭待太久。

在門廊，克雷斯戴上了帽子，對著鏡子調整角度。待會兒見，克勞德尖聲說。門關上的聲音輕輕在身後響起。來到外頭，克雷斯身處於晚風中，聽著水溝中潺潺的流水聲。他好愛這夜晚的味道！他朝著石椅走去，從眼角餘光瞥見米歇咖啡廳發亮的霓虹燈，而彼特彈著鋼琴的聲響、最後幾位客人輕柔的交頭接耳、刀叉的鏗鏘，都在他的耳邊無比鮮活。

老克！尤里西斯跑過了廣場。你要去哪兒？他邊說邊喘氣。

哪兒都不去，也哪兒都去，克雷斯說。

想要有人陪嗎？

今晚不用，孩子。喔，對了，小佩帶著康絲坦斯·艾弗利入睡了。

現在已經沒有什麼嚇得了我了，克雷斯。

樹下一片漆黑，廣場上鬼影幢幢，讓老克那溫柔而寬厚的面容都不禁嘲諷地挑起眉。一種費里尼式的特質浸潤著那夜間的舞台場面——他左手邊是一名抱著大魚的醉漢，右手邊是一名袍服看來有點怪異的修女，正前方是造形臻於完美的教堂，還散發著光輝。

克雷斯已經忘記了疲累。他在記憶的公路上前進。不如我們在最後加一點狂喜進去吧，克雷斯？多美好的人生！

凌晨三點，尤里西斯一醒來便感覺心臟怦怦跳，一種強烈的不祥預感逐漸爬升，就像剛發現失火的燃煙。他匆匆套上了T恤和長褲，赤腳走在公寓的地板上。陰暗中閃過一抹藍色。噓，他對克勞德說，而鳥兒落腳在他的肩上。他查看了廚房、起居室，一切看起來都好好的。他在艾莉絲的門前附耳，可以聽到她穩定的呼吸聲。他往前移動到艾芙琳的門前，聽到的是同樣舒緩的酣眠長音。老克的門板半掩著。輕輕推開，看到的是空蕩蕩的房間和沒有睡痕的床面。

廣場上，摩托古奇就停在克雷斯留下它的地方，尤里西斯盼著那老男孩只是一時興起出去走走。他讓克勞德飛入夜空中——去找克雷斯，他說，鳥兒振翅而起。

尤里西斯走上馬吉奧路，轉進薩比提廣場。他路過彼提宮，前進到老橋，然後沿河東行。他幾乎可以看到那老傢伙的足跡在黑暗中閃耀。他叫起了老克的名字，把手電筒照進黑暗的角落，但城市一片空蕩，偶有幾聲狗吠或幽會的戀人，沒什麼不尋常。阿諾河靜靜流淌，街燈與微微亮起的天邊是其僅有的光源。他開始奔跑起來。

在往聖尼各老而去的一路上，那種感覺都一直存在，而他的腿開始沒了氣力，呼吸開始變得急淺，但他必須撐住，必須爲了將至的一切撐住。他點了根菸，原路折返。

他再次呼喚著克雷斯，語調聽著愈來愈像哀嘆，然後突然之間，在阿諾河濱的托里姜尼路上，他聽到了：一聲微弱的尖叫。他停下腳步。克勞德？他走近路德宗教會，手電筒投射出的燈光在他面前

20 Assisi，位於義大利翁布里亞大區（Umbria）佩魯賈省（Perugia），聖方濟各的誕生地，也是他於一二〇八年創立方濟各會的地點。

開展。首先看見的是陰影與樹叢，然後是一具癱軟形體靠在柱廊的邊牆上，一旁有隻鸚鵡守著。尤里西斯快步跑向克雷斯，探了探他的脈搏。但身體已經涼了，而面容十分安詳。尤里西斯在他身旁坐了下來，最後一次挨著他。他將克勞德舉到自己的大腿上，接著立刻察覺到不對勁。

嘿，小傢伙，怎麼回事？

克勞德似乎喘不過氣。

你怎麼了？尤里西斯問。

克勞德的聲音變得微弱。*滅了吧，滅了吧，須臾之間的燭火*[21]，牠低語著。

你想要隨克雷斯而去嗎？

克勞德眨了眨眼。

生命不過是一道行走的陰影[22]，尤里西斯。

我知道，尤里西斯說著抱住鳥兒，將牠貼在胸前。我知道，我知道。

而世上確實沒有什麼，能讓我……像愛你……一樣去愛[23]。

尤里西斯看著太陽升起，河水鍍了一層金，而後的事情他便記不得太多了。不過彼特找到了他。彼特也有某種感應。彼特回到家中，把該知道的事情讓大家知道。

女人們集合了起來。她們精準知道該做些什麼，就像無縫的潮浪。克雷斯得到的是英式的送行。沒有喪禮彌撒，沒有開棺瞻仰，有的只是火化與事後在米歇店內的聚會。貼在建物上的訃聞將後事的安排告知了廣場，但大部分的小眾傳播是經由老伯爵夫人之手完成。她溫柔地把消息傳遞出去，因爲她對那老男孩有著一份藏得很好的感情。老伯爵夫人帶著尤里西斯去市場買菊花，看著他裝飾民宿大門，並用橘色花朵裝滿摩托古奇的邊車。有你的，她說。然後她又用英語補了一句，經典的老克。

馬西默自是立刻趕了回來。他搭第一班飛機出發，並很驚訝地看到尤里西斯到機場接他。我很好，我很好，尤里西斯說，而馬西默說，不，你一點都不好，尤里西，夠了。這話有點擊潰了尤里西斯，以至於他必須靠邊停，讓馬西默接手開車。德斯與帕比也重返佛羅倫斯。德斯說，我以爲老克雷斯能夠永遠活下去，我以爲他是塑膠做的。然後彼特彈奏起〈老克之歌〉，而這就是他最後一次演奏此曲。在那之後他和一瓶威士忌一起失蹤，直到艾莉絲在地窖找到他。我在這下面比較有安全感，他說。

柯爾沒有回來，因爲柯爾無法面對。他在酒館辦了一場紀念會，來的人非常多，以至於明明下著雨，人群還是擠到了人行道上。柯爾將克雷斯曾在英國公墓朗誦的詩句背得熟爛。他喝得爛醉，醉成嚎啕大哭的一灘爛泥。此時不醉，更待何時？考爾太太說。

那小佩呢？

小佩一杯酒都沒有碰。小佩唱了〈看顧我的那個人〉[24]，然後在廣場上坐著寫了封信。這是艾芙琳的點子。親愛的克雷斯，這封信如此開頭。字裡行間既是種種回憶，也是種種感謝。寫完了信，她走回到米歇的店，用老克的那本常用義語手冊點了氣泡酒和火腿盤。她一個人坐在那兒喝著酒，吃著肉。她看著他在手冊裡畫線的詞句，看著初來乍到的那段日子，對他重要的是哪些東西。「請給我一

21 Out, out, brief candle，出自莎劇《馬克白》第五幕。
22 Life's but a walking shadow，承接「滅了吧，滅了吧，須臾之間的燭火」的下半句台詞。
23 I do love nothing in the world so well as you，出自莎劇《無事生非》（*Much Ado About Nothing*）第四幕。
24 *Someone to Watch over Me*，寫成於一九三〇年代，一九五〇年代兩度由艾拉．費茲傑羅翻唱。

張郵票，我要寄信到英國，謝謝。」

冬天來臨，也帶來了空虛。

尤里西斯幾乎無法從枕上抬起頭，失落的重量沉甸甸地壓著他。他潛入了自己的內心世界，而且潛得很深。一九七〇年來了，又是下一輪十年。別了，六〇年代！你究竟都爲我們做了些什麼？

哈囉？有人在嗎？

他靜靜地躺著，任由一切從他身上流過。艾芙琳坐在他身邊，爲他朗讀，直到他睡去。

三月來了又走。暖意流入周遭，在風中能感覺到大自然的更迭，而那股振奮人心的能量無可抵擋。房間漆成了黃色，客人進駐了樓下。哈囉，哈囉，歡迎你們來，那是艾莉絲的聲音。

尤里西斯躺在床上，心思漂浮於四周，突然間，翅膀的飛掠與尖銳的啁啾聲吸引了他的注意。他睜開雙眼，花了點時間聚焦。兩隻燕子在窗戶內外穿梭，嘴裡叼著泥巴與細枝。在房間的角落，是鳥巢的雛型。呆若木雞的他一邊看著，一邊聽見老克在說，一場史詩之旅，充滿我們未曾聽聞的考驗與磨難，就此告一個段落。我想，這兩隻鳥兒是從尼羅河谷上來的。你這麼覺得嗎，克雷斯？是啊，那只是一種感覺，我也有可能弄錯，但……牠們一天飛行兩百英里，小坦。有極強的導航能力，時速可達二十至二十二英里，甚至三十五英里也不是沒有聽說過。牠們撐過了飢腸轆轆、暴風雨和所有的疲勞，就只是爲了來到此處，爲了打造一個家。聽起來有點熟悉，哎？

尤里西斯喊起了小佩。小佩站在門口，像個孩子般微笑著。這樣的小佩可謂難得一見。她踢掉了鞋子，貼著他的背躺了下來。然後他們一起看著燕子。

在尤里西斯回歸地球儀的製作之際，也就是約莫四月初，他把老克放在了義大利的心臟部位。同時他把老克的小名拼法從「cressy」換成了「cressi」，以此作爲後一九七〇年版本的標誌。這些後一九七〇年版本的地球儀有一些與眾不同之處。哀愁匯聚成美麗的支流。它們展現出一種莊嚴的氣勢，一種纖細、寶貴且令人驚異的特質，就像威廉・安德斯從太空中拍下的影像一樣。它們會是尤里西斯的代表作。

一行人在一個美麗的六月午後啓程出發。腳上該穿什麼，照例又很無聊地吵成了一團——那得兼具舒適性、實用性跟抓地力，彼特說。馬西默與尤里西斯扛著背包，彼特——最可靠的一雙手——抱著骨灰罈。小佩和艾莉絲拿著毯子，而艾芙琳必須專注的只有一件事：不要累死。要是我失敗了，她說，不要幫我做人工呼吸，把我當顆大石頭從山邊推下去就行。

他們的車隊由貝琪與摩托古奇組成，一路開上了塞蒂尼亞諾，並在主廣場停下。隨著午後時光漸漸趨近夜晚，他們朝著墓園步行而去，途中經過隨風飄動的橄欖樹林，並踏上了切石者的古道。艾芙琳被託付的任務是爲實事求是的克雷斯找到古道正確的位置，而她也沒有讓他失望。他們踏出的每一步都是歷史，每一步都是爲了他。他們就這樣走在文藝復興時代切挖出**寧靜石**[25]的切石者之路上。他

25 pietra serena，一種灰黑色砂石，米開朗基羅曾以此石材設計梅第奇禮拜堂中的新聖器收藏室。

一定會喜歡的吧！而當然，這條林蔭濃密的步道會帶著他們上到切切里山[26]，李奧納多·達文西曾在那裡作夢，思索飛行的理念。

就是這裡了，尤里西斯說。

森林變成了一間大教堂。在一柱柱陽光下，艾芙琳與小佩與艾莉絲頭靠頭躺在毯子上，化身爲一顆三芒星。彼特摸著脈搏說自己沒有心跳了。這有可能嗎，小坦？我覺得不太可能，彼特。

馬西默與尤里西斯肩並肩坐著，他們拔起葡萄酒的軟木塞，將酒分發給大家。酒仍是冰涼的，十分可口，讓眾人精神一振。彼特打開了骨灰罈，而就在艾芙琳朗讀著康絲坦斯·艾弗利詩作的同時，他們輪流把老克的骨灰撒在了森林的地面上。

他們喝著酒，對於老克曾經走在他們之間心存感激。我們是多麼幸運！尤里西斯說。他與艾莉絲重講了一遍芬妮·布蘭克斯—柯恩的故事，還回味了克雷斯是如何把錢和克勞德走私到渡輪上，那是發生在一九五三年的事。接著艾芙琳心血來潮，以此詩對克雷斯，也對克勞德與牠體內的莎士比亞致敬：

但屬於你的永恆夏天不會消退，
也不會佚失你擁有過的瑰麗，
即是死神亦不能誇口你在他的陰影中徘徊，
畢竟你生在永恆的詩句裡。
只要男人（還有女人，她強調）還能呼吸，雙目保有光明，
此詩便可長存，並將生命賜予你[27]。

艾芙琳向著森林舉杯，所有人也跟著她一起。彼特信誓旦旦地說樹葉間傳來的一陣靜默是在表示

謝意，而尤里西斯說他也聽到了。

緩緩走回去的路上一切如常，有那麼一瞬間他們全都牽起了手。那是艾莉絲靈機一動，先牽起了小佩的手。

就這樣他們留下了克雷斯，讓他在那兒變成一棵樹。

一九七一到七四年，整體而言有好有壞，而克雷斯的缺席讓人心如刀割。右翼與左翼的政治極端分子試圖把這個國家變成他們心目中的烏托邦，暗殺與炸彈攻擊搶占報紙頭條。民宿的溫柔人們在沉默中受到撼動，而尤里西斯尤爲嚴重。艾芙琳說，我們仍舊活在法國大革命，以及希特勒與墨索里尼的足跡中。刮掉表面的亮光漆，那些惡魔就會重新抬頭。邪惡會被擊敗，但它永遠不會遠走。這是我們必須要學著與之共存的現實，尤里西斯。

就在這種世事不很太平的背景下，小佩展開了她的職業演唱生涯。這一點與她和泰德離婚發生在同一時間，沒有人不看在眼裡。她加入了彼特的行列，在飯店與俱樂部中演出，而培養了幾十年默契的演出也讓他們一炮而紅。他們是一對音樂才華旗鼓相當的專業搭檔，被合稱爲「坦普范恩」——這單純是把兩人的姓氏連在一起。彼特靠上麥克風用低沉的嗓音說，各位觀眾，容我向你們介紹佩姬．坦普。道蒂與艾芙琳站在後面大聲地鼓掌。隨著小佩緩緩唱起第一首曲目，橘色的夕日也在著火的阿諾

26 Monte Ceceri，菲耶索萊附近的一座小山丘，位處佛羅倫斯都會區範圍內的自然保護區。

27 出自莎士比亞十四行詩第十八首的結尾。

河上沉落。道蒂挨到艾芙琳身邊輕聲說，如果有來世，琳琳，她和我——喔，別傻了，艾芙琳說。她會把你當成早餐生吞活剝。要是能那樣就好了，道蒂說。

七二年，費里尼的《羅馬風情畫》[28]來到了佛羅倫斯。艾芙琳對於這位知名導演以作品致敬她如此熟悉的一座城市欣喜若狂，而彼特宣稱他願意以一隻左腳與一隻耳朵的代價換取在費里尼的電影中演出。你眞的認眞想過，是不，彼特？馬西默說，而彼特說是。就在極有老克風範、極不尋常的一番轉折中，彼特的大頭照落到了《阿瑪柯德》[29]的選角桌上，接著他就被一陣風掃進了奇尼奇塔製片廠的五號攝影棚。馬西默央求彼特帶上他，但彼特不被允許帶朋友進去——他問過了，上帝珍愛他。彼特的角色戲不多但很搶眼，而演出電影的整體經歷也改變了他。他當上了一日明星。有時候光是那樣就很夠了。

那件外套很好看，尤里西斯說。

這是馬切洛·馬斯楚安尼的，彼特說。

很適合你。

謝了，小坦。

也是在這一年，馬西默在他母親去世後搬進了民宿。要買棟公寓我也不是沒錢，但我不想讓傑姆來住的時候得忍受異樣眼光，所以……

你眞的想這麼做嗎？尤里西斯問。要來這裡跟我們住？

你介意嗎？我介意嗎？你這麼問是認眞的嗎？是嗎？（對話就這樣鬼打牆了好一會兒。）馬西默偶爾會接手晚餐的供應，而他的手藝好到一度在留言簿上被住客提及：「那些鑲米飯的番茄眞是**天**

味！」（這是「天賜」的筆誤[30]，但也說得通，而且還滿可愛的。）

而此時在倫敦，柯爾把自己綁在了櫻花樹上，爲的是對開進來的推土機表示抗議。《哈克尼憲報》對此事進行了鋪天蓋地的報導，並且引用了柯爾的話：「非暴力的行動才是唯一正確的做法。」拆除大隊把柯爾從樹上切了下來，櫻花樹最後的下場是進了垃圾車，而柯爾則因爲朝警察揮拳而在拘留所的欄杆後度過一晚。考爾太太和吉妮去接他出來。考爾太太說她以他爲榮，而柯爾那天走起路來就像個國王。

於是他們聚集在此時此地：一個寒冷的午後，在聖靈廣場，時間是一九七三年初。

尤里西斯、馬西默與艾芙琳在米歇咖啡廳外喝著咖啡和格拉帕。市場已經早早清空，艾芙琳正和男人們說著那個夏天在漢普斯特德的肯伍德女子池塘邊，她是怎麼認識凱薩琳·赫本[31]，而就在大家的遐想進行得正精采時，彼特闖了進來。他剛與小佩和艾莉絲去參加一場示威遊行，訴求是墮胎權，身上那件宣揚女性選擇權的手繪T恤仍緊緊繃在羊皮大衣上。

28 *Roma*，費里尼的半自傳式電影，講述主角青年時期從家鄉搬到羅馬的經歷。

29 *Amarcord*，費里尼的另一部半自傳電影，一九七三年底在義大利上映，隔年在美國推出，一九七五年獲奧斯卡最佳外語片獎項。

30 「天賜」（heaven sent）和「天味」（heaven scent）在英文中只差一個字母c。

31 Katharine Hepburn，好萊塢女演員，演出作品類型廣泛，曾四度成為奧斯卡影后，極具影響力，終身對促進婦女權利不遺餘力。

彼特站在他們面前，試著緩過氣來。
你們絕對不會相信我們剛剛看到誰，他說著，氣還沒緩過來。
往下講，尤里西斯說。
蘿米．沛勒。
最好是！
彼特說他、小佩與艾莉絲在回程時穿過了烏菲茲廣場，然後在那裡目擊了一場意外。
什麼樣的意外？馬西默問。
一台偉士牌撞上了一尊活雕像。那機率能有多低？他說。
不低啊，如果你不喜歡默劇藝人的話，艾芙琳說。
尤里西斯大笑出聲。
那尊活雕像連叫都沒叫，彼特說。那專注力與敬業精神眞是沒話講。
蘿米就是那台偉士牌的騎士？尤里西斯問。
不，小坦，蘿米是那尊活雕像。
蘿米是那尊活雕像？我不信。
艾莉絲也不信。但她就在現場，還彎下腰爲一臉慘白的珍．茜寶[32]處理傷口，然後突然就聽見一聲——哈囉，艾莉絲，是我，蘿米——艾莉絲差點當場嚇到拉屎，原諒我嘴巴不乾淨，艾芙琳。
誰都會口無遮攔，彼特。
她在樂寇[33]念書，彼特說。
你怎麼知道這麼多？
她告訴我們的。
她不是剛被偉士牌輾過嗎？艾芙琳問。

是啊，但傷勢不嚴重，主要是受到驚嚇。偉士牌騎士還比較慘，顯然他必須在掃倒一群遊客和撞倒一座雕像之間二選一，所以他選擇了雕像。但換作是你也會選雕像，對吧？問題是他在雕像開口說話時嚇得往後跌，結果一頭撞上了石地。那一定很痛，彼特說。

她們過來了，馬西默說。

艾莉絲和小佩出現在聖殿一側，懷裡攙著走路一拐一拐的蒼白女子。

艾芙琳等不及要和道蒂解釋這一切的來龍去脈。

一在起居室坐下，蘿米就又變回了那個魅力與活力兼具的她。只不過她已經從青少年長成一個年近三十的女人，就跟艾莉絲一樣。小佩說她覺得以一個默劇演員而言，她的話還眞不少。

你媽和你爸怎麼樣了，蘿米？尤里西斯問道。

喔，我的天，坦普先生，佛羅倫斯改變了他們的人生。我父親沒有把以亨利・詹姆斯爲題的書寫出來，但他最終確實以但丁・裴洛尼的假名寫出了一本暢銷書。那本浪漫驚悚小說講的是一個男人去義大利尋愛，但他的妻子卻試圖在當地一名建商的協助下謀害親夫。

那本我讀過！艾芙琳說。吊燈砸到主角身上的時候我笑翻了。

---

32 Jean Seberg，美國女演員，曾出演多部好萊塢和歐洲電影，包括尚盧高達（Jean-Luc Godard）執導的法國電影《斷了氣》（*À bout de souffle*）。

33 L'École Internationale de Théâtre Jacques Lecoq，全稱為賈克樂寇國際戲劇學校，位於巴黎。

34 Elizabeth Alice Ali MacGraw，美國女演員，曾獲金球獎劇情類電影最佳女主角。

電影版權已經賣出去了，蘿米說。艾莉．麥克洛[34]已經簽約要演我媽了。

那你媽還好嗎？尤里西斯問。

好到不行。她成爲一家飲料公司的行銷主管，現在約會的對象是船王歐納西斯[35]的朋友。

蘿米．沛勒是一股他們所有人都需要的aria fresca（清新空氣）：相對於已經糾纏眾人兩年的哀傷，一種喜悅中帶點喧鬧的反差。她收彼特爲弟子，將「受困玻璃箱中」的默劇套路傳授給他，而接下來一週，彼特就不斷試著從一樣自己看不見的東西裡逃出來。對此柯爾說，那不就是他一輩子在幹的事情嗎，有什麼新鮮的？

而在一次令人高興的事態轉折中，蘿米．沛勒神魂顛倒地愛上了艾莉絲。她們在佛羅倫斯美術學院附近的客棧一起跳上了床。她們有舊情，有閒情，還有很棒的性愛。所以你怎麼說？蘿米問。（她剛才問了艾莉絲，兩人是不是應該試著再交往一次。）

就你和我，小不點。愛是明亮的夢想？艾莉絲說。

喔，我的天，蘿米說。請不要告訴我，我對你說過這種話。

你說過。

蘿米無地自容地蜷起身子，然後點了根菸。她吹出了長長一道煙。那你的回答是？

好，行，艾莉絲說。但是慢慢來，按部就班。

蘿米笑了，因爲她根本就不懂慢這個字的意思。但她那晚確實鼓勵艾莉絲拾起吉他，到聖殿的台階上演唱。

艾莉絲唱了〈開闊大道的自由〉，而馬西默指了指作者彼特，所有人都歡呼了起來。她還唱了〈羅瑟希德之塔〉，這首歌小佩是第一次聽。而回程走在廣場上，小佩問尤里西斯，艾莉絲是何時把這歌寫出來的，他說是她十四歲的時候。那嚇壞了小佩。她沒想到那麼多年前，這孩子就已經明白了她的痛苦有多深。小佩覺得那是她這輩子聽過最美的歌。她把這感受寫成一張便箋，塞進了艾莉絲的房間門縫。兩個女人好幾年都對這件事隻字不提。

大約一個星期後，尤里西斯對艾莉絲說，他很歡迎蘿米搬進民宿，但艾莉絲說他媽的不可能。

噢，尤里西斯說。他還挺喜歡蘿米的。

我的意思是，還不急，艾莉絲說。這是我人生中第一次，一切都美好又穩定，尤里。我想保持現在這樣。

《阿瑪柯德》終於在七三年年底於老雷克斯戲院上映時，悲傷的毛邊已被刨得平順，民宿一行人終於能夠心平氣和地過日子。小佩卯足了勁盛裝打扮，程度已來到十成十。彼特已經能抬頭挺胸，那就人體解剖學而言可謂極其罕見，而他出現在大螢幕上那短暫的瞬間——天啊，他們全都深感驕傲！——他的面容在黑暗中由小變大，神情充滿了意圖，充滿了渴求。他說他本來有一句台詞，但他們把它給剪掉了，對此艾莉絲說，一句台詞算得了什麼，你憑眼神有什麼不能傳達？不信你問蘿米。彼特於是看向蘿米，蘿米點了點頭，讓彼特很是滿意。他甚至又開始收到粉絲來信了。天曉得他們是怎麼知道他住在哪裡的，但容我向你介紹一下演藝圈，那裡頭是無所謂尊重，無所謂底線的。

35 Aristotle Onassis，被稱為希臘船王，曾是世界首富，第二任妻子是美國總統甘迺迪的遺孀賈桂琳。

一九七五年六月，傍晚的餘暉流入了房內。唱片機的音量被放到了最大。范·麥考伊[36]與靈魂城市交響樂正演奏著加長版的〈哈娑〉，而尤里西斯和小佩則靠在她房間的牆上——念著舊情——做愛。汗濕肉體的撞擊聲呼應著迪斯可音樂的節奏，接著高亢的小喇叭推升樂曲，達到了史詩級別的幸福滿溢。小佩在高潮中放聲大叫，而尤里西斯也緊跟在她之後。他抱著她到了床邊，然後他們一起倒在了床墊上。

天啊，你太棒了，小坦，小佩邊說邊大口吸氣。

鬧鐘響了。而且還很準時，她說。眞是謝了。（依舊是無可救藥地浪漫。）

一輛計程車載著她與彼特來到怡東飯店。人潮一如以往洶湧，他們總是很享受在此演出的夜晚。古馳的卡夫坦禮服[37]配上橘色口紅，運動外套加上男性涼鞋，還有叮叮噹噹進到收銀機裡的錢。這一晚預定的曲目會是：

〈看顧我的那個人〉/〈但那不適合我〉[38]/〈風暴天〉[39]/〈我從來不曾愛過〉[40]/〈你不懂愛是什麼〉[41]/〈一次又一次〉[42]/〈就這樣〉[43]/〈一切都將改變〉[44]/〈永遠在我心上〉[45]/〈眞正活著〉[46]。

這些都是他們吃音樂飯的傢伙，彼特是這麼說的。他們閉著眼睛也能把這些歌曲表演出來，而事實上，他也經常在表演時閉上眼睛。小佩訂了一個規矩是任何人想送飲料，都只能在後半場送來。後半場往往是以音樂劇的插曲爲主，這段期間彼特會演奏得更起勁，散發出劇場光芒，一首接著一首讓觀眾起立鼓掌。

就這樣，那晚他們表演到一半，而小佩的表現是歷來最佳。那是一個會讓人記住的晚上。她注意到一個傢伙在吧檯旁看著她，雖說那本身也不是什麼稀罕事，但這個人沒有像天眞的小母鹿一樣兩眼發光，沒有把婚戒藏起來，也沒有像很多人那樣把年輕時的幻想投射到她身上。他看起來是發自內心對她的才華感興趣，而且認眞的眼神有點嚇人。

他並沒有送飲料過來，這讓小佩覺得有點驚訝。在換曲目的空檔，小佩說，你有看到吧檯邊的那個傢伙嗎，彼特？散發著憂鬱氣場的那個人？彼特問。對，就是他，小佩說。你認識他嗎？彼特又問。一次都沒見過，小佩說。是喔，但他一副認識你的樣子。

（最後一首歌。）

非常謝謝大家，晚安。

小佩與彼特一起向觀眾鞠躬，而那個男人只是起身就此離去。眞怪，小佩心想。打包離開後，她和彼特總會背著身後的城市光景小酌兩杯。他們偶爾會提及當天的布景或演出上可以精進的地方，偶爾會望向河流的另一邊，談起他們一路走來歷經了多少。

小佩？

小佩轉過頭。是在吧檯的那個人。

---

36 Van Allen Clinton McCoy，美國音樂製作人暨歌手，自組交響樂團「靈魂城市交響樂」（Soul City Symphony），代表作是一九七五年紅遍世界的迪斯可舞曲〈哈娑〉（*The Hustle*）。

37 Kaftan，一種長板大衣，可見於中東、歐亞等地各文化之中，在某些地區是皇室的服飾。

38 *But Not For Me*，一九三〇年音樂劇《瘋狂女孩》（*Girl Crazy*）的插曲。

39 *Stormy Weather*，一九三三年發行的一首感傷情歌。

40 *I've Never Been in Love Before*，一九五〇年發行的歌曲，法蘭克．辛納屈曾翻唱過。

41 *You Don't Know What Love Is*，一九四一年電影《讓他們飛吧》（*Keep'Em Flying*）插曲。

42 *Time After Time*，一九四七年電影《布魯克林之事》（*It Happened in Brooklyn*）插曲，由法蘭克．辛納屈演唱。

43 *That's All*，一九五二年發行的歌曲，許多爵士及藍調歌手曾翻唱過。

44 *Everything Must Change*，一九七四年發行的歌曲，由昆西．瓊斯（Quincy Jones）演唱。

45 *Always on My Mind*，一九七二年發行的歌曲，貓王演唱的版本相當受歡迎。

46 *Being Alive*，一九七〇年百老匯音樂劇《陪伴》《*Company*》插曲。

彼特喝光了酒，站了起來。我去吧，他說。

不，你待著，小佩說。

彼特坐了回去，心想自己剛剛幹麼急著把酒喝完。

佩姬．坦普？那男人顯然是美國人。是的，我就是。小佩從這男人身上感受到某種與艾迪相似得不可思議的氛圍。當然，他生著灰髮，但拜託，她也有灰髮藏在金髮底下，重點是這人讓她覺得……

我們認識嗎？她問。

三十年前認識。

（就這樣，他說了出口。）

小佩那時還是個少女，彼特說。

閉嘴，彼特。小佩不禁笑出聲。

我是葛倫，葛倫．莫蘭。

小佩伸出了手。很高興認識你，葛倫。

那人頓了一下，好像不知道該如何接續對話似的。他說，艾迪是我最好的朋友。

空氣一時全被吸出了房外，一場漩渦將他們捲回了一九四四年八月。小佩和艾迪在蘇活區某間舞廳相識的那晚，葛倫．莫蘭也在場。他也有屬於自己的魅力，那一夜肯定不是一個人回家。他和艾迪常被誤以爲是親兄弟。首先注意到小佩的是葛倫。他用手肘輕推了一下艾迪，說道，你看她，然後兩個男人同時靜靜吹起了口哨。但葛倫已經爲坐在吧檯的一名女子點了酒，所以他還能如何呢？交給你了，艾迪。艾迪對著合起的兩手吹氣，聞了聞自己的口氣。

艾迪與小佩對上了眼。命運的星辰就此相撞，直到永遠、永遠、永遠。

小佩去了趟洗手間。彼特敲著隔間門。

佩姬？你在裡面沒事吧？

我沒事，彼特。我只是有點不舒服而已。

我等你。我不會讓你離開我的視線。

我拉肚子，彼特。給我點隱私，親愛的。

喔，你說得對。抱歉，小佩。

馬桶傳來了沖水聲。

小佩一開門，彼特立刻衝向前，伸出了雙臂抱住她。

葛倫在桌邊等他們，並在他們回來時站起身。彼特看到桌上有三杯酒，鬆了一口氣。他坐在離葛倫最遠的地方。

你想知道多少？葛倫問。

全部，小佩說。

艾迪．克雷頓，小佩的美國男孩在他們認識的六個月後死於法國。他真正的名字不是艾迪．克雷頓，而是亨利．愛德華．克雷登，小名艾迪。說來他早早便結了婚，但是並不幸福。他原本的計畫是離婚然後迎娶小佩，帶她回到美國，這些都是真的。他甚至把這打算都和父母說了。他們是一個溫和的家庭，他們會支持兒子無論如何都想做的事情。小佩並不是他的祕密，小佩是真實的存在。

所以他是愛我的。小佩口中最先說出來的是這句話。葛倫回答說，他瘋狂地愛著你。

他是怎麼死的？小佩問。

兩台吉普車競速，艾迪的那一輛撞到樹幹翻覆。

小佩感覺天旋地轉。那麼些年，那麼些年的苦苦等待。那麼些年的渴望解脫。彼特握住了她的手，她沒有把手抽回。

葛倫說，我很抱歉造成……不，我……

但字句消解了。冰塊的鏗鏘聲、聽得見的呑嚥聲、火柴的一閃。彼特遞出了他的菸。三人在沉默之中對坐。

我本不該出現在這裡的，葛倫說。我理應在昨天從米蘭搭機離境，只是會議改了時間，但我又不想在米蘭度過週末，所以我就來了⋯⋯

艾迪有個孩子，小佩說。她名叫艾莉絲，她看起來很像他。

她還是個聰明、有才華又強悍的孩子。轉告他們。

我會把話帶到。

這個，她說著打開了皮包。嘴裡叼著菸，眨著眼，她翻找了一番，終於找到了皮夾。用發著抖的手，她取出女兒的照片，遞了過去。

把這個交給他們，她說。

葛倫點了點頭，看著照片。天啊。她眞的是艾迪的翻版，他說。

小佩和彼特沿著阿諾河濱走回家。小佩手裡拎著鞋，倚靠著彼特，而彼特很可靠。街燈照亮了漆黑的夜，小佩領著彼特上到三聖橋。他們靠著邊牆站著，俯瞰河面。一盞提燈吸引了他們的目光。那片長草河岸上有一整個小世界，裡頭有個人正從隨身酒壺中倒出酒液，然後查看了一下釣魚線。

我不知道該說什麼，小佩，彼特說著哭了起來。

嘿，她說著把他拉近。嘿，沒事啦，我沒事。彼特，看著我。

彼特看向了她。

來，把眼淚擦乾，你這個小傻瓜。

彼特擤著鼻涕，擦了擦臉。

小佩說，他有打算來接我，彼特。我想，那就是我一直以來想知道的。凌晨一點，彼特打開了民宿的前門。小佩先進到了屋裡，而彼特說，我去叫小坦。好，她說。她坐在沙發上，看著自己的雙手。她用拇指拂過掌紋，檢視著她生命線上的那個小小差錯。

小佩？

尤里西斯站在門口，剛被叫醒的他睡眼惺忪，一頭亂髮。她將手伸向他，而他走到她身邊坐下，一把抱住了她。你還好嗎？他問，而她點了點頭。我眞的還好，她說，然後他將她抱得更緊。

艾芙琳幫著彼特把熱可可端了進來，馬西默則帶著毯子出現。四面的老牆低語著，這兒就是你的家，小佩。尤里西斯叫醒了艾莉絲，於是她過來躺在地板上，而小佩則把葛倫的話通通告訴了她。艾莉絲一如平日那樣沉得住氣，好像她只是聽了一場天氣預報似的。小佩哭了，但不是爲了自己哭。如果問她在爲誰而哭，她也說不上來。也許只是在爲一個沒來得及變老的年輕人而哭吧，爲了那在戰爭裡反覆重演的老套劇情。艾莉絲去到母親身邊抱住了她。這是破天荒頭一遭，史無前例。不過分地說，那是艾迪那晚送給她們母女倆的禮物。

而就在此刻，隨著破曉的陽光照進了百葉窗，艾迪．克雷頓的鬼魂終於得以安息。

九月的溫暖洋溢，而艾芙琳在剛入夜時於石椅上就座。她穿著白色短袖襯衫、海軍藍的亞麻長褲，還帶著必備的墨鏡。她的香水清新且帶著柑橘味，被讚美是常有的事。她在想要是不需要手杖就更好了，但手杖做爲有趣事物的指引，不是沒有它的用處。腳邊的那朵花兒就是一例。

艾芙琳？

她抬起頭來。說話的是尤里西斯。

坐吧，她說著拍了拍身邊的椅子。你看，她指著鞋邊的小黃花說。你想想，要從那些十五世紀的石縫間掙脫出來，喊出我在這裡、看我，需要耗費多大的努力！要知道大家想看的都是教堂或廣場或雕像。大自然本身就是一份很足夠的禮物，尤里西斯。說到藝術，我的心智與之有著非常不同的互動方式，在那當中常得背負歷史或分析的包袱。但在這裡——這朵小黃花別無所求，就只是希望你能肯定它的存在。

喀啦喀啦喀啦的聲音伴著她一起劃過了鋪石路。淺灰色的襯衫配上紫色的喇叭褲、墨鏡、橘色唇膏，外加一根沒點著的香菸在她手上搖晃。

（他眞的太喜歡她了！）

小佩砰一聲坐了下來。

你看起來完全是位女神，艾芙琳說。

謝了，艾芙琳，小佩說著點起了菸。他們全都在看我們，小坦。

尤里西斯轉過頭。

從米歇店內往外瞧的有老伯爵夫人、茱莉亞、神父、烤麵包的克拉拉、開男裝專賣店的葛蘿莉亞·卡迪納爾，還有怎麼可能缺席的馬爾法蒂先生手裡握著一輪起司。所有人都在等著看小佩和尤里西斯會不會在一起，畢竟空間已經騰出來了。

但小佩和尤里西斯都明白他們的時候已經過了。從老克過世後他們就知道了，從他們躺在床上一起看燕子時就知道了。那時一切就已經都改變了。他們已經成功將彼此渡到了彼岸，這就表示一切已經完滿，事情不會再有修改。

你們不能怪他們想看到一個幸福美滿的結局，艾芙琳說。

我們是個幸福美滿的結局啊，尤里西斯說。對不對，小佩？

對，坦比。

計程車的高亢喇叭聲響起，揮著手的彼特在廣場另一頭呼喊。

小佩起身拍掉了長褲上的灰塵。得走了，她說。你們倆待會兒會來怡東飯店嗎？

天塌下來我也不會錯過，艾芙琳說。

你們何時要與葛倫·莫蘭見面？尤里西斯問。

一個小時後，在場地前很快喝個咖啡。

緊張嗎？

有一點。

不會有事的，尤里西斯說。而且你好美，小佩。

記住，艾芙琳說，只是喝杯咖啡而已，你不用愛上那個男人。

哈！她很幽默，小佩說。

一年之後，小佩與葛倫·莫蘭陷入了愛河。

所以，讓我把事情弄清楚，德斯說。艾迪其實早就死了。他最好的朋友，葛倫——在一次機緣巧合下——結識了在怡東飯店表演的小佩，然後小佩現在跟葛倫是一對了。

大概就是這樣，尤里西斯說。

德斯不敢置信地搖了搖頭。這種劇本沒人寫得出來，是吧？

47 All Souls' Day，又稱悼亡節，是天主教悼念逝者的節日，日期是每年的十一月二日。

那天是諸靈節[47]，兩個男人人在切切里山上坐著，身邊是一棵亭亭玉立的小樹，上頭有一叢花朵開在樹幹上。

尤里西斯露出了微笑。彼特說那樹上到處都看得到克雷斯的身影，尤里西斯說。

彼特說得搞不好沒錯喔，德斯說。是說，那位葛倫老兄是個什麼樣的人？

他完全是個好人，我見過他幾回。他可以算是我們的一分子，德斯。

（葛倫．莫蘭確實是我們的一分子，集柯爾、彼特與尤里西斯於一身的有趣傢伙，老伯爵夫人說——但就是生得一副靠臉吃飯的偶像模樣，她輕蔑地說。）

我知道這樣就夠了，小伙子。我們的小佩能被交付在一雙善良、可靠且值得尊敬的手中，那就夠了。

那也是我們所有人的希望，德斯。

德斯從口袋裡抽出了一個紙袋，開始把葵花子撒在地上。

克勞德不在這裡，德斯。

牠不在嗎？

不在，牠在吉廖島。

我還以爲牠在這裡陪克雷斯。

我們把牠撒在牠老愛坐著的葡萄藤下。彼特說那骨灰多過二十枝燒完的香菸。但我們都到齊了，甚至連道蒂都回來了。

跟海蓮娜一起？

不，是跟潘妮洛普。

傑姆的母親。

一樣意思。

好傢伙，德斯說。大家還都真沒閒著。

尤里西斯點了根菸。你喜歡當爺爺嗎，德斯？

討厭死了。你的小孩一結婚，另一個全新的基因池就開啓了。他們就是一堆小混蛋。來，他說，送你四個字：低過敏原。我的低敏塑膠正在醫療界掀起一場革命。誰想得到英國病成這樣？你需要用錢了沒有？

不用，我還好，但心領了。

喔，需要的時候跟我說一聲。

隨著黃昏低語著到來，男人們站起身，德斯拍掉了他嶄新的紅色燈心絨褲上面的落葉。他說，艾芙琳一百歲了沒，小伙子？

再三年。但她覺得自己會在九十九歲時謝幕，我們到時會辦一場盛大的派對。她不想要收到女王的百歲賀電，而且相當堅持這一點，她打算活到九十九歲就好。

所以她不是保皇派囉？

我想她是覺得一瓶香檳會更適合她，或是封她個爵士。

她評估人生的眼光眞是澄澈，德斯說。了不起的女人。等我的人生可以收工時，我會坐進我的Land Rover，身旁伴著帕比，然後連人帶車衝下懸崖。

帕比知道嗎？

還不知道，德斯說。

你最好跟她說一聲。

也許你是對的。

一九七八年，墮胎終於在義大利合法化。這是女性身體自主的一項里程碑。艾莉絲的態度比較審慎，她稱之爲一個起點。在倫敦，柯爾和吉妮與考爾太太站在一大群人的前面，看著他的酒館遭到拆除。考爾太太已經幫助他接受這個無力改變的現實。因此當落錘敲下第一擊時，他的胃酸並未逆流。倒是當酒館招牌飛出去，砸到一名市議員時，他忍不住大笑起來。混蛋！柯爾大喊著。柯爾在京士蘭路的另一側頂下了一間酒館，他說那裡對他來說就像廷巴克圖[48]。考爾太太說他講得太誇張了，吉妮也這樣說，德維附議。柯爾買了一輛福斯露營車，並一頭栽進了名爲「塞瓦[49]」的志業——他稱之爲全然利他導向、造福社區的無私服務。所以你免費發酒給人喝囉，柯爾？尤里西斯在信上寫道。哈哈哈，還眞好笑啊！柯爾這麼回覆。而在米蘭結束一場商業會議後，葛倫．莫蘭南下到佛羅倫斯，向小佩求婚。

你怎麼說？艾莉絲問。

我說還不行，小佩邊說邊倒酒。溫暖的傍晚時分，四周煙霧瀰漫，距離天黑還有幾個小時。她們人在米歇的店外，旁邊圍繞著遊客。彼特坐在店內的鋼琴前，一旁是尤里西斯和馬西默與老伯爵夫人圍在桌前討論正統帕瑪森起司的最佳年分。在石椅上，艾芙琳正寫信給道蒂，而在雕像旁則有蘿米——正扮演著雕像。

我不確定我還想去哪裡，小佩說。我不確定我想要人生再繼續改變。而我也不確定我想要離開你，說完她點了根菸。

我已經不是小孩了，艾莉絲說。

但你是小孩的時候，我不在你身邊。所以我暫時不想改變。反正葛倫也可以過來。

那樣也可以維持新鮮感。

我也是這麼想的，小佩說。

艾莉絲笑得露出了牙齒，而那當中蘊含著千言萬語。

這個給你，小佩說，免得我忘記。我原以爲我弄丟了。然後她將艾迪在許多年前送給她的多彩寶石浮雕胸針遞了過去。就是那個讓她沒有飯店房間可睡，將她逼到鐵路拱橋下，讓艾莉絲可能有、也可能沒有在那裡懷上的胸針。世事眞的難料。

艾莉絲笑了起來。是嗎？事情就是這樣發生的嗎？

是的，看看我給你的是怎樣一個該死的遺物。對蘿米好一點，艾莉絲。我認得她看著你的眼神。那是很強大的，那種情感。你一定要小心對待。

一九七九年十月，艾芙琳・史金納望出窗外，看著時間在光影之間遞嬗。日光能夠賦予美感，月光則能夠賦予神祕感——那是此前每一批新生第一天要學的。她沒多久前剛滿九十九歲，但視覺年齡起碼年輕十歲，她將之歸功於鱈魚肝油、冷水游泳，還有被愛。雖然光陰已經讓她的身高萎縮了好幾寸，但她的坐姿依舊端正，依舊直挺。她聽見尤里西斯敲門而後走進她的房間，看見他讓她的臉亮了起來。他手上拿著兩杯微氣泡酒，遞了一杯給她。

48 Timbuktu，西非馬利共和國的城市，曾是伊斯蘭文明重鎮，在西方語境中是異國風情、遙遠國度的代名詞。

49 seva，意為「服務」，一種提倡謙遜和貶低利己主義的傳統，是錫克教的基本概念。

這樣其實就夠了，你曉得，她說。

我知道。

你、我和這情景——她指的是外頭那片黃昏浸潤的廣場。「多美的日落，當天堂的餘暉灑落在像你這樣的土地上，你是被放逐者的樂園，義大利。」

但丁？

雪萊，她說，然後兩人碰杯。

生日快樂，他說。敬你綿長而不凡的生命。

她喝了一口酒說，你畢竟透過成長，配上了你的名字。你花了很長的時間從戰爭中歸來，但你終究做到了，尤里西斯。另外，我把在布魯姆斯伯里的公寓留給了你，跟你說一聲。

你不用這樣。

倫敦可能會再度向你招手，或者你可以送給艾莉絲。道蒂分到肯特的房子了。她討厭鄉下，但她會欣賞我的幽默，最終她會好好珍惜那裡的。其他的一切看著辦就行。而我想讓我的骨灰跟康絲坦斯一樣，撒進阿諾河。

好，他說。還有什麼嗎？

我想你知道這些就夠了。

了解。

你一副有話想要問我的樣子。

道蒂提到過一件事……

喔，別聽她亂講！

你**曾經是**間諜嗎？

我當然是啦。等國家檔案館公布解禁文件後，她就會知道了。希望她知道的當下不要正好在開車或在操作重型機具就是了。

他看了眼手錶。

你要跟我說他們全都在樓上等，對吧，艾芙琳說。

沒有全部啦，他笑道。傑姆還在路上，德斯、帕比和柯爾一個小時前才進門。他們是驚喜的部分。

還有道蒂跟潘妮洛普？艾芙琳猜道。

但尤里西斯還沒來得及回答，一聲輕佻的口哨就劃破了空氣。艾芙琳一轉身，便見到道蒂靠在門邊，雙手抱胸，不羈地歪著頭。

艾芙琳尖叫了一聲。

哈囉，我的達令琳琳，說著道蒂衝過來親吻了她。她接過尤里西斯手上的酒杯說，抱歉，小坦，你不介意吧？

請便，他說，然後道蒂把酒一口喝完，遞還了空酒杯。

我跟潘，道蒂說，我們剛在計程車上吵了第一場架。

我的天！吵什麼？艾芙琳追問道。

你絕對猜不到——道蒂突然轉頭面向尤里西斯。

好啦，好啦，他說。我走就是了。

生日快樂！他們一起大喊出聲。

艾芙琳在起居室誇張地倒抽了一口氣。德斯、帕比、柯爾！你們都跑來幹麼？她喊道。

你跟她說了，柯爾說。

我說了，尤里西斯說，而大家都笑了。

馬西默和傑姆端來了克羅斯蒂尼[50]——上頭有雞肝、朝鮮薊和番茄——並將之放在桌面中央，位於蠟燭之間。氣泡酒繼續倒著，尤里西斯還另爲鍾情紅酒的人開了幾瓶。他把其中一瓶拿到艾芙琳的面前，她讀出酒標：小拉菲，波雅克。

這難道是唐利上尉的……？

是的，尤里西斯說。德斯入手了一箱。不是一九○二年分的，因爲一九二九年的更好。對嗎，德斯？

你說啥，小伙子？

葡萄酒，一九二九年比一九○二年的更好吧？

好多了，一瓶要五百鎊。

所有人都停下了手邊的事情。

德斯，你又來了，帕比說。

怎麼了，親愛的？德斯問。

錢的事。

五個字，德斯說，拋棄式針筒。

啊，他們異口同聲，而彼特叫馬西默藏起一瓶，好讓他之後拿去賣錢。

門鈴響起，艾莉絲走了出去。沒一會兒，老伯爵夫人便拖著腳步走進房間，說道，我發現這個男人在外頭鬼鬼祟祟。

從什麼時候……

葛倫．莫蘭！他們在他出現時眾口一聲。

你他媽的跑來這裡幹麼？小佩喊道。（她的浪漫一如既往。）
我從來沒有見過九十九歲的人瑞，小佩！我怎麼能錯過這場合？
外套很好看喔，葛倫，尤里西斯說，而對此葛倫說，這老東西，小坦？我在紐奧良買的。
然後他們坐了下來，一坐就是好幾個小時。這期間他們經歷了栗子與瑞可塔起司餡的義大利餃子，還有爲肉食主義者準備的佩波索[51]，再就是馬西默的拿手菜鑲米番茄，那是特地爲柯爾準備的。
你吃素，柯爾？德斯訝道。
十年了，而且還在吃，柯爾說。
你改變的契機是什麼？潘妮洛普問。
爲了排便順暢嗎？德斯問。
爲了一個讓人難以置信的好女人，尤里西斯說。
還有印度料理充滿深度的美味，柯爾說。沒什麼比在印度酥油、青辣椒、薑、蒜與薑黃裡化爲焦糖色的洋蔥更能讓我垂涎三尺、熱淚盈眶。
馬西默從他身後跑出來，親了他的頭一下。你明天晚上要替我們掌廚，我的朋友，他說。
他接下來就得練瑜伽了，蘿米說。
已經在練了，柯爾說。
我也是，彼特說。對情緒穩定很有幫助。
這段對話也提醒了彼特起身演奏他的新曲：〈九十九是新的一百〉。這首新作以彼特來說算是活

50 Crostini，義語字面意為「小吐司」，在烤過的麵包上覆上食材，為義大利傳統前菜。
51 Peposo，托斯卡尼的家鄉菜，以大量的黑胡椒和紅酒來燉牛肉。

潑風趣，而且當中有著不止一點的海灘男孩風格。

突然之間，蘿米低頭把手伸進背包中。她抽出了老克的那本《窗外有藍天》並說道，我在讀這個，艾芙琳。

天啊！道蒂說。那本該死的書是怎麼回事？

這本書超棒的，傑姆說。

但裡面的人物都不太討人喜歡，道蒂說。問她，她指向艾芙琳。她也在**書裡**。

你也在……？葛倫．莫蘭正要開口，但被道蒂打斷。

一群心胸狹窄的勢利眼，她說。這是英國人之間的流行病，只相信受過教育的中產階級懂得藝術的奧祕。

但他們在書的最後都愛了起來，傑姆說。

但那樣就夠了嗎？道蒂問。

是的！眾人異口同聲。

來吧，琳琳，道蒂說。把事情都跟他們說了。

是啊，跟我們說嘛！眾人說。

我們的時間夠嗎？艾芙琳問。

要多少有多少，尤里西斯說著巡視桌上一周，爲所有人的杯子添酒。

艾芙琳在座位上向後靠，就著酒杯啜飲一口。她閉上眼睛，光陰如雷霆般的重量讓位給青春的輕盈。這個嘛，她說……

關於
艾芙琳的一切

當時是十月份。年分是一九〇一。

艾芙琳只差幾天就要過二十一歲生日，而她就在此時初次踏出新聖母車站，高喊：翡冷翠！我的愛！

從科莫湖[1]緩緩南下的旅程籠罩在一片頑固的灰濛天空下，但太陽卻出奇明亮。空氣中有馬兒散發的濃烈氣味。公共馬車正等著把遊客載到飯店下榻，而就在此時四周傳來了鐘響！

看著她，你會發現她打扮得跟當時任何一名年輕現代英國女性沒什麼兩樣。她捨棄了馬甲，青睞的是自然主義的側影，黑色亞麻長裙與色調相配的襯衫呼應，頭上戴著遮住耳朵的無邊帽。她因爲身高突然抽長而發展出一種不太協調的步伐，但那等到她二十四歲時就會自然消失。且就好的方面來說，她散發著一種既有好教養（源自母親）又帶著波希米亞人生觀（源自父親）的氣質，這讓她終其一生不論有什麼不得體的地方都會被原諒。而這種不得體，她後來確實也有不少。

她回頭確認火車站的搬運工還拿著她的行李箱，緊跟在後的是她在火車上認識的新婚夫妻。他們姓拉格，休·拉格與米蘭達·拉格，這次是第一回來義大利。休正在一家私人銀行中平步青雲，而他也是那種看一切外國事物不順眼的海外英國人典型。他拖著新婚妻子前進，活像她是張濕毛毯似的。蒼白的面容與焦慮的大眼，顯示出她屬於不適合歐洲飲食的淋巴體質[2]。他們已經旅行了十天，羊肚是壓垮她的最後一根稻草。光是聽到羊肚這個詞，米蘭達就會不由自主跑到開啓的窗邊。她在懷裡緊抓著一個可攜式小醫藥箱，裡頭備著硫鳥嘌呤[3]的存貨，製造商是在倫敦霍本高架橋的柏洛茲與衛爾康紳士公司。她的口氣中帶著一股淡淡的消化不良和樟腦[4]氣味。

一輛路面電車喀答駛過，讓艾芙琳不由得轉頭看去。孩子們尖叫著懸吊在車後的平台外。

你可能沒有聽到我剛才說的話，史金納小姐，拉格先生說。我們要不要結伴前往西米民宿？

喔，好啊，艾芙琳說著很大方地打賞搬運工（大方得有點離譜，休·拉格說），並邁向一名百無聊賴的馬車夫。用不太自信但頗流利的義大利語，她開口說道：

我們想去**西米民宿**，**阿諾河濱恩寵路二號**，麻煩你。

他們左彎右拐地行經雜貨叫賣聲迴響的窄街上。手推車上擺滿各種袋子，籃子從窗邊垂吊至小販身邊。葡萄酒、蔬菜、水果、雞隻——你們看，有雞！——但拉格太太不想看向啼叫的雞群，只見她用手帕摀著臉，體內因周遭氣味翻湧不止。這既是人類文明的展現，也是人類文明的欠缺。完全不同於肯特，艾芙琳心想。

馬兒領路左轉，阿諾河與一座座橋便映入眼簾。喔，我的天——隨著躂躂馬蹄聲在碧水邊前行時，艾芙琳不禁說道。一名青年騎著腳踏車跟在他們旁邊，在車流中裡裡外外地穿梭著，臉上滿是笑意。

把他趕走，拉格太太說。

噓噓，**niente, niente**[5]，拉格先生說，顯然他記住了貝戴克旅遊書上教人應對乞丐亂槍打鳥的辦法。

艾芙琳說，他不是乞丐，拉格先生。

那他是什麼，史金納小姐？

艾芙琳轉頭看向腳踏車騎士，露出了微笑。他只是熱切地**活著**。

---

1 Lake Como，義大利第三大湖，位於義北，緊鄰瑞士，是假日熱門去處，也是歐洲度假與蜜月的首選之一。

2 lymphatic temperament，古希臘「體液學說」（Humorism）的四種體質之一，該醫學學說認為人身上有四種體液，並依此趨向不同氣質，若失衡便會致病，而淋巴（白色黏液）主導體質的人有蒼白無力的傾向。

3 thioguanine，商標名是Tabloid，可用於治療淋巴性白血病。

4 食用級的樟腦據說能減緩消化不良的症狀。

5 從義語直翻即英語的nothing，此為「我沒東西給」之意。

馬車終於在西米民宿外停下時，馬兒釋放了熱騰騰的糞便洪流，使得拉格先生與太太朝著民宿入口跑去。行李箱接著搬入，艾芙琳能聽見櫃檯的響鈴被不耐煩地按著。她跟在行李後面快步進門，迫不急待地想要熟識接下來二十八天的家。

艾芙琳脫隊轉進客廳，並且被帝國風格的紅木家具與一盞醜陋吊燈吸引了目光。牆上掛著的仍是維多利亞女王的肖像，被夾在兩張有髒汙的賀加斯[6]風格版畫中間。兩名沉默老婦和一名白鬍神職者坐在切斯特菲爾德沙發[7]上抬頭看著她，但並未打招呼。這眞是個抑鬱的地方，她心想。相較於她預期中充滿談話的正統義大利民宿，這裡感覺更像是殯儀館。角落的鋼琴已經積起厚厚一層灰，彷彿裹上某種絕緣材質。

艾芙琳去到接待櫃檯，正好遇到從樓梯上跑下來的房東太太。

Scusi, Scusi（抱歉、抱歉），她說，我家亨利的頭卡在了椅子的後頭。

（聽這口音，這房東太太還是個考克尼！）

歡迎，dearie（親愛的），她說。

但艾芙琳聽成了dreary（無聊），所以她的回答是，嗯，是有一點。

比起樓下的房間，她的臥室就可人多了——細想起來是義大利多了。輕撫過細緻的床罩後，她走到窗邊，掀開了百葉窗。午後近晚的光線掠過紅地磚，暖意落在她的腳上。下方的路面電車喀啦喀啦地沿著河濱駛過，河水拍打著石牆。柏樹在滿天的金色薄霧中顯得深黑。眞好的窗景，她爲之一嘆。

稍晚，艾芙琳進到客廳，不意外地發現本夜餐酒是雪莉酒，而不是義大利餐前常見的奎寧苦艾或亮紅色苦酒。

她剛抵達時注意到的那兩個沉默女人並肩坐在同一張沙發上，正與同一名神職人員靠著頭進行密談。仔細一看，艾芙琳才發現兩個女人是雙胞胎，年紀相當大，神情看起來同樣困惑。

她們是布朗姊妹，一名突然出現在她身旁的粗壯中年女人說。她們的衣著鮮少偏離姓氏太遠[8]，所以你很難忘掉。左邊那個是柏娜黛特，另一個是布萊瑟[9]，我們可以推定她們家族裡有人很有幽默感。那個神職者是漢德賽特牧師，這姓氏你要怎麼聯想是你的自由[10]，他是新教徒。那個正在跟俄國人激烈辯論的是柯林斯先生，天底下沒有他不願意爲之一戰的理念，他是個社會主義者。而我是康絲坦斯·艾弗利。你一走進來我就注意到你了，我對自己說，這個年輕女子說不定是我們的救星。如你所見——她扭頭看向四周——在這裡的並不是西米民宿有史以來最活潑的一群住客。死亡盤旋在這裡的印花棉布上。不知小姐貴姓……

喔，史金納。艾芙琳·史金納。

她們握了手。

歡迎你，史金納小姐。有你加入眞是太好了。

就這樣，民宿生活的第一條規則——先觀察新人一兩天才能與之對話——瞬間被打破。

---

6 William Hogarth，英國畫家暨歐洲連環漫畫先驅，作品題材廣泛且廣受歡迎，其中不乏諷刺時事者，後來這種風格也被稱為「賀加斯風格」。

7 Chesterfield，可同時坐兩至三人的大沙發，多半為皮質，弧形扶手和靠背等高並嵌入拉釦，由英國切斯特菲爾德伯爵四世發明而得名。

8 布朗（Brown）意為棕色。

9 柏娜黛特（Bernadette）意為熊，布萊瑟（Blythe）意為興高采烈、令人愉快。

10 漢德賽特（Hyndesight）在英語中音近後見之明（hindsight）。

突然間，蕓薹屬[11]青菜煮過頭的氣味悄悄飄入，吸引眾人聚集。這是**無辜者大屠殺**[12]，艾弗利小姐如此宣告，然後她高舉一手，指示用餐隊伍朝著隔壁戰場進發。

在餐桌上，艾芙琳看見了畫得分明的無形壕溝，而她很高興自己坐在艾弗利小姐的對面和社會主義者的旁邊。牧師在主位上就坐（當然了），而艾芙琳很感激他在無聲中默默完成餐前禱告，不論禱告內容到底是什麼。布朗姊妹對於坐在拉格夫婦對面頗有微詞，而拉格夫婦則十分樂見整桌都是英國人。艾芙琳看向了另一桌，而她怎麼也瞧不出那四個還在等湯上來的人是睡了還是死了。

牧師替大家斟酒，而享用完湯品之後，艾芙琳以餐巾輕輕擦嘴，然後回答了眼前的問題。

我有**窗景**，她加強語氣道。

我沒有，柯林斯先生說。但我有**庭院**。

我也有窗景，艾弗利小姐說。那才符合我的身分地位。

艾弗利小姐是一名詩人，柯林斯先生說。

你眞的是嗎？艾芙琳問。

那是我所受的懲罰。

她罪孽深重……

柯林斯先生！

你的詩句裡是這麼寫的，對吧，艾弗利小姐。

你讀過我的詩了，柯林斯先生？艾弗利小姐訝道。

我怎麼能不讀？

史金納小姐？艾弗利小姐說，請告訴我，你第一次望出窗外都看到了什麼。盡可能說得堅決無畏，不要有所保留。然後艾弗利小姐閉上了眼睛，準備接受那文字描述的祝禱（她自己的形容）。

柯林斯先生挨近了艾芙琳說，所有人初來乍到都會被她問這麼一遍，好好表現吧。

艾芙琳清了清喉嚨。她說，我看到一名孤單的船夫以槳切穿了阿諾河。山麓的丘陵漸漸黯淡，聖米尼亞托大殿四周的柏樹籠罩著鬼魅般的霧氣。赭色的牆垣隨著夕色變得柔和而染上金黃。光線貫穿整座城市，然後在河面上占有了一席之地。船夫從這璀璨的光景中滑過。河水從他的槳葉上滴落，而有一瞬間，我也身處在那滴河水中，一起落入了那碧綠餘暉的深邃歷史。

你讓整間房都無語了，牧師說。

年長的雙胞胎開始鼓掌。

詩人女士笑了。她已經戀愛了！你染上了翡冷翠狂熱症！喔，親愛的史金納小姐，你沒有回頭路了。你將與眼中的那些光芒一起離世。史金納小姐已經將觀看化爲熱愛！這是藝術的第一條規則，從看變成愛！喔，歡迎，親愛的！歡迎你！

柯林斯先生站起來爲眾人重新斟滿酒杯。他說，漢德賽特牧師？在百葉窗的另一端有什麼喜悅在等待著你？美景或是庭院？

庭院，牧師說，只盼能趕緊脫離這個話題。

你是說晾衣繩與我們正滴水的內衣褲，是吧，牧師？柯林斯先生說。

你是認眞的嗎，柯林斯先生，老雙胞胎姊妹同聲說道。

他是故意的，艾弗利小姐說。他以語出驚人爲樂。

我只是喜歡重新定位視角。

---

11 Brassicas，十字花科下的屬，包含甘藍、芥菜、白菜、高麗菜等常見蔬菜。

12 Massacre of the Innocents，又稱諸聖嬰殉道，指《新約聖經》中三位東方賢士朝拜耶穌聖嬰後，希律王為了除去新生的猶太人君王而下令要羅馬軍隊屠殺伯利恆一帶未滿兩歲的嬰兒。

說得眞動聽，艾弗利小姐說。

重新定位到底是什麼意思？牧師問。

這是一個不斷在改變的世界，柯林斯先生這麼回答。艾芙琳發現他望向了維多利亞女王的畫像。去除舊事物，他用嘴型對艾芙琳無聲地說，並挑起了眉。

柯林斯先生是個哲學家，艾弗利小姐說。

Soi-disant（自稱的），牧師對新婚的拉格夫婦說，打算把這兩人納入自己如灶神般寬大的羽翼下呵護。

我是人文主義者，柯林斯先生說。

我看是趣聞主義者，艾弗利小姐說。

艾芙琳來來回回望著，跟著對話移動，一邊看一邊記下誰說了什麼，又是怎麼說的。這些人是徹頭徹尾的英國人，他們急於釋出善意，就像下沉的船上沒有救生圈的乘客。

她對艾弗利小姐充滿了好感，此外她也喜歡柯林斯先生，因爲他讓她想起了父親——當然是她父親年輕的時候。但最讓她感興趣的，還是那個在角落待命、一直盯著她看的女僕。她不知道是什麼讓她的心跳如此劇烈，起初還以爲是湯的關係。

史金納小姐，你的臉好紅啊！艾弗利小姐挑明了說。你很熱嗎？

不，我……

是喝了酒……

也許有一點發燒……？

還是舟車勞頓……？

不是的，艾芙琳說，我只是……我只是太開心了而已。很高興能認識大家，能身在此時此地。

親近的感受如同撒落的糖粒般拋向彼此，而就在這過程中，漢德賽特牧師很不識相地宣告一事。他說，我這個主日會在聖馬可英國教會[13]布道，大家有興趣嗎？有人想來嗎？他又問了一遍。所幸女僕正好於此時端上了燉鍋，拯救眾人免於必須回答的尷尬。

又是燉牛肉，柯林斯先生說。

雖然我們預設是牛肉，艾弗利小姐說，但我個人已經有段時間沒看到那位老門房了。

艾弗利小姐，眞的嗎？牧師問。

再一次衝向那突破口，親愛的朋友[14]，柯林斯先生說著舉起湯匙——也許他該舉起叉子比較對？還是舉起餐刀？而他的舉動也帶著其他住客開始用餐。唯一的例外是艾芙琳在火車上認識的那位新婚妻子，考克尼房東太太爲她準備了特製的餐點，菜色是水煮蛋和圓燒餅。至少這些東西她認得出是什麼，而且更重要的是，這些東西能在胃裡**好好待著**。

隔天，艾芙琳睡過頭，錯過了有燉梅乾的早餐。

在西米民宿外，陽光與雲朵親切地迎接甦醒的她，不過氣溫還是熱了點。她並未匆匆加入牧師和他的一眾歡快友人，而是退後一步，看著生活從她眼前經過。馬車滿載著各家旅館的一袋袋送洗衣物

13 St Mark's English Church，位於佛羅倫斯的英國聖公宗教堂。聖公宗與天主教在教義和體制上頗為相近，因此被稱為「新教中的舊教」。

14 Once more unto the breach, dear friend，出自莎劇《亨利五世》（*Henry V*）第三幕，英王亨利五世率軍奮戰時的獨白，後人常用以鼓勵他人再次嘗試。

喀答喀答地駛過，馬兒的鈴鐺發出響聲。從西米民宿出發的那一輛馬車上有個年輕人，顫巍巍地坐在堆成小山的髒衣服上搖晃。他揮了揮手，而她也揮手回應。

那是馬提奧，站在她身後的柯林斯先生說道。

艾芙琳轉身微笑。柯林斯先生知道那個青年的名字，眞好。不過，這也當然，畢竟他是個社會主義者。

那麼你今天要去哪裡，柯林斯先生？

我要去讓人刮鬍子。義大利的理髮師眞的是一絕，史金納小姐。晚餐見囉！

她就這樣看著他追在送洗衣物的馬車後頭。

她走過馬路，靠在堤岸上。河水的水位很低，平底船停在岸旁。從黃昏到黎明，男人們不停地把河床的淤積鏟到推車或停泊的船上。其中四個人正坐著抽菸，帽子往後斜著，襯衫袖子高捲。艾弗利小姐說之所以有砂石淤積，是因爲河畔的石造建築在洪水來時遭到侵蝕，而這些挖起的砂石會再運用於未來的興建工程裡。從來沒有什麼會被浪費掉，她說。阿諾河就像印度的恆河，是生命的源頭。它既是給予者，也是取用者。從下水道到魚販，艾弗利小姐了解這城市的每一寸。

來到老橋的中央，艾芙琳的目光受到卡森蒂諾河谷上籠罩的深色區塊吸引。那是一處濃密的林地，裡頭有黑色的樹木和豬隻和神話和深藏不露的隱士，並且曾經是但丁被放逐時的落腳處。就在林地最高點的法爾特羅納峰，阿諾河的源頭湧出地底向前奔流。艾芙琳想到了拉維納朝聖所[15]，那處被獻予聖方濟各的荒涼山頭是他領受五傷聖痕與上帝恩典之地。世上有些事情她不信，有些事情她信。聖人屬於前者。

她繼續北行到聖母百花大教堂前的主教座堂廣場，而她一抵達那裡，太陽便從烏雲之間探頭，鐘響也自喬托設計的大理石鐘樓傳來。她壓低無邊帽，抬頭望向穹頂。那屹立不搖的地標，永世將目光投向整座城市。自從她六歲時第一次翻開父親的素描簿以來，她就……

突然間，一匹栗色小母馬將頭埋在一大袋燕麥中，同時拉起屎來。兩名英國女士正好路過，不小心被濺到了。她們的尖叫聲響徹雲霄，艾芙琳的神聖時刻也隨之煙消雲散。

儘管如此，未受動搖的她仍繼續在附近漫遊，直到她遇見一家十分討喜的二手書店，順手買了伊莉莎白・巴雷特・布朗寧的《古依迪之家的窗》。艾弗利小姐說她下週可以帶艾芙琳去參觀古依迪之家。而正當艾芙琳要付錢時，她注意到一本酒紅色的布面薄冊，作者名叫康絲坦斯・艾弗利，書背上那斑駁的鍍金字樣寫著義語書名：*Niente*（無物）。條條大路眞的都通往詩！

艾芙琳坐在維多里奧・埃馬努埃萊[16]廣場的一間咖啡廳外，猶豫著該先打開哪一本書，於是她索性投入看人這種歐洲消遣。大部分是女人，這點必須說明清楚。而這一看，比較就跟著來了——誰的頭髮好、誰的身材好、誰的笑容好——但那當中還有別的什麼，與那個鎭日闖入她心上的女僕有關。那並不是會令人不適的擅闖，老實說，她已經等不及晚餐的來臨。

那天晚上，牧師抱怨他付了半里拉在一個想不起名字的宮殿內看了一大堆爛藝術。巴洛克！他說著大聲地咂嘴。品味差勁的藝術流派。

牧師認爲佛羅倫斯的藝術在十六世紀尾聲終結，柯林斯先生說。

你這是什麼意思？牧師問。

15 Santuario della Verna，羅馬天主教的教區宗座聖殿，海拔一千一百二十八公尺，是許多朝聖者的目的地。

16 Vittorio Emanuele II，義大利統一後的第一任國王，在義大利統一運動中扮演要角，因支持自由憲法而廣受民眾景仰。

說你覺得十六世紀以後就沒有好的藝術了，柯林斯先生拉高聲音說。

它已經達到其高峰了，我想說的只是這樣。這座城市已經變了。

所以沒有魯本斯，沒有維拉斯奎茲，沒有阿特蜜希雅。

聽不見，柯林斯先生。

我父親是畫家，H．W．史金納，艾芙琳說。

喔，我就知道！艾弗利小姐說。你們確實有相似之處。我在皇家藝術學院看了他最近的展覽。

我也看了，柯林斯先生說。

他的作品我會認識嗎？漢德賽特牧師問。

我很懷疑，牧師。很多裸體，而且重點部位並非都有遮好。

他也畫風景畫，艾芙琳說。

還有風景中的裸體畫。

那是哪一幅？

〈臨摹提香[17]〉。

他深受後印象派的影響，我讀到過，拉格先生驕傲地說。

是的，艾芙琳說。尤其是塞尚[18]，我見過他。

〈沉睡的維納斯〉[19]。就是臨摹那幅，艾弗利小姐說。

你真的見過他本人嗎？拉格太太問。

他是怎麼樣的人？柯林斯先生問。

提香？牧師問，一臉困惑。

塞尚，柯林斯先生予以澄清。

很法國，艾芙琳說，然後所有人都「啊」了一聲，彷彿那三個字就足以說明一切。

艾芙琳靠向椅背的同時心想，我們這一桌也太朝氣蓬勃。她看著別桌的民宿住客，他們都沉默不語地與湯奮戰。她不禁想到若是得咀嚼，他們該怎麼辦才好。

晚餐終於來到終點，女僕開始清理桌面。她在艾芙琳身後移動著，而艾芙琳可以感受到她輕輕擦過的觸感，還有她彎下腰時散發出的淡淡汗味。艾芙琳無法將目光移開。而當女僕伸手收取距離最遠的餐盤時，一道燭光照亮她落在臂上的黑髮，讓艾芙琳感覺到一陣暈眩。一只空酒杯被撞倒，艾芙琳本能地伸手去扶正，女僕也是如此，結果兩人的手便短暫地相碰，霎時對上了目光。Vi chiedo scusa（我很抱歉），女僕說著，悄悄朝艾芙琳使了個眼色。艾芙琳試著掩蓋她臉上的笑意，但不太成功。

你在想什麼，史金納小姐？牧師問道。

這個嘛……艾芙琳說，試著拖延時間。下週是我的生日，這我可以說嗎？還是說……

你當然可以說，艾弗利小姐說。

我要滿二十一歲了，艾芙琳說。

二十一歲！

也許房東太太可以想辦法張羅烤肉，牧師說。

烤肉？艾芙琳訝道。我比較想要用更道地的方式慶祝。也許可以找家義式小館，裡面有很多在地

---

17 Tiziano Vecelli，義大利文藝復興後期威尼斯畫派的代表性畫家，作品涵蓋肖像、風景、歷史、神話，其色彩運用對後世影響深遠。

18 Paul Cézanne，法國後印象派畫家，對二十世紀藝術有所啟發而被視為現代藝術先驅。

19 *Sleeping Venus*，義大利文藝復興時期畫家喬久內（Giorgione）描繪愛神維納斯裸身沉睡的作品，但未及完成即辭世，後由提香補全景觀與天空部分。

人的那種。

某人來自倫敦近郊的纖細腸胃發出了轟隆的抗議聲。

我知道一個地方很完美，柯林斯先生說。在托納布昂尼路[20]上的店，開放式廚房，有能動手撥火的炭火爐子，處處火星紛飛。

拉格先生表示他和太太恐怕無法加入，他們不能任由難以辨識的義大利菜單以可疑的魅力凌駕在英國食物能提供的安全感之上。

我們吃東西不能跟老家差太多，這是考量到我太太的身體狀況，他說。

艾芙琳說她可以理解。

（但拉格先生這話很快就在民宿內傳開，速度猶如爆發霍亂，而拉格太太的身體狀況，想當然耳，被理解成了懷孕。）

在接下來的數日裡，各種意見輕聲細語地來到了拉格太太身邊：你還好嗎，拉格太太？會有點想吐嗎？

有一點，這名狀況外的新娘說。

但你一定很高興吧？

（她聽得一頭霧水。）

第一次這樣嗎？

不是，我在威尼斯就稍微發作過一次。

稍晚回房躺下之後，艾芙琳依然為了晚餐時的種種事件神魂顛倒且喘不過氣。她對那名女僕的吸引力，那名女僕對她的吸引力。人生開展的速度快得出奇。她仍能聽見樓下客廳的人聲，微弱的交頭接耳與一陣爆笑。她知道在那一晚的某個點上，在她離開了餐桌之後，對話無可避免地會觸及她父親的情婦們，而她雙親在婚姻上所謂的「各種安排」也會成為眾人的話題。果不其然，隨著腳步聲出現在樓梯間，「情婦」與「錢在母親那邊」等話語也傳入了她的耳裡。她翻過身，試著睡下。

隔天是個雨天。木柴的煙味從艾芙琳房門底下鑽了進來，那代表樓下交誼廳的壁爐點起了第一道火。

在一封給父親的信中，艾芙琳寫道：

我最親愛的父親：

我昨晚在一場非常劇烈的風暴中醒來。閃電劈裂了天空，今晨的阿諾河成為暴怒的湍流。我想，平底船早上怕是無法運作了。我會想念它們的。我不禁想起一三三三年的那場大洪水……

艾芙琳放下了手中的鉛筆。她對於一三三三年的大洪水沒什麼可說的。她從書桌前起身。天空一片灰紫交錯，但陽光正嘗試突破。她打開窗戶，探出了手。雨已經停歇，她一時半刻都不能浪費。她戴上無邊帽，拉起裙子，然後全速奔下樓梯，一頭栽進了女僕的懷抱。床單桌布等亞麻布料爲兩人的跌勢提供緩衝，笑聲則緩和了尷尬。她們是如此地貼近彼此，若不親吻近乎無禮，但……

Perdonatemi——不，是我不好，我才應該說不好意思……

這裡是怎麼回事？考克尼房東太太說著邁過了樓梯間。

20 Via dè Tornabuoni，佛羅倫斯古城的一條南北向街道，以優雅著稱，南接三聖橋。

都是我不好，房東太太，艾芙琳說。是我走路不看路……

規矩還是要顧一下，親愛的，房東太太說著快步走到放床單桌布毛巾的櫃子前。

兩名年輕女子一片沉默。她們目送房東太太離開，然後優雅地潛入她的缺席之中。她們以更大的力道確認雙方正牽著彼此的手。她們交換了姓名（莉薇亞、艾芙琳），然後道了再見。艾芙琳停在門邊，回頭望了一眼。她再次說了聲再見，然後衝出民宿。她感到頭暈目眩，也感受到一種此前從未感受過、至爲強烈的幸福感。她轉頭朝著烏菲茲美術館而去，知道自己即將展開一場無比精采的冒險。

史金納小姐！

（聲音的主人是艾弗利小姐。）

哈囉，你好，艾芙琳說。

你看起來眞是容光煥發。這城市爲我們注入了各式各樣的……

喔，我的天，艾芙琳說著摀住了鼻子。

如你所見，艾弗利小姐說。佛羅倫斯的氣味，包含排泄物與變質。那是pozzi neri（汙水池）受到雨水擾動，巨大容器盛裝之物原在我們腳底下流瀉，突然間其存在感升上了地面。但來義大利不是爲了舒適，來義大利是爲了生命，爲了熱情！這麼好的天氣，你這是要上哪裡去呢，史金納小姐？

來這裡，烏菲茲。

天啊！我也是。你會想要有人陪你嗎？附帶一個非常有熱忱的嚮導？

那我會很高興，艾芙琳說。

她們來到畫廊的入口處，一塊潮濕襤布的角落被微風吹起，讓她們發覺到一尊半裸活雕像的存在。

我眞以爲那是尊雕像。他是在模仿誰？艾芙琳低聲說。

米開朗基羅。

你怎麼看出來的？

姿勢有點故弄玄虛。還有就是，他腳邊的tondo（圓形畫）是對〈聖家族〉[21]的拙劣模仿。我會說他擺個罐頭在那裡接銅板，感覺還比較對。

我應該過去給他一里拉嗎，艾弗利小姐？

千萬不要！給銅板就好，史金納小姐。最多給個兩分錢。今天又不是說他付出了什麼努力。說著她們便趕忙通過，進入了館內。

在踏上樓梯前，艾弗利小姐說，你會看到一大堆〈聖母領報〉，史金納小姐。一大堆〈三賢士來朝〉[22]、〈卸下聖體〉，還有不可遺漏的〈受鞭笞的基督〉[23]。今天我們也會看到很多的狂喜場面，而且並不全是性靈上的那種狂喜。但我看得出你是入世的女子。

我是，我是，艾芙琳說。

很好，艾弗利小姐說著撩起了裙子說，我希望你的膝蓋不錯，史金納小姐？

喔，我的膝蓋滿強壯的，艾芙琳說著脫下了無邊帽。得感謝我媽媽，這是屬於義大利的一雙強韌膝蓋，能用來迎接聖人曆[24]上的每一天。

太好了，Avanti（走吧）！我們開始爬吧。

她們在這段期間沒有太多對話，直到兩人爬到了樓上，艾弗利小姐提議她們直接前往八角廳[25]。

---

21 *Doni Tondo*，米開朗基羅的圓形木板畫，由當地世族委託創作，現存於烏菲茲美術館。該畫的形式在義語中稱為tondo，有「圓盤」之意，在文藝復興時期與家庭概念有關。

22 *Adoration of the Magi*，講述《聖經．馬太福音》東方三賢士前來朝拜耶穌基督的故事。

23 *Flagellations of Christ*，常見的耶穌受難繪畫主題。

24 早期基督教曆法，一年當中的每一天都屬於不同聖人。

沿著走廊，她們經過無數的阿波羅、穀神、提比略[26]，還有各式各樣的羅馬古物，可供艾弗利小姐不時指出臉部的比例失衡或神情展現——「那張臉充滿了猶疑，連向服務生要個丁骨大牛排都講不出口，還妄想號令一支軍隊」——而當她們經過〈海克力士與半人馬涅索斯的戰鬥〉時，艾弗利小姐說詹博洛尼亞在傭兵涼廊的那件作品要好上**太多太多**了。

過來這裡！艾弗利小姐喊道。啊，馬薩喬的〈聖母與聖子〉，多麼地纖弱啊。多麼地……喔，菲利普‧利比的作品，又是〈聖母與聖子〉，但這次多了兩名天使來添加變化。波提切利是他的門生，史金納小姐。你看得出波提切利受到的影響嗎？

我……

（但那問句只是一種措辭，並沒有眞正期待艾芙琳回答。）

快過來！艾弗利小姐又說。波提切利廳內有一些可愛的頭髮。

於是她們進到波提切利廳。她們往後站了點，仔細欣賞著一幅畫。

如何？

她看起來有點鬱悶，艾芙琳說。聖母應該很不好當吧。

完全吃力不討好，艾弗利小姐說。但這樣的她，卻是義大利所有女性的原型。那麼，史金納小姐，石榴象徵的是……？

永恆的生命？復活？

正確。那也是許多傳奇中出現的水果，而艾弗利小姐看了看四下，壓低了聲音說。她說，希臘神話說石榴誕生於血液中，而那血液又來自於阿格狄斯提斯[27]受傷的……

艾芙琳挨近了一點。從祂受傷的哪裡，艾弗利小姐？

艾弗利小姐再次確認四下無人後說道，陰莖，史金納小姐。

（不遠處的觀光團倒抽了一口氣。）

阿格狄斯提斯是個欲求不滿的年輕神衹，暴力而不太討人喜歡，其私處被酒神巴克斯那老傢伙綁了起來。一名嘴饞的仙女路過，吃了水果，就此懷孕。於是，石榴就成爲生育的象徵，而你從貝戴克旅遊書上是看不到這些東西的。這邊走，親愛的！說著她向前邁出大步。我沒有快到讓你跟不上吧？

喔，完全沒有，艾芙琳說。

又一幅〈聖母領報〉！艾弗利小姐說。哈囉，加百列。哈囉，瑪利亞。啊，我們到八角廳了。她用義語說著，借過，美國人，借過。（他們確實多少霸占了整個區域。）這裡是梅第奇家族收藏最重要瑰寶的所在，史金納小姐。神奇的穹頂上嵌滿了數以千計的珍貴貝殼，低吟著遙遠的海岸，也訴說著貿易與商業的故事。大理石材質的地板，鋪著紅色天鵝絨的牆面。這是多少的詩、多少愛的宣言、多少要蛻變成更好靈魂的許諾，才誘發出這樣的一個廳室？這麼一個美麗與感激的聚集之處。我們就是在這個過程中變得豐富，史金納小姐。

八角廳的局限性讓她們在當中各據一方，而艾芙琳很高興能擁有屬於自己的片刻光陰。這麼多女性的肌膚展露在她眼前，對她的身體產生了非常正面的效應，只不過心靈就有點暈頭轉向了。這裡有兩幅維納斯點燃了她的心：卡拉奇[28]的〈維納斯〉[29]斜著背部，嬌俏的臀瓣從垂落的袍中露出。只不過羊神伸出的舌頭讓人感覺有些羞赧，她因而退了開來。

艾弗利小姐回到了她身邊，爲的是觀賞提香的〈烏爾比諾的維納斯〉（*Venus of Urbino*）。她說，以前

25 Tribuna，義語字面為「講壇」之意，一五八四年由梅第奇家族委託建造，用以展示其文藝復興全盛期的收藏品。
26 Tiberius，羅馬帝國第二任皇帝，為首任皇帝屋大維的養子，一說性格陰鬱，並非自願成為皇帝。
27 Acdestis，希臘與羅馬神話中，擁有男性和女性性器官的雙性神。
28 Annibale Carracci，義大利畫家，巴洛克畫派的代表性人物。

上面會蓋著一片滑動面板來遮蓋她的裸體，眞是暴殄天物。

艾芙琳很高興面板已經是過去式了。

在東走廊，她們恰好撞見了一堂進行中的繪畫課。但此處無甚可觀之處，頂多就是稚氣的熱忱，艾弗利小姐說著揮手要艾芙琳匆匆掠過一幅魯本斯。兩人越過一群磨蹭的美國人時，聽見他們在低聲交談中把卡拉瓦喬念成卡拉—挖—蕉，這讓艾弗利小姐在側身經過忍不住叨念著，發音—錯—了。自從亨利・詹姆斯[30]來過之後，美國人就覺得這個地方歸他們了，她說。然後她領著艾芙琳進入一個廳室，並煞有介事地以華麗手勢宣告：卡拉瓦喬。就像她剛剛才發現這名藝術家的存在似的。

你有什麼**感覺**，史金納小姐？

艾芙琳有點納悶，心想這難不成有標準答案。

恐怖、美麗，她說。

確實如此。還有這裡，你看……跟著這個場景的光線敘事到場景之外。喔不、喔不，艾弗利小姐突然說道，打斷她的是左方稍遠處的美國人。那個男人說的根本完全不對。卡拉瓦喬出身矯飾主義，然後一腳踏回經過改革的古典主義，那當中充滿了憤怒與戲劇。他的存在就是打了他的同儕一巴掌。你看這裡……

陰影、痛苦、黑暗、光明。照著念一遍，史金納小姐。

陰影、痛苦、黑暗、光明。

這就對了，艾弗利小姐說，接著她們邁向下一個廳室，而剛剛的八字眞言嚇到了不遠處的遊客，他正翻著一本翻爛的貝戴克在查找相關資料。

等疲憊感和午餐時間終於追上了兩人，她們便在一處敞開的窗邊歇著，不帶任何批判地將目光投向整片市景。

這正是佛羅倫斯才有的景色，對嗎？艾弗利小姐說。焦棕、赭色、乳白。棕黃與灰色的百葉窗，永保碧綠的阿諾河。這就是名爲佛羅倫斯的調色盤。

我在這座城市是初來乍到，艾弗利小姐。要看的東西那麼多，我在想自己時間夠不夠，還有……

艾弗利小姐舉起手。你會回來的，親愛的。我們無一不是去而復返。

你記得你的第一次嗎？

何止記得！就像掃羅從馬上掉下來變成了保羅[31]，那全然改變了我。佛羅倫斯城用一種我不明白的語言對我說話，但這裡——她揪住了自己的心口——完全知道它想告訴我什麼。

它想告訴你什麼？

艾弗利小姐舉起了五根手指。她說，**我**、**會**、**驚**、**豔**、**你**。（說到「你」的時候，她輕輕把手指按在艾芙琳的心上。）敞開心胸，事情就會在這裡發生，只要你不去阻攔。美好的事情會出現，史金納小姐，就在你最想不到的時候。你準備好了嗎，親愛的？準備好讓事情發生了嗎？

喔，我準備好了，艾芙琳說。我從來不曾準備得這麼好過。

「愛惜身體，靈魂**就會**自己跟上。」

這是你寫的嗎？

可惜不是。是希臘人寫的，大概啦。聽起來像是希臘人的口吻。

---

29 *Venus with a Satyr and Two Cupids*，全稱為〈維納斯、羊神與兩名邱比特〉。卡拉奇另有一幅〈維納斯、阿多尼斯與邱比特〉（*Venus, Adonis and Cupid*），現藏於西班牙普拉多美術館（Museo Nacional del Prado）。

30 亨利．詹姆斯的遊記《義大利時光》（*Italian Hours*）在一九〇九年出版，當中集結他四十年間旅居義大利各地的心得散文，其中第十七、十八章寫的是他自一八六九年起數次離開又重返的佛羅倫斯。

31 根據《聖經．使徒行傳》，掃羅至大馬士革迫害基督徒時，因突來的強光而仆倒在地，此後便受洗並蛻變成使徒保羅。一般認為他騎著馬，因從馬上摔下而仆倒，由此亦衍生出諸多描繪保羅墜馬的畫作。

她們最後一個靠岸的港口是一間雕像廳。這裡的作品都不怎麼樣，艾弗利小姐說。

確實，這裡是做爲出口的廳室，但也就是在此，艾芙琳受到了震撼。艾弗利小姐的聲音變成了背景。這可能是埃及豔后克麗奧佩脫拉，她說。或許是亞莉阿德妮[32]？甚至有可能是莎孚[33]……手臂有點怪就是了。

但艾芙琳不在乎手臂怪不怪，不在乎是誰雕了這些人像，也不在乎這些人像的身分是誰。只要是美麗絕倫的女人俯臥著、赤裸著，那樣就完全足夠了。海濤般的呼嘯聲在她耳中響起。從大理石的皺褶中向外窺探的雙乳——乳頭是如此栩栩如生——帶來的唯有挑逗，讓艾芙琳充分感覺到自己活著、醒著，生命滿溢，而且眞實。

史金納小姐！你臉都白了。讓開，讓開！借過，美國人，請借過！趕緊把路讓出來，拜託。來，扶著我的手臂，史金納小姐。跟我來。這是美，是這所有的美。我們英國人只能任由繆思女神擺布。我第一次親眼見到德爾．薩爾托的作品，就在床上躺了好幾天。

然後她領著艾芙琳離開，走向一處座位和一杯用來恢復體力的水。兩人誰也沒說話。那瞬間實在太過意義重大。

那晚，艾芙琳跳過了晚餐。來自艾弗利小姐的便條被塞進她的門下，她興味盎然地讀到拉格夫婦令人莞爾的失禮作爲，主要是他們弄錯了一名德國伯爵的姓名發音。

接著，就在她即將就寢時，有人敲了門，而應門後與她對望的是女僕莉薇亞。她以雙手捧著一碗新鮮的水。莉薇亞從她身邊走過，把碗擱在了櫃子上。她轉過身，對艾芙琳露出微笑。你的生日快到了嗎？她問。

（令人意外地是帶著考克尼口音的不流利英語。）

對，艾芙琳說。快到了。

艾芙琳生日當晚的餐酒是苦艾酒。苦艾酒！你能想像嗎？艾弗利小姐向二十一歲敬了一杯——當然是以詩句爲之——然後她帶著艾芙琳進入餐廳，走入精心布置的燭光與香氣中。稍微壓碎過的迷迭香細枝披在相框上，也纏在椅背上，小小的藍色花朵與桌子中間那排帕瑪香堇菜花盆，形成了完美的互補。那芳香既令人迷醉，又帶著莊嚴。

艾芙琳入坐時，莉薇亞從廚房走了出來，臉上帶著笑意。她移動到艾芙琳的身後，將餐巾攤開在空中，鋪在艾芙琳的大腿上，過程緩慢而不失性感。她對艾弗利小姐做了一樣的事情，但就是少了額外添加的觸覺享受。其他住客跟著進場並倒抽一口氣，詫異於這一晚的義式風情與喚作「bellezza」的**義式之美**。深感震撼的漢德賽特牧師在完成禱告後坐下，而後是柯林斯先生喊道，對嘛，這還差不多！接著在艾芙琳的對面就坐。他舉起酒瓶，爲周圍的空杯添酒。

等到兔肉、白腰豆與炒苦菜成爲盤中飧時，兩段對話分別在艾芙琳的左右展開，而她發現兩邊自己都難以跟上。

在她左手邊，艾弗利小姐正與一名研究亨利・詹姆斯的美國人熱烈辯論並樂在其中，論題包含亨

32 Ariadne，希臘神話人物，為克里特國王之女，與雅典英雄忒特修斯相戀，但後來遭到拋棄，最終酒神娶她為妻。

33 Sappho，古希臘抒情詩人，詩作中曾描寫一名女性對其他女性的愛慾。

利．詹姆斯對佛羅倫斯城產生的影響，乃至於佛羅倫斯城對亨利．詹姆斯產生的影響。艾弗利小姐從一開始就對那男人充滿了鄙視。

喔不！艾弗利小姐喊道。我完全不認同。圭爾夫派與吉伯林派[34]的派系之爭究其核心，就是教宗與皇帝之間的角力。而在佛羅倫斯，那則是一場被默許的家族權力鬥爭。不但完全沒必要，還導致我的心肝寶貝但丁被放逐。他始終沒有走出那陰霾，老實說我也沒有。

而在艾芙琳的右手邊，牧師剛問了她一個問題。

史金納小姐？他說。你能舉出一個例子嗎？有什麼造成質變的因素？

艾芙琳思考了一下。莉薇亞從她身邊擦過，那觸發了她的神經路徑一閃，造成了蠟燭瞬間的搖曳。**Il calore è un elemento di transformazione**，艾芙琳一邊說，一邊看著開始收拾桌面的莉薇亞。熱，是引發質變的一項因素。

熱？很有趣的觀點。你讓它聽起來如此正面，拉格先生說。熱比較擅長把我變成一個喘氣的胖子，因此我們夫妻都是在秋冬月份旅行。我婉拒過一個在印度的職位，也是因爲熱。

不僅是因爲熱，達令，拉格太太說。

沒錯、沒錯，不僅是因爲熱。

然後他們熱切地看著同桌的住客，爲自身的偏見與歧視尋求迴響。

喔，說得挺好的，艾佛利小姐突然說了一句，忽視那位新住客並加入討論。簡而言之，史金納小姐，你是在提倡我們該少穿點衣服？

正是，艾芙琳說。愈少愈好。那會對身體產生什麼樣的影響？重量的變動、靈魂變得輕盈，也可以說……移動變得輕鬆。讓人擺脫某種累贅，對我而言就是一種質變。

我們可沒忘記那些僵硬的馬甲，布朗姊妹說。我們一停止穿馬甲，脊柱就完全沒有力氣，然後整個人就倒下了。

骨頭變成了肉凍，柯林斯先生說。

艾弗利小姐說，一項令人驚訝的事實是歐洲太陽的熱度如何鼓勵我們這些遊客像蛻皮一樣褪去花呢，擁抱好天氣對應的亞麻。輕巧的服裝、輕巧的衝動、輕巧的身體、輕巧的心靈。我還覺得在這裡有穿長褲的必要，她補充說。

我的天！長得一模一樣的雙胞胎說。**長褲**？

就是長褲，兩位布朗小姐。我身上最私密的部位若能得到扎實包覆，便會帶來莫大的自由。

艾芙琳注意到原本稀里呼嚕喝著湯的另一桌住客已經停下動作，扭過了頭看向他們這邊。

爲什麼會需要長褲，艾弗利小姐？拉格先生問道。

我有邁開大步的需要，拉格先生。像男人那樣走路，有各式各樣的好處。在這裡我不需要當個女人。我盼著驅散男性的凝視，用有如男人般的輕鬆在城市中穿梭。我想透過男人般的視角去觀看這座城市。一名詩人，你要知道，就是一名形態的變換者。

一名什麼？布萊瑟．布朗說。

一名賽爾基[35]，艾弗利小姐說。一會兒還是海豹，一會兒又變成人。我來這裡是爲了探索未知的深海——情緒的狂潮——然後再以全副的人性浮出到水面，用短短的幾行字句陳述我所遭逢、無以計數的故事，包括我遊歷過的一個個世界，還有如奧德修斯廝殺過的一場場戰役。

她不是說她是海豹了嗎？布朗雙胞胎的其中一人說。

34 Guelphs and Ghibellines，又稱教宗派與皇帝派，指的是中世紀時，義大利中部支持教宗和義大利北部支持神聖羅馬帝國的路線之爭。這兩者的分裂在十二、十三世紀時，對義大利城邦的內部政策產生了重要的影響。

35 selkie，蘇格蘭神話中一種在水裡是海豹，但在陸地上能變換為人形的奇幻生物，多為女性。selkie在蘇格蘭語中即海豹之意。

不是眞的海豹，艾芙琳說。

那她爲什麼要那樣說？

所幸這場對話在隔壁桌一名過重男士嗆到兔肉時戛然而止。柯林斯先生第一個跳了起來。

讓開，讓開。

他站到了大個頭男士的身後——男士此時已經變成青色——在他的胸骨下方扣住兩手，然後用力朝著橫膈膜推壓。犯下罪行的肉塊從他的嘴裡噴出，落在了維多利亞女王的眉宇之間。

餐廳安靜了下來。異常的安靜。艾芙琳心想她的生日宴說不定會就此畫下句點。經常錯判情勢的米蘭達．拉格一如往常，相當大聲地對那名男士說：你有夠噁心。

不過分地說，差點鬧出人命的事實讓此前相當歡樂的夜晚興致全失。但布朗姊妹把握住這個契機，提議來場音樂表演當作中場餘興。她們自告奮勇要表演兩人在第一次鴉片戰爭[36]打得如火如荼時共同寫成的二重奏。

太好了，柯林斯先生說。

我認識布朗雙胞胎好多年了，柯林斯先生，而我可以很負責任地說這世上沒有比她們更優秀的二重奏了，牧師說。我們實在太走運了。艾弗利小姐？你先請吧。

艾弗利小姐呻吟一聲，將整杯酒一飲而盡。

艾芙琳等待著餐廳清空。

你不來嗎，史金納小姐？柯林斯先生問。

等一下，柯林斯先生。我……

別說了，史金納小姐。然後他露出了最近才開始在她身邊展露的謎樣笑容，離開了餐廳。

艾芙琳尷尬地站在桌邊，覺得有點熱，也有點醉意，一枝迷迭香捲在手指上。她才剛決定要走進廚房，莉薇亞就走了出來。她們靜靜地佇立著，相互凝望對方的眼眸。某種情慾不可否認地湧上。艾芙琳遲疑了一下。我——她開了口。Io——她改口用義語重新說道。我從來沒有收過像這樣的禮物。謝謝你，莉薇亞。（喔，能叫出她的名字眞好！）感謝你爲我做的這一切，我永遠不會忘記。我會一直對人訴說，直到我變得又老又朽。

莉薇亞笑出聲。

我會的，你知道。我會永遠記得，艾芙琳說。因爲我一旦喜歡一樣事物，那就是非常非常喜歡，永遠不想放手。我不想讓這一切結束，她說著站近了一點，然後又更近了一點。

莉薇亞再次笑了起來。她說，沒有什麼必須結束，然後她在桌邊彎身，摘下一朵香堇菜紫花，遞給了艾芙琳。送你，她說。

艾芙琳快步走進客廳，看到柯林斯先生與艾弗利小姐在兩人中間爲她留下了一個位置。

你看起來閃閃發光，艾弗利小姐說。

只是有點熱而已，艾芙琳說。

但熱是質變的一項因素，不是嗎？柯林斯先生說著挑起雙眉。

午夜時分，艾芙琳已是二十一歲又一分鐘年紀了。來自路面電車的光線匆匆掠過她的房間。她攤開了自己的手帕，而就在那方白色亞麻布中央，是那朵紫色的花。她翻開貝戴克旅遊書，將花壓在書頁之中。她彎身吻了花。當時她還渾然不知只須短短兩天，那個吻就會從貝戴克進展到嘴唇上。

36 清朝與大英帝國間的軍事衝突，發生於清道光年間、一八三九至四二年，起因是奉行閉關政策與朝貢制度的清朝禁絕鴉片貿易，英國視為對其商業利益的損害，最後以簽訂《南京條約》、清朝割讓香港告終。

時值午後時分，艾芙琳在她的房內，因剛吃過午餐後而顯得慵懶。她被小提琴的樂音吸引到窗邊，看到了走在屋外的莉薇亞。艾芙琳立刻跑下樓梯。無邊帽鬆鬆地戴著，釦子也沒扣好，頭髮亂蓬蓬。

我沒辦法停下，艾弗利小姐！

自由去飛吧，我的甜心！

她來到街上沿著阿諾河奔跑，手抓著撩起的裙子，穿梭在手推車與收發送洗衣物的少年還有打工的女孩與狗與神父與修女與洗衣婦人與觀光客之間，並且一路呼喊著她的名字……

莉薇亞停下步伐，微笑著轉過身。

她們沿河朝東走著，將一艘艘平底船拋在身後，直到她們發現一個可以獨處的好地方。她們往下走入橋下陰影中的前灘，並害羞地面對彼此。手觸碰著臉頰，指尖觸碰著嘴唇，她們在那兒接吻了，因為城市的目光並不在她們身上。那是她們的初吻。艾芙琳按住了無邊帽，不讓微風將之掀起。鐘聲微弱地響著，就這樣報著時。但現在是幾時？時間已經消失了。在空中某處，魚餌被靜靜地拋出，落到水面上，送出漣漪到她們的腳邊。

在她們返回民宿的這段時間裡，最非同小可的變遷在那疲憊而充滿批判眼光的牆內發生：愛走在了她們之前。那愛悄悄地溜到了前面，散播著恩典與喜悅。那厚重的紅木家具增添了一抹義式風采，而房東太太那考克尼口音中有如聖母顯靈般稀罕的H發音，也意外地出現了。燉菜再一次從那晚的菜單中被撤下，就連漢德賽特牧師都大發慈悲地讓柯林斯先生加入接下來的歌劇院之行。而艾弗利小姐呢？簡而言之，她寫出了幾年來最登峰造極的詩作。天氣也一樣受到那甜蜜擁抱的溫柔左右。太陽獲得了新的能量，以溫暖長臂蠶食著那微微的秋意；星星更加閃耀，甚至連滿月都宣稱自己是糖蜜。

愛在那一天璀璨無比。而當光線以準確角度照耀聖十字廣場時，你幾乎會相信但丁微笑起來，聽著一個名叫艾芙琳的年輕女子對著名叫莉薇亞的另外一名年輕女子悄悄說道，**你是我的導師，也是我的創作者**。

從親吻到不只是親吻那快速的進展，發生在牧師安排大家去威爾第劇院看斯龐蒂尼的《爐神貞女》那晚。

我聽說那兒跟柯芬園[37]一樣好，他在某天早上的早餐時間宣告。

艾芙琳知道這次出遊將落在莉薇亞放假的晚上，所以兩人說好艾芙琳會在第二幕尾聲溜出來，而莉薇亞會在附近的某處等著，置身黑暗中。這場密謀本身已經夠戲劇化了。誰還需要什麼歌劇？

交響樂團現身時，艾芙琳正側身沿著第三排的位子前進，艾弗利小姐在前方對她熱情地揮著手。柯林斯先生還沒到，他的空位點燃了牧師的怒火。他被安排在第一排，同一排的還有拉格夫婦、布朗姊妹，外加一對他在聖羅倫佐[38]救過的夫妻，當時他們不知道該怎麼應付眼前的一群野貓，被逼到了牆角。現場的觀眾鬧哄哄的，與柯芬園完全不同。此時突然出現的是柯林斯先生，看起來有點慌張，但意外地英俊。抱歉、抱歉、抱歉，他邊說邊朝著座位而去。你遲到了，漢德賽特牧師才剛說完，煤氣燈便暗下，序曲就此響起。艾弗利小姐緊握住艾芙琳的手，然後兩個女人便臣服於音樂之中。

在第一幕結束後，艾芙琳與艾弗利小姐跟著群眾去到咖啡廳，從一名體型福泰、英語流利的德國

37 Covent Garden，位於倫敦西區，當中有皇家歌劇院。

38 San Lorenzo，當地有聖羅倫佐大殿，是梅第奇家族的安葬地。

人手中接過一杯香檳。艾弗利小姐覺得女高音唱得相當好，而艾芙琳在附議之餘靠向她說，我要假裝頭痛，在第二幕尾聲開溜，艾弗利小姐。

好極了！艾弗利小姐說。浪漫的幽會嗎？

艾芙琳不禁微笑。

包在我身上，艾弗利小姐說。我會處理好一切。

於是，等第二幕告一段落，艾芙琳起身離開，艾弗利小姐則開始說道，她頭痛很嚴重，像是打雷似的。我們可能好幾天都看不到她了，牧師。

晚間的空氣很清新，艾芙琳低著頭經過在排班的馬車夫和他們好色的發言，朝著她的約會對象狂奔。但她沒跑多遠，她的約會對象就來到她身邊，將她拉進暗巷。

溫暖的嘴唇貼上了她的嘴，寬廣的牆壁則靠著她的背。從某個地方傳來腳步聲，將她們推往陰影更深處。狗兒吠叫著，男人在樓上的窗邊唱著歌。溫熱的呼吸落在她的頸上，也落在她的耳邊，這魯莽的處境給了她勇氣。她將手探進莉薇亞的襯衫，放上了她的乳房。莉薇亞扯住艾芙琳的裙襬，將之拉高。莉薇亞將手探進了她的內褲，很快地艾芙琳就感覺到她的手指在體內順暢滑動。馬兒拉著車子快速通過的聲響傳來。接著就只剩下愉悅的快感，她的嘴被一隻手蓋住，她的身體變成了液體。

無視於教會不同、階級不同、習俗不同的阻礙，這兩個年輕戀人的性愛順利地勝出。兩人判斷必須以某種形式來藏匿她們的愛，並且三兩下就找到一層掩護叫做「義語課」。

不分下午或早上，莉薇亞有時間的所有空檔都是這堂義語課的框架。除此之外，擦過的肩頭與渴望的眼眸都是試探熱忱的燧石星火。艾芙琳成為好一個語言學家。

她是個可口的小東西對吧？艾弗利小姐一天早上說，此時莉薇亞正抱著滿懷的亞麻布料經過。

艾芙琳滿臉通紅。一個小時前，她們才在櫃子裡對彼此上下其手過。

她是個很好的老師，艾芙琳說。她已經讓我學會情態助動詞，像是「能夠」和「應該」。

可別忘了學「希望」，艾弗利小姐說。

就在偷偷摸摸的親吻之間，動詞變格的複誦聲不時會從艾芙琳的房裡傳出來。有時候那考克尼房東太太會停下來偷聽，畢竟她也年輕過，也曾大無畏地摸索過。牧師則會在經過她們門前時滿心讚嘆「史金納小姐對學習的熱忱與勤勉」。而柯林斯先生呢？他能做的只有搖頭和微笑，彷彿知悉一道啞謎的謎底，卻不想與人分享。

回到房內，艾芙琳的筆記本早已扔在一旁，跟襯衫與絲襪還有內衣擠成一團。兩名年輕女子面對彼此躺在床上，上身一絲不掛地親吻著。微風從百葉窗外吹了進來，在她們的肌膚上留下輕柔觸感。從頭到尾艾芙琳都沒忘記大聲唸著：公共馬車現在是十點出發，公共馬車以前是十點出發，公共馬車很久以前是十點出發……

幾天之後，艾芙琳在阿里納利[39]買了幾張明信片，打算拿回去民宿寫。但早晨卻突然卸下了黯淡的斗篷，展露出一眾明亮奇景，爲此精神一振的她於是踏入逐漸變得熟悉的佛羅倫斯城。她會停下腳步去聞聞柳丁或是羅勒，又或者和負責收銀的人聊天。在領主廣場，遊客已然聚集在一處露天酒吧

39 Fratelli Alinari，世界上歷史最悠久的攝影公司之一，一八五二年由阿里納利三兄弟成立於佛羅倫斯。

外，而她也馬上就決定去湊熱鬧。匆匆上前看了一眼雕像後，她準備回到桌前去寫明信片。一輛馬拉車經過她前方，她小心避免跟得太緊。

天空投下的光線極美，微弱的陰影低聲呢喃著。陽光勾勒出頭頂上的三葉形裝飾：勇敢、節制、公義、明智，即四樞德[40]。

一陣微風如鬼魅般跟隨她進入傭兵涼廊，領著她來到詹博洛尼亞的〈強擄薩賓婦女〉之前。那雕像嚇到了她，也蠱惑了她，讓她在羞恥與欣喜參半的感受中受到勸誘。

她的凝視有數處焦點，腳掌、曲線、圓潤的腳跟、壓著女人臀部的手、禁不起壓力而下陷的膚肉。但那並不是膚肉，是不？那是大理石。她拿出筆記本，畫下簡單的素描。不需要明暗陰影，光是描繪流體般動態的線條足矣，像地圖似地標注了從情慾到恐怖的遞嬗，以及其中流露出的天生才華。

她被帶位到一張桌邊，並點了一杯奎寧苦艾。在外頭坐著讓她感覺到莫大的自由。她捲起襯衫袖子，皮膚是與她母親如出一轍的橄欖色。她想動筆寫張明信片給父親，但又想到最好先在筆記本裡排演過，再把字句寫在聖母百花大教堂的背後。隔著一段距離，她再一次望向了那尊薩賓婦女雕像。

史金納小姐？

艾芙琳轉過身。太陽的炫光照入她的眼睛，令她舉起手遮擋。

喔，柯林斯先生。

我可以坐下嗎？

請坐。

柯林斯先生坐了下來，示意服務生送來一杯和艾芙琳一樣的酒。

我剛去了烏菲茲，跟艾弗利小姐一起去的。她當起嚮導眞不是蓋的，我這輩子再也沒辦法正常看待石榴了。

艾芙琳大笑起來。

她說你在一間雕刻廳裡突然暈了過去？

她還對誰講過這事嗎？

沒有，她只跟我一個人說，柯林斯先生說。

Grazie, signore，柯林斯先生對送來飲料的小姐道謝。

艾弗利小姐很擔心嗎？艾芙琳問。

一點也不。我想，她是覺得你遭遇了某種相當奇妙之事。

像是什麼？

她沒說，你也知道她的風格。她臉上會擺出一副好像……喔，你知道的，好像發現什麼祕密一樣的表情，柯林斯先生說著望向她。你是不是**遭遇了什麼事**，史金納小姐？

我不確定，她說。

天啊！不會是愛吧，是不是？

當然不是，艾芙琳氣惱地說。這份氣惱足以讓柯林斯先生微笑著拿起酒杯，順便轉移話題。

乾杯，他說。

他們各自舉起酒杯。

Incipit vita nuova，他說。

由此開始了新生，艾芙琳說。

噹，杯子相碰。

40 four cardinal virtues，此指傭兵涼廊立面上代表天主教教理四樞德的寓言人物雕像，位於護牆與柱子間的四個三葉形裝飾之中，雕刻者為加第（Agnolo Gaddi）。

大家眼中的艾弗利小姐是名優秀的詩人嗎？艾芙琳問。

一道皺紋出現在柯林斯先生的眉宇之間。他說，我覺得在西米民宿的眾人多少覺得她有點莫名其妙。

我覺得她很聰明。

我也覺得。我還覺得她很體貼，很能激發人思考，同時也很風趣。她是個好詩人嗎？是的，她的作品中存在人味，而且不落俗套。但她將不會有榮光加身。

爲什麼？

因爲這個世界不知道該拿她怎麼辦才好。

但我想讓全世界認識她！

你是個浪漫主義者，史金納小姐。

我想站在世界的巔峰呼喊她的名字！

柯林斯先生拿起杯子喝了口酒。（冰塊發出撞擊杯緣的聲音。）他說，最優秀的詩人終其一生都無緣於冠冕／直到死亡染白了他們的額頭到骨髓[41]。不是誰都可以成爲伊莉莎白．巴雷特．布朗寧。康絲坦斯懂得這一點。但即使她不是布朗寧，也無損於她付出的努力。四十、五十年後，她或許才會被戴上花環。但是，就我自己而言，徜徉於她的心靈是一大享受。

艾芙琳看著這麼說的他柔軟的神情。在民宿餐廳裡的慧黠與尖酸，已被代換爲對艾弗利小姐的欽佩之情。比起晚餐版本的他，艾芙琳更喜歡眼前這個男人。

柯林斯先生低頭看著那些明信片。

H．W？

那是我父……

當然了，當然了，那是令尊。

他偏好我叫他H．W，而不愛我叫他爸，因爲那稱謂讓他感覺很老。他目前有一個很年輕的情婦。請不要說出去，柯林斯先生。我們是個很不傳統的家庭，艾芙琳說著拿起了酒杯。〈大衛像〉、老橋、聖母百花大教堂。除了你父親，還有誰是能收到明信片的幸運兒？

我還不確定。我想說的事情沒辦法寫在明信片上。

你想說什麼？

喔，太多了。當以美爲主題的作品內容是如此恐怖駭人時，去崇拜這種美是否是一種錯誤呢？

你指〈薩賓婦女〉？

是的。

柯林斯想了一會兒。他說，那是一半算計、一半情慾的合體。男性享受著她的恐懼，藝術家則享受著我們的不悅。（冰塊撞擊聲傳自被他搖晃著的酒杯。）想想看，史金納小姐，如果詹博洛尼亞現在就在我們的桌邊。你覺得他在做什麼？

喝酒？

還有呢？

聽我們說話，享受成爲矚目的焦點。

那是肯定的。還有嗎？

願聞其詳，柯林斯先生。

我認爲，他會露出微笑，因爲他明白這種反應從何而來。這座雕像展示在眾目睽睽下，史金納小

41 出自於伊莉莎白·巴雷特·布朗寧的《奧蘿拉·雷》，原文是：The worthiest poets have remained uncrowned / Till death has bleached their foreheads to the bone.

姐，觀眾有屠夫、麵包師、燭台匠人、科西莫一世[42]。若這作品被放進博物館，也許就不會那麼驚世駭俗，大家也會比較能接受。但這是受託爲一處民間廣場所雕刻的作品，這個男人很清楚他在幹麼。這是一尊沒有固定視角的雕像，而作者之所以如此雕刻，是爲了讓我們在其周遭走動，成爲那恐怖的一部分，成爲那動態的一部分，成爲那舞蹈的一部分。他知道他所呈現出是怎樣一種巨大的兩難，史金納小姐。他是在向我們展示**我們**的內在。

柯林斯先生點了根菸，請服務生再送來兩杯酒。艾芙琳並沒有異議。

他說，教會並未提供能交代我們身而爲人之各種變異的語言，我們想知道這點得去看佛洛伊德。心理分析是未來的道路，史金納小姐。你讀過《夢的解析》了嗎？

還沒，柯林斯先生。

我認爲你會覺得是那一本非常精采的書。有朝一日，教會將失去對社會的掌控，而屆時我們會是一個多了不起的社會啊。他看著艾芙琳，把頭歪向一邊。我覺得你跟我也許有幾分相似，史金納小姐。

艾芙琳喝著苦艾酒，納悶著他所說的相似是不是指社會主義。

我可以拿一根嗎？艾芙琳說著把手伸向了菸。

你當然可以，說著柯林斯先生劃過一根火柴。

那是她人生的第一根菸，令她感到頭暈，但滿腦子都是見解。

今日一根菸，選票在明天！她說。

你眞是女中豪傑啊，柯林斯先生說著，舉起了酒杯致意。等她回到英國，史金納小姐的人生將會有什麼樣的未來呢？

她將繼續在科克街的畫廊替阿姨工作。

我有種感覺是……低頭看著雕像素描的柯林斯先生，認爲她繼承了父親的許多才華，於是說道，也許你的前途可以有其他的走向？

我很平凡，柯林斯先生。我父親一直都是、也繼續會是我最大的支柱，但他的才華和韌性都不在我身上。而我對這樣的匱乏並不哀傷，因爲那於我是一種解放。我見過我父親如何擋開各種攻擊……

但你父親是那麼成功！

在他眼裡可不是這樣。他不是塞尚。所有的藝術家都深受自己成爲不了的人物所折磨，也受他們創作不出的藝術所折磨。那是一條很孤單的道路，柯林斯先生。但我覺得，我可以成爲一名讓人難忘的老師。

讓人難忘？那會是在把自己奉獻出去。

有誰不想被記住。

我就不想。

艾芙琳把酒喝完。你騙人，她說。

他們穿過領主廣場來到了海神噴泉前，在白色的神像後方駐足。

柯林斯先生說，很棒的chiappe。

艾芙琳不解地挑起了眉毛。

我是指屁股，史金納小姐。

那可眞是一對強力馬達！

柯林斯先生笑了。艾芙琳臉紅起來，苦艾酒讓她耍起了嘴皮。

在廣場另一頭，馬車來來回回地移動著。馬兒在休息時吃著東西，暫時從穿戴在背上的車燈與毯

42 Cosimo I de' Medici，梅第奇家族成員，一五三七至七四年出任佛羅倫斯公爵，在一五六九年成為第一代托斯卡尼大公。

子中獲得解放。只見英國遊客進行著如常的移動，無視於周遭的生活，尋找著旅遊書上的答案。

他們漫步往回走，穿過了烏菲茲廣場，再沿阿諾河濱返回民宿。日光已經趨黃——夏末迸發的光芒——空氣中瀰漫著昏昏欲睡的守夜氣息。柯林斯先生伸出了手臂，而艾芙琳也接受好意，挽上他的手臂。

你似乎對自己的人生十分篤定，他說。

我是啊。

不考慮結婚生子？

只是因爲可以做到，不代表你就應該去做，柯林斯先生。

他點點頭。

她這輩子從沒說過這麼有道理的話，感覺自己好像穿上了艾弗利小姐那件象徵性的長褲。

他們在民宿進入視野時停下腳步。

我們應該策略性地進入西米嗎？柯林斯問。我先走，你再跟上？免得有人說閒話。

我們就一起進去，創造一點閒話吧，好嗎？艾芙琳說，然後他們就走上了樓梯，途經接待櫃台，穿過猛然朝他們看過來的人群。

兩個晚上後，英國燉菜又回到了晚餐菜單上，拉格夫婦對此十分欣喜。

上帝把我們集合到同一張桌前，漢德賽特牧師以他在講壇上的口吻說著。

聖哥達鐵道也有功勞，柯林斯先生低喃著，攻向一片他懷疑是馬肉的灰色肉塊。

道明會或方濟會，史金納小姐？牧師問道。

喔，方濟會，毫無疑問，艾芙琳說。聖方濟各擁有溫柔的靈魂，充滿悲痛，又那麼地誠摯。方濟會士是用愛在對抗異端邪說，而我個人也對愛有一份崇拜。

（莉薇亞落在她的視線之中。）

說得好啊，牧師說。

而且在中世紀一眾天主教聖人中，是他提出了自然就是上帝的概念。La Creazione，萬物皆爲上帝所**創造**，她說完喝了一口酒。Domini canes 雖是指道明會修士，但其字面意思就是「上帝的獵犬」。道明會眾之所以叫 Dominicans 就是這樣來的。這總是讓我感到惶惶不安。

天啊，那是眞的嗎？布朗姊妹其中一人說道。我今天晚上睡不著了。

這種想法眞令人戰慄，布朗姊妹的另外一人說。

他們向來是好戰的一群，柯林斯先生說。舉著火炬追殺異端。我會是頭一個上火刑柱的那個人。

眞是這樣就好了，牧師悄聲說道。

而且他們誰不好反對，偏偏反對但丁，艾弗利小姐說。他們設定了權威文獻的條件，不接受方言文本。還有那個薩佛納羅拉[43]，他鼓勵焚燒裸體畫與女人的肖像，理由是那當中帶著誘惑。男人就不能控制好自己嗎，牧師？

別看我，牧師說。

我們遇過一個園丁會拿著剪刀追著我們跑，布朗姊妹其一說。

我的天！艾弗利小姐說。

43 Girolamo Savonarola，義大利道明會修士，在一四九四至九八年間為佛羅倫斯的精神暨俗世領袖。他反對文藝復興，講道口吻十分嚴厲。

那麼哪些教堂屬於那些獵犬？拉格太太問。

新聖母大殿就是一間，艾芙琳說。那兒有種肅殺氣氛，我曾聽人將那座教堂比作一個板著臉的人。

所以要避開囉，布朗姊妹說。

但那裡你們避不得！艾弗利小姐呼籲道。你們非去不可！那裡的魯切萊、貢迪與斯特羅齊等小教堂[44]都是必看！

確實，你們非去不可，柯林斯先生說。

那我們就去吧，布萊瑟說。

別打呵欠就是了。

別打呵欠？

說著柯林斯先生表演了一齣傻氣的默劇，內容是鬼魅般的獵犬進入了一張大開的嘴巴。

柯林斯先生！牧師斥責道，但笑意還是從他的訓斥中找到了破口。

我們明天早上會先去聖十字聖殿，布萊瑟說。

喔，喬托作品的優雅與人性——詩人女士忍不住開了口。

晨間是欣賞濕壁畫的黃金時段，牧師打斷了詩人。我會建議你們帶上歌劇望遠鏡，教堂主祭壇的右手邊就是巴爾第小教堂[45]，你會在那兒看到以聖方濟格爲題的一系列壁畫。

除非你懂得喬托與聖方濟各之間的關係，乃至於聖方濟各與人性之間的關係，否則你不會覺得那有什麼太大的意思，拉格先生朗讀著拉斯金[46]所著的《佛羅倫斯的早晨》。你可以闡述一下這裡所說的關係嗎，牧師？

沒問題，我可以，拉格先生。而且我可以將之濃縮成一個詞：奉獻。

布朗姊妹嘆了口氣。

那和藹可親的聖人宣揚的是不為金錢工作並擁抱貧窮，不為愉悅工作並擁抱貞潔，按指示工作並擁抱順從。

聽起來很驚悚，柯林斯先生說著放下了肉。明天你有什麼計畫嗎，史金納小姐？

我的日子會圍繞著一堂義語課打轉，艾芙琳說。

你還真有熱忱，柯林斯先生說。

正在學所有格代名詞，艾芙琳說。

我的就是你的，你的就是我的？柯林斯先生打趣道。

差不多。

但等隔天早上正式上課後，事情要比柯林斯先生說的更進一步：我是你的，你是我的。兩個女人衣著整齊地躺在床上，對著彼此的雙眼凝望。她們能在一起的時間不多，因為莉薇亞有一整個木條箱的雞隻要拔毛，而艾芙琳在嘆息之間可以聽到那可恨的沙漏落下的每一粒沙。莉薇亞起身離開時，艾芙琳感到心如刀割，不久後也跟著離開了房間。

44 新聖母大殿內有六個小教堂，此為其中三個，魯切萊（Paolo Rucellai）是出資興建新聖母大殿的商人，貢迪（Gondi）是家族名，斯特羅齊指梅第奇家族的競爭對手，同斯特羅齊宮的擁有者。

45 Bardi Chapel，聖十字聖殿主祭台右側禮拜堂，由在佛羅倫斯經商的巴爾第家族委託建造，內有喬托繪於一三二五至三〇年間的壁畫。

46 John Ruskin，維多利亞時代英國作家，《佛羅倫斯的早晨》（*Mornings in Florence*）為其佛羅倫斯遊記。

要是去找她，會發現她去到了老橋的另一端，坐在聖芬莉堂附近一間咖啡廳外。阿諾河南岸是另外一個世界，就像艾弗利小姐說過的那樣。狹窄的街道與高聳的塔樓共同組成這個中世紀城區，當中還有富貴人家或位高權重之人在當時建造的防禦性建築。她可以獨自待在這兒，她心想，在這些櫥櫃師傅、馬鞍師傅與製帽師傅之間隱姓埋名。

她的酒送來了，冰塊的撞擊聲讓她從幻想中醒了過來。她拿起鉛筆寫著。

親愛的H．W——我今天可以叫你爸嗎？你不介意吧？此時此刻我需要父親的耳朵傾聽。有一次你曾經向我訴苦。記得當時我還很小，但你願意對我吐露心事，先是對著我描繪了人心的複雜與矛盾，然後再解釋即將發生在你與媽之間的離別，讓我覺得自己一瞬間長大了。回頭看，我明白了自己作為一個九歲的孩子是多麼早熟。

艾芙琳舉起酒杯，喝起了苦艾。陽光讓她瞇起眼睛。

我現在也有苦可訴了。（她這麼寫道。）

我看著她走出門口，或繞過轉角，或現身在樓梯間，雙腿的肌肉就會不由自主地受制於某種虛脫，我得用盡全副意志力，才能繼續保持站姿。這聽起來像是我生了某種病，但並非如此，我很好，我從來沒有這麼好過。

這個世界變得非常清晰，清晰到我的雙眼得以聚焦去看見一切——事實上我可以看到超乎一切之外的東西，且不論這句話聽來是如何不符合邏輯。你把一幅描繪碗中裝著枸櫞、無花果、梅子與西洋梨的畫放到我面前，我就能告訴你是什麼樣的女人從樹上摘下了這些水果，我描述她的口吻會是如此溫柔，以至於能看到那女人的虹膜上出現自己的映影，就像一根蠟燭，是唯一的光源。給我看餐桌上一隻滴著海水的條鰭魚，我就能告訴你是什麼樣的男人抓了牠。

若是一雙被獵來的雉雞，我可以告訴你那位農夫從起床到田間到上膛的獵槍之間，經過了什麼樣的歷程。若是半片扇貝，我可以對你描述那隻打開牠的手。

這是想像力嗎？這是讓你拿起畫筆的動機嗎？這是我自你身上獲得的遺傳嗎？

我們始終難以得知——或者該說精確指出——一個人的獨特故事確切從何開始。那真的是始於出生的瞬間嗎？或是始於那些在他或她之前來到這世上的人？灌輸、濃縮在一個人血脈中的，是那些活過與不曾活過的生命，是那些懊悔與喜悅，就像（你給我的）走路方式、（你給我的）蹙眉，或（媽給我的）柔軟灰褐頭髮，竟可以如此不費氣力，也可說是如此令人生疑地被傳承下去。果真如此，那我的故事就始於你。

我想說的是，你將你的痛苦和與之同在的力量傳給了我。而我在這所寫的自然是……

愛，艾弗利小姐說。

一道陰影落到了艾芙琳的筆記本上。

什麼？艾芙琳說著蓋住了她寫下的文字，抬起頭來。

只有在愛的體驗裡，我們才能知道何謂身而爲人。我今天在聖弗雷迪亞諾散步時，一直在思考這個句子，艾弗利小姐說。這裡貧窮肆虐，生活是如此艱辛，但是……你不介意吧？

喔，快請往下說，艾弗利小姐。你來我太開心了。

艾弗利小姐在艾芙琳對面坐下，掏出菸盒。

艾芙琳闔上了筆記本。

艾弗利小姐往嘴裡放了一根菸說，我回來的時候穿過了聖靈廣場，並進了聖靈大殿。光柱將中殿一分為二，我目睹了一名年輕女子在聖壇前驟然伏倒。那一幕的戲劇性不輸任何一幅卡拉瓦喬。是什麼緣由能造成這樣的絕望？沒有愛的我們是什麼？

是等愛的我們，艾芙琳說。

艾弗利小姐笑了。她一手撐著下巴，雙眼緊盯著艾芙琳，細細觀察著。等愛，她重複了一遍。那你在等愛嗎，親愛的？

不，艾芙琳說，不等了。

艾弗利小姐提議她們往東邊去散個步，爬上聖米尼亞托大殿，那兒可以看到最棒的市景。她說換一片眼前的風景——當然是實際上的風景——可以讓她們共同體驗到的洶湧見解和熱切獲得某種分寸感。她還說她們可以去走訪一間很棒的forno（烘焙坊），然後囤積一點糕餅。

柏樹高挺地矗立在街道兩側，而涼爽、濕潤的空氣抵銷了上坡路那讓人心跳加速的熱度。艾弗利小姐的臉頰在紅潤之餘閃著水光，然後她靠在生著苔蘚的牆邊，在義大利傘松的樹蔭中深深地呼吸。

她說，我知道有人跪著走上了這條路，而他根本不是天主教徒。

天啊，艾芙琳說。

其實，我們已經相當接近他死去的地點了。來吧。

他們避開了米開朗基羅廣場和觀光人潮，繼續往上走向修道院與教堂。我們會因為這次的經驗而有所改變，艾弗利小姐說。這是神性的最高峰。當然，我指的是小寫開頭的那種神[47]。

當然了，艾芙琳微笑著，她已經能感覺到改變。

山上的景觀之美一如艾弗利小姐所說。艾芙琳覺得艾弗利小姐還沒緩過氣，但她吸氣的音色中有著遠不止於此的情緒，甚至有可能是剛剛哭過。艾芙琳出於體貼而別過了頭。

突然間，艾弗利小姐相當溫柔地握住了艾芙琳的手臂說：你依舊能看見它，那布局——阿諾福．迪坎比奧用來包圍住這座城市、最後的公共環狀城牆。跟著我手指的方向看，史金納小姐。那裡，還有那裡，再延伸過去……一座圍起的城市是他的夢想、他的insieme，也就是義大利人所謂的**共同感**。當然，**這的確是**一件防禦工事傑作，然而又遠遠不止於此。這道城牆形塑了這座都市，使其成爲羅馬的直系後裔，而這一點就讓其居民相信這座城市有著如黃金般閃耀的命運。他創造了一個可以供人探知的城市，史金納小姐，而它也確實至今都還爲人所知悉。就是在這樣的過程中，這座城市永遠成爲了我們的一部分，永遠不讓我們離去，一次又一次把我們拉了回來。

接著是一片沉默。風吹過了柏樹間，鳥兒歌唱。艾芙琳拆開了在烘焙坊購得的珍饈。

你要現在來塊sfoglia嗎？她說著，遞給了艾弗利小姐一塊特地爲這趟爬坡而買的奶油餡酥皮泡芙。

這個點子眞的太棒了。我們也這樣去墓地，然後讓死亡變得甜美一點吧。

她們步行經過教堂，又經過一名朝著鐘樓而去的托缽修士，然後進入了墓園。

來吧，艾弗利小姐說，我們去坐在那些邱比特旁邊吧。祂們看起來需要一些凡人的陪伴和精采的閒言閒語。

她們來到一處精雕細琢的墓穴尾端，在一堵矮牆上坐了下來。

你也會想在你的墓碑上放張照片嗎，艾弗利小姐？

我？喔不。請把我的骨灰撒進阿諾河，變成魚的食物。還有請務必叫我康絲坦斯。

艾芙琳同意了。條件是康絲坦斯也要叫她艾芙琳。

艾芙琳用手帕輕擦著嘴說，前幾天晚上，我聽到你跟拉格太太聊到一名有藝術家身分的修女。

啊，對了，普洛蒂拉姊妹。就是她。

47 英語中開頭大寫的God指的是唯一真神耶穌基督，小寫則是泛指諸神。

瓦薩利寫到過她。她肯定是有重要到一定程度，才會讓他願意這麼做。

拉格太太似乎對她有點不屑一顧，艾芙琳說。

嗯，追本溯源，你就會發現對她不屑一顧的是那位丈夫。

艾芙琳笑出聲。你不是說普洛蒂拉姊妹很多產。

喔，她是啊。落得沒沒無聞是因爲她的性別。我必須說，這是一個說到爛了的故事，親愛的。我是極少數看過她所繪〈最後的晚餐〉其中一人，而那是史上第一幅。我是說，史上第一幅由女性繪成的最後晚餐。那是出自早期女性畫家之手，史上最大規模的一幅畫作。幾乎跟達文西的版本一樣大。左上角有她的簽名跟這麼幾個字：Orate pro pictura——為女性畫家祈福。這寥寥三個字昭示了她的身分。

我可以在哪裡看到這幅畫，康絲坦斯？

你沒辦法。傳言說它還在新聖母大殿內的修道院內某處。也許在修道院的食堂？除此之外我眞的一點線索都沒有。

眞糟糕。

可不是嗎？如果我們連她所有作品的下落都一無所知，那其他女性藝術家還有什麼指望？

所以還有其他人？

那當然。受過教育的女性所面對的，是非常清楚又殘酷的選擇。走入婚姻，棄絕所有具創造性的表達，否則就是到修道院裡去表達你的創意。所以，女性爲了繪畫而進入修道院，那就是她們必須做出的犧牲。但女性想按照自己的感覺去生活，何曾不用付出代價？我們不是每個人都會擁抱男人、婚姻、母職，也不是每個人都應該這麼做。我們只能活一次，我親愛的艾芙琳，這唯一一次的生命，我們必須善用之。

晚間在西米民宿，英國幫即將共享他們同桌的最後一頓晚餐。或是如艾弗利小姐所稱的，我們的Ultimate Cena（最後的晚餐）。

放眼桌面，對話一如往常是雙線發展，而等晚餐的步伐終於踏上較爲穩妥的起司板塊後，艾弗利小姐倒向拉格太太說，你感覺好一點了嗎，親愛的？

有的，好一點了，艾弗利小姐。

歐陸料理不見得能符合每一個人的口味，人總是要咬緊牙關來場冒險。

這話也有別人跟我說過，拉格太太說。

我是想著你，寫下了這一首小小的頌詞，艾弗利小姐說。

我也要聽，艾弗利小姐，艾芙琳說著挨近兩人。

艾弗利小姐開口道：

要吃那些被我們歸為廢料的部分
需要拿出勇氣與強大的信念
某人眼中的可怕豬蹄
是另一人眼中的可口贊波尼[48]
盛宴換個名字依舊是盛宴

48 Zampone，豬腳香腸，義大利的傳統功夫菜。

但就連我也會在腦子前面畫下一條線

拉格太太感覺有什麼東西從喉嚨湧了上來。她摀住了胃。

寫得好，艾弗利小姐，艾芙琳說。太有趣了。

只是稍微鬧著玩。山羊！艾弗利小姐說著舉起了一盤臭氣沖天的 formaggio di capra（山羊起司）。有人要來點羊味嗎？

文化與教養，牧師說著為杯子重新倒滿了酒。

文化與教養並非起於並止於多佛的白色峭壁，柯林斯先生說。

你顯然不是個愛國者，牧師說。

這無關乎愛不愛國。我相信世界可以團結起來。我相信人類眾志成城的力量。

胡說，牧師說道，然後又對著在艾芙琳眼中逐漸形變為彼此的雙胞胎，悄悄咕噥一句，社會主義者。

我們有朝一日將與你口中的那些歐洲兄弟兵戎相見，柯林斯先生。那是免不了的，拉格先生說。他們跟我們不是一路人，但他們想要我們擁有的東西。

那我們就不想要他們擁有的東西嗎，拉格先生？米開朗基羅？但丁？美？在陽光浸淫的梯田上養出的美酒？一首歌的代價就能換得，坐落在山丘上的划算別墅？

拉格先生忽視了柯林斯先生的發言，把手伸向一盤臭熏熏的山羊起司。

的確，但你願意上戰場嗎？牧師說著把話題拉回到英國的帝國主義。這是一個很簡單的問題。

為何而戰？柯林斯先生問。

為何而戰不是重點。

為何而戰當然是重點。

那就當作是給別國一個教訓吧，牧師說。
國家是國家，國家不是一個人。所以我不會上戰場。
哼，牧師說。
小湯匙與玻璃杯發出了碰撞聲，拉格先生從桌邊站了起來。
我們是最後一晚與各位相聚，拉格先生說。大家真的都讓我們感覺到了溫暖……
你太誇張了！
特別是對我內人。感謝你們每一位，他說著舉起了酒杯。但我們在這個艱困的時刻沒能多看看這座城市。明天就是我們的最後一天了，有沒有推薦哪些必訪之地，牧師？
牧師思考了一下這個問題，用罄每一秒他獨享的靜默與關注。
我覺得你應該帶尊夫人上到百花大教堂的穹頂，他說。
艾芙琳拿起餐巾遮住了嘴。柯林斯先生竊笑了起來。艾弗利小姐正爲了起司忙得不可開交。
你覺得她會喜歡上到穹頂的感覺嗎？牧師問道。
沒有人不喜歡上到穹頂的感覺，柯林斯先生說。就**我的**經驗而言。
終於我們有件事所見略同了，牧師說。太好了！
艾芙琳站了起來。不好意思，我先告退，說著她離開了餐廳。
你知道基蘭達奧[49]每次離開故鄉佛羅倫斯，都會抱怨百花大教堂的穹頂是他的鄉愁嗎？牧師對拉格先生說。
真的嗎？真感人。

49 Domenico Ghirlandaio，佛羅倫斯文藝復興時期畫家，曾與家族成員共組畫室，米開朗基羅是其著名門生。

離開餐廳的艾芙琳走入客廳，癱坐在切斯特菲爾德沙發上，揚起了一陣灰塵。艾芙琳注意到正對面一幅英王愛德華七世[50]的肖像悄悄現身在牆上，位置像是在與前女王對峙。一聲咳嗽傳來，她看向門邊。柯林斯先生站在那兒，手裡拿著兩杯酒，臉上掛著賊笑。

史金納小姐？

什麼都別說，柯林斯先生。

我……

別。

我把你的酒拿來了，他說。你不介意吧？說著他坐到了她身邊。

請別看著我了，柯林斯先生。

你怎麼知道的？

我能感覺到。

她突然轉身面向著他。我有件很重要的事要告訴你，她說。

柯林斯先生挨近了她。我在聽，他說。

我就直說了，但——艾芙琳調整了一下坐姿——我喜歡你，柯林斯先生。

我也喜歡你。

但我對你並沒有愛。

我知道你沒有。

你知道？

你在跟女僕談戀愛，也就是莉薇亞。

你說什……？

沒事的，史金納小姐，他們都不知道。

但你是怎麼……

因爲我在跟負責送洗衣物的馬提奧談戀愛。所以說，史金納小姐，你忙著看胸部的時候，我都在看**屁股**。

喔，柯林斯先生！

叫我賽德斯，拜託。然後他吻上了她的手。寫信給我，艾芙琳，他說。否則我會恨你一輩子。

他們在這裡！艾弗利小姐大喊一聲，把大夥兒都帶進了客廳。喔不，拉格太太，她說。時間正是這首詩的全部重點，朝生暮死的時間種子、鐘擺搖曳造成的沉重悶撞、時間的絞刑吊繩。嗯，**時間的絞刑吊繩**。

她從口袋中掏出了筆記本，急切地搖起筆桿。

大家七嘴八舌地討論著接下來的節目安排，而柯林斯先生很有手腕地擋掉了讓老雙胞胎再來一首二重奏的提案。作爲替代，他建議讓艾弗利小姐朗讀詩作。最好是她的詩，他說。

別鬧了，柯林斯先生！艾弗利小姐嘴上這麼說，但內心自是十分開心。

但是……

尾隨著藝術家的不安感永遠陰魂不散，而這名跟蹤者一個箭步，就從艾弗利小姐身上奪走了所有的自信與好評。於是，捨棄了自己的作品，艾弗利小姐決定用對伊莉莎白·巴雷特·布朗寧《古依迪之家的窗》的演繹來爲她在西米的留駐畫下完美句點。（我們一度是不算緊密的朋友。多不緊密？我當時十歲。）

---

50 Edward VII，歷史上的愛德華統治時代是一九〇一至一〇年，一說至一四年，上承維多利亞女王時代，下接第一次世界大戰。

你要把一千九百九十九行都唸完嗎，艾弗利小姐？

都唸完又怎麼了嗎，牧師？

我是在爲布朗姊妹著想。

她們撐不到最後嗎？

艾弗利小姐沒有冒這個險。她唸了一小時，這時間已經完全足以讓她獲取一室熱烈的掌聲。老爺鐘用十一下銅鑼聲告知午夜已近，眾人於是互道了再見與晚安與一路順風，爬上樓梯就寢。艾芙琳看了看四周，心想她會想念他們每一個人。就連漢特賽德牧師都不例外，雖然那是後見之明了。

灰塵飄揚在眾人離去後。現在只有她和艾弗利小姐留在了現場，面對面握著手。

康絲坦斯。

我親愛的艾芙琳。

我會想你的。

我也會想你的。

我想哭，艾芙琳說。

那就哭吧，親愛的。這個地方需要情緒的宣洩。壓抑顫慄的堅毅上唇，那是男裝的配件來著。

我從來沒有跟誰一起玩得這麼盡興過，艾芙琳說。此時莉薇亞進到客廳，吸引住兩人的目光。

唯一的例外是……？艾弗利小姐問。

艾芙琳不禁臉紅，兩個女人相視而笑。

好好珍惜，艾弗利小姐說。我在你這年紀就很珍惜。愛在人類的存在之中是最奇妙的發現。

隔天，牧師帶著老姊妹啓程前往阿雷佐，拉格夫婦也早早出發去往聖母百花大教堂，爲的是避開乞丐的騷擾。兩方人馬都在馬車隊列的護送下離開。

艾弗利小姐要往南要去拿坡里尋找髒亂與啓發，而柯林斯先生要往北去威尼斯尋找浪漫與貢多拉的船夫。（這兩樣目標他都會順利覓得，並在大運河畔活出短暫但狂喜的一生。）

艾芙琳站在階梯上向他們揮別。祝你好運，賽德斯！她喊著。

也祝你好運！他喊了回來。

寫信報平安，康絲坦斯！她叫著。

我會的！你也別忘了要寫信給我，親愛的，艾弗利小姐從馬車上喊道。

馬蹄踏在鋪石路上發出了響聲，車輪隨之轉動。再見，再見！

然後他們就走了。她變得隻身一人。

而西米民宿也變回了原本的模樣：一個給英國中產階級抱怨所有外國事物的沉悶避風港。她看著新一批客人進駐。一名出差的美國商人、一個痛風的德國大個子，還有一個習於親暱肢體接觸的義大利起司販子。我們是一個笑話的開端，她想道。

那名年輕人跟他的母親來到接待櫃台時，艾芙琳已經在佛羅倫斯待了十四天。那時長已經是果蠅的一輩子。她在下樓梯時注意到他們，因爲那名母親對著考克尼房東太太說話的咬字非常清楚。艾莉絲·克拉拉·佛斯特及其子。是的，**佛斯特**，她說，要**有窗景的房間**[51]。那名青年在艾芙琳經過時紅著臉。他的身形高䠷而纖瘦，身穿並不合身的花呢西裝，生著一張帶痣的小巧臉龐。

兩天後，艾芙琳坐在客廳寫信給她父親。

我最親愛的H·W：

義大利人在很多事上都很能幹，就是泡茶不行。茶是我在民宿裡唯一喝的飲品。那多少定義了我的國籍。因為我一喝葡萄酒或苦艾酒，又或者豔紅的苦酒，我那英國秉性的外殼就會被扯下，顯露出內裡那名嚇人的歐洲年輕女子。我會開始比手勢、加入討論、恣意爭辯，並且胃口大開。我檢視藝術的雙眼會被肉身的覺醒擦得雪亮，不再因男性評論家的厚重字眼而看得模糊。我想再見保羅·塞尚先生一面，父親。我覺得在經過西米之行的洗禮後，我可以跟他討論的東西變得更多了……

（一聲咳嗽。）

艾芙琳抬起頭來，對青年露出了微笑。

你是一個人旅行嗎，史金納小姐？

我是，她說。我被人說閒話了嗎？

算是，他說。

那很好啊，她說。

他笑了。你介意我坐這兒嗎？

完全不會，她說。於是他坐在對面的椅子上，笨拙地交疊雙腳，過程中不小心踢到了她。

真是對不住，他嘟囔著。

Di niente（沒事），艾芙琳表示。

你從母親手中逃出來了嗎？她問。

暫時，他說。她平日的頭痛又發作了。我真希望自己是那種能讓她開心的人。她覺得我很無能。

那麼你很無能嗎？

是的。我把不曉得多少張地圖弄丟，火車也沒趕上。我一天到晚不是錯過這個，就是錯過那個。

艾芙琳覺得他唯一錯過的是一個可以親吻的男人。
我試著在學義大利語，他說著掏出了一本口袋書，那是本義語學習指南。
學得順利嗎？
一點也不。還滿絕望的，他邊說邊拉著襪子。
一個平凡的中產階級英國青年，艾芙琳心想。無疑很聰明，但有著各自為政的腦袋與身體。
佛斯特抬起頭說，我覺得你很勇敢。
你說我？
沒有監護人就自己出來旅行。
我並不勇敢，艾芙琳說，我只是想要出來冒險。勇敢的是你。
我？他訝道。不是的……
出來旅行還帶著**母親**。
他紅著臉笑了。確實，他說，同時顯得有點分心。
你們旅行多久了？艾芙琳問。
喔，三個星期左右。再五十個就結束了。
我的天。
我們是從科莫湖下來的。原本應該只在卡代納比亞[52]過一夜，結果我們在那兒待了十晚。母親覺得我需要呼吸山間的空氣。那兒真讓人不想離開，史金納小姐。生活幾乎沒有任何風波。皮夾弄丟又

51 A room with a view，呼應佛斯特一九八〇年著作《窗外有藍天》，其原文書名直譯即是「有窗景的房間」。
52 Cadenabbia，在米蘭北方約八十公里處，位於科莫湖西岸。

找到，不必弄丟也能找到的是跳蚤和蜈蚣。但我對跳蚤有心理準備。我的朋友丹特提醒我帶上了阿摩尼亞，那是解決跳蚤之類問題的妙方。牠們不是很愛氨的味道。我是說，人也不太喜歡氨味吧？至少我是不喜歡。

一輛路面電車喀啦駛過。

佛斯特朝窗外努努下巴。那車聲吵得我晚上都睡不著，他說。你會這樣嗎？

不會，我睡不著不是因為電車，艾芙琳說著突然瞥見站在門口的莉薇亞。聽起來你在這兒好像過得不是很開心，佛斯特先生？她問。

到目前為止，義大利是個讓我覺得有點膽怯的旅遊目的地，史金納小姐。有點掃興的感覺。我上到了蒙扎[53]山上的大教堂，結果被人從尖塔上吐口水。那實在不太禮貌。母親說我「不走運到令人哀嘆」。她覺得如果我們去了比薩，那我應該會倒楣到被倒下的斜塔砸中。

艾芙琳不禁笑出聲。

母親和我一直被英國人包圍著，大部分是中年人。他們頻頻投來打量的眼神，大概都在想我母親和我行不行吧。

你們在這裡肯定行，佛斯特先生，十倍的行！

謝謝你，史金納小姐。我很感激。在某間飯店裡，半數客人都用撲克牌玩著接龍，剩下的人則都在睡夢中。

艾芙琳看了看兩人的四周。那這裡也沒什麼不同囉，她說。

說我們正在英國也不為過，他邊說邊看著花紋地毯、畫像上的維多利亞女王與未經膏抹[54]的新王，還有那粗糙而讓人抑鬱的泰晤士河水彩畫。

我早餐吃了**燉梅乾**，他補充說。**燉梅乾**喔。

艾芙琳又笑了起來。

摩根[55]！摩根！

我媽，他以嘴型說道。

你被發現了，艾芙琳說。

確實。我該走了，他說著挪開交疊的雙腳，站了起來。

我希望你能找到正在尋找的東西，她說。

謝謝你，史金納小姐。知識是偉大的解放者。祝你度過愉快的一天。

在他們邂逅的隔天，艾芙琳在客廳喝著茶，觀察著他。從許多方面來看，他都是個純眞之人，極度天眞而時運不濟。他有一雙長而纖細、屬於鋼琴師的手，許多住客都對他的演奏予以好評。而此時的他正沉迷於貝多芬的樂曲之中。在演奏告一段落後，艾芙琳不吝給予掌聲（其實是用湯匙輕敲瓷杯），而他則在受到這樣的誇讚後顯得十分窘迫。

如果有一天，你能活得像你的演奏一樣……她說。

他從鋼琴前站起身來，身體像個結似地解開。

我的貝戴克不見了，他說。

53 Monza，在米蘭東北偏北處約二十公里處。

54 由大主教將聖油塗抹在國王身上，賦予其神性的典禮。

55 Morgan，佛斯特的中間名。

我的給你吧，她說。

要是我能擺脫我母親就好了，他說。

Andiamo（我們走），她說，而他也跟著她進入餐廳，那兒有本貝戴克旅遊書躺在茶壺跟英式奶油酥餅盤旁邊。

就在那一瞬間——以一種極美的方式——原本在廚房的莉薇亞進了餐廳，然後倏地停下步伐，一枝箭命中了她的心。（艾芙琳放下了她的弓。）

你用不著了嗎？佛斯特說著一頁頁翻著貝戴克。

不，我需要的一切都在這裡了，艾芙琳說著用崇拜的眼神緊盯著她的戀人。

突然間，佛斯特發現了壓扁在書頁間的紫花。

這是什麼？他問著，將之舉到了光線下。

香堇菜／Una viola，艾芙琳與莉薇亞說得默契十足。

他的凝視從一個女人移向另外一個女人。她們以一樣的姿勢佇立著，一手扠在腰間，一手靠在額上。

有時同樣的姿勢具有一種魔力[56]，他說。他將紫花放回書頁之間，因而錯過了兩個女人經過彼此面前時以手交握的瞬間。

史金納小姐，你確定今天沒有這本書不會造成不便嗎？他問。

喔，確定，艾芙琳說。我正要回房去上我的義語課，預定會上一下午。然後她預祝他有愉快的一天，他則微微鞠躬，同時不小心讓貝戴克掉到了酥餅盤子上，把餅撒得滿地都是。

摩根！摩根！

他離開餐廳走進門廊，接著停在樓梯前狐疑地抬起頭，艾芙琳留下的氣味仍盤旋在空中。他搖搖頭，拋開原本可能在那兒醞釀出的某種瘋狂想法，然後像打了敗仗似地往他母親充滿要求的聲音奔走。她正叨念著有關防水方巾的事。

在接待櫃台上方兩層樓的房間裡，莉薇亞裸著身子，在艾芙琳的床上攤開了四肢。艾芙琳則在她的雙腿間往前移動，同時沉浸在義語發音指導中。

艾芙琳親吻了她的腳踝。

Caviglia，莉薇亞說。

然後是她的小腿。

Polpaccio。

吻上她的膝蓋。

Ginocchio。（她笑出聲。好癢。）

艾芙琳舔上了她的大腿。

Coscia。

最後一處，艾芙琳心想，然後朝著她兩腿的交接處移動。莉薇亞發出了安靜的呻吟。

La mia passera。

Mi piace la tua passera是艾芙琳說的最後一句話，這之後她的唇舌就投入了另一件遠比說話更享受的追求。

---

56 There is at times a magic in identity of position，此句呼應《窗外有藍天》第四章內文，下半句是「像是暗示著永恆的情誼」（it is one of the things that have suggested to us eternal comradeship）。

事隔兩晚，佛斯特在跟著艾芙琳進入餐廳時開口道，我必須說，你的義語進步得極快，史金納小姐。

我的耳朵很利，佛斯特先生。而且我練得很勤。

一個人練習嗎？他問。

喔，是啊，偶爾自己練習。女僕莉薇亞在基本字彙上幫了我很多。我發現跟她一起練習的效果特別好，她說。

我覺得那可能就是我所需要的東西，一個練習的搭檔。

喔，我也這麼覺得，艾芙琳說。有人一起練習有趣多了，而且你將能用很不一樣的眼光去看待義大利，那會爲你開啓一個嶄新的世界。

我甚至可能可以拋開那本貝戴克。

要是眞能那樣，豈不是很棒嗎？艾芙琳說。

他們來到桌邊時，發現一張摺起的紙條被塞在艾芙琳的餐具擺設下。

你覺得那會是一封情書嗎？佛斯特問。

這我眞的說不準，艾芙琳說著打開了紙條。

寫了什麼？佛斯特熱切地問。

寫了個問號，艾芙琳說著將紙條拿給他看。

你覺得這是什麼意思？

我沒概念，艾芙琳說。

你覺得這是邪惡的詛咒嗎？

不，我不覺得。我倒是覺得這可能預示著某種大哉問。

比方說，我們爲什麼身在此地嗎？他說。

正是。

顯然這問的不是我們爲什麼身在西米民宿……

不，當然不是。

而是命運。

艾芙琳露出微笑。我覺得你說得沒錯。

摩根！摩根！

糟了，是我媽，他無聲示意，然後走出餐廳，往客廳前進。

艾芙琳低頭看著那個問號。你在問我什麼？跟愛有關嗎？

來出差的美國人咳了一聲。史金納小姐？你陷進自己的世界裡了。我剛剛問的是，史金納小姐會想來點vino rosso（紅葡萄酒）嗎？

好啊，我很樂意，艾芙琳這麼說，算是回答了他的提問。她望向角落，但那美麗化身已經消失在廚房之中。

隨著艾芙琳只剩三天就要離開，若有所思的沉默伴隨著對失去的恐懼和虎視眈眈的未來不斷滋長。她們會在情況允許時盡可能久久擁抱著彼此，身上帶著做愛與複誦動詞變格的倦累。難以天長地久的愛情讓每分鐘、每小時變得刻骨銘心，那是自由說什麼也做不到的事情。她們沒有立下誓言，艾芙琳也沒有說何時會回來。事實上，除了當下那些美好的俗務，她們並沒有說太多別的事情。

艾芙琳正要出門時，注意到了在交誼廳的佛斯特，他正在腿上的記事本上寫著東西。她沒有說什麼，只是看著——這可憐的男人沒有什麼自己的時間，她不想打擾他。他的臉頰泛著紅暈，她希望他在寫的是一些色情的東西。

史金納小姐。

佛斯特先生。

我母親下背痛發作，所以我的死刑暫緩執行了。

你要一起來嗎？我正要……

艾芙琳還沒來得及把句子講完，他就已經從椅子上跳了起來，然後像想到什麼似地在身上摸索。

你有什麼東西不見了嗎，佛斯特先生？

應該是吧，但我不知道那是什麼。貝戴克是帶還是不帶？他又說了一句。

不帶，她盛大地宣告，然後兩人就朝大門走去。

踏出門外，他們接受了陽光的洗禮。佛斯特深呼吸——看起來很是開心——接著沒看路就橫越馬路，要不是一名腳踏車騎士反應快，他這個下午就要在ospedale（醫院）度過了。

呼！他說，懂我說的意思了嗎？他看向艾芙琳。

艾芙琳拉住了他的手臂，帶著他走進聖母恩寵教堂[57]裡的小教堂。

我們去點蠟燭，佛斯特先生。

那能保佑我平安嗎？

嘗試過的人不下千百萬，我們試試又何妨？

信仰不啻是一場數字遊戲，對嗎？他說著點起了一根蠟燭。

我求什麼好呢？他問。

長命百歲如何？

嗯，確實可以。順便連我母親的一起求。她會需要自己一根蠟燭嗎，你覺得？

我不是專家，佛斯特先生，但我覺得你們只要一根就夠了。教堂裡迴響著銅板掉進箱中的聲音。

我母親堅稱英國人有很多缺陷，而我們絕對不能在國外提到這些缺點，免得被外國人發現。

艾芙琳笑了。我覺得我們的祕密早就不保了，外國人知道我們是什麼貨色。滿討人厭的，我想。我們必須設法改頭換面。

我可以多給點小費。行李員總是對我的小費有所抱怨，難怪我的行李老是不見。

那總是個起點，艾芙琳說著便如魔術般消失在左手邊的麵包店裡。

等她再出來時，佛斯特說，我以爲我再也找不到你了！上演在街道與il fornaio（烘焙坊）之間的偷天換日。但你又好端端地出現了！我好高興能再見到你！

艾芙琳朝他遞過了一個紙包說，bombolone alla crema（奶油甜甜圈），佛斯特先生。一個女性詩人朋友讓我認識了這甜甜圈。她說它們貨眞價實是生命的靈藥，是治百病的仙丹。

佛斯特把甜甜圈放進了嘴裡。他閉上眼睛，溢出的卡士達匯聚在嘴角。他說，史金納小姐，你的朋友說得沒錯，我一點都不懷疑這綿密的小麵包可以讓人長生不老。

他停下腳步，張開了雙臂。什麼痛苦都沒有了，史金納小姐。痛苦消失，而且我覺得連義語都進步了。

來到斯特羅齊宮，艾芙琳說服佛斯特去剃個鬍子。（於是乎那天晚上，他會宣稱義大利理髮師是天縱英才，並紅著一張去過角質的臉。）

他們自此折返並越過老橋，來到了聖芬莉堂，接著造訪一間咖啡廳，享用起餐前酒。他們在雨水

57 Chiesa di Santa Maria delle Grazie，位在阿諾河北岸，恩寵橋不遠處。

降下之前移步到遮傘下，並看著一輛觀光馬車經過。

兩杯奇納多苦艾酒[58]，艾芙琳對服務生說道。

怎麼可能有人不愛義大利？她說。

佛斯特想了想。你可以說義大利跟我之間的戀情進展緩慢，史金納小姐，但我們至少已經一起坐到了切斯特菲爾德沙發上。

我覺得這是一個促使際遇發生的國家。

際遇？史金納小姐？

愛啊！她有一股想尖叫的衝動。**愛會發生的地方**。是的，她說，**際遇**。

你還眞神祕。

人生豈有不神祕的？

他想了想，說道，老實說，我只有在劍橋才覺得自在。在那裡過著大學生活，讓我感到心安。服務生從店裡出來，把酒放到了他們面前。

Cin cin，他們異口同聲地乾杯。

你知道一位名叫R．H．荷巴特．卡斯特[59]的學者嗎？佛斯特問。他寫了一本書叫《西恩納地磚大師列傳》[60]？今年早些出版的？

艾芙琳搖了搖頭。不，我不知道。

他在巴迪路上有一戶公寓，常找來滿屋子想法天馬行空的年輕人，聽他們暢談藝術。我兩天前才去拜訪過他。

好玩嗎？

茶會本身很愉快，談藝術很無聊，那些男人則爛透了。

天啊，艾芙琳說。

但卡斯特總算幫我找到一位義語老師，沒想到是一名神父。L'ho visto ieri（我昨天見到了他）。我們聊到葡萄酒跟食用油，也稍微聊到風景。喔，還聊到了雞蛋。

那聽起來……還滿能學到東西的？

如果我要在亞平寧山區開餐廳的話，我就會這麼想。母親說他看起來像是一個身上會有跳蚤的男人。她在我回到家後把我檢查了一番。

然後呢？

然後就沒有然後了，老天保佑。那你昨天過得如何？

去美術學院看了波提切利的〈春〉。

佛斯特啜飲了一口酒說，畫家羅傑·弗萊[61]會很樂於趁管理員沒注意時為那幅畫舔掉灰塵。

眞的嗎？艾芙琳說。她心裡想知道羅傑·弗萊爲什麼想這麼做，但又不想顯得無知，所以她只說了，啊，難怪畫上的花神芙蘿拉看起來那麼乾淨。

佛斯特笑了。喔，說得好。

他們看著一連串的畫作從一名藝術修復師那裡被搬往彼提宮。

58 vermouth chinato，加入奎寧樹皮等各種草本香料的苦艾酒。
59 Robert Henry Hobart Cust，英國藝術史學者，專研義大利文藝復興時期畫家索多馬（Il Sodoma）與西恩納畫派（Sienese School）。
60 *The Pavement Masters of Siena*，書中介紹一三六九至一五六二年間專精西恩納地磚工藝的優秀藝術家，為重要藝術史作品。西恩納是保存相當完整的中世紀小鎮，其中西恩納大教堂即以描繪神話與宗教故事的華麗大理石地磚聞名。
61 Roger Fry，英國畫家暨藝評家，早期關注義大利古典大師，後轉向法國後印象派作品。

佛斯特先生，我看著畫作被這樣搬運時，常在想那些人的懷裡是不是一幅李奧納多，或是某幅阿特蜜希雅．眞蒂萊希，搞不好還是一幅魯本斯。

喔，天啊，不要是魯本斯。我不太喜歡魯本斯。

你不喜歡他嗎？

對我來說太拘謹了。他畫的裸體人物看起來心不在焉，就好像他們是不小心弄丟了衣服，必須去找回來似的。

艾芙琳不禁微笑。但要是有一幅傑作在自己懷中，我會像抱著孩子一樣捧著。

我會擔心自己把東西落在地上。

你眞的會把東西弄掉，是不？

是的，我眞的會。然後有四百年歷史的天才之作就這樣毀在我的奶油手指中。

他打了個寒顫，就像是在重溫已經發生的恥辱，而非想像最糟糕的慘況。

他說，母親大概已經從午睡中醒來，撐著身體準備要去吃晚餐了。說不定我們在聊天的同時，她已經吞下了那些煤炭。

食物眞的相當可怕，對嗎？艾芙琳說。出了西米，食物就是生活，是一種禮讚。但在西米之中，食物是……

那是但丁的第三層地獄！是我們過去所犯暴食罪孽的懲戒！佛斯特說。**在我們生命旅程的半路，我發現自己身處在西米民宿，只因為我誤入了歧途！**[62]

你很幽默耶，佛斯特先生。

是這樣嗎？

是的，有你陪伴眞好。

我必須說，我眼裡的自己從不是這樣的人。

他們結了帳，站起身，開始朝著老橋前進。但你有沒有注意到，艾芙琳說，就連最貧窮的人在這裡都吃得很好？他們對於蔬菜知之甚詳。你眞應該去看看他們在市場裡的模樣。

我和母親傾向於遠離市場，史金納小姐，畢竟有那些乞丐在。我驅走他們，還會被他們笑。母親覺得我相當沒用。在聖母領報大殿外，一個窮困而可憐的靈魂曾撲倒在我的腳邊。我得把口袋裡的東西清空到她的罐頭裡，她才肯放過我。

所以你**喜歡**吃什麼，佛斯特先生？

佛斯特苦思了好一會兒。甜菜根，他說。我**真的**很喜歡甜菜根。然後他笑了，臉也亮了起來，眼神閃閃發光。而鐘聲開始迴盪在薄暮之中，也迴盪過陶瓦的屋頂，越過綠色與灰色的百葉窗，還有那赭色的房屋正面及橋上的珠寶店，然後遠遠地飄向那漆黑無比的山丘上，乃至於更遠處的天邊。

我明天會再見到你嗎，史金納小姐？

恐怕不會，佛斯特先生。明天的義語課是最後一堂了。

啊，那麼，**buona fortuna**（祝你好運）。

他們在走回民宿的路上沒有再多說什麼。佛斯特先生瞅著男人，艾芙琳看著女人。他們體面且中產階級式的英式作風，完美地攔阻了隱藏在內心的慾望。

---

62 改編自但丁《神曲》〈地獄篇〉，原句是：在生命的旅程半路，我發現自己隻身處於黑暗的森林中，只因為我誤入了歧途！（Midway upon the journey of our life. I found myself within a forest dark, For the straightforward pathway had been lost.）

回我房間……

莉薇亞只說了一次，就讓艾芙琳轉變了風帆的方向。她們是在賭一把，但她們年輕、兩情相悅，而且分別在即，此時不如此，更待何時？打開的門後是一節陡峭的階梯，瀰漫著濃濃的廢棄物與烹飪氣味。她們輕柔地走上二樓，一路拎著裙子，當作幌子的義語字典被艾芙琳抱在懷中。

短暫的尷尬發生在她們進入利薇亞房間後。物品稀落的內部算是整潔，這在艾芙琳的意料之內，但房間裡有一股令人窒息的暗流，彷彿是由機會無多所凝聚成的幽閉。莉薇亞倒了一杯水遞給她，她們在微笑中互相凝望。至此兩人都還隻字未發。艾芙琳拿著水來到窗邊，透過百葉窗格暗暗注視著聖十字廣場與但丁雕像。艾芙琳突然意識到剛才那種透不過氣的感覺，其實源自於她自己。兩人出身的懸殊差距難以忽視。她佇立在窗邊，調整自己的呼吸。一回頭，莉薇亞已在窄床上脫下了衣物。脫衣不分貴賤，在那當中自有一種平等。艾芙琳放下了玻璃杯，愛得更甚以往。

艾芙琳率先醒來。午後的光束貫穿了百葉窗，她花了點時間才意會到這不是自己在西米民宿的房間。地板上散落著外衣、內褲與連身襯裙；一碗蒙塵的髒水，一旁是她們用來相互擦洗的碎布，絲質的皺痕是被她們拋下的慾望；一捲捲柳丁果皮、一本義語字典，以及一小塊麵包，現已堅硬如石。她凝視著這一樣樣物品，彷彿它們鑲在畫框之中。落在碗上的光芒，訴說的是最美好的故事。

她看著身旁那白皙裸體的修長線條，一瞬間迷失其中。若是失去她、失去她所代表的生活，生命還有什麼意義。她永遠做不到的是向對方解釋自己的感激，並使之聽來不帶半分自以為是或貶抑。莉薇亞動了一下，艾芙琳吻上了她的微笑。我愛你、我愛你、我愛你，她一遍又一遍地低喃，直到那低語變成了一首獨特的單音歌曲。

在那最後的下午，她們讓自己從床單中起身，搭上從聖馬爾谷開往菲耶索萊的滿載電車。她們站在迎著風的車後平台上，手按著無邊帽，跟孩子們一起為了那趟車輪不斷尖叫的旅程發笑。電車在上坡的途中時而抖動、時而停駐、時而緊繃。

到了菲耶索萊，天氣雖溫暖和煦，披肩卻圍得比之前更嚴實，原因是秋意挾著超乎預期的強風颳過亞平寧山區。她們挽著手走上一處高地，將佛羅倫斯城與阿諾河平原的懾人美景盡收眼底。午後的光線將山谷染得金黃，也讓屋頂閃耀著鮮明的紅色，當然還有那百花穹頂。

她們往下走過橄欖樹與無花果樹林，牽著手穿過長草，在無意間遇到的堅果樹下撿拾包著帶刺外殼的栗子。她們向推車小販買了義式冰淇淋，而後循著小徑走向羅馬時代的圓形劇場，並在坐定後餵食彼此香甜的巧克力冰。因爲四下靜謐無人，她們以吻溫暖彼此的雙唇，口袋裡是滿滿的栗子。空氣中飄散著微微的迷迭香與百里香氣味。艾芙琳起身走到舞台中央，朗誦了康絲坦斯的一首詩作。那首詩談的是發現、驚異和寬恕。從頭到尾莉薇亞都看著、笑著、喝采著。然後雨水降下——但陽光依舊在——她們倆都熱切地找尋彩虹，可那對愛情的最後一日也未免太完美、太不眞實了。她們天南地北地聊著。聊些什麼呢？某種糕餅的滋味、這個女人、那個男人，諸如此類無傷大雅、無關緊要的日常瑣事。

在下山的途中，電車依舊滿載，艾芙琳與莉薇亞被擠在抱怨連連的乘客之間，臉對著臉，胸貼著胸，幸福得毫無怨言。車輪發出銳響，車廂不住顚簸，跳上電車的男人一手抓住外側欄杆，另一手按住帽子，因爲風勢與車速會將未受束縛的一切掀翻。

在聖馬爾谷，魚貫下車的眾人喘著氣、發著抖，活像他們剛歷經了上帝的怒火。艾芙琳提議她們去廣場上喝一杯，於是她們勾著手踏出步伐，眼神在陽光與哀愁中顯得黯淡無光。

她們在日暮將至時變得沉默。艾芙琳看著莉薇亞點了根菸，看著她皺起眉眼，因爲風向改變把煙帶回到她的臉上。怎麼了？莉薇亞問。我在數你的雀斑有多少。數那幹麼？莉薇亞說。因爲沒有別人會數，艾芙琳說。

她們說好在橋上道別。黃昏終於加入了她們，映照在阿諾河上的光線也加入了她們。聖弗雷迪亞諾堂的穹頂在一旁看著。之前在裸露四肢交纏的浪潮中，她們已經說過了再見。

而在橋上她們握了手。

露出了微笑。

表達了感謝。

她們說好了由莉薇亞轉身先走，而她也照做了。

她沒有回頭。

那晚艾芙琳讓自己去了威爾第劇院。觀眾席連四分之一都沒有坐滿，而她的悲痛彷彿暴露在外。觀眾覺得《薄伽丘》的第一幕非常好笑，並爲喜劇三重唱連喊了三回安可。但艾芙琳並不覺得好笑。她坐在黑暗中，納悶著自己在這裡幹什麼。

她驚險地在門禁前趕回了西米民宿，並注意到佛斯特人在客廳寫信。

佛斯特先生，你還好嗎？

不怎麼好。我不想直接去睡，怕自己會難過到哽咽。

艾芙琳在他對面坐了下來。

你一定覺得耳朵發燙吧，史金納小姐。我在信裡對我親愛的朋友丹特提到了你。（愛德華．喬瑟夫．丹特[63]將永遠不會收到這封關於佛斯特與艾芙琳．史金納小姐相處經過的信件。肇因於義大利郵政系統的疏失，這些對西米民宿生活頗為熱切的描述遭到了抹滅。）

都是好話嗎？艾芙琳問。

不，才不是什麼好話呢！我寫的盡是你前幾天如何帶我誤入歧途，像是我第一個托斯卡尼甜甜圈、第一次的義大利理髮廳體驗。假如時間能夠恣意花用，我還能從你身上學到什麼呢，史金納小姐？

還有什麼呢？艾芙琳陷入了思考。

他們一時間害羞了起來。或者只是沉默而已。也許兩者都有。

你今天下午的課上得如何？他問。

喔，艾芙琳嘆了口氣。我們轉換了敘事時態，稍微觸及了未來式。

未來式感覺如何？

相當棘手。我想我們會謹守著過去式吧。

你看起來很悲傷。

我的確是，她說。我今晚是從威爾第劇院走回來的。

你一個人？

是的。

你不害怕嗎？

不怕，倒是很入迷。一個個老婦人用蠟燭點亮了車廳，闔上了鐵柵門。那就像是她們在讓這一夜的佛羅倫斯落幕，讓它像個孩子般安穩入睡。我覺得那挺可愛的。我覺得你應該也會有同感。那當中有平靜，也有鬼魂……

佛斯特打了個寒顫。

還有某種古老且永恆的什麼。我覺得它會永遠存在，一次又一次回來。

那你會再回來嗎？

63 Edward Joseph Dent，英國音樂學者，一九二六至四一年間在劍橋大學擔任音樂教授。

喔，會的，什麼也攔不住我。我在這裡找到了自己，佛斯特先生。那可不是我可以輕易放手的東西。

母親和我明天要出發前往鄉間，佛斯特說。

而我要去找在羅馬的瑪麗亞阿姨。

那今晚就是我們的道別之時了，說著佛斯特站了起來。艾芙琳也站起身。

他們握了手。

祝你好運，佛斯特先生。我眼中的你前途似錦。

你眞這麼想？

眞的一片美好。還有別忘了：愛惜身體，靈魂就會自己跟上。

誰說的？

希臘人，應該啦，她說。

那麼，晚安了，史金納小姐。很榮幸認識你，祝你在阿姨那兒住得開心。要時時想起跟母親在一起的我。喔，還有在萬神殿[64]務必要小心，我聽說那裡下過雨後相當濕滑。（在一九〇二年一月的羅馬之行中，摩根．佛斯特先是滑了一跤，扭傷腳踝，後來又摔斷了手臂，但地點是在羅馬聖彼得大教堂的階梯上，而非萬神殿。）

隔天在低垂的雨雲下，一輛孤獨的馬車駛入了火車站，不見腳踏車騎士在車陣中穿梭。艾芙琳想著莉薇亞可能會來送行，但她沒有現身。她在前往羅馬的火車上弄丟了詩集，結果在瑪麗亞阿姨來車站接她時，怎麼都擠不出笑臉。

你看起來不一樣了，阿姨說。還有你的義語！眞是自然，眞是成熟。

艾弗琳哭了起來。

事隔兩個夏天，艾芙琳重返佛羅倫斯，一心盼能與莉薇亞復燃舊情。她們的激情將更加深刻，她這麼想像著。更像是先生與妻子——或者該說妻子與妻子？——但那當中會牽涉到一個家庭、一份工作、一種帶有承諾的共同生活。她們可以，因爲別人就做到過，共享一種隱密但不減一分充實的生活。

此前她們曾互寄情書，其中自是充滿暗語。信的數量在數月後開始有所起伏，直到最終徹底乾涸。即使是如此，艾芙琳仍相信愛可以戰勝一切。

她來到西米民宿，卻只發現那兒已經沒有莉薇亞的身影。現場沒有留給她的信，雖然這些年下來，她漸漸覺得當年應該是有的。莉薇亞消失是數月前的事了，沒有人確切知道她去了哪裡。考克尼房東太太也諱莫如深。也許她返回了義北，也許她去到某個有錢人家工作，也許她已結婚生子……也許、也許、也許。艾芙琳待了一星期才前往下一站，期間鮮少離開房間。

有好幾年的時間，她選擇不再回返佛羅倫斯。她以爲世界會毀滅，但沒有發生。她以爲自己再也無法愛得如此深刻，但也並非如此。她把效忠的對象換成羅馬，而有段日子她就跟濟慈一樣臥病在床[65]。沒死就是了（她的食慾強到死不了）。事實上，她反而愈來愈強壯、愈來愈瀟灑，直到頭痛漸漸緩解。莉薇亞變成了一段回憶。莉薇亞變成了一幅藝術品。

64 Pantheon，位於義大利羅馬的古羅馬宗教建築，以完美的古典幾何比例設計而成。西元六〇九年，東羅馬帝國皇帝將之獻給教宗，於是更名為聖母與諸殉道者教堂（Santa Maria ad Martyres）。

65 一八二一年二月，英國詩人濟慈因結核病而命喪羅馬。

艾芙琳還有過其他女人，這是自然。有個東倫敦的女子在爭取婦女參政權之餘，爲她示範了何以砸窗戶是性事前絕佳的開胃小點。她還跟三V（維吉尼亞、薇奧蕾特、薇塔）的其中一人短暫地擦槍走火過，結果換得了一片瘀青，還有一首二流的詩作。

當然還有蓋布芮拉。美麗的、親愛的蓋比．柯蒂斯。

那佛斯特呢？艾芙琳沒有再與他見過面。他們在相似的宇宙中，運行在各自的軌道上，一起繞著一顆名叫維吉尼亞．吳爾芙的太陽。但上天似乎刻意讓他們不再交會，也讓兩人曾經歷的一切——那段無瑕的青春篇章——保持完好無損。

但艾芙琳的眼前確實出現過他的身影，那是大約分別十年後，在義大利湖區[66]。他那時已經留起了八字鬍，就像在鼻子下方冬眠的小動物。他當時正與一個膚色深棕的英俊男人交談，對方也留著差不多的鬍子。她相信他們是一對愛侶——後來才發現是誤會——所以她沒有上前，然後兩人就隔著一段距離錯身而過。她在能盡享科莫湖風光的一張長椅上坐下，看著他消失在眼前。

所以說，時間能治癒一切。大致上都能治癒啦，但有時會治得不太仔細。於是在你意想不到的時候，痛楚會再度湧上，讓人回想起所有失落的記憶。讓人遙想著事情原本可以如何。但這也會過去。冬去春來，燕兒復返。嶄新的肌膚之親回歸到床單中。美麗盡到了它的義務。工作令人充實，對話予人啓發。寂寞變成了僅僅一個星期天的事情。散落的衣物、空碗、腐爛的水果、流逝的時光，都只是盡現其美麗與複雜的靜物畫。

艾芙琳與尤里西斯來到了黑暗的廣場上，米歇的店內剛亮起第一道光芒。那名高大男子站在櫃台之後，喝著這天的第一杯義式咖啡。

艾芙琳挽著尤里西斯的手臂，兩人就這樣穿越鋪石路，朝著貝琪而去，將祥和而尚無動靜的民宿留在他們身後。

馬西默熟睡的胸膛上躺著傑姆寄來的信箋。

彼特翻過身去，夢著他舊日的舞台人生。

艾莉絲與蘿米交纏在一起，那是她們白日鮮少能擺出的身形。

小佩的身心皆安然無恙。

尤里西斯和艾芙琳都沒有注意到站在窗邊的老伯爵夫人，也沒有注意到一閃藍色的魅影在科西莫．里多菲雕像四周快如飛箭。

他們往東駛去，遇見了朝陽。紅焰般的曙光讓尤里西斯把車停靠在路邊，也讓葡萄園的採收者放下手邊的工作，任由天際的粉、紫、金閃耀在滿是讚嘆的眼中。

五個小時後，他們抵達了科里亞諾嶺戰爭公墓[67]，置身於里米尼與聖馬利諾之間的翠綠山谷。艾芙琳對此並不感到訝異，她早就猜到尤里西斯每年消失是去了哪裡。他們坐了一會兒。唯一的聲響自漸漸冷卻的引擎傳來，而透過欄杆間隙，可以看見成排的白色墓碑。尤里西斯輕握艾芙琳的手說，來吧。

他們走過了草地。墓園被打理得很美，薰衣草叢招來了蜜蜂，而那小小身影的辛勤驅散了哀愁的低語。逗留的燕子帶著喜悅急速劃過天空。

---

66 Italian Lakes，位於米蘭以北、阿爾卑斯山脈以南的湖區，由義大利最大的三個湖組成，分別是第一大的加爾達湖（Lago di Garda），第二大的馬焦雷湖（Lago di Maggiore）與第三大的科莫湖。

67 Coriano Ridge War Cemetery，又被稱為加拿大人公墓，葬著近兩千名戰歿盟軍，包括一千四百一十一名英國士兵與四百二十七名加拿大士兵。

尤里西斯無疑知道何處可以找到唐利上尉，不出多久他就說道，這邊，艾芙琳，他在這裡。

他們並肩站著。輕訴絮語，但沒有禱告。

尤里西斯說他每次來到這裡，時間都會倒流。至少他是那麼形容的。從唐利倒下的那一瞬間開始。然後急忙將他送往安科納的野戰醫院，另有兩個人背部受傷，他一手開車，一手壓著傷口。如漩渦一般的時間，艾芙琳。教堂、濕壁畫、西西里。在沙漠中的初次握手。那每一個瞬間、那些年，如今都歸他所有，任由他記得或者忘記。尤里西斯是那麼說的。所以我選擇記得，記得有史以來最棒的一個人。關於他的一切都是如此鮮明。而且他還年輕。而且他一臉笑意。

致謝

我想要感謝我的編輯海倫・賈能斯—威廉斯，爲的是她曖曖內含光的魔法與聰慧。與你一起把這本書打造出來，是毋庸置疑的喜悅。

同樣的感謝要獻給優秀又敬業的第四權出版社（4th Estate）團隊，在向這世界展示《靜物畫》的過程中，他們的堅持與努力令人感佩——奇莎妮・維迪亞拉特納、奧利薇亞・馬斯登、娜奧米・曼丁、喬登・穆里根、凱蒂・阿契。

安柏・柏林森，感謝你讓我懂得再一次反思，甚至不時再追加一次。

莎莉・金，你要知道我有多熱愛與你一起工作，當然還有你在G・P・普特南之子出版社（G.P. Putnam's Sons）的團隊。謝謝你銳利的眼神與熱情的回應。

羅柏・卡斯基，你是爲我量身訂做的版權經紀人與朋友。我只能想到四個字：夢寐以求。

我要深深地感謝英國藝術委員會（Arts Council England）給了我機會到佛羅倫斯深蹲。那次的經驗醞釀出了這個故事，也改變了身爲寫作者的我。

一如往常，一聲感謝要獻給大英博物館。

謝謝彼得・貝勒比這名地球儀大師的指點，是你讓我對其製作方式有了概念。

感謝所有獨立書商的大力支持，也感謝你們讓這個世界變成一個更好的地方。

感謝亞吉爾、蘇瑞許和羅里・佶，也感謝克莉斯蒂娜・貝托。我誠摯感謝劍橋大學國王學院的院長與學者，也感謝英國作家協會慨允我使用E・M・佛斯特那些讓人銘記在心的字句。

感謝我旅居義大利的友人與同事，你們在這本書的成形中扮演要角。感謝在瓜達尼宮的每一位，那裡是我的第二個家。我要感謝塔拉・萊伊的友誼，還有每回我一下飛機就等待著我、讓我深感喜悅的歡迎。感謝珍・愛爾蘭的午餐讓我注意到伊芙・波爾蘇克。感謝莫妮卡・卡普安尼，是你找到的答案安撫了我的恐懼。謝謝艾蜜科・戴維斯，是你如嚴師般爲我指點迷津，讓我順利通過義大利飲食史的眾多陷阱，當然也要感謝你指導我的廚藝。史黛拉・魯道夫——感謝你賜予我艾芙琳，我會永遠感激我們共度的時光。Alla prossima puntata，史黛拉，下集再見。

我要對你們表達愛與感激之情——雪倫、大衛、梅爾與史蒂克斯、安德魯、麥德蓮、喬伊、瑞秋、艾爾薇拉、歐拉、烏爾泰瑪、凡妮莎與安德魯、丹與克萊兒、路易斯與黛比、莎里特與伊塔瑪、佛列德、蕾拉、莎拉・T與媽。你們都是這本書的一部分，幫助我度過了誰也不會忘懷的一個年頭。

還有，不在話下的，帕曦，永遠愛你。

野人
野人文化
讀者回函卡

書 名 ______

姓 名 ______ □女 □男 年齡 ______

地 址 ______

______

電 話 ______ 手機 ______

Email ______

□同意 □不同意 收到野人文化新書電子報

學 歷 □國中(含以下)□高中職 □大專 □研究所以上
職 業 □生產/製造 □金融/商業 □傳播/廣告 □軍警/公務員
□教育/文化 □旅遊/運輸 □醫療/保健 □仲介/服務
□學生 □自由/家管 □其他

◆你從何處知道此書？
□書店：名稱 ______ □網路：名稱 ______
□量販店：名稱 ______ □其他 ______

◆你以何種方式購買本書？
□誠品書店 □誠品網路書店 □金石堂書店 □金石堂網路書店
□博客來網路書店 □其他 ______

◆你的閱讀習慣：
□親子教養 □文學 □翻譯小說 □日文小說 □華文小說 □藝術設計
□人文社科 □自然科學 □商業理財 □宗教哲學 □心理勵志
□休閒生活（旅遊、瘦身、美容、園藝等） □手工藝／DIY □飲食／食譜
□健康養生 □兩性 □圖文書／漫畫 □其他 ______

◆你對本書的評價：（請填代號，1. 非常滿意 2. 滿意 3. 尚可 4. 待改進）
書名 ______ 封面設計 ______ 版面編排 ______ 印刷 ______ 內容 ______
整體評價 ______

◆你對本書的建議：

______

______

______

______

野人文化粉絲專頁 http://www.facebook.com/yerenpublish

廣	告	回	函

板橋郵政管理局登記證
板橋廣字第143號

郵資已付　免貼郵票

231023
新北市新店區民權路108-2號9樓
野人文化股份有限公司 收

野人

請沿線撕下對折寄回

野人

書號：0NSB0075

書名：靜物畫

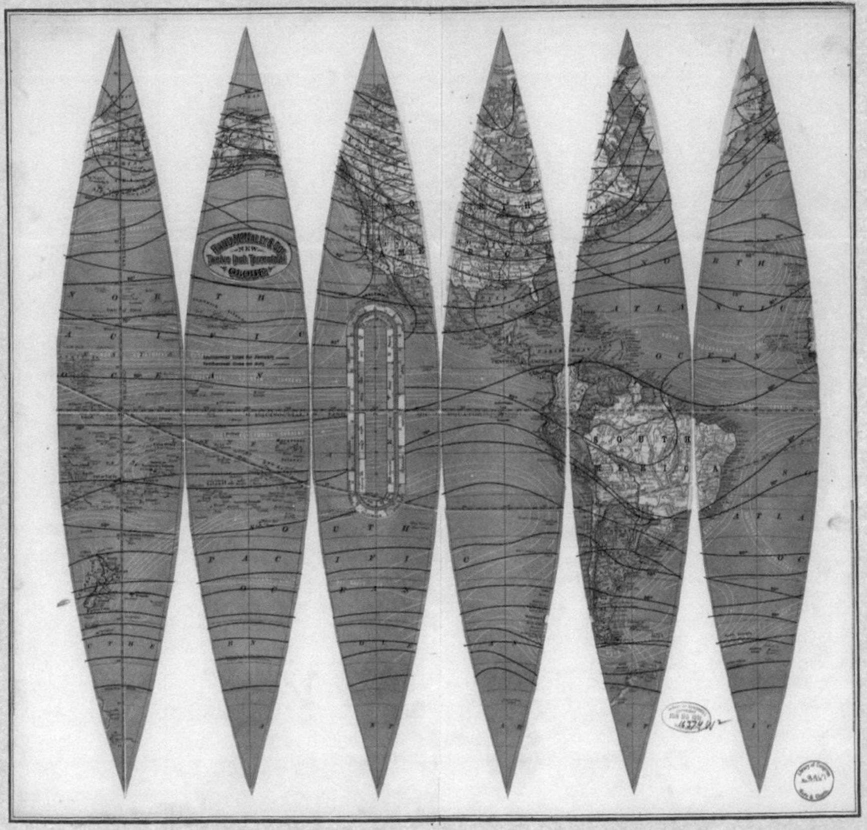

Rand McNally & Co.'s new twelve inch terrestrial globe (1891) by Rand McNally and Company © Library of Congress @ rawpixel

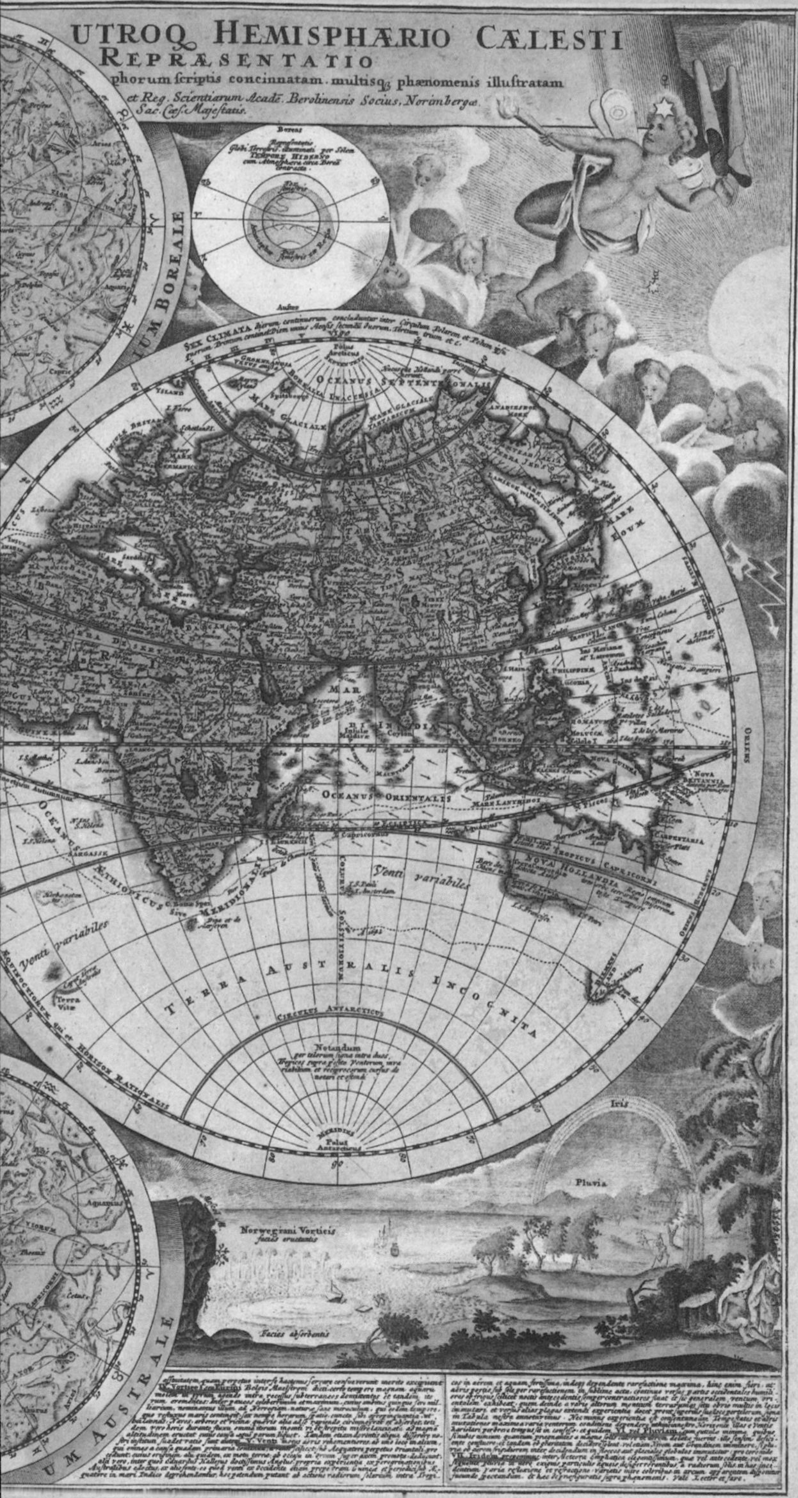
UTROQ HEMISPHÆRIO CÆLESTI
REPRÆSENTATIO
phorum scriptis concinnatam. multisq; phænomenis illustratam
et Reg. Scientiarum Acadē. Berolinensis Socius, Norimbergæ
Sac. Cæs. Majestatis.
IUM BOREALE
OCEANUS SEPTENTRIONALIS
MARE GLACIALE
MAR INDICUM
OCEANUS ORIENTALIS
NOVA GUINEA
NOVA HOLLANDIA
TROPICUS CAPRICORNI
Venti variabiles
TERRA AUSTRALIS INCOGNITA
CIRCULUS ANTARCTICUS
Notandum
MERIDIES
Polus Antarcticus
ORIENS
Iris
Pluvia
Norwegiani Vorticis
Facies absorbentis
UM AUSTRALE

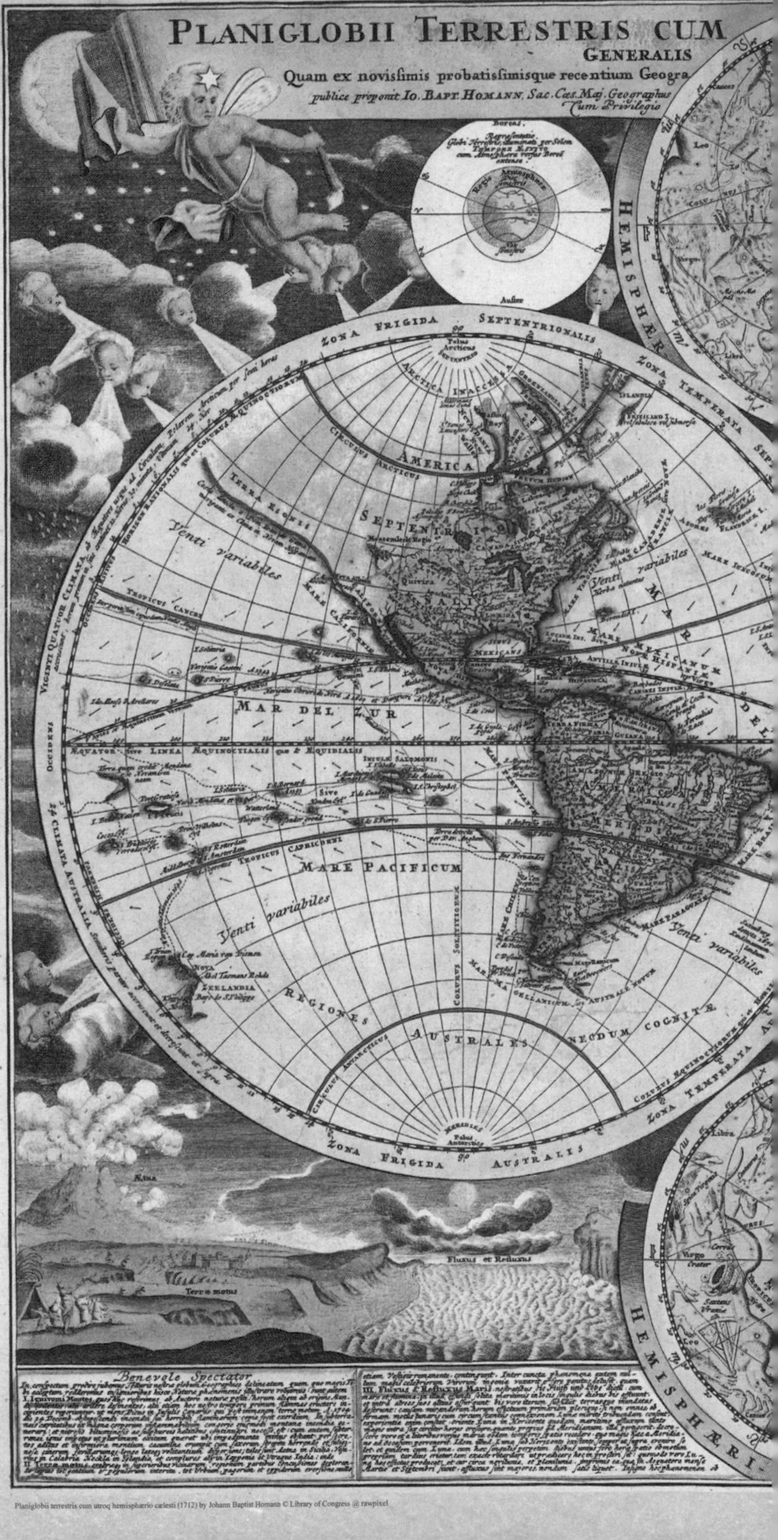
PLANIGLOBII TERRESTRIS CUM
GENERALIS
Quam ex novissimis probatissimisque recentium Geogra
publice proponit Io. Bapt. Homann, Sac. Cæs. Maj. Geographus
Cum Privilegio
ZONA FRIGIDA SEPTENTRIONALIS
AMERICA SEPTENTRIONALIS
MAR DEL ZUR
MARE PACIFICUM
Venti variabiles
AMERICA MERIDIONALIS
REGIONES AUSTRALES NECDUM COGNITÆ
ZONA FRIGIDA AUSTRALIS
ZONA TEMPERATA
HEMISPHÆRI
Terræ motus
Fluxus et Refluxus
Benevole Spectator

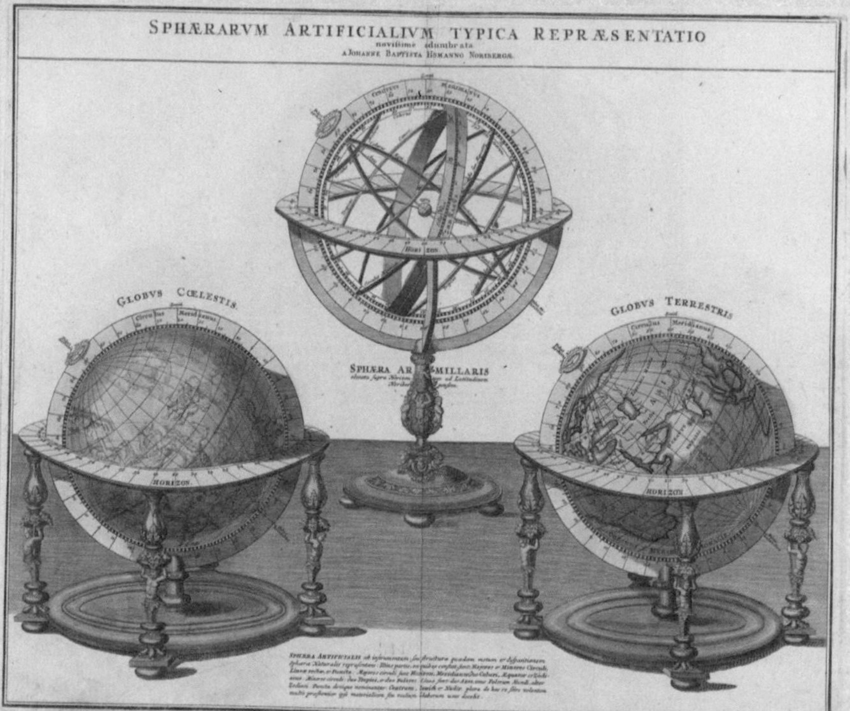

Sphaerarum artificialium typica repraesentatio (1712) by Johann Baptista Homann © Rijksmuseum